张炜文存
插图珍藏版 12 散文

去看阿尔卑斯山

山东教育出版社
SHANDONG EDUCATION PRESS

前 言

从二十世纪七十年代尝试写作到今天，张炜创作发表了大约一千五百万字的作品，这还不包括他亲手毁掉的约四百万字的少作。就体量而言，现当代的严肃作家几乎无人可出其右者。这些文字至广大而尽精微，有宏阔的视野和抱负，也有对人性与存在最幽微处的洞察和发掘。张炜不但代表齐鲁文学的高度，也一直屹立在中国文学的高原。鉴于此，我们请张炜先生编选了这套颇能代表其个人创作实绩的文丛，也希望它能成为引领读者深入张炜丰茂的文学世界的一个精要读本。

阅读张炜，并不是一件轻松的事情。

四十余年来，张炜切实参与了新时期文学的进程，且在每个时段均留下具有范本意义的作品，如《古船》《九月寓言》《你在高原》《融入野地》等代表作无一不被允为中国当代文学的经典。有意味的是，除了在二十世纪九十年代前期以忧愤的态度参与过人文主义精神的讨论，在更多的时间里，他与所谓的文学热点和流行话题自觉保持着距离，他的创作也很难被妥帖地归类到某一文学思潮和概念之下。比如，在一些文学史中，《古船》是反思文学的集大成之作，在另一些文学史中，它是改革文学的扛鼎之作，还有一些文学史则将其放入寻根文学的专章中讨论。事实上，张炜对庞大之物近乎偏执的关怀，他那些让人战栗的道德诘问，他交织着时代的迫力、灵魂创伤与人类苦难的文字所彰显出来的写作的德性和思想性都决定了他不会是一个文坛的"弄潮儿"，恰恰相反，他常常是潮流化写作的反动者。可是，当我们以文学史的眼光回头打量他所置身的文学时代，又会讶异地发现，原来有那么多重要的文学话题，张炜在它们成为热点之前便已做出实践或洞见。比如，批评界一度称许新历史主义写作，尤其推重以个人史、家族史取代阶级史和革命史的写作范式，在批评家们罗列出一通九十年代的重要文本之后，蓦地发现发表于一九八六年的《古船》已经几乎包孕了这个写作范式所有可能的向度，并且以家族史和阶级史并举的方式避免了新历史主义容易滋生的意义偏失。又如，近年来批评界强调发掘中国本土的叙事资源，激活汉语传统美学的意义，而多年来张炜持续与古老而灵性不散的齐文化和更古老的神话传统对话，他在演讲中说过："怪力乱神基本上是文学的巨资。"他在《〈楚辞〉笔记》《也说李白与杜甫》等诠解古代经典的散文中所表现出与前贤思接千载的会心以及借此获得的启悟，在《外省书》中对史传记人方式的创造性化用，也显见他对本土文学传统的倚重。再如，新世纪的底层文学蔚为壮观，欲迷人眼，当批评界顺着"底层"的概念前溯时，即会注意到张炜很早之前即有这样的提醒："一个作家心灵的指针要永远指向生活在最底层的人们。"甚至有时，张炜会因创作上的前瞻意识让他的作品陈义过高而逾越出时代的理解和逻辑框架，导致外界严重的错位式的误读，如对其"道德理想主义"的标签化概括，以及连带的反现代性的保守立场的质疑等，在我看来，即属此例。

关注张炜的人都知道，《九月寓言》发表后，他一直承受着来自标榜启蒙现代性立场人士的非议，认为他的作品存在着一个善恶、正邪、大地伦理与现代文明的二元结构，并以对后者的弃绝将自己变成一个与潮流逆势的具有强烈乌托邦气质的不合时宜者。张炜对此决不妥协，他把道德力量视作一个写作者才华和人格构建的关键部分，依旧以近于独战的姿态横对失范的科技理性和物质欲望。阅读张炜的这些文字，常常让人想到二十世纪思想史和文学史上被划归到文化保守主义阵营的那些名字，学衡派、新儒家、杜亚泉、梁漱溟、梁实秋……他们在历史潮汐的进退中也一度被时人视为逆流而生的卫道士，是螳臂当车的文化反动势力，但当后来的人们跳出时代的烟云却发现，他们的探求和思索与西方近现代以来尤其是启蒙迷思被世界大战轰毁之后兴起的新人文主义思潮遥相呼应，他们代表的是对人类中心主义和工具理性万能论进行自我反省与批判的另一现代性路径，是参与现代性对话的建设性思维，也是与主导性的历史行为和历史观念相对峙的必不可少的制衡力量。当代西方最重要的伦理学家麦金太尔在他的《德性之后》中曾提出一个重要的问题：谁来为失去形而上学品质的现代人的精神立法，或者说，在德性被放逐的时代还有没有对个人而言的至善的目标？他如此质问道："道德行为者从传统道德的外在权威中解放出来的代价是，新的自律行为者可以不受外在神的律法、自然目的论或等级制度的权威的约束来表达自己的主张，但问题在于，其他人为什么应该听从他的意见呢？"他认为当代人深陷一种"情感主义"的道德迷思中，走出这种迷思的根本在于为当代人重建德性，而"德性必定被理解为这样的品质：将不仅维持使我们获得实践的内在利益，而且也将使我们能够克服我们所遭遇的伤害、危险、诱惑和涣散,从而在对相关类型的善的追求上支撑我们,并且还将把不断增长的自我认识和对善的认识充实我们。"我们以为,张炜的"道德理想主义"也应在此意义上理解。他捍卫君子固穷的价值观、严守义利有别的守成文化立场其实是对上述现代人文主义思路的自觉传承,其间固然有接续"斯文"、承袭道统的传统天命意识,亦有在终极关怀的层面重建现代人的意义世界的激进实践意图。他坚守民间的姿态也绝非像某些批判者说的那样是蹈入了老旧道德的泥淖,这些批判者被时代困陷的局限让他们忽略或者说失察了张炜站在全人类立场的超越意识和存在意识。而且,张炜这一信念几乎在他写作之初就建立起来,它当然经过一个不断磨砺和成熟的过程,但并不像一些批评者描述的那样存在着一个从八十年代张炜到九十年代张炜的急遽转型。我们分明可以在老得、隋抱朴和宁伽之间看到一条贯通的精神的丝缕。我们也不应忘记,《你在高原》的写作所经历了漫长的二十二年,没有持之以恒的心力和不为世移的信念,这样一部描写五十年代生人意志、情感和命运的百科全书式的大书不会完成。

明乎此,我们也就不难理解为什么张炜的写作不能被简约地归类了,他的写作对应的并非时代,而是时间。他不存在趋时的问题,自然也就无法被时代利诱或者绑架;他能预知文学的热点,只是因为他内心有对文学恒常价值笃定的判断。也因此,我们以为,出于表达的权宜,人们可以用一些约定俗成的语汇来评价张炜其人其文,但必须警惕这些语汇对其文学世界丰富性的缩减。比如我们一再提到的"民间"。因为参照物的不同,"民间"至少有两重意涵,它既可以指与庙堂相对的知识分子的价值寄居地，亦可指与精英文化相对的大众化的文化生成空间。张炜的民间立场中和了这两种意义的理解，同时又对二者抱有清醒的审视。四十余年中，他像一个真正的地质工作者一样不断漫游在以其故地为中心辐射开的莽野林间，并反复倾诉这种"在民间"的行旅之于写作的滋养，因为这种跋涉不但是对民间的亲历和发掘，还构成与庙堂那种案牍之劳的有效区隔，是逃逸体制化和职业化写作伤害的最有效的方式，漫游让他的写作与那些想象民间的写作之间划开了一道鸿沟。与此同时，他赞美民间的苍茫与混沌，颂扬民间热辣活泼的不驯顺的生命热力，但并不以为这是可以豁免民间藏污纳垢的理由，事实上他也从未搁置对民间之恶的揭示和批判——把张炜的民间简略成浪漫的乡愁或野地的生趣显然是失当的。

同样，我们也应当小心在时下生态写作的浪潮里，对张炜写作呈现出的生态伦理观念的简单追认。的确，他二十年前在《寻找野地》等作品中对大地之灵踪的追觅放之今日依旧是不可掩其光彩的，而他笔下还有那么多多姿多彩、栩栩如生的动物形象，有那么多对自然魅性的倾心书写，但仅以生态立场来解读他的这些作品是远远不够的。他写有情的生灵万物，写悲悯的山河大地，会让人想起《猎人笔记》《鱼王》《白鲸》《草原》《白轮船》，也会让人想起楚辞和诗经里那些精魂不散的草木花树，他以对自然的敬畏尝试建立连接"宇宙的神性"的可能。而且他并没有像很多生态写作者习惯的那样，因为要质疑人类中心主义的僭妄，便把人排除在自然万有之外，在他笔下，我们总能找到一个辽远的人，一个因为自然而获得性灵延展的人，用里尔克的话说，这是一个"沉潜在万物的伟大的静息中"的人,他"不再是在他的同类中保持平衡的伙伴,也不再是那样的人,为了他而有晨昏和远近。他有如一个物置身于万物之中,无限地单独,一切物与人的结合都退至共同的深处,那里浸润着一切生长者的根"。某种意义上说,张炜文学世界的开阔和深邃来源于他对自然理解的开阔和深邃,来自于他作为野地之子深扎在大地中的根须。

阅读张炜的难度即在于习惯妥协和随顺的我们与一颗灼热的、忧虑的、高远的心灵对话的难度。"伟大的心魂有如崇山峻岭,风雨吹荡它,云翳包围它,但人们在那里呼吸时,比别处更自由更有力。……我不说普通的人类都能在高峰上生存。但一年一度他们应上去顶礼。在那里,他们可以变换一下肺中的呼吸,与脉管中的血流。在那里,他们将感到更迫近永恒。以后,他们再回到人生的广原,心中充满了日常战斗的勇气。"这是罗曼·罗兰在《米开朗琪罗传》的结尾部分谈到的,阅读张炜,我们会有庶几近似的感受。

本卷导读

"童年呵，是梦中的真，是真中的梦，是回忆时含泪的微笑。"这是冰心曾经对童年的回忆，张炜的这部散文集亦是类似于童年回忆的形式。

纵观文学史，从鲁迅的《朝花夕拾》到冰心的《繁星》《春水》，再到林海音《城南旧事》，童年往事是一曲悠然唱不尽的牧笛声，沙哑涩拙的音质、随性而奏的音符是回忆里童年最真实的底色。遥寄一封相思给梦中那个长不大的自己，故地重游叩访影像一般飞逝而过的旧物故人，本以为童年还是一块无瑕美璧，而今隔了万水千山才将一切恍若隔世的风景看出几分温柔凄美的韵味。专教我们干坏事的怪老头不在了，曾经被我们看作神秘基地的园艺场粉丝作坊消失了，被我们圈养的猫头鹰在深夜里发出凄厉的叫声而惊吓了外祖母，自认为承袭外祖父衣钵而替人诊脉医病的儿时志向终是被扼杀，游泳日不幸遇难的小伙伴，粉房里偷吃淀粉时不可按捺的激动心情以及因事故引咎上吊的粉房主管老丁。这些或美好或忧伤的故事已然是一串编缀起来的风铃，当清风拂面万籁俱寂，它会轻轻地叩击脑海深处的一扇通向过往的窗棂，直到我们在汹涌袭来的回忆里迷失、沉浮，而后警醒，会心一笑。

猫咪践踏出来的鲜红掌印污了宣纸，聪慧的母亲和外祖母却依着掌印的底色精心描画出了一幅自然天成的梅花图。这场景有似古代折子戏《桃花扇》，世间万物皆有灵性，依照自然本性描摹渲染，可成就不可方物的人间至美。

　　生命的灵动与韵律是张炜在他的这部散文集中着力表现的意象，乡土风俗是它的主旋律。生命的本真是什么，这些细碎的感悟中所隐隐散发出这样的疑问，像《遥远的动力》里所描述的那样："李子树干上蝉蜕下的壳永远地趴在那，像一个个生命的影子。"他追索生命存在的意义，如同《人生麦茬地》里年迈的老祖母几乎完全凭借触觉准确无误地辨识麦穗，抑或成年累月地依据日影的方位判断锅里饭菜的生熟，蓬勃的生命意识涌动在他的创作灵感中，赋予他的作品一重深沉的釉色。

　　死亡与生命像二重变奏，在这部散文集中此起彼伏。曾经作家拥有一个隐秘的约定，石桥下偶然发现的曼陀罗花成为每日夜晚散步市郊小路时必访的密友。象征死亡的白色花朵在静谧的暗夜里兀自散发着幽香，在作家的眼里，它取月光的精华融夜色的静谧，俨然大自然神秘造化的精魂。直至深秋万物凋零寒风肃杀，曼陀罗花却依旧白花耀目生生不息。死亡与生命在作家的心里悄然呈现一丝安然并存的余地，如将死看作最纯洁无瑕的救赎，那么盎然的生机便是一个又一个蓬勃的生命律动。这篇散文的题目叫作《失去的朋友》，曼陀罗终是成为记忆里的遥远故人，在一个平凡的夜晚突然消失，似乎隐喻一个年轻生命在仓促的凝视中戛然而止。幻化的生命意象在多重隐喻中被高高托起又轻轻落下，将凄美华丽的生命赞歌推至顶峰而余韵犹存。

　　天才本不该属于凡间，天赋秉性与生俱来而在某一个特定的时刻便理所当然地被上天索回。灵性是上天馈赠给孩童的礼物，但是成长的代价便是一点点地抽离自然天成的禀赋而武装起成人世界的潜规则。《说给星星》里面的少年拥有对着星星讲故事的天分,却在十七岁的一个夜晚突然失语,《大清的人》里"二九"爹突然转性回归本真而不久后离世,《桃仁和酒》里的启祥被潜藏于身体里的小扁鱼所逼索而不得不以苦桃仁和酒为生。他的创造力生发于故乡的泥土,经岁月流转智性打磨而浑然天成。

  故乡的芦青河和黑土地在张炜的写作中占有重要的位置。他的写作几乎难寻斧凿之功,繁华落尽见真纯的背后是他对大自然语言的强烈感知力。以虚静的心态摄入大自然原始质朴的语言张力,风吹麦田的滚滚麦浪声、惊涛拍岸的浪花是大自然独语的声响,若将这无言的细语悉心收集且予以咀嚼内化,则是文学语言极其博大的能量磁场。"想象若离开真实的土地久了,就只好一直停留在想象里。"在情节的虚构和文学的创造力之外,无论作品的枝叶如何繁茂,它汲取营养的根系始终盘根错节地埋藏在民间文学的母体之中。这也使他的创作呈现出一种与世无争的唯美向度,一种滤尽粗粝后被浸润过的坚韧质感,在品读和琢磨之后留下一片含义隽永的空白。

目 录

1	前言
7	本卷导读

1	那条河
2	你的树
16	大自然使人真正地激动
18	遥远的动力
20	心中的黄河
22	秋夜四章
27	利口酒
	——访德散记之一
35	梦一样的莱茵河
	——访德散记之二
42	去看阿尔卑斯山
	——访德散记之三
49	默默挺立
	——访德散记之四
55	绿色遥思
63	盼雪
66	人生麦茬地
71	关于乡土
73	失去的朋友
75	田野的故事
85	融入野地
102	独语
112	夜思
145	怀念

151	台港小记
151	不陌生
152	太忙碌
154	求古气
156	还珠后
159	有个依岛
163	我跋涉的莽野
	——我的文学与故地的关系
172	北国的安逸
175	东部：美城之链

179　**济南：泉水与垂杨**

183　**十年琐记**
183　油印刊物
186　杀　狗
190　民　兵
193　拉网号子
196　橡胶厂
200　下　雪

203　**西双版纳笔记**
203　佛　寺
204　醉　绿
205　大　象
207　老　茶

211　**凝　望**
　　　——47幅图片的故事
213　自然的温馨
217　依　赖
221　葡萄与靴
225　美额之链

229　她与顽皮
233　宏　巨
237　动之余
240　乡　菇
245　美生灵
249　未知的命运
253　最美的肖像
256　漫　漫
261　荻　火
265　挑战的鼻梁
269　在风中
273　蓬　勃
277　昨日小猫
280　如发的电缆
285　荒　原
291　别一种童年
294　安居的人生
299　安然与激越
303　最美的笑容
307　淳朴和坚定
311　选　择
315　古怪之美

319	圣华金小狐	407	**莱山之夜**
325	陶醉	409	**上　篇**
329	自守与注视	409	莱山月主祠
333	如火如荼	412	留下的是"倔种"
337	排遣之地	413	巨大的李子花
340	注视	414	身上一片灼热
345	酷烈	420	改天再谈
349	陪伴	422	没有权利忘记
353	完美的信念	424	烧焦的黎明
357	洁净	427	可是我不想退出
363	天生的傲岸	428	人所不知的交易
367	异域之美	432	红手
369	生命的力量	434	黄土是年轻的土壤
373	艺术和流浪	437	他正是我的昨天
377	琴声	438	他在哭自己的手
381	英雄挽歌	440	眼巴巴地看着他
385	公民激情	443	哭了，抹眼了
389	梦的故乡	444	日本刀歌
393	森林之冬	446	我们有许多不同
397	温柔的绿山	448	喜欢一些"怪人"
399	他们	449	全都"紊乱"了
404	后记	451	爱耍一根大棍

453	寻找那些大心灵	503	行走癖
456	"肾"是生命之本	504	一串瓷亮的野枣
459	我们喝得更来劲儿	507	那匹三岁小马
461	激 动	508	粗鲁的歇后语
465	人类最可怕的顽疾	510	以为然否
468	痛苦地陶醉和消受	514	我不能沉默
471	那颗必将衰老的心	516	"正义"的诱惑
473	你将逃往何方	518	简直是糟蹋自己
476	月亮从山凹升起	521	就像睡刺猬
478	一个黑色的世界	523	一封信
480	死亡之雾	525	社会渣滓
482	忍住,一声不吭	529	现场笔录
483	古遗址调查	531	市声缓缓流过
485	怕麻烦不行	532	炎热的八月
486	骄娇二气务去	534	非人的早晨
489	**下 篇**	538	野性藏在乌黑的头发下
489	相守之心	539	半语子
492	看着我的昨天	541	露着金牙的家伙
494	歌 者	543	谁也不能代他做
496	他们没有心	544	心会牵引着我
499	隐秘的隧道	547	不忍回避的目光
501	无法挽起臂膀	549	一次郊游

551 中年的悲怆远行
553 一根弦绷得太久
556 这个夜晚
557 一个流浪汉
560 山区之夜
561 中年的田园
563 旅途上
565 走啊走啊
566 扎下帐篷点起篝火
569 这条路是这么黑
571 我的心在那儿
572 血肉相连的小城

577 描花的日子
　　——少年故事

579 上　篇
579 爱小虫
584 看样子不是坏人
586 从头演练
588 痛打花地主
592 宝　书
596 捉狐狸

599 大清的人
602 嘴子客
605 有了家口
609 炕和猫
611 专教干坏事的老头
619 洋大婶
623 小矮人
628 坠　琴
630 老贫管

633 下　篇
633 独眼歌手
637 描花的日子
639 游泳日
641 粉　房
645 说给星星
648 岛上人家
652 大　水
655 月　光
658 名　医
662 战蜂巢
665 笼中鸟
667 打铁的人

671　打人夜
675　杀
676　桃仁和酒

那条河

这些小说差不多都是写芦青河的。芦青河是另一条大河的支流,发源于南部山区,流经西北部小平原、流到渤海湾里。河两岸有平展辽阔的原野,有大片大片的林子。这个地方既富庶又美丽,人也聪颖漂亮。我刚写小说就写这里的田野和林子;林子里的花、草;写我熟悉的人们。我觉得这一切都很有意义。

那儿有我无数年轻的朋友。他们差不多都有过远大的理想,只是由于各种各样的原因,才不得不放弃掉。但他们总在寻找一切机会,试图重新设计自己的生活。这一代年轻人兴趣异常广泛。我知道他们的生活并非充满了歌声,他们要担负沉重的劳动,要咀嚼失败之后那种长久的惆怅。生活好像把什么东西强加给了他们。生活对他们不尽公平。

于是,我觉得自己有责任把他们介绍到一个更广大的世界里去,让人们熟悉、了解,进而同情帮助他们。这是贯穿在我整个创作中的一个主题。我真的感到了自己的责任。

一九八三年三月二十八日

你的树

无论如何，你应该是一个大自然的歌者。它孕育了你，使你会歌唱会描叙，你等于是它的一个器官，是感受到大自然的无穷魅力和神秘的一支竹笛、一把有生命的琴。我想，作为一个热爱艺术的人，无论具有怎样的倾向和色彩，他的趣味又如何，都应该深深地热爱自然，感受自然，敏悟而多情——如果是这样的话，他才可能是一个为艺术而献身的人。事实上我们看到的很多从事艺术工作的人，并不具有这样的素质。他们对于世俗的得失出奇地敏锐，而对于自然、对于土地的变化却十分麻木。这就是我们的艺术衰落、让人失望的一个原因。当我如此审视的时候，常常觉得自己身上多了一点什么，又少了一点什么。如若不然，那就是另一些人太不合时宜、太脆弱和太牵挂了，对生活反而理解得太少——这种疑惑和矛盾促使我更深地孤单和寂寞，使我不愿意思考远离我的性情的事情，也不去琢磨其中的道理。我只是认为，一个伤感的诗人不好，但我们尚可以取他的敏感。他的温和的关怀的意思，是不会错的。只可惜我们太生硬地拒绝关于诗的那一切了。这种拒绝使我们变得越来越麻木。

一个真正热爱艺术的人才会勤劳。他是一个劳动者，让他干什么，他都可以凭力气、凭汗水吃饭。反过来，如果是一个虚假的诗人，那么他就真的离不开他的"诗"了，离开这个，他就要贫困潦倒。原来他只是寄生在艺术这棵树上的人。他拥有自己的树，但那是用以寄生的。

而真正的艺术家本身就是那样的一棵树。他的生命就是那样的一棵树。他拥有自己的树，他与树早已把命脉系在了一起。

不论一个作家的笔在外部形态上怎样脱离了大自然，不论他怎样热衷于写闹市写拥挤的街巷和刻板的机关，我们也还是能感到他对田野上那一排高大的杨树、对渠畔上那一溜整齐的灌木的眷恋。他的这种情感无法掩藏，也无法替代。他的文笔处处透着那样的气味和色泽，大自然的荫绿遮住了他的稿纸。他总是陷入了这样的一种情绪里，而且不能自拔。我们敢肯定他是一个描绘大自然的能手，他可以有漂亮的景物描写——他现在没有写，那是因为暂时还没有机会。他一旦获得了这种机会，就会使我们大开眼界，并且跟上他一块儿陶醉。他的无微不至的关怀，他的特殊的周到，差不多接近于一种女性的纤细和体贴。不错，艺术家有时对这个世界表现出的那股温存和留恋，的确也像女性。比如他们一旦用笔去描绘绿色的原野，那支笔就像刺绣的针，而写出来的文字也真的像刺绣了。

翻一翻同一位艺术家的其他作品，我们或许会发现，当他的笔真的以大自然为直接描写对象的时候，作者也就融化在其中、沉浸在其中了。他与大地一起呼吸，脉搏一起跳动。他笔下的一棵树、一株草，甚至是一粒沙子，都有了滚烫的生命。他满怀深情同时又是小心翼翼地对待它们，与之平等对话。绿色，生命的颜色，这时总是涂满了纸页。生机盎然的原野，奔腾跳跃的河流，一切都带着他的笑容和体温。这一切是那么熟悉，它引起我们无数的关于大自然的畅想，令我们回忆生活，回忆自己的童年。那时候我们与大自然的关系密切多了，那时的沙地、草木，总是我们紧密相依的朋友。我们与它们朝夕相处。

那为什么一个艺术家就能够一直与他的自然伙伴结伴而行呢？为什么对大自然那么忠贞不渝？他没有匆忙的步履，没有恼人的琐事缠身吗？他为什么忘不掉那一份稚嫩一份单纯、忘不掉透着晶莹的友谊和那份独特的情感？他大概具有一颗特别的心灵。

所以，他是艺术家。

他懂得钟情和怀念——那么生活中的人谁又不懂呢？每个人都有自己的友谊和情感世界，但艺术家的那一份却极为深重，远非常人所及。一个人降生下来之后，他首先认识的是自然社会和人类社会中各种各样的生命。他差不多认为这一切生命都是平等的。这是他的最初印象。后来，只有一小部分人在无形中一直被这个印象左右，并且不能解脱。一种特别温柔的东西浸染了他，使他永远留恋着什么。他记住了赤脚奔跑在原野上的感受，差不多等于记住了在母亲怀抱中的感受。那时他认为是极度安全的、自由自在的。

这就决定了他的温和与明了事理。他在生活中不会那么生硬和冰冷。在理解事物方面，由于他更多地从被理解的对象身上出发去考虑问题，所以就能够寻觅和洞彻更曲折的道理，能够进一步地体贴和安慰外物。这样，他首先是把握事物，其次才是描叙事物。他比任何人都更能消化和感悟，容易抓住客观世界的律动和品性，所以他往往能从别人意想不到的角度和方面去做出阐释。这样，也就有了思想和境界，有了情趣也有了诗。

我们发现作家大致有两种。一种是柔和宽厚的，对大自然满怀深情；而另一种正好是冷漠的，对大自然无动于衷。前一种才是我们要讨论的人——他们是理想的人。而后一种，文学和艺术对于他们只有职业上的意义，他们不会把灵魂注入纸页和文章。你看不到他的令人激动的关于大自然的描叙——因为他就从来没有关心过它。他注目的只是眼前的世俗利益，或者一直被这些利益所牵动。他心中没有与切近的利益相去较远的那些情愫。他为什么要牵挂田野上、河边上的那一棵树呢？它长得浓绿又挺拔，它是一棵不错的树，可是它与自己又有什么关系呢？

而我们说，它应该是你的树。它生长在你的身旁，你的心中，与你血脉相连，根须相接。它是一棵向上的生命，是你的投影或者你的另一种表现形式，总之它与你不可分离。不是吗？它就该是这样的一棵树。风来了，它在风中抖动，愉快还是不安？雨来了，这雨水只是使它洁净还是有些冷，让它频频颤抖？它的脉管里流动着的，是另一种颜色的血液吗？它的兄弟和母亲在哪里，它有自己的家族吗？它长得多么旺盛，真像一个好的男孩或小伙子，或者是一个明丽照人的姑娘。对了，它也可以比作一匹浑身闪亮的骏马。

它就是这样的一棵树。可惜这不是所有人都能感受到的。它不能在一个人的心中溶解，那么这个人绝对不会占有这棵树。你为了辨别自己吗？那你完全可以去寻找那样的一棵树——当你把它溶进自己心灵的那天，你也就明白了自己。你真的在为它而激动，你甚至听到了它在微笑或者哭泣，那么你也就明白了自己。你真的深深地爱着那棵树，那么你也就算明白了你自己。

我认识一个人。他那时候三十多岁了，可是他回忆起一棵树，差不多要哭出来。那棵树就长在离他家一里多远的地方，正好在一条小路的拐弯处。他们家的人都喜欢这棵树，它是棵柳树。它长得并不好，不够高大也不够直。可是它长在离水渠不远处，水分充足，极其茂盛。他从小就看见它，就是说他出生时，这棵树早就长在那儿了。父亲领他出去时，有时就说：我们走走，到柳树那儿；后来他长大了，家里人与他抬东西，就说：我们抬到柳树底下歇一歇……柳树成了一个特别的标记。有人打听他家的住处，他就介绍那条小路、然后是一棵什么样子的柳树、然后是他的家。那棵树与他的整个童年和少年时期都密不可分，他曾经无数次地爬到柳树上玩耍，眺望原野。就是这样的一棵树。有一年上，附近的一个村子要盖猪圈，响应"大养其猪"的号召，没有木材，就来伐这棵柳树——那天全家人都立在门口看着，他们当中有人哭了。他哭得最厉害。因为这是他自己的树——他不知从什么时候起这样认定了，而且一辈子再没变过。

那棵树长在集体的土地上，他和他一家人都不能从法律的意义上拥有那棵树。当然了，他去阻拦、劝解人家别动那棵树，结果只能让人费解和嘲笑。不过他的确拥有了一棵永恒的树。

我想这就是类似艺术家的那种情感，可也是作为一个人最正常的情感。本来嘛，那样的一棵树被粗暴地砍掉，一个人的心中如果留不下一丝疤痕，难道不是很不正常吗？一个人在他幼小的时候倒往往是十分正常，只是到了后来要为生活疲于奔命，慢慢也就走向了畸形。

一直维护人身上最正常的东西，原来就是艺术家的使命。他唯恐丢掉的，就是这一切。那些一般人认为所有的不可解的、不得当的种种现象，在有些人看来倒是自然而然的。他们富于想象，容易冲动，直率而又恳切，反对或拥护一种事物往往都不加掩饰，有时也难免偏激。这正是较少受到扭曲的一个生命的真实特征。他们愿意与周围的一切达成谅解，善于理解也善于同情。作为一个人来说，你不觉得这样才更真实吗？

有人从来就没有关心过大自然。那棵树与他没有任何联系。但他的冷漠不仅仅是对于原野、对于土地，而是对于一切的事物。可怕的是这样从事了艺术。所以有些文章让我们感受不到温情和色泽，感受不到一丝安慰。我们阅读这样的文章，只会增添不必要的疑虑和猜测，兴味索然。我们体会不到一个人对于母亲——土地——的那种特殊的情感。这种情感真的存在，那么即使他写域外、写星空和海洋，甚至写战争，字里行间都会有那份沉甸甸的东西在，它的神秘的力量会使我们的心灵一次次颤抖。

只有土地才从根本上决定了我们的性质，并且会一直左右我们。我们应该懂得从土地上寻找安慰、寻找智慧和灵感。我这不是一种虚指，而是说要到真实的泥土上去，到大自然中去。当你烦躁不宁的时候，你会想起田野和丛林。无数的草和花、树木，不知名的小生物，都会与你无言地交流，给你宽慰。你极目远眺，看到地平线，看到星空，都有一种说不出的感觉滋生出来。这种感动和悟想是有意义的。它让你从惯常的生活经验中挣脱出来，得以喘息和休憩。你是否有过这样的经历——躺在丛林草地上，或者绿树掩映下的一片洁白的沙子上，静静地倾听着什么？身边好像什么异样的东西也没有出现，又好像一切都经历了，通晓了。原野的声音正以奇怪的方式渗透到我们心灵深处，细碎而又柔和，又无比悠长，漫漫的，徐徐的，笼罩了包容了一切……这个时刻你才觉得自己不是多余的，你与周围的世界连成了一体、一块，是渺小的一部分，是一棵大树上的小小枝杈，是一条大河上的一泓细流。你与大自然的深长呼吸在慢慢接通，你觉得母亲在微笑，无数的兄弟姊妹都在身旁。连小鸟的啼叫、小草的细语，也都变得这么可亲可爱。你这时候才是真正无私无畏，才是真正宽容的一个人！

每个人都或多或少、或明或暗地感受过那样的境界。但对于大多数人，它都只是一瞬间，是一个小小的阶段。它不可以长长地挽留，它很容易就退到了遥远的地方。而有一种人的不同之处，就是能够把自己经常地置于那种环境之下，唤回那样的感觉。这对他来说是完全自觉的。他们不顾一切地到原野上去，去寻找他们自己的树。这种精神也不断地渗透到日常的生活中，使人与人之间的关系变得情同手足。

从艺术的角度讲，我们就可以寄期望于他了。他会写出另一种文字。他的善良会沟通其他的心灵，他不会伤害无辜的人，包括他们的自尊。要知道一个人伤害另一个人那是太容易了，往往是在不经意间就损坏了一种至为宝贵的东西。理解这些，一个人才会善解人意，通情达理，才会懂得处事的艰难与快乐。柔细的心肠不仅仅属于女性，它还应该包括那些正常的人，那些善于自省的人，那些热恋大自然的人，那些真正具有艺术气质的人，那些富于创造力的人。你会从这样的人身上，轻而易举地发现他究竟在关怀什么，他的忧虑和不安。他愿意为保护一种原则而付出一切，决不吝惜。他对于大自然的情感，真正像对待母亲一样。

无论是多么狂妄的人，大自然都可以让他变得驯服——如果想这样做的话。无知的狂暴的人怎样欺凌大自然，我们都有目共睹。一棵挺好的树，他不知出于什么目的，偏偏要折磨它，在它的身上折去枝条、划上深痕，使它一滴滴流下血来。最后，他还要把这棵无辜的树杀掉。那棵树默默无声，忍受了牺牲。可是树木真的没有力量吗？我们知道，一棵树木好像如此，但也不完全是如此。我听说，有一个倔强一生的壮汉，走遍了天下，创下了无数业绩，征服了无数异性，最后却死得奇特。他有一天躺在一棵大树下面休憩，睡着了，大树冠折下了一根碗口粗的大枝丫，一下子把他砸死了。还有，像一片无边的丛林，可以把最精锐的一队骑兵困住，让他们左冲右突，直到筋疲力尽倒地死亡。丛林是树木手扯手形成的，是从一棵树开始的。它们在风中呼鸣嚎叫，威势比得上千军万马——如果在这样的夜晚，你到了丛林里，不感到恐惧吗？在大雨之夜，雷电闪闪的时候，你可以借着电光看见树木怎样通身锃亮，枝条怎样舞动，那你又有什么感觉？而在无风无雨的晴朗夜晚，你如果来到了丛林里，又会觉得四处黑森森，树林变得浑然苍茫，很神秘很幽静，很让人遐想。

如果是一排树呢？它们像什么？一队士兵？一溜英俊的男子或洒脱的少女？它们生在荒野上、庄稼地里、渠畔上，我相信给人的感觉都会不同。树木，它们就是这样平常又是这样奇异。它给人无数的灵感，无数的想象，它既是我们描叙的对象，又是我们汲取力量的源头，它有生命，它与人类永远在一起相伴。

很多刚刚开始文学创作的人不知道怎样才能有好的景物描写，但他们很注意训练。渐渐他们发现这十分容易，十分顺手。他们写写云彩，写写太阳，再写写树木和鸟。好像这就可以了。有时看上去，这些描写都是很正规、很像那么回事似的。可是谁也不会被它击中，不会有其他的什么感觉。因为这是机械的、没有活力的，是一种习惯性的组合——这种组合方式已经沿用了几十年。我看到不少的书就是这样组合的。它们又是行之有效的，那就是使一部书不至于变得太干瘪和枯燥，也可以让人舒一口气——可是人们读到这样的地方，都明白那是怎么一回事。都要飞快地掠过去，以免浪费时间。

原因是什么？原因就是他还没有沉浸到其中。还没有那样的敏感和柔和，没有成为自然的一个歌者。因而他就不会歌唱自然，他的眼睛一旦转到大自然身上，也变得茫然无定。那种关怀的、贴近的、柔柔的东西，还没有驻在他的心间。

有人也可能说，艺术是多方面的，具有不同的品位和风格。但我认为，任何风格的艺术，首先还要是艺术。就是说，所有品格的艺术品，都是从一颗艺术家的心灵上滋生长大的，而不是从其他的心灵成长的。我们也可以来剖析另一种意味的作品。这一类作品写得特别刚烈，充满了义愤，那是战斗气息很浓的东西。它的作者就一定是粗犷勇武、对生活的细微部分缺少敏悟的人吗？如果具体考查起来，你会发现事实上恰恰相反。一部真正的艺术品，无论具有怎样的外部色彩，它在本质上都有共通的东西，那就是一种挚爱和真诚。试想他的愤怒和战斗离开了爱的精神，有可能打动读者吗？有可能成功吗？真正的勇敢总是来自一腔挚爱，来自保护一种美好和善良的纯洁心地。

也有一些作品是离开了这一切的。那么它就没有体温,冰冷得让人难以接近。那样的文章无论具有怎样完美的外部形态,也还是没有生命。因为它没有灵魂。它没有在泥土上扎下根脉,大地没有教给它呼吸。它是出自人手的伪制,等于一棵假的花树,没有芬芳也没有汁水。

我每一次走进原野都觉得自己接近了艺术。相反,有时动手写作和阅读的时候,反而觉得离开了艺术。这个精灵到底在哪里?它让我们到哪里去寻踪、去追逐?我的这个感觉有时十分强烈。常常是满怀失望地从案头上抬起身子,然后苦闷地走出——原野上活生生的一切在向我招手,我走进它们中间。在一望无际的海滩平原上,在一片片的稼禾和丛林中间,我总是感到了令人至为激动的东西。它温厚无私、博爱,它宽宥了人们的所有行为。在这里,我常常待上很久。我可以在这个时刻里回忆很多往事,总结我的生活。这时我开始变得宁静,很清澈,也很能容忍。我对以往的不成熟的一切感到惭愧,我唯一欣慰的是我在勤奋地、诚实地劳动,我在不知疲倦地寻找。满地的花和草都欣欣向荣,小动物不停地奔跑,原野上不知有多少生灵在活跃着,劳碌着,它们有自己的美丽游戏。我觉得我在这一刻里离艺术的精灵这么贴近,它似乎近在一步之遥。

一棵棵茂长的夜合欢树开满了深红色的小花,在蓝天碧海的衬托下,像点亮了一盏盏小红蜡烛。我躺在大树下,闻着浓烈的香味儿,从未有过地激动。它们在与我无声地交谈,深情地交流。那一段逝去的岁月里,它们一直伫立在这个平原上,目睹了阴晴云晦,在雷雨里洗涤,在烈日下沐浴,在闪电里摇动和振作。而我们这些在树底记下了童年的人,却因为生活的变迁远去他乡，在人生之路上匆匆奔波，双脚已经裂口，胡须已经变硬，而且已经不能像当年那样，在它的身上攀上攀下了。我在回忆我的童年和少年，回忆怎样渐渐地热爱了艺术？

我发现我首先学着描摹大自然。我描叙了大海和平原，以及平原上的一切植物。色彩斑斓的花让我不知怎样动笔，各种各样的大树也使我用尽了词汇。我深深地迷恋着这片原野，迷恋着原野上的一切。我觉得自己真的离不开它，即使偶有脱离，也是深深的思念和盼望。我发现大自然教导了我热爱艺术，而艺术与大自然又如此密不可分。这就是我的总结，这就是我不可改变的思路。

我羡慕那样描写自然景色：半点也没有让人感到游离和偏移，没有作为一种点缀。它与写到的人物一样，都有活脱脱的生命。作者在用笔与它们交谈，向它们发出心底的问候。他那时觉得笔下的人物与之紧密地交织在一起，连成了一体，永不分离。

我那么喜欢那些自然的歌者。我也希望别人像我一样喜爱他们。他们是我推崇的艺术家。比如普鲁斯特和托尔斯泰，再比如屠格涅夫、后来的普里什文和巴乌斯托夫斯基，直到当代的苏联作家阿斯塔菲耶夫……我可以举出一连串的名单。他们写下了多么好的文章。每一株树都能牵动他们的情思，他们在为每一株树歌吟或泣哭。世上的所有悲哀，他们都以自己的方式、自己的语言告诉了地上的树。树木与人一样在大地上伫立，经受着自然的风雨。有的树活了几百年，目睹了人世沧桑。屠格涅夫曾嘲笑一个枯槁的伯爵，那人指着一棵活了上百年的大树说它是"他的树"。是的，一个腐败的老人怎么能拥有这样的一棵树呢？

哪怕一个人亲手栽种了一棵树，这棵树也有可能最终不属于他。他离开了一种平等的、真切的情感，它也就可以背弃他，成为自由自在的一棵树。它长得寂寞了，就有自己的交往和情谊。但愿我们能与它结识，与它在一起。无数的树总是在各种各样的情形下生出和长大的，并没有太多的树让我们一开始就认识。我们走到丛林里，发现所有的树都是陌生的又都是熟悉的，它们都那么和蔼可亲。很少有一株树会是邪恶的，很少有一株树会丧尽天良。它们不去欺辱别人，在别人的欺辱下又往往默默忍受。只要不是把它们连根刨掉，只要有一根细须留在土里，它们就有可能重新生长——很缓慢很缓慢地长起来，加入丛林生活。

我常常琢磨这样的树。我记得小时候曾亲手栽下很多的树。后来我离开了，它们有的成长起来，有的又被人砍伐。它们落脚的泥土几经改变，已经不能立足了。可还是有些幸存者，它们活着。我走近它们需要跋涉上千里路，每一次见面都想：它们竟然是由一个没有什么能力的不成熟的少年亲手栽下的，而今长得又粗又大，很威风的样子，这是多么不可思议的事情！我想如果我当年栽下了更多的树，那我有多么幸福！有意思的是那些树都是我自觉自愿地栽下的——我发现把小树苗或一截枝条埋到土里，它就会吐芽成长，慢慢长大，这是多么吸引人、多么有意义的事情！后来我和别人一样长大了，反而没有那样的植树的热情了，反而要被动地做那样的事情了，比如在植树节里劳动，等等。这就是生命的蜕化和改变，是生命激情的一次消逝。

在很多握笔的人那里，主要是热衷于研究引向成功的技法等等问题，而不是其他。我想这都必要，是谁也不能舍弃的。但是这样坚持下去或许又会发现，我们一方面在读书，却又忽略了土地这本大书。一种书需要眼睛去读，而另一种书需要心。你的心灵需要它的滋养，一旦经过了这个阶段，你才算成长起来。对此迷恋不已的一个作者，总是最好的作者。我们祈求灵性——灵性总是蕴藏在山水之间。技法是重要的，可伟大的技法、百发百中的技法正蕴藏在大自然里。

坚持到野外去生活、去感觉、去修养自己的性情，至关重要。在这个海滨城市里，我看到了很美的自然风光，这里有海，有山，有满城满郊的黄花，这里空气清爽干净。这里一定会有自己的歌者。可是如果忽略了这片土地，不去亲近它，一定会耽误很多的人。你生在这里，你会深深地爱上这里。我们过去一直讲乡土的爱，讲得多了，反而听不懂。没有多少在乎这句话的人，弄到最后人的情感很空泛，很漂浮，没有了扎实的东西。故乡的泥土不会使我们流泪——如果我们不是故意流泪的话。我们渐渐离那种情绪很远很远了，渐渐都成了一种没有故乡的人。可是一个好的流浪汉在返回故乡的时候也会激动，哭得双肩抖动。怎么回事？是什么使我们丢掉了最可宝贵的东西？我们怎么变得这样空虚和不可捉摸？

设法在出生地寻找丢失了的那种东西，这比什么都重要。认真地想一想这片土地，它的独特的性格。它真的不会让自己的儿女激动了？我们就真的成为一个冷漠的人了？大概不是。这种麻木和冷漠只是奇怪的传统，是一种习惯，而不是你自己的真实的性格和品质。你还会面对土地激动起来，一定会。你如果做不到这一点，就不会顺利和成功，一定是这样。任何知识、技巧，都不能替代人对大地的深长的情感，不能替代你对大自然的永不改变的温柔。你必须怀着这样的情绪走下去。你的爱和恨，无论什么意绪和倾向，都要以此作为理由。这是不可改变的，是规律而不仅仅是一种要求。

如果我们一开始就用真诚的笔触去刻画自己的土地，写什么东西都是使用这样的一份情、一支笔，那么写出的事物就会改变。一切都渐渐出现在你的笔下，你开始写一个更广大的社会。可贵的是这样做的同时，你把土地与人联结起来了，你抓到了问题的核心，不自觉地将土地作为了一切问题、一切变故的根据。

这就是我所理解的一种深刻。一个初学写作者往往被斥为不深刻，可一个作者到底到哪儿去寻找人们所要求的深刻呢？我所见到的所谓深刻，有时不过是一种巧妙的趋时的辩解和嘲讽，并没有什么深入的独特的见解。他们没有试图去抓住问题的要害。一些时事性的东西被他们咬住不放，或叹息或解剖，可是问题的根源并没有触及。我倒觉得再也没有比一个依恋大地的人更容易走向深刻的了。这样的人好像很脆弱，实际上无比坚强。他能够正视生活，正视艰险，不会惊慌失措地去应付什么。

这就是我——一个艺术学徒对艺术和艺术家的理解。我认为有一类人既是天生的，又更可能是后天造就的。关键是他要一直正常，一直不去脱离土地。他如果能做到这一点，他就在本质上是一个艺术家，而不管是否从事了艺术的工作。如果一个人在根本气质上离这一切很远，就不能算艺术家。因为他们寄生在艺术之树上，而不是用心血浇灌了培育了这样的一棵树。

愿你真的拥有你自己的树。愿你一开始，就能与另一些人有所区别。

一九八四年四月

大自然使人真正地激动

有一个时期，我一直以为一个作家的才华主要表现在对自然景物的描绘上——这当然有些可笑。那是我的误解，夹杂了某些偏执。不过，总会有一些更深刻一点的道理与其联结在一起，我说不明白。

比如那些能够准确而细微地描述大自然，特别敏感地领会自然界的暗示和启迪的人，显然是些特殊的生命，是作家队伍中最优秀的一类——往往如此。人与大自然的情感应该是朴素的，天然生发的，没有任何的难为情，没有任何的牵强。但实际恰恰相反。

一方面我们心灵干枯，感觉迟钝，面对活鲜的、生机勃勃的、千姿百态的世界表现得麻木不仁；另一方面我们又往往吐露一些虚伪的、空泛的情感，表现出一种矫情。大自然并没有使我们真正地激动，灵魂也没有战栗。那种作法看上去有点像附庸风雅。

诗人记录和倾诉他心中的一切。他站立在什么土地上、呼吸着什么空气、四周的颜色和气味，这对于他可太重要了。他与这个世界融为一体，血脉相通。他是它们的代言人，是它们的一个器官。通过这个器官，人类将听到很多至关重要的信息，听到一个最古老又最新鲜的话题，听到这个星球上神秘的声音。一个诗人如果不能与那一切相通相连，那么他就是可有可无的。他可以嗅到风、云、河流、树木、太阳等等一切的气味，感到它们的脉动。他的喃喃叙说才是真正意义上的诗。他是一个彻底放松的、四肢伸展的生命。

我们难以想象一个对那一切感觉迟钝的人，会对人间一切情愫感觉敏锐。他与众不同的，首先当然是极度的敏感性。自然界的一切都能引起他的喜悦或哀伤。这是人类智慧高度发展的结果。它受到了最有力、最痛苦的磨砺。凭借这些，他获取着常人难以捕捉的东西，并以他自己的方式消化着、传递着。他的歌有着无比的渗透力，往往在人们理性上还来不及排斥的时候，就进入到心灵中去了。

大自然作为世界的主要部分，可以说是独立的、绝对强大的。它当然有自己的秘密。探索它，有时是人类最伟大的事业之一。科学家的缜密思维替代不了诗人的感悟。每个生命都是渺小的，每个生命都会叽叽喳喳议论大自然。你会看到一个诗人的情绪怎样波动，这种波动与自然环境有怎样的联系，以及大自然又怎样熏陶和教诲了诗人。他对自然的理解，不可避免地表达了整个人类思维的一部分。他再独特、再有个性，也是一种人类思维。他的个性，正好表现了作为一个单个的人的价值。没有个性的思维是不存在的，愈有个性，就愈有整体上的意义。人类的自然观，总是通过单个的人来完成和发展的。

一九八四年六月五日

遥远的动力

这么疲乏，这么缺少动力。我又一次无精打采了。每逢这时我就去想小时候的事，想那时周围的环境。当心情好一些时，才能继续工作。

我想得比较多的是屋子后方的那棵大李子树，还有院角的石榴树。我差不多又闻到了它们的气味。那像银粉似的微微呈灰的浓烈繁密的李子花，那交织盘旋的一道道枝丫；石榴火红火红——我是指花儿和骨朵；石榴叶儿是墨绿的，很硬很亮。有一个七星瓢虫在它的小枝条上爬。一群群蜂子嗡嗡缠着李子花，怪模怪样的鸟和蝴蝶也飞来了。石榴树下有着一层硬壳土，上面是蚂蚁洞穴什么的。有蚯蚓吐出的东西。蚂蚁一次次出来，心事重重。它们当中有几个身体超乎寻常地大；有的长了翅膀，但未见飞。石榴花不见得都能长出石榴来，但是一枝也不能折。李子树干上有蝉蜕下的壳儿，它们永远地趴在那儿，像一个个生命的影子。

这样想象着，沉浸在我童年两个无言的朋友中，心中一阵阵激动。好像有什么至关重要的东西又一次默默来临了，我将忍不住去叙说这复杂的、温柔的感觉。

可是我大约一次也没有直接去描述李子树和石榴花，只把它们放在心的角落里，留着自己交谈。这真是奇怪的现象。它们仿佛连接在了一个什么动力的源头上，给我崭新的力量。它那种烂漫和芬芳是永恒的，一直鼓舞着我。它们有时也使我平静，使我柔和，让我从眼前的烦恼得失中解脱出来。

它们代表了我的童年，成为我重要的依托。它们象征了什么，暗暗给予启示。过去曾经发生了多少事情，大多模糊淡忘了，偏偏这两棵植物越来越鲜艳。这是让我费解的。离眼前的生活很遥远的事物，究竟有多少使人一想就感到温暖，感到充实？恐怕是不多的。它们太普通了，普通得让人无法忘记。它们好像属于我的最本色的过去，属于一种"原来"——任何后来的人和事比起它们，都比较疏远了。

它们是绿色的，是童年的颜色，是诗的叶子。

它们长在泥土上，并不乱跑，安静厚道，不可能伤害任何人。一个人在最弱小的年头里最容易交往一棵树或几棵树，友谊长存，思念绵绵。这种友情在今天的我看来多少有些陌生了，这只能怪我变得不朴实了。它们仍然是任何别的东西所无法取代的，我渐渐明白了。

我相信每个作家都有他自己的李子树和石榴花。他一生写了无数东西，差不多都与它们有关。

一九八六年五月四日

心中的黄河

黄河流域的大多数作家与别的地区的作家不一样。这种差异的确存在。任何事物都有优势同时又都有劣势，连在一起，纠扯着难以分清。这些作家大多有强烈的道德义愤，面对一种潮流从容而镇静。直面生活是很难的，心灵的指针永远向着底层也不那么容易。当一批又一批人的心思悬浮到了空中的时候，这里的作家却依然足踏大地。他们永远漂不起来，心中永远沉甸甸的。因为黄河的沙土从高原上漫流过来，一路上沉淀着，一代代沉淀着，她的儿女心灵上接受了她的馈赠。

我们的生活也像这条大河，时而滔滔，时而缓缓，泥沙俱下。值得兴奋的东西当然太多了，但我们却不能因此而忘记了生活中纷纭复杂的矛盾冲突。兴奋与忧虑从来就交织在一起，我们应该有分析，有清醒的头脑，让生活的水流在心中慢慢沉淀。文学应该永远是质朴的，永远是从土地上生发出来的青绿。如果将整个民族的奋斗和寻找，将千百万人的苦难看得一钱不值，那才是不可理解的。

文学家当然应该有超脱的意识，但超脱不等于全部抛弃我们的责任心。现代派作家了不起，甚至颓废派手里也有好东西，但他们都曾经是理想主义者；他们自己起码经历了漫长的寻找和探求，经历了心灵上的痛苦。理想主义也许是不能够跨越的，如若不然，那种所谓超脱的产物就会变得十分做作和廉价。

　　黄河水流了千万年，流走了那么多的辛酸和苦难。这一切渗透沉淀在河两岸、在广阔辽远的田野里、在人民的心里。黄河是流动的历史。我们有黄河，我们不会忘记历史。黄河水是作家们用不完的墨汁。收集历史，就要从脚下的土壤中、从人的心灵中做起。心中的历史才最丰富、最伟大、无与伦比地瑰丽。黄河呼唤着史诗，它以取之不竭的源泉一刻不停地浇灌着史诗——这棵枝叶参天的艺术之树。

　　黄河的沙土留在我们的骨血中，使我们步履维艰。一步一个脚印地往前走，文学之路曲折而遥远，用长江的清水洗去一路的风尘吧，这样可以明目爽神；但心中的黄沙还会依然存在，它常常使黄河流域的作家们心情沉重。这是气数，是命运，谁也没有办法改变。人人心中都有一条黄河，或者说黄河之水从他们心中流过。

一九八六年十月十日

秋夜四章

一

我曾经是、现在依然是这样痴迷于这条河。它牵动着我的全部思绪，是我的向往，我的动力，我倾诉的源头……

芦青河在胶东西北部小平原上。我在河边，在这个可爱的地方生活了十余年。后来我就离开了，到山区、到城市……再也没有遇到比那儿更好的地方——我是指那儿的美丽自然。芦青河穿过小平原注入渤海，河两岸有平展展的原野，有密匝匝的林子。大约因为河水的滋润，一切都长得那么茂盛——还记得那一片片丛林、稼禾，浓绿浓绿，真正是苍翠欲滴！除了一些特殊的年头，这儿极少有歉收的时候，人勤劳，土地也太肥沃了。总之，河两岸出奇地美丽，也出奇地富庶。

我一个人生活在外面，常常思念母亲，思念故地。思念故地和思念母亲的心情是一样的。我是带着深深的思念，拿起了一支笔。我很爱小平原，爱海，爱芦青河，爱密匝匝的林子。这片土地给予我的，将让我永远感激。

我厌恶嘈杂、肮脏、黑暗，就抒写宁静、美好、光明；我仇恨龌龊、阴险、卑劣，就赞颂纯洁、善良、崇高。我描写着芦青河两岸的那种古朴和宁静，心中却从来没有宁静过。比起美丽的自然，这儿的人应该更好一些。我常常想：世界上如果全是善良正直的人多好啊！生活在前进，有好多伟大的目的，其中之一，就是不断剔除那些丑恶的灵魂。我痛恨那些工于心计、使用各种不择手段骗取利益的人；当我在生活中产生那些卑微的念头时，我会同样瞧不起自己……

我深深地爱着河边上那些心地光明、美好、坦荡无私的年轻人。我羡慕他们。他们是我的理想和向往。我寄希望于他们，以抵御心头的沉重。"人类"在我眼里应该是这样：女的，没有一个不是伶俐秀气；男的，没有一个不是英俊端庄！他们都身心健康，挺拔向上，不由你不去爱慕，不去讴歌，不去宣传。那时将有一种力量驱使你，让你把他们从一个褊狭之地介绍到更广大的世界里去。我十分痛恨自己软弱的笔力！我总是羞于回头，不敢细看已写下的文字，它们是如此地软弱、笨拙和幼稚……

我的创作之路大约还很漫长。但我现在首先想到的还不是创作。我在想怎样认真地、好好地生活下去，怎样永远和人民站在一起——如果这样做了，就什么都有了。

现在主要是感激；再也没有比一种感激的心情更能帮助我、支持我的了。我感激什么？

感激很多很多，但我说不出。

一九八二年十月十五日

二

从写第一篇作品到现在，转眼已过了十多年。十几年来，我在文学之路上艰难地行走，其中有很多欢愉，也有很多焦虑。

我现在觉得，人活得真累。每天要做好多事情，也要为好多事情担心。我们面前的道路那么遥远、那么多弯曲和坎坷……我思索着，一边用笔记录着身边的生活、记录着我所能看到和想到的小小世界。

我曾经天真地想象着一种愉快的日子，一些很好的人，满怀深情地回忆童年的事情。我记得最清晰的就是芦青河，这条故地的河流，使人浑身灼热的河流。雨天、雪天、渔人、小船。河上独木桥，用最老的柳木做成，滑腻腻、湿漉漉。大雪蒙住河水，河冰又被水流击碎……但这毕竟是记忆，童年的记忆。童年还进入不了另一种生活，还无法理解成人们为生存而投入的搏斗。

我仍然在写芦青河，但我现在很少写童年的河了。我加入了成人的行列，用成人的眼光去看河水和小桥了。我要告诉我的朋友：那里的人告别了一种生活，开始了另一种生活。可他们远远不是在欢笑、在幸福，因为我知道那片土地已经有了太多的痛苦，并且这些痛苦今天已经难以根除。生活像一驾满载的马车行驶在泥泞的道路上，前进是前进了，可是留下了多么深的辙印！两个轮子有时简直像犁，翻开了地上的泥巴，露出了又一层新土。车轮在呻吟，辐条在颤动，一路就这样移动下去。那些难言的痛苦和磨难啊，他们向谁诉说？他们如何呻吟？

记下辙印，捧起泥巴，倾听颤动的辐条和车轮的呻吟，是因为太爱了——无望而无边的爱啊！

人们生活下去，永不妥协。活着很累，但大家从来也没有像今天这样活过。而且要活得有力量，活得充满信心。

就是这样一代一代、一天一天地迎送日月。

一九八四年八月十日

三

在墨一样的夜色里，我的思绪游荡不息。在橘红色的灯光下，我的笔挥动不止。远处的山色淹没，星光隐去。这又是一个长夜，一个很美的、很内向的夜。这样的夜晚无声无响，只有露珠在草尖上凝聚。

像是在写一封长信——它没有地址，没有规定的里程，只有遥远的投递、叩问和寻找。给远方的人，远方的心灵。他们在这个夜晚，在山的那一边，向我注视。他们目光的重量压迫着我，让我的呼吸变得轻轻的。我把一声声问候藏在了心里。啊，山的那一边，海的那一边，你们的目光；还有，云后的星光，一齐闪烁的眸子……

没有缘故的留恋与盼望，思念，焦渴，等待。你在十年或百年之后看到的这篇文字，会若有所思、会怦然心动吗？时光的奥秘、心的奥秘、生命的奥秘，它们堆积着，诱惑着。

秋天的落叶刚刚飘下一片。这夜色温温的，掬得起如同静水。沉浸着，任它漫流。

一九八五年九月十九日

四

当拿起笔来时，又一次觉得无言。因为滔滔不息的激流已经洗去了涌来荡去的话语，词汇如屑，飞溅了，无有踪影了。我将如何诉说，如何询问和回答？我的千头万绪的牵挂和迟来早去的觉悟啊，我将如何诉说？十年前我曾说过：

每个人都有他自己的生活，各式各样的生活；每个人都不同程度地探索了生活的意义。意义在哪里？意义在于生活着，或者是生活过。我的笔写下了字，我的眼睛看到了，再告诉自己的心灵。心灵因此而愉快起来，我就再写下去。这是一个美丽的圆圈。无数的看不见的圆圈在旋转，无数的运动世界。每个世界都有它自己的秘密，鲜为人知。渴望了解，渴望融化秘密，是人人都有的一种欲望。小心不知大心，小年不及大年。写成一本书，让它到人海里去碰撞，如此而已。我的意愿就包含了我的全部希望。人还年轻，可是生活老了；生活正年轻，可是人却老了——我们就是这样尴尬。但活着就要好好劳动，好好过日子，这恐怕是没有异议的……

而今天我将说：

我是不息的春水，我是不倦的浪花；我是每年都融化的冰，是适时而至的讯息、风和潮涌。我是明天，是再生和永生，是永远，是泥土和大漠，是滋生和长绿……

我是声音。

一九八六年十一月

利口酒
——访德散记之一

如果有一帮老和尚偷偷摸摸捣鼓出一种酒，并且能够得以流传，那么这种酒不会错的。和尚造酒是犯忌的。优秀的僧人当然不会去干。但这是另一回事。我想说的是人间一些珍品的源路有多么奇特。

我们游过了西德的北部和中部，来到了南部城市斯图加特。一个下午，我们去城外郊游。太阳很低了，这时才有人想起回城里去。但要赶回去吃饭显然已经晚了点，于是有人提议在城外的郊区酒馆里进餐。

这还是来德国后第一次进这样的饭馆。

整个店像一座乡间别墅，全部用粗大的圆木钉成。屋顶大得很，看上去拙稚可爱。它在浓绿的草木簇拥之中与周围的一切相映成趣。美人蕉红得像火，野栗子树大冠如伞。木头屋子四周约几十米的地方，有一道削成方棱的木头栅栏。栅栏内有白色的金属椅子，有白木条凳。显然，这里面会是很有趣味的。

走进店门，大家都怔了一下。原来这里面十分华丽，简直一点儿不比维尔茨堡或汉诺威那些考究的酒馆差到哪里去——我们来斯图加特之前曾去过两个绝棒的酒馆，印象深刻。这个郊外的酒馆临近黄昏，灯火齐明，金属刀叉闪着光亮。枝形烛台上插满了蜡烛，桌子上的餐巾洁白

一九八七年在德国一农场

如雪。墙壁上的装饰让人瞩目：一个野猪头，獠牙弯弯，小眼睛微微发红；鹿角尖尖，鹿的神情栩栩如生，如少女般温柔地注视着来客。这都是真实的动物做成的标本钉在了墙上的。还有壁画，画的内容当然是狩猎，猎人脚踏长筒皮靴，绑了裹脚，举着猎枪。一只棕熊中弹，腾空而起扑向猎人。不知为什么这些壁画都画得笨模笨样的，野物的神情多少有点像人。

这一切使你强烈地感到另一种生活的气息，即远远地离我们而去的山地狩猎、燃起篝火烤肉喝酒的那样一种情形。我们刚刚从山间小路上来，穿越了大片的丛林，再进这样的酒馆不是正合适吗？酒馆招待彬彬有礼，请客人入座，送盘碟刀叉，一整套动作连贯流畅，很像一种体态优美的舞蹈动作。但客人不会觉得有任何滑稽的意味，相反会从中感到源于职业的端庄和矜持。要点什么菜呢？菜单上标明了有烤土豆条、青豆等，有鱼——一种淡水鱼，样子像青鱼，产自城郊碧绿的小湖；有鹿肉、野猪肉、牛排、猪排等等。我要了一盘色拉、一份烤土豆条、一份鹿肉。喝什么酒呢？酒的品种可真多，我们几个人相视而笑。

小说家G是我们的老大哥。他个子不高，穿一件黑色披风，多少像个将军。他伸出右手说："利口酒。"

我和另一位朋友也选择了利口酒。

原来这是一种无色液体，像崂山矿泉水那么明净，银晶晶的。只有小小一杯，我敢说那杯子比拇指大不了多少。旁边的朋友有的要当地啤酒，有的要葡萄酒，都是大杯子或半大的杯子，我们显然太不合算。我低头看看小小的杯子，见杯子的上半部有一道细细的红线，而杯中的酒刚刚达到红线那儿——也就是说,这种杯子虽然小如拇指,但却没有装满。

我端量了一会儿有趣的小杯子,与小说家G一同端起来。其实我们是用拇指和食指小心翼翼地将它捏起来的,送到嘴边,喝了很少一点。

"怎么样?"一边喝啤酒的人问。

我不能算是会喝酒的人。但我知道这一回喝到了一种古怪的酒。它的几滴液体在口中迅速漫开,使我感到满口里都是玫瑰花的味道。但轻轻咂一咂嘴,这种芬芳又若有若无地隐去了,有些微微的麻辣,并透出意味深长的甘甜。此刻的呼吸也充满了这种奇特的气味,令人神情一振。当我放下杯子的时候,这才感到舌尖冰凉,像刚刚溶化了几块薄冰。

这就是利口酒。我怎么告诉朋友它是什么滋味呢?我只能和G一起喊一句:"好。"

接下去的时间是我们捏住那个小杯子,快乐、谨慎、心神专注地把它喝完了。

一直陪同我们访问的当地一位记者、对南部风物极其熟悉的H介绍了利口酒。他说这种酒是很早以前,由一座修道院里的一帮修士们弄出来的。怎么弄出来的不知道,反正是给世上添了一种美好的东西。现在这里的利口酒有好多种了,但他最喜欢的还是修士们搞出来的这一种。

我仿佛看到了一群修士不动声色地在高墙大院内走着,转过一个夹道,进入一间地下室,搬出了一个硕大无比的酒坛。

大家全都兴致勃勃的。H先生竖起了拇指。

我仰脸看着屋顶天花板墙壁上的狩猎画,想象着很久以前这儿的独特风习,仿佛嗅到了山林中飘出的烤野猪肉的香味。那些好猎手也喝到了修士们的酒,你一盅我一盅,互相眨着眼睛。这样有劲道的酒显然猎人喝起来更合适一点,要比啤酒葡萄酒之类更对他们的胃口。

有人问H先生这种酒是什么酿成的。

H的回答有些含混,但我听明白它不是大麦和葡萄,也不是其他粮食和果子,而是玫瑰花瓣——究竟是否纯粹的鲜花瓣不得而知,但我确实听到了"玫瑰"二字。

天晓得修士们怎么冥想出这样的玄妙精微,竟然用娇羞艳丽的东西酿酒。我多少有些吃惊,我想起了小杯子上那道神秘的红线,那正是玫瑰的颜色。

这种酒在我眼里是无与伦比的,或许事实上也正是那样。因为它本身包含了美丽的传说,奇妙的想象,还有不可思议的工艺……我想这也除非是修士们来制造,否则是不可能的。

我知道中国的和尚、印度的僧侣,他们都有博大精深的著作,构成了东方文化中最瑰丽最深奥的部分。这显然都是静悟和冥想的精粹,是一度回避尘埃的结果。做大学问的人都是寂寞自得的,与世俗利害相去甚远。试想中国的一些书画珍品、诗文高论、健身秘术,玄妙莫测,很多都出自和尚道人。

我知道物质经济,与艺术神思的原理相悖也相通,它们有一点是相同的,那就是同源于一种生命的创造能力。创造力的消长荣衰,有时是非常奇怪的,它们往往在安静的时刻里慢慢滋生壮大,然后一举完成一件不朽的业绩。

小说家G微仰着身子离开座位,又伸出右手。他大约在最后一次赞扬利口酒。

这座郊区酒馆不会从我们的记忆中抹掉，因为它太有个性了。来西德后见过一些有个性的酒馆，印象都非常深刻。我觉得欧洲人返朴归真的愿望非常强烈，这大约与他们的经济发展现状有关系。走在这块土地上，你到处可见他们满怀深情的追忆的痕迹，而酒馆只是其中一例。

坐在酒馆里，进餐（物质营养）的同时，不由自主地经历一次精神的洗礼，显然是很棒的。他们要尽一切可能，寻找一切机会，让人们去重温一个过去了的时代。

记得在北部和中部城市，在闹市区，类似的酒馆也不少见。例如在恩格斯家乡附近，大约是美丽如画的中部城市乌珀塔尔，我们就见过一个别具丰采的酒馆。

那个酒馆从外部看是玻璃结构的现代化建筑，正门装饰得很洋气。可进去之后，你就会大吃一惊。因为它的内部空间非常之大，出乎意料，真正是别有洞天。整个空间又分成了不同风味、不同色调、不同内容的很多很多区间，你可以随自己的意愿和趣味去选择。比如既有举行鸡尾酒会的大厅，讲究、富丽；又有散发着原始气味的、装饰了各种野物标本的小宴会厅，还有东西方各种风格的、各自独立的一些小型餐馆。有的地方是一个怪石嶙峋的山洞，摸索着进了洞才豁然开朗，原来又是一小酒馆。泉声潺潺，水车的木轮当真在转动。一处又一处圆木钉起的小屋，每一处里面都飘出酒香，响着叮咚的碰杯声。

这就是那个酒馆内部的情形。

我们一看就可以明白主人用心良苦。它提醒人们是从大自然中走出来的，那儿的一切仍然像是伸手就可以触摸，青藤缠绕，篝火嫣红，号角频频，狩猎的呐喊震动山谷。酒、野味、休憩的幸福，这一切都是勤劳和英勇开拓换来的。昨天刚刚逝去，人类还多么年轻。

记得每一次宴会都要摆上点燃的蜡烛。现在的电光源已经是五花八门，但唯有蜡烛的光焰在这里长明不熄。仅仅是仿古和怀旧吗？我想这和那装点成原始意味的餐馆一样，给人的感觉是复杂的。

比如在巴伐利亚州府，老市长在市政厅的地下室里招待我们——地下室的墙壁上就和斯图加特的郊区酒馆一样，画满了狩猎的彩色图案。而且这儿的天花板上画了几个很大的动物，画了持枪的猎人。这使我们这些刚刚从繁华的街道上走来的客人进入了一个全新的世界。这是老市长相中的地方。他在此款待遥远的东方客人。墙壁上的图画在我看来仍然是笨模笨样的，倒也特别淳朴自然，透出了绘制者虔敬宁静的心态。那次宴会间，好像是慕尼黑市的文化长官伸手指点着墙上的图画，解释了它的内容。

总之，这儿不断向我们显示过去了的那个时代。这个时代当然不仅仅属于欧洲的民族，同样也属于亚洲。茂密的丛林和那时候的一切风俗一块儿消失了，人们只好根据记忆去复制出来。每个时代都有属于它自己的东西，我们在追忆寻找的那一刻里，也就变得丰富和成熟了。

试问现在还可以产生利口酒吗？现在还有那样的修士吗？我听说西方的修士在旅游旺季开办旅馆接客，而东方的僧人也开起了小卖部，经营图书宝剑和无笔画之类。没有过去的修士了，也不会产生那样的利口酒了。谁要想在充满刺激的迪斯科舞曲里轻轻呷着利口酒，谁就要执拗地维护那样的一种风范，一种传统，一种可以为今人所用的美妙的成果。

那天，直到太阳完全沉没我们才离开那座乡间酒馆。车子向着通往斯图加特的城区开去，我们频频回首望着稀疏淡远的灯火。夜风里，不知为什么玫瑰花的香味十分浓郁。这使我们又一次念出那种酒的名字。

我们那次旅行知道了修士们也会酿酒。

并且知道了玫瑰花也可以酿酒。利口酒，利口酒。

一九八七年十一月

梦一样的莱茵河
——访德散记之二

它流动在欧洲的土地上,流得格外响亮。河水的喧哗声响彻东方。当我走在这条河的岸边,面迎着湿漉漉的风,却驱赶不掉梦一般的感觉。

看看欧洲,看看欧洲的河。

我从胶东西北部小平原启程,来看看欧洲,看看欧洲的河。

它肯定没有我原来想象的宽,苍绿的水面,翻着波浪,一艘艘货轮和客船在河道中奔驰。河两岸是大大小小的城市、遮满了绿色的青山、葱郁的森林。这里游人很少,真可惜了绒毯似的草坪,可惜了这滋润的气息。一株挺拔的丝柏,立在茵茵草地,远看像喷涌直上的浓烈烟柱;而鸽子和野鸭比人多,一群群鸽子落在堤岸的草地上,我向它们走去,它们向我走来。野鸭子待在游船小码头的木踏板上,我走向踏板,它们专注地看着我。淡淡的水雾流动在河面上,使这条大河看上去更妩媚也更安静了。

我不能不去暗暗比较东方的河——那些无比亲切的、各种各样的、闻名于世的和默默无闻的,尤其是芦青河。芦青河河道也许还要宽于莱茵河,它以不可阻挡之势,在几千年前切开了胶东屋脊,奔向渤海。可是有多少人知道芦青河呢?我爱芦青河,也爱莱茵河。在这平等的爱之中,我心里滋生的是些什么感触呢?一丝惆怅,一丝委屈,抑或一点点愤愤

一九八七年德国柏林

不平吗？

一天黄昏，我与同行的诗人Z迈过波恩铁桥，在河的另一岸漫步。我们去看一棵茂盛的丝柏，因为在河的对岸观察它，它直冲九霄。踏过一片草地，穿过紫荆树和杜鹃花交织的小径，走到了大树下面。它的枝条一致向上举着，连每片墨绿的叶子也向上举着。整个树是一支巨大火把，照亮了宽阔的河面。它的燃不尽的油性，我相信是来自油汪汪的河。

暮色里的莱茵河如诗如画。一条河的美丽除了它本身的壮观，更重要的大概还要依赖于两岸的景色。河行千里，山谷和平原都让河脉串为一体了。举目望去，变化多端的峰峦、密不透风的树林，覆盖了一切的草地，一切都让人感到一种特别的欣悦。我觉得人在这种环境中生活更容易心境平和，滋生出一些美好的想象。大自然是那样地与人贴近，人在大自然的怀抱中，大自然也在人的怀抱中。我想这时如果有一个调皮的摄影师走在河边，扬起他的摄影机，无论从肩上、胳肢窝下、背后，甚至低头倒立，只要随手一甩，按动快门，就会产生一幅很好的风光照片。

莱茵河滋润了欧洲。

芦青河滋润了华东的那片平原。

在我童年的记忆中，河水是清澈的，水下的卵石和小鱼都看得见。河边是野椿树和槐树，是一望无边的荻草。有一次我翻过河的入海口处的沙堤，一眼看到的是随地势起伏的绵延辽阔的茶花——它们雪白一片，迎风飘荡，真正是如火如荼！这条河留给我的是无限的思念，是一生的温馨。我后来离开了它；再后来无数次地跨越这条河，看到它慢慢变得浑浊，水流正向中间萎缩……但我心中的河，却依然是清明闪亮的，它永远被一片绿色簇拥着。芦青河，你不可改变，你不可干涸，你必须一直生机勃勃！

可怕的是它真的在干涸、变浑。由于大量砍伐树木、开垦荒地，水土严重流失。河道里隆起一处处沙丘，河水要在这些丘陵间蜿蜒。它裹挟着那么多泥沙，负担沉重，于是就将其堆积在河床上。我曾满怀希望地去寻找童年的野椿树和无边的荼花，还有那油绿深邃的丛林。结果一切都没有了。我在河边的荒地上，在松软的沙滩上漫无目的地走着，觉得自己突然间变得一贫如洗……使我振作起来的是不久之前的事情。那时我又回到河边，终于看到了大片大片新植的小树苗，还看到了堤下的草坪，刚刚围成的花坛。那会儿我兴冲冲地沿河堤一口气走了十几里路，想象着明天的河，寻找着昨天的河。我知道一切都在开始。这一切做得晚了点，但终究还是做起来了。

莱茵河暗绿色的波涛拍着堤岸，送来一股奇怪的气息。多少船只来来往往，从高大的铁桥下穿过去。船上彩旗在风中一齐抖动。汽笛声低沉短促，像是怕惊扰了两岸的沉睡。河水传来的那股气息，我渐渐明白了是工业大都市的气味。河上还有多少波恩这样的铁桥？不知道。我从桥上走过，总是对箭一般驰过的车辆有些担心。大桥的人行道很窄，行人走到弧形桥面的最高点，可以强烈地感到它在颤抖。再低头望望下面，河道正像桥面一样繁忙急迫，航船如梭。这是一条充满了旋转、追逐、摩擦的河流。

我同样想象不出莱茵河的昨天。它像我记忆中的河流那样宁静淳朴、充满了天然野趣吗？我想会的。两条不同的河流之间有什么在联结着。

它们都有过昨天，也都会有明天。莱茵河是否干涸过、荒芜过？它像东方的那条河一样生长着，变幻着，终于成为眼前这样的河了吗？

一切都像梦一样。我与Z诗人去看过的丝柏挺立在草坪上，它的沉默使我一阵阵惊讶。有一位荷兰大画家多次描绘过它，如今它就在这河畔上燃烧。有时我又觉得它就是东方那条河岸的野椿树。它那么陌生，又那么亲切，一如它守护的河流。我不得不承认，我更喜欢的还是那条童年的河，那条河里洗净了多少调皮娃娃身上的尘土。它更容易让人亲近，让人理解。它的美是不加雕琢，也不被扰乱的。它的波涛上只有白帆，有欸乃之声，有老人和孩子的笑声。牛在岸边哞哞长叫，羊从堤坡上小心地下来喝水。

波恩大学的K教授与我一起沿河走去时，和我谈了很多莱茵河的事情，使我吃惊。比如说，这河里就看不到一个游泳的人。那不是天气的关系，而是人们惧怕污染过的河水，认为在这条河里泡过会生皮肤癌。波恩人幽默地说："莱茵河如今可以用来冲洗胶片了！"那意思是它的化学污染严重。这条河流经几个国家，沿途几个化工厂毁掉了河水。K教授说如今已经没人敢吃河里的鱼了，尽管淡水鱼味道鲜美。这是真的，因为我在波恩期间没有吃过，也没有看到销售淡水鱼。显然，现代生活已经如此严酷地改变了一条河。欧洲的文明也没法解决污染问题。虽然这里的水还算清明，不像东方的有些河流那般浑浊，但这里正在开始的，是一场无色无味的毒化。这更可怕。

我把K教授的话告诉了Z诗人。他说：我们的黄河跳进去洗不清，可你洗吧，保证没事！这条河（莱茵河）可以洗得清，不过谁敢去洗呢。

事情真是奇妙得很，看上去不怎么干净的，倒很卫生。不过我想明天的黄河，谁也不敢说怎么样，正像芦青河经历的变化让人感到莫测一样。每一条河都有生命，都在成长和更新。似乎每一条河都要经历那么几个阶段，告别一个阶段，就同时告别了一些欢乐和痛苦。我们没法自由选择，悲怆地遵循了铁一样的自然法则。

　　我在波恩住了两次，共一周多的时间。可当我以后回忆欧洲之行，首先想到的，却是莱茵河。我永远不会忘记湿润的河风给我的难以言传的感觉，忘不掉一个东方青年心中的波涛。河风将我的头发撩起来，我迎着风往前走，一直走下去。早晨的太阳和晚上的太阳都映红了大河，可一个是火热的，一个是宁静的。我在河边沉醉，畅想，流连忘返。可这一切带给我的又绝不仅仅是欣赏的轻松和愉悦，而是更为复杂难言的心绪。

　　第二天就要动身去汉堡了，那时又将看到欧洲的另一条大河，易北河。我久久地走在莱茵河边，我想此刻远在东方的朋友和亲人，你们知道我现在看到的是什么？是一株普通的树、一片熟悉的草、一道石砌的河堤……什么都不陌生，什么都不奇异。我们的土地上也有这一切。我们保护它们，并让它们壮大、繁茂。绿色不仅仅只是荫护欧洲，河水也不仅仅只是滋润欧洲。同样，东方那些淳朴的河流，也该强烈地、意味深长地吸引欧洲的想象。晚霞的红色又铺展下来了，大河像少女一样羞答答的。鸽子轻灵地落在我的前方，我向它们走去，它们向我走来。野鸭子也看到了我，它们总是神情专注。我伸手向它们、也向莱茵河摇了摇手。

这是否是告别的手势,我也不知道。我只知道在举起右手的那一刻,心中充满了温暖和宽容。我想我多么喜爱这些小动物、小生命;我会动手植树种草,而对它们永不伤害。我知道还是莱茵河两岸的浓绿,才使人多多少少忽略了它的纷乱。绿色,还是绿色;没有绿色,也许人类会疯狂的。

我最后一眼看到的,还是那株枝叶向上的大树。它从茵茵草地上长起来,直冲云霄。我还是原来的印象,觉得它像喷涌直上的浓烈烟柱。

一九八七年七月

去看阿尔卑斯山
——访德散记之三

我到了欧洲没有几天,心中就滋生了一个奢望。有一天我向同行的朋友说:"不知能不能安排我们去看看阿尔卑斯山?"朋友笑了。我知道他也想看,哪怕只看一眼也好。

东方人心中矗立的是世界最高峰喜马拉雅山山脉的珠穆朗玛峰。但他们也知道西方的名山,知道阿尔卑斯山的名气有多么大。这座雄伟奇绝的山脉西面起自法国境内,经瑞士、西德、意大利,东到奥地利。很多大河发源于这个山脉,像波河、罗纳河,还有莱茵河。

到了欧洲,不看看阿尔卑斯山可太亏了。

当时我们正在北海之滨,在汉堡。那是德意志联邦共和国的北部。而我们一直惦念的山脉却在这个国家的南部。

德国北部的秀丽风光,异地风情,一切一切陌生的让人应接不暇的事物,使我们一度把那座山的影子抛到了一边。但后来到了汉诺威、特利尔,又到了维尔茨堡,正一点点接近德国的南部著名城市斯图加特和慕尼黑。离阿尔卑斯山越来越近了,于是心底的那种兴奋之情又悄悄地泛了上来。

M先生是一家报纸的记者,访问途中一直为我们开车,同时又是天底下最棒的向导。他跟我们在一起玩得愉快极了,我们高兴的时候,他的蓝眼睛就溢满了光彩。他的英语说得不太好,常用的几个单词从嘴里飞出来,十分响亮。他告诉我们,车子再往南开,就可以遥望到一架大山了。

"什么山呢?"女小说家L赶忙问了一句。

M洪亮地喊道:"阿尔卑斯!"

棒极了,一切都要如愿以偿了。车子在南部山区飞驰着,公路两旁的景色更加秀丽。车内的人不可能感到疲倦,因为窗外吸引人的景致太多了。我们都觉得这儿比北部,特别是比中部还要漂亮。丘陵起伏,林草蓊郁,森林的气息越来越浓烈。在无山的间隔地段,隆起的慢坡高地被密密的绿草覆盖,呈流线型连绵数里,真是绝妙的画境。

绿色的原野上总能看到几只雪白的肥羊。它们好像专门为了点缀成画而来,洁净得纤尘不染。灰色的大盖木屋孤零零地坐落在草地上,每隔一二里就有一座,像童话里的建筑。后来我才知道这是贮干草用的房子。奇怪的是你如果用一幅图画去要求这儿的原野的话,就会发现缺了高地山坡不行,缺了白羊不行,缺了灰房子更不行。

简朴的村庄就在山岭旁边。村庄里除了教堂之外,一般没有太高大的建筑。几乎没有一座平顶房,房顶都比较陡,房瓦是红的或者灰的。小房子挺精神的。整个村庄像用清水洗刷过,洁净地待在谷地里。从一座座城市中穿过,每到了小村庄的边上就感到亲切。它使人想到东方,想到东方的生活。这儿的宁静和自然,这儿的独特的气质,是在汉堡和不来梅那种城市寻找不到的。

我曾想象过小房子里的生活,想象这儿的农民怎样过日子。他们的土地上水草茂盛、庄稼油旺，羊和牛都肥得可以，小房子有的一层，有的两层，方方地隔开很多间。如果用我们习惯了的经验和标准来判断，他们显然舒服得很。

当傍晚车子穿过村庄的街道时，偶尔会听到悠扬的钢琴声。这时暮色一片，尖屋顶、木栅栏都沉浸在红润里。屋子旁边的花圃中朦胧灿烂，巴掌大的叶片在微风中摇动不止。

时间刚好是盛夏，如果在东方，在黄河的下游地带或泰山山麓，正是暑气蒸人的季节。但这儿却像初秋那么凉爽，人们出门还需要一件外套。在我们的华东平原上，此刻勤劳的农民们刚刚擦一把汗水，在田埂树荫下喘息吗？太阳落山时，他们会把衣衫搭上肩头，迎着村落上腾起的炊烟和浓烈的米饭的香味走回家去。母鸡扇动翅膀，白鹅伸直了长颈。广播喇叭正报天气预报，小孩儿把尿溅到了姥姥身上。家庭的声音驱走了一片暑气，院子里的大槐树逗趣般地掉下一个绿壳虫。灶间里的风箱还在呼哒哒地响，女人一边往灶里抓草一边看着男人。她去捅火，白色的灰屑扑了她一脸。火焰映出的是额头上一道道皱纹。男人喊了她一声。

我们的车在著名的斯图加特市停留了一天，就径直开往慕尼黑了。

秋一样的凉爽，鲜啤酒一样的清香，这一切都没法不使人神情振奋。M先生两手握着方向盘，常常要告诉一点什么。路旁的山坡上种满了啤酒花，一行一行规整极了。这儿的啤酒花产量是世界上最高的。如果晚来几个月，那正好会赶上这儿的啤酒节了。那可是个盛大的欢快的节日，是世界上真正独一无二的场景。啤酒节又可以叫成"草地节"，你于是可以想象得出啤酒与大自然的关系了。

我们终于来到了阿尔卑斯山下的这座名城了。

从哪里看起呢？这座洁净得如同一只天鹅的城市，这座像冰晶一样闪亮的城市。伟大的艺术家施特劳斯就诞生在这里，是市民们引以为荣的，也该是这座城市的殊荣。我们看到了市政厅附近的巨大喷泉，看到了在广场一侧如痴如醉地吹奏着的土耳其人……可是阿尔卑斯山呢？

我们到"大都市旅馆"里住下后，太阳还没有落山，有人提议趁这段时间去看看它。他找到M先生，说："这会儿去看看它吧。"我们都知道"它"指什么。M先生说："时间恐怕来不及了。"不过他说着却将我们引上了车。

车子愉快地驶出市区。

车子爬上了被绿树掩映的坡路。路旁山坡上的树好密，几乎每株松树都笔直高大，那颜色使注视它们的一双双眼睛也变得明亮了。由于根须扎在一座水分充裕、土层肥沃的山脉上，真正是苍翠欲滴。我们已经踏上了阿尔卑斯山的领地，但离它的那些终年积雪的峰峦还有很远。

M先生将车子停在一个湖边。我们首先被这个湖泊给吸引了，一下车就伏到了湖边的铁栏上。湖水碧绿清亮，白雾在远处飘移。木船慢慢地游动，三三两两，显得湖面很旷远。湖的另一边消失在大山脚下，也许它顺着山麓转到了另一边去。

大家全都无声无息地看着。这个湖泊是不应该被惊扰的。湖面上徐徐吹来的风撩起了诗人的头发，拂动了女士们的风衣，洗着我发烫的脸颊。

M先生告诉大家，阿尔卑斯地区有空气纯化监视设备，这儿的空气必须纯正清新。还有，湖中绝不准许以油为燃料的船只经过——你们看到那几个全是木船了吧？

　　当我们正议论着湖水的时候，不知谁在身后喊了一声："看！"大家一块儿转过身去，一齐抬头仰视——不远处，那雾气迷茫的地方有银白色在闪耀，原来那就是德国境内的阿尔卑斯山高峰。它的雪衣在傍晚的光色下闪烁，又被雾幔不时地隐去。峰巅万仞，云气苍茫，藏下了说不尽的神秘和冷峻的威严。

　　M先生笑着。他终于把我们带到了这里。

　　我们就这样望着这座高山。我的心绪这一刻非常复杂。我相信一个东方人从遥远的地方跑来看一眼这座名山，都会有很多的感触。那种意味是说不清的。究竟为什么要来看山？看山得到了什么？这一次行动的意义又在哪里？

　　阿尔卑斯山沉默着，所有望着它的人也都沉默着。怎么回答呢？我不知道。我只能说它在这一刻所给予的某种震撼，是我久久不能忘记的。

　　天色暗了。我们没有时间离山再近一些了。就带着巨大的满足和深深的遗憾，踏上了归途。

　　夜色中穿越密林中的山路，这在来德国后还是第一次。我们将车窗打开来，让山间清凉的空气透入车厢。四周一片沉寂，似乎能听到树叶飘飘落地的声音。身后的大山和湖泊隐在了夜色丛林之中，但我此刻仿佛仍然听到了水珠飞溅，就像敲击玉盘；雪峰的倒影印在湖镜上，星海一片，突然有一只鸟在遥远的地方啼叫起来，一声比一声凄厉，一声比一声急促。它叫了一会儿，声音才渐渐地舒缓下来。我想这是阿尔卑斯山之巅的一只孤独的鸟儿。

这就算看过了阿尔卑斯山?

我心头掠过一丝微笑,在微弱的光线下去看同车的几个朋友。他们奇怪地全都闭着眼睛,模样有些好笑。我碰一碰诗人。他睁开了那双布满红丝的大眼,咕哝了一句德语。两天以后我才明白他说了一句什么话,那句话可不怎么让人愉快。

在慕尼黑市匆匆忙忙又兴趣盎然地游览,不知不觉过去了两天。这个啤酒王国让我们喝足了它的啤酒,大家得用双手才举得起硕大的杯子。我们觉得整个联邦德国的城市夜间都亮如白昼,慕尼黑似乎更亮一些。欧洲电力充足,看看它们的灯就知道。再加上金属结构和玻璃结构的建筑较多,可以与灯交相辉映。这儿的灯店给人留下强烈印象,里面的花色品种太多了。可以与这儿的灯店相比的,记得只在波恩和汉堡看到过。我买了一个红色的台灯。

第三天下午是休息、郊游的时间,不是正好用来去看阿尔卑斯山吗?这回我们有时间一直将车开到山根下。想是这样想了,但不好意思跟M先生说,因为他几天来开车太疲累了。可是令人感激的是M先生自己提出了进山的建议。大家一时无语,只让兴奋在眸子里跳荡。

赶快上车,这是我们离开慕尼黑市前最后的一个下午了。

女小说家L穿上了一条鲜红发亮的裙子,坐在我们中间。也可能是多了一条红裙子的缘故,我们觉得一个什么节日来临了。也许有人会感到费解:繁华的城市有多少东西等待我们去瞥上一眼,可我们却一再匆匆地上山……这是为什么?

不知道。也许就因为它是阿尔卑斯山吧。

M先生告诉，通主峰的有一条缆车。那么说我们可以亲自用手去捧捧积雪了——我从来没有在盛夏摸过白雪。当车驶近了高大的山峰时，我们大家对其他东西都视而不见了，因为都一股心思去看这让人惊心动魄的大山了。

这次可以看得更清晰了。山色青苍，森森逼人。巨大有力的石块呈千姿百态凸立，使你强烈地感到很久很久以前那一次熔岩的愤怒。一道峰刃将另一道挡在阴影里，阴影重叠，白雪皑皑。云流在山口上涌泄，似有撕裂绵帛的声音隐隐传来……

可惜开缆车的时间已过。但我们无悔地站在山根。这儿冷风嗖嗖，真是个严肃的地方。

我们的车仍在夜色里往回开。大家坐在车中，仍像上一次一样闭着眼睛。半路上，我又推了一下诗人，他又咕哝了上次说过的那句德语。这回我听明白了，他在说："别了！"

一九八七年十一月

默默挺立
——访德散记之四

从法兰克福乘车到波恩，心情异样地激动。车子在高速公路上飞速行驶，两旁不断出现森林、起伏的草地和麦田。偶尔有一块油菜花嵌在田野上，明亮耀眼。这里看不到一处裸露着的泥土，一切都在尽情地生长。林子里，早熟的各种果子已经泛红，鸟儿在树杈深处呼叫应答。一阵雨水冲刷着马路和林木，使这个世界纤尘不沾。我们的车子飞驰着，不断把人带入崭新的境界。

从飞机上俯视这片土地，给人印象最深的是绿色占去了绝大部分面积，而一座座城市和村庄只是夹在大片绿色的缝隙里。绿色在这里成为最主要的色调。我从哈尔滨飞往北京，看到的情况恰恰相反。这条飞行路线是较好的绿化地带，但给人的感觉是绿色只算点缀。欧洲这片土地得天独厚，气候湿润，雨水充足，任何种子都可以在最短的时间里鼓胀起来，伸展叶芽，疯狂地生长蔓延。于是山不见石，田不见土，连高大雄奇的建筑也给遮掩起来了。

这个国家面积不大，山水有限。但由于一切都被茂盛的植物遮盖了，绿荫婆婆，就让人觉得奥妙无穷，意味深长，也分外含蓄。我们的司机H是一位顶呱呱的司机，可他的本来职业是一名记者。H先生沉默寡言，他见我们一路上十分高兴，也就一直微笑着。

一九八七年在柏林墙边

一路上大家的眼睛一直注意看两旁的树木，贪婪地饱餐田野的秀丽风光。很多树种似曾相识，但又叫不上名字。有一种红叶树红得人心里一动一动，谁见了都要脱口喊一句："哎呀，快看！"黄色的、浅绿的、紫红的，任何色彩镶在深绿色的丛林中，都会让人眼前一亮。H先生满意地微笑着。

我突然看到了一片棕红色的高大树木，像是一种奇异的松树。它们默默挺立在山坡上，一动不动地，别有一种风韵。我伸手指向窗外，说："你们看！这种颜色的树……这么大一片！"大家一齐转脸去看。与此同时，H先生鼻子里哼了一声。我看见H先生的脸色略有阴沉。翻译同志告诉大家：H先生说那是死去的一片松树——它们是被酸雨慢慢淋死的。目前，这个国家的大片土地都面临着酸雨的威胁。你们还可以看到很多这样的树，很多。

我以前看过关于酸雨的报道，印象不深。它没有在头脑中化为形象的东西。而今天，我再也不会忘掉酸雨了。我知道了它有多么可怕。如果酸雨继续出现的话，那么整个大山不是要慢慢光秃吗？酸雨是死亡之水。

车子向前，我们接着又不断地发现一处处死去的松树。它们死去了，但并未倒下，只是树杈僵硬，默默地站立着。这种无言的站立，这种沉默……有一种可怕的东西传递出来。

如果想象一下它们当初仰脸向天迎接雨水的情景，会是很动人的。可酸雨首先使它们失明，然后是残酷的剥蚀。最后的时刻来到了，它们终于没有来得及与人们告别。实际上也无须告别。因为酸雨的创造者不是天空，不是上帝，而是人类自己。

我们到了波恩，又到汉堡，到大大小小的城市，到阿尔卑斯山下……到处都是一片浓绿。可见这个国家在环境保护方面用心良苦，这里到处有劳动的血汗，有长远的眼光，有一切尽心尽力的痕迹。非常重要的是，从这一切可以看出这个民族的宽容，对大自然其他生命的尊重。鲜花是生活中绝不可少、最为珍贵的。对一个人的敬重，莫过于向他（她）献一束鲜花。那么看吧，花店处处，芬芳四溢，橱窗、街心、山坡、阳台，到处都是用心培植和任其生发的鲜花。一株嫩芽、一棵小草，只要是绿的、有生机的，就会得到保护。一个人走在蓬蓬勃勃的树林和花草之间，会感到安宁和坦然。失去这一切，我想心灵深处一定更容易荒芜。在这儿，在欧洲的这片土地上，就是这样的郁郁葱葱，一片苍翠。

可也就是在这片土地上，我看到了一片片死去的高大树木。它们默默挺立。

它们告诉你绿荫遮蔽之下，还有另一个欧洲。

这儿物质丰富，工业发达，科技先进，很多人生活得既惬意又条理。可是人与自然的关系是世界上无数法则、无数关系之中最重要的一个，如果这方面出现了严重问题，其他所有方面的条理都显得微不足道了。如果人类文明与地球灾难一块儿发展和扩大，这种文明最终就会将世界引向死亡。也就是说，人们到了再一次调拨生活的罗盘的关键时刻了。你在这调拨中会进一步审视人类迄今为止的一切行为，重新权衡与大千世界密切相关的所有事物。你会认识到，对大自然的绿色生命仅仅是一般的爱还远远不够，仅仅是一般的保护也无济于事。

酸雨在世界的好多角落都降落过。但它只有降落在一片浓绿的土地上，降落在最懂得保护自然的现代人身上，才显出了真正的残酷无情。

我忘不了进入鲁尔区的情景。鲁尔区是联邦德国的工业发达地带，是发生经济奇迹的地方。可是当汽车驶入这里的高速公路，两边的森林从车窗旁飞速闪过时，你会感到一阵阵痛楚。一片又一片焦干的棕红色树木沉默在那儿，挺立着，无声无息。它们高大的身躯笔直伟岸，主干上伸向两侧的枝杈差不多都很对称。绿叶脱光了，成了一具多么完美的死亡标本。注视着鲁尔区的这些标本，任何人都会有一种悲壮的感觉。

核电站的巨型建筑矗立着；一些不知名的工业建筑群像山峦一样隆起。无数大烟囱插向云天；红红绿绿的各种线缆集成一大束，分别向四方蜿蜒。蒸汽喷向天空，很快漫成白云一样。雨水哗哗地浇下，鲁尔区的一切又在淋雨了。谁也不知道这是不是酸雨。雨中，大地一片寂静，连高速公路上的喧嚣也退远了。只有蜻蜓在雨丝中平稳地向前滑翔。

鲁尔区好大，森林的覆盖面也好大。我几次以为已经驶出了鲁尔区，但H先生总是摇头。快穿越鲁尔区吧。

H先生的眼睛注视着前方，从不看路边的景色。我一路上仔细端详着他，觉得他像一个老熟人。其实这是我认识的第一位欧洲朋友。他有一张看一眼就让人信任的面孔，这张面孔透露着坚毅和果决。我在想象着他、他的民族，想象着一个世纪以来东西方的一些重大变故和演化交流。一个民族有一个民族的总体性格，互相无法替代。人与人的隔膜和理解同样都是无限的。我眼中的H先生是质朴的，是把激情深深潜入内心的欧洲人。我相信他不用看也知道鲁尔区有一片又一片棕红色的大树矗立在绿野之中，他会怎么想呢？他正在思索什么呢？他的民族面对这一切，被轻轻拨动的是哪一根神经？起飞了的鲁尔区不会一直这样沉默吧！它也许首先肩负起人的一种庄严，表现出经济巨人的聪慧和气魄，力挽危澜，化险为夷。

但愿如此吧。

在遥远的地方，酸雨曾使一片片稼禾成为焦叶，山石上的植被洗光了，鸟雀飞向远方。我们面临着共同的焦虑，两片美丽的国土都洒上了死亡之水。但这些给人的启示又不会是相同的。每一片土地上抵挡灾难的方式都是不同的，有的有效，有的无效。不管怎么说，大自然已经在逼迫人类做出重要的反应。如果人们站在凄凉的田野上面容痴呆，麻木不仁，那么又将有苦涩的雨滴轻轻地洒上他们的额头。

鲁尔区即将穿越。大地明朗清爽，雨后的风从车窗吹进来。开阔的麦田波浪滚滚，金黄色的油菜花又在熠熠发光。森林闪在背后，大海就在前方，一块一块翡翠似的色块抛闪过去。一层层的林木在山冈上扩展开来，真正是无边无际。可这时，又一片焦死的棕红色大树出现了。

它们身躯高大，笔直笔直，默默挺立在山坡上。

一九八七年七月

绿色遥思

我觉得作家天生就是一些与大自然保持紧密联系的人，从小到大，一直如此。他们比起其他人来，自由而质朴，敏感得很。这一切我想都是从大自然中汲取和培植而来。所以他能保住一腔柔情和自由的情怀。我读他们写海洋和高原、写城市和战争的作品，都明显地触摸到了那些东西。那是一种常常存在的力量，富有弹性，以柔克刚，无坚不摧。这种力量有时你还真分不清是纤细的还是粗犷的，可以用来做什么更好。我发现一个作家一旦割断了与大自然的这种联结，他也就算完了，想什么办法去补救都没有用。当然有的从事创作的人并且是很有名的人不讲究这个，我总觉得他本质上还不是一个诗人。

我反对很狭窄地去理解"大自然"这个概念。但当你的感觉与之接通的时刻，首先出现在心扉的总会是广阔的原野丛林、是未加雕饰的群山、是海洋及海岸上一望无际的灌木和野花。绿色永久地安慰着我们，我们也模模糊糊地知道：哪里树木葱茏，哪里就更有希望、就有幸福。连一些动物也汇集到那里，在其间藏身和繁衍。任何动物都不能脱离一种自然背景而独立存在，它们与大自然深深地交融铸和。也许是一种不自信、感到自己身单力薄或是什么别的，我那么珍惜关于这一切的经历和感觉，并且一生都愿意加强它寻找它。回想那夏季夜晚的篝火、与温驯的黄狗在一起迎接露水的情景，还有深夜的谛听、到高高的白杨树上打危险的瞌睡，等等；这一切才和艺术的发条连在一起，并且从那时开始拧紧，使我有动力做出关于日月星辰的运动即时间的表述。宇宙间多么渺小的一颗微粒，它在迫不得已地游浮，但总还是感受到了万物有寿，感受到了称作"时光"的东西。

　　我小时候曾很有幸地生活在人口稀疏的林子里。一片杂生果林，连着无边的荒野，荒野再连着无边的海。苹果长到指甲大就可以偷吃，直吃到发红、成熟；所有的苹果都收走了，我和我的朋友却将一堆果子埋在沙土下，这样一直可以吃到冬天。各种野果自然而然地属于我们，即便涩得拉不动舌头还是喜欢。我饲养过刺猬和野兔和无数的鸟。我觉得最可爱的是拳头大小的野兔。不过它们是养不活的，即使你无微不至地照料也是枉然。所以我后来听到谁说他小时候把一只野兔养大了就觉得是吹牛。一只野兔不值多少钱，但要饲养难度极大，因而他吹嘘的可能是一件了不起的事情，青蛙身上光滑、有斑纹，很精神很美丽。我们捉来饲养；当它有些疲倦的时候，就把它放掉。刺猬是忠厚的、看不透的，我不知为什么很同情它。因为这些微小的经历，我的生活也受到了微小的影响。比如我至今不能吃青蛙做成的"田鸡"菜；一个老实的朋友窗外悬挂了两张刺猬皮，问他，他说吃了两个刺猬——我从此觉得他很不好。人不可貌相。当说到这里的时候，我明白一个人的品性可能是很脆弱的，而形成的原因极其复杂。不过这种脆弱往往和极度的要求平等、要求给予普通生命起码的尊严、特别是要求群起反对强暴以保护弱者的心理素质紧紧相连。缺少的是那种强悍，但更缺少的是被邪恶所利用的可能性。

有着那样的心理状态，为人的一生将触犯很多很多东西，这点不存侥幸。

当我沉浸在这些往事里，当我试图以此来维持一份精神生活的同时，我常常感到与窗外大街上新兴的生活反差太大。如今各种欲望都涨满起来，本来就少得可怜的一点斯文被野性一扫而光。普通人被诱惑，但他们无能为力，像过去一样善良无欺，只是增添了三分焦虑。我看到他们就不想停留，不想待在人群里。我急匆匆地奔向河边，奔向草地和树林。凉凉的风里有草药的香味，一只只鸟儿在树梢上鸣叫。蜻蜓咬在一支芦秆上，它的红色肚腹像指针一样指向我。宁静而遥远的天空就像童年一样颜色，可是它把童年隔开了。三五个灰蓝的鸽子落下来，小心地伸开粉丹丹的小脚掌。我可以看到它们光光的一丝不染的额头，看到那一对不安的红豇豆般的圆眼。我想象它们在我的手掌下，让我轻轻抚摸时所感受到的一阵阵滑润。然而它们始终远远地伫立。那种惊恐和提防一般来说是没有错的。周围一片绿色，散布在空中的花粉的气味钻进鼻孔。我一人独处，倾听着天籁，默默接受着崭新的启示。我没有力量，没有一点力量。然而唯有这里可以让我悄悄地恢复起什么。

我曾经一个人在山区里奔波过。当时我刚满十七岁。那是一段艰难的日子，当然它也教给我很多很多。极度的沮丧和失望，双脚皴裂了还要攀登，难言的痛楚和哀怨，早早来临的仇视。当我今天回忆那些的时候，总要想起几个绚丽迷人的画面，它使我久久回味，再三地咀嚼。记得我急急地顶着烈日翻山，一件背身握在手里，不知不觉钻到了山隙深处。强劲的阳光把石头照得雪亮，所有的山草都像到了最后时刻。山间无声无息，万物都在默默忍受。我一个人踢响了石子，一个人听着孤单的回声。不知脚下的路是否对，口渴难耐。我一直是瞅准最高的那座山往前走，听人说翻过它也就到了。我那时有一阵深切的忧虑和惆怅泛上来，恨不能立刻遇到一个活的伙伴，即便一只猫也好。我的心怦怦跳着。后来我从一个陡陡的砾石坡上滑下来，脚板灼热地落定在一个小山谷里。映入眼帘的是一片清澈透底的亮水，是弯到山根后面去的光滑水流。我来不及仔细端量就扑入水中，先饱饱地喝了一顿，然后在浅水处仰下来。这时我才发现，这条水流的基底由砂岩构成，表层是布满气孔的熔岩。这么多气孔，它说明了当时岩浆喷涌而出的那会儿含有大量的气体，水在上面滑过，永无尽头地涮洗，有一尾黄色的半透明的小鱼卧在熔岩上，睁着不眠的小眼。细细的石英砂浮到身上，像些富有灵性的小东西似的，给我以安慰。就是这个酷热的中午，我躺在水里，想了很多事情。我想过了一个个的亲属，他们的不同的处境、与我的关系，以及我所负有的巨大的责任。就是在这一刻我才恍然大悟："我年轻极了，简直就像熔岩上的小鱼一样稚嫩，我还有很多时间可以成长，可以往前赶路。"不久，我登上了那座山。

有一次我夜宿在山间一座孤房子里。那是没有月亮的夜晚，屋内像墨一样黑。半夜里被山风和滚石惊醒，接上再也睡不着。我想这山里该有多少奇怪的东西，他们必定都乐于在夜间活动，它们包围了我。我以前听过了无数鬼怪故事，这时万分后悔耳鼓里装过那些声音。比如人们讲的黑屋子里跳动的小矮人，他从一角走出，跳到人的肚子上，牙牙学语等等。我一动不动地盯着屋角，两眼发酸，我想人们为什么要在这么荒凉的地方盖一座独屋呢？这是非常奇怪的。天亮了，山里一个人告诉我：

独屋上有很多扒坟扒出的砖石木料，它是那些热闹年头盖成的。我大白天就惊慌起来，不敢走进独屋。接下去的一夜我是在野地里挨过的，背靠着一棵杨树。我一点也没有害怕，因为我周围是没有遮拦的坡地和山影，是土壤和一棵棵的树。那一夜我的心飞到了海滩平原上，回以了我童年生活过的丛林中去。我思念着儿时的伙伴，发现他们和当时当地的灌木浆果混在一起，无法分割。一切都是一样的甘甜可口，是已经失去的昨天的滋味。当时我流下了泪水。我真想飞回到林子里，去享受一下那里熟悉的夜露。这一夜天有些凉，我的衣服差不多半湿了。这说明野地里水气充盈，一切都是蛮好的，像海边上的一样。待太阳升起的时候，我又可以看到一座连着一座的大山了，苍苍茫茫，云雾缠绕。我因此而自豪。因为我们的那一帮谁也没有见过真正的山。我已经在山里生活了这么多天了，并且能在山野中独处一个夜晚。这作为一个经历，并不比其他经历逊色，因为我至今还记得起来。就是那个夜晚我明白了，宽阔的大地让人安怡，而人们手工搭成的东西才装满了恐惧。

　　人不能背叛友谊。我相信自己从小跟那片绿野及绿野上聪慧的生灵有了血肉般的联结，我一生都不背叛它们。它们与我为伴，永远也不会欺辱我、歧视我，与我为善。我的同类的强暴和蛮横加在了它们身上，倒使我浑身战栗。在果园居住时我们养了一条深灰色的雌狗，叫小青。我真不愿提起它的名字，大概这是第一次。它和小孩子一样有童年，有顽皮的岁月，有天真无邪的双目。后来当然它长大一些了，灰黄的毛发开始微微变蓝。它有些胖，圆乎乎的鼻子有一股不易察觉的香味散发出来。我们都确凿无疑地知道它是一个姑娘，并且随着年龄的增长有了人一样的羞涩和自尊、有了矜持。我从外祖母那里得知了给狗计算年龄的方法，即人的一个月相当于它的一年，那么小青二十岁了。我们干什么都在一块儿，差不多有相同的愉快和不愉快。它像我们一样喜欢吃水果，遇到发酸的青果也闭上一个眼睛，流出口水。它没有衣服，没有鞋子，这在我看来是极不公平的。大约是一个普通的秋天，一个丝毫没有恶兆的挺好的秋天，突然从远处传来了新的不容更变的命令：打狗。所有的狗都要打，备战备荒。战争好像即将来临，一场坚守或者撤离就在眼前，杀掉多余的东西。我当时的感觉就是这样。我完全懵了，什么也听不清。全家人都为小青胆战心惊，有的提出送到亲戚家，有的出主意藏到丛林深处。当然这些方法都行不通。后来由母亲出面去找人商量，提出小青可否作为例外留下来，因为它在林子里。对方回答不行，没有一点变通的余地。接下去是残忍的等待。我记得清楚，是一天下午，负责打狗的人带了一个旧筐子来了，筐子里装了一根短棍和绳索，一把片子刀。我捂着耳朵跑到了林子深处。

那天深夜我才回到家里。到处没有一点声音。没有一个人睡，也没有一个人发出响动。天亮了，我想看到一点什么痕迹，什么也没有。院子里铺了一层洁净的砂子。

二十余年过去了。从那一次我明白了好多，仿佛一瞬间领悟了人世间全部的不平和残暴。从此生活中发生什么我都不会惊讶。他们硬是用暴力终止了一个挺好的生命，不允许它再呼吸。我有理由永远不停地诅咒他们，有理由做出这样的预言：残暴的人管理不好我们的生活，我一生也不会信任那些凶恶冷酷的人。如果我不这样，我就是一个背叛者。

说到这里我想起了人的苦难经历与一个人的信念的关系。不知怎么，我现在越来越警惕那些言必称苦难的人，特别是具体到自己的苦难的人。一个饱受贫困的折磨和精神摧残的人，不见得就是让人放心的人。因为我发现，一个人有过痛苦的不幸经历是极为重要的，但更为重要的是懂得珍惜这一切。你可能也亲眼目睹了这样的情景：有人也许并不缺少艰难的昨天，可是他们在生活中总是自觉不自觉地与一个地方一个时期最黑暗的势力站在一起。他们心灵的指针任何时候也不曾指向弱者，谎言和不负责任的大话一学就会。我将不断地向自己叮嘱这一点，罗列这些现象，以守住心中最神圣的那么一点东西。如果我不能，我也是一个背叛者。

我明白恶的引诱是太多太多了。比如人的一生中会碰到很多宴会，并且大多会愉快地参加。宴会很丰盛，差不多总是吃掉一半剩下一半，差不多总是以荤为主。这就有了两个问题：一是当他坐在桌边，会想到自己的亲属、还有很多认识的不认识的人，同一时刻正在嚼着简陋的难以下咽的食品吗？那么这张桌子摆这么多东西是合理的吗？或许他会转念又一想：我如果离开这张桌子，那么大多数人是不会离开的，这里那里，今天明天，无数的宴会总要不断地进行下去。而我吃掉自己的一份，起码并没有连同心中的责任一同吞咽下去，它甚至可以化为气力，去为那些贫穷的人争得什么。如果真是这样，那也可怕得很。无数这样的个人心理恰恰造成了客观上极其宽泛的残酷。它的现实是，一方面是对温饱的渴求，另一方面是酒肉的河流。第二个问题是吃荤。谁在美餐的时刻想到动物在流血、一个个生命被屠宰呢？它们活着的时候不是挺可爱的吗？它们在梳理羽毛，它们在眨动眼睛。你可能喜欢它们。然而这一切都被牙齿粉碎了。看来心中的一点怜悯还不足以抵挡口腹之欲。我与大多数人同样的伪善和虚妄。似乎无力超越。我不止一次对人说过我的预测、我的一个至关重要的判断：如果我们的文明发展得还不算太慢的话，如果还来得及，那么人类总有一天会告别餐食动物的历史；也只有到了这一天，人类才会从根本上摆脱似乎是从来不可避免的悲剧。这差不多成了一个标志、一个界限。因为人类不可能用沾满鲜血的双手去摘取宇宙间完美的果子。我对此坚信不疑。

要说的太多了。让我们还是回到生机盎然的原野上吧，回到绿色中间。那儿或者沉默或者喧哗。但总会有一种久远的强大的旋律，这是在其他地方所听不到的。自然界的大小生命一起参与弹拨一只琴，妙不可言。我相信最终还有一种矫正人心的更为深远的力量潜藏其间，那即是向善的力量。让我们感觉它、搜寻它、依靠它，一辈子也不犹疑。

想来想去，我觉得没有更多的东西可以信赖，今天如此，明天大概还是如此。一切都在变化，都在显露真形，都会余下一缕淡弱的尾音，唯有大自然给我永恒的启示。

一九八八年七月二十九日于龙口

盼 雪

一个无雪的冬天，会令人感到尴尬。该冷的时刻不冷，四季不再分明，大自然也写出了荒诞的一笔。

下雪吧，让洁白的绒毯铺盖大地，以这个节令独有的方式去温柔人心、安定人心。

雪花可以擦洗世界，所以你总是能够在雪后看到一方更加碧蓝的天空。一只狗走向原野，小鸟在落满雪粉的枝丫上悄立。大地恬然入睡，万物陷于默想。姑娘歌唱了，红色的围巾松松地包在头发上。你相信雪的下边是一片翠绿吗？紫色的地黄花儿将开放，墨绿的叶面上留着雪痕。一个洁净的干练的老人拄着拐杖走过，呼出了白气。那白气像他写出的一道诗行。他的头发也是银白的，他的黑呢大衣多么庄重。

老人缓缓地行走，拐杖提离地面。他走过的岁月中有多少个这样的冬天？不记得了。他只记得在雪地上、在雪松的后边，他第一次吻一个姑娘的情景。那时他们都年轻，厚厚的雪使他们的脚陷下去了。

雪的世界，一个多么适合思索和回忆、追忆和遐想的世界啊。浑浊的思绪被纯正了沉淀了，人心像伏下的白朵一样安静。我们的流逝时光，我们的没有留下痕迹的一串连一串的脉音，这时一齐涌到眼前耳畔。

河冰封锁了半条水流，雪缀在冰碴上。棕红色的羽毛细密光滑——

一个多么神奇的长嘴鸟儿在那里啄着什么。谁能叫得上它的名字来？谁以前见过它吗？我们怎么没有更早地留意它？这真是一个错误。让我们被这一时的冲动指引着，去请教那些鸟类学家吧。多么美妙的冲动，发生在白雪皑皑的境界里。

你见过人们借助一副滑雪板飞速穿越的情景吗？那有多么帅气。还有，迷人的雪雕、娃娃们的同样稚拙的雪人……这一切奇迹都被白色的调子统领了、概括了。

人在最危急的时刻，在有了病痛的时刻，往往被抬进医院——那里有什么特征？那里会有一群群身着白色长衣、头戴白帽的人，有白色病床、白色被子……他们以这样的颜色挽留生命、唤起这个生命的记忆。白色究竟在多大程度上参与了缓解与诊治，又给了人多少安慰和信任呢？白色，白色，活动着，沉默着的白色……它与雪的联想，它与一个生命的关系的联想，就这样发生着。

大雪覆盖之下，种子接受庇护，在温湿的地方慢慢领悟。终有一个春天的来临，它萌发了。积蓄起的力量一直向上，挤成一片，越来越苗壮，充满了汁水。如果没有冬雪，就难以有这样的景象。大地一片荒凉，泥板龟裂，千里不毛，干燥焦躁浮躁，从树心到人心，希望变得越来越少。不是不想振奋，而是缺少借以振奋的那一切色彩、那一切真实的蓬勃的东西。

下雪吧，下雪吧。

可不巧的是我们又走进了一个无雪的冬天。

大雪哪去了呢？问爷爷们，他们也在摇头。大雪到底哪去了呢？如果连我们这个湿润的半岛上也缺雨少雪,其他大陆又怎么熬?下雪了,下雪了,下了浅浅一层,一脚踏出泥底,可怜人。下雪吧下雪吧,再让人骄傲地头戴翻皮帽走上一遭吧,再让真正的寒冷像过往的大雁一样降落一次吧。这样,我们就会知道,太阳和地球在挺好地运转,一个接一个的明天还将无有尽头。我们会信任时光、日月这一类永恒的东西,安然自如而不是匆忙慌促地去干手头的事情。

在这个干燥的、裸露着泥土的冬天里,人们不由得去追寻根底。不错,现代科学已经告诉了大家,人类对于大自然的无节制,严重地破坏掉了生态平衡,毁掉了正常的自然循环。因此我们要忍耐一个又一个无雪的冬天。空中烟尘弥漫,人们咳声不绝。仰望天空,立刻有一粒微尘落入眼内。只有雪朵才可以擦掉这么多的尘埃,而我们拿出家中千万片抹布也做不到。下雪吧,下雪吧。大雪是老天爷手里的抹布,它一会儿就能把天空擦得瓦蓝锃亮。

下雪吧。

一九八九年一月

人生麦茬地

多么熟悉的情景，动人心弦。我只是轻轻一瞥，那图片就在心中化作了永恒。雪白的、强烈无比的阳光灼伤了我的双目，让我再也不要触动这一幕吧，尽快把它忘却。

可是这能够吗？

一个从无垠的原野上走来的人生，忘得掉炎炎夏日里，那一片接一片的银亮麦茬，像电光一样闪烁的麦茬？土地焦干烫人，没有一丝水气，如果有人划一支火柴，麦茬地就会一直燃烧到天边。土地烘烤出人的汗水，给自己解渴。人的脸像土地一个颜色，汗水还是不停地流出来。肌肉干贴在骨骼上，生命之汁已经剩下不多了。夏天，多么漫长。在这个滚烫的季节里，老人无声无息地劳作，一天接一天坐在地里。他们要熬过什么，或者，他们在期待什么？

母亲生下了健壮的儿子，儿子穿上小背心到更远的地方去了。她亲手播下种子，看着稚嫩的青苗破土、长旺，看着它挣扎出寒冷而枯燥的冬天。儿子回来吧，回来吧，这个世界怎么总要把儿子引诱到远处去？一想到儿子，她就联想到返青之后的麦苗。这个世界的年轻人不知忧愁地跳跳跃跃，那都是让血脉顶的。年轻人的世界火火爆爆，老年人的日子死寂无声。人老了，知道前边的日月是什么样子；人年轻，就不晓得以后的岁月是什么光景。其实一茬麦子与另一茬麦子总是差不多——麦茬的颜色一样，也同样在夏日里闪亮耀眼……儿子啊，在外面奔忙的儿子啊。

日当正午的时候我还不愿回去。我也没有寻找一片树荫。这片土地太大太大了，我僵硬的双腿不愿挪来挪去。丈夫没有了，他埋在这片土里——很多的男人女人都埋在这片养活了他们的土里。谁将来也是一样。麦茬哟，像针一样刺我的手和脚，我的长了厚茧的皮肤都受不住了。我把散在垄里的穗子捡起来。这麦秸在阳光下刺眼亮，我不得不眯起双目。饱含了盐的汗水顺着深皱流进眼窝里，我一遍一遍去擦……远处有个百灵鸟，它不歇声地叫，它有了什么好事了？

一个女人到了八十多岁会想些什么？年轻人永远也不明白。他们会以为她对一切都无心无绪了；或者相反，像个孩童一样易喜易怒。他们错了。母亲老了的时候简直丰富质朴到了极点。她越来越离不开土地，与泥土紧紧相挨，仿佛随时都要与之合而为一。她举手投足间都流动着天然纯洁的韵律。一双手挨到麦茬上，像抚摸婴孩的毛发。这时候她的眼睛已经昏花，能够准确无误地拿到麦穗，大半是依靠一辈子积累的物感。一个乐手去触动弦上的音阶，哪里还需要依赖视觉呢。

这是生在泥土上的女人。

生在另一些地方的女人是另一种母亲。她们的手虽然苍老却依然柔软，食指常常充作奶嘴儿让婴孩吸吮，慈祥的脸上溢满欢欣。如果她看到一位同等年龄的老人坐在麦茬地里，就带几分天真蹲下来询问。她们之间简直无法交谈，各自揣着自己的人生沉默下来。分离时，柔软的手攥住粗硬的手,泪水在眶里旋动……远处的百灵鸟一连声地叫,这个炎热的夏天,你有了什么喜事?

麦茬间的另一种颜色,是绿色的小玉米苗儿。一茬让给了另一茬。庄稼,这就是庄稼。谁熟悉农事?谁为之心动?谁在这旷阔无边的大野上耕作终生却又敏悟常思?苍穹下多少生命,多少搏动不停的角落,生生息息,没有尽头。可是土地再辽阔、她离我再邈远,我还是能把正午里坐在麦茬地里的母亲一眼辨认出来!她的雪白的头发啊,她的蓝布大襟衣服啊,我没有开口呼喊,夏日的白光已经灼伤了我的双目……

我的母亲,我的母亲。

我的兄弟呢?我的姊妹呢?我的可爱的朋友乡邻亲友,你们哪去了!你们也来看看我的母亲。我跪下来,双手托起她的胳膊,把微微颤动的拐肘捂在掌中。我为她按摩舒展硬硬的手指骨节。母亲已经不像过去那样爱说爱笑了,脸上木木的,看我像看一个陌生人。我伸手梳理她稀疏的白发,为她摘掉沾上的一根麦草。"孩儿孩儿,我的孩儿!"她嘴里一迭声呼叫。

正午的阳光把原野晒出了紫烟。母亲的后背贴紧了汗湿的衣服。我问她什么时候来到麦茬地里?已经坐了多长时间?……她不作声,像没有听懂。停了一会儿,她从那个盛满了麦穗的柳条篮子底下,翻出了一块焦干的锅饼。锅饼按在我的嘴上,它像石块一样坚硬。"孩儿孩儿,我的孩儿!"我张大嘴巴咬住了锅饼。

母亲笑了。

我的儿子从天边上飞来了。好孩子,你看脚底下的粗壮麦茬,就知道这是个好夏天。你再也不用担心春天的事情了——那时节花开草绿,渠水噜噜响!你爸离开时是个春天,那样的春天再也不会有了。我嚼了榆树叶儿往他嘴巴里抹,一下一下他都咽了。他的眼神亮晶晶,我想他会好好陪伴我。谁料到第二天早上叫他不应,他去了!我的好孩儿,你妈硬是让这眼神给骗了——他去时我连个准备都没有。

你走到高山上、大海边上,走上千里万里,也不会找到这么肥的一片土地。这里值得你做一辈子,值得你安下心生个娃儿。你走了,走得无影无踪,连小木板门都没有关严。我的孩儿,你长大了,大腿像屋梁那么粗。可我就觉得你才刚刚摘掉奶头,唇上沾了奶水。人都是这片泥土的孩儿,他们说到底都是趴在那儿喘息、吭哧吭哧咽下吃食。人不能吃饱了肚子,一抹嘴巴就跑开。

她在儿子手腕上惊讶地发现了一块表。儿子告诉她到了正午。她疑惑地盯着指针——指针没有指向太阳,怎么就是正午?可见这是块骗人的表。她往前挪蹭,去寻找麦穗。麦穗无一遗漏地给逮到了篮里。灿烂的、浓香四溢的收获激动人心!要知道它原来准备藏在土里,像黄金那样一直藏着。可是一个精细的女人来了,来把它们取走。

百灵鸟叫着,它为什么欢乐?

它的小小慧目能透过时空的栅栏,望到几十年前蓖麻林里的少女吗?那时候她穿了火红的衣服,引逗一个百灵,又折了蓖麻做成一支绿笛,呜啊呜啊吹不停。她的头发上插了支美人蕉花儿。百灵想把花儿啄下来,她就歪头一下一下躲闪。

有个长腿汉子气喘吁吁地站在林子边上。他透过林隙盯着她的眼睛,咬紧牙关。百灵把花儿趁机啄下,交到男子手里。百灵笑了,脆脆的声音响彻云天。

他们一起坐在了麦子地里……麦子熟了,他们的头发和麦秸一块儿白了。唰唰割掉麦子,留下一片无边的麦茬。她坐在阳光下,让头发与麦茬一齐闪耀出光亮。

儿子与母亲分吃一块锅饼。后来,儿子取水去了。"渴啊!多么渴啊!"百灵用粗嗓子喊了一句,飞走了。

老人又一次撩起青布衣襟去擦脸。她的脸被遮住了,像为自己的突然衰老感到羞愧似的。

——我只是瞥了一眼,再也没有转过脸去。就像脚踏着锋芒向上的麦茬一样,我小心地、一声不吭地离开了。但我一辈子也忘不掉这一幕。我在心中默念着:麦茬地!

一九八九年二月八日

关于乡土

每个地方都理应有自己的文学。真正的艺术总是超出世俗而更具时间意义。如果说岩石也在流逝的岁月中剥蚀，那么熔铸了心汁的墨页则可以永葆芳香。

我们走在一片独特的土地上，总不免有些悠思遥想。不用说十九世纪，也不说二十世纪初，起码在近代长达五十几年的一段时间里，人们或可期待每一片土地都孕育出更为绚烂的文学之花。

这不是苛求。对土地不能苛求。

我说的只是一种乡土式的企盼，一种希望。当今天的人们谈论"乡土文学"的时候，你会感到真正的尴尬。或者是对土地和生命的深深隔膜，或者是对艺术天生的褊狭无知。

我们真的有过自己的"乡土文学"吗？

没有对一片土地痛苦真切的感知和参悟，没有作为一个大地之子的幻想和浪漫，就永远不会产生那种文学。人们在今天极少关于土地这个概念的理解，就像极少关于生命、文化之类概念的深切理解一样。一切都萎缩了、俗化了，想象的触角被一点点磨钝。

不错，乡土观念包括对于传统的固守，对于昔日事物的留恋，对于一种文明的断断续续的追溯和衔连；显而易见，它同时也包括了久长思之的、小心翼翼的甄别。乡土作家一般指生于斯长于斯、对土地同时也对整个家族血脉饱蕴深情的人。牵动他的是责任和良知，是早已存在了的使命。

诗人应该坚立于故土与尘风，这里有他需要的一切。他今天诚然不必足不出户，但沉着于自己的生活仍旧是完全必要的。一方水土可以长成一个人的血肉，也同样可以养大一个人的灵魂。真正的智者是纯粹的、在纷乱动荡中仍保从容的人。他的关于乡土的温情和执拗一起滋生成长，以至于永不消逝。

一谈到乡土文化人们就会想到俚俗、想到那些时髦的关于故地风物的描摹，想到流畅但却平直的创作。乡土作家似乎不必理会人类有史以来发生过哪些重要思想，不必关心历史演变和时代进程——带有嘲讽意味的，恰恰也正是这一类作家更早失去自己的"乡土"。

不言而喻，我们要求他是一个独创境界、心气高远又极端质朴的人。他的不间断的辛劳被一种平凡色彩包裹了，但他的人生却正因此而变得神奇，化为了不朽。

从某种意义上讲，乡土文学才是真正的文学。艺术家的求索如果不是背倚乡土，也就失去了文化根柢。也正因为如此，所以任何对于它的狭隘规范，都是令人不能容忍的。

我们呼唤真正的乡土文学。

一九八九年四月二十三日

失去的朋友

每天夜晚,我都在市郊的一条小路上散步。即便是雨天,我也要撑着雨伞出去走。从前一年的中秋节之夜走起,一直走到今天。

小路有多少弯曲、坎坷,路旁有什么景物,我已经烂熟于心。除了深冬和初春外,这总是一条绿蓬蓬的路。而且这还是一条寂寞的路,因为人们都不愿到这偏僻的地方来。

一路上要过两座小石桥、看到一排茁壮的青杨、一棵孤独的黑榆和一棵加拿大杨。还有一处一九五八年兴建的、如今早已废弃的小小水电站。伴路而行的水道、土崖、茂长的草、笨拙的刺猬……一切在我心中都是活脱脱的。我可以听到它们的心声。

土崖上有两个土洞,我判为獾洞。看不出是否有獾居住,我就在洞口塞了一把草——第二天晚上,我看到原来塞实的草被一个灵巧的躯体旋成一个圆空。我很愉快。

第二座小石桥边不知怎么长着一株极其旺盛的曼陀罗花。它硕壮繁茂,大朵的白花在黑夜里熠熠生辉,让我一时目瞪口呆。我简直认为它是在一夜之间突然生出并长大的。那天夜里我在桥边久久伫立。

它四周没有杂草,是光洁的沙土,这儿只有它自己。浓绿绿乌油油的叶片,粗而亮的茎秆,一切都大得旺得惊人。这是小路旁的一笔重彩。

我回忆着以前见过的曼陀罗花，不记得有这么大的。

后来月亮出来了，我嗅到了一朵朵白花播散出的神秘的香味——我想月光如果有气味，也该是这样的。

从此每一次散步，我都在一开始想：一会儿，过了桥，就该看见那株曼陀罗了……

从夏末到深秋，天气越来越严肃了，树叶终于飘落纷纷，可是那株曼陀罗仍然白花耀目。

有一天晚上——像往日一样的一个晚上，我走到了小桥边，突然感到异常空旷。我揉了揉眼睛，这才发现它不见了。不，它被刨过，枝叶花朵全散在地上。

它早已是我小路上的一个挚友……然而它永久地消失了。

一九八九年十月

田野的故事

一个诗人离开了田野，就不会健康地工作。你以任何名义都无妨，反正要能经常地接触土地就好。你来往于原野，嗅着泥土的气味，身上的力气就会渐渐恢复，精神也充实饱满。土地在春夏秋冬四个季节里有不同的魅力，它会把你紧紧地吸引着，让你不愿意背离它。

我们都有这样的经历，那就是面对一片空白进行着激烈的想象。这种想象是创作的生命，是一个基本过程。我们的脑海里又出现了过去的故事、可能发生的故事，出现了蓬蓬勃勃的生命……想象离不开田野，我们无论在脑子里绕开多少弯儿，最后也还是要回到田野上。可是如果离开真实的土地久了，这种想象就落不下来。那就只好一直停留在想象里。

我们见过了很多停留在想象里的诗人。我害怕变成那样，才走出去，到海边，到庄稼地里，到抗旱、收割的人群里去。结果想象的任务减轻了似的，真实的气味围住了我，我置身之中，恢复了信心。多少次描写过下雨，可是真正的雨、下雨前后的真实想法，又写过多少？胶东西北部小平原几十年里最旱的年头来了，树木死亡，庄稼一片片焦干。那时的盼雨才是牵动心肺。下雨吧，连下个几天几夜，我相信土地也会把它吸干。夜里总做下雨的梦，不知多少次把风的沙沙声当成了雨，惊喜地跑到凉台上看雨。雨成了心中的主题，等待成了主题，希望也成了主题。

这样挨了不知多少天，有一天真的下雨了，不过是很细的雨丝。下了几十分钟，像泪花落在土地上那样不起眼。不过你可以想象有些小草可能活下来。在这样的日子里，你会理解那些做出隆重仪式求雨的人，会把希望寄托在神灵上。这一点也不奇怪。你会相信神秘的力量一定左右了这一块天空。

土地如果真的焦干了，那么一经雨水淋过，散发出的气味会让人记一辈子。那是烙铁淬火或是砂锅烧热了之后用水珠撒过时的那种气味，仿佛也同时伴着"哧哧"声。无论是多小的雨，都令人难忘。无论是多小的云彩块儿，都让人盼着化为雨点。我有好长时间，也许到现在仍然这样，一直牵挂着下雨的事。这成了一个癖。只要下雨我就高兴，总觉得雨水还不够大。一下雨，我就想起了那个小平原。

那里有四五十个村落缺水，人畜吃水都成问题。地下水长期吸取也快枯了，好多眼深井不得不停止使用。有的井虽然仍在坚持使用，但由于水位下降，机器已经抽不上水了，不得不用一种特殊的潜水泵。为了节省浇地用水，把水尽可能远地送来，现在田埂上到处都是绿色白色的塑料输水管。你可以想一下，就是在这样的情况下，农民们想方设法，像伺候一个未满月的小孩似的，把一株株玉米弄得粗大茁壮，成一片黑乌乌的玉米林子。在这时候，庄稼就更不能缺水，因为玉米穗子刚长起来，用水量就更大了。好像那个时候田里只有一件事，那就是抗旱、浇地，保住这一片绿色。

可是有的地方还是不得不放弃这个希望，因为井里实在没有水了，其他水源又离得很远。你眼看着一片片玉米、花生蔫了，心里像压了铅。玉米叶儿慢慢在太阳下卷了起来，然后就变得焦干，攥一把都成了碎末。花生棵上的黄色小花也干结在叶子中，它们一下子都贴在了滚烫的地皮上。

那里的绿色就是在这样的环境下保持的。

深秋的夜晚我们走到地里，走在望不到边的玉米林子里，心里很不平静。玉米叶像一把把大刀，齐齐地悬成一长溜，长叶儿上的脉络清清楚楚。玉米开始抽缨了，一股香甜气味弥漫了四周。玉米秸很粗，很结实，根须也很壮，有一天截鼓出地面。显然，它们被管理得很好，水肥充足。我常在夜晚蹲在玉米田垄里，久久不动。这里的空气吸饱了，它给人灵感，给人真正的激动。这才是一个人所能享受的最好的夜晚。我的脚下，小蚂蚱什么的在蹦；远处，各种小动物在叫唤，发出很细碎的声音。我仿佛真的听到了大地的呼吸，听到了一片无边的植物的喘息之声。

只有那个时刻算明白了一点点。我知道一万个形式里面，可以有一万个内容，也可以只有一个内容。我不愿过多地在形式上选择，而只是更热情地体会着追求着我自己的内容。我感受到了夜晚的特殊的声息、气氛，我牢牢地记住了这一感觉。这好比我读过的一本大书，我只记住了书中至关重要的某一点东西一样。整个的到田野、到一个小城里的过程，都像是一次漫长的阅读，我们在慢慢地捕捉一种氛围、一种意境、一个故事，接近了一个主题。我相信是这样的。

我们多少次在纸面上表现一个生命、生命的力量、它的无与伦比的美！可是具体到一片生机盎然的田野，上面的呼叫奔突着的生命，我们才会真的理解，真的被激动。

那样的夜晚，如果一个人带着尘土和一身的疲劳蹲在那里，伏在那里，就会离大地很近很近。这是感觉，又是一种实在。你天天关在楼房里，在人丛中奔忙，你真的会与土地一起呼吸，并且真的会有逼真的想象和描写吗？我想这做不到。什么事情都有个条件，离开了这些条件，要做到很难很难。需要你沾一身泥巴，你就要沾；需要你满手满脸青草的汁水绿屑，那就那样好了。这是些条件，你带着它们走进那种要求里，去获得至境。这一切必须真实朴素，必须真切，不然一切又都成了演戏，事与愿违，你什么也得不到。

接着说雨。我们对雨有各种各样的印象，有各种各样的描述——关于雨的吝啬、雨的肆虐和疯狂——可是你具体到一块土地、一个村庄呢？你具体地理解或阐释一种雨了吗？你记得这之前好像没有做到。比如雨的吝啬——它会到了什么程度？在干旱的那些天里，我前面说过，我算真正领会了一点。我们描写干旱的文学作品太多了，中外都有名篇，当然描写大雨的也有很多，像福克纳写大雨就有很多篇。要写出干旱的那种焦躁，从内心到外表，从滚烫焦干的空气到田边上的裂纹，非有亲身体会不可。你会有一种深刻的危机感，你会觉得这次漫长的干旱（六十年来最旱的一次）很有些来头，恐怕那一端连接在一个很危险的东西上，会有极大的不祥的事情被引发出来。这些日子你不仅着急，而且变得多疑。你十分悲观。这种悲观当然不好，可这是真实的状态，这是具有彻底悲剧精神的一种想法，反正你亲身经历了这一旱，你算彻底弄明白什么才是雨的吝啬。你跟着植物和牲口一起熬过，熬过来了，这很不容易。你必然要好好写写这个"不容易"！

现在的大雨都躲到哪里去了呢？这是自然界留给我们的一个大谜。

一会儿解释说是这样的现象，一会儿解释说是那样的一个现象，不知道。过去的海滩平原上下起雨来，铺天盖地，风搅着树林，雷闪不停，你真会害怕。常常是大雨追赶得人们抛下手里的东西就跑，雨鞭扑扑地抽在大人孩子的身上，抽得他们直叫唤。这样的雨下起来就不停，一下下上几个小时、几天，大水从地平线涌来，房屋倒塌，沟满壕平，大树变矮。

现在从来没有下过那样的雨。

过去的一片蛙鼓现在也没有了。那种声音在过去是永不消逝的，它与田野、庄稼，与一个个不眠的夜晚连在一起。这会儿它们都藏到哪里去了呢？时代在变迁，一切都在改变。人的生命太短暂，无法明白这些。我脚踏的这片平原，还到处是贝壳的屑末，人们传说多少年前这里正是大海。大海为什么退出了那么远？它又会因为什么原因、在什么时刻里重新返回呢？这种种疑案都在等待回答。

以上这些感触只有在平原上生活的人才更加关心。我如果在城里，远离这一切，就不会去思索。

人们多次谈过到生活中寻找活生生的语言，等等。这样谈得多了，反而全不明白了。要谈也得到了时候，到了跟土地跟做活的人磨得火热了的时候再谈。那时语言突然间变得活了，它们字字都有了生命，并且放出生命的野性气味儿。你与庄稼棵子在一块儿，才会说它们的话，与牲口在一起，也会学到它们的话。什么语言都是现成的，藏在事物的内部。你听到它了，它活动起来了，那时你就捕捉它。语言，特别是艺术语言，必须有生命，能动，能迸溅和跳跃。它们确实在有生命的物体内部，在那里面潜伏。比如人的语言，它也在人体里潜伏，老人、小孩儿、男人、女人，都潜伏着一种语言——他们说出来的，只是一小部分，而且不一定是他们生命的语言。有些只是声音——声音不等于语言。我们过去的错误就是过分地相信了声音，以为声音与语言是一个东西。

如果是这样，那么风、海涛声、木头折断的咔嚓声，都是语言了。有声音的可以是语言，也可以不是语言。它们的区别就是，看其有没有生命。我们寻找的是真正的潜藏在物体内部的语言，寻找它的生命的变化情绪、征候、兆头。找一点语言不容易。一个好老人被太阳晒得黑乎乎油亮亮，仿佛一声不吭地蹲在土地上，看他的庄稼。这时候他没有语言吗？有。他有多么丰富的话语正像河水一样汩汩流出来。还有一株老玉米，它黑乌乌的叶子，秸子又粗又壮，默默地站着，它没有语言吗？它有。那是关于水的气味，还有这个秋天的评价等等不同凡响的议论。

总之，语言是最难学到手的。它们的难点就在于，它们有时是一声不吭的。它存在于活的、正在成长或死亡的一切事物之中。

比如一片夕阳下的茅草，它们正在懒洋洋地唱歌。再比如一条大渠畔上的茂盛的青草，它们正说着很多关于青春期的奇怪的诱人的话语，那话题是人们都愿意听的。关键是你要用心去捕捉。你学会了听这些语言，也就真的是一位艺术家了。

群众的语言就在群众中，而很难在一个人身上出现。群众，他们在很广大的一片土地上活动，不停地劳作、生活。比如在下雨天，他们一群群出现在田里，去抢搬麦子，或者涌到场院上。秋天，收玉米的时候，满地都是挥汗如雨的人群。那时你看到的是不知姓名的、众多的人。他们的语言就开阔地播撒在大地上。你听到了吗？群众的语言多么有活力！

这种声音就是劳动的声音，是生活的喜悦的、乐观的声音。这种声音从播种响彻到收获，一直响着，好像从亘古就是这样的永恒的声音。

学会了这种语言，语言的源泉就开通了，就不会下笔无言了。我多次尝试着寻找一种群众的语言，十分用力和耐心。我发觉这种语言的内容有时掩盖在声浪的泡沫之下，它需要你去拂开泡沫，把最内部的鲜活的东西搂抱住。有时泡沫积成老厚，你拂不动，推不开，使你永远也不能接近真实的内核。你要把一切看在眼里，记在心上，用嗅觉、视觉和听觉去一齐接近。群众的语言总是与土地的语言十分相像。你理解了土地的语言，那也会包括群众的语言。

我们常常赞美透着泥土香味的语言——要学会这样的语言，在我看来是难而又难的。我在深秋、炎夏、盛春和隆冬天里，都曾经一个人或与一二好友一起，到田野深处去，有时待到深夜。我相信你只要亲近土地，土地迟早就会教给你一种语言，使你的笔下真的透出泥土的香味。不过这是特别难的事情，它不像有人以为的那样容易。我看到一些文章，他说他到群众中去了，到土地上去了；他的语言已经透着泥土的香味，等等。我认真看了一番，发觉没有一丝泥土的气味，也没有什么"群众的语言"。它们没有那种彻底的放松精神和质朴精神，没有。土地的语言是久远深长、特别广阔的，谁能沾上一丝一毫它的气味，那都预示着一种永恒。我以为一个搞写作的人只要能真正谦虚地去学习和追随土地的精神，那他就会强大——空前地增加语言的力量。

没有一种语言可以像土地的语言那样，包涵一切，融化一切，归纳一切。它可以模仿和造就千万种声音而不相互重复，也可以只传递出一种永久的声音而不使听者感到单调。土地的声音、它的语言，是丰富到不能再丰富的境地了。在大雪后的一个夜晚，大地一片白色，我趁着月亮天走到田野上——我走了很远很远，一个人，默不作声地走。我好像听到了什么，又好像一直在享受一种雪后的宁静。这个时刻土地的语言是什么？像冰雪一样凉吗？不，它温柔得很，像女人的悄声细语，像耐心的母亲的规劝——我有时真的感觉到了它的存在，心里激动起来。脚下的雪在吱吱响着，我往前继续走下去……

那么雨天、焦灼的天、干冷的天、丰收的土地……各自又有一种什么语言？永远也探索不尽的秘密啊！在这些秘密面前，我们真是显得无知得很，渺小得很。我们真的是一些刚刚学习语言的人，刚刚学会发出单调的音节。谈到深入生活，就等于谈一个枯燥的话题，等于谈吃饭、喝水等基本问题。这些正因为是基本的，才具有长远的、与生命长期相伴的意义。沉入生活的深层，去与土地亲密，去倾听生活的声音、土地的语言，那当然是十分重要、十分迫切的事情了。

我看到的主张深入到基层的人，提倡这个并身体力行的人，有一些是比较外向的。这也很自然。容易接受口号、愿冲动的人，当然最先去实践这个。不过"体验"两个字又反映了很内向的精神色彩。"体"是身体，是感觉的起码条件，是血肉之躯，是眼耳鼻舌身的总和。身在动，在感觉，身体的全部在移动，在接触。而"验"是经验，是试验，是个过程。"验"差不多等于演。身体一动，一挨近，来了各种复杂的感触。这一过程就是"体验"。这个词充满了觉悟、妙悟、领悟、参悟的意味。好像更多的是身体移动过程中的静思默想。我们长期只强调移动，而不注重默想。这样就偏颇了。如果两个方面都强调，就有非常好的效果了。

你深入到田野了，这就是动。无论怎样轻微的动，身体的感受都有变化。接上就是静思了。静思强调的是"静"字，不然就与其他的"思"混同了。最有深度的思想，都是静思的结果。有的思想不深刻，不独到不新颖，都是因为他思而不静。我说的对土地上的干旱、雨季的变化、庄稼的长势，还有群众的语言与土地的语言，这一切问题，都需要在身体的移动中遇到，但遇到之后要深刻地理解，就需要静思默想。有不少深入生活的人走马观花，好像什么都知道了，其实他只知道一些老生常谈的东西，稍微隐秘一点的，他根本不知道。看来很热烈地参与了，实际上他只是一种浅层的摩擦，没有感觉到事物（物体）内部的震动。

如果有一种细小的遥远的声音要捕捉，那就要平心静气。这时任何的动作、分心分神的事都不能有，不然就听不真，听不到。静思的目的也仅仅是为了听到那种声音。这是朴素的唯物主义的道理。一个深入了生活的人，等于一个人投入到更广阔的天地间去，他必然要倾听和辨析，要寻找目标。在令人眼花缭乱的事物面前，在一万种声音的喧闹下，他必然要设法从容一些地研究。这些喧闹背后是什么？是需要用心去倾听的另一种语言——他就是这样走入了静思。

田野上是生长繁衍各种生命的地方，是泥土。我觉得一个搞艺术的人，不管他是搞什么题材或体裁的人，都不能离开它。因为一离开它，就不会理解生命的奥秘。田野一刻不停地在孕育和演化，即便在深冬严寒季节，土层里也有什么在活动。到了温度适宜的时候，各种叶芽和秸秆鼓出土皮，经雨水一冲，齐刷刷往上茂长。各种动物都奔跑不停，吃东西，喝水，撒欢乱叫。人忙着自己认为有意义的事，比如播种收获、打猎，或者去发财；人也像树木一样靠阳光和水生长，而搞艺术的人也靠这个。所不同的是，搞艺术的人想方设法要揭示田野上一切事物，当然也包括人本身的一些奇妙之处、他们与它们的各种联结……

　　我与其他人对这个理解的不同之处在于：有人认为诗人要忘掉自己的身份去深入，说那样才深入得好。而我认为他在任何时候也不能忘记。因为一忘记，他就迟钝了。从获取隐秘的角度讲，只有记住了自己是个诗人，你才能深入进去。有人天真地认为他真可以忘掉自己的目的以及身份，到生活和群众中去，学点烂熟于心的语言，有一些群众情感——可是等他记起诗人这一身份时，发现那情感和语言都没有了；而一旦记起那些语言和情感的时候，他又忘记自己是个诗人了。

一九八九年十一月

融入野地

一

城市是一片被肆意修饰过的野地,我最终将告别它。我想寻找一个原来,一个真实。这纯稚的想念如同一首热烈的歌谣,在那儿引诱我。市声如潮,淹没了一切,我想浮出来看一眼原野、山峦,看一眼丛林、青纱帐。我寻找了,看到了,挽回的只是没完没了的默想。辽阔的大地,大地边缘是海洋。无数的生命在腾跃、繁衍生长,升起的太阳一次次把它们照亮……当我在某一瞬间睁大了双目时,突然看到了眼前的一切都变得簇新。它令人惊悸,感动,诧异,好像生来第一遭发现了我们的四周遍布奇迹。

我极想抓住那个"瞬间感受",心头充溢着阵阵狂喜。我在其中领悟:万物都在急剧循环,生生灭灭,长久与暂时都是相对而言的;但在这纷纭无绪中的确有什么永恒的东西。我在捕捉和追逐,而它又绝不可能属于我。这是一个悲剧,又是一个喜剧。暂且抑制了一个城市人的伤感,面向旷野追问一句:为什么会是这样?这些又到底来自何方?已经存在的一切是如此完美,完美得让人不可思议;它又是如此地残缺,残缺得令人痛心疾首。我们面对的不仅是一个熟知的世界,还有一个完全陌生的世界；原来那种悲剧感或是喜剧感都来自一种无可奈何。

心弦紧绷，强抑下无尽的感慨。生活的浪涌照例扑面而来，让人一拍三摇。做梦都想象一棵树那样抓牢一小片泥土。我拒绝这种无根无定的生活，我想追求的不过是一个简单、真实和落定。这永远只能停留在愿望里。寻找一个去处成了大问题，安慰自己这颗成年人的心也成了大问题。默默挨蹭，一个人总是先学会承受，再设法拒绝。承受，一直承受，承受你的自尊所无法容许的混浊一团。也就在这无边的踟蹰中，真正的拒绝开始了。

这条长路犹如长夜。在漫漫夜色里，谁在长思不绝？谁在悲天悯人？谁在知心认命？心界之内，喧嚣也难以渗入，它们只在耳畔化为了夜色。无光无色的域内，只需伸手触摸，而不以目视。在这儿，传统的知与见已经失去了原有的意义。神游的脚步磨得夜气发烫，心甘情愿一意追踪。承受、接受、忍受——一个人真的能够忍受吗？有时回答能，有时回答不，最终还是不能。我于是只剩下了最后的拒绝。

二

当我还一时无法表述"野地"这个概念时，我就想到了融入。因为我单凭直觉就知道，只有在真正的野地里，人可以漠视平凡，发现舞蹈的仙鹤，泥土滋生一切。在那儿，人将得到所需的全部，特别是百求不得的那个安慰。野地是万物的生母，她子孙满堂却不会衰老。她的乳汁汇流成河，涌入海洋，滋润了万千生灵。

我沿了一条小路走去。小路上脚印稀罕，不闻人语，它直通故地。谁没有故地？故地连接了人的血脉，人在故地上长出第一缕根须。可是谁又会一直心系故地？直到今天我才发现，一个人长大了，走向远方，投入闹市，足迹印上大洋彼岸，他还会固执地指认：故地处于大地的中央。他的整个世界都是那一小片土地生长延伸出来的。

我又看到了山峦，平原，一望无边的大海。泥沼的气息如此浓烈，土地的呼吸分明可辨。稼禾、草、丛林；人、小蚁、骏马；主人、同类、寄生者……搅缠共生于一体。我渐渐靠近了一个巨大的身影……

故地指向野地的边缘，这儿有一把钥匙。这里是一个入口，一个门。满地藤蔓缠住了手足，丛丛灌木挡住了去路，它们挽留的是一个过客，还是一个归来的生命？我伏下来，倾听，贴紧，感知脉动和体温。此刻我才放松下来，因为我获得了真正的宽容。

一个人这时会被深深地感动。他像一棵树一样，在一方泥土上萌生。他的一切最初都来自这里，这里是他一生探究不尽的一个源路。人实际上不过是一棵会移动的树。他的激动、欲望，都是这片泥土给予的。他曾经与四周的丛绿一起成长。多少年过去了，回头再看旧时景物，会发现时间改变了这么多，又似乎一点也没变。绿色与裸土并存，枯树与长藤纠扯。那只熟悉的红点颏与巨大的石碾一块儿找到了；还有那荒野芜草中百灵的精制小窝……故地在我看来真是妙迹处处。

一个人只要归来就会寻找，只要寻找就会如愿。多么奇怪又多么素朴的一条原理，我一弯腰将它拣了起来。匍匐在泥土上，像一棵欲要扎根的树——这种欲求多次被鹦鹉学舌者给弄脏。我要将其还原来。我心灵里那个需求正像童年一样热切纯洁。

我像个熟练的取景人，眯起双目遥视前方。这样我就迷蒙了画面，闪去了很多具体的事物。我看到的不是一棵或一株，而是一派绿色；不是一个老人一个少女，而是密挤的人的世界。所有的声息都撒落在泥土上，混合一起涌过，如蜂鸣如山崩。

我蹲在一棵壮硕的玉米下，长久地看它大刀一样的叶片，上面的银色丝络；我特别注意了它如爪如须、紧攥泥土的根。它长得何等旺盛，完美无损，英气逼人。与之相似的无语生命比比皆是，它们一块儿忽略了必将来临的死亡。它们有个精神，秘而不宣。我就这样仰望着一棵近在咫尺的玉米。

时至今天，似乎更没有人愿意重视知觉的奥秘。人仿佛除了接受再没有选择。语言和图画携来的讯息堆积如山，现代传递技术可以让人蹲在一隅遥视世界。谬误与真理掺拌一起抛洒，人类像挨了一场陨石雨。它损伤的是人的感知器官。失去了辨析的基本权力，剩下的只是一种苦熬。一个现代人即便大睁双目，还是拨不开无形的眼障。错觉总是缠住你，最终使你臣服。传统的"知"与"见"给予了我们，也蒙蔽了我们。于是我们要寻找新的知觉方式，警惕自己的视听。

我站在大地中央，发现它正在生长躯体，它负载了江河和城市，让各色人种和动植物在腹背生息。令人无限感激的是，它把正中的一块留给了我的故地。我身背行囊，朝行夜宿，有时翻山越岭，有时顺河而行；走不尽的一方土，寸土寸金。有个异国师长说它像邮票一般大。我走近了你、挨上了你吗？一种模模糊糊的幸运飘过心头。

三

大概不仅仅是职业习惯，我总是急于寻觅一种语言。语言对于我从来就有一种神秘的感觉。人生之路上遭逢的万事万物之所以缄口沉默，主要是失去了语言。语言是凭证、是根据，是继续前行的资本。我所追求的语言是能够通行四方、源发于山脉和土壤的某种东西，它活泼如生命，坚硬如顽石，有形无形，有声无声。它就撒落在野地上，潜隐在万物间。河水咕咕流淌，大海日夜喧嚷，鸟鸣人呼——这都是相互隔离的语言；那么通行四方的语言藏在了哪里？

它犹如土中的金子，等待人们历尽辛苦之后才跃出。我的力气耗失了那天，即便如愿以偿了又有什么意义？我像所有人一样犹豫、沮丧、叹息，不知何方才是目的，既空空荡荡又心气高远。总之无语的痛苦难以忍受，它是真实的痛苦。我的希冀不大，无非就想讨一句话。很可惜也很残酷，它不发一言。

让人亲近、心头灼热的故地，我扑入你的怀抱就痴话连篇，说了半响才发觉你仍是一个默默。真让人尴尬。我知道无论是秋虫的鸣响或人的欢语，往往都隐下了什么。它们的无声之声才道出真谛，我收拾的是声音底层的回响。

在一个废弃的村落旧址上，我发现了遗落在荒草间的碾盘。它上面满是磨钝了的齿沟。它曾经被忙生计的人团团围住，它当刻下滔滔话语。还有，茅草也遮不住的破碎瓦砾，该留下被击碎那一刻的尖利吧？我对此坚信无疑，只是我仍然不能将其破译。脚下是一道道地裂，是在草叶间偷窥的小小生灵。太阳欲落，金红的火焰从天边一直烧到脚下；在这引人怀念和追忆的时刻，我感到了凄凉，更感到了蕴含于天地自然中的强大的激情。可是我们仍然相对无语。

　　刚刚接近故地的那种熟悉和亲切逐渐消失，代之而来的是深深的陌生感。我认识到它们的表层之下，有着我以往完全不曾接近过的东西。多少次站在夕阳西下的郊野，默想观望，像等候一个机会。也就在这时，偶尔回想起流逝的岁月，会勾起一丝酸疼。好在这会儿我已没有了书生那样的忏悔，而是充满了爱心和感激，心甘情愿地等待、等待。我回想了童年，不是那时的故事，而是那时的愉快心情。令人惊讶的是那种愉悦后来再也没有出现。我多少领悟了：那时还来不及掌握太多的俗词儿，因而反倒能够与大自然对话；那愉悦是来自交流和沟通，那时的我还未完全从自然的母体上剥离开来。世俗的词儿看上去有斤有两，在自然万物听来却是一门拙劣的外语。使用这种词儿操作的人就不会有太大希望。解开了这个谜我一阵欣慰，长舒一口。

　　田野上有很多劳作的人，他们趴在地上，沾满土末。禾绿遮着铜色躯体，掩成一片。土地与人之间用劳动沟通起来，人在劳动中就忘记了世俗的词儿。那时人与土地以及周围的生命结为一体，看上去，人也化进了朦胧。要倾听他们的语言吗？这会儿真的掺入泥中，长成了绿色的茎叶。这是劳动和交流的一场盛会，我怀着赶赴盛宴的心情投入了劳动。

我想将自己融入其间。

人若丢弃了劳动就会陷于蒙昧。我有个细致难忘的观察：那些劳动者一旦离开了劳动，立刻操起了世俗的词儿。这就没有了交流的工具，与周遭的事物失去了联系，因而毫无力量。语言，不仅仅是表，而是理；它有自己的生命、质地和色彩，它是幻化了的精气。仅以声音为标志的语言已经是徒有其表，魂魄飞走了。我崇拜语言，并将其奉为神圣和神秘之物。

四

生活中无数次证明：忍受是困难的。一个人无论多么达观，最终都难以忍受。逃避、投诚、撞碎自己，都不是忍受。拒绝也不是忍受。不能忍受是人性中刚毅纯洁的一面，是人之所以可爱的一个原因。偶有忍受也为了最终的拒绝。拒绝的精神和态度应该得到赞许。但是，任何一种选择都是通过一个形式去完成的，而形式可以是多种多样的。

一个人如果因爱而痴，形似懵懂，也恰恰是找到了自己的门径。别人都忙于拒绝时，他却进入了忘我的状态。忘我也是不能忍受的结果。他穿越激烈之路，烧掉了愤懑，这才有了痴情。爱一种职业、一朵花、一个人，爱的是具体的东西；爱一份感觉、一个意愿、一片土地、一种状态，爱的是抽象的东西。只要从头走过来，只要爱得真挚，就会痴迷。迷了心窍，就有了境界。

当我投入一片茫茫原野时，就明白自己背向了某种令我心颤的、滚烫烫的东西。我从具体走向了抽象。站在荒芜间举目四望，一个质问无法回避。我回答仍旧爱着。尽管头发已经蓬乱，衣衫有了破洞，可我自知这会儿已将内心修葺得工整洁美。我在迎送四季的田头壑底徘徊，身上只负了背囊，没有矛戟。我甘愿心疏志废、自我放逐。冷热悲欢一次次织成了网，我更加明白我"不能忍受"，扔掉小欣喜，走入故地，在秋野禾下满面欢笑。

但愿截断归途，让我永远待在这里。美与善有时需要独守，需要眼睁睁地看着它生长。我处于沉静无声的一个世界，享受安谧；我听到挚友在赞颂坚韧，同志在歌唱牺牲，而我却仅仅是不能忍受。故地上的一棵红果树、一株缬草，都让我再三吟味。我不能从它的身边走开，它们深深地吸引了我。我在它们的淡淡清香中感动不已。它们也许只是简单明了、极其平凡的一树一花，荒野里的生物，可它们活得是何等真实。

我消磨了时光，时光也恩惠了我。风霜洗去了轻薄的热情，只留住了结结实实的冷漠。站在这辽远开阔的平畴上，再也嗅不到远城炊烟。四处都是去路，既没人挽留，也没人催促。时空在这儿变得旷敞了，人性也自然松弛。我知道所有的热闹都挺耗人，一直到把人耗贫。我爱野地，爱遥远的那一条线。我痴迷得不可救药，像入了玄门；我在忘情时已是口不能语，手不能书；心远手粗，有时提笔忘字。我顺着故地小径走入野地，在荒村陋室里勉强记下野歌。这些歪歪扭扭的墨迹没有装进昨天的人造革皮夹，而是用一块土纺花布包了，背在肩上。

土纺花布小包裹了我的痴唱，携上它继续前行。一路上我不断地识字：

如果说象形文字源于实物，它们之间要一一对应；那么现在是更多地指认实物的时候了。这是一种可以保持长久的兴趣，也只有在广大的土地上才做得到。琐细迷人的辨识中，时光流逝不停，就这样过起了自己的日子。我满足于这种状态和感觉、这其间难以言传的欢愉。这欢愉真像是窃来的一样。

我知道不能忍受的东西终会消失；但我也明白一个人有多么执拗。因此，历史上的智者一旦放逐了自己就乐不思蜀。一切都平平淡淡地过下来，像太阳一样重复自己。这重复中包含了无尽的内容。

五

在一些质地相当纯正的著作里，我注意到它一再地提请我们注意如下的意思：孤独有多么美。在这儿，孤独这个概念多少有些含混。大概在精神的驻地、在人的内心，它已经无法给弄得更准确了。它大约在指独自一人——当然无论是肉体方面还是精神方面的状态。一个动物，一株树，都可以孤独。孤独是难以归类的结果。它是美的吗？果真如此，人们也就无须慌悚逃离了。它起码不像幻想那么美；如果有一点点，也只是一种苍凉的美。

一个人处于那样的情状只会是被迫的。现代人之所以形单影只，还因为有一个不断生长的"精神"。要截断那种恐惧，就要截断根须。然而这是徒劳的，因为只要活着，它总要生长。伪装平庸也许有趣，但要真的将一个人扔还平庸，必然遭到他的剧烈抵抗。独自低徊富于诗意，但极少有人注意其中的痛苦。孤独往往是心与心的通道被堵塞。人一生下来就要面对无数隐秘，可是对于每个人而言，这隐秘后来不是减少而是成倍地增加了。它来自各个方面，也来自人本身。于是被嘲弄被困扰的尴尬就始终相伴，于是每个人都在自觉不自觉地挣脱——说不出的惶恐使他们丢失了优雅。

在我眼里，孤独是可怕的，但更可怕的是放弃自尊。怎样既不失去后者又能保住心灵上的润泽？也许真的"鱼与熊掌不可得兼"，也许它又是一个等待破解的隐秘。在漫漫的等待中，有什么能替代冥想和自语？我发现心灵可以分解，它的不同的部分甚至能够对话。可是不言而喻，这样做需要一份不同寻常的宁静，使你能够倾听。

正像一籽抛落就要寻下裸土，我凭直感奔向了土地。它产生了一切，也就能回答一切，圆满一切。因为被饥困折磨久了，我远投野地的时间选在了九月，一个五谷丰登的季节。这时候的田野上满是结果。由于丰收和富足，万千生灵都流露出压抑不住的欣喜，个个与人为善。浓绿的植物、没有衰败的花、黑土黄沙，无一不是新鲜真切。待在它们中间，被侵犯和伤害的忧虑空前减弱，心头泛起的只是依赖和宠幸……

这是一个喃喃自语的世界，一个我所能找到的最为慷慨的世界。这儿对灵魂的打扰最少。在此我终于明白：孤独不仅是失去了沟通的机缘，更为可怕的是频频侵扰下失去了自语的权力。这是最后的权力。

就为了这一点点，我不惜千里跋涉，甚至一度变得"能够忍受"。我安定下来，驻足入驿，这才面对自己的幸运。我简直是大喜过望了。

在这里我弄懂一个切近的事实：对于我们而言，山脉土地，是千万年不曾更移的背景；我们正被一种永恒所衬托。与之相依，尽可以沉入梦呓，黎明时总会被久长悠远的呼鸣给唤醒。

世上究竟哪里可以与此地比拟？这里处于大地的中央。这里与母亲心理上的距离最近。在这里，你尽可述说昨日的流浪。凄冷的岁月已经过去，一个男子终于迎来了双亲。你没有泣哭，只是因为你学会了掩泪入心。在怀抱中的感知竟如此敏锐，你只需轻轻一瞥就看透了世俗。长久和短暂、虚无与真实，罗列分明。你发现寻求同类也并非想象那么艰苦，所有朴实的、安静的、纯真的，都是同类。它们或他们大可不必操着同一种语言，也不一定要以声传情。同类只是大地母亲平等照料的孩子，饮用同样的乳汁，散发着相似的奶腥。

在安怡温和的长夜，野香熏人。追思和畅想赶走了孤单，一腔柔情也有了着落。我变得谦让和理解，试着原谅过去不曾原谅的东西，也追究着根性里的东西。夜的声息繁复无边，我在其间想象；在它的启示之下，我甚至又一次探寻起词语的奥秘。我试过将音节和发声模拟野地上的事物、并同时传递出它的内在神采。如小鸟的"啾啾"，不仅拟声极准，"啾"字竟是让我神往的秋、秋天秋野；口、嘴巴歌喉——它们组成的。还有田野的气声、回响，深夜里游动的光。这些又该如何模拟出一个成词并汇入现代人的通解？这不仅是饶有兴趣的实验，它同时也接近了某种意义和目的。我在默默夜色里找准了声义及它们的切口，等于是按住万物突突的脉搏。

一种相依相伴的情感驱逐了心理上的不安。我与野地上的一切共存共生，共同经历和承受。长夜尽头，我不止一次听到了万物在诞生那一刻的痛苦嘶叫。我就这样领受了凄楚和兴奋交织的情感，让它磨砺。

好在这些不仅仅停留于感觉之中。臆想的极限超越之后，就是实实在在的触摸了。

六

因为我在很大程度上摆脱了生命的寂寥，所以我能够走出消极。我的歌声从此不仅为了自慰，而且还用以呼唤。我越来越清楚这是一种记录，不是消遣，不是自娱，甚至也来不及伤感。如若那样，我做的一切都会像朝露一样蒸掉。我所提醒人们注意的只是一些最普通的东西，因为它们之中蕴含的因素使人惊讶，最终将被牢记。我关注的不仅仅是人，而是与人不可分割的所有事物。我不曾专注于苦难，却无法失去那份敏感。我所提供的，仅仅是关于某种状态的证词。

这大概已经够了。这是必要的。我这儿仅仅遵循了质朴的原则，自然而然地藐视乖巧。真实伴我左右，此刻无须请求指认。我的声音混同于草响虫鸣，与原野的喧声整齐划一。这儿不需一位独立于世的歌手；事实上也做不到。我竭尽全力只能仿个真，以获取在它们身侧同唱的资格。

来时两手空空，野地认我为贫穷的兄弟。我们肌肤相摩，日夜相依。我隐于这浑然一片，俗眼无法将我辨认。我们的呼吸汇成了风，气流从禾叶和河谷吹过，又回到我们中间。这风洗去了我的疲惫和倦怠，裹携了我们的合唱。谁能从中分析我的嗓音？我化为了自然之声。我生来第一次感受这样的骄傲。

我所投入的世界生机勃勃，这儿有永不停息的蜕变、消亡以及诞生。关于它们的讯息都覆于落叶之下，渗进了泥土。新生之物让第一束阳光照个通亮。这儿瞬息万变，光影交错，我只把心口收紧，让神思一点点溶解。喧哗四起，没有终结的躁动——这就是我的故地。我跟紧了故地的精灵，随它游遍每一道沟坎。我的歌唱时而荡在心底，时而随风飘动。精灵隐隐左右了合唱，或是和声催生了精灵。我充任了故地的劣等秘书，耳听口念手书，痴迷恍惚，不敢稍离半步。

眼看着四肢被青藤绕裹，地衣长上额角。这不是死，而是生。我可以做一棵树了，扎下根须，化为了故地上的一个器官。从此我的吟哦不是一己之事，也非我能左右。一个人消逝了，一株树诞生了。生命仍在，性质却得到了转换。

这样，自我而生的音响韵节就留在了另一个世界。我寻找同类因为我爱他们、爱纯美的一切，寻求的结果却使我化为一棵树。风雨将不断梳洗我，霜雪就是膏脂。但我却没有了孤独。孤独是另一边的概念，洋溢着另一种气味。从此尽是树的阅历，也是它的经验和感受。有人或许听懂了树的歌吟，注目枝叶在风中相摩的声响，但树本身却没有如此的期待。一棵棵树就是这样生长的，它的最大愿望大概就是一生抓紧泥土。

七

随着年龄的增长,我越来越注意到艺术的神秘的力量。只有艺术中凝结了大自然那么多的隐秘。所以我认为光荣从来属于那些最激动人心的诗人。人类总是通过艺术的隧道去触摸时间之谜,去印证生命的奥秘。自然中的全部都可通过艺术之手的拨动而进入人的视野。它与人的关系至为独特,人迷于艺术,是因为他迷于人本身、迷于这个世界昭示他的一切。一个健康成长着的人对于艺术无法选择。

但实际上选择是存在的。我认为自己即有过选择。对于艺术可以有多种解释,这是必然的。但我始终认为将艺术置于选择的位置,是一次堕落。

我曾选择过,所以我也有过堕落。补救的方法也许就是紧紧抱定这个选择结果,以求得灵魂的升华。这个世界的物欲愈盛,我愈从容。对于艺术,哪怕给我一个独守的机会才好。我交织着重重心事:一方面希望所有人的投入,另一方面又怕玷污了圣洁。在我看来它只该继续走向清冷,走到一个极端。留下我来默祷,为了我的守护,和我认准了的那份神圣。当然这是不可能的。

我梦见过在烛光下操劳的银匠,特别记住了他头顶闪烁的那一团白发。深不见底的墨夜,夜的中间是掬得起的一汪烛晖……什么是艺术?什么是劳动?它们共生共长吗?我在那个清晨叮咛自己:永远不要离开劳动——虽然我从未想过、也从未有过离去的念头。

艺术与宗教的品质不尽相同,但二者都需要心怀笃诚。当贪婪和攫取的狂浪拍碎了陆地，你不得不划一叶独舟时，怀中还剩下了什么？无非是一份热烈和忠诚。饥饿和死亡都不能剥夺的东西才是真正珍贵的。多少人歌颂物欲，说它创造了世界。是的，它创造了一个邪恶的世界；它也毁灭了一个世界，那是一个宁静的世界。我渐渐明白：要始终保有富足，积累的速度并不重要，重要的是能够积累。诚实的劳动者和艺术家一块儿发现了历史的哀伤，即：不能够。

人的岁月也极像循环不止的四季，时而斑斓，时而被洗得光光。一切还得从头开始。为了寻觅永久的依托，人们还是找到站立的这片土地。千万年的秘史糅在泥中，生出鲜花和毒菇。这些无法言喻的事物靠什么去洞悉和揭示？哪怕是仅仅获取一个接近的权力，靠什么？仍然是艺术，是它的神秘的力量。

滋生万物的野地接纳了艺术家。野地也能够拒绝，并且做得毅然彻底。强加于它的东西最终就不能立足。泥土像好的艺术家，看上去沉静，实际上怀了满腔热情。艺术家可以像绿色火焰，像青藤，在土地上燃烧。

最后也只能剩下一片灰烬。多么短暂，连这点也像青藤。不过他总算用这种方式挨紧了热土。

八

我曾询问：一个知识分子的精神源自何方？它的本源？很久以来，一层层纸页将这个本来浅显的问题给覆盖了。当然，我不会否认渍透了心汁的书林也孕育了某种精神。可我还是发现了那种悲天的情怀来自大自然，来自一个广漠的世界。也许在任何一个时世里都有这样的哀叹——我们缺少知识分子。它的标志不仅是学历和行当上的造就，因为最重要的依据是一个灵魂的性质。真正的"知"应该达于"灵"。那些弄科技艺术以期成功者，同时要使自己成长为一个知识分子。

将"知识分子"这个概念俗化有伤人心。于是你看到了逍遥的骗子、昏聩的学人、卖了良心的艺术家。这些人有时并非厌恶劳动，却无一例外地极度害怕贫困。他们注重自己的仪表，却没有内在的严整性，最善于尾随时风。谁看到一个意外？谁找到一个稀罕？在势与利面前一个比一个更乖，像临近了末日。我宁可一生泡在汗尘中，也要远离它们。

我曾经是一个职业写作者，但我一生的最高期望是：成为一个作家。

人需要一个遥远的光点，像渺渺星斗。我走向它，节衣缩食，收心敛性。愿冥冥中的手为我开启智门。比起我的目标，我追赶的修行，我显得多么卑微。苍白无力，琐屑慵懒，经不住内省。就为了精神上的成长，让诚实和朴素、让那份好德行，永远也不要离我，让勇敢和正义变得愈加具体和清晰。那样，漫长的消磨和无声的侵蚀我也能够陪伴。

在我投入的原野上，在万千生灵之间，劳作使我沉静。我获得了这样的状态：对工作和发现的意义坚信不疑。我亲手书下的只是一片稚拙，可这份作业却与俗眼无缘。我的这些文字是为你、为他和她写成的，我爱你们。我恭呈了。

九

就因为那个瞬间的吸引,我出发了。我的希求简明而又模糊:寻找野地。我首先踏上故地,并在那里迈出了一步。我试图抚摸它的边缘,望穿雾幔;我舍弃所有奔向它,为了融入其间。跋涉、追赶、寻问 —— 野地到底是什么?它在何方?野地是否也包括了我浑然苍茫的感觉世界?

我无法停止寻求……

一九九二年八月十六日

独 语

这是一个没有星月的夜。于是只剩下了自己的声音……

一

只要立下决心就不会痛苦。痛苦是因为长长的犹豫和徘徊,因为软弱。聪明往往联结着渺小,冷漠又联结着怯懦。什么时候才能决定?人类只有一个理想,一个非常简单的理想。就是它才让人彻夜不眠。

摆脱,不停地摆脱,多么困难。它真的那么困难吗?

二

我听出了我的恐惧,我在发抖。硬挺着,像在极度的寒冷中极力保持一种优雅的姿态。我不愿屈服——不屈服对于任何人都非常之难。因为人要生存在一个屈服的世界上。

屈服等于死亡。既然活着,就应该是好的,而死去的才开始腐败。活着,站着，才配瞥一眼玫瑰。

我忍着一声不吭。紧紧咬着牙关。谁在质问？谁在呵气似的套问？我都没有回应。一句也不应。没有什么好解释，我等于是睡着了。

他们该高兴了。其实我一刻也没有睡。我只不过记住了他的话：连眼睛也不瞥过去一下。我把留下的目光、我的神气都留给可爱的树木、猫、狗、小兔子甚至是狼和狐，留给了丁香和玫瑰。够了，看腻了笑脸与哭脸、肮脏的脸与施了脂粉的脸，也看够了被铅灰压住的街巷楼房。

三

没有多少人能理解你、读懂你。懂得你的人都在这个世界上艰难喘息。你的光辉照耀着大地，好比稀疏的星光。我因你而骄傲和自豪，一遍遍地倾听你的声音。你是人类当中产生的，所有站着的、用下肢行走的人都应当骄傲。

你对这个世界不存一丝奢望，拒绝得干干净净，自然而又彻底。你离开时只有一副背囊、一双竹筷、一只碗、一把沉沉的刀。

我曾经注意过你身边的人，发现她（他）是何等美丽和健康。她的笑声啊，像脆脆的泉水。只有抵御了各种引诱的人才有这样的笑声。你背起了所有的沉重，让身边的人轻松地、放声地笑起来。

你警觉地看着一切走近了的人，只是不提防那些动物。你一手挽起了一只猫，给它擦去鼻涕；你为一只鸽子的死而无限悲伤。有人蹑手蹑脚地走近你,你立刻把刀子操在手中。

你的判断从未出错。你对人是火热的,火热到冰凉彻骨。在时兴四肢行走的一片污烂中,你永远也错不了。你的吼声就是留给四野的歌,这时刻也只有这样的歌了。这才是人的歌。

四

我们相聚时你只倒给我一杯啤酒,是一小杯。必须吝啬,人必须吝啬。我发现了一些格外慷慨的北方人狡猾起来无边无际。要警惕北方的豪爽。一个骗子嚷叫着两肋插刀,其结果只能是加倍地龌龊。再也没有比伪装的假豪放更可怕的了,熟悉他们历史的人知道,他们从来就不曾勇敢过,而总是超前伸出臭烘烘的舌头。

我观察过,所以我更看重那些规规矩矩的人,看重有几分冷漠或羞涩的人。我的总结不会错。

五

我也有几个学生和朋友。这部分人越来越少了。我大概是容易被指责成"好为人师"的人。我挺高兴。我一定得教给你点什么,只要你愿意。我想我能行。请不必在老师面前炫耀什么人物,我早看透了他们。不过是鬼一点，什么硬货色也没有。主要是没有心。没有心的人是劣等动物。你要做我的学生，最好先明白这个。我一定得告诉你点什么，就是说"教导教导"。如果说教师这个职业是光彩高尚的、具有深刻的道德基础的，那么我为什么就不能"好为人师"呢？我一定要带几个人，一定要在一些方面伸出我固执的手指。

我想领你走了，是的，到远方去。有人担忧极了，说这不要耽误了人家啊！这样对人、人的将来……我很镇定，不然的话就不能授业。

……我从不怕那些狂吠，就像从不在乎嫉恨的呼叫一样。我这一手是在冬季里练出来的。那些滴水成冰的日子啊。

六

在适宜的气候下，有人是善于伪装出一份纯洁的。那时让我多少敬佩着，也多少怀疑着。我爱一切洁净的人、纯粹的人，无论他们怎样执拗和毛躁。我有眼力，并懂得洁净是世界上最宝贵的东西。有人就是借助于这一点才蒙骗了我。其实他们早已做好了投诚和背叛的准备，只是我不知道他们竟走得如此之远、如此之快。原来他们从来就属于另一类。

他也许有机会在人堆里借着众声喊了几声，而后就当成了一生的资本，甚至恬不知耻地炫耀。他忘了这也是某些丑类的特征——丑类恰恰需要热辣辣的风头。他们在生活的关键时刻、特别是在寂寞无援的煎熬中,从来不会守住什么。他们只是以不同的面目出现的一伙混子。道德和正义都是非常具体的,它排列在生活中,任人巧舌如簧,就是难以回避。你不是勇敢吗?你不是一个富有原则的人吗?此时此刻你在哪里?

那种伪装太老旧,也太累。不必伪装艺术家,也不必伪装学者,更不必扮演风流情种。你只是一个胆小污浊的势利之徒。

你把背叛说成了宽容,把苟且说成了温厚,可是你用什么办法遮蔽这样一个基本事实,即任何时候都在跟风逐潮?

在以金钱为原则的时代里,至少没那么多的人再有耐心装下去了。

七

我看到过很多绝望的人。的确到了这样的一个时刻。绝望之后就是呼号——各种各样的呼号,乞求,告饶,有嬉戏唾骂,还有威胁和撒泼……连恶棍也绝望了,恶棍的绝望就是想让这个世界快些伴随自己毁灭。

我也绝望了。可是我舍不得孩子。我们都得承认自己的冒失和不可饶恕的粗暴。我们也许没有权利把一个生命引到这样的一个世界上——不是因为贫穷,而是因为寒冷。这样的环境绝不适合新的生命。我们除非长成一副铁石心肠。

我因为爱孩子,牵挂他们的岁月,所以从不敢在绝望中毁坏。人类一代一代进入了无望而漫长的接力,真得自重啊。小心翼翼地维护吧,为了骨肉，为了亲生的儿女，为了儿女的儿女。

悄藏起冷漠，赔着笑脸，向他们赞扬玫瑰；这之后是教给他们会提防、会恨。

绝望尽管是长长的、共同的，我还是仇恨那些因此而疯狂的人。咬牙切齿的人并不会恨，因为他们要舍下儿童。他们在暴力面前出乎预料地乖巧随和。他们是绝对没有原则的，因为他们要吞咽最后一口剩饭。

你只能因绝望而爱，爱一切的美和善……

八

我们只能向南，而不能向西。人和老鼠混在一起是非常危险的，人不久要染上鼠疫。我们没有那么大的兴致。这不是个赌的年头啊。

南方有山，有很多的穷人。在越来越多的蛆虫掠足了财富的时候，那么贫富也的确是一个界限、一个标志。从本质上而言，在某些时刻的确只有穷人才更可靠，才有一种品质上的纯净。藐视穷人的只能是我们的敌人。

我深深地感激你。再没有几个人敢于直接地揭示。尽管有人看上去打扮得蛮漂亮，却总是寻找机会吸吮，吸吮弱者的生命之汁。而你给予的是饲喂的乳汁，是流动着温热的最最宝贵的液体。

九

即便走向很远很远,四周也还是有人迹、有身影。那身影并不特别高大,但却是站立的。我因此而倍感欣慰,既骄傲又谦恭。我骄傲是因为走入了他们之中,寻到了同类,既有弟弟又有兄长,有二者之间的温暖和幸福。

爬着走的人多了,站着行的人就容易辨认了。我越来越相信这个时代的独特性和残酷性,相信它提供的某种方便,即指认和识别变得不再烦琐。过去要花费十年时间的,如今只要两天。对那些人的幻想和仅有的一丝好意也不存不留,心上干净利索。

我脸上过早地布满了深皱,那是因为要不断地做出笑脸,痛苦而用力。违心地折叠皮肤是最让人寒心的了。我的头发越来越疏,那是因为焦虑中扫落了。痛苦得不值一文。这一切早该结束了。人在很早以前就站立起来,重新趴下虽然不难,但又难免混淆。主人扔一块食物,赶紧仰身接住,一阵不顾羞耻的大嚼。"主人"也是趴着的,只不过像人一样穿了无袖无领的小尼龙背心。逃离这一丛的时刻早就来了,我追赶着人的身影。他在荒原上摇动。

诅咒如急雨一般响起,其间还掺着信誓旦旦。一边诅咒一边流泪,一边流泪一边寻找主人。不知从哪儿弄来一条尼龙小背心的家伙在泣哭声中转过脸来,一眼就认出了这只奇怪的动物。他发现它上肢很短,舌头很长,前额上有爬行动物才有的凸起和纹路。他心中微微一动。

派上用场的日子很多,有它焦头烂额的一天。既然归于了蛆虫一类,总要一块儿散发恶臭。不必太担心暴雨冲刷的季节：蛆虫浮起一层，顷刻冲得无影无踪。这样的天气是绝少的。神灵早已失望，绝望的神灵比绝望了的人类更为冷漠。人类绝望了还会虚无，会现代派，会颓废；而上帝的冷漠是直接的隐形敛迹。

偶尔发生点什么大快人心的事，让人间一阵兴奋，仰望上苍。他们不知道，这不过是神灵中不太成熟的几个"青年"一时心血来潮罢了，上了年纪之后是不屑于这样做的。上帝失望之后就成天抄着宽大的衣袖，打打瞌睡，或者极有节制地喝一点花酒。

决意走向远方的人只能期待同类，而丝毫也不必奢求上帝。历史上就从来如此。活着是自己的事。

十

你赞扬我的勇敢无畏，我的背负沉重。我却要悄悄等待一阵欣慰的消失，拂去一层虚荣，然后如实相告——你是我唯一可以吐露真话的人。我告诉你我还远没有那么悲壮，也谈不上勇敢和深刻，我仅仅是咬紧牙关站立着。

有人担心我因另一种虚荣而使性子，多出一些匹夫之勇。可爱的朋友，不会的。我从来就由着心性向前，不敢矫情，不敢自夸。我只是热烈地赞颂真诚和质朴。你笑眯眯地说：可有那么点儿？我说你真好，你这才是关心我。不过我真的没有。相反的我是把什么隐下了，它是仇恨中的疲惫，是过早留下的老伤。青春这东西美不胜收，可青春是一笔不经花的钱，并且还要面对昂贵吓人的物价。我警惕着，同时感谢你的提醒。我知道你只想看到一个白胡子拉碴的人使使性子。其实任何表演都不是愤怒也不是战斗。也许真正的勇气不是像一个老不正经的家伙那样，去人堆里吼几嗓子，而只是默默地离开。不吭一声。他敢守住什么，永远地守住。当然也有吼得好的，我们心里有数。如此而已。

我不止一次在黑夜独语：地火在运行……想象着一个伟大的身影，他在负戟彷徨。独语就是思念，就是企盼。伟大的身影消失了，从此再也没有出现。那个时代就因为产生了那样的一个人，因此我们再不敢嘲笑那个时代。

可地火呢？他也只是一种企盼，是绝望和希望交织难分的一种独语。他太善良了，那个时刻还相信有"地火"。其实它是相当微弱的，它会运行吗？是的，他什么都明白，所以他以瘦弱之躯投上了，抱柴加薪，最后点燃了自己。

希望的火焰不是地火。它是什么？它就是希望的火焰——即想象中的火焰。然而真实的火焰有时也会存在，不过它有可能完全闪动着另一种颜色。有人可以改变它的颜色，让其散发着希望的光色。我仿佛又听到了猎鱼的号子和咚咚的鱼皮鼓。敲啊敲啊，"不在沉默中爆发，就在沉默中灭亡"。敲啊敲啊，我的目光穿越了时间的雾幕，寻找着他的身影。

他是南方人。又一个南方人。而另一些人是北方人。南方和北方——怎样区别呢？是伟大的北方还是伟大的南方呢？我再也不信那种人文地理的神话了，我只相信人心、人的历史。

地火从来都从人心里燃起。因为微弱的火种不能存放在任何地方，而只能存于人的心中。地火可以从南方的心田燃起，也可以从北方的心田燃起。成吨成吨的冰水泼下来，就为了浇灭火种。火种就是信仰，是欲燃的真理和真实。"每一个毛孔都滴着血"，那是贫民和儿童的血，是美丽的女性的血。一切都淹没在喧嚣中，一切都浸泡在沉默中。

我相信那个伟大的身影是在绝望和急躁中缓缓倒下的。从此我们就永远地失去了。翻一下短短的历史，会发现不久前有多少人因那个身躯的倒塌而欢欣，发出了阴冷的笑声。当然这些人都理所当然地被钉在了历史的耻辱柱上。那么今天呢？有人想起那个身影，是否仍然恐惧、仍然想发出那样的笑声呢？

我真的听到了蛆虫的笑声。我因愤怒和痛恨而不能抑制，不得不及时地当面告诫：你也会被钉在耻辱柱上。你的无耻和背叛正被目击。尽管仅仅是一只蛆虫，但为了慎重起见，还是要浪费人民的一根钉子。

一九九三年十二月二十八日

夜 思

让我来告诉你，也请你来告诉我。这是一场互相诉说。这会使我们真的弄懂绝望和希望，弄懂什么是幻觉，什么是奢望，而什么才是结结实实的泥地。

……

又一次走进了午夜。漫漫长夜，无论醒着还是睡着，我都在倾听自己的呼吸，将围拢来的赶开，又追逐飘逝的……

一

……只有你才能听到我的心音。我有时想，世上的一切都非常简单，它并不玄奥，也不复杂。所有的纠缠、烦琐，长长的过程，都不过为了结出一个果子。

因为它才有四季，才去经受。也因为它，才把人鼓舞得浑身灼热，有打发不完的激动。

凝视着你，不停地叙说，却在自己的语气中轻轻战栗；无声的黑夜中，借温暖的追忆安慰自己，却使一片心情更加冰凉。春天的丁香，初秋的玫瑰,一切美好和温馨都在提醒……我接着想那片平原,平原上一切的生灵,无边的丛林,月光下的海浪。

我今夜特别思念你。

二

我想领你走开,到很远很远的地方去。真的要离开这片平原了,开始跋涉——看到那一溜黛色山影了吧?要向南,一直向南。我会把糙食留给自己,把剩下的一点精粮交给你。旅途太长了,你要接着走。到了那一天,我倒下了,你将继续往前,并且想念着我。这世界上有几个人真正配得上怀念?我因此也该深感欣慰了。

行前只是舍不得孩子。夜里,抚摸着孩子鼓鼓的小手指甲、软软的小巴掌,就得用力忍住什么。

三

我曾盼望有一所小房子,简朴得像土地。我们住在里面,种菜养殖读书……彻头彻尾的老路子,也是唯一健康和医治的好路子。我们将同时感知和回避,也借此来一个总结;更重要的是,我们会看住飞快流逝的生命。

看住它,即看看它是怎样渐渐变得老旧、一点点地抽走 —— 像抽丝一样?我不想让频频的侵犯把它的形迹遮住,而需要一个冷清之地。于是就想到了那样一所小房子。

　　——难道就此退却吗?退却又是不是背叛?如果是,那么它大概也是所有罪愆中最轻的一种了。

　　我背向了一片平原。但我将从此守住什么,一刻也不松懈 —— 这样行吗?

　　这样又失去了"目击"的可能。很久以来我就渴望做个记录者、目击者,因为这是最起码的。可是我被逼到了一个小屋中。这其中的悲哀谁说得清。这样一种感觉长时间压抑着我,使我不停地迟疑。风雨敲打在屋顶上,从此将是山地的风雨。我闭上眼睛会梦见妖魔,我在小小庭院中栽下花卉,却要迎接严霜之后的凋零。我在两难的状态中徘徊,已经很久了。眼看着有什么最可宝贵的东西被耗干了,没留一点声息痕迹。

四

　　你的鼓励我会深深地记住,永远地感谢你。你要跟随我去那个小屋,去种植、迎接一生的冷淡和艰辛。我们甚至讨论了怎样采蘑菇和黄花菜、怎样包装销售的细节,还有栽培养殖的关键技术问题……未来怎么办?我们问这片平原。我们都知道它没有太多的未来。如果说我们的未来还有一座小屋的话,那么这片平原连座小屋也不会留下。一切都会荡然无存。

我们互相注视着。

五

你真实地哺育我、饲喂我。我一生都将牢记我承受的、我享用的、我拥有的。我相信当初有神灵轻轻地推了一下，我们才抬起了眼睛。淳朴得像土上的一株艾草，清香久远。不认得艾草的人永远也不认识原野，觉悟不到土地的存在。

我跟随着你像跟随真理。我的忠诚经受了检验。一个当代人怎样才算经过了洗礼？我不知道，但我算是这其中之一。我面对着原野，没有茫然失措。很亲切，很本色，我们相互体贴。你哺育我、饲喂我，你不朽的青春光芒四射。

由于那个不幸的童年和少年时代，我变得沉默寡言。可是你打开了我心的闸门。也由于类似的原因，我不会泣哭。当面对同一个场景，众人号啕之时，我却是木然。但面对你的温厚和无私，我却难以忍住。脸上没有滴落，心中泪如泉涌。你的手挽住了我，我们向前走去，直到溶解在天际。那一片橘红色的云不是被太阳点燃的，而是一个奇怪的预兆。你哺育着我。世上再也没有比你更善良的人了。

你的手挽住我。诅咒和颂赞轻得像一片鸿毛。去哪里？向南，一直向南。

六

有时我也于心不忍,真想说一句:走开吧,走向你自己的来路吧。我不敢再让你陪伴。我深知这有多么危险。这是一种可怕的牺牲,虽然并非不值。我不久就需要一个拐杖,因为不想让人搀扶,只想自己走下去。没有人比我更喜欢玫瑰,可是我只能面向荒芜。这是我的命。

你是新来的,走开吧,离开吧,趁着还有一点食物和水。不要再往前了,不要在乎别的行人,因为他们都心怀一个理由。他们有一种血脉一个经历,拗得像战士,不,比战士还要顽强。

仅仅用战士来比喻这些人是不够的。战士有时是中性的、单薄的。而他们是殉道者加战士,是金属中最硬的合金。你在了解了这一切之后仍然愿意往前,不再犹豫地迈出了一步又一步。可因为我是个兄长,还是要对你说一句:离开吧,离开我吧。

七

人的心中该有一颗种子,它埋下了,在温湿中胀大萌发。它留在了心底,人就会坐卧不安。人与人的命不一样,有人就是被播下了一粒种子。这种子埋得好深好深,它绝不会风干,也不会腐变发霉。随着它的胀大,将在心里压得沉沉的。

我不知该怎样对待给我播下种子的人和岁月。我只是有了无尽的遥想。那个人远去了,像任何无望而热烈的人一样,走得如此简单,差不多连送行的人也没有。

如今我一眼就可以把大街上的人分辨出来:谁心里有个种子,而谁没有。世界靠没有种子的人去充填,但世界却不会由他们创造。种子长成了那天,他开始有力量,他让它在世上缓缓开放,吐露芬芳;最后是结出果子,赠给一个个张开的口。种子也会在心中变质吗?当然会。那一天才是非常可怕的。

八

我听到有人讥讽和谩骂他自己不幸的父亲,心上立刻一紧。我警惕地看着,觉得陌生而神秘。只是后来想想原因也很简单:那时这样对待父亲是一种时髦。

我却由此而倍加怀念自己的亲人,无论他是有幸还是不幸。当然他只能不幸。我不记得很早时他的模样,也不记得他的声音。因为我们相识已经很晚了。乌黑乌黑的一个晚上他回来了,瘦骨嶙峋。他没有力气,没有声息,刚躺下歇息又被人揪起。他不会做当地的活儿,于是被赶到海上,从此就伏在了长长的网缏上,随着拉网号子移动、移动。

我像被吸到了海边,一天到晚卧在沙滩上看。号子声,叫骂声,海上老大的呵斥,还有挥动棍子的嗖嗖声。海浪为什么不能将一切淹没?那个人,那个与我不能分剥的人,这时正在用力地拽着死沉的网缏,双手流血。

一网一网的鱼上岸了。有一种皮肤粗韧的鱼,有人就剥下皮来,用来蒙鼓。从此我和伙伴们敲起了鱼皮鼓,不停地敲。那又闷又沉的鼓声密集痴狂,撒在了浪尖上。旁边的人又叫又跳地敲,只有我一声不吭。我只敲给一个人听。

九

　　无论是睡着还是醒着,有一点永远不会改变,就是对那片原野的留恋。我对它寄托了全部热情。我一生的跋涉,只为了它。这也是能够证明能够接近的具体事物。我常常幻想着这世上还有一种力量能够把它复制出来。尽管它今天已不复存在,也因此造成了我深深的忧愤、我的恨。它的昨日如同梦境,一闪而过。

　　那片原野连接着大海。它的最南端是一溜黛色山影,西部和北部都是茂密的丛林。丛林深处的一些村落甚至以树命名。那都是引人遐想的美丽名字。就因为这样一片原野,我有时竟要奇怪地发出感谢,感谢那些强加给先辈的苦难——没有这些苦难,我今生就无缘结识这样一片原野。它拥抱了我,使我真正领略了什么才是永恒不灭的美。

　　我喜爱那里所有的季节,包括最寒冷的冬天。那是真实无误的冬天,不像现在,在隆冬季节突然下起了毛毛雨;那里的冬天冰封河渠,甚至是一大片海滩。雪岭一道道像长城一样,都是罕见的大风搅成的。一个人想顺利地踏过雪岭是绝无可能的。冬夜,所有的农家、林场工人、牧者,都不忘准备一把铁锹放在门侧，以防一夜袭来的大雪堵住屋门。

那时的冬天是真正严肃的日子。我们在岁月中不能少了严肃。一年四季的不冷不热是歉收和疾病蔓延的原因之一。正因为有那样的日子，原野上的人才备柴、狩猎、制厚重的棉衣皮帽，还造出矮小温暖的土屋，造出火热烤人的大炕。窗上结满冰花，用嘴呵出一块光亮，望外面的雪枝悬冰、银山银岗、冻得飞跑的雪狐。对春天的怀念何等强烈，这种怀念像火一样炙人。岁月在冷与热、忙碌与消闲的巨大反差中变得多情多趣，也耐过得多。它绝不像今天，一晃就是一年。岁月的消耗把生命磨钝了，磨得庸常麻木了。那时迎接一个春天多么隆重，不要说人，不要说一些大动物，就是小小的沙地蜥蜴也要一蹦三跳，就是那些麻雀也要连唱三夜。河冰裂了，渠水响了，小狗跑到雪岭后面小心地侦察季节，兴奋得一声不吭。

柳树最早激动，接着是白杨、杏树，再接着是壳斗科植物。一点点渗出的绿色、红色，那一片斑斓，与各种欢腾不息的动物交融一起。你倾听苏醒的喧哗和变奏，这时才会理解春天为什么被千万遍地歌唱描叙而不至让人厌烦。春天太活了，太亮了，太安慰人了。噜噜响的河渠留下了半边绿水半边冰凌，有多少鱼在青青的水草下窥视。太阳把田野晒得水雾蒙蒙，牛的叫声从世界这一端传到那一端。

春天的喧闹过了许久，惹人注目的道道雪岭才开始慢慢融化。从岭顶淌下的小溪越来越欢，它把搅在一起的砂与雪分离开来，冲刷得清新分明。被雪水洗过的沙粒多么干净，一颗是一颗。每到了傍晚溪水就和缓下来，融化的速度放慢了。接着是一夜沉默、小声私语，都是关于冬的回忆。

雪岭一扫而光之时，才是夏天的开端。初夏的平原上稚果与鲜花数不胜数，让人想到那个富丽堂皇的秋天无论多么棒，也要感谢火爆的夏天。夏天从一开始就不同凡响，华丽得令人瞠目结舌。自然界走入了最随意最洒脱的季节，一切都在尽情地生长和繁殖，绿色像大海的浪涌一样铺满泥土。下雨了，一场豪放的冲刷洗涤，天晴之后又蛙鼓齐鸣，庄稼、丛林，一切绿色的生命都闪闪发光。

盛夏的火热让人难忘。在最热的那十几天里，海滩上的沙子像被烧过一样，谁赤脚踏上去就要大呼小叫。在这样的烘烤烧灼下，各种果实都在加速成熟。谁敢在正午的烈日下跑到太阳下徘徊？除非是海边上那些拉大网的人，除非是这些身黑如炭的人。就连狐狸和兔子、野鸡和鹰也找荫凉去了，它们在等待一个月夜。

河湾里的荻草蒲苇茂盛得难以想象。真正是密不过人。谁都会相信，在这重重叠叠的绿海中正孕育潜藏了无限的隐秘。浓绿从近岸浅水长起，一直长到深处，把水道逼成了又窄又急的一道。夜晚站在堤上，听水鸟嘎嘎大叫，听大鱼溅水的声音，再迎着满河道的南风，会多么快意。在海滩下乘凉的人点起驱蚊的艾草，大仰着，一边看天上的繁星，一边讲如真似幻的故事。有人还不断地起身到堤下的野地里摘一些不太成熟的果实，聊胜于无地咀嚼着。他们在提前品啜一份甘甜。

就这样，平原等待的秋天终于挨近了、来临了。富足宽容的季节里，不要说果园和庄稼地了，就是在丛林中，那些野生的浆果也采摘不完。野葡萄野草莓、悬钩子……动物和人可以一块儿享用，简直用不着节俭，因为反正吃也吃不完。秋天过去就要埋在雪中了。有一些动物就在冬雪中扒出它们，把仍然鲜亮的冻果咬得啧啧有声。秋天的蘑菇长在松下、合欢树下，长在柳条棵子中，甚至长在大树的半腰。它们是泥土生出的另一类果子，神秘而又美丽，让人们在劳动间隙里一低头一仰脸就拾起一个欣喜。蘑菇汤，秋天平原上才有的纯美清爽，恰好冲淡了收获季节里餐桌上的肥腻。

收来浆果、坚果，收来粮食和菜蔬，从一处处村落到林场园艺场，个个都忙。庭院里的蜀葵败了，木槿却开得正旺。当年育成的鸡膘肥体壮，光滑得像养分充足的大娃娃。狗随主人到田野里忙秋了，留在院里的是温柔顽皮的猫。猫与鸡、鸽子和猪逗玩，互相追逐打闹，而且乐此不疲。所有的家养动物都胖墩墩的，皮毛闪亮，像抹了一层油。那些野生的动物，如一只黄鼬，有时也并无恶意地从墙头上探一下脑袋，立刻引起院内一阵慌乱。可能是芦花大公鸡首先发出威胁的尖叫，接下是猫儿嘴里严厉非常的一声"哧——！"不速之客无踪无影了。

秋天还是老人们提着马扎、互相交换烟叶的日子。他们一边吸烟一边数念旧事，高兴了就骂骂老婆子和当年的伪军什么的。"你知道河西头那个炮楼是怎么端的吗？"一个黑脸老人抽出烟嘴大嚷。旁边的人都不吭。"是穿花裙的四奶奶捣鼓的，她通队伍！"他用烟锅比画着。这个秋天哪，果实和传奇一块儿丰收了。

十

　　林场枫树旁的小路还有吗？那一地火红的枫叶，那一对对身影。那时捐枪的老猎人心慈面软，他们只为了过一份伴枪牵狗的传统生活。他们亲手推动了那个平原上多少婚姻，只一眼就能看出林子中的哪一对有点意思，然后设法去撮合。那时的人纯洁又含蓄，远不像现在这样泼辣得野蛮。他们先是注视，默默的，怦怦跳动的心脏轰击了肉体好几个月、好几年，才逐渐敢于交给对方一幅绣花手帕。

　　下班了，姑娘抱着猫，小伙子领着狗。太阳光把脸抹红了，再有自家动物相伴，这才有勇气走到一个寂静的地方去。他们先说借书的事。猫在狗的盯视下从怀中逃开，狗也跑了。"今年河里的鱼真多啊。"男的说。女的抬头瞥一眼，"天说黑就黑了。"这样的约会不知多少次了，终于有一天他们在树下轻轻地拥抱了。他们周身抖动，眼含热泪。其中的一个说："谁比你好才怪了。你最好最好——啊？"

　　林子里的歌声起起落落。那是在远处，另一些欢乐的人发出的。幸福有个浓度。每个人都会在某个时候获得它。但是幸福有个浓度。有人在它面前失去了任何办法，想哭、想歌、想在沙子上滚动，想跳到河里去。

　　他识不了太多的字，可是他一连多少天琢磨写一首诗给她。写成了，不好。后来他干脆抄了一首唐诗，夹进一本好书交出去了。她为他织毛衣，织成了又拆了，天天织，一直织到秋末。

　　捐枪的老猎人哪去了？他转到林子北方，又到那些拉大网的人那儿去了，有时一待就是半天，晚上还要留下来喝碗鱼汤。可是老人答应下来的事儿呢？他忘了告诉她什么了，忘了替谁跑一趟远路。汪汪的狗叫此起彼伏。让热心热肠的好老人回来吧，尽快。

十一

没有绝对凶猛的动物，平原上的动物与远方动物一样，基本上是和气一团的。那时人们不太像后来那么恨狐狸、狼和黄鼬，因为它们做下的坏事实在不多。沙地狐狸、银狐，那张脸谁离近了注视过？没有。仔细看看吧，很美很美。狼也仪表堂堂，勤奋并且勇敢。黄鼬主要捕鼠，而且一张小脸生动无比，圆圆的大眼美丽绝伦。还有遭人贬斥的乌鸦、猫头鹰、貉、花面狸，哪一类不是生动活泼，精巧完美得像件艺术品？

多姿多彩的鸟、小兔子、小刺猬，它们更是让人感到了生的多趣和温暖。它们太完美、太个性，真是到了妙不可言的地步。羽毛丰满的小鸟、刚会奔跑的小兔，常常让人想到人的童年。原来任何生命都有童年，而童年的可爱直逼人心，让人疼怜得心上抖动。抚摸它们，就像抚摸自己的孩子。手掌下的光润滑腻来自一个与我们迥然不同的生命，它活着，居然独自处理了一切，与这个世界结成了自己的关系。我们人不也是一样吗？

如果平原上的动物离我们太远，那么就随便抱起鸽子和猫注视一下吧。猫是美与温柔的代表。它的眼睛多好，还有耳朵。它的鼻子小巧精致到了极端，圆鼓鼓的，小鼻孔是粉红色的。我相信凶狠的人要改造自己，按时抚摸一下猫的鼻子也会有好的效果。再说猫耳——据说最早的时候，猫的耳朵像人一样，也长在脸庞两侧；造物主看了，觉得这神气太像人了，就动手给它搬到了头顶上。我想如果造物主最早动了人的耳朵，我们相互看多了也会习惯。关键是个习惯。人类什么时候才能习惯地将它们视同朋友呢？动物的脸、神情，只要看一会儿就会让你疼得慌。我的平原，丛林田野上的各种生灵，你们今在何方？

十二

　　我们分手了，匆匆的没有来得及好好看一眼。那是个漆黑的夜，只有弯弯去路闪着淡淡的白光。从此我有了孤独的白天和夜晚，一颗心亲近着星空。我回忆你、你的一切。人不能没有回忆。

　　我仿佛听到了你的呼吸，你的笑语和歌声，还有你的低低抽泣。随着时间的流逝，你也会老旧，布满皱褶。可是你永远在心的中央，你是缔造者、是一片圣土，是光荣和骄傲，是永生不灭的希望。有了你就有了一切，有了一个回路、一个家、一个归宿。

　　今夜如同十几年前的那个黑夜一样。你在哪里？你的思绪飘向了天边，拂过了站在山地冰霜上的儿女。我却感到了你的手掌：粗粗的，温温的，上面沾满泪痕。我不知该怎样呼唤你的名字，只是遥望北方，分辨你在黑夜中的身影。

　　只能为你祝福。你的淳朴永恒的丰采，你的青春，是这世界上最后的一个留恋。

十三

几十年的时间一晃就过去了。一条黑色的、散发着恶臭的河挡住了我的去路，使我不能继续往前。没有桥，也没有舟，甚至看不见一个人影。我只得沿着河堤往前踟蹰。

就这样我到了海边，却没有看到一片丛林。没有当年那些小动物了，一只也没有，连猫和狗都极少见到。倒是有一些老鼠在芜草中出没，大白天发出吱吱的吵叫。平展展的原野变成了坑坑洼洼，枯草在污水边腐烂。大海就在眼前，可它不是蓝色的，而是像醋和酱油的颜色，发出一股浓烈的碱味儿。没有白帆，没有渔人，往日的拉网号子永远地消失了。

我站在大海滩上张望，仍然想寻找我的丛林。取代它们的是开矿者挖出的矸石山，是一股股粗壮的黑烟。由于所有的树木都剥落了，一个个村落就赤裸在那儿，瘦小得令人生怜。

我最后转到了大林场旧址，同样没有见到丛林。它化成了一些大大小小的水坑，恶臭扑鼻，水中看不到鱼，也看不到一种水生植物。那些气泡在阳光下闪动，像一些可怕的眼睛。我急急地逃开了。

你在哪里？我毫无目标，也无力呼唤，急躁和绝望使我两手攥出了血。

十四

你死的时候就躺在路边。那一天太阳出得早，你的心情被透过窗棕的阳光抚慰着。你起来漱洗。你上路了。太阳刚刚升起。有一辆笨重的大功率汽车在后面吼叫,它吐出的黑烟老远看像恶龙的长爪。你小心地闪开。这条路尽管布满了坑洼,可是它足够宽了,直通向一个市镇。那辆大功率货车本来很容易就能通过,可是它三颠两颠竟然把你撞倒。你喊了一声——这是撕心裂肺的喊声啊——它的后轮又压到了你的左侧。

满脸油污的驾驶员从车窗上探头瞥了瞥,然后加足马力急驶而去。太阳刚刚升起,路上行人稀疏。你呼叫着,想挣脱。你眼看着自己的左侧往外流血,一会儿就把一片土末染红了。你呼叫着。你的声音越来越弱。你朦朦胧胧感到有一二个三五个人低头看了看,议论了几句,又匆匆地上路了。他们都急于到那个市镇去,没有驻足。你最后无力呼喊了。血继续流着。

太阳升到了半空。路上行人越来越多。这时你已剩下了最后的一滴血。

十五

这不是泣哭的年代。已经没有工夫泣哭。我没能亲手把你掩埋,却要就此离去。我的背囊里还是很久以前装进的几件东西,如今已经派不上用场了。

婶子大娘、大爷大伯、林场的老工人、猎枪锈住了的老猎人,你们都看到了吧?你们看到了,合手站立,目光冷冷的。我穿过人群,身上印满了目光。我突然一阵饥饿，一边走一边掏出变硬的干粮。身后传来了隐隐的哭声，我停住了脚步。原来一位老奶奶双手掩住了脸，我奔到近前，想扳下她的手，可她紧紧地掩着。

那是你的母亲啊。我伏在了她的怀中。

十六

母亲说：你知道这是第几个吗？我摇摇头。她说出一个数字，我呆呆地看她。我明白了，怪不得那些两眼像黑葡萄的姑娘再也没有了。

我从此懂得了什么才叫仇恨。那个伟大的身影啊，他在倒下前的最后时刻里，有人曾向他谈起过饶恕的问题。他回答说：我一个也不饶恕。只有在我归来之后，只有今天，我才明白了这句话意味着什么。

不会仇恨的人就谈不上善良，更谈不上宽容。我终于知道了谁更宽容。那些伪君子把宽容挂在嘴上，一天到晚装成和事佬，暗地里却总是顺应着丑恶。他们一旦面对了别人的信仰，宽容早飞得无影无踪。我要对这些伪君子说一句，是你们的近亲把她给害死在路边的。

十七

那些小念头和乖巧我都有，可是归来之后我才觉得它们太不值。抛弃了，剩下的只是愤怒和困倦，是激越和冰冷。我无法忘怀，我只得纪念。那些口口声声要宽容的人，竟然残忍到不允许我去纪念。于是他们就是我的敌人。

一场连一场的争议过去了，我觉得太亏。在流动的鲜血面前，一切议论都显得太不着边际。实际上只剩下了两种可能：沉默和怒吼。沉默是熬煮，是用心汁浸那支长矛。而怒吼就要破了喉管。血又出来了。

我开始曾惊异于这样一个事实：他们真好脾气，真有容量，也真麻木。后来才明白，失去至亲的人与他们是不一样的。他们除了自己之外再没有亲人，所以也就永远不会失去。人不一定都是母亲生的，我懂得这个道理可惜太晚了。人在现代高科技社会里，也可以是合成的。人可以是用石化材料合成。合成的人就没有亲人，所以也没有情感的重负。

而在现代生活中，隆隆的竞争和角力之中，一个有情感重负的人注定了要失败。这种人开始走入了全面挣扎和退却的时代，尽管他们个个都不想放弃。但也正因为如此，一场壮丽的、亘古未见的大拼搏开始了。这是一场合成人与有生母的人的最后决斗。这场决斗也许要进行很长时间，但结果是可以预见的。

我将站在失败者一边。

合成人在战斗中损伤的只是元件，它可以更换；而有生母的人却要流血。

流血也不能使人退却。因为这是最后的机会了。所有热血沸腾的人必须团结一心，迎击一场侵犯。这场侵犯的残酷性极为罕见，它将使我们失去仅有的一片田园。就为了生存，为了一个希望，为了一种报答，让我们奋起向前吧。已经没有什么退路，也不必幻想。

我默念着你的名字拿起了武器，加入了真正的、二十世纪末的义军。这是精神的义军。在决斗的一切间隙里都未曾忘却你对我的恩情，你的容颜，你的饲喂。我在梦中与你吻别，踏着霜雪走了。催促的号子一声声逼近，我走了。

有时我又想，因为你在远处射来的目光，我是不会失败的。我们都不会失败。什么比爱、比这一切相加的爱更有分量呢？根据伟大而古老的原则看，我们有了这样的支持，将是些不败者。可是一转念，又不禁重新哀伤：时代变了，一些原则也在变。那么我们就将在没有立足之处的荆丛中作战了。

为我们祝愿一下吧，这是我和同伴小小的、也是重要的一个请求。

十八

一切被预先告知了结果的战斗都是极其惨烈的。竟然走进了这个战场。这是生前注定的还是生后选择的？我反复追思推理，后来才明白是一种注定而不是一种选择。选择是移来的根，而注定是固有的根。

如果没有什么希望，那么斗争本身也就是希望。如果有了希望，那么长久的松弛也会将其丧失。世界上的事物在组合形成之初是非常奇妙的。天不亮，征衣上霜落一层，战士一睁开眼就被"希望"二字缠住了。可见这是怎样严酷的一个处境啊。

回想那年秋天，我们对这些还全无预料。于是只顾得忙秋，干活，劳动的汗水把衣衫都湿透了。我们一起把捡到的橡实装到筐里，直到攒起满满一囤。浆果做成蜜膏，干果留给来年。晒干菜、蘑菇，用破碎的瓜干造烈酒，用野葡萄造甜酒。还有招待老人的烟草，一捆捆扎好放在搁棚上，采了很多的艾叶，晒干，又拧成火绳，留着夏天对付蚊虫小咬、给吸烟老人触烟锅。

那些温煦的、果香四溢的夜晚啊，我们讲故事，依偎一起。红军的故事，某司令的故事；还有传说，神奇的林仙。我们差不多没有言及的一点就是：惨烈的战事都属于过去了。我们现在只是品咂秋熟的甘果，听听美丽的传说。我们站在过去与未来之间倾听，你讲一个我讲一个，享受着黄金般的时光，直到午夜还不知疲倦，林中和秋野的各种四蹄动物与飞禽一起，不时传来它们的响动。小鸟的午夜尖叫是唯一令人不安的了，我们担心它遭到夜袭。劳动真使人愉快。在今天回顾劳动，更能感受和认识劳动的幸福的本质。劳动只有靠紧了人生的目的，才散发出芬芳。当一种袭击逼迫得我们不得不放弃劳动而投入迎击时，回忆劳动也变为了一种福分。我们今天算是真的理解了"保卫我们的劳动"到底是个什么意思。那是个权利，是个福，它不是被人自己放弃，就是被另一种人给剥夺。

现在是不是不放弃的时刻。现在是奋起迎上的日月。是的，如果这一来能够赢得一场劳作的机会，那么一切也值了。

十九

我无数遍地想象你的目光。那双眼睛啊,我说过它黑如葡萄。这句俗而又熟的比喻一再提起,是因为它难能取代。那个平原孕育了这样一双眼睛,真是含义深远。这双眼睛望着原野、母亲般的丛林和大地,逐渐蓄满了柔情。很显然,这举世无双的美目是这片田园滋养出的。田园的所有特质都从它的一闪一盼中映照出来。于是它有魅力,它使人魂牵梦绕。

同样容易解释的是,这样一双眼睛不可能是为今天准备的。一片沉沦荒芜的平原会让其不忍注视。或者是田野焕发生机,或者是它自己永远地闭上。当然,是它永远地闭上了,长长的睫毛合到了一起。

它在最后时刻看到了什么?它摄下了那张在车窗前一闪而过的脏脸吗?它记住了刽子手的模样吗?那天的太阳缓缓上升,照不穿浓稠的雾霭。直到最后一刻,大地还昏昏沉沉,天际泛着酱色。长长的睫毛合到一起,像一排茁壮的青杨。你的血正一点点渗出,汇成山泉一样流淌。大地真渴,大地等着喝一口汁水。大地很快就收回了她的全部,从肉体到灵魂。多好的一个儿女,苗条而丰腴,特别是长了一双惊魂醒世的美目。

太阳隐入浓云,大地开始祈祷。风停了,四周寂寂。

二十

你那时候会多么痛苦。一种无法忍受的折磨竟然加在了一个少女身上。事后人们发现你身上有三道压伤。钝钝的车轮、凶暴的车轮、愚蠢的车轮，就是这三个车轮割开并撕裂了你完美无瑕的肌肤。血是一点一点流光的，没人去救起你。从流血到死去足足有两个多小时，而且你躺在通向市镇的大路上。

我手指扎了一根刺就感到钻心的疼痛，可是有三个轮子碾压了你；我生病时，两分钟的肌肉注射让我挨着忍着，可是你从流血到迷去足有两个小时。

我愿意舍上所有去赎回，尽管这不可能。这一次我不需更重大的经历就懂得了终点上的什么。我懂得了一种性质。从此我再不抱幻念，一丝也不抱。我干干净净地走开，心凉得像冰。你躺在那儿，用躯体指示了一个方向，画了一条线。这是拒绝的线，是分别的线，是不容迈过不容混淆的线。

难道那三只轮子碾到我的身上才呼号吗？不，它碾过了，已经碾过了。行了，就这样吧，开始吧。

那双美目闭上的一刻，大地一片昏暗，光源顿失。它消失殆尽之时，我就永远地沉入了黑暗的深渊。从此将不会有四季，不会有果实，不会有明天。总之，有人以神的名义所预言的那一天真的来了。

二十一

让我们最后一次怀念那个可爱的冬天吧。一场大雪下了三天三夜，门封了，全世界都蒙了白绒。家家出门都要铲雪，铲一条通向柴堆的路，铲一条通向街巷的路。那个小院拥满了雪。于是出门时不得不挖一条"地道"。这"地道"蜿蜒往前，黑黑的暖暖的，适合少男少女玩耍。有一次你从"地道"里出来，用力地擦嘴，大人问为什么？你说有个男孩吻了你。所有人都笑出了眼泪，只有一个人的眼里闪过一丝恼怒。

不知过了多少天，大雪地可以走人了。我们一起去丛林。林场老场长让我们小心，说野地里有雪封的井，有伏下的狐。他是一个退伍老兵，玩枪弄棒的好手，一直背着枪走在不远处，说是要保护大家。老爷爷一喘气就是白白的两道，多么可爱。可是我们当时一直想的就是甩开他。

后来我们成功了，一口气跑到河堤上。小心地溜下堤坡，落到又硬又滑的河冰上。严冬的河只能这样，像一面宽大的玻璃盖住了河床。你把耳朵贴在上面，说要听冰下的水声。没有，只有鱼的咕叽声，你一说大家都伏上去了。

我们用茅草推开积雪，推出一片长条形的冰面，然后就滑起了冰。冰面越蹭越滑，一队飞人。正滑着你喊了一声，大家立刻看到了远处河面上有三两个人在搞什么。我们欢叫着跑过去。

原来那是几个老工人在凿冰捉鱼。冰被一个又沉又大的钢钎戳着，一戳一溅，冰凌飞起一丈多高。就是不透。他们骂着，狠劲地干。原来河冰结这么厚，捣开的茬儿足有半尺了。又是一顿猛戳，扑通一声，透了。奇怪的是冰下的水冒着热气，摸一把也是温温的。大家欢呼着。

那天捉鱼捉到天黑。我们随着老工人往回走，到了老场长家门口，他出来一吆喝，都进去了。接上就是摆桌子、烧鱼、弄酒。谁也不准离开，老场长下了命令。一桌热腾腾的烧鱼、鱼汤什么的。大人们喝酒，喊的笑的声音很大。不知喝了多久，突然老场长一把将你抱到膝头上，说来来小仙女，爷爷喂你一口酒。你笑吟吟地喝了一口，立刻辣出了眼泪。大家都笑了。

外面的狗不停地叫。是家里大人寻我们来了。天哪，外面的月亮真亮。

二十二

嘿，这个地方，美女如云哪！那些轻薄的小子走到千疮百孔的平原上，常常这么呼叫。他们除了吞咽食物和狂饮之外，几乎不懂任何事情。他们是超生的时代结出的果子，由于没有及时地存放处理，已经烂成了空心。这是时代的错，更是他们的错。他们在平原上胡窜，一双眼睛滴溜溜转，很快瞄上了也成功了。

但既与他们这些污烂糟混到了一起，就绝不会是美丽的姑娘。她们只是一帮戴着金器，用脂粉覆盖了苍白面孔的假处女。淳朴是美丽之根，而她们呢，从母亲那一代起就开始虚荣了，假惺惺的。如果有个记事的老人坐着马扎快言快语一通，你就会知道她们逐渐败坏的家风。

这些已经无需叹息。伤残比比皆是。如果一个人与这样的环境相处还能平安无虑，那他一定是心汁枯干了。只有恶少才如鱼得水，那些冒牌美女、黑道上的轿车和酒，都是为他们准备的。伴随着耸人听闻的故事的，是他们父辈亲朋怎样升迁，怎样为不会说普通话而苦恼，以及学开车轧伤行人的一沓子杂事。这就是日常流动的真实。

如果说这一切只是泡沫,那么水流呢?它何时带走泡沫并冲刷大地?现在还能找到一方碧绿的晶体般的水吗?会有的。那就期待吧。我在这期待中两眼混浊,白发丛生。

二十三

你久久地望着我,看我花白的鬓发。我知道你想说什么又忍住了。你怜惜中掺着悲愤,就是没有一丝伤感。没有那样的心情了。铅压在那儿。你在回想我青春欢畅的年纪,回想伴着那个时代一块儿消逝的苦难和繁华。大地褪下盛装,留下光秃秃的一片,迎接那三只轮子碾过来。

我的平原裸露着胸部,你看到了。这亘古未闻的巨大牺牲为了什么?这是一种祭吗?她已贡献了自己,那么谁在后来为她而祭,谁?

这一切都不是为一双善良的眼睛准备的,可是它们只能残酷地罗列开来。你就在这样的季节里变得坚强起来,像大地一样褪下花衣,换上了单色土布衣衫。可是另一种美和芬芳弥散开来,更长久也更本色。我们开始胆战心惊地互告:既然大地把自己祭上了,那么将来为大地而祭的,只能是整整一个时代了。

我们都生活在这个时代里,擦干泪痕,含笑等待吧,这就是命运。只要在这个时代里的,那么不论是龟壳里趴的,轿子中抬的,还是码头上的苦力、洞子里的掘进工;也不论是道德家、放浪形骸的恶少、专打异性主意的色痨、娼妓、"四有青年"，还是玫瑰和毒菇、鸽子和田鼠、大象和臭虫……只要是属于这个时代的，都得悉数押上。

那时候连个为我们叹一声的人都没有，因为她也跟了去。

二十四

就因为我属于这个时代，所以我不可避免地要经受那个结局。与所有的一切一起舍上、献上、祭上，而且不可能换取一丝光荣。这不过是一次抵偿。面临着这一场，一己的恐惧过去之后，就开始依偎两个人了。

一个是母亲，再就是女儿。一个是生我的，另一个是我生的。我爱你疼你就像对待那片平原，你们分别是我来到和离去的守护人。也是我生的根据，是我的全部希望。

母亲，为了伏在长长网绠上、脚踏银霜的父亲，我曾疯迷般地敲响了自制的鱼皮鼓。敲啊敲啊，是我为绝望的父亲献上的。它好比我捧出的两粒食物。我长大了，母亲，看着你的满头银发，我能给你什么？

在这样的时刻，我能给母亲什么？

如今已经没有一枚浆果得以保存。可食的茎块烂掉了，连微甜的蒲根也不剩一株，留下来的都是最苦的。我在腐土中挖个不停，磨得指甲脱落，想找到哪怕是细瘦的一截薯梗。我的手滴着血，最后仍然掌中空空。

如果吟唱也可以抵挡饥饿，如果我剩下的只有它了，那么就让我放声吟唱吧。我闭上眼睛，把思绪深深地埋下，难以抑制的倾诉啊，如同山洪一样流泄。我永无休止地唱给你,唱得忘了等待。直到我听到那慈爱的声音:停下吧孩子,它像泣哭一样。这样我的歌才戛然而止。

回头看稚嫩的女儿,牵上她又软又细的手,不忘回避着热烈纯洁的眸子。这是我刚刚长到三岁的孩子,会背诵十首童谣。她曾问我:奶奶说这儿以前有百合花,是吗?当然,很多很多。家家都有美人蕉、有蜀葵,是吗?当然,差不多家家都有。

在这样简略而单纯的一问一答中,她很快就睡着了。

二十五

让女儿在梦幻中变成一个骁勇的骑士吧,可以呼唤雷霆,可以抽刀断岭。你凭你的正义和童心,无可匹敌地护佑着这片平原。那时你说:应该有百合,于是杏红色的百合花纷纷开放;你还说应该有蜀葵,于是蜀葵花茂盛得盖住了庭院。

你所向披靡,因为你携带了少年的闪电。我们为大地整整祭上了一个时代,我们终于得到了报偿,同时也感动了神灵。你是他们派遣来的,平凡无奇中隐下了最大的神秘。你划亮的电光驱尽了黑暗,震惊了山雨,洪水终于开始洗涤。在两个世纪的接缝处,它反复涤荡,弧光照射得一片通明。

你没有牧过羊,你也不是圣女。你只是一个开山石匠的孩子,先解开了拴绑父亲的铁索,然后又登上山巅。你离宇宙之神近了,咿咿呀呀的稚声逗乐了他,他就交给了你至为重要的东西。从此你做的一切都在改变历史:平原的历史、人的历史。

这仅仅是梦幻吗?是童年的编织吗?不,这是真正的人的期待。

二十六

我咀嚼着那个梦想,明白要赎回什么,仅仅使用一般的善是远远不够的。它从过去到现在都是苍白无力的。

……遥望北方星辰,扔下往昔的虚念,实打实地起意。我思念你骏马一样的身躯、武士一样的长须。这个夜晚你在备鞍还是冥思?我知道两件事同样重要。因为两千年的思绪乱成了麻,你要默默地用它搓成绳子。你做的一切都是坚定不移,如有神助,快如疾风。关于你的消息从古城传到高原,又传到俺这平原。你的音讯都盛在穷人的小盒子里,用新纺的土布包了,藏在一个角落里。这样的情势之下我当然再不犹豫。独自一人的时候,我会用思念打发时光,怀着感激。我记起那深情的饲喂,这就够了。世界真旷,也真大,这时候啊,记忆中的人影不再拥挤。把先生和小姐们一个一个赶开,剩下的就全是同志了。

人要有个兄长,有匹马,有个爱人,也有子女,这就是平常说的拉家带口。要是个集体,要有同样的精神。间隙里抱抱孩子,给她讲个什么,也让她传个什么;需要驰骋的时候就牵过那马,好马让人两耳生风;爱人给我温存,给我力量,她瀑布般的长发掩住我受伤的面庞;兄长呢?

是商量事情的人，也是榜样。我要常常和兄长在一起，胜利紧握手中。

二十七

人守住了内心的某种严整性，始终如一，真是一场苦斗和拼争。能做到的不过寥寥。我把严厉的状态留在身边。我不该怕什么了，我的亲人都先自倒在路边。

你看到了吧？你如果只为自己和自己的血脉揪心，那么你也该记住什么了。当肮脏和谎言一块儿抛撒，可爱的孩子埋得只剩下脖颈之上这一截了，你还在那儿恍惚？孩子没有呼救是因为已经无力发声，孩子闭上了眼睛也不是安详地睡去。为了孩子，来吧。深冬季节，雪野里没有青草，连孩子也四出觅食。我们顶着寒风为了什么？我们保护下来搭救下来的，其中也包括了你的儿女。孩子，你活着，就要记住、守住。不要含着眼泪，要刚强如先烈。不要听人蒙骗，听我再说一遍，先烈真的有过，不久以前还有过哩。

严冬深入了。枯坐三九可不是人受的罪。但这地方分明是留给咱的。

这催促我们也提醒了我们。究竟面临了什么？男女老幼坐在一起。因这特殊的境遇而无声无息。男童的双目黑亮黑亮，望遍茫野，又看爷爷的满头白发。离黎明还有一段时间，有人央求爷爷讲个故事。老人声音低低：在这同一片原野上，几十年前有一场厮杀。人们用鲜血沃肥了这片原野。当然，留下了好多使人心烫的故事。

爷爷的目光移向儿子和孙子,那分明在询问:这一次呢?

二十八

母亲头发雪白;女儿的头发刚刚长起,就像淡黄的玉米缨,嗅一嗅也有甜丝丝的气味。还有那个躺在大路旁的……永久地闭上了黑葡萄似的眼睛。我扶着她,牵着她,念着她,再没有任何退路。我双拳的骨节生疼,牙齿开始破碎,喉咙也肿起来。我听到的是无声的盼咐,是无从更动的指派,走上去吧。

那三只轮子日夜碾轧,尖利刺耳的声音传遍四野。无遮无拦的凶暴直逼过来,我的身后只剩下平原一角。我失去了亲人,失去了至爱,我没有了哀叹和悼念的时间,也没有了诅咒和怒斥的话语。我只剩下了我的身躯。

万分焦灼中我的目光荡起火焰,烧去了自己的衣饰。我把四肢、把周身都涂满了泥浆,与之混成一体。我恨不得化进这片大地,当凶兽恶鬼踏上我的胸口,我就伸长两臂把它按入土中。我相信要战胜不可一世的敌手也只有依赖泥土了,让泥土去腐烂它们,埋葬它们。

我安静而又暴躁地躺在泥土上,翻卷的泥流中我只是一朵浪花。从地心里涌出的一股力量使大地轻轻抖动,然后又是一阵波荡。大地变成了黑褐色的海,泥土掀起了大潮大涌,有了呼啸之声。泥土的激荡波澜壮阔,每一滴溅泥都有力量。那声响不是水的脆亮,而是土的钝音。这如同一面沉沉的鼓被擂响了，把一切都震得不能站立、不能悬挂，于是哗啦啦倒下来、掉下来，埋进了土中，又被土磨碎。

我在翻卷颠簸的泥流中狂舞，伸长了两臂。我的手抚摸着挣扎逃亡的恶鬼，死命地将其揪住，让其淹没。我感到了在泥流狂涛中飞翔般地自如和迅疾，我在暴怒的大地之上穿巡。我是个被母亲和爱人信任的目光抚过千万次的人，大地识别了我并馈赠了我。大地此时与母亲同在，她们已经不可分离，同心合力。

二十九

我问大地：当我按照母亲的指引，当我把一己融进你的心中，经历了那一场激荡之后，算不算是一次祭呢？如果算，那么能不能赎回？你说算的，但由于是一个人，还不足以赎回。你这是在告诉我：我需要寻找他们。

那是不言而喻的。这场由来已久的分辨和寻找，是我全部辛苦和执拗的一部分，也是伴随一生的无悔事业。不屈者，不败者，他们都在大地上。我要走近他们。我们之间常常隔着汹涌的水流，我要抓住一只舟。

亲爱的同志，我有一个故事真切动人，就发生在自己身边，请相信我，让我讲给你。你不可再犹豫，再怀疑。让我来告诉你，也请你来告诉我。这是一场互相诉说。这会使我们真的弄懂绝望和希望，弄懂什么是幻觉，什么是奢望，而什么才是结结实实的泥地。让我们互相包扎割伤，并相挨着等待。我们都是平原上生的,都有个母亲,有个心爱,也有个未来。而另一类是没有这一切的,因为他们是合成人,没有热烫的血脉,更没有生母。尽管看上去都差不多,都有眉眼四肢。辨别的方法就是看其有没有体温,有没有脉动。

因为你,我将倾尽所有。这不是恩赐和赠予,这是共有和共享。当那一天来临时,我们就手挽手地涉河,去寻找盛开的玫瑰,去看百合和蜀葵。那一天会有吗?会的,对于我们而言,一定会的。

三十

我们一起出发了。我们的目光交换着幸福,眉梢闪动着冷峻。来自哪里、走向哪里,我们都装在了心中,不言一声。霜沾在脚上,亮如荧粉。最后一口暖身的酒递过来推过去,天亮了。

怀抱着一个梦想,用微笑安慰左右。黑云从天际四面合围,隐隐的雷声也听到了。远处的烟尘腾到了半空,与黑云相接。阳光一霎时给遮住了,一片阴影落在身上。这是那个时刻的前夕。我们就这样走近了。怎么如此地寂静啊。

你多么瘦小,我曾经赶你走开,因为我于心不忍。此时看着你弱小的身躯被稍大的戎装包裹了,心中一阵自豪和爱怜。好了,既来了就承接吧,我们一起。

这个时刻因为太静,我一闭眼就能看到那条泥路上倒下的身躯——

合上的眼睛——长长的一溜睫毛像栽下的一排青杨。一双美目闭合了,它拒绝再看一个世界。今后呢?如果我们驱散了雾瘴,如果玫瑰和百合重新长起,谁能还我一双美目呢?

我跟随着你的目光,踏着它照亮的道路走上一生。我将永远不背弃那个誓言,直到最后的时刻——那个时刻在逼近,让我再看一眼你的目光。

三十一

对于无边的销蚀和磨损,一场激越的誓言毕竟太短暂也太简略了。我深知这一点。我们期待的是决斗,而对应的却是消磨。旁边有人失望地跌坐下来,大放悲声。我无言以对。

我想看着他自己缓缓站起来,并且不再倒下。那些虚幻而可怕的什么在荆丛中游荡,隐着形影。人无法捕捉充斥在空气中的磷火,又不能在冷寂中让它焚化。这种罕见的对峙让人几度绝望,沮丧的空气蔓延到远方。我们的呼唤虽没有山峰阻隔,可是很快被一片大漠吸尽了。困在饥饿无援的空地上,没有人迹,没有草,没有水,更没有道路。

我们背负着走下去,如果这力气一年还没有耗尽,那就两年、三年。时间几乎是无边的,大漠也是无边的,我们就背负着走下去吧。

耗尽了吗?

走下去吧,时间几乎是无边的,大漠也是无边的。走下去吧。

三十二

可是我们不会屈服。这一点也不奇怪。我们永远追赶，永远怀念，永远感激和仇视。因为你我都有生母，有脉搏，都是用下肢站立的人。我们永远是我们。

一九九四年一月一日

怀 念

一

那一天深夜,我从很远的山地回来。像过去一样,我每一次返回都要首先到你的住处去。我悄悄地走近你,怕惊醒了你的安睡。

我蹲在你的身边,抚摸你。我试图在你的躯体上找到永不消失的温暖。可是这一次我落空了,我伸出的手什么也没有碰到。你的小窝空空荡荡。我的手像触到了冰块或赤铁,猛一下缩回。

我把背囊放下。

我立刻去找他们,询问你哪里去了?他们互相对视,就是不能回答。我感觉到了什么,急得跺脚。他们不得不告诉,你是久前死去的,是被枪杀的。

射击你的人藏在暗处,而你在明处。那一刻你正抬头遥望南山,望那一溜淡绿色。我想那个时刻你可能正盼我归来。你正在怀念中,他们就开枪了。

这是世界上又一次丑恶的暗杀。

就这样,仇恨的种子在心田里播下,它一次又一次萌发,让人不可忍受。

回忆中，我们没有讲过多少话，因为我们存在着语言障碍。你操着一种我几乎完全不懂的"外语"。在这个星球上，没有一个人使用你的语言，可是你的语言实在不失为一种美好的语言。它配合你的口形、动作，特别是你的双眼，就有了丰富的感染力。那是一种长于表达的语言。

我从十几岁起就与你形影不离，你理解我的一切痛苦、一切欢乐。有一段时间我失学了，一个人在海滩上游走，像个鬼魂。一天，我正在沙岭上站着，望着灰蓝色的海。起风了，浪花簇簇，没有船，也没有打鱼的人。那一刻我难受极了，恨不得立刻融化在那片渺茫之中。就在这时，我听到了细碎的脚步声、轻轻的哈气声。猛一回头，原来是你站在我的身侧。你正仰脸看我，满脸慈祥。这是一双女性般的美目。

我记得朝你点点头，你走过来，脸颊贴在我的腿上；后来温热的嘴巴又对在我的手背上。你轻轻地吻我的手。我蹲下。我们靠在一起。你一会儿就把头颅挪开了，在离我很近的地方，一动不动地看我。你在默读面前这个人，他的不幸的童年。

就这样，你读懂了我、我的满腹心事。接着，你的身躯轻轻抖动，然后又是用力地抖动。你挨紧了我。再一次用温热的、让人不能忘却的温唇，触动我的脸颊、手背、全身。

你仿佛在提议我们继续往前走，于是我们就沿着沙岭一直向前。

这一天我们直走到黄昏，一块儿结识了那么多花草和树木，还有飞在空中的小鸟，一只鹰，草地上的几只野兔。你和它们打着招呼，非常友好。我们就这样站一会儿走一会儿，结束了这一次旅行。

回到住处之后，我的心情好多了。我没有了那种绝望的情绪。

接下去的岁月，无论是高兴的时候、沮丧的时候，我的身边都有你。我们互相倾吐心事，用不同的语言猜测、分析，一切能够交流的方式都借助了。我相信我们已经心心相印。在这个总是让人觉得陌生的世界上，我们俩真是一对患难与共的朋友。我没有发现比你更美的生灵。

就出于对这种美的嫉妒，有人开始诽谤你。他们暗藏杀机，总想办法除掉你。当我明白了这种残忍和凶狠之后，震惊得一句话也说不出。我差不多是倾尽了全力保护你，直到不得不流浪远方。

一次又一次，我带着对你的想念，返回来再走开去。最后的一次，我离开的时间并不长，一共只有两个多星期。

可是再一次归来就没有了你的影子。

听说你是在离我们的住处不远——南边的那片红薯田里遇难的。我到红薯田里去，试图找到一点儿痕迹，比如说你的脚印和几滴凝固的……

没有，什么也没有。好像刚刚有一场风把这些吹光了。红薯被收过了，光秃秃的泥土黝黑黝黑。这片红薯田的南边是一条东西走向的水渠，水渠上长着紫穗槐棵和死了一半的茅草。渠水干涸了，剩下的就是潮湿的淤泥。有一处淤泥踩上了深深的脚印，还有躺卧的痕迹。我的心一紧。我明白了，那个十恶不赦的暗杀者就在这里向你开枪。

有人总要暗杀，总要寻找最弱者下手。有人总要留下血债，他们欠下的、即将归还的，也只是弱者的。

二

你不喜欢高层建筑。每一次下楼，你都要费力地爬下五楼，小小的身躯显得可爱又可怜。

最后我们商量，把你送到了乡下。

在那里，有一个人会很好地照顾你，她会用加倍的慈爱去对待你。你会爱上她的。就这样，我们依依不舍地分别了。

半年之后，我们刚刚听说你胖了、一切都变得越来越好了。你的身体正在飞快地长大。几乎与此同时，另一个噩耗也传来了：你死于非命。

我们垂下了头。终于没有一个例外：又是一个不得善终的挚友。

我们急匆匆地返回乡下。在那里，最疼爱你的那个人哭成了泪人。她向我们诉说整个经过：那一天你正在外面游玩，可能不小心吃了一点什么，嘴巴流出了白色泡沫。你急得双手在嘴巴那儿抓挠，不久就倒下了。好几个人抱着你往医院跑去，跑啊，跑啊，一路呼喊。

就在医院的大门口，你永远闭上了眼睛。

显然，你沾了有毒的东西。后来医生说可能是食物上沾了耗子药。

是的，确定无疑。因为在你之前，有那么多可爱的动物都毁在了耗子药上。这个平原的人哪，他们贫穷无告，几乎一无所长，却个个都是下耗子药的能手。结果呢，耗子仍旧满地乱窜，啃咬稼穑、啃咬这个世界上一切珍贵的东西，越来越畅行无阻。

可那些愚蠢的人，还在满世界布撒他们的耗子药。

你没有了，我这儿只存下你的几张照片。一遍又一遍抚摸。你的眼睛仿佛永远在注视我。一个人不爱你，还会爱什么？一个人不想你，还会想什么？想你比想那些撒耗子药的人不知要好多少倍。

你太单纯了，你永远都是个孩子。

一九九八年四月十日

一九九八年在台湾街头
一九九八年与王安忆丛维熙陈丹燕在台湾诚品书店

台港小记

不陌生

作为一个五十年代出生的人来说，总会对台湾这样的地方有一些特别的想象，比如相逢后起码会有较大的陌生感，或者看到许多想象中的奇形怪状。因为我们不久以前对这个地方还是一无所知。它是另一片土地，阳光可能不太充足。但绿色很盛，是绿色遮住了阳光吧。想象中的宝岛是阴性的。

亲临其境，却觉得这里原是如此地熟悉。仿佛只是来到了大陆南部，那样的气息，那样的韵致。一切都一样，南国之音不绝于耳。

由于面积小，人们又要在这么小的一块地方做一些大事情，所以就尽量地利用起来，所以也就分外地拥挤。城市很多，很密，许多地方真正是"城乡一体化"的。所以说地方虽小，但要尽情地领略，详细地了解，还需要好好地费一番功夫。因为以单位面积而论，这里的巷子要多得多也曲折得多。

首先是建筑。中国文化衍生和决定了一切，学外国，用力地学，还是改变不了血液里的东西。这里的建筑与大陆差不多，尤其是气质相同。与建筑同理的东西还有许多，都可以想象出来。文化是母体，母体繁衍了其他种种，它们可以改变名称，甚至在一定的时期内改变法度，但最终还是要表露出母体的色泽，散发出母体的气味。

绿色，山峦上的亚热带植物，那么茂盛的大竹林。这儿对大陆上的北方人刺激会格外大一些。北方人，若不包括东北林区居民，那就大抵是在光土上过日子，一见了大绿，莫名的感激会呼呼涌出。比如说我第一次去海南岛时就是这个样子。看了海南，还有安徽南部的秀山绿水，再看台湾，心情也就会平静一些了。

说平静也不平静。因为这里毕竟是几十年在另一种"主义"中生活的地方。我们要看看他们弄出了什么，他们有什么法物和宝贝。

看来看去，小处相异，而大处相同。

太忙碌

我们的一些人口密集的大城市，给人的感觉就是太忙碌。人活得真不易，这样忙到老死，一切全都丧失。我们的文化里难道就包含了如此的忙碌？因为不仅是中国城市，也还有儒家文化圈里的日本韩国新加坡等等。这些城市里的人整天像工蜂那样奔波，起码是给人这样的感觉。当然，无论在哪里，有闲阶级是不必这样或不一定这样的；我们这里说的是总的感受和印象。

台湾的忙碌图像大概只有日本和香港一类地方才可以比拟。无论是多么秀美之地，这么多人拥挤，乐趣何在。那乐趣他们知道，拥挤的人自己知道。不过拥挤要出汗,要急躁,这都不好。人流车辆,风尘四起,绿色和湿气都压不住。

多少车啊,汽车摩托,交织着,诉说着发达的痛苦。如果更发达了,他们就会想出办法;现在还不行,现在则主要是忍住。看到在大街上,红灯一亮,所有摩托一齐停在一条线上,那儿立刻成了一片机械和钢铁的灌木林。头盔一片,城市的魔怪。

不言而喻,一座城市正在日夜不停地旋转和燃烧。这种大喧嚣大热闹谁能忍受,富人不能忍受,于是大多数时间逃到边缘一点的静谧之地去了。剩下来的是奋斗者,是充填一座城市的平民。富人只偶尔钻到城市的中心来一下,来称颂这儿的繁荣。这儿的繁荣是他们的。

喧闹是耗人的,一直到把人耗死。耗的过程中有富人的利益。

台湾是很有钱的,按照全世界竞争力排名,台湾是很靠前的。外汇储备也排在世界前边。不要忘了这儿只是一个地区,一个小小的岛子。可是巨大的财力并没有让这里变得更加美丽和井井有条。看来美丽来自心路,条理首先也是心路上的条理。这让我想起欧洲,那里的一些国家好像远没有台湾有钱,但是那里规整可人,处处都像个大花园。亚洲的许多城市值得让人好好反思,反思我们的文化。

难道我们的文化只有两个功能:或者使之贫穷到空空如也,或者让其混乱得面目可憎?

还有肮脏。

为什么这么脏?大陆上常常有些物质主义者把一切都归结到"贫穷"二字上,所以他们一直认为,脏乱差,甚至是人的道德水准低下,一概都是因为没有钱的过错。有钱能使鬼推磨的理论到了极致,也不过如此。其实我们面对的这个世界哪有这么简单。

钱在任何地方都不尽是汗水的结晶,所以说钱在许多时候是不干净的。所以我们把洁美的希望放在不干净的钱上,当然是大错而特错了。

求古气

台湾人中的一大部分,我想也主要是中产阶级以上者吧,极愿在衣着或其他方面求一点点古气,比如古声古气地说话,比如说穿一套中式绸棉衣裤之类。

他们没有忘了传统,起码看上去是如此。但多少也偏重了些形式主义。国学在他们那里普遍要好一点,这倒是真的;可是内在的深层的浸染,我也没有把握。

我们知道,台湾在几十年里与西方的关系并没有割断,他们的智识阶级比较大陆,英文起码要流畅得多。他们的西装也穿得要早,许多年前就在这些方面讲究了起来。但是这并不妨碍他们追求古气,像古香古色的家具装点的居所,特别是中式高档饭店宾馆又很多。中西结合之间,中的比重正在加大。

中产阶级把西化视为帅气和不让世界潮流,而把古气看成富裕的表现和资本。闲适是有钱人的事情,而最能凸显闲适和玩味情调的,当然还是国人这一套。一提起富裕的国人,人们立刻会想起柔软的绸装和水烟袋，想起手串子健身球之类。这些东西也许真的并不坏，但不知为什么总是给人一种腐臭的感觉。

时代不同了。在这样一个时代刻意地追求一种古气，会流露出其他东西也说不定。这是一个松弛的时代吗？我们都知道不是。这是一个松弛的小岛吗？我们知道也不是。可这是一个富裕的小岛，这儿的中产阶级多一点。而这儿的智识阶级中，中产阶级的比数起码要比大陆大得多。这样一想，心中也就了然。

我们有时候希望看到更朴素更自然的展露和流露。因为人的心情是无法从衣着举止上遮掩的。一个振作和奋斗中的民族，一片生机勃勃的充满了生长力的土地，一般都给人风尘仆仆的干练的感觉。

某种形式主义的漂浮感从学术场合也会看得出。一方面我们时时遇到学贯中西恳恳求真的读书种子，另一方面又常常遭逢一些不求甚解自以为是的假斯文。仿佛热衷于此道者多，具有深入领悟力的少而又少。像大陆一样，这儿在学术场合凑热闹的人总是多数。这些人吃惯了这一口，而且往往乐此不疲。这部分人讲起话来引经据典，古香古色，颇像那么一回事，实际上既没有学术也没有艺术。他们只是惯于起哄，在最通俗的层面上打转转。

在这种学术和艺术的引导下，台湾也就出了那么多我们所熟悉的电视剧，言情和剑侠小说，出了那么一大群所谓的青年艺术追求者。他们当中缺少钙质，缺少力量和立场。风花雪月太多，而风花雪月更多的时候是对人生的欺和骗。当然，观众和读者也需要这些；只是这里要指出的是，需要，包括热烈的拥赞，都不能掩盖事物的本质。

还珠后

香港在感觉上离我们近得多了。起码是去去容易。去台湾，直到现在香港还是重要的一站。我们都认为比较理解香港，曾经更近距离地看望过她，说她是东方明珠。她与台湾差不多，也具有强大的世界性竞争力，在世界经济格局中有何等了得的地位。

不仅是从图片上，就是亲临其境，我们更多地注意的，也还是她亮丽非凡的一面，挺拔秀丽的一面。我们忘不了她的幽蓝之水，神话般挺起在绿水蓝山之侧的金属玻璃结构的高楼。西人管了她许久，他们的蓝眼睛把她的许多地方也染得够蓝。这就是另一种文化施补的好处。西人要在这里住上许久，所以他们也需要她的洁净和媚人。他们需要在视野里愉悦自己，以便让自己有个好心情。

另外那儿是寸土寸金，除了填海造地，就是极需要向上开拓空间，这是高楼林立的主要原因。填海更难，想想一寸寸填出来的土地，那要多么珍惜，所以在填海处建出的东西也就分外美丽可观。

如果说她是一颗明珠，那么现在确是还给了我们。还珠之后，我们在感觉上离她更近了，可以更好地观赏她、理解她。一珠在握，灼灼有光。我们把这珠子放在手心里摩擦，贴在脸颊上亲近。于是我们终于发现了她的残缺，她的可怕的污垢。

原来她把最不堪的一面放在了身后，放在了角落。我们不得不去稍稍留意一下她那又窄又脏的巷子，那冒着浊气滴着浊水的无名屋檐。几乎紧挨一起的耸起的塔楼，上面有无数的分割出的小小格子，要知道这每个格子里都要接受和庇护一户香港居民。我们平时在街上所感受的汹涌人流，喧嚣之潮，都要按时收进那一个个小小的格子。这儿真是破败脏腻，干燥拥挤，几乎没有什么绿色，都是清一色的水泥高垒。这里最经常看到的是随手抛下的垃圾，是那些匆匆行走的市民，是在路口上憋着一口粗气的汽车。

我们不难想象闷在这样的小格子里的感受。这很快让人想起了常说的两个字：生存。他们在生存着，生存在这个世界性的都市里。这儿连气流都是滚烫的，所有的气流都是匆匆市民的肺腑把它焐热了的。吸着这样的气流，我们还会想起另两个字：挣扎。

没有众多的人在挣扎，没有他们为了基本的希望，为了温饱，为了一口舒畅的呼吸而去挣扎，也就没有了这个明珠的光泽之源。那时她将暗淡下去，她将熄灭。

这也多少使人明白了为什么世界需要贫穷和饥饿。保留了贫穷和饥饿，并让它们像影子一样紧紧跟在许多人的身后，让他们不顾一切地拼命摆脱。只有这样，财富和华丽，高楼，神秘不解的富豪，超出想象的享受，这一切才能如意地创造出来。

贫与富的差距有多大，创造的张力也就有多大。这儿没有我们所熟悉的公平和人道，这儿只有竞争与发展，有速度，有无所不在的引诱。一个最繁荣的现代城市在许多时候不会是一座伟大的城市，因为要繁荣就要注意留下许多穷人。穷人从来都是最强大最有效，也是最泼辣的劳动力。没有穷人，也就没有所谓的文明，没有宴会上郁金香酒杯里的香槟。

在这个明珠里活动着的一些人，他们西装革履，文质彬彬，尽情地享用和消受。而在另一些角落，在小屋小巷中，许多人要一大早排队来买几根油条和一碗豆汁；偶尔让脸色焦黄的卖主用剪子剪碎一个松花蛋在碟里，就是一次真正的享受了。香港人要晚起，可是起早买油条的人还是那么多，他们才不管什么红灯绿灯，趿拉着鞋子，有的还边走边揉眼睛，呼呼蹿过路口。

　　这可能是世界上最拥挤的地方。同样的道理，只有在这样的地方富人才会格外高兴，因为他们觉得人多好办事。而他们自己呢，住在僻静的水林之畔，只是偶尔才出来看一下繁荣。他们要看看别人怎样日夜冶炼"明珠"。

一九九九年六月二十二日

有个依岛

我在初中一年级的时候见过最小的一个岛,它叫依岛,就在渤海湾里。我去这个岛是因为这之前总有同学向我吹嘘,说谁也不敢去那儿、它有多么了不起之类。结果我就去了,结果也就遇到了不少怪事,还差点死了人。

我们是瞒着大人偷偷坐小船去的。绕过四五道激流、三处礁石,一口气爬上小岛。真像探险一样。这里真静,连海浪拍岸声都没有。到处是小叶杨和紫穗槐,还有爬蔓的荆条。

原来它三面环礁,只有南边是细白沙滩。离南岸不远竟有一座小屋,很旧。我们赶紧跑过去。离它十几米远时,突然有什么从窗户和大敞着的门呼呼蹿出。原来是一些猫。真是猫。大家叫起来,天啊,这里有这么多猫。它们在不远处探头探脑,就是不过来。有人抛过去吃物。它们犹豫着出来,吃完了就看我们。大家争着给它们吃物。

结果所有的猫都跑出来,足有五六十,再后来大概有一百多。

原来这是一个猫的世界。而当时别处都在大把大把撒耗子药,想找到一只猫可难了。

它们多美,一个个干干净净,花纹鲜亮,两眼水汪汪地看我们。大家开始议论这些猫是怎么来到这儿的,想不出。不过都知道它们来这儿吃鱼。

看了一会儿猫就进了小屋。这么好的地方，炕，小锅，劈好的柴码在那儿。这都是谁弄的啊？有同学说这是渔民们许多年前盖了的，就为了避难。什么难？海难。船在海里遇上大风，有时怎么也回不了家，就到这个岛上来。我们想象：外面大风大浪，小屋里呼呼煮鱼。真棒，让我们也遇上一回这样的海难吧！

天越来越热，中午我们一头扑进水里。游泳，还想逮一条大鱼，放在那个小锅上煮。

果真有一条扇形大鱼贴着沙底游过来，大家欢叫着扑去，一齐围堵。大鱼乱窜，后来不知是谁踩住了它——他刚刚高兴得喊了一声，然后就嚎，嚎声吓人。他的脚肯定被鱼咬疼了——他也太娇气，一边叫一边倒下了。

我们赶紧把他从水中扶起，他还是嚎。抬上岸一看，这才发现脚内侧有一个不大的红点。没有流血，但四周好像生出了几道红线。他咬咬牙说：我就要死了。谁也不信。他又说：刚才我是被土鱼蜇了！

同学们一听都哭了。因为海边上大人小孩都知道：被土鱼蜇了就活不成。天哪，那是一条土鱼！

正哭着，突然一个最矮的同学急急咕哝：以前听爷爷说有人就在这儿被土鱼蜇了，那人剩下了一口气，还是爬进小屋里，掀开炕席子找到了一包东西，就活了……

几个同学对视一下，马上抬起受伤的同学往小屋跑。进屋立刻掀炕席子，到处掀——真的找到一个纸包——里面有一撮灰白色的粉面。

粉面搽上去只有半小时，伤口四周的红线消了。受伤的同学一抹泪："我活了……"

离开小岛已是下午，猫齐齐地站在岸边。我们这才想起要捉一只带走。没门。它们大概害怕岛外的耗子药，死也不跟我们走。

回去后，我们最急着弄清的就是纸包里的秘密。大人们摇头，我们还是问。最后一位老人被缠得发急，只得告诉：那是小姑娘——十几岁的小姑娘剪下的小辫，焙成的粉——只有这粉才能对付凶狠的土鱼，这是老辈传下来的方儿……

如上是一个真实的经历。几十年过去了，我还是无法忘记那个荒岛、美猫与凶鱼。特别是关于伟大的小辫——这是真的吗？

一九九九年七月十日

龙口矶碍岛　　田恩华摄

书中常写的山村老屋　　田恩华摄

我跋涉的莽野*
——我的文学与故地的关系

一

我常常觉得，我是这样一个作家：一直在不停地为自己的出生地争取尊严和权利的人，一个这样的不自量力的人；同时又是一个一刻也离不开出生地支持的人，一个虚弱而胆怯的人。这样讲好像有些矛盾，但又是真实的。我至少具有了这样两种身份，这两种身份统一在我的身上，使我能够不断地走下去，并因此而走上了一条多多少少有别于他人的道路。

我如果有机会为自己命名，那么我就想把自己称为一个"胆怯的勇士"。

我的出生地今天叫作"龙口"——好像日本也有这样一个名字；我上次来日本时听说过，但没有去过，也不知道它是怎样的地方，与我的龙口有怎样的区别。在过去，中国的秦始皇时代之后设立了郡县，叫黄县。这个县城今天还在，不过它所管辖的范围已经大大变小了，小到过去的十几分之一（？）。龙口市的设置当时没有，只是隶属于黄县的一个小渔村。到了本世纪三四十年代，才有了龙口市，与黄县并列。六十年代，

---
* 本文为日本一桥大学的演讲。

龙口缩为黄县的一个镇。八十年代初,黄县开始称为龙口市,当然它已经包含了过去的"龙口"。

龙口市今天的主要辖区是一片海滩冲积平原,只有市区的南部是山地,西部和北部濒临大海。占土地面积百分之八十的是平原。在过去,只有中间部分是发达的,而南部的山区和近海平原不仅贫穷,而且荒凉。我这儿要说的是我的更具体的出生地,它就是渤海湾畔的一片莽野。当时这儿地广人稀,没有几个村庄,到处都是丛林。五十年代中期依靠国家的力量在丛林当中开垦了几个果园,但总体上看还是荒凉的。我出生时,我们家里人从市区西南部来到这片丛林野地也不过才七八年。当时只有我们一户人家住在林子里,穿过林子往东南走很远才能看到一个村子,它的名字很怪,叫"灯影"。

"灯影"在我童年的眼里差不多是人间的一座城郭。那里有过多的喧哗和热闹,这一切在当时的我看来简直有些吓人。而今天看它当年不过是一个非常简陋的小村,村民以林业农耕为主,多少捕一点鱼。

我们家到丛林里来本为了躲过兵荒马乱的年月,所以只搭了一座小茅屋。想不到我们就在这样一座小屋里一直住下去,并且不再挪动,我也出生了。我一睁眼就是这样的环境,到处是树,野兽,是荒野一片,大海,只很少看到人。我的父亲长年在外地,母亲去果园打工。我的大多数时间与外祖母在一起。满头白发的外祖母领着我在林子里,或者我一个人跑开,去林子的某个角落。我就这样长大,长到上学。

二

我们家躲进林子的时候带来了许多书。寂寞无人的环境加上书，可以想象，人就容易爱上文学这一类事情了。我大概从很小时候起就能写点什么，我写的主要内容是两方面的，一是内心的幻想，二是林中的万物。心中有万物，林子里也有万物。这些，完全不是林子外的同龄人所能理解和知道的。这成了我的特长，入学后，这一特长变得越来越明显了，也就飞快发展起来。简单点讲，这就是我的文学之路的开始。

随着年龄的增长，我接受的一个越来越大的刺激，就是人，特别是成群的人对我的刺激。许多的人一下出现在我的眼前我的世界里，不能不说是惊喜中又有些大惊慌。我从小形成的一个习惯，一个见解，这时候都受到了冲击。我习惯的是无人的寂静，是更天然的生活，是这种生活对我的要求。只有从学校回到林子里，才能恢复以前的生活和以前的经验，但这要等到假期。童年的经验是顽固而强大的，有时甚至是不可改变的。这就决定了我一生里的许多时候都在别人的世界里，都在与我不习惯的世界相处。当然，我的苦恼和多少有别于过去的喜悦，也都缘此而生。

说起来让人不信，我记得直长到二十多岁，只要有人大声喊叫一句，我心上还是要产生突然的、条件反射般的惶恐。直到现在，我在人多的地方待久了，还常常要头疼欲裂。后来我慢慢克服，努力到现在。但是说到底内心里的东西是无法克服的。我得说，在反抗这种恐惧的同时，我越来越怀念出生地的一切。我大概也在这怀念中多多少少夸大了故地之美。那里好像到处都变得可亲可爱了,再也没有了荒凉和寂寥之苦。那里的蘑菇和小兽都成了多么诱人的朋友,还有空旷的大海,一望无边的水,都成为我心中最好最完美的世界。

对比我的童年,我的成人世界是这样地不同。我对这个越来越吵闹的成人世界是反应强烈的。我当然不喜欢,不习惯,本能地要躲避和反抗。同时我也越来越明白一个简单的道理,就是这个世界的大部分、它的大多数时间,总是要充满了喧哗的。这是我们不得不接受的一个事实。问题是每个人接受的过程和方法都不一样。我在接受的同时也充满了幻想和反抗,我对付它的方法就是不断地靠想象返回自己的过去,进入我的那片莽野。我觉得四十多年了,自己一直在奔向自己的莽野。我在这片莽野上跋涉了这么久,并且还要继续跋涉下去。我大概永远不能够从这片莽野中脱身。

这样,我的写作大约就分成了两大部分。一部分直接就是对于记忆的那片天地的描绘和怀念,这里面有许多真诚的赞颂,更有许多欢乐。另一部分则是对欲望和喧闹的外部世界的质疑,这里面当然有迷茫,有痛苦,有深长的遗憾。我这当中有一个发现,就是拥挤的人群对于完美的生存会有致命的毁坏。他们作为个体有时是充满了建设的美好愿望的,但作为一个群体是必要走向毁坏的。我的这个悲观影响了我的表达,也影响了表达的色调和方法。

我觉得与人的交流和交往既是通向极大发现和惊喜的过程,也是引起最大沮丧的原因。人与人的交往奇累无比,许多时候是痛苦的、劳心劳神的。而与自然万物的交往则简单明了得多,容易得多。人在自然中的欣悦，简直是无以形容的。人离开了这种交往，就是陷于苦恼的开端。这儿我要举一些例子。如中国和东方的许多国家，其中的一大部分智者都出家了，当了和尚或者尼姑。他们那么聪慧，未必不知道人间的欢乐幸福，可是他们权衡之后，也仍然要放弃世俗生活。还有，西方的一些大智者，大文学家艺术家在闹市中过着一种波希米亚式的生活，也是对世俗生活的拒绝。其原理非常简单，就是说他们不是不爱人，而是被人人之间的烦琐悲伤折腾得实在是够了。

　　作为一个不自量力的人，我觉得身上有一种责任，就是向世人解说我所知道的故地的优越，它的不亚于任何一个地方的奥妙。一方面它是人类生活的榜样，是人类探索生活方式的重要补充，另一方面它也需要获得自身的尊严，需要来自外部的赞同和理解。奇怪的是我有时甚至觉得它的尊严的取得必要加上自己的一份努力才行。基于这样的理念，我没有过多地回避，相反我是更深刻地介入了当前的生活。我的一大批文字正是因此才充满了呼喊之尖利的。将眼前这个世界与我心目中即过去的海边世界作一比较就可以发现许多问题。大遗憾大觉悟，还有一些想法，也就产生了。我在很长一段时间认为两个不同的世界是可以互相交融的，后来才渐渐发现这只是一种妄想。我只能永远地属于原来，而后来的世界我是无法真正地进入的。就是说，对于这个热热闹闹的社会而言，我可能永远保持了外来人的感觉。

三

我一九七五年发表了第一首长诗,现在已经找不到了。我记得那是写一个复员的老红军在海边上吹号的故事,是一首叙事长诗。海边上要开垦荒地,要兴师动众,所以也就有了一个在工地上吹号的人——他把垦荒多多少少当成了打仗。这是怎样可怕的一场战斗,开垦的结果是大片丛林不见了,我过去的莽野不见了,各种植物动物不见了,代之以农田之类——后来就是沙漠化,干旱,是惨不忍睹的环境。我当时不懂得后果的严重性,还觉得好玩,迷着他的大铜号。

如果是现在,我当然是作不出这样的诗的。那时吹号的人在莽野上,他与它一起组成了一个童话。我喜爱这童话,不知道这童话背后隐含的可怕的东西。

大约就是从那一场开垦开始,我的那个真实的世界被破坏了。现在它已经不成样子,树木稀少,尘土飞扬,人比树多得多。还有,大多数楼房也比树高得多。海也变浑了。我们现代都市人都知道这意味着什么。我的母亲常对我回忆起往昔,回忆那时在莽林里迷路,还有拣不尽的蘑菇之类的事。她说,当时柳树林里的鸟儿太多了,它们每天夜里翅膀碰下的干树枝就是用不完的烧柴。其实这些我都记得一清二楚,母亲的叙说不过是加深了我的疼痛而已。我心痛我们的林子,我们蓝蓝的大海和洁白的沙滩。

这种痛,还有因痛而生的恨,是外地他乡的人无法理解的。想想看吧,一个人只有依靠幻想才能回到心爱的故地,这是多么悲伤。造成这悲伤的是纵横交织的一些人和事，好故事和坏故事。所谓的人事变迁，残酷与善良，动荡的岁月，就是这些组成了历史。我不得不写这样的历史，写这样的一些愉快和痛苦的故事。我的不懈的写作是基于这样的情结的，它是关于维护一个人生来就有的一切的，那是幸福和美好的拥有。它是关于活着的理想，关于这个理想的强调。有人可能认为这又是许多人谈过的环境保护之类，当然，也包括了它。可惜还远远不止于它。我在谈人类生存的全部，谈人类追求完美的权力、执拗和本能，她的现在和将来。

也许美好的理想在我童年的眼中给放大了，但我心中的真实感受是不能剥夺的。说来有些可笑，我神交日久的日本朋友，还有西方一些朋友，当他们提出到我的故事发生地龙口去看一下的时候，我常常要产生一种莫名的羞愧感。我甚至多少害怕他们看到现在的龙口。不是说它现在一无是处，绝不是；而是过去的最美好的一切全都没有了。那个近似于童话般的世界没有了。人类生活是充满了不少苦难的，没有童话的世界是非常难熬的。失去了童话的地方，这在我看来还有什么可看的，还有什么值得骄傲的？众所周知，日本是一个"卡通"（cartoon）大国，"卡通"即充满童话童趣。可见日本尚有许多人向往童话。

我强烈地、不屈不挠地维护着我的故地。

在我看来，整个世界都变成了一片莽野，它由于变得狼藉，就和现在的故地连成了一片，变得眉眼不分。而过去它们是分开的，它们有所不同，并且是极大地不同。我还相信，世界的每一个角落，最初都和我原来的故地差不了多少，也都是绿意盎然的。也就是说，更早更早，大地也是连成了一大片的；从某种意义上说，那时的人可以在大地上随意创造，随意行走，并且永远欣喜愉快。

四

不用说，我对于正在飞速发展的这个商业帝国是心怀恐惧的。说得更真实一点，是心怀仇视的。商业帝国的中心看来在西方，实际上在自私的人的内心——包括我们的内心。我之所以对前途不够乐观，是因为我们实在难以改变我们的内心。许多人，古往今来的许多人都尝试改变人的内心，结果难有效果。这说到底是人类悲观的最大根据。

东方国家的文化中有一种优雅的东西，那真是一种好东西。可惜，它在今天已被商业扩张主义给彻底戕害了。优雅是人类与自然智慧相处的结果，是人获得真正自由的表现。而现在的商业扩张主义对自由的包装，是多么虚假和脆弱。人成了单纯的商品的经济的动物，还有什么自由可言？商业扩张主义会在一切领域培养出一大批粗野的人，并最终让这些人统治我们的生活，那时的人类将最后告别"知书达理"的文明社会。

如上所谈的一切，很容易让人想到文学，想到文学的作用。不能说只有文学才有反省和幻想的力量，但文学的确是商业扩张主义和物质主义的死敌。可见，文学家在今天不自觉地就成了浪漫的战士。而作为一个战士，我心中却装着莽野，一路跟跟跄跄地跋涉。但我自己并不觉得这有什么滑稽，就像我不觉得文学有什么滑稽一样。

在以金钱和性的欲望为中心的这个世界上，我们的生活真的变得越来越危险了。在谈论这种危险的时候，我发现最真诚的人，仍然还是那些文学家，是诗人。其实我们要求这个世界的并不多也不过分，在自然环境方面能像过去的黄县／龙口一样就行了，像那时候，我们还有个"灯影"。战乱，贫寒，这些不能要。可是战乱和贫寒并不是美好的自然环境带来的。相反，历史上的大多数战争，还有贫困，都是商业和物益的争夺造成的。

我不仅希望文学家，而是希望所有的人，都能对这个疯狂的物质世界有一种强烈的反应，都不要与之合作。到了这样的时候，世界才能慢慢走向良性发展。现在的人对商业扩张主义是很顺从的，并且积极投身其中。这等于是在玩火。

没有对于物质主义的自觉反抗，没有一种不合作精神，现代科技的加入就会使人类变得更加愚蠢和危险。没有清醒的人类，电脑和网络，克隆技术，基因和纳米技术，这一切现代科技就统统成了最坏最可怕的东西。今天的人类无权拥有这些高技术，因为他们的伦理高度不够。我们今后，还有过去，一直要为获得类似的权力而斗争，那就是走进诗意的人生，并有能力保持这诗意。

文学的意义说到这里已经非常之清楚了。

文学家是一些一往情深的挑剔者，他们很关注人们与这个物质世界的关系，也很难与这个世界融洽相处。

我如果能像一个外人一样遥视自己，会看到这样一个图像：一个人身负行囊，跋涉在一片无边的莽野之上。对我来说，这是一次真正的奔赴和寻找，往前看正没有个终了……

二〇〇〇年十一月

北国的安逸

法国翻译家、汉学家 Chantal Chen-Andro 女士在她的一本书里为我出了个题目：什么东西——它可以是一个词、一种事物、一种现象——会马上令人联想到中国和中国人？这个题目出了足有半年多，我却一直没能写出来。原因是我想不出这种能够直接引起联想的东西（事物）到底是什么，甚至还陷入了困惑。她作为一个汉学专家，在表述上绝对没有问题，我也相信自己当时即理解了她的意思。问题是我迟迟没有在文章中做出这个回答，一直心怀不安和歉意。

现在，置身于黄河北岸的阵阵秋凉中，我自然而然地渴望起一种特别的温暖，并且不由自主地想到了怎样度过即将来临的冬天。而且我还想起了过去几年中的这个时节，即秋末初冬在东南亚地区、特别是在欧洲出差时，在湿冷的寒风中怎样瑟瑟发抖，想起那时的窘迫和对灿烂阳光的期待。我曾经想到了中国北方热乎乎的大炕。当时如果有那样一个去处，我会毫不犹豫地直奔而去的。真的，在中国胶东冰冷的冬季，那时我们每次从街上返回，要做的第一件事就是赶紧偎上炕头：寒意顿消，满身惬意。可惜的是，如今不仅在国外，即便是在生活了几十年的这座北方都市济南，大概寻遍满城也找不到一座火热的大炕。

然而告别了它，对有些人而言就是告别了一种生活，一种传统，一种独特的享受。这种享受实际上仅仅是属于中国，属于北方。它在一个游子的心中则更多地代表了中国式的煦热，集中了故乡和热土的一种想念和温情。

在这个秋天里，我好像真的找到了那个事物（东西），它就是中国北方温热的大炕。

是的，一想到炕的形象，它所包含的意蕴，特别是它在冬天所给予的那种安逸，也就想到了我们中国人才拥有的那种生活。想想所到过的国家，好像接近于这种大炕、这种居家习惯的，在东亚一带还有日本的榻榻米、韩国的暖床之类。不过它们与中国的大炕仍然还是不同的，它们看上去更多是相当于中国北方的"地铺"。标准的炕一般比双人床还要大得多，由土坯或石料做成。最典型的炕是用一种叫作"大墼"的片状土坯垒起的。大墼由黏土掺和了麦草拓成，坚韧，保温性能好。北方的中国，特别是东部沿海和辽阔的关东，几乎家家离不了大炕。在那里，一说到炕就想到了家，特别是想到了"我们的家"。在可怕的冬季，即便温度降到了零下四十度，只要有一个烧得热乎乎的大炕，那么这一家人就可以安然过冬了，这个家也就是可爱的。大炕的确让人充满了留恋。漫天大雪与噜噜响的火炉总是成双成对的；而火炉的烟道只能穿过大炕。这是一种极巧妙的设计，一种节省能源的良方。

大炕与床的区别在北方人那儿是非常清楚的。说到中年以上的北方人，他们十有八九会感念炕的好处。而对于床，对许多人来说那不过是不得已而用之罢了。炕宽大、稳固、随意、耐用。炕十分沉着。床比起炕来要显得单薄和轻浮，也不够坚固。一些有腰腿病的人，一些上年纪的人，一离了炕就会难受。还有些人只有在炕上才能睡得安稳，一到床上就要失眠。我曾在胶东海边农村看到一些有趣的场景：冬天里，暖煦煦的大炕上放了小孩子，放了怕冻的红薯和南瓜，还有一只猫依偎着老人。入夜后一家人常常围在炕上剥花生剥玉米，男人时不时伸手到烟笸箩里抓烟；来了串门的也马上爬到炕头，一起做活，说说笑笑，传递见闻。这就是一幅北方农村的"过冬图"。我相信这样的情景许多人都不会陌生。

到了冬天，只要进了一户人家，好客的主人就会说："上炕暖和吧。"不仅这样，他们挂在嘴边上的还有："上炕吃饭""上炕说话""上炕歇着""上炕抽烟""上炕看书""上炕喝茶""上炕打牌"，等等。这让人常常觉得炕才是一切，炕是一个家庭的中心。的确，有时候我们不得不说，一个家庭是以炕为中心组织起来的。人的生老病死都在炕上，从出生到终了，都是在炕上。炕与人的亲密关系真是怎么说都不过分。

记得从北部广大地区进城的人，由他们亲手设计的公寓楼曾特意在主卧室留下了修筑大炕的地方，惹得城里老户哈哈大笑。笑过了，设计者照旧筑起大炕，并通上火旺的炉子。

炕不是床，所以不能说"一张炕"。它要说成"铺"；更多的时候还要按"座"来算，平常都说"一座炕"，听口气就像说一座山一样。山是不能移动的，因而它一直装在游子的心里，化为永恒的参照和长久的思念。

二〇〇二年十月十八日

东部：美城之链

胶东是山东半岛最东部的凸出，可谓半岛上的半岛，犹如伸进大海中的犄角。三面环海，一派葱茏，空气湿润，物质丰饶。这里在古代属于东夷，即东莱国，是最早的炼铁和丝绸工业基地，占据鱼盐之利。战国时齐国海内称雄，主要就是因为将东莱纳入了版图。

地域之富庶发达，必有自然优势和漫长的传统积累。所以说今天的胶东环渤海城市链的美丽和富饶，只是一种历史的延续，是具有因果缘由的时代翻新。《史记》记载的秦始皇几次东巡，都是直驱胶莱河东，过黄县、福山，再过烟台，最后站在了威海成山头大发慨叹，以为这里才是"天尽头"。

胶东一带概括和形容地域和环境之美之富，历来有一个说法，即"蓬黄掖"如何如何——就是指今天的蓬莱龙口莱州三市。三市连带盛产黄金的招远以及水果之都栖霞，与烟台威海缀为一道美丽的沿海城市长链。由于临海而居，水气充沛，所以这里与干燥的内地风貌形成了鲜明对比。环境又决定了民俗与性格，这里的人喜爱幻想，既有面对大海的豪气，又具备水的柔性。秦代大方士徐福（巿）受命为秦始皇寻方三仙山，曾率领一个庞大的船队出海，航路直抵朝鲜南部及日本外岛，在时间上远比哥伦布发现新大陆早了一千七百多年。徐福的启航地一般被划定在胶

龙口海边小路　田恩华摄

东境内，专家认为他的老家就是"蓬黄掖"。这一历史大传奇表现了东部沿海居民的开拓勇气，与后来山东移民东北的壮举一脉相承——赴东北的主要是胶东人，从水路出发的主要口岸为古登州的龙口港。

今天的这道城市链上已经有了一长串港口：历史悠久的龙口港、烟台港、威海港，新兴的蓬莱港、荣城港、莱州港……在东西三四百公里的一线，竟然有若干大吨位远航港口，令人叹为观止。以龙口为例，早在二十年前一位大作家从这里乘船去津，面对繁忙的港湾中停泊的大片中外船只，就发出了阵阵惊叹。由此往东不出二十里就是龙口境内黄水河古港遗址，这是清代沿用了几十年的军港，直到后来被威海卫海上要塞所取代。

谈起威海必想起甲午海战，想起刘公岛。这座犄角上最东端的城市经历了戚继光的率众抗倭，再到近代的大海战，已是名声显赫。它由一个军事要塞、几个渔村，演变为今天的繁华都市，成为联合国确立的"最适合人类居住的城市"。

人们通常说的齐鲁文化，实际上是把两种区别明显的文化合而为一，并或多或少将鲁文化取代了齐文化。胶东半岛是齐文化的腹地，虽然齐国的都城远在临淄。齐文化的浪漫、亦仙亦幻、重商业物质、开拓和冒险的精神，是于海风吹拂中形成的，它与更加重视精神、强调政治及伦理秩序，念念不忘"君君臣臣"和"克己复礼"的鲁文化有所不同。所以后来道家文化在齐地而不是鲁地兴盛起来，像今天青岛的崂山、牟平的昆嵛山、荣成的铁槎山，终成为海内道教最显赫的几大名山。而栖霞市的滨都里，直接就是道教大师丘处机的故里，他一生宗教文化活动的最重要的痕迹，几乎全部留在了胶东。

由于地处沿海，大海蓝天白云绿树成为城市常伴，几乎每座城市都拥有自己引以为荣的海水浴场。这里的空气是透明的，夜晚可以看到少年时代的星光。春夏秋三个季节的中午走向室外，需要回避强烈的阳光。

像每一座城市每一个区域一样，这里也曾经饱受饥饿和战乱的折磨。在最艰难的岁月，密不透风的林木被成片毁掉，金碧辉煌的庙宇竟一夜烧光。经过了最悲惨最愚昧的年代，而后就是漫长的休养生息期。时至今日，半岛上仍有大力毁树的人，但也有倾心爱树的人，他们抓住每一个春天营造田园，敢让陆地与大海比绿。如今这里最应警惕的就是环境污染，因为上天的偏爱并不能代替一切，更不能万事大吉，小心翼翼的守护和疗救即在眼前。

正因为地处美丽的海中犄角，所以那些临海的大烟囱格外惹眼。有一天这些触目之物必将纷纷倒塌，代之而起的将是参天大树，以及树下更加令人向往的幸福生活。

二〇〇八年四月

济南：泉水与垂杨

如果从高处俯瞰，会发现这样一座城市：北面是一条大河，南面是起伏的山岭，它们中间是绿色掩映下的一座城郭。河是黄河，中国最有名的一条大河，行至济南愈加开阔，坦荡向东，高堤内外尽是蓬蓬草木。山岭为泰山山脉东端，覆满了密挤的松树，有著名的四门塔、灵岩寺、千佛山、五峰山、龙洞等佛教胜地。

济南将始终和刘鹗的名句连在一起：家家泉水，户户垂杨。这八个字给人以无限想象，说的是水和树，是人类得以舒适居住的最重要的象征和条件。如果一个地方有水有树，那肯定就是生活之佳所。

来济南之前，曾想象过这样的春天：一些人无忧无虑地在泉边柳下晒着太阳，或散步或安坐，脸上尽是满足和幸福的神色。煮茶之水来自名泉，烧茶之柴取自南山，明湖有跳鱼，佛山有倒影，市民从容又欣欣。这样的描绘当然包括了预期，当然是外地人用神思对自己真实生活的一种补充。

来到济南是七十年代末八十年代初，春末夏初时节。尚未安顿下来，即风尘仆仆赶往大明湖。果然是大水涟涟，碧荷无边，杨柳轻拂，游人闲适。最让人感到亲切的是泥沙质湖岸，自然洁净，水鸟拦路。这令东部人想起了海，让西部人沾上了湿。一座多泉之城，名泉竟达七十二处；

一九八三年与山东作家王润之左建明在大明湖

一九八五年在济南

其实小泉无限，尽在市民家中院里，从青石缝隙中蹿流不息，习以为常。记得当年从大湖离开，穿小巷抄近路，踏进阴阴的胡同，一脚踩上的就常常是润湿的石块，有人告诉：下面压了泉。

而后又去龙洞山，看见了出乎意料的北方大绿：无边的山地全被绿色植被所遮掩，放眼望去几乎看不到裸石和山土。怀抱粗的大银杏树、长达十丈的攀崖葛藤，让人触目叹息。正是秋天，径湿苔滑，野果盈怀，采不胜采。耳听的全是野鸡啼山猫号，一仰头必有大鹰高翔。守山人比比画画说山里有狼，有银狐和豹猫之类。最难忘一只猫头鹰大白天蹲在路边，让人抚了三下光滑的额头才怏怏而去。

由于济南以前曾有德意志人染指，所以留下了一个著名的车站广场钟楼。这座钟楼与另外几处历史更久的大教堂一起，给古老的城市添上了异国情调，于对比中调剂了人的口味。苍苍石色和高耸的尖顶，记录了异国人的智慧和美。这是一段特殊历史的见证，见证了国势赢弱而不是开放；但它的美不仅是客观的，而且还无一例外地同样凝聚了劳动人民的智慧。

看过了自然与建筑再听戏曲，听当地最为盛行的吕剧、说书和泰山皮影。湖边说书人使用的济南老腔，厚味苍老，直连古韵，听得人颈直眼呆。泰山皮影则有专门的传人，属于视听大宴，特别入耳入心的是老艺人略显沙哑的泰山莱芜调，说英雄神仙和妖魔鬼怪，如同畅饮地方醇酒。与这一切特别匹配的就是泉水和垂杨。

这种初始印象既是确切的又是新鲜的，它一直会留在心中作为一个对比，并作为一个记忆告诉未来：这就是济南。

近三十年弹指而过。如今济南高楼林立，垂杨尚可寻，名泉迹犹在。钟楼渺无踪，皮影留泰安。仁者爱人，不爱人就会杀树。三十年来，爱树的济南人顽强地护住了湖边垂杨，虽不再"户户"；力促干涸的泉水重新喷涌，虽不再"家家"。这就是一座城市演变的历史，这就是现代工业化中的进与退。

如果仍然给梦想留下了空间，那么这个空间里最触目的仍然也还是那两个老词：泉水——垂杨。

二〇〇八年四月二十日

十年琐记

油印刊物

我的初中是在胶东半岛上的一处联合中学度过的。今天来看,她的自然环境非常之好:地处海滨,在一片果园的包围之中,校舍是一排排红砖瓦房,被大片绿树掩映,连阔大的操场也罩在了林子里。这里的春夏秋冬四个季节都给人留下难忘的印象:春天是密密的苹果花和李子花,是一群群的蜂蝶和小鸟;夏天有流经园里的河渠、不远处的大海,让我们在水里玩得尽兴;秋天果实累累,园径上花丛盛开,花果把人簇拥起来;冬天有遗落枝头的冻果,有高高的雪岭……总之这是一座再好也没有的校园了,它真该与美好的少年时代连接一起,成为一生难得的回忆。

可实际情形却有些复杂:关于她的一切,有时让我深深地沉迷,有时又不忍回眸。那时候我们并没有多少时间来享受大自然的慷慨赐予,因为当时已经找不到一个安静的角落了,就连这个绿荫匝地的校园也不能幸免:到处都是造反的呼声,是涌来荡去的各种群众组织。我的同学全都来自附近的几个村庄、国营园艺场和矿区,大家操着不同的口音,这会儿却在呼喊着同一些话语。老师和同学们除了要写大字报、参加没完没了的游行和批斗会,还要不断地接待从外地赶来串联的一队队红卫兵。后来形势发展得更加严重：我们校园内部也要找出一两个反动的老师和学生，并且也要开他们的批斗会。于是，校园里到处都是大字报，是一双双紧张兴奋的眼睛。

校外的批斗大会常常要到我们学校来举行，这既是为了让我们接受难得的教育机会，同时也因为这里有个大操场，地方宽敞。在最紧张的日子里，我们根本不能上课，因为除了批斗会，还有老贫农的忆苦会、老红军的报告会，以及"活学活用"积极分子的"讲用会"等等。剩下的一点时间就是自己折腾：写大字报、相互揭发。那是一个热火朝天意气风发的时代，一个少数人特别痛苦、大多数人十分兴奋的时代。可惜我就是这少数人中的一员，这是我最大的不幸与哀伤。

父亲当年正蒙受冤案，所以我似乎从一开始就成为难得的另类角色。校园内一度贴满了关于我、我们一家的大字报。我不敢迎视老师和同学的目光，因为这些目光里有说不尽的内容。校长是一个热爱文学的人，他对词汇特别敏感，即便是从一张张严厉的大字报中，也仍然能寻到一些好句子。我至今记得他盯着墙壁的模样：一手端着一个红色墨水瓶，一手捏着一支毛笔，头颅前倾，不停地戳戳眼镜，然后往墙上那些大字报上画一道道红线……同学们聚在一处欣赏美妙句子的时候，也正是我心碎的一刻。

学校师生已经不止一次参加过我父亲的批斗会。当时我要和大家一起排着队，在红旗的指引下赶往会场，一起呼着口号。如林的手臂令人心颤。但最可怕的还不是会场上的情形，而是这之后大家的谈论，是漫长的会后效应：各种目光各种议论、突如其来的侮辱。我记得那时常常独自走开，待在树下，想得最多的一个问题就是：怎样快些死去，不那么痛苦地离开这个人世？

我恨校长也爱校长 —— 最后竟长久地感激起这个人。他酷爱文学，最终在校内办起了一份油印文学刊物，取名《山花》。它装订得极为齐整考究。全校只有校长的蜡版字最好，所以每个字都要由他亲手刻下，它们工整得简直就像铅字一样。校长是一个完美主义者，他绝不容许自己的制作有一丝瑕疵，以至于题图插图全要自己动手，直弄得无一不精，整本刊物美轮美奂。校长号召全体师生都为刊物写稿，并且没有忘记鼓励我。这使我受宠若惊。

我写下的东西刊在了显要的位置上，校长当众赞扬了我。

这在我来说可是了不起的经历。许久许久以后，它又将和那些可怕的屈辱掺在一起，让我既难以掰开又难以忘怀。

我们家孤单单地住在一片林子中，只要没有外人打扰，就会有自己稍稍不同的生活：每日忙过一天，夜晚享受安谧。如果是漫长的冬夜，家里人就会找出一本书来读。听书，成为我当时最大的乐趣。所以很长时间以来，我每天最盼望的就是夜晚快快降临。如果是大雪封地不能出门时，外祖母就点起火盆，再把一张小桌搬到炕上，和母亲一起描花，画些什么。她们做得最好看的就是一种梅花，那是用高粱秸秆的内瓤做成的一朵朵梅花，插满了一株酸枣棵或荆棘 —— 这就成了一树刚刚绽开的蜡梅。

除了在家听书，就是想方设法从一切地方找书来看。那时有些书是藏起来的，很不容易找到；有些书是竖排繁体字，拿到手里也读不懂。

但强烈的好奇心还是吸引着我，让我磕磕绊绊地一路读下去。记得那些翻译作品和古典文学，就是在这样的情形之下吞食的。这也是我能出人意料地写出一些与大多数同学不同的句子、博得校长赞誉的重要原因。

我们的油印刊物出了好几期。这个事情极大地吸引了校长和部分同学老师，让他们欲罢不能。而在我看来，她就像空气和水一样不可或缺。我会在一个没人的地方长时间与这本油印刊物待在一起，嗅着她的香气，不止一次把她贴到了脸上。

校长热爱他的刊物，于是就一块儿喜欢起那些能够襄助这个事业的人。我开始受到他的袒护和帮助。文学可以让人在一定程度上免遭苦难，这是我在那个年代里稍稍惊讶的一个发现。

杀　狗

由于我们一家独居丛林的缘故，我的童年比较起来是极其孤单的——或者也可以说是最不寂寞的。因为我可以有更多的时间接触一些动物，在无边的林子里玩耍。而那时的人群在我眼里常常是可怕的，他们当中的一部分有多么不善甚至恶毒，我是充分领教过的。

除了在野外看到一些动物，比如各种鸟雀和四蹄小兽之类，再就是养一只狗和猫了。林野中的动物虽然种类繁多，却不能够随意亲近。它们无论如何还是不能相信有人会对其友善，总是充满了警醒和提防。这在动物来说当然是完全没有错的，只是让我感受了极大的委屈。因为我知道自己是多么需要它们的友谊，并且永远不会背弃和伤害它们。可惜这种想法无法表达，我们之间没有通用的语言。但好在我的这种遗憾在很大程度上由猫和狗给弥补了。它们可以与我依偎，相互之间久久注视。它们甚至能够确凿无疑地听懂我的一些话。

我们那时对于猫和狗是家庭成员这种认识，绝没有一点点怀疑和难为情。因为我们一家人与之朝夕相处，我们从它们身上感受到的忠诚和热情、那种难以言喻的热烈而纯洁的情感，是从人群当中很少获得的。就我自己来说，当我从学校的批斗会上无声地溜回林子里时，当我除了想到死亡不再去想其他的时候，给我安慰最大的就是猫和狗了。它们看着我，会一动不动地怔上一会儿，然后紧紧地挨住我的身体。

猫和狗的眼睛在我看来有无尽的内容。这是神灵从陌生的世界里开向我的两扇窗子。它们没有对我发声，可是我真的听到了也看到了。于是我常常就对它们诉说起来，说个不停。它们倾听的样子是我一生都不能忘记的。我认定了它们的纯良，世上的任何人伤害它们，在我看来都是最为残忍的行为。

也就是在那样的时期，巨大的灾难突然降临了：上边传来了打狗令。一开始是附近村子里的孩子在说，几天后竟然得到了证实。母亲和外祖母的脸色变了。她们都不敢看我，就像我不敢看她们一样。

显然，这是我和我们全家无论如何都过不去的一道坎。以这样的方式失去一位情同手足的伙伴，对我来说等于临近了世界末日。它看着我，又看看全家人，泪水盈眶。它的聪慧使其预先感知了一个残酷的结局。

打狗令规定：养狗的人家必须在接到命令的第二天自行解决，如果超过期限，就由民兵来办这件事。

母亲和外祖母躲到一边去商量什么。我知道她们什么办法也不会有。我在她们走开的一会儿却打定了一个主意：领上我们的狗远远离去。去哪里？不知道。去一个能够让狗活下去的世界。天底下一定会有这样的地方吧，那儿不论多么遥远，我都要找到它。这个决心比铁还硬，竟使我一时忘了其他，丝毫也不去想家里人会怎样发疯地找我。我只想和我的狗在一起，只想让它活下来。

我领上狗走开，进了林子。似乎只彼此交换了一个眼神，我们就溜开了。我在前边跑，它就紧紧相跟。这是一条逃命之路，它当然完全知道。我跑得很快，只偶尔回头看它一眼。它不像往常那样时不时地跑到前头，而是一直跟在后边。它越来越不愿跟上来，这种情况以前是从未有过的。我发现已经接近了一条河流，这条河离我们的住处仅有三公里，可感觉上河的对岸就是外乡了。

一丛丛绿色掩着它的身影。我再次回头时竟没有找到它。我呼唤了一声，没有回应。我慌了。它会迷路吗？它又为什么不再跟从？答案只有一个，即它留恋着丛林中的茅屋，认定那儿才是它的家。它终于察觉了我们这次走得太远了，尽管这是一次逃命之旅。

我紧咬嘴唇。回返的路上，我在心里一直呼唤着它。可我并没有喊出声音来。因为我明白，它从很远的地方听到我的脚步声，就足以辨别了。它不愿转来，那是因为它已经打定了回到茅屋的主意。

可是家里仍然没有它的身影。母亲和外祖母定定地望向我。后来是外祖母先开了口，问我们刚才去了哪里？我没有回答，只在屋里屋外大声呼喊起来。没有任何回应。

天黑下来,离我们茅屋不太远的那个小村里传来了一阵阵狗叫声。那是让我心惊胆战的声音。

母亲说:民兵等不及了,他们提前去了那个村子。

果然,从天黑到黎明,林子外面的狗吠声再也没有停止。一夜之间,不知有几拨民兵拥到林子里来,他们背着枪,厉声追问我们的狗哪里去了?当然不知道。我只希望它长上了翅膀。

一连多少天,我都能闻到空气中的血腥气。我所遇到的每一个人,他们不论是到林子里干什么的,脸上都有一股杀气。他们不问自答地叙说着耳闻目睹:不远的那个小村里,不知谁家动手杀死了自家的一条狗,接着全村的狗就乱起来。它们只要是没有拴起的,就蹿到了村头,然后汇合一起向林子深处跑去。也就在这时候,得到消息的民兵就扛着枪棍包抄过去,最后将一群狗围在了林子边上的一个小沙冈上……

我突然想到它就在它们之间。

事实果真如此。不久小村里的人证实:当各家去寻领自己被打死的狗时,唯有一条狗是没有主人的。民兵收走了它。他们描述了它的皮毛花纹。是的,确凿无疑。

它在逃离中汇入了同类。它在最需要我的时候离开了,是出于一种毅然自决的勇气,还是对我们全家的怜悯?这个问题让我一直费解。

记忆中,每隔三两年就要传下一次打狗令。它总是让人毫无准备,突然而至。每一次骇人的消息都不必怀疑,因为谁都能嗅到空气中的血腥味,同时感到空气在打战。

民 兵

当年有一个最吓人的字眼，就是"民兵"。这两个字意味着颤抖和眼泪、大气不出的死寂。与它连在一起的，还有这样的意象：呵气成冰的严冬，绳子和枪，生锈的刀。一些掮枪扛棍的人在村头巷尾、在村路上走动，个别人还穿了一件黄色上衣。这就是民兵。谁家孩子哭了，家里大人会吓唬他说：民兵来了！

其实不仅是孩子，大多数村民也害怕民兵。这些人被赋予了特别的权力，是当地管理者的武装。他们分为一般的民兵和常驻民兵，所谓"常驻"就是一天到晚宿在民兵连部的一伙，轮流值夜，每人都有武器。能担当这样角色的，都是村里最野蛮最悍勇的青年男女，也是村子中的特殊阶层。他们虽然是农家子弟，但地位较高，令一般农村青年羡慕不已。他们不仅可以脱离田间劳动，而且可以有较好的食物：夜间巡逻时总会弄来各种吃物，一只鸡或一条鱼，再不就是一头小猪或一条狗。民兵连部里总是飘出一阵阵酒肉香味。最让人畏惧的还是他们的声势：大声呵斥村里人；见了"地富反坏右"及其他，可以随意踢打辱骂。

民兵喜欢穿白球鞋，旧军衣，背一杆刺刀生锈的三八大盖。

凭这三件，就是横行乡间的不败法宝。他们走路趾高气扬，说话粗声辣气，不带脏字不说话。村里的头儿走到哪里，身后常常就跟了一群民兵。夜间村头最爱去的地方就是民兵连部，最喜欢的就是这里的一溜地铺，铺上有一排叠得有角有棱的被子。墙上则挂了一支支早就退役的老式步枪。偶尔会有一挺转盘机关枪，当然也是退役的废品，要在几个村子里轮换使用。这种枪在村里人看来简直就是神秘的物件，威力无限，其震慑力完全比得上一艘航空母舰。它有两只腿、一个圆圆的锅饼似的转盘，长相怪异。在巡逻时，民兵一定要把这挺机关枪带出来。它的出现，即代表了无可比拟的权威和力量。

那个年代里没有任何人奢望过违犯和抵抗。

"枪杆子里面出政权"的道理妇孺皆知。虽然从来没有见过转盘机枪打响过，但都能想象出它愤怒的模样：子弹横扫密集如雨，人群像秋风下的落叶一样唰唰扑地。如果谁还想好好活着，那就得老老实实低头干活。

最为胆战心惊的当然就是"地富反坏"一伙了。这些人心里总有一个大惧，就是说不定哪一天会把他们连根除了。因为这有真实的例子，远一点的是四十年代末，近一点的就在几年前，有的地方做得非常彻底：把他们从老到少一并除掉。他们明白，上边的人之所以到现在还在犹豫，那不过是在考虑这部分人的特别用途——如果他们不在了，那么村子里就没法进行一些大事，要开斗争大会连个捆绑的坏人都找不到。所以他们知道自己还会留下来，至于留多久，那就说不准了。

常驻民兵的待遇优厚，是大有原因的。这些人除了根红苗正，最要紧的还要格外忠诚，忠诚于村头。更要勇敢，要一不怕苦二不怕死。在执行打狗令的时候，他们为了逮住一条逃逸的狗，能够在一条又湿又脏的泥沟里潜伏通宵，只紧紧搂住一杆步枪，一动不动直到天亮。有的民兵为了表示大义灭亲的勇气，在自己父亲与村头发生哪怕最轻微的冲突时，也要冲上前去打老人的耳光。还有一个小伙子与邻村斗殴，为了镇住对方，竟然操起刀子砍去了自己的小拇指，而且面不改色。

我真的看到有一个缺少半截小拇指的民兵，所以我从来不曾怀疑这批人是特殊材料制成的。

他们有一段时间对我们的小茅屋特别留意，时常背枪光顾。深夜时分，我仍然可以听到他们在屋后溜达的脚步声。他们咳嗽，抽烟，压低嗓门说话。外祖母和我睡在一起，她要时不时地把坐起来倾听的我按回被窝里。

当时父亲正从南山的苦役地回来，这使民兵们格外忙碌起来。他们除了要没白没黑地监视他之外，还要隔三岔五地进门审讯一番，展示一下自己的口才。他们进门后就让父亲立正站好，然后开始高一声低一声地审问。他们问的所有问题都没有什么实际内容，因为问来问去就是那么几句：是否有生人来过、近来有什么不法行为，等等。这些问题其实由他们自己回答更为合适，因为再也没有比他们更熟悉茅屋里一举一动的人了。这样问了一会儿，连他们自己也觉得无聊，于是就放松下来，说一些俏皮话，相互编出一些古怪的谜语让对方猜。有一次其中的一个说："'八条腿，两个头……'什么动物？"对方大为迷惘，那人就哈哈大笑："连这个都不懂！配猪呢！"

这些民兵更多的时候不是幽默，而是凶相毕露。他们喜怒无常，有时不知为什么就满脸紧张地从外面跑过来，大呼小叫。妈妈和外祖母说：又要开批斗会了。

远远近近的村子，只要开稍大一些的批斗会，就要来押上父亲参加。所不同的是：有时要捆上父亲，有时则不需要。

民兵捆人很在行，他们会想出许多花样。有一个年纪十七八岁的民兵把父亲捆上了，另一个年纪大一点的民兵看了看，摇摇头说："不行"。他叼着烟，一边解着父亲身上的绳索一边咕哝，向旁边的人示范。他用膝盖抵住父亲的腿弯，然后将手里的绳子做成一个活扣，只用三根手指轻轻一抽，绳子就给拉得绷紧。

拉网号子

当年最难忘的娱乐，要算是学校宣传队的表演了，这在我们当时看来艺术性极高，甚至是精美绝伦。这一切都是因为一个新来的女教师，是她参加进来的缘故。过去的学校演出队总是匆匆成立，为应付上边的会演急急应付，完全不成样子。校长擅长文字并爱好文学，可唯独对表演心有余而力不足。好在他会拉胡琴，会化妆。他亲手给一个个学生描出粉红的脸蛋后，然后再退到一旁端量，十分满意。可惜他不会导演，勉强指导出的几个动作十分僵硬。好在这时候女教师来了，这等于是及时雨。

女教师不仅会跳会唱，还会自创节目。她先是从海边渔民生活中取材作歌，然后又从全校挑选出最有潜质的少男少女，细细排练起来。我一开始也在宣传队员的备选名单中，后来因为家庭原因搁浅了。不仅是文艺，即便是加入学校篮球队，也因同样原因遭到了淘汰。

我们学校宣传队在女教师的带领下，简直是无所不能。他们独创的"渔鼓歌"和"拉网号子"，在会演中不断拿到奖牌，名声远播。有时他们还可以凭这样的招牌节目，代表整个园艺场、乡镇和矿区，到附近的部队去做拥军表演。

我们最大的享受不是在舞台上听"渔鼓"和"拉网号子"，而是到大海边上去看真实的"拉大网"，听震天的拉网号子。

除非是海边的人，不然就很难知道什么才是"拉大网"。那时还没有什么机帆船队，也没有其他先进的捕鱼设备，沿海村庄最有威力的捕鱼工具就是一面大网、两只舢板。那大网是用细棉绳织成的，尔后又经过猪血浸透，这样不再腐烂，可以下海网鱼了。具体捕鱼过程是：先由舢板载上大网驶进海中，在水中撒成一个大大的弧型，然后就在网的两端拴上粗绠　许多人在沙岸上排成两溜，在巨大的号子声中拉起来。

一个盛大的节日就这样开始了。只要是拉大网的日子，周围村子里的闲人就全围上来了。我们这些初中男生只要一有时间就往海边上跑，去这个最吸引人的地方。那时我们恨不得停课，恨不得一天到晚盯住海上发生的各种奇迹。可偏偏是我们不在的时候，奇迹才会发生。惊人的传说源源不断，一件还未得到证实，另一件又传开了，弄到最后谁也不知道哪一件是真的、哪一件是假的。比如都在盛传这样一件事：有一天半夜里大网靠岸了，结果拉上来一个"人鱼"——它有人一样的脸庞，大眼睛、细细的胳膊，长长的手指——不同的是这手有蹼，身上也像鱼一样，有一层黏液。这个"人鱼"一离水就不停地哭，用带蹼的手搓揉眼睛。他（她）的哭声尖利极了，哭得人心里难受，于是海上老大发个命令，就把他（她）放了。

还有一次，大约是黎明时分，大网靠岸了：网里有一条特大的鱼精。

这鱼精浑身黢黑，抵得上四匹马那么大，一离水就散发出逼人的酒气和腥气。它被拉上来的时候，还在呼呼大睡呢。当时所有人既惊吓又庆幸，说这一下等于逮住了多少鱼啊！有人主张趁它还没有苏醒赶紧动刀杀了，可以将肉一块块卖掉。可这事最终也还是被海上老大给阻止了。他认为海里精灵绝对不可招惹，任何不慎都会招来灭顶之灾。不仅要放它回海，还要口中不停地念叨，求它原谅拉鱼人的莽撞，不小心打搅了老人家睡眠，等等。

据海边人说，拉大网的最好时间不是整个白天，而是两个特别难得的时段：夜网和黎明网。他们说海里的鱼也像人一样，有个晚上打瞌睡、早上起不来的毛病——正在它们迷糊时，大网将其一下套住，再想逃也就来不及了。

夜晚是海边最热闹的时候。这里火把映得到处一片通明，人潮汹涌，真不知是从哪儿来了这么多的人。海上老大阴沉的面孔十分吓人，他看哪里一眼，哪里的人就不敢大声喊叫了。可是他的目光只要一挪开，呼叫声立刻又震天响了。因为这场面实在太惊人了，不由得人们不喊。

时至午夜，从沿海村庄甚至是南部山区来的买鱼人越聚越多。这些人携了篮子，背了口袋，一直站在海边，直眼盯着灯火辉煌处。号子声越来越响，这声音的强弱显然表明了用力的大小。拉网的人在大网就要接近岸边时，简直是没命地喊叫。他们为了起劲，有时故意将一个熟人的名字套进号子里一起呼喊，羞辱他。被骂的人火起，开始对骂，可惜他一个人的声音显得微不足道。

大网靠岸时所有人都往前凑，探头看这一次神秘的收获。随着大网收拢，水族们密挤得像稠稠的米饭一样，惹得人群高声大叫。鱼虾跳跃，甚至也像人那样尖叫。有一种身上带荧光的鱼，常常在灯火照不到的地方唰地一闪，引起一阵惊呼。

拉鱼的火把是特别制作的：一个小米斗大的洋铁壶盛满了煤油，上面插了胳膊粗的棉芯，点上后用一柄长杆铁叉高挑起来。这样的火把排成一长溜，使整个海岸亮如白昼。大网上岸后，有人立刻操起柳木斗，将挣挤蹿跳的鱼虾一斗斗装了，提到一领领炕席子上。这时候，戴了眼镜、手拿一把算盘的老会计就出现了，他的身后跟着抬桌子和大杆秤的人——大杆秤足有半丈长，配有一只生铁大砣，由两个强壮的小伙子才抬得起。所有的鱼需经统一过秤，然后再开始零卖。

几乎与此同时，另一边的鱼铺那儿也在忙碌：鱼锅烧开了，大鱼似乎没怎么剖洗就被扔进了锅里。看鱼铺的老人在为拉网人准备一顿丰盛的夜餐。

橡胶厂

初中毕业就该着上高中了，但这在我来说是没有指望的。校长极为惋惜。他喜欢我刊发在《山花》上的文章，真心希望我能继续上学。可是上边管教育的领导放话了：这样人家的孩子能上初中就算不错了，上高中？门儿都没有。

校长抚摸着那份油印刊物，连连叹气。这成为我最煎熬的日子。我突然觉得学校生活是这么珍贵，连同我在这里所受的各种折磨，似乎都不算什么了。眼看我那个鼓鼓囊囊的大书包就要废掉了，还有我珍爱的书籍、我们的油印刊物，它们也将一并告别了。

也就在这时候，传下来一个令我十分欣慰的消息：我将留在校办工厂——一个小橡胶厂里做工。这个小工厂是当时响应"勤工俭学"的号召建起来的，其实只能算是一个作坊。作坊师傅来自遥远的一个东北城市，一切都是由他操持起来的。此人原来是一位小企业主，在几年前由那座城市遣返原籍。按说他这样的人该归到"坏人"堆里接受管制劳动才是，但因为他能够为当地办起这座小工厂，也就糊里糊涂地做了上宾。

我曾见过这个师傅在校园里走过，有些好奇。他的举止和衣着与当地人完全不同，一看就知道是城里客：稍胖，中等个子，穿了黑色中山装，而且衣扣一个都没有脱落。特别是他的背头发型，我以前只在书的插图上见过：稀稀落落不多几绺向后梳去，油亮齐整，真的像一个资本家。他说话的声音很低，小心翼翼的样子。他极力模仿当地人的说话腔调，但还是流露出浓浓的城里口音。他吸烟，烟卷在嘴里吸一下，马上拿开。

我真的被应允去校办工厂里做工了。这样我就开始近距离地接近那位神秘的城里人了。校长亲自把我送到那儿。那天因为慎重或其他原因，说话一向流利的校长变得有些口吃。他对那个师傅点头，用力地笑，说："这样，啊啊，他啊，啊啊……"师傅好像在小声叹气，说："好好改造。以阶级斗争为纲。改造世界观……"我连连点头。校长在一边应道："这真是说、说到了点子上！"

后来我才知道，校长为了能够让我留在校办工厂，真是费了九牛二虎之力。主要的阻力就来自那个师傅。他曾一再地拒绝，说那样家庭的孩子，怎么可以到这么重要的岗位上来呢？玩笑啊，玩笑开大了！校长差不多要绝望时，突然想到了一位"老贫管"——当时实行贫下中农管理学校，每个学校都有这样的驻校老贫农——就请他出面说情。老贫管找到那个师傅说："这孩子，我看不孬！"就这样，老人家一锤定音，事情解决了。

这是我极为重要的一个人生转折。因为工厂里实行"三八"工作制，分为早中晚三个班次，我在八小时之外可以有大量时间看书。我不断写出新的文章送给校长看，获取他的赞许。这段时间里我和他几乎成了一对文章密友，相互切磋，甚至是鼓励。我们彼此交换作品，快乐不与他人分享。我们写出的文辞并不一定符合当年的风尚和要求。这全是私下阅读的结果：我们只要找到有趣的书就快速交换，这当中有翻译小说，有中国古典文学。这些书中有五花八门的造句方式，它们与当时的教科书完全不同。

校办工厂里只有我一个刚毕业的初中学生，其余全是"大人"，是大龄男女青年。他们在一起说笑，讲故事，做一些令人费解的事情。上夜班是最苦的，人瞌睡得睁不开眼，还要瞪大眼睛看住锅炉——我们被叮嘱说，弄不好锅炉就会发生爆炸，硫化机也会发生爆炸。我们要及时根据压力表调节炉火。所以人困得实在受不了，就轮流偷睡，只留一个人看住锅炉。

与我同班的是一男一女，他们关系紧张，平时不太说话，要说话也大半是顶顶撞撞。他们工作时，就让我躺到一个临时搭起的小床上睡觉。

有一次我醒来，一睁眼发现男的坐在女的身旁，低着头，一下下捏着她的大脚趾玩。女的不吭一声，眼睛望向一旁。

他们的动作令我一直不解。

当他们其中的一个单独与我在一起时，就发狠地说着另一个的坏话。

一年后，他们结婚了。

这使我在很长的一段时间里，认为所谓恋爱就是相互顶撞、捏大脚趾、背后里诽谤对方。

车间里有一位年纪最大的人，这人以前在东北的兵工厂工作过，因为工伤回乡了。他经多见广，奇闻怪见多得吓人。他特别愿意对我讲一些故事，也被我认真听取的样子所激励。事实上我从来都没有听到如此有趣的故事：深山老林、兵匪、私通、贩毒、酿酒、打劫、抢寡妇……不一而足。

他有一段时间主要是讲给我一个人听。当他尝试着讲给大家听的时候，结果是严重的挫败：大家一齐指责他。于是他要求和我做一个班，这样就可以随意讲那些故事了。奇怪的是他的故事总也讲不完，越讲越离奇。后来我就怀疑这其中起码有一部分是他编造出来的。

我得承认，最有趣的还是那些稍稍泛黄的故事。对方越讲越大胆，到后来主要就是这类故事了。

我这一生所受到的主要的精神毒害，就来自校办工厂的老工人那儿。他毒害了我，反而让我感激和怀念。我再也没有遇到像他一样广闻博记、多趣和生动的人了。

我在校办工厂里工作了两年零一个月，然后就离开了，去了远方。

后来我了解到：我离开不久这座工厂就发生了大爆炸。起因是锅炉的气压表损坏了，硫化机怒吼一声挣出了厂房。结果是一死两伤。这座工厂从此停掉。

下 雪

我对下雪有一种极为复杂的情感。洁白的雪地多么美啊，谁不喜欢下雪？可是，我却深深地恐惧，惧怕飘飘下落的雪花。

无论是在学校，还是在校办工厂，如果下雪了，说不定一抬头，就会看到父亲在外边躬腰扫雪。这时我的心就会猛地一坠，然后是沉沉的痛。这是当时的一条规定：只要下雪了，父亲必须出门，为矿区和村路扫雪。哪怕大雪还在下着，他这个永远的扫雪人也要赶紧携帚出门。大雪下啊下啊，好像成吨的雪粉都是为父亲准备的。

我怎么能喜欢下雪呢？我诅咒下雪。

那时的雪是不祥的白色。这颜色需要几十年之后，才能让我看出一点点美丽和纯洁。但几十年之后父亲早就不在人间了。

父亲是外地人，可怕的岁月把他打发到这个陌生之地，来这里扫雪。他的噩运带来了全家的不幸，让全家在没有尽头的苦难中一起煎熬。

冬天，母亲和外祖母点起火盆，为我们做出了最好看最逼真的蜡梅。可是下雪时，再好的蜡梅也没人看了。

只要父亲在扫雪，我就不会有一丝的快乐，也没有一丝的前途。继续上学是不可能的，这里等待我的，只有难测的厄运。

又是一年之后，记得那天刚刚下了一场大雪——一个清晨，我赶在父亲出门扫雪之前，告别了全家。我身上捎了一个大大的背囊。从今以后我要一个人到南部山区去谋生了。这一天就是我离家的开始，我将一个人不停地走下去，走下去。

我记得一口气翻过了两座大山，它们都被大雪裹住了。我的脸上糊满了雪粉。当我登上一座山顶，回头再看时，只有一个白白的混沌世界，连一点海边林莽的影子都没有。

我知道自己站在了一个分界线上，这会儿，我已经是身在外乡了。

二〇一〇年五月十五日

二〇一三年在云南西双版纳

西双版纳笔记

西双版纳就像一个梦幻，自小就在脑海里萦绕。已看过她太多的图片和文字，只不知道真的走近会是怎样的情形。在我们的经验中，许多美丽是经不起就近打量的，那只会让人失望和后悔。可是西双版纳，我们不可违拒地走进了你的秘境。

佛 寺

只要是大一点的傣族村寨都有一个佛寺，这是精神与信仰的象征，是身心向往之地。这与西方和中东地区信奉基督教或伊斯兰教的村落是一样的，那里稍大的村镇也必定有一个基督教堂或清真寺。在尖顶指向苍穹的美丽建筑四周，才是围拢一起的世俗生活。有没有这样的一个尖顶指向苍穹，那将是大为不同的生活。

傣族人家，许多男子在七岁左右必要剃度出家几年，住到佛寺里。虽然他们将来大半还是要做世俗营生，但这种少年经历是极端重要的。这是早早开始的心灵洗涤。

傣族人的佛事活动频繁，无一例外是为了心灵的洗涤。一个人和一个民族，时常经历心灵的洗涤，实在远比身体的洗涤更为重要。我们知道，在内地的广大农村和城镇，过去由于生活条件所限，做到每周或每天都能进行身体洗涤也是很难的。现在许多人都有了洗浴的条件，可是心灵的洗涤一年里会有多少次？一次？两次？如果连一次都没有，这种生活就有些危险了。

从这里讲，傣族兄弟真是令人羡慕。

这一天又遇到了盛大的佛事活动。那是在景洪的总佛寺。身着鲜丽服饰的队伍绕寺行进，伴着节奏分明的音乐。队伍最前面是几排僧人，后边是手捧棉帛锦缎的男女老幼，再就是边走边舞的美丽少女：舞姿简洁典雅，只有手和两臂在重复同一种动作。她们身着盛装，右鬓佩戴一串鲜花。

我们久久地站立一旁。我们知道这不是表演，而是传统的延续，是从久远的时代开始的一个仪式。

醉　绿

人如果享受到过多的氧气会发生"醉氧"，而从北方来到西双版纳的人，会有一种"醉绿"。因为这不是一般的绿，而是人间大绿，是置身热带雨林之间。到处都是葱郁，是浓阴匝地，是让人惶惑的青翠欲滴。百鸟喧腾，异兽长啼，显然来到了另一个世界。这世界对我们有些突兀，得让人好好适应一番才好。

如果长期生活在这里，我们将如何消受这大绿簇拥的日子？有点难以想象。比起这里，北方的干燥，裸露的石土，还有无法告别的阴霾，几乎已经让人习以为常了。而这里的绿色又太多太盛，空气太过洁净。一切都得从头领略，从头开始，面对一场人生的惊喜。

祖辈在西双版纳山林中过活的傣族、哈尼族、基洛族，他们是怎样认识这满眼绿色的？他们常说的话是："没有森林就没有水，没有水就没有粮食，没有粮食就没有生活。"

原来他们将绿色看成了生活的源头。

这是对林木植被最为深刻的一种认识，也是最为朴素的一种认识。其实远在拉美的古印第安人早就知道森林与水的关系：为了享受充沛的雨水，总是小心翼翼地维护着林木，视毁林者为大仇。

雨水量的分布虽受天然地理板块的制约，但人也并非毫无作为，也就是说只要尽了人事，气候条件仍然可以逆转。比如记忆中的山东半岛北部沿海地区，在五六十年代之初就是绿色葱茏的，雨水也大。而在老人们的记忆里，更早的时候林子更密雨水更盛。

人间没有了绿色，苦难也就离我们不远了；没有了大绿，也就失掉了幸福。生活在苍白的土地上，首先是疾病的来袭，进而是人心的焦枯。在尘土飞扬寸草不生的地方过日子，其实只是一种煎熬。

大 象

在西双版纳可以看到大象。在全世界，除了非洲和东南亚某些地区，这种动物都罕得一见。其实大象比人们珍惜的熊猫更需要爱护和保养才好，因为熊猫食量并不大，它们的食物不过是竹子。大象则不然，一头大象每天不知需要多少植物的茎叶才能填饱肚子。

能够有一群大象自由自在游荡的地方，必有不可想象的密林绿地。所以在云南，在西双版纳这样的大绿之地才能养活得起它们。它们去了北方会是怎样？我们知道，那不过是在动物园里饲喂几头供孩子们看，让他们伸着小手点画："这是大象"。

如果我们北方游动着一群大象，气候是否适合先不说，仅以吃食论，那么不需太久的时间，本来就少得可怜的一点绿色都得被它们打扫得干干净净。我们真的没有供养它们的本钱，我们的绿色太薄。

西双版纳人当然以大象为傲，在城区，街头路口都有大象的雕塑。而我们知道，通常的城市里一般要给英雄人物才塑起雕像的。这里的大象就是活生生的大英雄。

我曾参加了当地的一次泼水活动。虽然不是泼水节，但总有机会让外地人感受水的恩惠和吉祥。同样是盛装的少男少女，他们手持水盆顷水泼洒，呼号祝福，还牵出了一头大象。

大象通人语，能交流，一根长鼻子擅取物，并不时地高举过顶向人致礼。它体大雄健，步伐沉稳，一双眼睛留意四周，憨态可掬。奇怪的是在它的面前，我们这些自以为聪明的"万物的灵长"，常常会有莫名其妙的羞愧感。

我们平时对那些能做大工、拥有大力的人给予赞美，称他们为"大象"。大动物与小动物在姿态上有一个最大的不同，就是拥有一副特别稳重的外表。小动物如黄鼬之类,总是活泼机灵的。

据专家们研究,大象是动物中唯一能够追思亡故的一类:它们行走在野地里,如果遇到先辈的遗骨,一定要停下来整理归拢,久久地伫立悲悼。

大象是最配享有阔大绿色的生命。

老 茶

人们熟知的有云南普洱茶,一度价昂逼人。人们还知道有一条古老的茶马古道,更早的人以牛马驮运茶叶运到西部边陲。这条茶马古道今天还在,已成为当今的一条追怀之路,散发着永久不息的茶香。

西双版纳的老茶树王绝不罕见。古老的茶林留下来,在新的时代吐放新芽,供人们品尝时光之味。好大的叶子,好苦好香,经过了特别的工艺更变得醇厚,可以冲泡出琥珀金色。

在丛丛密林间散着一间间普洱茶作坊,游人喜去,循香而至。这在外地人看来是多少有些神秘的地方,因为裹在山内,小鸟敛声,真好比古代道家的丹砂之地,不可轻易示人。不过好客的现代普洱人会引游客从路口进入,然后坐在草寮里,聊聊茶事,小口品一下他们的酿制。

我们相信,如果没有原始雨林,没有南国湿气的日夜蒸润,就不会有这种特异的老茶滋味。龙井属于西湖,那是另一片水土的精致。普洱出于大山,正得力于苍苍茫茫。杯茗与浑茫共生,才滋养出一派厚重的气象。这片大林莽中常有高达八九十米的望天树，还有繁衍成一大片的独木林。大鸟衔籽，巨鳗化龙，花腰傣歌声袅袅。

真正的普洱茶是深壑万物的综合滋味。我们啜饮品茗，须得静下心来，让胸怀与远山一统。

有一位蓝布裹头的老婆婆，她毫不费力地攀上一棵古树，采下一兜乌叶，准备了特别的礼物。她算好了将有一群年过花甲的男人从远城来，这些人最记得当年滋味。原来他们是四十年前的支边青年，曾在此地披星戴月干了十年。这些人后来终得回城，有了儿孙，如今算是旧地重游。

老茶树王，你是深山的见证，雨林的芬芳。

二〇一三年十一月十七日

凝 望
——47幅图片的故事

自然的温馨

她是一位悠闲的母亲,读过很多书,能够欣赏高雅音乐。她似乎并不缺少什么。她唯一的女孩多么可爱,她们在一起多么可爱。

她拥有自己的花园,园里布满各种花草:松、鸢尾花、杜鹃,还有一片郁金香、一颗很大的玉兰花树。

他到别处去了,她显得很孤单。有时候,她心里的爱变得非常盛大,不得不把更多的时间消耗在室外。她与自己的孩子进行着非常有限的对话,内容既单调又丰富,却同时获取了巨大的幸福(也包括了稍稍的遗憾)。伤感的心情、长久的喜悦、若有若无的思念,都溶化在自然的温馨之中。

在这空无一人的花园里,母女二人都像刻意打扮过,看上去很像在上演一出歌剧,处于被人想象的绚丽之中。其实这只是她平常的生活:悠闲的、雍容华贵的、若有所思的。她也有自己的痛苦,虽然这痛苦常常让其他人感到可笑。她在这种痛苦中美丽着、欢乐着、发展着自己的故事。

她太累了,也太闲了,成熟而稚嫩,是母亲又是永远的孩子。她不得不编造出许多有趣的童话,给孩子也给自己。她在这种讲述中感受了微微的陶醉。幸福像天上的流云一样,远远近近,舒舒卷卷。她那个微胖的、肚腹有点腆起的女孩,仿佛已经过早地成熟了;她在与母亲不厌其烦的对话中,变成了一个小大人。

有时候,母亲觉得自己也是一个孩子,并不由自主地回到了那种烂漫、天真无邪的孩提时代;她幻想着在那个时期所看到的原野、河流、天边流动的红云;那时听到的苇荻中扑扑跳动的河鱼的声音,至今响彻耳边。

她曾经注视着河对岸那童话一般的耕牛，戴斗笠的农人，还有他们散布在原野上的稀稀疏疏的歌声，头顶上一同吟唱的百灵，渠畔上奔跑着的野兔、草獾、各种各样的野物……她在春天的白沙上寻找着四蹄动物留下的痕迹，以及顶着暖融融的春阳出来奔走的各种小虫。星星点点的绿色被指点、辨认，任何新鲜稚嫩的生命都让她爱不释手。原来长长的母爱从很久以前就开始生长和萌发，直到今天——她拥有了一个真实可感、咿呀学语、有能力与自己对话的孩子。

这片花园太大了。这片花园比起她童年的那片原野显得规整多了。这是人手搭起来的一处大自然的布景，色彩艳丽、浓烈，有着显而易见的高贵气和一丝丝浮华气。它洗却了昨日的朴素和自然，就像她失却了自己的童贞一样。那像溪水一般欢蹦跳跃流畅自如的童年，只会存留于记忆之中了。自己的孩子无法重复自己的童年，正像她的命运也很难重复母亲的命运一样。

郁金香很像高脚酒杯，它们纹丝不动，静静的，盛满酒浆。是的，她在它的旁边饮用了那么多，有很长时间差不多永远是醉着的，长醉不醒。甜蜜的醉，痛苦的醉，她在长长的宿醉中发出了絮语。那个人听到了，他听到了，于是长时间地看她。他那双多疑的眼睛让她稍微有点惧怕。他说：我爱你。她点点头。后来他在她的额上吻了一下。

好像这个美丽的、不可思议的硕大空旷的花园，就是为了挽留她而存在。好像另一个人对这一切并不在意。她寻找着对话者，和孩子一起，寻找新的生命。

有一只鼹鼠掘出了长长的凸起的洞穴，她们蹲在那儿看了许久；她们甚至幻想着它在某一刻里能够破土而出，以便欣赏它那一对几乎透明的粉红色的外翻的巴掌，还有缎子一样的灰蓝色皮衣。于是她给孩子讲了鼹鼠的故事。它没有出现，她们不得不走开。

离那棵很大的玉兰花树不远有一颗白杨，树干光滑得像人的肌肤。有很长时间她靠在那儿，微微闭上双眼。这时候孩子老实得像一只绵羊倚在身侧，一动不动。她的小手抓住她的手掌，似乎在和母亲一起回忆。是的，母亲在回想那一片白沙上的、常常让她像现在这样依靠的那些白杨。春夏秋冬，任何一个季节里，白杨树都那么可亲。有一年夏天，她记得一些打赤膊的人，扛着长长的木杆和网具，踏着白杨树旁的小路往北走去。这是一些渔人。他们走开很远，她的目光还停留在他们那黑红的身躯上。小路被他们踏出了脚印，有好几次，她真想顺着这条路径到海上看鱼市、听号子。终于没有。她不敢。今天想一想多可笑——她当时怕什么呢？

她睁开眼睛，伸手抚摸孩子暖煦煦的头发。她发现这头发像她的一样，呈现出微微的紫黑的颜色。她一遍遍亲吻孩子的头顶，问："我怕什么呢？"孩子微笑着看她，喃喃重复："我怕什么呢？"她抱起她："我们什么都不怕！"

她抱着她往前走，"多么好啊，一切都多么好啊！我那么爱你。大概大家……都是最寂寞的……"

"你说什么？妈妈？"

她亲吻她，终止了她的询问。

有一只乌鸦，不，是一只喜鹊，在不远的枝丫上发出了粗糙的鸣叫。她因为这粗糙的声音而爱上了这只鸟儿，一直向它行着注目礼……

依　赖

春天，玉兰花开放了。你终于走出来——从病榻上，从阴暗潮湿的那间屋子。它锁闭了太久，使你脸色苍白。厚厚的呢裙、棉衣，还有颈上黑色的围巾，帮你抵御初春的余寒。更重要的是，你的身边有一位搀扶你的老妇人，她给你温暖，为你遮风挡雨。

玉兰花树旁是一把木椅，上面有棉垫；它的旁边是矮小的一个木凳，那是老妇人坐的。她与你非亲非故，一生历尽沧桑。她曾经有过的年华，仿佛已在过去的冬天里耗尽，再也不能从春天的枝头上闪烁。她又厚又重的黑色头巾，裹住了满头银丝。她额上是深皱。她皮肤松弛的双手，正紧紧攥住你那苍白的、没有血色的手。你走路艰难，不得不紧紧依偎。

她是你的依靠，你肉体和心灵的依靠。无言的倾诉，低低的自语，轻声的相告，都不得不面向这位老人。她比你的母亲更重要，她几乎成为你的全部。那些屈辱像铅一样压在心头，你不愿回想它们，因为惧怕。

你多么美丽，太美丽了。你那像汉白玉一样的长颈，应该得到多么好的维护。老妇人用自己不愿提起的辛酸去安慰你。她什么都理解，她经历了无数个这样的春天，对一切都习以为常了。她把一切都沉在心底。

可爱的孩子，你长得如此丰腴美貌，又如此地稚气单纯。你的热情像春天，像春天的花朵以及围绕着花朵不停旋转的蜂蝶。前一个季节留下的落叶在刚刚泛绿的草地上，被微风推动，踩在上面发出阵阵破碎的响声。生命有时也这样褪色和消失，这样新生和苍老。它们不断地交错、汇拢、重逢。

我的孩子，我的梦中和臆想里的孩子，你多么不幸，又是多么有幸。

　　老妇人在这儿做了多半生的仆人，已经完全是这个家庭中的一员了。她比任何人都更为了解这个家，这里的一切：每一棵草，每一株树，孩子的母亲、父亲，她的先人，他们的嗜好以及鲜为人知的一切。是的，一切都不能逃脱老人的眼睛。

　　春天来了，这个孩子变得如此虚弱，轻盈。让那一切都随之褪去吧，你可以在春天里长成一个新的生命。繁花似锦的季节来到了，接着就是更为丰硕和热烈的夏天。在那个水气充盈、火热拥人的季节里，你将进一步地改变自己。夏天的雨水很盛，它可以冲刷这片土地上的一切污浊。是的，好好地冲刷吧，重新洁净，重新生长，把滋生疾患的毒菌洗得一干二净。忘记那些不好的故事，那些梦魅，它们总是对你的长夜造成不安的惊扰。这一切我全部经历过，没有什么，痛苦是短暂的，它会化为养料。你已经比我幸福得多，多少人对你痛怜、爱抚。还有，你一定会拥有一个比昨天和今天更好的未来。那时候你回想我的话，将会感谢我。而我只是孤单的一个人。先是沦落，后来才找到这个归宿。我心里掩下了说不出的感激，我有了自己操心的地方、牵挂的人了。我的孩子，相信这一切吧。我的话就像这个春天里的玉兰花一样，是经历了严寒之后才得以吐露的。

　　她有着多么优裕的童年和青年。她差不多不懂得什么是贫穷。这样的生活培育了她。像任何一个少女一样，她多思、热情、向往，愿为那种浪漫的冒险付出一点什么；不，愿付出很多。当那一天真的到来时，她稍稍犹豫地接受了它。于是，就有了后来的故事。

而老妇人的多半生都在经历贫穷。她有一个完全不同的人生。她虽然压根就不相信那么多的浪漫，可也同样要经受它，这也是迫不得已：就像四季总要迫不得已地轮换一样。

　　她依赖着老妇人，就像富裕要依赖着贫穷，自豪要依赖着羞愧，青春要依赖着苍老，欢乐要依赖着痛苦。在经验的泥土上可以萌发希望的嫩芽。没有休眠就没有苏醒，没有寒冬就没有春天。

　　我们再往前走吗？往前走。我们可以走出这个庭院吗？可以。我们能够到阳光灿烂、吹拂着南风的大街上去吗？还有，到河边，到蓝天白云下面……能的，我的孩子，什么都能。我似乎听到了奶牛的叫声，哦，还有云雀。有人在不远的地方拉响了小提琴。这些都和春天一样，都融在一起了。

　　她差一点流出了泪水，可是她忍住了。泪水已经流得差不多了，它流淌了多久，只有身旁的老人知道。最困难的时刻，只有这位老人了。她守在旁边，不停地抚摸；老人从来没有像另一个人一样，贪婪地亲吻她的额头；老人只是攥紧她的手，给她掖紧被角，端来一碗热汤；还有，老人把桌上的插花洒上几滴清水。她不敢想象有一天老人会离她而去。在病榻上，她拭去眼泪，猛地就想起了前不久对老人的那一次呵斥。她浑身战栗了一下。她猛然发觉了自己的不可饶恕之罪。那种粗暴的声音如在眼前……她明白了，她正在经受自然而然的惩罚。这是神灵，冥冥中的神灵所施与的。想到这儿，她再无声息。

　　我讲得太多了。而你从来恪守一个仆人的本分，不愿说出更多。可是你如今能告诉你的心中，你的眼角，还有那一蓬白发中藏下的故事吗？

220

你的故事就是我的故事,我愿意品尝全部苦涩和欢乐。

我唤你什么好呢?我能把你叫成春天的母亲吗?

葡萄与靴

这是一片坡地上的葡萄园,几乎没经过多少侍弄。它们大概很少修剪,没搭架子,没有篱笆,葡萄棵显得那么散乱,自由地茂长;可是它们却结出了如此甘甜的葡萄。它们完全与这片未加雕琢的田野融为一体。秋天一来,它们就成熟,就甘美,就迎来收获的女人。

这是一片贫寒而富丽的葡萄园,就和她们一样。

她们摘下一篮篮的葡萄,倒在旁边的木桶里,很快就要拉去做酒浆。这个季节的太阳不再那么火烈逼人了,多少有点像春天里的阳光。不过吹来的风,在傍晚总有一丝凉意。她们围上头巾,那一头浓旺的头发只有被扎束起来,才能够专心地劳动,不然它们就常常垂在额上。

她沉默的时间越来越长了,简直半天不吭一声。她们喊她她也听不见。她常常若有所思地抬起头,看着远方:运送葡萄的马车,孩子,跑来跑去的狗,乡间的小路……

许多人都记得,她这长裙和上衣都穿了很久,打满了补丁。这衣服有点小了,紧裹在身上;不过这使她看上去更苗条。那变得越来越短的衣袖,做活的时候都不用挽。她把外边的长裙撩起,扎在腰上,这就更利索一些。她没有穿袜子,而是赤脚踏着一双蒲和麻做成的草靴。

这是一双引人注目的、破旧而古怪的草靴,它硬邦邦、鼓胀胀,靴面上只用布胡乱包裹了一下;靴子的最前端,还可笑地裹了一块蓝布。这样,整个靴子的前部就让人想起老式航船的船头。不知是多么陈旧的一双靴子,也不知为什么会穿在她的脚上;这与她俊美的面容、婀娜的身姿,显得极不协调;可是与她的衣着,与这丰硕朴素的原野、正在收获的葡萄园,又显得那么和谐。

她这一双草靴弥散出一种特异的美。它让人觉得踏实而稳固,那么厚重、有力。这笨模笨样的靴子甚至让人心生怜悯,让人觉得可笑复可爱。它稚拙、古怪、亲切,是十足的乡间宝贝、泼辣少女的爱物。当她在园中奔跑的时候,它就会重重地摩擦她的脚,可是那双生满茧花的脚对这些已经浑然不觉,满不在乎了。草靴镶了皮底,这使它非常耐用,以至于穿了好多年。最早它是很大的,大得让她不得不拖着脚走路。只是从去年,从前一个秋天开始,她才觉得有点合脚了。她甚至爱上了这双笨头笨脑的靴子。

这双靴子太美了,是因为她太美了。她是不为人知的骄傲,是留给未来和时间的最好的母亲。她的青春会凝固在这片葡萄园里、这片田野中、这个乡村的记忆中、这所有异性的目光中。

围绕你该发生多少故事;可是任何故事都不能诠释你概括你。你那双美丽的、同时又是严肃的、令人有点畏惧的眼睛,那微微抿起的倔犟的嘴角,火热微红的面庞,让人想起一个葡萄的精灵。

你脚踏的那双鼓鼓囊囊、怪模怪样的靴子,该摆放在千古不朽的博物馆里,去供人猜测和欣赏。谁想得到就是这其貌不扬、怪里怪气的一对草靴,曾经负载和承受了那样的一个灵魂、一个躯体。它随她移动,不,它驮着她移动,移动在茅草和荆棘丛生的田野上、葡萄园里。它染过葡萄颗粒的糖汁和茎叶的绿色,它被她的手抚摸过、拍打过,揩去一点泥污;她注视着它。她那双手不知几百次握住它、触动它,把它脱下又穿上,放下又拿起。葡萄园里那叽叽喳喳的声音,朗朗的笑、粗野的笑,各种各样的吆喝,都与她无关。她没有参与,她仿佛永远只是她自己。只有那牛的哞哞声,羊的咩咩声,还有鸟的欢歌,能够吸引她的目光。她常常抬起头,瞥一眼心事重重的葡萄园。

这个秋天,这个香气慢慢潜伏到土壤中去的秋天,竟让她感到不知如何是好。她做活又快又利落,几乎没人比得上。她提着盛满葡萄的篮子,往木桶旁边走去,脚下的靴子发出嗑哒嗑哒的声音,显得多么沉着。离得老远,这靴子声就告诉别人:我来了。噢,她来了,他们稍稍躲开,让她把葡萄倒进木桶。有人故意嘲笑她的靴子——实际上是羡慕,是难言的什么掺在其中。她垂下眼睑,看也不看。

最寒酸最富有的姑娘啊,像这个秋天,这个葡萄园。

又有人取笑她了。她刺了对方一眼。

他们夸张地躲开。

据他们自己讲,他们不是怕这目光,而是怕那一对靴子:那是一对钢硬浑圆的靴子,踢在腿上一定非常痛。

他们这样说,心里却非常渴望让她踢上一下。

美额之链

你身上的装饰太多了，而你顽皮的、故作倔犟的面容，也不可能将别人吓退；你没法拒绝投向你的那些目光。

你的颈部垂挂了两串珠子，还有银亮的大耳坠；不可思议的是，你鼓鼓的额头上还缠了一条锁链。那是一个非常聪明的、其智慧足以抵御一切诱惑的额头。天知道这鼓鼓的额头里装了些什么。人们只能从那双明亮、生动，又是极为勇敢的目光中去猜测；还有，从你那微翘的鼻梁、挂着一丝微笑同时又显得纯稚的嘴角……去猜测。

你好像在疯狂的旋动之中，在一瞬间的停歇，留下了这幅让人难忘的肖像。黛黑色的衣装使你平添几分英武，看去像一个夜行者，一个佩剑侠客。你在注视着所有的人，无论是老年、中年和少年，都在你大胆的注视下、在你明澈的目光下。你让他们怦然心动。

你是一场随时都要展开的旋舞，是扑面吹来的热风，是滔滔不息的春浪，是灵魂栖息的岛屿，是一束百合、一棵罂粟、一道夜山里的闪电。

即便是装饰，为什么要把额头捆上锁链？这或许可使你稍稍拉长的脸庞变得适中。可是开阔的额头——那一片耸起的高原呢？那在太阳下散发着温热的煦暖之地呢？谁这般无知而任性地打扮了你，或者往你的脑瓜内撒进了一些奇怪的念头？

你分了笔直的头缝，削了男孩般的短发，一件宽大的衣衫使你乐不可支。你在风中痴唱，用各种姿势走路，感觉着这个世界对你的全部娇惯和恩惠。无论是坦途还是坎坷，都在你这种癫狂的游走之中变得微不足道了。你似乎在用这一切回告那些为你担忧的人：友人、亲人和爱人。你告诉他们，美丽、纯情，再加上顽皮，足可以战胜一切。只有不可言喻的倔犟藏在心中，它是不挂锁链的。什么故事都不在乎，因为你自己就可以亲手制作各种故事。对你而言，生活就是一场旋舞、痴唱，就是一段岁月。潇洒就是故作疯癫，嘲笑一切人、事、动物、准则、规范、庄重的面容、慈善的心情以及其他……只是在漆黑的午夜，在你一个人的时刻，你才为这一切感到稍稍的痛楚。

你轻轻抚摸，抚摸自己发冷的肌肤和乌黑的夜色。你睁开那双一贯明亮的眼睛，盯视这深不见底的黑夜，悄悄发问，一个惊讶压上心头。无边的夜海，那个声音在哪里？它太遥远，它大概沉落到了远方。可是你需要听到这隐隐的呼唤，这声音，这沉沉的声音——由于它饱含了重量而变得让人向往，让人寻觅和珍存。

这个小小的空间如此空旷，人像一粒尘埃一样游荡。她闭上眼睛，幻想那一粒尘埃飘出斗室，走向更加苍茫的夜晚、高空、宇宙；她挨近了那片闪烁的星辰，感受着它们寒冷的光。这光刺伤了她的眼睛；还有，当这光与她额头上那个锃亮的锁链碰触的一刹那，溅出了蓝色火花。她嘴里轻轻吟哦道：我爱你，星光。你从哪里来，孩子？我从泥土里来，我是一粒尘埃，我飞升，就像蒲公英的种子。星光用沉沉的声音询问，还用沉沉的目光盯视。她那对明亮的眼睛再不像往日一样骄傲地闪烁了，而是回避着，左右顾盼；它唯独不敢迎视星光。"我爱你"，她嗫嚅着，轻轻后退一步，开始了漫无目的的飘荡。

在遥远的东方，在太阳升起之地，她停住了脚步。回头去看星光，还是那么明亮,还是沉沉地注视过来。她胆怯了。滴滴露水打湿了衣衫,她觉得这是天神的潺潺泪水。在它的浸濡下,她再也无力飞升了。她匍匐在地,幻想着自己可能的选择:她把自己想象成一株幼芽、一棵银杏树、一束鸡冠花;还有,一个尼姑、一个流浪女孩、一个飞行员、一个洗面奶推销员、一个卖烤红薯的。最后她又把自己想象成一个纯白色的、没有一丝杂毛的小兔子。这样,她才满意地微笑了,蹦蹦跳跳地走开了,向着她的居所——那个天一亮似乎就要消失了的小小居所、宝贝摇篮里走去了……

她睁开了眼睛,一切幻想全部消逝。她笑了,有点苦涩,有点甜蜜。这一夜过了大半,天要亮了,曙光闪烁。那是她的幻觉。她总有那么多幻觉。抚摸着自己开阔温热的额头,又像弹西瓜一样轻轻地弹了两下。她如果能吻到自己的额头多好啊。"我爱你",她一次又一次自语。可是这一次,她却不知在爱什么、要爱什么。

我应该非常美好,非常非常美好——难道不是吗?她问这漆黑的夜色,听不到回答。后来,在想象中,是那个沉沉的声音告诉她:正是这样,我亲爱的、永久的孩子!

她与顽皮

这是她在乡间的三个学生,三个调皮鬼。他们每个人都有自己的高招儿。在开阔的野地里,他们就像三只田鼠,任何角落都有他们留下的痕迹。他们简直不可以驯化,没有人能够教导他们。他们尤其厌恶书上的东西,只喜欢穿登山鞋,牛仔裤,小小年纪就崇尚牛仔。他们的T恤衫上印满了一些神奇的图案:马,赛车,虎和豹。他们三个都长了金色的头发,面对照像机时擅做各种各样的怪相。

她现在却因为他们三个而自豪,露出了满意的微笑。她穿着紫红色的上衣,上衣的下摆掖在蓝色的条绒裤里;不施脂粉,连淡淡的口红都不搽。她像施展魔法一样,使这三个狂放不羁的顽皮鬼相信读书是必要的;相信除了嬉戏、田野、恶作剧之外,也的确还需要写写字,还需要读读课文,听听故事,听听音乐,以及文明世界里很多很多等待他们学习的东西——那都不是坏东西。

三个家伙就在这种近似于游戏的、愈来愈浓的母爱的气息中,进入了一种生活轨道。他们的野性稍稍收敛了一点;可是有一些把戏,她却仍然愿意他们进行下去;有一部分野性,她却始终希望他们加以保留。所有的人都认为这个年轻的女教师实在是具有一种魔力——有人曾经向她授课的那几间小平房窥视过,想看见她拿出什么令人惊奇的魔法。没有,她只是微笑着,向他们讲授,或者与他们一起游戏。他们三个都像小猫一样,乖乖地待在旁边;他们簇拥在她身边的那副模样,真的让人想起一只大猫和三只小猫,而且都毛茸茸的。四个微微垂下的头颅都闪动着光亮，漂亮极了。窗上的光线透过去，正好照在他们闪闪的头发上，让人生出一片羡慕。

　　她非常爱他们，就像他们非常爱她一样。这是姐弟的关系或母子的关系，是至为奇特和美好的关系。她有时对他们很严厉，这严厉让他们一半儿惧怕，一半儿期待。总之他们有时候真希望让她动手揍一顿；当然，她从来没有那样，而顶多是用手轻轻地拍一下他们的后背，抚摸一下他们乱蓬蓬的、吐放着香味的头发。那时她觉得这手掌就像抚过了一片玫瑰花，手上长期存留着那种奇特的香味。这是怎么回事呢？深夜里，她闻闻自己的手掌，生出这样的疑惑。三个多么好的孩子，"这三个家伙"，她自语一句，睡着了，两眼夹出了长长的睫毛。

　　一个九岁，一个八岁；那一个十三岁了，个子高一点，爱戴一副眼镜。他每一次到野外去，都戴上这副变色镜，自愿充当她的小保镖。

　　生活当中的确有一部分没法教导的人，而其中的绝大部分是从童年开始的。于是我们也就需要很多教育家、道德家、女性、母亲和兄妹。当诸多角色集于一身的时候，她就变得平凡而神圣起来了。平凡是指她愈加朴素与温和，神圣是指她那颗高贵的心灵，指她散发出的无所不在的人性的光芒。她的纤纤身躯之中如何蕴藏着那么高的热情、那么大的能量，使任何艰难在她那里都悄悄地化为平易。她甚至对惊人的烦琐都毫不畏惧，好比一个有高超本领的人面对了一团紊乱的线球，先从容不迫地取在手中，一会儿就找出了头绪，微笑着慢慢将它解开，并重新加以归拢。

　　她会弹钢琴，还会演奏手风琴。她的嗓子稍微有点嘶哑，可是却具有巨大的磁性。她的歌声，除了迷住他们三个之外，还有乡村里的其他人：矿工、流浪汉、形形色色的人；有小官僚、收税员、警察、魔术师。有一个流浪汉伏在窗口听她歌唱，整整听了半天，也许是凝了神，忘记了一切，嘴角拉下了长长的涎水——三个孩子一转脸看到那个穿着破衣烂衫、满脸灰尘的流浪汉，不禁喊了一声。流浪汉却不为所动，仍在倾听——这时候她才转过脸来，明白是怎么一回事后，就轻轻地在他们后背上拍打了一下，然后继续唱下去——这时她有一半内容是唱给那个流浪汉的了。最后，那个年过半百的流浪汉满含泪水离去。他走了很远很远还回头遥望田野上的这间小屋。

春天，阳光和暖、没有风的时候，她就领他们三个走出来。在牧场旁，他们久久地看着满身是美丽图案的、垂挂着一对硕大乳房的奶牛，或者是一群洁白的羊。他们看着在篱笆旁不停地嗅来嗅去的狗，伸懒腰的猫，还有树梢上蹦蹦跳跳的蓝鸟。渠畔上到处都是绿色，他们问她这是什么、那是什么，她笑着告诉他们这些植物的名字。其中有一多半她也搞不懂，然后她就提议来一个比赛，看谁在更短的时间内能从书本或其他人的嘴里，弄清它们的来历。

最小的那个孩子是个孤儿，他需要更多的照顾。夜晚，有时她和他待在一起，要为他做饭，做洗洗涮涮的事情。这孩子还记得母亲最后那一年里为他做的所有事情：讲故事，做一种甜羹；还有噩梦惊来时的饲喂、怎样紧紧搂抱……这一切他不自觉地要她也重复一遍。她极力模仿孩子的母亲，为他做那一切。有一次，孩子紧紧伏在她的身上，用力地、不停地吻她，泪水打湿了她的胸部。她叹息着、抚摸着孩子的头发，把

他圆圆的脑壳按在自己胸前。后来,她也哭了。这是幸福得不知如何是好的泪水。她觉得自己幸福极了。她为自己的职业、为自己的工作、为这三个孩子,特别是这个孤儿,感到幸福。

她对他们深深地致谢;还有,对这个乡村,这片土地。她希望他们长成她心目中的男子汉,地地道道的三个英雄。不知这个愿望能否实现,但她期待着,就像失眠的夜晚期待天明一样。某一天,当他们到了一定年龄的时候,就要转学,到正式的合堂教室去度过他们的求学生涯。那一天多么可怕又多么可喜,但他们三个没有任何一个希望那一天早早到来;他们也许会坚决拒绝那一天的。可是她会用目光为他们送行,会告诉他们:曲折的乡间小路总是通向一条大路;而大路,又总是通向天际……

勇敢地走吧,三个男子汉。

是的,那一天会到来的。

宏 巨

令人难以想象的是,十九世纪的俄国著名画家列宾,整整用了十年时光画出了这幅巨作。

在十五世纪中叶到十六世纪初,土耳其奥斯曼帝国不断向欧洲扩张,并且写信威胁屯垦在库班大草原的哥萨克部落,要他们俯首称臣,让开通向莫斯科的道路。大草原上的哥萨克狂放不羁,都是一些大碗唱酒、大块吃肉的角色,他们尽情地嘲笑了那个土耳其皇帝,并一块儿琢磨着给他写一封回信——这样的回信将有怎样的内容也就可想而知了。当年哥萨克的好汉们装束奇怪：他们有的喜欢在刮得光秃的脑袋当心留下一撮毛发，像一簇小辫，不愿驯服地翘在空中；他们高兴的时候干脆把帽子抓在手里，露出那一缕可笑的毛发。这有点像今天的崩克们，不过他们比崩克更朴实，也更粗犷。

一群哥萨克在野地里摆开一张木桌，用一支鹅毛笔煞有介事地、无比认真地给土耳其皇帝写一封信。这是显示、炫耀和发泄的绝好机会，而且也是一件相当庄重的事情。他们不得不反复商讨，集各种各样的意见和智慧。数位哥萨克领袖都在倾听一位打着赤膊的琴师吐出的妙语，大笑不止……

列宾活画出这一宏巨场面，即为《萨布罗什人写信给土耳其苏丹》。在一群愤怒、狂欢、诙谐、豪放的人群背后，是密不可数的哥萨克战士，他们分布在辽阔的大草原上，天际，则是熊熊的火焰和浓烟，分不清是烧荒的烟火还是硝烟。

这些哥萨克部落的头领们装束不一，性格不一，心情不一，打扮极其怪异。他们挎刀背枪，不停地豪饮，有酒壶、烟斗、巨大的烟荷包；最引人注目的还是那个伏在案几前不停地说着笑话的琴师。这些人似乎个个都有怪异的举止和面貌，每一张脸上都凝聚了深邃的人生内容，让人得以窥视大草原上的哥萨克们难言的粗粝和孔武。这些人仿佛天生就是为这片辽阔的土地准备下的永不驯服的角色。他们是不可征服、不可驯化的野马，永远做不成皇帝的好臣民；他们不懂得纳贡，不懂得守法，不懂得诸多清规戒律。他们是一群自由自在的生命，只晓得烈酒和骏马，晓得好的刀剑和火器。他们又厚又结实的脏腻腻的皮袍，猎枪子弹都打不穿；他们那个巨大的皮筒帽，再大的风沙也可以抵挡。几乎每一张脸的神情，都写就了狂放的经历。他们已经迎接了许多，还准备经受更多。他们当中的每一个人都懂得嘲笑胆小鬼，都愿意率先用行动去表达自己的血性和勇敢。

描述这样宏巨场面的艺术品，也只有十九世纪的艺术巨匠才行。那些现代主义的能工巧匠们已经丧失了这种能力。在这里，无论怎样先进的世界观、高超的技法，都无从补救。因为他们失掉的不仅是一种强劲的腕力，还有其他。他们再也没有了十九世纪的艺术巨匠们所拥有的心灵、血脉、目光、无比宏阔的视野，特别是他们的史诗气度。所谓的现代主义艺术，已经不适合于绘制伟大的画卷了，而只能用来记述和阐释现代充满魔力的、谜语般的生活。现代艺术家们不约而同地涣散了心力，再不能把自己的心灵镌刻到漫长的历史上，镌刻到辽阔的土地和旷远的天宇中。而十九世纪的艺术巨匠们却拥有独步大地的勇气。那是一个没有被光纤和集成电路带进神奇的进步和可怕的污染的时代，是一个朴拙、勇敢、开拓和生气勃勃的时代；这个时代，英雄主义的乐章仍然是其强劲的主旋律。他们仍然在崇尚古典的英雄。

这一幅画卷让人想起另一幅用文字绘成的画卷，那就是《战争与和平》。他们处于同一个时代，都出自同样的巨匠之手。他们灵魂的性质都差不多，足踏的土地也差不多。生命与土地的奥秘原来如此。

在一片变质的泥土之上，很难再寻觅那样的生命了。只有他们留下的画卷是永恒的。人类在任何时候都需要在这画卷面前追溯、回忆、自豪、

懊丧，对各种各样的心灵进行一次检索。它跨越时空的意义就在这里。因为无论如何，没有任何一颗正常的心灵、健康的心灵，会在这样的巨制面前无动于衷。在这里，那些渺小的忧伤、纤细的情感、怯懦的争斗、庸人的恩怨、小人的沾沾自喜……都变得失去了分量，变得无足轻重了。

这幅画卷等于是重量级艺术家留给后代的一枚永恒的图章，它镌刻和标示了事物的极限，诉说着灵魂、历史、艺术，以及伟大的从前。

动之余

作为一个飞行的精灵，你此刻如此安静地停靠在一道栏杆上。一身戎装把你打扮得英武利落，透着一种简洁的美。

在匆忙的旅程之中，在风驰电掣的航行之中，你很少这样安然、恬静，目光里、嘴角边，有那么多的微笑。我注意到，你身旁的栏杆上落了一只蝴蝶，那恰像是你的一个浓缩的灵魂、飞动的象征。这是大自然一次最绝妙的组合与描绘。

不知命运为什么要把你投放到这种军旅生涯中，也许长期的和平年景，使一个时期充满了幻想和憧憬。战争离不开女性，可是战争有时候又不得不让女人离开。女性在浴血的战场上无论如何还是一些身份特异的人。她们应该是一些被保卫者；可是，她们却参与了保卫，并且成为一道纤细而又坚韧的、不可摧折的纽带。她们可以出击、开火、传达严厉的命令，甚至可以做将领，高举殉道和搏杀的旗帜。但在安静下来的时刻，在她们不由自主地流露出女性的温柔的时候，又立刻可以唤回许多美好的回忆。运动与驰骋之美，军旅之美，有时候可以被她们悉数囊括。

她们走进那个世界之前，很少想到那种惨烈的场景，至少不愿化入那个场景。可是当它来临的时候，她们又往往表现出特异的英勇和无敌的气概。那一支队伍因为有了她们而变得锐不可当，她们也因为投入了那个世界而化为生命奇迹。她们的美几乎不可抵御，人们常常在很久之后回忆起她们奔突的身影，仍会产生出阵阵惊讶。人们难以理解那些纤弱、柔情、充满了幻想和浪漫的女性，如何在一瞬间变成了那样。每一个人的行为都紧密地联结着往日故事，可是她们的故事呢？少女的故事，爱的故事，思念与告别的故事……

此刻，她停靠在这个栏杆上，文静如一朵兰花。她的眼睛注视着，充满自信，若有所思，温柔中透着刚毅，让人想起在这个安静的瞬间，她又沉浸和回返到了自我的世界。那是女儿的世界，是月光下的潺潺流溪。可是在另一个时刻，这溪流又将汇成瀑布大川，汹涌滔滔，一泻千里，可以卷进一场风暴，化为风暴的飞溅和卷波。那种水不是温情的水、可以抚摸的水，而是暴力之水，可以涤荡荒原，可以摧毁岩石，可以冲溃万里长堤。那是重塑江山的水。

谁也想不到这个停靠在栏杆上的女性，曾经那么着迷于稚嫩可笑的童话，曾经为饲养的一只小鸟的绝食而流下了眼泪。她那么容易欢欣和绝望，笑声直冲云霄，泪滴洒遍衣襟，发辫在风中飘荡，一天扮十二个鬼脸。只是后来，她的身姿才在春风里渐渐丰腴、苗条、挺拔，亭亭玉立。就在这爱怜铺天盖地卷来的时刻，她被另一种事物所吸引；几乎在猝不及防的时刻，伸手接过了一套戎装。

你可以飞了吗？可以。飞到高空，与云彩结伴，去抚摸星星。她从一个神话走进了另一个神话，从一个童话王国遨游到另一个童话王国，这对于她几乎都是真实的，是放在手边的梦境，是激活了的童年彩绘。她像电影图片上的人物那样双脚并立，身躯挺直，举手行礼，报告首长，行操、口令、唰唰列队、篝火、操练、开阔的广场，汗水，浑身尘土，星夜行军……这一切全都来到了面前，疲劳、困顿，甚至有一种经受磨难的感觉。但是这一切都被悄悄地忍受下来。慢慢地，她习惯了，筋骨强壮，浑身都是力量。她敢于迎视男人热辣辣的目光，同时也有了各种各样的打算。她的设计渐渐变得比过去坚实可行，她的预想既大胆又非常现实。所有的人生坎坷，都在她军人的步伐下被踏平，被跨越。对于她和她的姐妹们，往往是最为重要也最为麻烦的事情，那就是爱情——它如今也变得触手可及了。它在机声隆隆的工厂，肃穆的机关大楼，或者就在广瀚的民间。明天简单、平坦、充实，秩序井然。她们准备在有一天向自己的爱人骄傲而顽皮地展示这一件又一件簇新的和陈旧的戎装，用那些惊险的回忆，刺激他强大的爱情和浪漫的情怀。那种生动的情节、跌宕的述说，可以从午夜延续到黎明。她要把她的战地笔记送给他看，让他男子汉的傲然神情从脸上一扫而光。

谁想到她还有过人的温柔呢，她的不可匹敌的女儿家气质，只有在这道安静的栏杆上，才一丝不漏地显现出来。

他该看到这一帧图片，看到她的未来、昨天和明天。她安然羞涩得像旁边的一朵蝴蝶似的。是的，她是它幻化的身躯。

人生的确应该书写不同的章节和段落，它们起承转合，互相映衬，从开篇到终结，色彩斑斓，声情并茂。就是昨日生涯使她练就了一副娇小而强劲的身躯，柔细而粗犷的性格；她低声细语，冷不防暴怒中还会吐出个把粗话。他将睁大惊讶的目光看着她，发出一声惊呼。

她将会意地一笑。她笑起来多么妩媚。特别是她微微上翘的右嘴角，藏下了多少奥秘、多少可爱的东西。

你有点胖，胖得像个布娃娃，一个做坏了的雪人，一个常常涌出很多坏念头的女孩，一个抹成了粉鼻梁的越剧演员，一个走运的傻乎乎的歌手，一个大胆的女护士，退役的电视播音员，美丽的女二百五，或者是转业到地方的女首长。你还有一双柔软的手（经历了那么多粗粝，为什么还有这样一双手？），你将要走向何方？

她用古板的眼睛告诉他，我有你永远诠释不尽的隐秘，我是一块让你绝望的顽石，我是一方浓得化不开的胭脂——你随便把我看成什么都行，只要你爱我；但是，你爱我，要爱我的全部，要爱我的呼啸和飞翔。

乡 菇

这样一幅图片出现在眼前，让人感到亲切：一种暖融融的喜悦从心底泛出，余味悠长，历久难消。

……水流明净的渠边，一个又一个麦草垛子，像蘑菇一样破土而出，倒映水中；旁边，则是一株株不大的榆树。

这幅图片使人的脑海马上涌现出两个字：乡村。是的，这是它永恒的徽章；它们真的是一片肥硕的、永远采摘不完的乡间蘑菇，给远行人以心灵上的极大滋养。

当火车奔突在辽阔的原野上，路边突然出现这样几顶"蘑菇"，旅人心头就会一动，一丝温煦油然而生。远逝的故事重新出现在眼前：童趣、乡情，温柔的大婶，慈祥的老人，在春阳下冒着淡淡烟气的长杆烟斗，还有翘着尾巴嗅来嗅去的花狗，嬉戏和追逐，不为人知的小心翼翼的童年……这一切都被越来越严厉的成人生活给阻隔和打碎，而只有在这乡间的镜子——渠水前重新得以映现；它那么明亮、清晰。

这种情感不仅是来自乡野的东方人的感怀，而且也是西方人、甚至可以是有完全不同文化和血统的一个伯爵的感怀。人们似乎还记得托尔斯泰在《复活》里所写的那个著名的冬夜，主人公在冬天的大河旁，在这蘑菇一般的草垛旁，那些让人感激的经历——月光下伴着冬末初春大河咔咔的冰裂声，他们追逐、嬉闹、深深地沉浸和爱恋……

给人温暖记忆的草垛，蓄满了春阳气息的草垛，柔柔南风不断抚摸的草垛，贮藏了多少回忆：金色的童年，昨天的笑声，一切的冲动、欢娱、隐秘；再没有比它更能引发一个人的怀念和回想的了。它们就是这样永远未能绝迹地出现在平原、山区、乡野，像真正的乡菇一样清香扑鼻——那种生鲜的气息使人如此迷醉，回味不尽。

它的旁边常常是那些无家可归的流浪汉和天真烂漫的童年，世界上最神奇最有趣的人物皆来此欢聚。这儿也是那些可爱的生灵徘徊之地，是思念和爱怜之地，是经过漫长的冬天之后，春天的太阳最先光顾之地。

没有了它们，生命将失去多少庇护、多少机会、多少可爱的盼念。它们是一次丰足的收获之后留下来的余甘，是生活中品咂不完的香甜的后味。就在这里，那些从遥远旅途上跋涉而来、贫穷无望同时又是自由欢畅的流浪汉们，舒服地仰卧下来歇息，获得一分力量、一种安宁。这是他们长途跋涉的驿站。儿童跑上村头，奔向这里，猫、狗，甚至是其他动物，也都不约而同地奔向这里；这里有着不可理解的吸引力——这一切，都在回忆中一次再一次地被认定。它的确是一个耐得住推敲的事实。

我相信，艺术、思想，以及一切伟大的创造，都源发于一种强大的回忆的根柢，滋生于一片肥沃的土壤。失去了这土壤，她们就枯萎、苍白、羸弱，以至于最后死亡。关于美好的回忆、生命的最初冲动、与它连在一起的各种图片、意象、细节、动植物、场景，都会生气勃勃。它们被赋予了生命，生发了思维，滋养出第一片叶芽。它的韧长的联结之线往往不为人知，可是它在很长的时空里都用力牵引那个移动的生命，决定和影响着他（她）的一举一动。

这些"蘑菇"有时也是质朴和贫穷的象征，它会不断唤回你所拥有的各种记忆，让你想起呼啸的北风冬雪、风雨交加的夜晚、荒凉之地的神秘呼唤，以及各种各样的昨日经历——也正是这一切糅合一起，才构成了它夺人的魅力。

如果这些"蘑菇"非常瘦弱矮小，就证明它所处的那片土地是如何贫瘠；如果它们高大肥硕，那么就在回告一片土壤的厚实肥沃。在春天，每当南风把田野上的一片绿色催发得蓬蓬勃勃的时候，一个秋冬的风雨会把它们吹打得更为朴素。这会让你产生强烈的季节交换的感觉，给你

增添多少昨天和今天的衔接所带来的妙不可言的想象……

总之，拥有关于它们的记忆，获得关于它们的感动的，肯定是一个有力的健康的心灵。

美生灵

暮色中，河湾落满云霞，与天际的颜色混合一起，分不清哪是流云哪是水湾。

也就在这一幅绚烂的图画旁边，河湾之畔，一群羊正在低头觅食。它们几乎没有一个顾得上抬起头来，看一眼这美丽的黄昏。也许它们要抓紧时间，在即将回家的最后一刻再次咀嚼。这是黄河滩上的一幕。牧羊人不见了，他不知在何处歇息。只有这些美生灵自由自在地享受这个黄昏。这儿水草肥美，让它们长得肥滚滚的，像些胖娃娃。如果走近了，会发现它们那可爱的神情、洁白的牙齿，那丰富而单纯的表情。如果稍稍长久一点端详这张张面庞，还会生出无限的怜悯。

没有比它们更柔情、更需要依恋和爱护的动物了，它们与人类有着至为紧密的关系，它们几乎成为所有食肉动物的腹中之物，特别包括了人类。它们被豢养，被保护，却要付出生命的代价。它们只吃草，生成的却是奶、是最后交出的全部。它们咩咩的叫声，可以呼唤出多少美好的情愫。它们那不可理解的互相倾诉和呼唤，那由于鸣叫而微微开启的嘴巴、上皱的鼻梁，都让人感到一个纯洁生命的可爱。

它们像玉石一样的灰蓝色眼睛，有时会一动不动地看着你，直到把你看得羞愧，看得不知所措。

它们还很幼小时，就长出了一撮胡须，甚至还长出两个可爱的肉坠；你抚摸这胡须这肉坠，似乎看到它在向你微笑，向你无声地询问：你的来路，你的归路。可是它唯独不谈自己，不触及那无一例外的凄惨命运。人在这种美生灵面前，应该更多地悟想。人一生要有多少事情要做，要克服多少障碍，才能走到完美的彼岸。这遥遥无期的旅程，折磨的恰是人类自己的灵魂，而不仅仅是这一类生灵。人类一天不能揩掉手上的血迹，就一天不会获得最终的幸福。这是人类未曾被告知的一个大限、一个可怕的命数。在这个命数面前，敏慧的心灵应该有所震栗。

温柔和弱小常常被欺辱，可是生命的无可企及的美却可以摧毁一切。它最终仍然具有威慑力和涤荡力。

三只小羊跟在它们母亲身边，那种稚声稚气的咩咩声至为动人。它们的母亲只顾寻找食物，几乎对它们的呼叫充耳不闻。它需要抓紧时间摄取更多养料，以便生成奶水来饲喂它们。它知道这些撒娇声，这哆声哆气的求告和呼喊没有多少要紧。三个孩子没能使母亲注意它们，最后就自觉无聊地在一块儿戏耍起来，像赌气似的，离母亲尽可能远一点，用有些笨拙的、粗粗的、像木棍一样的前腿去踢踏绿草，或者是瞅准了一个踽踽前行的小甲虫，用毛烘烘的嘴巴去触碰，打一个不为人知的小喷嚏。它们有时候也干架吵嘴，甚至拳脚相加，额头顶在一起比赛角力，甚至故意伏在另一个的背上，让它一边抱怨一边驮着往前走……这样的把戏玩了一会儿又觉得无趣，它们就一块儿向着远方奔跑，一蹿一蹿的，那是学着大羊们奔跑的样子。它们一口气跑到了河边，最后返回；它们从几只大羊的空隙中站直——它们想起了母亲，立刻惊慌失措地呼叫起来。它们的母亲也在寻找孩子——她一抬头发现孩子们不见了。母亲的叫声比小羊的叫声要粗重有力多了。这遥遥相对的呼应此起彼伏，渐渐惊动了群羊。所有的羊都昂头发出了叫声，帮一个母亲寻找三个孩子。后来它们三个重新回到母亲身边，羊群才开始寻找食物。

荒原、草地、开阔的原野，好像最适合放牧，天生就该是羊的世界。羊们几乎毫无侵犯性，全身都蓄满了阳光。它们把这温暖和热量分赠人类，人类却对这宝贵的馈赠毫无感谢之情。他们已经习惯于从弱小的生命里索取和掠夺，因为他们自己在同类中也常常这样去做。在不同的物种之间、不同的动物之间，比人类更无知更野蛮更荒谬的，并不是很多。比起很多弱小的生命来，人类几乎不懂得羞愧。他们也曾编造和制定出一些道德的规范和准则，却对自己的不道德视而不见。他们更多的时间像羊一样吃草，有机会却要放下草吃羊。他们常常奢谈自然界的所谓"食物链"，却从来不研究自己与其他动植物所构成的"食物链"。在整个宇宙的生命链条中，人类构成了多么可怕的一环。作为某些个体，他们不乏优秀的悟者；作为群体，他们却是无知的莽汉。他们在把整个星球推向毁灭的边缘，却又沾沾自喜地夸耀和骄傲……

暮色苍茫中，这一群美生灵被霞光勾勒出一片剪影。它们驮着所剩无几的光明踽踽而行。它们大概也会有关于黄河岸边这美好一天的记忆吧。

每一天对它们大约都是珍贵的。灿烂的阳光，绚丽的黄昏，无边的阔水和碧绿的草地——大概它们心中都会留有这美好的印痕吧。

从它们灰蓝色的眼睛里，从那种默默的注视中，似乎可以感受它那潜在的灵性、温柔的本色、善良的心情。在这生命进化的历史上，它们的确是一些跨过了漫长世纪的苍老的生命；它们也许懂得太多太多：关于这个星球、关于漫漫时光、关于生命的秘密。

原来它们颔下垂挂的那一缕胡须，远远不是什么滑稽的标志，而是深刻的象征。它们正因为对这个世界知晓得太多，才这样听天由命。

它们从来都没有停止去做的，就是每天用自己弱小的身躯，驮回最后一缕阳光。

未知的命运

少男少女 —— 两个贫瘠地区的儿童，放学归来的路上，倚在粗粝的石垒上谈笑。

女孩一手抱着板凳，一手捂着嘴巴，看着男孩。男孩笑得同样甜美，他把手压在身后，也像女孩一样，背着黄帆布破旧书包。他小小的年纪，笑容里却有了那么多的慈祥。

大约是半下午时分，放学很早；可能是一个周末，他们还有时间享受很好的阳光。所有的农村孩子，特别是那些贫穷地区的孩子，他们的食物极其简单，差不多都处于营养不良的状态；可是对他们最大也是最重要的馈赠却是阳光。是丰足而温暖的阳光使他们长得那么苗壮、健康。

两个孩子的头发都有点稀疏和发黄，就像他们脚踏这块土地上的禾苗和草一样。他们的服装让人想起久远的年代和最艰苦的岁月。这些衣服都不太合体，女孩的显得太小，男孩的则又显得过大。很可能这些衣服都在别人身上穿过。他敞着衣怀，露着胸脯和肚皮。女孩看着他，像注视生活中的一个主心骨似的，目光甜甜，微笑甜甜，稍稍地羞涩；她的手不仅掩住了嘴巴，还掩住了鼻子。她的诉说我们不得而知，但我们可以从男孩略带腼腆的温顺驯良、彻底愉快的笑容之中，体味一点什么。

我们可以想象他们的学校是多么贫寒，就像他们的山村和家庭一样。他们上学还要自带板凳，那可能只是一个空旷的大石屋子，墙上只有一块涂黑了的石板；或者干脆就是在场院上办起的一所野外小学——在辽阔的山区和平原，在一片广袤的土地上，不知有多少难以想象的艰难和困苦在等待着人们。他们与整个前进中的现代生活既丝缕相连，又似乎隔绝。他们仿佛只有自己独特的苦难、独特的生活，还有独特的未来。他们时时刻刻被人关注，为人提起，却又时时刻刻都在遭受遗弃。

乡村学校，关于它的记录，可以反映出一部辛酸痛苦的历史。形形色色的办学方式，形形色色的学校，简直令人眼花缭乱；有时甚至是让人惊心动魄、心惊肉跳。你如果看过了马背小学、船上小学、帐篷小学，并为这些顺应特异的地理环境和独特的生计而设计的办学方式表示赞同和认可的话，那么你对那些更为奇特的"学校"，也只有洒下一掬同情的泪水了。

在一片平原上，一片贫穷得不可思议、贫穷得毫无来由的土地上，我却见到了一生都不会忘记的"学校"。那是一片平坦的原野，土质很好，灌溉条件也很好。但这里的人一律住泥屋、草房，整个屋子里没有一件像样的木器家具,到处破破烂烂。这里的孩子大半失学。如果听到一句"孩子上学去了",会让人感到多么高兴——你不由自主要去看看他们的学校。你去了,这才发现所谓的"学校"原来是一个破得不能再破的草棚,地上挖了一个个土坑,孩子们坐在里边,像一群小鸟一样露出圆圆的头颅。土坑的边缘就是他们的"桌面"。孩子们听见生人的脚步声,一齐回头,然后把手插进嘴里。这时候你会看到那一片带着惊喜和恐慌的明亮而纯稚的眸子,像星星一样闪亮。童年的眼睛看着你;也由于这一个个圆圆的脑壳是从土坑里探出的,所以你会想到屋檐下的泥窝里伸头伸脑的雏燕、它们张开的柔嫩嘴巴……它们嗷嗷待哺,它们饥渴难忍。

可是你能够给他们的是什么?两手空空,没有食物,甚至无法表达心里的苦楚。你只得怀着一片悲凉走开,怀着永远的同情和怜悯。这种心情缠绕着你,你走开了,它随着你。

而到了另一个地区,那里是丘陵,最不缺少的就是石块。在用石块堆成的空荡透风的大屋子里,所有的桌凳都是石板搭成的。很难想象在寒冷的冬天,这些冰凉石板会怎样损伤那些稚弱的躯体。而在有些地方,泥屋里的所有桌椅,都是用土坯垒成的,泥桌泥椅连成一体。那些巧手泥瓦匠们塑成了这奇怪而又巧妙的连体桌椅,只留一个小小空隙让孩子们钻进钻出。

可以想象眼前的这一对孩子。他们就是从类似的场所走出来的。可他们脸上是那么温煦的笑容,没有一丝哀愁。是的,他们还处在朦胧的年纪,没有更多的牵挂,也不知道未来。他们不知道总有一个未知的命运捉弄着所有的人,包括他们俩。在可以预见的那一截人生之路上,他

薛佳 摄影

们会走得非常艰难，坎坷在所难免。而在这道路上，别人也只能为他们祝福，并没有多少能力帮助这许许多多的、可爱而贫苦的孩子。

从笑容上看，他们互相爱慕。是的，不过他们还不到如此敏感的年龄。这就是青梅竹马，两小无猜了。这两个在未来会是依恋一起的生命吗？他们将来当然有权利爱，有权利追求更多的幸福；也许还要摆脱这片沉重的土地——他们有这样的权利吗？难以回答。这是父辈的土地，他们只是继承者，他们将自觉不自觉地继承这里的一切。他们的荣辱差不多也和这片土地连在一起。

神灵和土地会给他们勇气，他们将永远感激着她。

最美的肖像

这安详纯洁的面容，让我久久端详，目光不愿移动。

你呈现出的一切都是那么健康。一个生命在尚为纯稚的初始阶段，就已经预示了许多，而且这预示往往是准确无误的。未来的道路、性格、人生内容及其他许多许多，都包含在这预示之中。这是一种规定：内容与形式的规定。

"气质"是被现代人错用了的一个词语，可我仍然不得不使用它来表达自己的赞美。我不知除了这个词汇所概括和蕴涵的一切，还有什么能用以说明。你穿着朴素简单、平凡无奇的衣装，可是由于你，它们一块儿化为了高贵，变得端庄淳朴。我相信，你的手，你做出的姿势，当时都被摄影者给不适当地、过分成人化地指导过了。可即便这样，也仍然没有对一种美构成致命的损害。因为你的目光、你的心灵绘就的那副脸庞，把世俗的拙劣驱赶得一干二净，烟消云散。你温情和善地看着所有的人。在浊流滚滚的物质主义面前，这一张面庞、这一双眼睛，它传达出的内容，显示了多么强烈的不可调和性。

这真是一个平凡的女孩，一幅平凡的肖像。可就在这种平凡面前，许多人却要心中一动。他们将自觉不自觉地驻足、流连。他们离去了，又不断地回头；他们或将重新返回，细细地看你鼓鼓的额头、微黑的肌肤、光润的没有经过任何粉饰的面颊、你随随便便扎起的两个可怜的小辫子——上面勒着最简单不过的橡皮筋。

你是谁的孩子、谁的幸福、谁的大喜过望、谁的沉默含蓄、谁的生命、谁的代表、谁的先知、谁的慷慨无私？

由于无名无姓无地址，无标记，所以人们只得在心中悄悄地将你记下。你是具体而抽象的美好的存在，人们可以用你去抵御沮丧、恐惧、悲伤和绝望。大地母亲诞生了你这样完美的孩子，于是一切都变得熠熠闪光、光彩夺目了。

东方的太阳冉冉升起，它的光抚摸万物，让沉睡的心灵苏醒，让草芒上的露滴闪烁，驱逐了人们心中的冬季。生命真是包含着不可测知的隐秘，当苦难、不幸、悲哀，一切一切令人沉痛的东西全部凝聚在一张童年的面庞、特别是一张女孩的面庞上时，整个世界都会为之哀恸。

在这个畸形的现代世界上，我们甚至看到了少年的轻佻和少年的苍老，以及童年的诡计和童年的绝望——它们预示了一个群体在前期生长中即失去希望。这是多么可怕的现象。生命的确是迥然不同的，童年的美是初生的美，纯洁的美，美如一张白纸，一滴新露，黎明的第一道云霞。被生活的艰辛折磨得满身创伤的老人和青年，都可以从这样的童年身上寻找安慰。他们会把她收留在心灵的深处，放在最温暖的地方去纪念，去抚摸和爱护。他们通过她去想象自己的昨天，像冬夜里的孤独老人照看着星星点点的火种一样。我们不得不爱孩子，不得不爱这些生命，就像我们不得不爱生活本身一样。有时候我们对孩子的无可奈何、求全责备、悲凉颓丧，也像对身边的生活一样。

这张肖像之所以楚楚动人，是因为它击中了我们心底的隐秘。她像是我们心怀了许久的一个心愿，一个企求。这张朴素的面容的确包含着至善至真至美，那沉默，那目光，蕴含了万语千言。在她面前，我们往往感到自惭形秽。

人们感谢那个按动快门的人，因为他留下了这难灭的美。或许你也无法重复自己，或许你也对这一瞬间的流露和呈现而感到微微的震惊。它或许可以脱离你的人生而存在，从而成为你我他——许许多多人的共同珍爱；你唤醒了人们的记忆。

只要时光在继续，就会拥有川流不息的生命，就会拥有难以计数的童年。

在山区，在大水之滨，在海岸和繁华的都市、喧嚣的街头、肮脏的角落、污秽的空间，都有很多稚嫩的生命在奔走、蠕动、呼喊，或歌唱欢笑。我见过了那么多稚气的面孔，他们常常让我感动不已。我无法忘记你们：渐渐融入生命之中，成为血流中的一部分。可是我却不曾把这些珍存呈示给更多的人。

这是一个默想，一粒种子。我自己把它捂住。多么遥远的路途，不可预知的明天，我都捂住这颗种子。它每年的春天都要萌发。它萌发、长大，结出的果实由我收获；我又把这收获交给那些饥渴的人，他们有的感激我，有的诅咒我。可我也仍旧是采摘果实和交还果实的人；我只做了自己应该做的事。我的一生将因此而忙碌，充实无愧。

最后我将说自己是孕育种子、看护果实的人，是她身旁的一个仆人；我是真与诗、美与爱的仆人，是她的使者。我是饥渴的使者，也是美的使者；我在进行无比光荣又无比艰辛的事业，它使我无望而渺小的生命得到稍许安慰。

我告诉自己，我有幸走近了你、看到了你、了解了你，你永远都在向我显示希望。你的面庞是晴朗的天空。

我每一次走近你，都抑制着心底泛起的自卑。我永远赞美你，但常常不发一言。我只是赞美……

·

漫 漫

置身于旷野和闹市，在河流一般涌动的人群中，人常常被什么所吸引。它会像闪电一样在眼前一亮：它是一片图画，一丛艳丽，一种动物，一个人，一个男性或女性，一对目光，一个情节，一次交汇……你与之擦肩而过，但一旦被吸引，也就历久难忘。你心中对这一切生出感慨、焦灼不安或巨大遗憾——就是这些在你心里重重叠叠，像泥土一样沉淀，形成心灵的沃野，最后再生发出诗意的青苗。

我们常常想到，作为一个个体是多么单薄渺小，它在万千生灵万千事物面前，只是大漠一粒，是草原一瓣。无论你在枯萎，在消灭，在茂长，或者是在分解，在吹散，对于整个大千世界都微不足道。

与此同时，漫漫时光中其他的一切，那难以胜数和探知的一切，都在依照自己的秩序生长、死灭、焕发。你的感知和发现将是没有穷尽的，直到你最后丧失了这种能力。

从空中往下俯视，可以发现那些不知名的村庄、聚居地，还有一处处的山脉、丛林，许多许多不为人知的什么，陌生地出现在广瀚的大地上。它们各自构成一个独立世界，这个世界每天都上演着自己的悲喜剧，产生出一些狂欢和忧郁。

每个人都是一个世界，这世界就在这永不屈服的沟通和连接的努力下，彼此封闭，默默生灭。它们是无声的喧哗、山呼海啸般的沉默、转瞬即逝的永恒和残缺组成的完美。你在哪里？你为什么痛苦、欢乐和忙碌？哪里是你的来路？哪里又是你的终点？你又为何在这漫漫人流之中？为何掩泪叹息？

一株美丽的萱草花开在溪流之畔，和它在一起的都因为各种原因枯萎了，它就在这个隐蔽的角落，在这个人迹罕至的角落，愤怒地开放。只是一个非常偶然的机会，一个人走到了它的旁边，对它旁若无人的骄傲感到阵阵惊讶。他们彼此陌生，没有语言可以沟通，只是无声地注视、留恋，然后分别。他似乎感到了萱草花那警觉的目光里包含着挑战、嘲

弄和无可奈何。他想起有一次在海边丛林里奔走，整整多半天的时间里没有喝一口水，口渴难忍，太阳好像越来越亮，蒸腾着全身的水汽。他看到丛林草地上到处蒸发着薄薄的气体，所有的四蹄动物都因为焦灼而嗷嗷嗥叫；鸟雀烦躁地飞动，发出沙哑的声音；野鸡在另一边呼唤，也是找水的声音。孤单的丛林里只有他一个人。他正急匆匆地赶路，突然，他发现了灼亮的一角。他的心中立刻一惊。他一直走去，脚步充满好奇，小心翼翼又急急匆匆。原来是这样！他发现在一丛丛丑陋的刺槐灌木之间，那么突兀地生长着一株夜合欢——它开得那么灿烂，真是生机盎然，墨绿的叶片翠嫩欲滴。它的另一边就是耸起的一座白沙岭，上面差不多没有一株植物。原来那陡陡的沙坡不断有流沙披挂下来，压根不可能有什么植物生根。这金红色的合欢花，干净的白沙，互相映衬，显得美极了。他好像在这海边丛林里第一次验证到了美的本源。他蹑手蹑脚走近。他是一个唯美主义者，此刻正被这一棵夜合欢所带来的奇异所征服。他压抑着心底的惊喜，围着它徘徊再三。后来，就在那沙岭的旁边，他发现了一潭碧水。这又是一个奇迹：清得不见一丝污浊，水底白沙粒粒可辨，少许水草长得茂盛。他怀着感激之情，俯身痛饮一口，清冽、甘甜。他当永远牢记：荒原甘泉。

事过很久了，他还常常回想那一幕：那花、那泉，那奇怪而美好的遭逢。

时光漫漫，人的一生也许只能偶然地经历一两次奇迹，久久难忘；更多的是对一种苍茫辽远的恐惧。有人能够把那偶然的相遇、美好的存在，自觉地与漫漫时空联系在一起。他把它们一概称之为"漫漫"。

在这个大都市的角落，在这幽静丛林中的柏油路边，你推着自行车

匆匆而过——是什么吸引了你，让你侧过身用力地、稍稍不安地看着？你看见了什么？你在看马路的对面、那棵大树、那个戴着墨镜的邋邋遢遢的男人？

你很快就穿过马路，驶向另一边——消失在漫漫人流之中了。

你从哪里来？你到哪里去？你为什么要戴一副那么宽的粉红色塑料发卡，发髻又扎那么高？多么可笑多么神气，多么自由多么洒脱。可是你好像也十分无知和莽撞，你会是一个只知道大声喧嚷的可爱的孩子，也许生活的浪花会在不经意的时候把你卷到很远……多么顽皮，有时你就像被搔动了笑穴似的，忘记一切地哈哈大笑。时光就在这笑声中漫漫流逝。

像人生中那些突然遭遇的令人难忘的奇迹一样，你的名字也叫"漫漫"。

荻 火

一片荻草像火焰一样向四周蔓延，汹涌着扑向四方。它带着大自然所赋予的那种不可遏制的激情，燎动和飞溅，仿佛可闻猎猎之声。火焰在空气中抖动，灼人的热浪扑面而来，火势在风中越卷越大，射向无边的荒原。

大自然总要以一些奇特的方式，以各种各样的方式，来表达和再现长久时光中所蕴蓄的巨大激情。它可以是峰如涛涌的山脉，是怒吼的北风，是烈风中狂舞的雪花，是暴雨，是雷霆电闪，是狂泻的瀑布，是大海日夜不息的喧声。它的激情可以化为愤怒，化为癫狂，也可以化为眷眷柔情。

像眼前燎动的这片荻火，多么好地再现了大自然那种不可遏止的感动、猛烈和狂放。夕阳下看去，它真像火焰，每一次拂动都像火苗的一次伸长。有时它又让人想起苍茫大地上奔腾着的人群和马匹，甚至是秋天里倾泻而下的秋洪，那不可阻挡的潮流。它们呈放射状向外奔突，呈一大股一大束，沿着不同的方向；它们显示了一种趋势和力量，让人想到历史的十字路口，想到发生转折的一瞬，想到决定了千年历史的一个关节……

夕阳下的荻火，烈焰所舐之中，隐约可闻金戈铁马、铿锵之声：呼啸，踏踏马蹄，刀戟相撞。大自然究竟有着怎样的激情，这激情又为何如此地阔大、辽远、执拗和急促？

荻火有时也在微风里荡漾，在暖阳下摇动。那时候它们柔顺极了。这又呈示了大自然的另一种性格：绵软可亲的抚摸的力量。它让人想到了微笑、和煦动人的话语、一个安慰和一次休憩。

几乎每株荻草都在抒发着自己的情感，都在传递着对时光的抗议，表达着无边无际又是真实可感的那颗爱心。它们爱阳光、爱风，爱使其回返青春的三月、催生花束的夏天，甚至爱使它们进入冬眠的寒冬。大自然是这样的美好，时间的节律是这样的均衡，一切的变故是这样地自然；风，雨，烈日烤炙的时刻和阴晦不明的雾天，寒冷，热烈，收获，孕育，一切都自然而然地发生了，让其经受和忍受，让其欢歌。也就是这些，组成了一个曲折遥远、色彩斑斓的明天。它们在为这时光的变迁、为漫长的岁月而祈祷、等待、忍让，表现了植物世界里的谅解和达观。

只有在漫漫无边的雨雾天里，在那种超常的阴暗和湿冷的气候中，它们才忍不住地流下泪滴。那无边的啜饮之声啊，那没有一丝风的大雾的昏暗啊，啜饮之声是那么揪人心肺。淅淅沥沥，嘀嘀嗒嗒。隐在荻棵里的鸟雀、各种生灵，都一声不吭。它们都被这哭泣所打动了。这是大地女儿发出的泣哭，她们泣哭是因为这黑暗给她们造成的不可挽救的死亡，还有她们身旁其他生命的百般折磨。它们既不能袖手旁观，又无力挽回什么。生者为不幸者、哀伤者所痛苦。

无边的荻草不停地泣哭。它们为记忆中那一个个惨烈的场面而恸哭，为在同一片土地上所发生的那一场场悲惨而号啕。就是在这儿，几千年前，还有几百年前，有过一场可怕的厮杀。血迹顺着土壤渗入地表，它们的颜色，它们的因子，在那里凝聚、沉淀，再也不会消失。可它们又无法再现和再生，于是就把自己的一腔热情、愤怒、哀怨，还有对明天的指望，如数寄托给荻草，顺着它们的茎秆、枝叶，缓缓地上升，钻出地表。这片荻草啊，带着另一种生灵的魂魄，悄悄地扩展，无论在月光下、在冬天和春天，都伸长着根脉。它们长啊长啊，当年的血流到洇到哪里，它们就长到哪里；后来它们遮去了整个河边，整片荒原。无论是烧荒的野火还是开垦的犁耙，都不能把它们剿灭。

在这灰沉沉的阴雨污浊的天气里，它们不停地泣哭。它们为记忆，为历史，为它们的前身和后世，为那一场连一场的摧折、遭遇和无以表达的暴怒而泣哭。后来浓雾终于消散了，太阳出来了，阳光的热力越来越猛烈，它们重又燃烧起来——南风吹起，火借风势呼呼啦啦，在荒原上奔涌卷动。

这是从何而来的激情啊,这是土地给予的激情,是生命,是循环往复的生命,是历史,是自然,是时间,是不灭的记忆。

土地是有记忆的,自然和时光也是有记忆的。它们总是以各种方式来恢复自己的记忆,再现那辽阔奔腾、不可阻止的滔滔之势……

挑战的鼻梁

有人把你身着盛装、自我感觉良好的那个时刻用彩笔绘下,非常忠实地、一丝不苟地绘下。它能够完全再现你那一刻的心情、姿容,以及你的这副装束、这神情间的蕴含。

多么复杂的服饰:充满了皱褶的、薄如蝉翼的花边,千刺万绣的衣兜,缀满了花饰和皱褶镶边的肩部,宽松的绞缠的薄纱折叠的衣袖,暗红、紫色、浅绿、星星点点的黑色,雪白的旗袍纱,都说明了你是多么喜欢浓妆艳抹,喜欢那种繁复芜杂和折叠的美。大大的耳环,蓬松的头发,这一切加在一个少女身上,反而显出一种多余和不堪重负。

你似乎对这一切悉数接受,并极为欣爱;你双目微微上视,嘴巴自然合拢,额头闪着亮光。无论你的装束令人多么眼花缭乱,无论你的头发多么绞缠蓬松像火焰一样向脑后飘拂——它们在光线中旋成的圆圈让人想到钢丝、烟,甚至是飞翔的肥皂泡——都掩不住另一个部位给人的强烈感觉,那就是你高挑的鼻梁。

在你生动的面庞上,那个鼻梁毫不含糊地向上伸去、挑起,充满硬度、倔犟，实在有点怪异。它显示了你的执拗、不甘屈服、迎向一切、刺破一切的坚毅决心。在这个上扬的鼻梁的带动下，鼻中沟也有点高耸，唇部似乎也上翻得厉害，它们一块儿构成了鲜明的侧面剪影；那种突兀的棱角分明的线条是极易描画的。

我们不得不承认，类似的鼻梁在生活中是不多见的。大多数的鼻梁没有这样的锐利和坚挺，它们大多都是线条和缓、质感柔韧，而远非这样光洁、坚实、金属一般。它显示的不是什么温和的、体贴的、随遇而安的性格，而是表达了一种勇往直前的冲刺的勇气；就像你一直射向前方的目光一样，它像在未知的遥远之中搜索着什么。

如果我们试着把这鼻梁稍稍地掩住，那么看上去一切也就全部为之改观，甚至马上变为一副羞怯的神色——那将完全是另一个少女。同样的眼睛、眉毛、嘴巴、面颊、服饰和头发，却转而让人想起一只小猫，一只鹿，一只白羊，一个随时准备投向更强者的女性，需要看护、照料、爱抚和安慰——而遮掩鼻梁的这只手稍稍地挪开，一切又立刻回到了原来。

你是一个远去的陌生者，无法追寻；但你唤回了诸多记忆。

在很早以前，莱茵河畔的一个小酒馆里，一个英国女歌手（兼作酒馆老板），带着西方人热情奔放的性格，以及对于遥远的东方客人的一片盛情，为我们唱了一支又一支歌。她在一个简单的乐队伴奏下，手打响指，在麦克风前唱得神采飞扬。她的嗓子略带沙哑，唱了几支歌之后很快沉醉在自己的声音里，如痴如醉。原来一直在歌声和乐声之中饮酒聊天的顾客，这时都停止了喧哗，一齐转过脸来。我相信小酒店里的客人大多都是嗜酒者，常来光顾，他们也许突然发现了女老板在这个夜晚不同寻常的激动和投入。尽管她的歌词我们没法听清，却被她的声音、她的神采所打动。

那是一个非常愉快的夜晚。许多年过去了，当我回想起那个夜晚的时候，一切都还历历在目。特别清晰的是她的那个鼻梁——硬邦邦地向上耸起，别致、坚毅，刺破了夜色。仿佛她嘶哑的歌声就由这一个扬起的鼻梁所牵引。她简直像一个形貌特异的小动物，对这个令人恐惧又是充满诱惑的世界，不得不更多地使用鼻子；于是它的嗅觉特别发达；它在使用那个显著的鼻梁不断地嗅来嗅去……它寻找路径，探知未来，测试命运，规避危险；于是她因为那个独特的器官而骄傲。它自己也骄傲着，于是它高高耸起。

……不知为什么，它引发了许多想象和回忆。它们交叠一起，使人长久沉默，追溯那一个又一个熟悉的或不那么熟悉的面孔，逐一分辨。那是多么冗长繁杂的一搭子故事、一些忆想和怀念。生活中各种各样的曲折、和顺、煎熬、忍耐和欢娱的场景，潮水般涌来。昨日时光不断地离我而去，而我只是注视着这定格般的绘画，看着这似曾相识又令人稍稍惊讶的一幅肖像。

每个人都是一个奇迹。当我们稍许正视它们，即会感到生活是多么地不同凡俗。它还将变幻出无数令人眼花缭乱的一切。人在这个世界上，原是来不及惊讶和感叹的，他要迎接一路的挑战，匆匆地向前——直到自己的终点。

在风中

肉眼难以将风识别,因为它无形无色无味。但它可测可感可知。我们注视它,常常只是注视被它所摇撼、冲动、击打了的那个对象。因为它是风,是气流,是无限柔细可人又异常猛烈粗暴的一种奇怪物体。它创造了无数惊天动地的故事,它可谓平凡而又神奇。它可以轻轻地抚摸土地、植物和动物,让它们感到无比舒适,让其焕发青春,从昏迷中渐渐苏醒。有了它,生命才不至于窒息。可是它的一场暴怒,又足以毁坏一切希望,抛下一片狼藉,惨不忍睹。它造成的毁坏难以修复,不可挽回。

可是我常常感到最猛烈最可怕的风,不是那摧毁一切的狂飙,而是缓缓流动的、无所不在的、充斥一切空间的那种和缓悠长的吹拂。这种吹拂可以使许多东西锈蚀,可以让坚固的外壳腐败、剥落、褪脱。我们简直无从阻止,也没有办法阻止。它即便在使我们青春焕发的时候,也常常使我们付出了最宝贵最真实、用以维持生命的某种珍贵,把它们携到远方,交给那些我们从来都不曾知晓的角落。而另一些生命,则被它们全部携走,从此远离我们,沉到了另一个世界。

每一个生命都在风——无坚不摧的风、每时每刻都在左右我们的风——之中。这风并不总在使我们旋转和抵御,而大多数时间是在舒服地抚摸和撩动,从而使我们改变。这改变是慢慢完成的。

风,对于美丽的事物,对于顽强生长的事物,有时是颇有韧性的。它极有耐力地抚弄你,吹动你,撩拨你,让你在阵阵陶醉的欢娱中,告别自己的原来。它将把你缓缓地引诱或推动到一个新的场景中,让你成为这个场景里的一个点缀。

你的乌发飞扬起来,像火炬。这黑色的火焰,只有风才能使它燎成这样,不受拘束,狂放不羁。整个的你化为一首热情浪漫、妩媚动听的歌谣;你本身就构成一首绵绵无尽的、可以无限诠释和延长的故事。

你把自己最美好的东西交给了风,你在风中行走,你对于它是尽可能地袒露真情;你那么欢娱,上帝给了你值得骄傲的一切。你所向无敌,无坚不摧,就像风一样。风成全了你,你也化进了风。风对于你不可须臾离开,而你对于风又是最好的猎物。

你被风所猎取,而且永远不再交还。从你脱离了母体的那一天,你的母亲就在盘算怎样把你交给风。她愿意看到你在风中翱翔、飘飞、升向高空;她为你的升华、浮起而感到自豪。这个盲目而慈祥的母亲并不知道她这样做的后果是什么。后来,你在飞翔中沾上了越来越多的尘埃,风只能部分地抹掉它们,有许多被你吸进了肺腑;你越来越沉,越来越沉,终于,风再也没有力量把你托举得更高了。在完全始料不及的那个时刻里,你就不得不下降、下降,最后跌落到泥土上。

那时候你的母亲已经看不到了,你早已飞出了她的视野。

你在泥土上匍匐,化解和享用自己的痛苦。这些痛苦对于你,来得太突然太生僻;直到最后,你还不懂得去诅咒这无所不在的风、这成全了你又毁坏了你、最后彻底改变了你的风。

你试图寻找它,寻找它的力量它的源头。你抬起头,用力地四下寻找。你什么也没有发现,它无形、无味、无色,无所不在又不可捕捉。

很费力地,你看到了一棵摇动的树——原来它在树上,它在树的四周。

它为什么那么狂热地摇动一棵树？它想把它折断、拔起，像对待你一样对待它吗？把它抛到空中，把它举起，沿着地表飞行，又在某一个突兀的时刻将其抛于泥地？要知道到了那时候什么都晚了。因为树木已经在这飞行中被风干，被弄得没有汁水了。当树重新落到泥地上，就再也发不出根须和叶芽了。它将变成另一种物质，它不会是现在的这棵树了。

　　同时，她也发现这棵小树在阵阵摇动中发出了欢笑，枝叶抖动，那哗哗的笑声也就散发出来。它笑啊笑啊，享受着被摇动被吹拂的全部快乐。她还听见了在这欢快的笑声中，有那个隐秘的风的声音。它在忘情地对小树发出赞誉，说你多么优美多么娇憨，身姿婀娜，有不可抵御的神采；这微笑呵，这神情呵，这动人的一切呵——既然如此超凡脱俗，又怎么能把根须扎在这样闭塞的角落，一动不动？再说你又怎么有权利独自享受这美、这亭亭玉立？你怎么可以在这儿沉默，怎么可以待在这个贫瘠的空无一人的寒酸之地？走啊，我与你一起，让你去认识这个世界，惊动这个世界，震撼这个世界。我将带你走遍五洲四海，用越来越多的时间陪伴你，让无数的人为你疯癫，让他们为你去死亡，去长旅，去狂欢。总之那时候人人都愿意为你付出一切。那时候你就会感到自己对这个世界多么重要——你是多么重要，你是生命中的金子、时间的金子，你本身就是太阳最好的儿女。你这油绿乌黑的叶片啊，只有我的无形的手掌去抚摸，才能狂舞，才能变得像黑色的火焰一样，燃烧在空中和大地。

　　小树听着风的迷人絮语，流下了眼泪……

　　她此刻无比同情的，就是那棵小树。

蓬 勃

那棵龟背竹强劲有力,充满了水分。仿佛有不可思议的力量在催发它、鼓舞它,它将长得更大更粗硕。它在一种无知的欣悦之中迎着阳光茂长——尘埃还没有蒙上它的茎叶,干旱还没有折磨它,苍老和萎缩还离它非常遥远,发达的根系还在没有止境地支持它,源源不断地输送各种养料,它对衰弱、枯萎以至于末路还不能理解……

坐在她旁边藤椅上的母亲,手持空空的杯子,刚刚饮完水。她的母亲比年轻时瘦了,个子好像也矮得多了。母亲告诉她年轻的时候个子有多么高。还有,好像母亲是在不知不觉中一点点变矮了,从骨骼到肌肉,都一块儿萎缩了。而她自己却正像旁边这棵龟背竹一样,处在水汽充盈、蓬勃向上的时节。

有时候她一口气儿可以把餐桌上的东西一扫而光,有时候又匆忙得吃不下一口饭。很多声音在召唤她,她急于离开。她好像越来越舍不得时间,越来越忙碌。母亲用埋怨和爱怜的目光看着她。她搪塞着,有时只取一块面包,一边咀嚼一边冲出房间,脚步咚咚地下楼。

她需要到更宽敞的地方。她像一匹两岁小马,毛色油亮。广场和原野在呼唤它,它的鬃毛需要阳光去照亮,去打磨,上一层新的焗油。

草原上那油亮亮的马——骏马、驹子,都被太阳公公用焗油焗了一遍。她的头发,她的肌肤,甚至是那色彩斑斓的服装,都需要太阳老人的 油。她不自觉地接受了它们,在这方面她毫无悟性,不知道颜色只有在光线的感染下,才会挥发出灿烂的本质。

她那件图案怪异、现代意味十足的毛线外衣和同样斑斓、多少有点儿花哨、让人眼花缭乱的、紧紧绷在身上的裤子，都需要阳光。它们包裹着她，伴她走进了这个春天的下午。

盛春时节，寒冷一扫而光。向上蒸腾的地气被她的脚步缠绕着。她在很多时候甚至都能感觉到它们缠绕在脚杆上，像丝线，洁白洁白，鹅毛一般轻柔，渐渐又从脚杆往上，缠绕了周身。她就像手持一团棉花糖一样，轻轻地啃咬，伸出舌头去舐。它们融化了，撕裂了，一朵朵被她抛开，甩在身后。她直向着下午阳光灿烂的广场奔跃。跑啊，跑啊，那里满是蹄印。无数的蹄印告诉她，很多伙伴已经从这儿跑开了，它们消失在广场后面的那片灌木丛中，也许它们正啃食新长出来的绿色。想到这里她一阵急促和欣喜，发出一声响亮的、有点怪异的呼叫。她这时候真像一匹两岁小马。

在好几年前，母亲就停止了对她的抚摸。这使她觉得有点儿快意，也有点儿于心不甘。过去母亲尽管带着责备，但总是把那双粗糙的手放在她的头顶，一边抚摸一边发出埋怨。母亲埋怨的语言多得让人害怕。在她听来，母亲觉得她一切都错了。错在哪？不知道。孩子手背上的裂口，头发上的草屑，衣襟上的灰尘，没有及时修剪的指甲，磨破的袜子，一切都被絮叨来絮叨去。她真不知道这有什么值得责备的。她知道母亲似乎在表达比说出的这一切要丰富得多的东西。有时候，她干脆把脸庞使劲抵到母亲肩部，仿佛在和母亲构成一种支撑。她感到了母亲瘦削的身躯有些发抖，怕她站不住，就偷偷地收回力气。母亲拍打她的后背，不自觉地用手捏了捏她结实的、厚厚的背肉。她听到了母亲那声满意的叹息。

那时她的头发没有现在长，差不多像男孩一样。她长得真有点像男孩。母亲说：这时候很像，以后就不像了。她倒希望自己永远像个男孩。到后来，她发现自己的身体不可遏制地膨胀，觉得自己强壮起来，伸了伸两臂，力量无限。可是她仍然习惯于做鬼脸儿；她做鬼脸儿是因为她有点儿忍不住。忍不住什么，不知道。反正有各种各样的顽皮的欲望，这欲望有时在怂恿她，想通过她的手把什么东西破坏掉。她甚至想砸一两件家具：微不足道的小器具，像瓷碗、鸡毛掸子、一个小竹篮等等。当然，她从来也没有这样做。她知道母亲珍惜它们。她在母亲的吩咐下打扫卫生，把家具碰得砰啪响，母亲稍有埋怨，她干脆就把地板擦子扔到一边。她喊着不干了，不干了，母亲就过来接替她；可这时她又把母亲推开，又快又好地干完一切。

她莫名其妙地叫着"妈妈"，可是不知道下面要说什么、干什么。妈妈已经习惯了倾听她这些不废的废话。闲下来她还会唱歌，胡乱唱，嚼着面包或馒头，一边嚼一边唱。她发现自己的衣服越来越小，裤子越来越短，但她却不急于把它们抛掉。在同伴的启发下，她知道寻找更合体更漂亮更时髦的衣衫了。她开始打扮自己，留起了披肩发。在各种各样的图片、同伴、街上的广告画——这一切的诱惑和交错启迪下，她学着结出很怪异的毛衣式样。她找来了《毛衣编织法》，触类旁通地创造出很多花样。她把衣服的半边织成了蓝的，而另一边却织成了火红色。她故意要吓母亲和其他人一跳。到后来，她发现效果并没有预料的那样强烈——尽管他们都表示了不理解，但还是依顺了她。她原来倒渴望母亲能从她手中夺下这件衣服——没有，埋怨很少，只听任她穿上去，甚

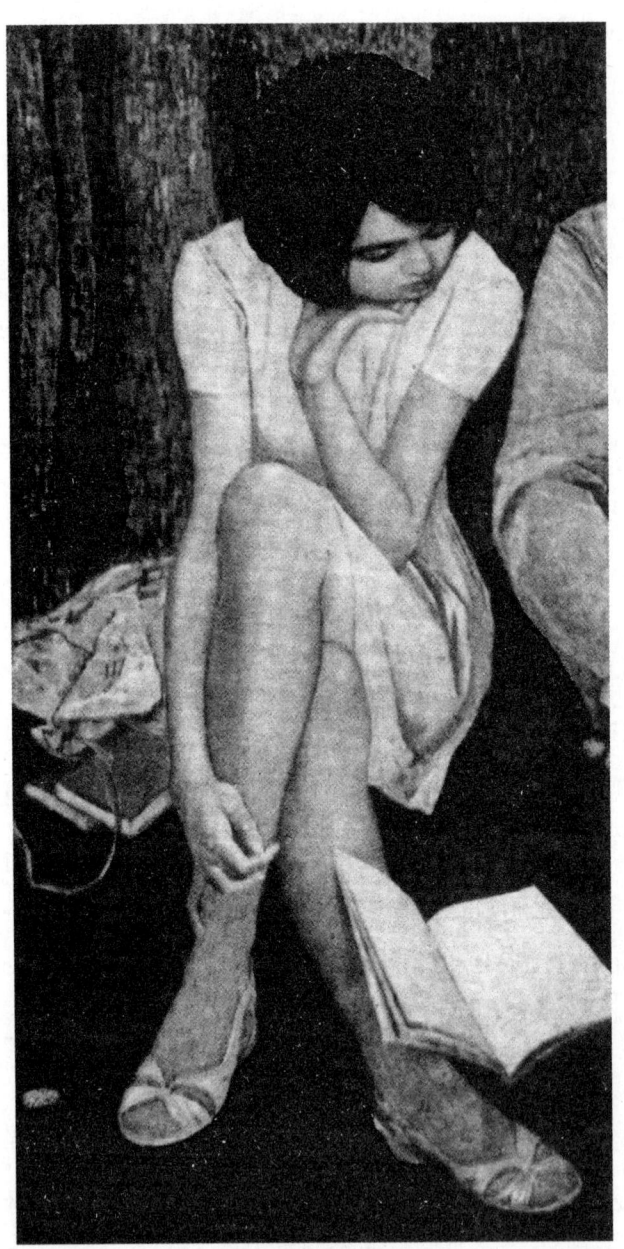

至还不适当地赞扬了几句。多没意思。她穿上它,走到人多的地方。果然,太阳灿烂的时候,她身上立刻焕发出各种各样的光斑,就像来到了美人蕉丛,就像千层菊、大丽花,它们在太阳和春风里摇摆一样。她想,他们的目光都藏下了一声惊叹,他们的嗓子都咽回了一句呼喊,那就是:看哪! 看哪!

她旁若无人地往广场上奔去。她谁也不看,只注意广场上留下的深深浅浅的蹄印。后来她飞跑起来。她长得微微肥胖,可跑起来毫无笨拙。

昨日小猫

要给心中很多不能消逝的东西找个寄托——它们最好像一幅画一样,放在眼前。

青年人的情谊,最难忘记。它像泉水一样从遥远处涌来,濡湿了今天。它应该是一幅什么图画呢 —— 一捧散发着浓香的玫瑰、一株郁金香、一束浓烈的丁香?

都难以用来寄托……后来,他想起了昨日的小猫:它蜷在他的身边,圆润自负的面庞,好像对什么都不满意,却让人觉得愈发可爱;两撇胡子不合时宜、滑稽幽默,小小的鼻梁通圆光洁,两个通红的鼻孔……它感到无比安全和幸福的时候,才有这样的神情。

它柔软小巧的身躯,全身上下没有一点粗糙不洁之处,通体都那么完美。它柔柔的小巴掌攥一攥像个毛球,散发着微热,富有弹性。他试着抚摸和按压它精致的骨节、它的指甲、巴掌上的肉垫,并翻转过来看。他试着从这肉垫缝隙里发现一点泥巴和沙粒。没有,总是干净得很。他轻轻地掰开它的嘴巴,发现了粉红色的舌头和洁白如玉的牙齿——他每天刷牙还没有它白,真是自愧不如。

这种完美无缺的小动物,就这样来到了他的身边。他把它抱在怀里,又把它放在旁边。它的神情总是那样:故意装出一副厌倦的样子,实际上他知道它很喜欢并依赖他。只是在特别兴奋的时刻,它才跳起来,一对小巴掌拍动着,发出叫声。他这时真的看到了它在微笑,甚至会像人一样闭上一只眼睛。多么顽皮。它的两只耳朵让人想起转动不停的雷达天线。

他今天还想养一只小猫,用以寄托昨日,寄托心中的思念。他觉得这有点儿奇怪,可是又非常现实。有什么能够取代这种比喻呢?这是最贴切的比喻,是一个成年人才想得出的比喻。

她有一个永远长不大的儿童似的脸庞,圆圆的脑壳,纯洁、率直、安静。她的左手托着下巴,沉重的头颅使手掌弯曲成那样。她的右手愿意放在叠起的左腿腕上,中指和拇指靠在一起,与其他三个指头分得很开。塑料凉鞋、浅蓝色的袜子、连衣裙,装模作样地看书——有时也真能看进去。她那一张秀美的小嘴,让你想到有很多可口的东西被它咀嚼过;但她食量不大,浅尝辄止,只是品味能力极强,能够分辨出细微的滋味。

那两条长长的腿、长长的手臂,大概让她有点不好意思。因为她要不停地活动它们,两只胳膊常常绞拧一起。她总垂着长长的睫毛。一头黑发太浓厚,好像已经成为负担,她总要不断地伸手分开它们,不让它们挡住眼睛和额头。额上有一层细小的绒毛，让人想起成熟前的瓜果，似乎也证明着她正处于非常稚嫩的、一无所知的年龄。她这一头浓发像假的一样，似乎不够柔软，太亮也太粗苴。有一次她把它们用一个手绢全部捆扎起来——整个人立刻显得怪模怪样，让人不能容忍地可爱。

她盼望春天，又盼望冬天。

冬天，她穿着这个城市的人早就抛弃了的蓝色棉猴。可也只有这件棉猴才配得上她这奇特的身材：修长、柔韧，特别是那个连衣帽，多么可笑地包裹了那一头浓发和圆圆的脸庞。她这时真的像一只小猫了。

她走起路来轻手轻脚，就像儿童在舞台上扮演的布老虎一样，左右摇晃，眼睛雪亮雪亮，四下里看。他们一块儿踩着白雪往前，听着脚下吱吱的声音。星月映着白雪，映着她晶亮的眼睛。从星星上仿佛垂挂下一片又一片透明的丝线，他们不得不寻找空隙往前走。她巧妙地用肩部把它们撑开。冰凉的线，柔软的线，他们就在其间蹿来走去，感受着它们所传递的那种晶莹明亮。

没有风，随便找一个地方站下。她问这个夜晚为什么这么安静——几乎没有车辆，没有隆隆的声音；特别是这么长的一条街，没有一个行人，只有白雪、月光、星星——它们多么好。僻静、孤独、安逸。月色驱赶了一切不安、忧郁和其他危险。他们俩拥有了整个的雪夜。他想告诉她：那些足不出户的人没有情怀。她似乎不太懂，撅起嘴巴，晶亮的眼睛看着他。美丽有余，悟性不足。

小猫原本就没有什么悟性的。它除了顽皮，就是出奇地慵懒。他可以长时间地研究那一张圆圆的猫脸。他从它复杂、完美无缺的脸上，感受着神奇。他发现它脸上的图案那么巧妙，对称。为什么上帝给它画了那么精美的脸妆，然后才把它投放到世界上来呢？他觉得这太不可理解了。

它不会说话，只会唱歌。它用奇特的沉默保护了自己。它紧紧依偎在人的身边。让人愤怒的沉默啊。他有时看着它独自走向野外，那种小心翼翼、东闻西嗅的样子，简直让他感到可笑。他发现它的毛色在阳光下发亮，圆圆的头颅轻轻挨蹭一下灌木的枝茎，然后又舔一下旁边的叶片。也许是一个小甲虫吸引了它的注意，它扑展过去；但它无意伤害对方，只是低下那个圆圆的鼻头，在甲虫背上微微一触，然后走开。

它沿着渠畔往前。前面是一片白沙，它仰躺下来。这儿很温暖，光线充足，而且没有一丝污秽。

他知道这个小猫是非常喜欢干净的。它有洁癖。看着它怎样选择安卧之地，小心地选择食物，就不由得要对它产生一丝敬意。他从心里承认：猫在很多方面是比我们人类完美许多的。

如发的电缆

在空旷的、无限烦琐复杂的装配车间里，她显得很能干。她甚至像一个小骑手似的，驾驭着自己狂跳不止的骏马，身躯灵动自如。

她戴了白手套，但没穿工作服。她甚至把长长的头发披散在后背、肩上。这很危险。为什么不戴一个工作帽、把它们约束起来？不得而知。

由于过多地使用了两臂，它们变得非常有力。她的手可以像钳子一样逮住要拿的东西，使它再也不能滑脱。

她只是课余来这儿打工。他们都欢迎她。她已完全掌握了整个工作程序。他们信任她，让她独自承担一个方面的工作。那些复杂得让人看一眼就头晕目眩的电缆、各种零部件，她都可以像摆弄自己的梳妆盒，弄得井井有条。

那些小伙子工作服上满是油污，用脏兮兮的手捏起食物往嘴里送。快餐、饮料包装壳扔了一地。他们一开始对她保持沉默，那目光闪烁着不信任和挑剔。后来就越来越多地跟她开玩笑了。他们甚至在背后给她取外号。几个月之后，这外号才送达她的耳郭，她一点都不反感。

她难得一笑。因为她的牙齿不太好看。这使她看去比实际上要严厉得多。那对深深的唇窝使她显得果决、有力。

小伙子们很想听她唱点儿歌。因为在整个车间，女孩都喜欢哼着曲子做活，唯独她不。你为什么不呢？她不回答，而且也没有笑。她鼻梁上架着眼镜，由于不停地忙碌，再加上这眼镜配得不太合适，不断往下滑，这就使眼镜腿显得过长，两个镜片离眼睛太远，让人想起放大镜。她长得不算漂亮，但是内向、有劲、熟练，很能适应环境。她干起活来一声不吭，老板喜欢。她浑身都是力量，个子不高，弹性十足，走起路来踏得地板咚咚有声。

他们有时候忘记了做活，看着这个新来的人。她对他们不理不睬。红色的电缆、蓝色的电缆，它们一束一束悬起，像她的头发一样遂顺地飘洒，细密得不可分辨。这是成千上万条神经，有它们的联结和衔接，那些钢铁机体才可以气脉贯通，产生力量和智慧。

由于是业余加班,有时候空旷的安装车间里只有她一个人。但她喜欢把所有的灯全部打开。电流在配电盘上发出嗞嗞声,多少给人以安慰。她通常干到深夜才一个人回家。她搬动了无数的电缆,大概经她的手抚摸过的电缆可以长达万里。

她有时候觉得它们很美。它们常常让她想起什么——人们在制作的时候,赋予它们各种各样的颜色,让其闪射出灿烂夺目的光泽:火红的、淡紫的、粉色、黑色、碧绿、蓝色,还有银亮的。她有时候甚至惊异于人类强大的创造力和想象力。也只有人类才能设想出这种粗粗细细的脉管,让其在世界上蔓延、伸长,流动着新鲜的血液。它输送养料,输送人的智能。通常这能量会转化为各种各样的令人惊羡的事物。它们传递声音、思想。它们是整个硕大无朋的肢体上长出来的神经。

这如发的电缆,在现代世界里无所不在,纠扯难分,究竟是多么睿智的头脑才把它们归拢、区别、分布到空中、地表,或运动着的机体的内部?

她从记事的时候起,就看见父亲和母亲带着电工帽、系着宽宽的皮带,皮带上悬挂着他们的武器——那是一些扳手、钳子、测电笔之类。她觉得他们的工装犹如军装,漂亮极了。当沾着油污的工装脱下,她就偷偷地穿上,宽袍大袖地在屋里走动,还学他们把工具刀拴在腰上。母亲呵斥她,父亲却掐着腰,有滋有味地欣赏自己的女儿。

有一次,她看到父亲裸露着上身,后背上有一道长长的疤痕,她怕极了。母亲告诉她,这是父亲二十多岁的时候,在一次工伤事故中落下的印记。天哪,那该多么可怕,他一定流了很多血。她问父亲疼不疼,父亲点点头又摇摇头。

后来,她来到了父亲工作过的那个巨大车间。那里空旷极了,各种器械、灯光,让人目不暇接。父亲的工友们挤在一块儿喊着什么,屋里发出嗡嗡的回响。她怎么也弄不明白他们为什么个个扯着这样的大嗓门。父亲把她介绍给自己的朋友,他们转脸看着她。大概在长达一分多钟的时间里四周安静得很,他们没有一个说什么。这些小伙子。后来她问父亲:他们为什么突然就终止了说笑呢?父亲说,因为你是一个小美女。

她牢牢地记住了父亲那半是认真半是玩笑的话。她就这样记着这句话上了大学,长大了。她的头发披散开来,就像支架上悬挂的电缆一样。她的大学所在地离父亲的那个工厂很远很远,不过她很想回到那里去,让那里的小伙子再看看她。她想试一试自己是否还具有让这帮高喉大嗓的工人突然终止说笑的、不可思议的能力。

但她很少有机会到那儿去。业余空闲中,她也想象别的同学一样去打工。到哪里去呢?她马上想起了父亲的大车间。于是她四处寻觅,后来终于找到了一间从模样上看与父亲的车间差不多的地方。她高兴了好多天。

可是这儿太空荡太冷清了。大多数时间里,这里只有很少的几个人,有时候甚至只有她一个人。

一次打工回来,宿舍里的电话铃响了。抓起电话,是父亲的声音。"宝贝女儿,你还好吗?""是的,我很好。"接着她回答她爱上了那个车间,"它就跟你的车间一样大,它们差不多完全一样,只不过……"她沉默着。

电话那一端的父亲哈哈大笑。

她高兴，同时又寂寞得想哭。通话中断了很长时间，她还仍然紧握话筒。自己的手特别有力量，她知道这是打工带来的一个收获。

荒　原

在晴朗的天气干活真是来劲儿。他们吹着口哨在野地里奔跑。胶皮靴踏得霍霍响，不时地惊动一只野兔箭一般射去；那白色的尾巴像一朵花、洁白的兰花，颤动着，消失了。

刚来这片荒原时的寂寞慢慢变得淡薄。因为井架一个个矗立，帆布帐篷也越搭越多，最后还盖起了简易工房。花花绿绿的人也多了，这里开始有了不错的故事。

世界上最棒的小伙子都聚集到荒原上来了。他们来自四面八方。有许多来自闹市，从最热闹的地方到最荒凉的地方。这里可以产生很多刺激，这些刺激是完全不同于昨天、不同于城里的。那些没有到过荒原腹地、没有深入它内部的人，无论如何是不可以设想这里的一切的。

她也难以设想。她还在自己那个暖烘烘的小窝里，像一只蜷着的猫。一想到她，他干起活来就特别有劲。他简直不愿停歇这种劳动，无论它是多么脏多么累。他有使不完的力气。他长长的腿在草地上跑来跑去，常常亮开嗓门吆喝。

他一头金色的长发甩动不止，像一个西部美少年。他的胯下就缺一匹黑亮的骏马了，腰上，则缺一支长筒枪。队长、伙伴，没有一个不喜

欢这个小伙子。他们愿意拍打他结实的后背，叫他骆驼、长颈鹿、袋鼠。最后一个外号让他觉得特别可笑，却又百思不得其解。为什么会是一个袋鼠呢？他看了看自己的小腹，一点儿也不大。他完全是颀长的身材，根本就不胖，不臃肿。后来他才明白了，这可能是指他一跑三跳的样子；也就是说，他常常在这片荒原上蹦蹦达达。也难怪，他个子很高——实际上他刚刚过了二十三岁的生日。脸上风吹日晒，甚至抹了油污，给弄得有点苍老；但只要在下午三四点钟的太阳里看去，还仍然不难识别那种浓旺浓旺的青春之汁怎样溢了满脸——它从每一个毛孔、从发际那儿奔涌溢出……

　　从一个工地转到另一个工地，不断地搭起井架，支起输油管、泥浆管。这铿锵有力的马达声，这震荡荒原的轰鸣，都特别来劲儿。他们坐在大篷车上摇摇晃晃，有时干脆把安全帽甩在一边。

　　浑身的油污泥浆，只是那一头披肩长发干净得很。几乎每一个小伙子都让它保持洁净和清爽，让它在太阳的照射下闪射出逼人的光泽。即便没有那些异性在工地上，他们也照样是快快活活、打打闹闹。她们出现的时候，大家反而在很长的一段时间里沉默。这沉默就像在井喷前的那一刻寂静，一旦度过，就会还以更大的喧哗——那简直是爆破般的声浪，在晴朗的草原的天穹下像浪涌一样奔向远方。一排一排的黑色鸟雀倏然飞起，仿佛要借着荒原上这片骤然响起的哄笑之声飞向高空和远途。

　　他有两条多么长的腿。当他弯下腰做活的时候，右腿所拉起的微微的弓形，还有笔直的左腿，构成了一副多么稳定的支架。他本身就像一座铁塔，一座巍巍耸立在荒原上的钻井铁塔。

他仍然还能记得起十六七岁的时候,在街道上的一次斗殴。那一次他打得可真凶,一辈子都不会忘掉。一个浑小子掏出刀子直向着他的心窝戳来,他竟然没有想到死亡的威胁,而是像一头豹子一样扑过去。不知为什么,刀子没有捅进他结实的胸部,只划破了他的衣服,损伤了一点皮肤。而对方却招致了可怕的打击——喉咙被扼住,由于缺氧,刀子松脱了;接着他用暴风雨般的拳头使那个浑小子横直着把头甩向一边。要不是那家伙的同伙及时从旁边扑过来,使用了棍子、绳索,他也许成了一个杀人犯;因为他忘乎一切地继续击打那个恶棍;但是后来不能够了,他不得不松开,转向一群敌意十足的恶少;就这样,他差不多与三四个人扭在了一块儿,最后身上满是撕咬的痕迹。当然他是一个胜者:不仅是一场斗殴的胜者,还有道义上的胜利——他这一次对付的是街口上几个臭名昭著的青年……可是他没有受到什么表彰,只是两臂和后背、胸部,留下了除不去的疤痕。除了他的父亲之外,没有一个人对他说过半个赞扬的字。他毫不气馁,更不恐惧。后来他考上了一所很糟的大学。因为各种各样的事情——这些事情难以言表,有的还属于秘密的范畴——他大学没有上完就回到了家里。再后来他就去了父亲的钻井队,到公司里当了一名工人。

这个公司的野心像荒原一样阔大。他们一伙给打发到这里,也许明天还要打发到世界的另一个角落。开阔的游荡却未必有开阔的前程。他们都是一些不太想明天的人。可是明天却不断地向他们露出了微笑。

那个可爱的、留着一道刘海的姑娘,一双眼睛亮得像星星。在分手的那个夜晚,他吻过这两只星星,很笨拙地在耳畔说了一些热切而琐碎的话语。她答应到遥远之地来看他。他希望那样又害怕那样。他怕自己以及同伙,还有这片荒原的全部粗鲁把她吓跑。可他又实在想念她。

休息的时候,他愿意一个人蹲在一片桤柳下,吮着一个草梗想许多心事。他想得最多的当然就是她。还有,他想到了在朵朵白云下静止不动的荒原,感觉着大地的神秘、它奇怪到难以言说的丰富储藏:煤炭、钢铁、稀有金属、黄金,特别是他们苦苦寻找的这些褐色液体、黏稠液体、粘到身上怎么也揩不掉的液体——它们竟然蕴含着那么大的能量:它可以使钢铁轰鸣,可以推动整个世界旋转。他在想千百亿年前的那些生命衍化的奥秘,还有生命本身的奥秘。由此,他又想到了自己,想到了他周身所蕴藏着的那些不可限量、不可预测的神秘力量——它们是气体、液体,或者是自己完全不了解的什么物体,反正它们使自己欢乐、蹿跳、思念,使自己努力地获得、深入、簇拥,使他如此地不能自拔、又如此地痛苦。他真的很苦:想念之苦、煎熬之苦、等待之苦。他知道在荒原上的这种劳作的时日还非常久远。他不知道将用什么去回报她对他的爱,她的热烈的吻。

他咂着嘴巴,似乎又一次品尝到了生活的芬芳。"我要好好做,我很有力量",他双手握成拳头,举起来,往下沉了沉……

远处的那些伙伴在呼喊。

他听不太清,因为他沉浸在自己的思索里。他们正在那儿举着啤酒罐向他发出邀请,他眯着眼睛站起。噢,太阳的光线太强烈了,草原金灿灿的,草叶、鲜花,都发出晶亮晶亮的光,直逼他的眼睛。他迷迷瞪瞪地走过去。

别一种童年

你懒散地躺在一个蓝色的、蓬松柔软的大沙发上，舒服极了。你旁边那个同样的沙发上躺着一只小狗——它个头不大，正像你的个头还不够大一样。

你刚刚有六岁左右，胖乎乎的，一个像男孩似的女孩。头发浓密，显然被一个仆人精心地梳理过，扎了复杂的发式，各种小辫子上还缀一束小花。

这一切你已习以为常了。在这间大得过分的客厅里，几乎全部摆了蓝色的、硕大笨重的沙发。它们都空着，只有这两个被你们俩享用。

你穿着一件带花边的连衣裙，脚上是柔软的小皮鞋，带红杠的黑色长筒袜。你躺在那儿，一只手垫在后脑，目光忧郁伤感地看着前面。你的样子似乎很不愉快，好像过早地进入了一种烦琐的思索；实际上你还没有这种能力。你正在度过别一种童年。

你被娇惯得很厉害。这种娇惯更多的不是来自你的父母双亲，而是来自这个富贵之家的仆人。你在他们眼里是掌上明珠，他们以对你的娇惯来换得主人的欢心。当然，你也实在值得娇惯，你很可爱：胖乎乎的，小小的鼻头，胖胖的腮部，甚至是有着横纹的小膝盖，他们都乐意抚摸。有时候你对这种溺爱表现出厌烦，用刚劲有力的小手把他们拂开。只有那个十分懂事、像你一样沉默的小狗才合你的心意。你永远和它在一起，并且不止一次地发誓：它是最亲近的人，你要抱着它，直到永远。你把奶油蛋糕、巧克力，还有那些别处的孩子怎么也搞不明白的五花十色的食品塞给它。它大半嗅一嗅、舔几下就扔在了一边。你给它化妆、修剪毛发，给它讲故事。总之它的确是你最亲近、最宠爱的一个生命了。

你们甚至在一块儿躺着聊天，呼吸相拂，声气相通。当它受到委屈，比如说来自他人的一声呵斥时，就夹起尾巴躲到了你的怀里。你总是把相同的呵斥送给别人，把加倍的呵护留给爱犬。

只偶尔见了你的母亲——那个非同凡响的贵夫人、那个发髻高高挽起的严厉而温柔的女人时，你才把它松在地上。你扑到她的怀里哼哼唧唧，就像这只爱犬拱进你的怀里一样。母亲抱住你，拍打、抚摸。可是很长时间里，她的眼睛都落在别处——那目光你看不见。她在想其他，想很多很多心事，这是你这样的年龄所不能了解的——那是伤感、甜蜜、惆怅、哀怨和永不餍足的某种东西。奇怪的是她总是在亲近你、抚摸你的时候才闪射出这种目光。你不知道当她和父亲在一起的时候，这目光温和亲切得多。她爱你却远远超过爱你的父亲。这是真的，这是你的母亲所不愿意承认、但后来越来越明晰的一件事情。她越来越依赖于你，明明知道对你的这种娇惯是多么不适当，多么有害于你，但还是无法不这样。离开了这些娇惯、呵护，她简直像丧失了魂魄。后来，也就是这一两年，她才更多地把时间消耗在你无论如何也搞不明白的什么地方。

你不得不一人独处。家庭教师讨厌地打扰你，你摆脱她。还有，那个忙乱的父亲却和母亲相反，他开始更多地来拥抱你、亲近你，与你说话。你看着他鬓上的白发，用弯弯的小食指去拂动。你抚摸他的领带结，在那不可思议的滑润的领带上，小心地印下你的亲吻。但你心里明白，你不是特别喜欢这个沉默的、甚至是有点儿冷酷的男人。他的胡茬有的白了，但上唇的胡茬却没有一根是白的。对他，你有许多搞不明白，而且越来越搞不明白。你特别不能明白的是，他为什么要极力遏制着咳嗽的声音：在那喉咙里轻轻流动、被压抑着的声音，在你听来是再别扭不过的了。还有，他用手巾去轻轻擦按唇须的时候，你也觉得有点怪异。

在这个宽敞、回廊曲折得像迷宫一样的巨大建筑里，这六七年中，从记事和不记事的那些时刻，你发现了很多永远也没法诠释的隐秘。它们使你惊讶极了。有时候你甚至想询问身旁的人，后来还是忍住了。有一次母亲伏在父亲的肩上泣哭；还有一次你看到尊敬的家庭教师在欺负一只小羊，而且没人发现也没人去制止；另一次你看到女仆在父亲分明是和蔼友善的目光下撒撒发抖；那一次你听到了奇怪的声音，透过窗户看去，原来母亲一个人跪在屋角，向冥冥之中的什么诉说、哭泣——那一次你简直吓坏了，推了推门，门关得很严。你甚至想砸开窗子冲进屋里，怕极了。但你更怕打扰母亲，就一个人退开了。这一类的事情许多许多，是一辈子都没法忘记也没法搞清的、曲折神秘的事物。

有时候你在草坪上玩耍，回头一看，看到这片褪了色的白色建筑——它在浓密的枝丫遮映下的巨大轮廓，有点暗暗吃惊。你觉得在这个庞大无比的、有着无数空间和角落的建筑里，本来就会孕育出那些神秘难测的事物。母亲和家庭教师都告诉过你，你应该好好地成长，应该懂得很多事情；再过几年，你也许就要到远一点的什么地方，比如到更漂亮的学堂去学习了。那时候你差不多要独自处理一切意想不到的琐事。你完全要自己穿衣服，自己吃饭，还有，交自己的朋友……她们几乎是用吓人的口吻来述说这一切的。这在你看来多么可笑。你听了之后，更多的倒是暗自高兴。她们不知道你正在想：到了那一天，我也许是这个世界上最幸福的人呢。

有好几次，你想跨上那个矮种马的马背，在草坪上奔跑。因为你看到母亲就这样做过。可是母亲甚至不愿意把你扶到马背上和她一起奔跑。为此你多少有点生气。她们却告诉你：那是几年以后的事情。几年以后？多么可怕，也就是说，在小蓟开过好几次花之后，你才能跨上矮种马的马背。这使你很不开心。你常常想的就是这一沓子事；你正试图从这一沓子事里走出来，开始一些全新的故事。你暗暗发誓，你一定会成功。

你问旁边那个警觉精明、随时准备为自己的小主人付出一切的小狗：你说不是吗？难道不是吗？小狗抬起头，两个黑色的小鼻孔喷着气，仿佛什么都听懂了。但它没有发出自己赞许的声音。你略有不快地把它抱在怀里，发出一声叹息。

这是上午十点多钟，有人在轻轻敲门。这轻轻的敲门声，说明了门的另一边是一个非常胆怯的、彬彬有礼的人。

你拉着长腔说："进来吧——"

安居的人生

在那个时代，那个我们不完全陌生的角落里，常常有一些很好的建筑，住着一些很体面的人。但这些人在几代以前还是一些身无分文、从其他大陆迁徙的移民——他们怀着新的希望开发陌土，并相信自己必定成功；

因为他们正感到了生命的生气勃勃，以及寄居在这个生命中的那个野性的灵魂——它的力量。

当然，这些移民成为最早的成功者。令人不可思议的是，他们在如此短的时间内，竟使一片蛮荒之地变得井井有条。野性的原野被驯化，他们开拓出相当工整舒适的领地，按照自己的意志和趣味，铺设起图画般的城市和乡村。在绿色丛中，他们不仅使自己，而且使自己的后一代、使未来，都进入了一个安居的时代。

这是一部分人业已实现的梦想。后来，在复杂的变迁以及不可避免的生存空间的争夺中，一批人愈加富裕，而另一批人却不得不走向沦落尽管比起其他贫穷的大陆，这沦落者要少上许多、境况也好上许多；但它大致符合人类争夺、倾轧、贫富、教养参差不齐的永恒规律。

我们这儿所看到的，是草地和丛林中的一处美丽居所。它由青砖和水泥盖成，有最好的木料做成的白色窗户。房舍一层带一个小阁楼，从房舍一侧的那个高高的烟囱可以看出，屋内装有取暖和洗澡设备；还有其他附属建筑，有修剪完好的冬青和其他常绿树木。一个妇人正从草地上走来，穿过几棵高大的松树。

这个建于十八世纪初的住宅，混合着美洲殖民地和欧洲大陆的复杂情调。在这座房舍里，曾经出生过一位举世闻名的伟大人物。这座房舍坐落在一条河的附近，流动的水、绿色的树林、完好的植被，这一切似乎都在做着美好的预示。结果一代伟人出生了。

实际上，人类既要求许多，有时又非常简单。他们仅仅想获得一份安居的人生。这种朴素的、并不过分的要求，现实中却总是很难达到。

无论怎样努力，总还有一大批人过着饥寒交迫的生活，或者过着相当简陋的生活。

这种安居既是物质的，又是精神的。但我们这里所要讨论的主要是前者。

人们不得不用尽一切办法去修补自己被风雨所破的茅屋，去抵挡无法预料的自然灾害。在一场通货膨胀、货币贬值或是战乱、饥饿、流民造反、盗贼横行以及其他的社会变动之后，人们好不容易筑起的居所可能毁于一旦，从此又要开始新的流浪。

我们不难想象一个不断失去居所的人、一个几代都不能安居的生命，如何去获得良好的教育、有一份安定的心情，如何沉浸到尽量不受打扰的长远的思索之中离开了这一切，就没法升华自己的灵魂，没法使自己和自己的群体在总体上得以提升。他们很难有形而上的追求，它对他们也难以产生巨大的诱惑。因为，仅仅为生存和托放自己的身躯而投入的奔波，就耗掉了一切。

人类一直在为这个切近而遥远的目标努力，但异常困难。我们由于缺乏安居的人生——缺乏那样一种人生的基本的温馨、基本的安慰和基本的富足，而总是处于拥挤、挣扎和饥饿之中。这将会产生更多的破坏力。它就像缺乏绿色植被的山岭丘壑会突发泥石流、冲决一切、带来可怕的灾难一样，不得安居的人类也会扫荡大地，用追求希望之手，去毁坏一切，毁坏人类平安和欢乐的居所。于是我们将会进入一场可怕的恶性循环。

对于安居的人生的赞美，无论如何都不过分。它寄托了人类多么朴素多么美好的心愿。可是当这种赞美不绝于耳的时候，又不由得让我们

心中生出层层怜悯。我们怜悯更开阔的土地、更曲折的山隙和角落——这其间的苦难人生。

我们不由得要追问：怎么办？怎么进行？如何前进？

于是我们不得不抛弃所有的畏难情绪，振作起来，以不屈的精神、以前所未有的勇气来维护、来建设、来和一切毁坏做坚韧的斗争，并宣誓般地说出自己向善的决心。

安然与激越

一个多世纪过去了。人们常到他的居所来缅怀、来幻想那个神奇而伟大的艺术的精灵。他的旋律不绝如缕，而且极有可能在人类的时空中一直回响下去。

产生这个精灵的时代已然成为历史。但他的心灵却与时代的脉搏连接一起，把那个时代的最大隐秘和真实，传递给另一个时间和空间，传递给无数的人和无数的角落。这正如他自己所说："我全心全意地希望我的音乐传播开去，渴望有更多的人喜欢它，会从它里面得到安慰和支持。"

今天，正如他希望的那样，他远非孤独，他的知音已遍布这个世界。

伟大的柴可夫斯基根植于俄罗斯大地，表现了自己民族的伟大精神，所以成为全人类不朽的瑰宝。

那间开阔的、简洁的、古香古色的客厅里，一块印花地毯上摆着一架大钢琴；另一端是几个艺术家的画像。在这个经过精心装饰的、又是极其简单和简朴的客厅里，所有人都会感受到一种肃穆和亲切的气氛。在音乐家所处的那个特殊时世中，他一味沉浸在自己的艺术里。就在这间客厅，他接待客人，幻想，创作，弹响那架钢琴。他灵巧的手指、沉迷的神态，一切恍若眼前。他在进行悠远而伟大的诉说，这诉说的声音呢喃不绝，扩展到地平线的另一端。

他大致过着简单规律的、整洁的生活，没有过多的嗜好；他的一生是安然而激越的。

曾有一个因为他的艺术而流芳千古的人物：梅克夫人。她是柴可夫斯基的资助者和知音。她热爱这位天才，为他的每一部作品所陶醉。在很长的时间里，她隐去姓名，只暗暗地帮助他的艺术活动。她深知自己这一举动意味着什么、它的意义 —— 它让人感到了自豪和难以言喻的幸福。伟大的艺术家深深地感激她。

后来人不得不说她是一个伟大的夫人。艺术家自己曾把最好的作品题献给她，但更多的感谢却装在心里、融化在音符中。这音符带着对她的谢忱和思念，飞向了无尽的宇宙、飞向了神秘之地。

伟大的艺术家是有幸的，梅克夫人也是有幸的。他们几乎没怎么在一起，没有相处的机缘。可他们又是最亲密最相知的一对朋友。他们之间最紧密的纽带当然是艺术，是音乐的精灵。

今天看，对于艺术而言似乎并非一定要过多地依赖这样的夫人；可是艺术与这样的夫人所结识的时代，却往往是更为卓越的时代。他们的偶然相逢、奇特的联结，传递了许多难以言喻的东西。这是那个时代的一种必然。

即便在俄罗斯大地上,我们也可以预料,像柴可夫斯基这种极其内向、独属一颗诗心的美妙之声,是不可能有太多的人将它及时拾觅的。正像任何土地上的任何艺术一样,它到后来往往是走入一种沉寂安然和内在的激越;它越来越具有一种不可诠释和不可重复性;它是个人的、费解的、奇幻的。只有在许久之后,在漫长的时光之汁的浸洗下,它才会得到进一步的分解,得到无数传播的机会,有了无数次心心相印的机缘、倾听与相告的机缘;才会慢慢成为永不消亡、被传递被领悟的伟大奇迹。

人们往往在最纯净最美好的时刻才倾听他的声音;人们也在同样的时刻里走进他的故居、走到这间客厅,走到他所常常漫步的那块泥土上去。人们相信当年被他的目光所爱抚过的这些小草和树木,是那样幸福。人们有时也不免想到了那个夫人——人们试图去想象她的容颜、她的衣着以至于她的气质和情怀——这似乎有点困难,不过也并非没有踪迹可寻。从那个伟大艺术家的创作之中,从他神妙的音符之中,人们或可隐隐约约看到夫人本人。

那个时代消失了。伟大的、奇特的受人尊敬的夫人,都一块儿消失了。但他们又在历史的尘埃中渐渐地凸现,像朝霞一样光彩四溢。这可以使后人深思:最永恒的到底是什么。它或许不是石头、钢铁,也不是社稷江山。人类总是将最美好的瞬间,用某种方式去凝固起来,使之不再消失。也由于最美好的不会被取代和重复,所以这种凝固就会愈发显现出它的意义。

《悲怆交响曲》末乐章,是作者逝世前写下的最后的音符。这是唱给自己的一曲挽歌，也是唱给那个苦难的年代、严峻的时世和人生的。人与命运的抗争、激烈的拼搏、穿插其中的光明和辉煌；我们的希望不能实现的沮丧；对幸福的憧憬、无比的幸福和甜美；到人民中间去的愉快的情绪；不可抗拒的命运之神的威慑和打击；甜美与苦涩、不安与欢乐；短暂的逃避和最终的得胜；痛苦的结局——这一切都在无尽地倾诉着、包容着——能在这声音里感动的，必是特异的心灵，也必是重大的享受。可这种享受的确需要能力。

梅克夫人是首先获得这种能力的人。接着是成千上万的人。一个人没有机会获得这种能力将是非常遗憾的。如果始终不能获得类似的能力，一个民族也是最终不会有希望的——人类不可能把许多重托交给那样的民族，这似乎是一个非常朴实的道理。

无论在东方、在西方，类似的人物、类似的居所，只要走进，就会体味到那种特异的气氛，并从中获得特异的感悟。好像无一例外，它们会诉说、会回告，会发出那个时代和生活在其中的那个伟大人物的隐秘之声。我们屏息静气，总能听到他们安然而激越的心跳。

他们在对整个人类和自然微笑，所以他们是安然的；可是他们又常常被自己的捕捉和领悟所感动，感动到疯迷，所以他们整个的生命又在燃烧……

如今这里一片沉寂。这是人类最美的地方。

最美的笑容

到处都是拥挤的人流,特别是在城镇,街道上总是熙熙攘攘。这让人担忧:人类大概很快就将没有下脚的地方了。人类挤走了森林,挤光了土地。人类把庞大的建筑给撑破、挤垮,大地也不堪重负。

在一丛又一丛、一片又一片人群的踩碾下,大地常常要疲惫地抖动,这时候人间就要发生可怕的灾变。这仿佛是没有任何办法的、一种可怕的循环。

人类没有办法使自己根除和避免很多恶习,把那些能够带来危难的倾向扼制在萌发之初。他们相当盲目地创造、庸碌、追逐和享乐。他们有时候用故作神秘的意识和愚蠢的决策,一点一点毁灭自己。他们像旋转的熔岩一样,在大地上掠过来涌过去。他们其中也不乏智者,可是这智者就在这动荡不休的热流之中给熔化和损毁。

你在喧嚷声中蓦然回首,不由得驻足,脸上露出惊讶和欣悦——因为这时你在人丛中突然发现了几张最美的笑容:女性吗?不,还有男性;成人吗?不,全是儿童。在这样的笑容面前,你像被重新洗涤了一样,心头出现一片清新和干净。你此刻变得如此清爽、愉快、无私,你为这笑容所倾倒。这笑容不是来自那些过分成熟的人,它不同于中年和老年——虽然中年和老年的笑容有着另一种美。可是我们在这里所领略的,却是诸种笑容之中最美的一种。那是无所掩饰、无所提防,至真至爱至清至洁——未染一丝污迹的青春,活脱脱地浮现在脸上。

他们或光顺或芜乱的头发,在太阳下散发出光芒;他们是一些好动

的孩子，穿上了带花点的小背心，或是绘着令人眼花缭乱的图案的小短袖衣服、方格短裤。这一切装束都是在他们的父母——那些成年人的指导下弄起来的；而这笑容却是他们自己的。那么美的眼睛、那么好的面庞、洁白的小牙、再自然不过的被笑催开的花朵。这真是人世间最大的奇迹，如此稚嫩又如此完美的一些生命。为了保护这笑容，为了接受这笑容所给予的全部安慰，我们真的可以耗上全部，为之倾尽一切。

他们是谁的孩子？来自东方还是西方？这都不重要。关键是，他们是像我们一样的、刚刚长成不久的一些生命。在灿烂的太阳下，他们活泼而新鲜地站在那儿，一律地微笑。你们为什么而笑？你们看到了什么？大概在你们眼里一切都那么可爱可亲。能够每天亲近你们的，将是这世间最幸福的人。那些直接把你们的生命用双手托举到这个世界上的人，也会是最幸福的人。可是牢记了你们的微笑的人，也可以成为另一些拥有者：拥有你们、你们的一份心情、自己的一份心情；怀着这样的心情，就可以打发很多忆想、赶走许多苦恼、产生新的希望。

世界上有多少孩子，每个人都将经历自己的童年。可是土地与土地的区别就像人与人的区别一样大；人在不同阶段的区别也一样大。童年与成年之间，在同一个生命身上，竟然隔离着深不可测的鸿沟。童年几乎无一不美，童年的微笑几乎无一不美。即便是童年的泣哭，也焕发着一种美。

如果漠视了这样的笑容，那也可悲——仓促的生活、紊乱的脚步、不可抵御的苦难——就是这一切使人忽略了最亲近最动人的奇迹。但愿这种不幸不要降临给我们吧！但愿在蓦然回首之时，我们还能够发现令人怦然心动的、最美的笑容。

记住孩子才算记住了明天，记住了我们的来路和归路，记住了美的源泉、创造的源泉；才能够懂得羞愧、懂得追念，懂得为一丝和一线希望去顽强奋斗。

他们柔软的胳膊、手掌，还有像小猫一样柔和滚烫的身躯，都足以打动一个硬汉。他们可以融化铁石心肠，可以摧毁凶暴，可以用那对小小的巴掌摘取世上最完美的果实。

人类极困难的一件事就是完整地回忆自己的童年，因为他们在回忆中很少能够看到自己那副最美的笑容。他们记忆中的，常常是幼稚的冒险、嬉戏和玩耍。他们不能在心灵的荧屏上将那甜甜的、毫无猜忌的微笑定格。

到幼儿园，特别是到学校大门旁，即像走近了花园。等待出出进进的孩子，看每一张脸在灿灿的阳光下生动着、美丽着、可爱着。他们往往穿着鲜艳的服装，甜甜地微笑；有的皱眉，那也同样可爱。在这些涌来涌去的娃娃面前，当你闭上眼睛，偶尔脑海里会涌过这样奇怪的念头：未来的世界既然是他们的，那为什么还会有苦难、特别是令人发指的邪恶呢？当然，那一切肯定还会有的。不错，它们也是由我们所看到的这群儿童在未来所制造的任何时代里的儿童都像我们眼前的儿童一样可爱，可悲的是我们却经历了一个又一个可怕的时代。

这种痛苦的思绪只是一闪而过。

我们重新睁开眼睛，又会看到灿烂阳光下那甜蜜的、无比美丽的笑容。这时更深刻更强大的希望又在心头泛起、升腾。是的，记住了这样的笑容，寻找着这样的笑容，回忆着自己的笑容，我们就会获得那无边无际的、无所不在的幸福。

我们一定要保卫这笑容，一切都为了它，一切都期待着它。

淳朴和坚定

这是一张动人的照片。我在它面前久久沉默。

一个高大的将军，坐在一把折叠椅上。他的腿上坐着一个幼小的残疾姑娘，将军两手握着这个残疾女孩的一对小巴掌。这是他最小的女儿。将军对她一直倾注了无限的爱怜和温情。这个身经百战的人在世界上享有崇高的威望，他是二十世纪最伟大的人物之一。在异常繁忙的国务活动中，他最放心不下的就是自己身有残疾的孩子，对她关怀备至。他到后来最大的心事，就是担心自己死去的那一天，这个小女儿会失去护佑。

这幅照片使我们想起，在另一些所谓的"伟大人物"那儿，却总是借一些堂皇的理由，于生死攸关的命运的关节上，把无辜的朋友甚至是亲人推入万劫不复的深渊。而这可怕的冷酷总被称为大义灭亲的壮举，得到颂扬。于是，尽管受害者完全无辜，"大义"也还仍然存在。这真让人感到愤怒。

有人往往不能理解，一颗深邃的心灵怎么同时还可以是一颗柔细而淳朴的心灵。我们从这幅照片想开去，似乎应该得到一点启迪，那就是：真正伟大的心灵，伟大的人物，必定跳动着一颗柔善的心，如若不然，那么他往往只是一个历史舞台上的表演者，一个成功的魔术师，而不是

一个永远站立的、与日月同辉的伟丈夫。

大概在我们所熟悉的一些伟大历史人物当中，很少能有一个人像照片上的人一样，经历了那么多奇险严峻的时刻。在祖国最危急的时候，他通过电台向国内发表广播演说，号召人民做顽强的抵抗。这就是那次举世闻名的讲话。而后他成功地领导了一场狂飙般的运动，与世界上最凶恶的敌人展开了殊死搏斗。他在流亡归来的时候受到成千上万的市民的欢迎。最后，又是在异常艰难的关头，他领导了一个民族的建设事业。

他也经历了一段短暂的曲折，那时他即隐居乡间，从事著述，写下了著名的两大卷回忆录：处处闪烁智者特有的风采、思想的光芒。他如饥似渴地阅读和思考。一个大半生金戈铁马，在硝烟弥漫之地冲锋陷阵，扭转乾坤，具有钢铁意志的人，一个神奇的将军，却同时又具有一个学者的思索和探究能力、有着一个真正的诗人所具有的幻想和浪漫的气质。他急流勇退的隐居时期，在美丽的自然和淳朴的民风之中，灵魂得到了进一步安抚和休憩，重新获得了不息的力量。

那时，他明亮的目光常常掠过哺育过他的那片母亲般的田园——伟大人物总是拥有自己的一片田园，并在这片田园里歇息、思索、总结。这绝不是他的退却和回避，而是一场更为激烈的人生进击的间隙。那些平庸的人既不能理解伟大人物的拼搏、在危难时刻的呐喊与挺身而出，也不能理解他在特定的时刻怎样从自己的土地上获得力量。果然，当他的民族又一次陷入了危机，当人民强烈地需要他呼唤他的时刻，他就又一次从自己的故乡出发了。

在二度复出之后，长达十年的时间里，整个世界都响彻着他的声音。

那是卓然不群、自尊自省、远见卓识、顽强坚毅的声音。他的一生经历了那么多常人难以想象的坎坷，却始终百折不挠、坚韧不拔，从未动摇心中的信念，一直朝着既定的目标进发。

他守护着人民不可侵犯的尊严，固守清晰的理性。他不曾做过任何强权的附庸，永远保持着民族和个人的独立性。任何一个显赫的胜利者、一个执掌重权的人，所面临的一场难以通过的考验都同样严厉。在无一例外的考验面前，人们看到将军过着极为简朴的生活：在国家困难的日子里，他没有迁进豪华别墅，而是自费租赁了一处住宅；他甚至回绝授予他的元帅军衔和勋章，而宁可保留将军当中最低的一级准将的军衔；辞职之后，他还拒绝接受年薪，而只靠撰写回忆录的稿酬生活。他的遗嘱中写道：不举行国葬、不接受任何称号和勋章。这个身材魁梧、身居高位、智力超群的人物，生活中恰恰表现出那么多的深情和温柔。当我们把勇敢和柔情常常自觉不自觉地对立起来的时候，这幅照片似乎可以让我们想得很多。我们在衡量一个伟大人物的淳朴与真实的时候，常常忘记了当他作为一个胜利者、当他能够"一言九鼎"之时，还会表现出多少谨慎和朴素。思索的能力、理性的彻底、谦逊的倾听、伟大的宽容和非凡的耐性，这一切必然来源于一个伟大的心灵，来源于一个伟大民族的传统和个人的深厚学养。一个不熟知自己的历史和自己的民族、一个不具有世界上深刻博大的文化遗产接受者的胸襟，就难以走通人生最艰辛的关口。历史上的某些胜利者，在他们人生的后半期，总不免流露出一些浅薄气和小家子气。随着生命的延续，他们在鼎盛期的那种决勇和宽厚、那种求真求实的气度，往往荡然无存。

将军后来因心脏病突发猝然而逝。就在他的家乡，在那个淳朴的乡村教堂，举行了简单的葬礼。他的棺木仅仅价值六十几个美元。抬棺木的都是乡村青年、义务帮忙者。但在葬礼的当天，却有首都五十多万市民冒着倾盆大雨一齐涌向街头，肃立默哀，向一代伟人表达自己深深的、最后的敬意。世界上许多国家都派出要员到达将军的国家，以至使其成为二十世纪世界上最隆重的葬礼。

看过这幅照片，我们还可以去寻索那两卷著名的回忆录。真正伟大的人物似乎天生是一些朴素平凡的人，似乎总是可以作为普通人的榜样。因为他具有真正的人的淳朴和坚定。

选 择

在人类历史上，总有一些令人难忘的选择。它可以是灾难的选择，也可以是幸福的选择。一个人常常因为这种选择的独一无二，而得到永久的记载。

苏联宇航员尤里·加加林乘坐宇宙飞船"东方一号"环绕地球飞行成功，从而成为人类第一个进入太空的人。对于他而言，这是何等神奇的选择。现在我们可以看到许多游动的星辰，知道不止一次有人乘坐航天飞机到太空去遨游。但谁是第一个？人们只牢牢地记住了第一个的名字。

加加林身穿宇航服的模样，从照片上看很像一个天真无邪的孩子：

一对大眼睛、开阔的嘴巴、秀气的鼻梁；这一切都使人想到他的纯洁和质朴、他的平凡。他若混入人群之中，也很难让人一眼识别。他的确是芸芸众生中的一个非常普通的人。

只是某种"偶然"的选择彻底改变了他。

在人类探索和创造的漫长旅程上，总要有人遭逢这一类选择。与太空活动连在一起的难忘记忆，我们还会想到"挑战者"号，想到那次令整个世界震惊的灾难。在全世界的注视下，航天器在空中爆炸了，所有宇航员全部遇难——人们还特别记住了其中一位女教师的名字；通过电视屏幕，亿万人记住了她的微笑。这也是人类历史上的一次选择，一次不幸的选择。

生活与历史的神秘性，总是通过某些个体和群体的特异遭遇，得到不可思议的凸现和表述。无论是幸运还是灾难，都要选中一些人，都要由这些被选择者代表人类去承受。

面对这些惊心动魄的选择，或许不止一个人在想：我们宁可做一个碌碌无为的平庸者，也不必去经受那些可怕的跌宕、奇异的历险或注目的繁华；既不做伟人，也不做恶魔，而只求拥有一份平淡而温馨的生活。这是许多人的梦想。这个梦想或许不错，但也仅仅止于梦想。生活对于人，命运对于人，总还是要有一些想象不到的选择。这选择有时就像抛下的彩球或陨石，说不定就会击中茫茫人海中的哪一个。

实际上，一个平凡的劳动者已经接受了"选择"。因为这看似平淡、实际上却是操劳不息的日复一日的工作，正需要许多坚持的耐性——这只是人生惊险奇绝的一次长长的分解。它并非不需要有一份勇敢和坚定、一种一往无前的品质。不过这种品质被日常的烦琐，被流动的生活，被一种看似平凡的水流给悄悄地掩盖了罢了。

能够把劳动精神贯彻到底的人，往往就是一个了不起的人。所以我们在衡量和辨识人的品格素质时，总是将勤劳本身作为至为重要的一个条件。所以我们也就不会惊讶于在历史的危急关头、在人生道路的一些切口上，为什么一个平凡淳朴的劳动者却往往"突然地"焕发出那样的勇气，一下变得璀璨夺目。原来伟大就蕴含于平凡之中；原来那光辉的一瞬，就凝聚在漫长之中——默默劳动的一生之中。

原来所有人都在面对着选择、经受着选择；原来所有的选择之中都悄悄地包蕴了险峻和雄奇。

在所有选择中，对于整个人类历史而言，或许只有少数事件能够称得上是"第一次"；但任何选择之中似乎又都包含着"第一次"，包含着被永远记取、永远不能够消磨的那种神奇本质。

人的出生以及他的全部生活，就是一次选择。一个生命与这个世界的奇妙相遇，它所必定领略和经历的全部，有多么奇异——他甚至已经来不及惊讶和赞叹，来不及犹豫，迎接他的将是无边的忙碌，是一场连一场的应付和奔波，是倾尽全力的维持，是开拓和生存……只有在午夜，在特别冷静的时刻，当他独自面对这个无边无际的苍茫世界时，才会蓦然发现：他正参与和制造着多么巨大的生的奇迹。

他若有若无地感受了一个生命在万物之中微小而奇特的位置，感受了一粒尘埃在宇宙之中的游荡；而他的周围便是天籁之声：午夜的鸟鸣，树叶的抖动，一只野物在远野啼叫……这一切都将他的思维引向一个空阔。

原来整个世界都是混乱中的有序、芜杂中的单纯、短暂中的漫长；虚无覆盖了永恒，永恒又战胜了虚无；人在选择命运，命运又在抉择人生。一个人在面对这个茫然庞大的系统时，不由得要手足无措。他们唯一的出路，也许就是保持永远向上的、不屈的信念，保持追求完美的执拗——人类实际上也只剩下了这一最后选择。

古怪之美

在人类历史的长河中，在人世间数不清的角落里，的确存在着一些古怪的事物，比如说一些古怪的生命。

他们是一些极其独立的、自主和自为的生命。他们能够在熙熙攘攘的人流中，在纵横交织的思想中，坚守自己个性的天地。很多的时候他们让人觉得不可思议。而他们的完美却在这种普遍的误解之中得到了修葺和完成。

他们不怕寂寞，因为寂寞不能够扼杀他们。一个孤独和寂寞也难以抹杀的生命，才是真正强悍的生命。不言而喻，他们往往都是一些天才。

天才的"古怪"，似乎是一种必然。一切杰出人物的平凡与随和，往往都只是其外表。

乔伊斯头顶礼帽，戴着一副圆圆的小眼镜，手持拐杖，坐在一把帆布折叠椅上，把拐杖勾上肩膀，与看画报的小孙儿亲切交谈。他的手上

戴了两枚硕大的戒指，而且就由这两根戴戒指的手指夹着一支香烟；他的目光说不上慈祥，而是充满了探究、甚至是怀疑和挑战；当然，这目光还算是很温和。他由于瞪大双眼而造成的额头上那一道道深皱，使之看上去更加可爱。

他的瘦长个头、有点怪异的脑袋，多少预示和象征了他体内所储存的那些绝对稀奇和怪僻的念头。他留下的照片当中，还有非常著名的穿火红色西服的那一张——可以设想，当怪里怪气的乔伊斯走上街头，在人群中，在雪亮的阳光下，必定会像火红的鸡冠花一样耀眼夺目。

他的一生都不算富裕。他在一些深深沉浸的悟想之中，度过了不算漫长的一生。最能够体现这个生命特征的，当是那部惊世骇俗的《尤利西斯》。它剖析了三个人的灵魂，像一部天书，晦涩得让人瞠目结舌。其中长达四十页、没有任何标点符号的内心独白，在当世人看来似乎是在撰写一部这个世界上谁也不需要的冗长、烦琐、怪癖，比痴人呓语还要混乱的长文。当代读者往往忽略了一个人在清寂无援的状态下动手完成这一切、在进行这漫长到没有尽头的不倦劳作时，所隐约透出的另一些激动人心的东西——人类的激情；这是一个生命在人迹罕至的探求中，独身一人迈向无边荒漠的一种勇气：把人生只拥有一次的生命投掷出去的勇气。

真的没有多少人需要这部书。即便是在那些杰出的出版家、读书家眼里，在他们有限的通融和理解之中，它出版得还是那样艰难。在他生前长长的一段时间里，他的名字还很陌生。《尤利西斯》很少为当世人所知晓。

在这之前和之后，他还分别写出了《一个青年艺术家的肖像》、《芬尼根守灵夜》。后一部书让他花费了几十年的心血，一段文字往往改写十四五次还仍不罢休。像一切大匠一样，他在追求完美的过程中有着惊人的韧性和精力，简直是不知疲倦。

他的整个生命所凸现出的就是一种"古怪之美"。他的全部都标示了人类在一个方面所能够达到的深邃、完整和奇异。它从这个方面显示了乔伊斯的伟大性、不可埋没性和永恒性。他的文字在这个世界上不可能太多，在他之前和在他之后，都不可能太多。一切的仿制也仅仅是仿制而已。一个并非特异的生命是不可能获得这种极端之美的。

他在世时过着一种节俭的、有时是小心翼翼的生活。只在不得已的时候，他才拘谨地维护着那一点奢侈的享受，品咂着世俗生活的一丝甘味。这使我们越发想象他在不倦的劳作、沉浸、癫狂和痴迷的过程中，所获取的全部快乐和难言的苦涩。

由于他是这样的一个生命，所以大概也不可能与我们所熟知的这个世界过分地沟通。他是一个相对封闭的空间，不可能完全敞开。《尤利西斯》就不是一个敞开的世界，但它是一个允许走近的世界。走近和走进，只是人类的愿望和能力而已。它是一座迷宫、一条浓雾中的崎岖山路。一个人凭借自己的全部力量，思想的力量、肉体里所蕴藏的所有能量，究竟可以制造出怎样的奇迹，在此已经被最好不过地证明和显示了。这是人类向上帝的一次炫耀。

乔伊斯是一个孤注一掷者。他几乎没有刚烈的外表，却实在有超人的勇气。对于任何生命而言，这区区几十年光阴、只有一次的人世间的漫游，都显得是那样地沉重和庄严。

从照片上看，乔伊斯那双精明而诡秘的眼睛，一旦闪向这个世俗世界的时候，遮掩去的原来是更多的神秘。

他的确是人类中的一个精灵，是永远也不可以化解的奥义。他的一生证明了，他拥有何等强大的生命力。原来最完美、最强烈的个性，都需要生命力去支撑和支持。

他永远不可能属于平民。可是他在一生的求索中粉碎桎梏、冲决和挑战的倾向，又说明他的本质仍属于民间和底层——这才使他博大和高贵，也使他不会湮灭。

圣华金小狐

一双大大的水灵灵的眼睛望着前方，让人想到它的思绪正落在悠远之地。

它的整个神气哀怨、警醒、温驯，还有一丝勇武。像许多四蹄动物一样，它也有着硬邦邦的长鼻梁，鼻头也像一枚坚果，嘴巴上也有两撇长长的胡须，一对朝上竖起的很大的耳朵。它躺下时，将两只前爪压在颌下，专注而警觉地看着一个地方。

它的眼睛渐渐渗出了一层泪光，它在泣哭——也许往事不堪回首，它在思念：思念自己的亲人、朋友，甚至是恋人。它让人想起美好的童年，一些绕膝的孩童。

它的皮毛一尘不染，由银灰色、黑色和金黄色的毛发组成；那张光洁的脸庞有着一股不可比拟的生鲜活泼的神气。不言而喻，它的周身都洋溢着一种草原的气息。

这种圣华金小狐是北美洲狗科动物中最小的一种，是极不安分的生命——每一只小狐都需要一平方公里的空间。到本世纪末，它们有可能灭绝。从此我们这各种生命川流不息的世界上，将彻底失去它的踪影，就像失去庞大的恐龙——但那是一些大得不可思议的动物，我们这个拥挤的地球也的确难以养活它们；而眼下的小狐却是这么小、这么秀气，像孩子，像单一性别的女孩。它们绝对无害于这个世界。人们可以从摄像纪录片、从照片上去领略它永不磨灭的美，去欣赏它雄健的身姿。可是我们在真实的田野上将再也看不到它，看不到它蹒蹒跳跳灵捷无比的身影了。

这样的一双目光、一张脸庞，让人心动。可是更多的时候，人类已经在残酷的追逐和杀戮中丧失了感动的能力。对于死亡、流血、可怕的变故和异类的伤痛，已经变得相当漠然。

在一个只关心一己荣辱和安逸的现代世界上，很少能够有人再去挂记一个语言不通、远在他方的小小生灵了——无论它长得多么可爱、多么滑稽可笑：不知何故的两撇胡须，顶着一个坚果似的鼻头，特别是有那样生动的一张面庞，一双水灵灵的处女似的眼睛；也不管它是多么聪慧机灵；它的即将灭绝的可怜命运……现代人在精神和物质的双重压迫之下，已经没有更多的精力去关怀它们了。

圣华金小狐，还有其他无数的可爱生灵，都将在残酷的时间和命运的戕害和淘洗下，消失终结。但是，总有一些特异的心灵在关怀它们，为之呼吁、奔走。他们为它摄下了美丽的照片，试图永远挽留这些可爱的生命。他们在很多方面将它们看得与自己一样宝贵——因为它们同是阳光照耀下的形影。

这些人总是人类当中最优秀的一类。无论他们自己怎样孱弱和艰难，却始终抱有巨大的关怀力。当然，这种力量源发于一颗善良的、扑扑跳动的心脏。他们的博远的关怀，一直到自己生命的终点才会消失。

对于他们而言，世界给予的回报就是：让他们的眼睛更多地看到大自然中奇异的美。比如说，只有他们才可以注视这只圣华金小狐，可以领略它双目中所蕴含的那种无限的柔美、那种来自其他生命的伤感、那个不可诠释的灵魂。神秘的大自然让变幻莫测的其他生命去安慰这一部分人类，让他们伤感、欢乐、激越、幸福，当然更多的还有忧伤和牵挂。可是那些失去了这些的人，难道又会有更好的命运吗？难道一个轻飘飘的生命，就会获得更多的幸福吗？

有人就是执拗地、顽强地要弄通与他们完全不同的另一些生命的奇怪情感，比如说这些生灵们的思绪、意念甚至是语言。他们不相信其他的生命就没有语言。他们从云雀的欢歌、小猫的呼唤甚至是老野鸡嘶哑的长叫之中去感觉和猜悟，努力理解着它们为什么而激动、而叫喊。万物的激越之声交织成这个世界上最绚丽最辉煌的一部乐章，可是许多人却没有这种倾听的能力，没有这种享受的能力。他们失去了一个机会又一个机会。在这个世界上，他们只重视自己的声音，只倾听自己所谱成的单调而冗长的音乐。

小狐的那一双眼睛似乎在向我们诉说关于它和它的同类的一个长长的故事。或许它把一首最好的歌藏在了心中。它不得不在目光中掺上更多的警觉；它的鼻头也在用力地嗅着陌生的、掺杂了恐惧的气味；双耳也高高竖起，在捕捉那可疑的声息——它的那个故事就包含了这一切：它们的经历，它们步步撤退和消亡的历史。由于语言的阻隔，一切沟通的可能都化为乌有。它们不得不流徙，走向更远的远方，走向末路。在这纯稚的想念中，它们忽略了至为重要的一条，那就是它们的厄运远远不是丧失沟通所造成的，而是源于同居在这块土地上的另一些生命——人类心灵的残缺，源于他们的丑陋、偏执、凶暴和不宽容的本质。

圣华金小狐这一双水灵灵的、蒙着一层晶莹的眼睛，是面对整个人类的一次无声的质询。这是一对让人战栗的目光，所有的人面对着这样一张面庞、这样一双眼睛，都应该长长地反省。因为这样的反省关乎人类自己的未来。人类在这样的一双眼睛面前，应该全面地检点自己的行为，追索自己的品质。当我们在一次又一次地颂扬"多元"和"宽容"的时候，我们是不是正在走向它的反面。我们不仅不"宽容"，而且偏狭和专横；我们不仅没有"多元"，而在顽劣地维护"一元"。

圣华金小狐的目光告诉我们，它已经不相信我们冠冕堂皇的言辞了。它把我们虚伪的本质看得一清二楚。它们留下的美丽图像将比我们自己永恒得多、可爱得多。当最后的时刻，当一切都必须交还神灵的时候，圣华金小狐和它的朋友们将是最后的胜者。

它比我们完美、漂亮、无私而自由。它属于狗科动物，可是它毕竟没有像狗一样完全依附于自己的主子。所以狗们就不断地处于繁殖、剿

杀、利用、驯化的那种悲惨境地。不错,作为一个物种,也许狗们可以伴随人类走到终点,可是它们却在忍受着双倍的屈辱。人类的苦难它们也将一起承担。人类对于它们不像对待牛羊一样,仅仅出于物质的需要,仅仅食其筋肉,取其毛皮;人类对狗们还有精神上的永久的奴役。

圣华金小狐亮晶晶的眼睛告诉我们:它不愿意。它仅仅属于荒原和自己的陌路。

陶 醉

这简直是一件艺术品,不知该用什么样的语言去形容它、赞美它。它像一个簇绒玩具。很少看到如此可爱的一只家养动物。它让人爱不释手。

它不是有闲阶级的宠物,而是任何一个具有健康的心灵、向往幸福和追求美好的人所必定喜欢的一个生灵。

它长了异邦人那样的蓝眼睛,粉白色的皮毛,但唯独两只耳朵是棕色的;令人难以置信的是,它还像人一样长了一对双眼皮,但眼睫毛是金色的;它胖胖的嘴巴微微张开,露出洁白细小的牙齿。它憨厚而顽皮地、专注地盯住你。它太胖了,奔跑起来甚至不能形成一条直线,那种弯扭的身躯、一蹦一蹦的模样,让人忍俊不禁。无论怎样刚硬的心肠、漠然的心情,都会在它的憨态、在它奇特的步履面前发出微笑。

这只犬的名字叫"小来",很像这片广袤的田野上某个孩子的名字。大千世界中能够飞跃出这样一个精灵,真让人惊叹。它像人类尽心尽意的一次杰作,像绘画,像在梦幻中补缀起来的一个完美。从躯体到精神、到动态,到浑身散射出来的难以言喻的那种情致和气氛,都在加强这种完美。

当它自己独处的时候,它非常细微、非常独特地处理着自己与周围这又陌生又熟悉的一切,表现了一个心灵与外界联结的那种奇怪的关系。

它缓缓走动,偶尔停下步子,用心地看着脚下的一片泥土,嗅一嗅。可能是地上的土味被吸进了鼻孔,它小心地打一个喷嚏。地上有一个土块或者是一根树条,它都伸出胖胖的前爪去动一动——这动作有点像猫。它把树条拾起来含在嘴里,左右摇动,最后才放在一边;它继续往前。有小甲虫爬过来,这使它兴奋不已:跳动、匍匐、下巴压在地上,往前紧张地挪动、又退开,发出哼哼唧唧的声音。它再一次抬起胖胖的前爪时,小心翼翼地在甲虫背上按了一下,然后倏然跳开。它从不伤害其他动物。

春天的太阳让它更加幸福也更加寂寞。它扬起那双灰蓝色的眼睛,看看空中那个奇怪的无所不在的巨亮。太阳正在把无数银亮的光箭投射过来,它耀得眯起了眼睛,晃晃脑袋走开。后来它干脆在一丛柳棵旁边躺下,蜷曲着身子。它想伸个懒腰,可是四肢伸展开来,又感到那些白色的沙子过于润滑细腻,于是立刻把脸庞贴上去,久久地亲近着……

远处的一只柳莺发出了细小的声音,它飞快地爬起,颠着碎步跑过去。在一丛柳棵那儿,它终于发现了它——这只柳莺跳动得那么迅速;它极力想看清它在捕捉什么东西,那细小的声音就是尖尖的嘴巴翕动时发出的。它看傻了眼,头颅歪来歪去;它屏住呼吸,知道稍微弄出一点响动,这只柳莺就要飞得无影无踪——记忆中它有多次这样的经验。它心里多么喜欢它，很想与之结成一种很特殊的友谊，可是这似乎做不到。它心里至为不解的是：那么小的一个柳莺，为什么竟可以到那样的高处去。它蹲跳过，使出了浑身解数，都没有成功。这时它的鼻梁与那个柳莺所在的方位斜成一条线，不吭一声。后来，完全是不可遏制的一股喜悦之情从胸腔冲腾而出，使它发出了"哼"的一声——像原来预料的那样，柳莺很快飞跑了，飞到了远处，什么都不见了。

蓝蓝的苍穹有几朵白云。它曾经目测过，知道它们会移动，但它们移动的速度远远比不上渠对岸那几只白羊。它一辈子也搞不明白白云是一种什么动物、为什么它们的皮毛有时候还可以变黑？但它凭经验，知道白云这种动物是不可以亲近的。

对面渠畔上的那几只白羊尤其让它喜欢。它曾经试着走到渠边与它们对话，但对方一味的咩咩声十分费解。从它们颔下的那一绺胡须上看，它们都是一些寿星。而自己只在鼻子两侧有几根稀疏的胡子，这是生来就有的。

主人有时看看它，忍不住要用手捋捋它的脊背——它每逢这时就有点羞涩和恼怒。因为每一次捋动都有一种奇怪的感觉，说不上是痒还是痛，反正使它不快。后来它才多少明白了这不快的原因——它觉得自己的自尊受到了损害。它心里想：天啊，谁能理解我的自尊就好了。

地毯上不知什么时候躺了一只绒布小兔，天真可爱，小巧玲珑，比它见过的所有兔子都要小，而且还怀抱了一颗通红的水萝卜。小兔两只红色的眼睛很亮。它看得出，这是一只玩具兔——只是它时不时地要怀疑这种判断。它用前爪拨动它，嗅它、亲它、吻它，都没有反应。到后来它终于抑制不住心口那儿泛起的一阵灼热——每到这时候它就不可遏制自己了。它张开嘴巴，把小兔含住，但从不用力，唯恐这是一个真实的生命，唯恐对其造成伤害。它咬住小兔，只是为了满足心中涌起的那股滚烫烫的热流。

它把它衔上很远，在那里，在逃离了所有人的视线的地方，把脸庞紧紧地依偎着，用舌头舐它，直到把这只小绒兔的周身都弄得湿漉漉的。它哼哼唧唧与之对话，诉说了许多心事。它觉得与之有了任何人、任何其他生灵所不理解的巨大而深刻的友谊。它闭上眼睛，重新睁开时已蒙上了一层泪花。它陶醉在这种情感里。

更多的时候，主人那个大屋子空荡荡的，只剩下它们俩。它觉得小兔子是比自己更幼少更可怜的一个。它就用嘴巴含着小兔，走来走去。它问："我可能已经三岁了，你呢？"小兔子火红的眼睛迎视着它灰蓝的眼睛。它又亲了亲它。

黄昏时分门外响起了脚步声，主人回来了。那个人呢？还有两个，他们都是这屋里的人，是和原野上的人差不多的一些生命。他们很高，有点像树木和电线杆，是高的而不是长的。他们有时候让它激动——它在很长时间渴望用双爪抱住他们的腿，甚至想努力地亲吻他们的脸颊……

无穷无尽的感激、欢乐，像滔滔的海浪一样推动着它的身体，那时它的每一根毛发都在颤抖。它不知道自己想要什么、还需要什么。只是这巨大的排山倒海般的激情完全地淹没了它的全身。它用力地抱着他的两条腿，他的胯部，叫啊、喊啊，吻啊，亲啊；它不太知道这个人与自己到底是一种什么关系、更不知道对方需要它做什么。它只是充满了感激和感动，周身都被这种激流所融化，真像是要燃烧起来。

自守与注视

在荒原的这一端，流沙覆盖了一切，每年冬春都是这样。那一层茸茸绿草、灌木，全部被埋在了下边。只有稍稍高大一些的植物，才能够逃过这场劫难。

当夏秋的雨水一场连一场浇洒下来，风湿了，湿润的风吹拂着，这一层干燥的流沙才会慢慢变绿。眼下，尽管初夏的太阳已经升起，可还是这么白茫茫一片。

这儿只有三棵树木，都是柳树。有两棵柳树几乎是连体而生，像同一个根脉长出来的；大约在三四百米远的地方，还长了孤零零一棵柳树，更远更远的地方、看不清的远方，影影绰绰好像还有什么树，但谁也说不准。这儿没有其他的生物，甚至连一只动物都没有。

入夜，只有满天的繁星——那儿大概是一个热闹世界。它们遥视这满天闪烁的亮点，感受着空阔的宇宙。但是它与它们不可能对话，它们相距太过遥远了；而它与不远处那棵柳树之间也很少能够交谈，因为只有在秋风吹起的时候，它们才能借着风力把只言片语送达对方的耳畔；而平常，在这三四百米的距离内，它们要对话也仍然困难。

只有它们之间知道，这所谓的连体柳原来是一对夫妇。那细小一点的是妻子，那粗壮一点的是她结实而茁壮的丈夫。无论多么寒冷的冬天，

多么狂暴的风沙，他们都互相依偎、互相抚摸、互相爱护。她弱小的身躯无数次地感受着丈夫那种体贴的柔情和保卫的力量。

夜晚，雨露洒到了连体柳上，他们就微微活动手指，抚摸对方的脸庞。往往是秋天刚刚过去，妻子就从丈夫脸上发现了很多皱纹，从他乌油油的浓发中发现一丝丝白发。她背过身去，拭去眼角的泪水。午夜，四野静寂，远处的那棵柳树也在安睡。他们紧紧地簇拥，亲吻着，小声诉说自己的心事：他的昨天、昨天的故事，他在广漠的原野上流浪的故事。这些故事都讲了一千遍了，可是丈夫永远需要这倾听、这微笑。

这棵粗壮的柳树，在许久以前是个猎人。有一次打猎迷了路，怎么也走不出这片荒原了。他焦渴极了，没有一滴水，没有一粒粮食；但他走啊走啊，永不屈服。他试图从焦干的沙子下面寻找水源，想挖出粗一点的根茎充当食物，后来全失败了。最后的时刻，他向苍天祈祷："让我变成一棵树吧。那样我就能在这片荒原上扎下根来，继续活着"。他的祈祷刚刚过去，就听到了一片唰唰抖动的声音。他愣住了。后来他发觉自己的双腿变成了树干，上肢变成了树冠，而头发，变为碧绿的叶子，那哗哗的声音就是自己的头发在风中抖动的声响。

他旁边那个身材纤巧的柳树，是在许久以前，一支强悍的骆驼队从这儿走过时，一个被劫持来的少女。她在午夜里逃出——跑啊跑啊，想趁这片夜色走向更加遥远的地方。到了黎明时分，弱小的女子停住了脚步，这才发现自己到了更加荒凉的一片沙原上，没有人烟，没有草木，连鸟雀也没有。她看着自己的回路：茫茫一片，一直到天地相连的远方，什么也没有。她吓得哭起来。正在这时候，她转过身，一眼看到了遥远处有一棵柳树——心中泛起的惊喜简直无法表述。她的泪水止住了,怀着一丝希望,向着那株孤柳跑去。她一头扑在树干上,紧紧地抱住了它。也许是她的体温让这棵柳树感到了什么,她觉得柳树在怀中微微颤抖。后来她朦朦胧胧觉得,是自己柔软隆起的胸部在使这棵柳树颤抖;还有,她灼热娇嫩的脸庞也使这棵柳树颤抖。

她伸出手指抚摸他,再也离不开了。

太阳升起,越来越热,白沙烤人。只有这棵柳树的绿荫能够保护她。她一步也没有挪开。一直等到了天黑,星星出现了,风安息了,一个长夜来临了。她独自一人,还有这棵柳树;就像白天一样,她紧紧地搂住它,抵挡这空寂与恐惧。她对它悄声细语,诉说着不幸的遭遇:那个骆驼商队的头人、可怕的凶残、不怀好意的狞笑,还有其他……泪水哗哗流下,打湿了树干。她不知不觉将这棵柳树搂得更紧。

大约到了午夜,她的诉说还没有停止。最后,她好像觉得有一只粗糙的大手在抚摸她的头发,她跳了一下——她发现是柳树的一个枝条碰着了头发。她长长地吐了一口气,重新把额头贴在了树干上。再后来,她就这样睡过去了。

不知是睡梦还是真实的情景,反正她听到柳树在向她发出询问,在安慰她;那有些粗糙的男性的喉咙让她一阵害羞。但她马上感到这是一个极为善良的人,正对她嘘寒问暖。一只大手抚摸她的后背,告诉她:我们都不可能走出这片荒漠,唯一的办法就是变成一棵树,像我这样,你愿意吗?

梦中她抬头看着他,点了点头。"你真的愿意吗,你不会后悔吗?"

她点点头,说永远不会后悔……

太阳升起,新的一天开始了。崭新的太阳照耀着这两棵树。她在回答他的问话、立下誓言时,也就不知不觉间变成了另一棵纤细美丽的柳树。

他们从此永远相拥在一起,生活在一起。

也就在这一年的春天,在离他们不太遥远的那个地方,一夜之间又出现了另一棵树。只有他们知道,那也是一个常年奔波的旅人变成的。

在这片荒原上,每天,都是他们俩一块儿向他发出第一声问候。

他们互相注视着,直到永远。

如火如荼

一片茶花在风中抖动。夕阳下,它们真的如同火焰,在起伏的沙岭上燃烧,蔓延,呼啸而去;这时它犹如飞起的箭镞,如同星夜里连成一片的火炬。

夕阳下沉,更暗的光色下,那些低洼草地的茶花变得暗淡起来;唯有高耸之地的花丛才变得格外凸出,甚至有些耀目。西风搅动,它们像一片大湖掀起的浪涌波涛——这旋转汹涌的水流很快将冲决一切,继续涤荡。对于它们而言,土地上无所遮拦无所阻碍,它们将汹汹滔滔,汇向海洋。

它们是荒原的激情,是最弱小者汇成的巨流,是哀号泣哭中的一次放声歌唱,是世界某个角落一次不为人知的冲动和释放。它真的不可扼

制了……

只是许久之后,它才慢慢和缓下来,平静了;它开始抚摸天色,轻轻歌唱。它这会儿竟如此地抒情——徘徊低回的心情,悠远的思念……这片旷野上的茶花啊,竟有如此细腻动人的表述。

这个时刻,谁听到了它的絮语呢?谁听到了它充满诗意的呢喃之音呢?

它终将被遗忘,除非它在什么时刻唤醒了人的注意。不,它们是如此的独立、自我、完美;它们只是扎根在一片泥土上,不断地更新自己的生命,不断地焕发出崭新的笑容。每当太阳升起,把它们照亮一片,昂扬的歌声就充斥了宇宙的每个角落。百灵停下啼叫,雄鹰在高空凝止,野鸡蹲在树杈上静静注视——原野上绽放的浪花,银色的海,惊世骇俗的美……一切都献给了太阳。

月色下它们则像一处梦境,掩藏的,是一个又一个神妙的故事。这清纯的夜晚,它们把美交给了月亮。荒野在光色下洗涮,水流溅起的扑扑声中似乎真有鱼跃。

这是激动之后,狂涛波澜之后,迎来的安宁和叙说;这是引吭高歌的前夕,又一次涛涌的前夕。它就在这宁静中蕴含起更多的激情,变得更加细致,更加真切;它的情感世界永远不会浮泛,不会中空。

在雄鹰看来,这是大地催放的焰火,是生命的庆祝——这里看不到一丝人迹,所以这仅仅是大自然自己的庆贺,是来自她的伟大礼赞,是循环往复的冲动。

排遣之地

在这片雾雨蒙蒙的树林里,一排又一排长椅,还有那些护树栅栏,都空空地等待。一盏又一盏竖灯已经熄灭。

这是一个晚秋或初冬,万木凋零,大树变得严肃而沉默。这儿在等待游客,等待喧哗,也在等待第一场雪。季节来到了终结时刻,一切都在等待,等待接下来的另一种时光。四野安静到了极点,没有风,只有雨雾。

一个人从这儿走过,看看四周,又很快消失了。接着连一只鸟都没有飞过,没有任何东西打扰这个地方。

在荒芜萧索中,一个人可以扔下所有的伤痛和感慨。这是一处老年人才喜欢的去所,青春不会在这里流连。

那么好吧,迎着雨朦,迎着令人不快的脚下的水声和污泥浊水的迸溅,走过去。那脏脏的桌椅,看也不看,擦也不擦,且坐下来。稀疏的林子,灰蒙蒙的天空,微弱的光亮,一切都告诉他:寒冷将至。

他没有遗失什么,所以今天来这儿也并非寻找。他只想坐一会儿。

这片深色田园,一只鸟儿都不愿光顾的地方,真是特异。他一闭上眼就可以想到一个人:青春焕发的样子;她的额头,她的笑脸,她的繁花似锦;淙淙的泉水丰茂的水草,一切的一切;儿童、母亲、满足的父亲;还有咕咕叫的鸽子,飞旋的鸟——奢华时光留下的一切,都涌上心头。

它们来得太多太快,他不得不让它们溢流出来,与雨水掺和一起,铺上这片静寂。一次又一次的道别、分手、相逢……人们就在类似的场景里游走，徘徊，往复不息，没有完结。

咀嚼这些、回味这些时，想到了你。灰黑色的眼睛——这是神灵才有的眼睛啊。你的眼睛怎么映出这样一片风景！听沙沙雨声，它们打在干透的树叶上，把它们润湿，又把它们混入泥泞……

谁也不能摆脱，不能遗忘，因此只有排遣；而排遣则需要寻找一块排遣之地。

这个世界上，谁留给我们这样一个空间？如此亲切、荒凉、安宁；这里既看不到情人也看不到猎人，他们都走远了，走向自己的远方去了。他们去寻找湖泊、海洋、河川。于是这儿留下了一片空地。它在这里等待。

接近黄昏时分，从一个角落透出一个背影。他（她）穿着风雨衣，身影很小，蜷在那儿，可能是抱着自己的膝盖。只是看着这个背影，心中一动。那可能是一个有着类似心境的人。他想走过去，他走过去了；可是在离对方十几步远的地方，他又阻止了自己。站着，唯恐打扰了那人。不知为什么，可能是因为他（她）的背影吧，他这时把他（她）看作一个女孩。他甚至在猜测她的睫毛怎样垂下，嘴角怎样闭合；鼻翼在翕动，她正看着自己溅满泥水的两脚、一双很旧的鞋子……

他重新闭上眼睛坐下了。这当然不会是一种巧合，不会是他烂熟于心的某一个人。可这实在是太巧合了。无论如何不能不说，这太巧合了。

可是他愿意这样，他觉得是这样。那件斗篷，深灰色的，抚摸过无数次的柔软，怎么会忘记呢。可是他这会儿又清楚地知道，她在一片大水的另一边，而今，这个时刻，绝不可能飞回这个地方——他也不记得他们在此地相会……不，完全不是，这个地方他只是偶尔踏来。

这儿太荒凉、太寒冷，像记忆的坟墓。

……那清脆的声音，那无法复制的、世界上最柔软的声音，如南方的水。

一个五十多岁的人才有的心情，一个二十多岁的人才有的回忆，一块儿加在了他的身上。

年过半百，心中悚栗。他注视过自己的眼睛，它才是真实写照。无论戴上一顶多么时髦的帽子，或者是系上一条多么鲜艳的围巾，都无法消除两眼之中沉淀的重量。这是半生漂泊、五十多年的时光赠予的礼物。眼睛刻下了全部印痕，它们已没法消除，没法隐藏了。

他站起，弓着腰往前。雨雾在他的眉毛、花白两鬓上，都留下了细细的水珠。多么好啊，细小的雨，不急不缓的雨，轻轻洗刷的雨，把他整个润湿了，也给一点生机和希望。他寻找着，发现什么都可以抛弃，唯独不能的，就是那几声简简单单的问候——对生命的问候。他把它收下，不放，紧紧地拥有；是的，他直到来生都会品咂它的甘味，他在来世还将挽住它的双手。就是这样，嗯，是这样。

雨水顺着额上的皱纹流下，天哪，时光可没有忘记在自己的面部刻下这些小渠。流动啊，流动啊，多么细小的水流，那就是往事了，是往事在流动……那么多的往事交织一起，糊个满面。脸上的皱纹细密繁多，有人说它像蛛网，而我说它像灰尘。是的，时间的灰尘蒙住了我的容颜。我讨厌这灰尘，可用力地赶，使劲地赶，都不能使脸颊重新变得光洁。青春的光泽哪里去了？亲爱的朋友，我的往事，我曾经紧紧攥住像一对猫爪一样柔软的手的那个朋友，依偎我呵护我的朋友，你能回答吗？

在寒冷的秋末初冬，两个季节的夹缝，他走来走去，走来走去；他看着自己呼出的气体——雪白雪白——它让人想起喷气式飞机划出的那道不愿消失的长线……人生的航行……走向远方、回归、流浪、浪迹天涯——这些字眼都空荡荡的，让人难过。可惜它们都一直发生着、发生过了。我的孩子啊，我的孩子的孩子，我的未来，我的未来的未来……

只有在这里，他才能够想得遥远，把不能表述的心情，寄托给这雨中的长椅、灯柱、树木，以及它们组合一起的安静……

注 视

霞光照亮你眼前的这片斑斓，各种野花开得如此绚丽。可能是被这美惊呆了吧，你一动不动地注视。草原、天空，一切都化作了映衬的背景；你站在一片生机盎然的世界里。

我不愿打扰你，一直注视你——就像你注视着这片土地一样。

我想起了与你在一起的那些时光，你的故事，我的故事……

你是所有生灵中最为淳朴的一个，我不记得在这片平原上有谁比你给予人的更多。你永远操劳不息，过着辛苦的生活。作为一个母亲，你生育了那么多儿女，它们一个个剽悍、强壮、皮毛闪着光亮。你把他们一个个送到远方，它们都像你一样不辞辛苦劳作一生。是它们驮来水、粮食和人们所需要的一切；而它们和你一样，每天吃下的都是草。

难得有这么一个机会，你不受约束地跑到了这片旷野。你正想起自己的孩子，自己的伴侣，还有那些友谊。记忆一滴滴从心头滤过。

现在只有你自己了。这一生仅仅有一个人曾经亲近过你——一位退伍的老人。

他从来没有像其他人那样呵斥你、鞭打你，或者让你驮起山一样的货物。他为你揩去身上的尘土，把干结在毛发上的泥巴用水洗去；他最愿抚摸你，拍打你的脑壳。他在你的两只长耳上留下了指纹。他常常看着你两只又大又亮的眼睛，不停地看。他向你诉说，可惜你一句也听不懂；但你最后总能从他慈爱的语气中把什么都搞明白。他有时把粗糙的大手按在你的嘴巴上，感觉你呼出的那两道热气。他为你取来可口的草料，取来水。半夜里，他总是爬起来给你送去吃的东西，陪你一会儿。如果是大雨天或大雪天，他就蹲在你的旁边，吸一会儿烟斗。

那个老人像你一样，只是一个人。他那么孤独。原来你以为将和老人永久厮守下去，没想到他会走在前边。那一天你仰起脖子昂昂大叫，惊动了整个村庄。所有人都不解地看你，有的甚至威吓你。可你再不能够安静，奋力挣脱，只想把缰绳挣断，扑到那个躺卧的身躯上。你想用疯狂的呼号把他唤醒……一切都是白费。你眼看着老人被他们抬走了。他再也没有回来。从此你的幸福也就完结了。

接替老人的是不知从哪里来的一男一女，两个年轻人。后来你才知道，这是他不孝的儿子和儿媳。他们继承了这座泥屋，还有院子里杂七杂八的东西，当然也包括你。他们把一切不幸和沉重都加给了你，只为了维持自己的懒惰和无耻。他们贪婪地吞咽各种食物，却把一堆焦干的草节推在你的面前。他们在许多时候忘记了给你水。就这样，你干干地

咀嚼，把痛苦和想念一起咽进胃里。有好几次你病得就要死去，浑身颤抖，甚至站不起来。而他们对这些像是毫无察觉，仍旧逼你到地里劳作，从早晨到天黑；你倒下又被鞭子抽起，有时实在起不来，他们就绝望地踢打。连你自己也不明白，是什么使你产生了那么大的力气，最后总是站起来……

这个没有温情的人间啊，你什么都不留恋，只留恋那一段记忆：老人抖抖的手，还有他咳嗽的声音。一切都宛如眼前。有好几次在劳作时，你想寻个机会跑掉，跑得越远越好，再不回返。你想在一个谁也不会发觉的地方倒下，死去……想是这样想了，可是每次走开又返回，返回那个泥屋。因为在那里，你可以听到老人的声音，嗅到他的气息。是的，只有在那里。这世界上再没有任何一个地方可以回忆那一切了。

简直就是记忆把你生拖活拽，拽向了那个牢役之地，欺辱之地。你的全身很快变得又脏又臭，到处都是泥巴污水，苍蝇一团团在身上滚动，叮、吮，让你踏动四蹄。你张开嘴巴咬它们，总是一下又一下咬空。这时候那个浑小子拉着他那个丑陋不堪的女人，在旁边嘲笑引逗。

你总在盼望雷声响起，盼一场雨冲洗身体，让毛色重新变得光鲜。这雨啊，终于被你盼来了——当淅淅沥沥的雨刚刚下起，你就不顾一切地挣脱，一跳挣出泥院，然后一直向北……

你站在海边平原上。雨水下得格外急，一地绿草都被淋得亮晶晶的。它们在雨中摇动、歌唱，你一听到它们的声音就变得年轻了。跑啊跑啊，白色的沙子印上了深深的蹄印，走到哪里，都有一些植物仰脸微笑，发出问候。它们还记得很早以前那个老人和你一起在这荒原上踱步的情景。

那是怎样欢快的时光啊！老人哈哈的笑声响在耳畔，你踢踏踢踏地走，有时仰起脸，在老人的胳膊和胸前磨蹭；你用鼻孔去触动老人的胡须。老人一点也不烦腻，捧着你的脸看；他摸你的额头，拍打你的后脑，咕噜几句……

有一次你亲眼看到老人迎着霞光久久地看着、看着，后来揉揉眼睛，两线长泪流下来。你昂头看着老人，发出了自己的询问。可是老人听不懂。你无法容忍一个老人的泣哭，只把这情景、这疑问和难过一起咽下肚里。有多少可怕的故事装在老人的心中啊，你垂下了头。

就在这同一片沙原上，往昔的故事在雨中流动，渗到沙土里，渗得很深很深；只有以后，它们才会随着另一茬植物钻出地表。原来整个沙原上碧绿灿烂的一片，都是在倾吐原野的心事啊。这么多的心事，这么多的怀念。各种各样的生灵都在这儿喧动、鸣叫、奔跑。是的，这儿交织和遗留了各种各样的心事。它们永远不会完结，永远不会。

而我这个无奈的、被许多人厌恶的生命，也没法无辜地终止自己、扼制自己；我只能往前，往前；我是在迎着无法预料的厄运往前啊。

雨停了，云彩裂开了。霞光猛地射出。啊，原来还是一个早晨，太阳刚刚升起，自己被霞光照得周身闪亮，洁净无比。你突然觉得自己精神倍增，浑身都是力量。你奔跑、奔跑，想一口气跑遍这片沙原，这片自由之地，这片属于你和那个老人的土地；后来，忽然间，你像猛地听到一阵惊心动魄的音乐似的，一下站住了。

你站在了一丛灿烂怒放的野花跟前，一动不动了。

一滴晶莹的水珠从花蕊上落下。

你在想：它们正幸福地泣哭……

酷 烈

这些失去了表皮和绿叶的枝干，让人想起举向苍天的手臂。

头顶是卷动的乌云，是骤然照亮的炽电。它们失去了绿色的生命、失去了血脉，只有光裸的骨干还在挺立。仿佛它们正在呼号，正在作一次淋漓尽致的表达，一切就猛然终止……

夕阳下，它们的魂魄像火焰，不停地燎动；云彩烧红了，接着又烧大地。大地是一片橘色海洋。它们身上刻满了岁月的印痕，挣扎的苦痛，写下了无数历险……

在很长一段时间里，这两棵柏树一直是繁茂生长，无比茁壮。它们感谢阳光雨露，让它们成为这片原野上最蓊郁的一片。在粗壮的躯体上，曾经奔跑和蹿跳过猞猁、豹子，甚至躺卧过巨蟒和雄狮；这些凶猛和硕大的动物衬托了它的威严。荒原上的其他生灵都以为它是不朽的、永生的；而就在它的脚下，却不断有一些更小的植物和动物相继死去。这些羸弱的生命无法抵挡突如其来的变故，轻易就被自然界的戕害折损或毙命——它历数记忆中一次又一次的危难，发出阵阵叹息。

一个雨夜，隆隆雷声震得大地抖动。突然，一道电火击中了它。它的躯体一瞬间就被撕裂了一道口子，好几根粗壮的枝丫咔嚓嚓折断，叶片扑扑掠地。这猝不及防的雷电使它全身抖动，深根都被摇撼了。它看到自己披挂了一身雨水和碎叶的躯体是多么雄伟，又是多么恐惧。雷电

远逝，它还在颤抖；接连不断的狂风把它折断了一半的枝丫扭动、旋转，终于使其彻底脱离躯体。

那是个多么残忍的夜晚，飓风如吼，直嚎了一个夜晚一个黎明。早晨，第一束霞光照着四周的枯枝败叶，一地狼藉。真是惨不忍睹。

这是一次劫后余生，它走进了自己的厄运。

它躯体上的那道裂缝始终没能愈合。春天，起风了，风沙刮到了伤口里。夏天，烈日烘烤，雨水浸泡，它眼看着伤创在腐烂溃疡，痛楚使它夜夜难眠，呻吟不止。这声音在风中传得很远，连它自己都不能抑制。难道它想通过风传给遥远之地，传给冥冥中的什么吗？天地之间还有谁会疼恋自己，伸出那只无所不能的手抚平这创口……它用幻想抵御伤痛。它没有泪水，除非是在阴雨天里——那时它才忍无可忍，剧痛使其涕泪滂沱。

更难以忍受的是夏天。由于伤痛，它再也不能像过去那样从地下吸取那么多的活泉了。干渴难耐。火烈的太阳在头顶烤晒，无论发出怎样的呼号，它都不理不睬。它离这儿太远了，它俯视大地：它的怜悯应无处不在，恩泽无处不在；可它只是沉默，对痛苦和欢乐一视同仁。这就是太阳啊。它现在已经看不到太阳的微笑，也看不到它泣哭，更没有听到它问候的声音。

只有那些幼小的动物偶尔用躯体来磨蹭它，表达着自己的依恋和爱护。它们有时把它看成了这片荒原上的祖父，苍老、沉着，历尽沧桑。真的，这片荒原上的一切都在它的注视下衰老、成长、再生和轮回；它认识周围的一切，记得它们的来路，也知道它们的去路。狮子、豹子与羚羊麋鹿之间，那一场又一场流血，它都耳闻目睹。它还看到旁边的一棵小叶青杨怎样被成群的毛虫啃食，一夜发出痛苦的声音；可是它的手臂离得太远，没有能力去解救；小叶青杨一头乌亮亮的黑发在一夜之间失去了，变成了一个秃子；再后来这棵小树就郁郁寡欢地度过了自己的青年时代，进入了老境。失去它的时候，老柏树一声不吭地注视，只用目光为它送行。类似的树木，洋槐、柳树、小叶秋、桤柳，一个又一个生命，差不多都是以相同的方式离开的。

　　它对这一切已经习惯了，记忆里装满了沉甸甸的沙子。

　　它自己的那一天是缓缓来临的。它眼看着滚烫的太阳烤干了自己一片又一片肌肤，它们由深褐色变成了棕色，后来又变成了黑色，开始像鳞屑那样一片片脱落。风雨加速了这种进程——简直像用无形的手撕去它的肌肤，剥出雪白的骨骼；这散发着热量和水汽的躯干啊，就这样白惨惨地裸露在原野上。

　　四周的晚辈睁大了一双双恐惧的眼睛，看着它们的祖父在晚风里颤抖，在太阳下呻吟，直到再发不出一点声音。

　　一缕水气蒸腾到高空，汇入乌云。

　　它失去了知觉。最后的时刻，只有一个梦境像雄鹰一样在头顶盘旋：它梦见自己重新长出了枝杈，展放了叶片；它甚至又向头顶的空阔延伸了好几米——那儿是一片欢声。风来了，它无数的手掌在拍动，拍得生疼，拍得像水流和波涛一样，哗哗鸣响……

　　就在这渴求永生和力量的梦境中，它凝固了自己的生命。

陪 伴

他们历尽煎磨走来。无边的雪地,苍茫的来路和去路……不得不停下来歇一下了。

到处都是雪。他们只得在雪地上互相倚靠着坐下。疲惫得不能讲话,长时间闭着眼睛。他们携带的东西对于劳损的身体而言是太重了:一架手风琴,一只皮箱。她的男伴怀中紧紧抱着手风琴——只歇息了一小会儿他就摘下了手套;他要在这冷酷之地奏一支曲子吗?

她张大了嘴巴,大口呼吸,看着远方。

他拉起了琴。琴声环绕,把她走远的思绪招回。她倚在他的后背上,听他拉着、喘息着。这旋律从他心中飞出,来自心的深处。

他是这次长旅的依靠,是一生难忘的陪伴;他现在没有离她而去,将来呢?他过去曾经很好地陪伴过她吗?他是她能够维持多久的恋人和朋友?他们友谊的纽带有多么坚韧和绵长?不得而知。回答的只有这琴声,这微弱的琴声。

安静的雪野很快把这旋律拥抱了,消融了,扩散了。

可以想见,在许久以前,她还是一个多么可爱的娇娃。就在这雪天里,她比他的打扮也要体面多了。裘皮衣帽,蓬松的大毛领,袖口领缘都是这柔柔的皮毛;裘皮帽子在风中吹得长毛开花,把她的额头遮住了;她耸起的鼻头都透露着倔犟和顽皮。她穿了裙子,长筒皮靴,比起男友

那破烂的衣衫、沾了一身雪粉的狼狈样子,她显得整洁多了。

他的曲子是献给她的吗?是的;可这曲子同时也是献给自己的。这是自慰的音乐。在遥遥旅程上,他比她痛苦得多、艰难得多。他知道自己作为一个男人,应该负起什么样的沉重。此刻,他把她驮在背上,尽可能地让她倚着自己,舒展着身体。不仅如此,他还要给她更多的慰藉。他怀抱自己的琴,自己的心爱;还有,他背靠着另一个心爱——她在他身体的另一面。

这个幸福的男人此刻为两种心爱所贴靠,也未必不是一种幸福。只是这种幸福得来太不容易了。这只是陪伴中,旅途中,一个小小的剪影。关于那些难以忍受的背叛,心中的伤痛,他只愿遗忘。可惜永远不能——他们两个共同岁月里的哀疼,现在已结成一个伤疤,每到阴雨天里就隐隐发疼。这提醒他什么才是最珍贵的。是的,唯有那份珍藏永存,它们在风雪中也不能丧失。在艰难的时刻,在痛不欲生的一瞬,他总是叮嘱自己,一遍又一遍叮嘱:挺住,挺住啊。深夜,他曾经小声呻吟:我再也不能忍受了,不能了,必须改变了,立刻改变吧……他坐起来抚摸自己的胸膛,听着扑扑心跳,踱到窗前。天上是闪烁的星星,若隐若现的光。他寻找银河和月亮,没能如愿。它们都隐在了夜幕的另一边。

那样的夜晚啊,她在那一边熟睡,他却在这一边徘徊。

他一遍又一遍假设着未来、过去,设想着他曾经拥有的生活和将要拥有的生活。绝望的茫然攫住了他。独坐角落,吸完一支烟又一支烟。他心里装满了那么多亏欠和感激;他不知为已经得到的巨大幸福感谢谁,也不知为这些难以压抑的撞击去埋怨谁。仇恨曾经涨满双肋,拳头狠狠击打桌子，骨节差一点捣碎。就在这绝望的尽头，这夜晚，他慢慢平息自己，挨到天亮。新的一天重新开始，晚起的她像一只睡猫，睫毛盖住了下眼睑。她蜷在那儿，那稍稍俯卧的样子，让他忍不住把手抚在她圆润温热的肩头上。她仍然没有苏醒，他离开了。这时候朝霞正好从窗帘的一边射进，他转身看去，她整个身体都被这霞光勾勒出一个轮廓，可爱极了。

泪水在眼眶里旋转，他忍住了。后来他轻轻合门，走到野外。这个清清早晨，他仿佛第一次看到太阳是这么美丽。他们是因为不幸才走到了一起，所以再不该抱怨什么。既然不幸是他们最好的媒介，那么他们似乎就只能永远揪住不幸的裙裾了。

在这狂暴的雪天，他们又一次共同跋涉。

总有什么在催逼他们，驱赶他们，跑啊跑啊，怀抱沉重不停地奔跑。不知多少次在雪地沟坎里跌倒，也不知多少次爬起；奇怪的是，他心中的娇娃，这个如今泼泼辣辣的大孩子，身上却总是那么洁净——沾了满身的雪粉稍经拍打，又变得簇新。而自己却弄得满身满脸湿漉漉的，污痕处处。他苦笑着。

她怎么也听不出他拉了一支什么曲子。原来这曲子是他即兴而作。他倚在她后背上，应着爱人心跳的节奏，拉响了这把琴。轻轻地、轻轻地，像早晨的微风，一丝丝地在她身上吹拂。

好温暖的吹拂啊，这是他的心声，是隐秘的倾诉。他倾诉着，除她而外，世界上没有第二个人可以听得懂。那让人激动得发抖，让人害羞得脸红，让人像个孩子一样悄悄等待的企盼啊，都糅合其中了。

这个琴手显然是一个天才，未知的天才；他能把那么多神秘的东西如数呈现，不露声色，不露斧凿之痕……人间最美妙的声音被我一个人听到了；它就散落在雪地上，让我收拾起来，悉数装进心中。我会永远记住。

一阵风吹来，雪粉扬起。曲子还未终断，还在往前奔流。

她双眼溢满了泪水。

完美的信念

这是一台一九一七年的拖拉机。

它如此漂亮，像一个英姿勃发的小伙子。不过，它如今只能放在博物馆里了，放在那段历史的说明之中。

在它烦琐的设计中，你可以看到生命在扑扑跳动，可以听到它的脉搏。这是人类通过双手而凸显的另一种形貌。是的，人类的创造物总是太像人类自己了。

由于这是一台蒸气动力拖拉机，所以它的体积比我们今天看到的那种要大得多，外部的设备也要复杂得多。看到它，你会惊叹我们现代化的历史真是漫长而又短暂。在这烦琐到不能再烦琐的设计面前，在这些粗大的螺钉、巨大的轮子、有力的曲轴、粗粗的烟囱，还有边缘剪成了锯齿形的遮阳伞面前，你会感到人类追求完美的信念。这种信念是如此地不可动摇，如此地顽强执着。

在大洋彼岸，当年有五万多个农场主购买了这种拖拉机；那些刚刚接触机器的小伙子马上将其当成了宝贝，他们纷纷放弃马匹兽类，而统统跃上了机座，在原野上驰骋。他们发现使用拖拉机的妙处：只要花费很少的钱就可以获得比兽力多得多的工作成果。当时的每加仑燃料只需五美分，而到了冬季还可以关掉拖拉机。在农闲季节，它从不会像马一样吃掉那么多燕麦。

当时，人们的确是把它看成不吃草料的马匹。

时光一晃到了七十年代。东方某一片土地上开始广泛应用内燃机动力的拖拉机。从一九一七年算起，已有了六十多年时光的流逝；还有，东西方的巨大差异……时间和空间在这不吃草料的马匹身上所能体现的变化也就是这些。而这七十年代的内燃动力拖拉机，却更为矮小丑陋粗糙，竟丝毫没有现代感，更没有表现出多少生命的力度。

它的动力部分由蒸汽机换成了内燃机，铁轮变成了胶轮。虽然那些外部的烦琐没有了，却又光光的像个秃子，蹩脚而又难看；现代的精制和完美在这里丧失殆尽。它的处壳，稍微薄一点的地方，都是手工敲制成的铁片子，磕磕碰碰，涂了红油，何等简陋。

可是即便这样，在那些尚未摆脱贫困的农民眼里，却如获至宝。他们像围观一件来自天外的神秘物器，轻轻叹气，小心抚摸。为了争夺它的驾驶权，有人豁上了一切，简直是千央万求……

那时在这片贫瘠的土地上做一个拖拉机手是多么难，难到要查祖宗三代——有一个漂亮的小伙子，为了当一个驾驶员，激动得彻夜不眠。他一次又一次去找村头，甚至送上了最珍贵的礼品。后来他终于被应允。

可是最后关头，另一个竞争对手指出他的远房亲戚有所谓的"污点"，从而一举将他击败。小伙子万念俱灰，羞愧、颓丧、一个人流落到河边。他望着滚动的河水，真想一死了之——就在这危险的时刻，本村的一个长辈把手搭在了他的肩头……

　　这样他算活了过来。许久许久之后，每逢看到别人驾驶那个十二马力的柴油拖拉机，他身上还要泛起一阵又一阵痛疼。那种伤痛几乎伴随了他的大半生。

　　后来他离开了村庄，走到了陌生的土地上，还仍然不能把那一切遗忘；有好长时间他梦想自己骑在这样一匹钢铁骏马上奔驰，倾听它的歌唱。

　　后来他终于如愿以偿了。他感受了特异的快感。它是那么强大，足以鼓舞起他肉体所蓄藏的所有能量。他感到自豪和从未有过的自信。在漫长的风雨劳作中，他依靠它，信赖它，甚至与之互相鼓劲儿。他觉得这个坐骑，这台心爱的机器富有灵性、有人的感知。他给予的每个指令它都能悄悄应和。他们之间配合默契。当然，偶尔也有一些冲撞和摩擦，但他很快就能把一切麻烦都消除掉。

　　在野外长久的劳作中，他疲惫的时候就倚在它的身上睡一会儿；黑暗中，他靠它两只崭亮的眼睛穿过夜幕，看到了地上的坑坑洼洼；在上坡路，他听到了它吃力的叹息；在平坦的地面，他看到它轻松地前行。一个秋季流泪流汗的苦作，它翻下了那么大一片土地，播下了那么多种子。

　　这个时候，他的确感到了"金属的仁慈"*。

　　他常常惊异地看着它：在这些奇妙到不可言喻的组合之中，它有了

---

* 海明威语。

心脏，有了肢体，甚至有了灵魂。

当时他没有看到这架一九一七年的拖拉机——当时与这台机器差不多的，还有许多，它们的样子都是那样英俊；连它们的名字都很棒，有的竟叫作"滑铁卢小伙子"。它们仿佛是为了观赏而不是为了使用才制作的；它们本身就像一件奇妙的艺术品，完美无缺。

就是这种追求完美的信念一直贯彻下来，激活了整整一片大陆。于是有了船舶，有了飞机，有了成片的树林、马路、建筑物，还有了其他许多许多……在东西方的这种对比中，我们无须沮丧；因为我们只能说：这种信念属于全人类。无论是谁，拥有了它就拥有了美好；失去了它，就会走进一片漆黑。

人类应该用自己的双手塑造出俊美的形象，无论是大到一座摩天大楼、一列火车和一艘航空母舰，小到一支钢笔、一枚曲别针，都应该融入我们的信念：完美；我们的创造物应该是我们生命的投入和放射，是我们心灵的倒影。

洁 净

在我们面前的是一位夫人，是她和她的学生。夫人头发白了一半，正在打开一本书；四个学生围拢着——这些组成了一幅完美的图画。最引人注目的还是那位夫人，优雅、端庄，特别是：洁净。

我们相信这种洁净的感觉是准确的，那是心灵之泉洗涤的结果。

她一生都在从事教育，与各种各样的学生打交道。她在一种非常优渥的环境中长大，过着一种与其他人不同的生活。先是祖父祖母的娇生惯养，后来才是独立谋生——爸爸妈妈对她要求很严。这使她懂得了怎样更好地面对这个社会。像一切永远追求美好的年轻人一样，她长大以后曾有那么多的羡慕者，娇惯者，以及嫉妒者；她同样要在特别的愉快和不愉快中穿行；有了自己的爱人孩子家庭；当然，首先是有了一份称心的职业。

不知从什么时候开始，她热爱了教师这个行当。也许是留恋青春，是那种特殊的交流的欲望，还有对学生时代的留恋——反正她留在了校园里，留在了学生们中间。因为职业的需要，她要不停地读书，读各种各样的书。她求知的欲望随着年龄的增长不是减弱，而是越来越强。与学生相处真是好极了，她几乎不记得严厉地呵斥过哪一个。在任何一个年轻人稚气的、热烈的眼睛里，她都能看到希望和爱护。她爱他们像爱自己的孩子：一个人可以拥有这么多孩子，真是难以想象的事情。他们当中有的聪慧，有的稍微迟钝一点；但她都无一例外地爱他们，理解他们。她就沉浸在这爱之中，缓缓地又是匆匆地打发着宝贵时光。

她记得双亲是怎样爱护她的，现在她又把同样的关怀送给了孩子们，看着他们成长、向前，看着他们接近心中的完美。

因为一次旅行，她来到了东方。在这里她遇到了黑头发黄皮肤的学生。她竟留了下来。出于一种奇特的心情，也许是责任感吧，就像当年的传教士一样，她在这里尽职尽责地做起了自己的工作。她对丈夫说：她爱这里的学生。她很快就把他们当成了自己另一种肤色的孩子。她们都有一双黑眼睛,"多么黑的眼睛啊,黑白分明"——她在日记中这样写道。

她告诉丈夫,在东方湛蓝的天空下,在夜晚,一个人的时候,看着窗外闪动的星星,比在国内更多地想到了自己浪漫的青春。她几乎不好意思提到这个字眼呢。

她想起和他一起在校园时,深夜不归的散步,花坛里的交谈,还有夏天到海边、到东部旅游……种种经历。那时她比现在苗条得多,有点瘦削,可是也比现在毛躁。当时她说起话来嗓音很高,有点急。丈夫就嘲笑她,那是善意的嘲笑。她总是用一阵热吻阻止他,紧倚在他身上。月光下,她看着男人被水洗过一样的身躯。这是何等的洁净。这种时刻,月光下,每个人都该是洁净的。

真的,回忆自己这一生,不记得曾经恶意地嫉妒过谁,诽谤过谁。她的手最常拿的是教鞭、书籍,更多的时候只是停留在这两种东西上面。她没有沾过不洁。谁都夸她有一双柔软而有力的手。当需要力量的时候,它就会有力量。它可以攥成一个紧紧的拳头;而更多的时候,它在温柔地抚摸。

这些年轻人个个都有闪闪发亮的头发,她的手一挨上他们的脑壳,心中就有一股热流潺潺流过。这柔情溢满了每一个毛孔,无论在读书的时候,一个人的时候,还是其他时刻,她都能时常感到柔情在心中涌动。

安静下来读书了。不经意的一瞥,往往只一行字,一个情节,就会令她想起许多。她在想作者,遥远之地的那个生命……与之不自觉地发生一些联想和对话。她能够想象写下这几行字的那个人,他的手势、目光、生活习惯,他的呼吸、嘴唇翕动的样子……我多么想念你,多么希望看到你。你现在哪里？无论你离我多远，都不可能阻止我的这种想念。我感到你（陌生者）在许多方面同我一样，或者比我更好……

每天，她就在这种理解和渴望中生活。如果是一个活生生的人，比如一个学生，这近在咫尺的、呼吸相拂的接触中，会在她的内心唤起怎样难以接受的爱恋。她忍不住要伸手去抚动他们的肩膀，握一握他们的手。那软软的手，童年的手，是人世间最好的艺术品。这些手将接受很多粗粝的东西，或者是美好的东西；要经受磨损和爱护。每个人的一生都是靠自己的两只手去摸索的。

在东方，她学会了一些从前未曾见过的东西，这也很有趣。其他的民族，不同的肤色，不同的习俗，不同的语言，都让她觉得有趣。这些都对她构成了强大吸引。她自己也说不上要在这里过上多久，还要走多远的路。因为这里有大片的原野、有数不清的城市——特别是数不清的孩子。这一切簇拥她，围拢她，她感受的全是友谊。动人的友谊啊，除了它，我还需要什么？在和他们的交流中，在他们美好的注视中，我获得了至为宝贵的能量，得到了最大的满足。

就是这些支撑我，使我有一颗年轻的心。

你来到我的身边，再不就是我回到你的身边。可我仍然要返回这里……离我工作的地方不远有一个温泉，我在那里开了一个房间。我几乎每天都要洗洗温泉。它的水里含有宝贵的物质。它使我神采奕奕，浑身清爽。每当在温泉里浸泡，我就闭着眼睛沉入遐想。给我洁净的温泉啊，多么神秘而自然的泉！世界上的许多地方都可以找到这样的活泉。既然如此，那些污浊和不洁为什么会沾上我们的躯体呢？它们也绝不该顺着

毛孔浸透我们的肉体，进入我们的心灵。

她对这个世界满怀善意，而且从来如此；几乎没有什么伤害过她，这也是一个奇迹。

她现在已经快要六十岁了。在人生旅途上，六十年已经不算短暂，而她拥有过多么美好的六十年啊。在这六十年里，她一直是那么洁净，一直是一尘不染。

天生的傲岸

一个印第安小姑娘，大约只有十岁左右，这会儿在注视我。我悄悄压住一个惊叹。

她头戴高高的羽冠，那是用雄野鸡翎和孔雀毛做成的。颈上挂着好几条项链，还有金属薄片做成的大耳环。她扎了无数条细小的辫子，它们又与其他的装饰品——丝带之类，合编成一条粗粗的辫子垂在胸前。

她的盛装打扮让人想起一个国王。

是的，她高耸的额头下，是拒人的目光；紧绷的嘴角，丰满的下颌，特别是大理石雕刻般的挺直鼻梁——这些都让人感到是一尊国王的塑像。我不记得在其他地方看到过类似形象，我是指她特异的、高不可攀的气质。

面对着这个孩子，这个生命，我们必须仰视。没有办法。整整一个民族的丰厚内容，从她身上溢流而出。仿佛她在向你讲述，向你显示一个民族的过去和未来。这个民族来路深长，神秘；对于这个民族而言，不需要长长的史诗记载，也不需要典籍和画册，因为其自身存在即可说明一切。

我想她的这种傲岸是来自大地山川。毋庸置疑，这是真正的自然之子才会有的神采和气概。我仰视着她，镇静了许久。我们语言不通，难以进行传统的交流。但我们之间可以相互感知。我不知她此刻看到了什么——她在审视我吗？面对一个东方人，她的内心正提出多少质询，我不得而知。

我只想永远记住这个形象。

我发现她的右眼比左眼大，而且有点下陷。也许是内心的什么在驱使，使其在这一刻两只眼睛有了区别。你的左眼有些漠然，好像只是随随便便地看着面前的一切，无论面前的是树，动物，一只鹿，一阵风或是一片原野，海洋，天空，它们对于这只眼睛而言全都一样。而那只稍稍睁大了的右眼，却饱含了温情，并且犀利。在我的印象中，所有擅长形象思维的人、富于幻想和浪漫的人，右眼都习惯于，或者是天生地稍稍睁大一点。

谁说你不富于幻想和浪漫！你背靠的民族，你的来源，就是那样一个长长的故事；你的民族是一个真正无为而有为的民族；你们直接从山川大地上汲取灵感和力量，你们真正崇拜的是永恒的东西。你们与一切生灵平等，从周边所有存在的物体，比如凝固的山脉，寻找自己的答案。也正是因为这些不朽和伟大的参照，才有了你们自己奇异的历史。

你丰满而有力的下巴，奇妙的嘴角，都表明了超人的自信和肯定的能力；还有，表明了你对周围这个世界的傲慢、拒绝和坚决的否定。你以自己的沉默无言回答了四周的挑战。在任何腐化的现代主义浊流面前，你睁开的只是左眼——那只淡漠的眼睛。所有现代的聪智、机巧，充斥了每一个领域的得意狂舞，都在这平淡的目光下变得微不足道。它们失去了分量，终将过去。

漫长的百年只是生命一瞬。一切都要回到原来，回到永恒，回到山脉和情同手足的其他生灵身上。

你的全部生命都凝聚着这种大思索、大目光、大冷静。所以你是超然的，你是凌驾于一切之上的。朴拙而不灭的美——世界上也许会有什么力量暂时动摇这种美，但是从长久的观点看，一切都将被这种美所摧毁。它的力量是无限的，它的力量君临一切。

所以在这个时刻将你命名为"王子"是一点也不过分的。有时，当你混在人群中，在一群孩子当中摸爬玩耍时，也许很难让人看出有什么特别。那时平静的阳光和喧闹的人声在覆盖你，把你混同于他们——一些普普通通的生命；可是每当安静下来，每当你恢复到原来——一切也就立刻不同了。简直是有了一次突变，一次质的飞跃。

这时，平常的微笑从你脸上消失。你凝固到自己的历史中。

尽管现在的这个世界无所不用其极地改变你，也仍然没能达到自己的目的。这真是神秘的、不可思议的。

在你的身边，别人注视的只是你，或与你连在一起的那个民族；而你注视的，却是整个世界。

异域之美

一个孩子，手托下颏坐在那儿，若有所思……

我们很难弄明白她时下关心的是什么，她在关注什么。这是在美洲的一个角落，一个小小的旅行者，穿着风雨衣坐在那儿等待。她稚气多思的脸庞上，有着诠释不尽的奥秘。给予你生命的那个人该是多么幸福。他们远在天涯还是近在咫尺？你一个人孤零零地坐在这儿，四周的人流却完全没法将你淹没。你像一棵红叶树，独自安静地生长在阳光下。可以想象你的温柔，也可以想象你的倔犟。

此刻，由于你在稍稍用力地望向远方，两道眉毛拉成了"一"字。它们竟然是水平的。深深的唇窝，显示着你的善良和顽皮。

在一个凉爽的早晨，你被爸爸妈妈叫起来，一只手牵引着登上了飞驰的列车。在你的记忆中，总是从这一站到那一站，从这个城市到那个城市；你的心中装满了旅途的故事。好像你的身边天生就有外祖母、外祖父、爸爸和妈妈，好像他们天生就是忙碌的，所以有时候你不免要跟上他们奔波。这个有趣的世界呀，熟悉而又陌生的世界呀，你从小就跟它如此地贴近，如此地交融一体。你是游动在这个世界上的小小的、锃锃发亮的原子。

就在你等待、安静下来的这一会儿，我看到了你。

于是我再也没法把你忘记。回顾你，注视你，让我思索和向往。你

让我想到了生活中最真实的东西，想到了美的永恒，以及整个人类向善的决心、追求完美的意义。你的存在让人想到不朽是存在的；你轻而易举就否定了所有的残暴和丑恶。

许久以后，我会这样向人描述：在一个车站，在广场的一角，我遇到了一个沉默的、多思的北美洲小孩——她那被太阳晒得微微发黑的面庞上，泛着永远探究不尽的内美；她是那么内向，善良；而且我要一再地说：她是多思的，执拗的。她比我们习惯于想象的还要细腻、聪慧、自尊、不可欺辱。

这种美是沉甸甸的。这个世界可一定要把她记住啊。

如果连她也遗忘了，我们丧失的可就太多了。

生命的力量

谁能想得到，一片坚实的水泥地板，有一天夜里忽然发出了咔嚓咔嚓的响声。它本来是由石子和水泥铸成的，几乎是不朽的，像钢板那么硬；它甚至发出一种钢蓝色——水洗之后，这种光色常常让人将其误为金属。

可是我们今夜听见了它咔嚓咔嚓的声音。

后来，几天之后，你发现它有了一道裂纹，细细的。你略有不安。因为这裂纹一点点加大，不是一道，而是好几道。你感到好奇，蹲下来观察。

又是几天过去。你发现在几道破碎的裂纹交汇点上，露出了针尖大的嫩芽。你差不多是惊呼一声,跳了起来。后来你又蹲在那儿更仔细地观察,伸手去抠裂缝,试图解放那一点绿色。完全做不到,水泥板坚硬得很。

你想:完了,它注定会被扼杀。这时候你甚至怀疑那裂缝不是由它造成的。但是后来你又很快知道自己错了 —— 因为裂纹仍在扩大,那针尖大的绿芽挣扎着伸出头来,已经绽放出两个叶片。

你发现这是很熟悉的两片叶子,是什么,暂时还想不起来。

出于对它的怜悯,你又一次用手指甲、用一根铁条去撬,去解放这个稚弱的生命。

仍然像上次一样,地板如同钢板,它不过是有几道裂缝而已。

一个星期之后,再一次看这片水泥板时,你大声惊叫了:原来裂缝之间的板块碎掉了,那儿长出整整一大捧绿色的叶子和枝丫,它们硬是顶破了坚障;这会儿,它们正蓬蓬生长,叶片上满是阳光。你看到有几块水泥板碎成了巴掌大小,已经完全松动了。这时候你认出:它是一蓬枣棵。在它的枝茎上,叶芽上,长出了小小的尖刺。

它旁边的水泥板又在破裂,又有新的绿芽钻出。你拿起被顶破的一块水泥板端量着,发现它的断茬足有两公分厚!天哪,这真是一些柔嫩的稚芽弄成的吗?这是什么样的力量,这简直是一个神话……如果不是亲眼所见,你无论如何都不会相信。

你想给它留一个照片,因为这是一个奇迹;而所有的奇迹都应该被记录。所以你就那样做了。

这一次生命遇到的是坚硬的地板;而生命还会遇到各种各样的、几乎是不可逾越的险阻，比如干旱、烈火、刀子的砍伐和镢头的挖掘：各种戕伐都有可能发生。我们看到春天萌发的那片绿芽——有时这只是粗暴的挖掘之后，留在土里的零星根须所萌发的；久旱不雨的荒漠上，却那么顽强地生长着草和灌木，还有星星点点的花朵……这就是生的顽强，生的欲望。死亡是黑暗，是永远没有尽头的黑夜；就为了那一线光明，它在倾尽最后的力量挣脱，向着光明探出身躯，哪怕只看一眼，只看到一角天色，也不枉费一生。

关于求生的故事不知有多少，那真是言说不尽。没有生命的电光，黑夜就会笼罩。生命迸发出电火，照亮午夜的苍穹。星光太遥远了，它在太空闪烁，晖芒还不足以光彻人间。比如说我们无法在星光下读书，我们仍旧需要灯火。灯火就是燃烧，是高高举起的光明。

石板覆在沃土之上，禁锢孕育万千生命、有着无限生机的大地。大地是力量的源泉，大地可以产生无尽的奇迹。再坚硬的石板，比起大地，也仅仅是微不足道的泡沫。大地上有一层肮脏的蛛网，它等待一只手将其拂开、擦掉。

一个生命终于来到活着的空间，有声的空间。听啊，这么多的嘈杂、喧闹、叫嚣，各种各样的声音都汇集一起。多么雄壮的音乐，多少曼妙的歌唱。这一切都是在黑暗里难以寻觅的。

这丛枣棵不记得埋在黑暗中多少年，它总是被巨大到难以想象的沉重所压迫，不能伸展四肢；它的脊椎就要折断，它咬紧牙关才挺住。又过了许多许多年，煎熬使它夜夜泣哭，走入绝望。为了驱赶这绝望，它只得用五彩缤纷的梦境，想象那一天到来的幸福。它就用这不灭的希望鼓舞自己挺起脊背，攥紧拳头。它开始击打，不停地击打。一开始，回应它的只是沉默。它等待每一年里最有力的季节，那个季节的名字叫"春天"。

在春天，它才觉得身上充满了过去所没有的勇气和力量。它听到的都是自己攥紧拳头时骨节发出的啪啪声。在极为安静的时刻，它听到了遥远而迫近的呼唤。那是生的呼唤，是光明在呼唤。

许多年前，母亲离开时把它遗在深土里。那时它只是短短一截根须，为了生，它就用力地抓牢沃土，吸吮着。就这样，它活下来，鼓着勇气默数时间，寻找能够挺身而起的一天。

……最后听到了破裂声，它简直不能相信。看到了从缝隙里射进来的第一缕阳光，不知因为眩目还是因为感激，泪水哗哗流下。太阳升起来了，阳光越来越亮——这时谁都看到枣棵满身满脸都披挂着泪水。

这么多的泪水，这在过去从未有过。泪水把四周的地板打湿了。这是幸福的感激的泪水。

就这样它第一次看到了太阳。它不认识它，只在传说中听过它的名字。很久很久以前，母亲曾指着大地告诉它：这才是万物的生母——而这个时刻它仰脸看着太阳，只想叫一声"母亲"。它不知道这样称呼对不对，只是泪眼汪汪看着。

它在心里默念：太阳啊，是你给了我勇敢，给了我一切。

艺术和流浪

在街头草坪前站着一个吹长笛的人,一个流浪汉。他胡须长长、头发长长,衣衫不整,正旁若无人地吹奏。他的身旁会有一顶仰放的礼帽或乐器盒,那里面大半有行人抛下的几枚硬币。

他不停地吹奏,很长时间一直闭着眼睛。他完全沉浸进去了。几个过路人在观赏,面无笑容。他们大概被眼前这个流浪者、这个不知姓名的艺术家给打动了;但也只是一瞬,后来他们还是走开了。他也许没有发觉自己的听众已然离去,也许早被这来来往往的脚步声给弄得疲沓了。他只是闭着眼睛吹奏。

有时他的听众只有一个,有时一个也没有。他在演奏给空旷的街道、假设的知音。他自己沉迷在乐声里,自己陶醉。这是真正的陶醉——有谁会将乞讨和陶醉连在一起呢?可这是真的。这是一个流浪的艺术家。

在欧洲,在美洲,不知看过多少这样的乞讨者。他们的艺术换来的往往只是一把硬币,很少有纸币。在地铁入口、站台上,甚至在曼哈顿百老汇歌剧售票点,到处都能看到这样的艺术家。他们大都是一个人,有时也有三五成群的;还有时七八个组成了一定规模的乐队:围成一圈,做一个手势,然后就一齐演奏起来。那种齐心协力,那种沉入,那种感染力,简直有点罕见;行人为之动容,越来越多的人在此驻足,纷纷掏出馈赠,放在仰放的礼帽或乐器盒中……

我看到这样的一群艺术家：他们从一个国家的南部起步，一边流浪一边演奏，一边乞讨一边陶醉，向着这个国家的北部一路游走下去。

游历了这个国家，再去另一个国家。他们的一生就这样度过。

他们究竟是热爱乞讨还是热爱艺术？究竟是追逐自由还是追逐生活？我不知道。

在一片广场上，一些流浪画家蹲在那里，聚精会神在水泥地上作画。他们用彩笔为行人画像，画好之后行人就拿出自己的酬谢。可惜这都是不能经久的艺术，因为作者离开之后，这些作品说不定在什么时候就被践踏，或被风雨摧毁……我们不明白这种精心的制作，这种压根不准备耐久的创造到底是为了什么？因为我看到，即使没有一个施舍者，他们也仍然在一丝不苟地工作。他们在街头画出了绚丽色彩。我在其间徜徉，相信这中间有绝美的作品。毫不夸张地讲，那种放松和自由、那种极度的浪漫，深深地浸透在流浪艺术家的创造品中。它们打动了我。我的视觉和听觉被流浪艺术家所感染，无法忘怀。

可惜我手里没有那么多的钱币，但总是尽己所能酬谢了、表达了。我所给予的，比起他们交付的心灵犒赏，太微不足道了。

他们当中的确不乏真正的天才。因为耳朵和眼睛不可能一直蒙骗我。我不知艺术和流浪之间是一种什么关系，它们的联结是一种偶然还是必然。

在美洲和欧洲，还有其他地方，我看到的流浪艺术家太多了。这使我心生疑窦：难道一个货真价实的艺术家离一个真正的流浪汉只有一步之遥吗？这个念头像闪电一样在心头划过，使我一栗。

看着眼前绚丽的图画——这又是一个艺术家在出神入化地描绘。色彩多么鲜艳——可是不巧，刚画了一半天空就滴起雨来，一滴，两滴，许多雨点落在他的作品上。我为他惋惜。可是这个艺术家头也不抬，而是以最快的速度继续他的创造。雨点比刚才更密集了，他画得也更快。他简直是飞速地、倾尽全力地画着他的作品。他跪在那里，用身躯遮住了作品。雨点落在他的背上。就这样许久，雨终于更大了，游人都呼叫着撑开雨伞，没带雨具的就四散逃开。

我陪伴这个流浪艺术家，和他一块儿。雨水把我们周身淋得精湿。我们眼睁睁看着地上的作品被雨水冲脏了，冲得面目全非。雨水从他芜乱的头发上流下，流过他的眼睛，鼻孔，大滴大滴垂落。这里面会有眼泪吗？

后来我想：不会的，他不会流泪。因为他经历这种场合一定太多了。他已经习惯于把自己的艺术交给瞬息万变的自然，可以让水冲走、让风吹走。

是的，那种美好的歌声不也是在一瞬间被吹得无影无踪了吗？

一个真正的艺术家有时的确是一个流浪者。他不是形体在流浪，就是精神在流浪。他难以在这个现实的世界上找到自己的居所。他走啊走啊，用完美的脚步，用精神的触角，游遍了世界的每一个角落。到处都没有这样的居所。世界之大，竟然没有一个角落可以托放他们特异的思维、耿直的秉性、真正的勇敢；他们所拥有的，是那种绝不甘于平庸的人的力量。

除了流浪的艺术家，我们还可以看到家徒四壁的艺术家、走入绝境的艺术家。不必列举他们的名字，因为走在任何一个被商业气流磨得滚烫烫的街巷上，如果要寻找他们都不难，正像寻找一个流浪艺术家并不难一样。他们真正贫穷，而贫穷却是艺术的孪生兄弟。他们是人类最敏感的器官，我们只能为他们自豪。现在的问题是，我们能否为、怎样为他们苦楚的一生给予一些援助，有效的援助？

有那么一天，当一个人在某个博物馆里看到那些已经破损的、各种各样的乐器和画笔、满是灰尘的陈旧纸卷、密密麻麻的歪扭字迹，必会发出心底慨叹：当年，有一些人，就试图用这些，描绘出人类精神的历史……

琴 声

一片安静的湖水，经过了秋霜冬雪，只余下一片残落的荷茎。它们折断垂倒，一半溶到水里，一半划出美丽的弯曲。有一滴水从荷茎上滴落，于是我们全都听到了动人的乐声。

一瞬间，一湖美妙的丝弦都鸣奏起来。这是和鸣。

我从中听到了热烈的夏天的声音，丰硕的秋天的歌唱，还有深冬里那严肃的敲击。

大自然留下了真正的杰作，这是人手永远也没法摹绘的。

在我眼里，这是留下的声音、画幅，是记录了季节的乐章，是音符——神灵之手绘下的音符。这种记录留下来让我们解读，让我们永远咀嚼不尽，玩味不尽。我仿佛看到了一个庞大的乐队，他们用最复杂的演奏，最神

奇的配器，来表达天籁。

这一自然之手绘下的乐章，该怎样摹写、怎样译成现代听觉艺术？

也许会有人把它看成不可言喻的神秘之声。

我在屏息静气倾听；我听到了叮叮当当的敲击声，像古代的磬，它们悄悄地、一丝一丝地敲打。后来，这声音淡弱下去，以至于没有……这样不知过了多久，终于有一声轰鸣：万锤齐举，震耳欲聋——天地间一瞬间充溢着它那宏大的震响。诗的浪涛涌过之后，又是微风吹拂般的管弦，它们在月色中渐次扬起。这婉转的歌唱越过银波，在水中击溅，波纹荡漾，轮轮远环。湖中，所有的星星都被它抖碎了，一切光明都消融在这静谧的、时隐时现的乐声中……

这样直到许久许久，才来到最后时刻：各种乐器同时合奏……百感交集的声涛中，一万双目光一齐投射过来，注视这个声的世界。雷鸣和闪电也参与进来，万顷巨林都在风中摇动；一种撕裂的声音，组合震撼，犹如马嘶猿吼，一排一排的巨浪涌来荡去；一个舵手在奋力搏击，疾风骤雨顷刻间把桅杆打折，白色的帆在雨中破裂，垂挂下来。我们回头再去寻找那个舵手、船长，他不见了。

一场风涛和雷声响过之后，照例是一片湛蓝，太阳和白昼一起降临。

和风吹拂之下，暴风淫雨之后特有的宁静，笼罩了所有空间。恬静的低回，温情的歌唱，这时又缓缓地、丝丝缕缕地升腾起来了。

我们听懂了：原来这是一首关于永恒的时光的音乐。

只要时光永存，生命就永存。它在阐述关于生的原理和永恒的原理——一曲最神圣的乐章。它让我们在声音的丛林里攀缘、领悟。

夜，一点点来临了。暮色中我们看到了一个季节的辉煌的结束。在这部乐章之后，即将迎来的是春的序曲。

英雄挽歌

在最后一刻，这座英雄的城市为你留下了面模。长久的岁月中，这面模残缺了，被击去了额头和下巴。可是它仍然留下大半个面庞，再现了眼睛、鼻梁、憨厚的嘴角。有人又把它放大，变成一个特殊的雕塑，矗立在大厦前的草坪上。

它让人们想起那个年代，想起你的故事，以及你在那个岁月里摇动的身影，你的英姿；想起城市流血的时候，母亲和儿童得到你的护佑；还有，在遥远的后方，有人对你的爱慕和依恋——他们盼你归来，你却倒在了战场上。

那一刻，平原和村庄都响彻着凄苦的歌声。悲凉的夜鸟在村庄上空徘徊，落在一棵洁净的白杨上，不愿离去。那个永远不眠的窗户向着战场敞开，那个悲悼的琴声随着太阳的起落鸣响。巨大的钟鸣引出一些黑衣人，他们在街道上往复来去，像一些失巢的乌鸦。母亲伸出操劳的手，拥抱胸前无形的儿子。

南风吹来了许多传说，那都是关于一个默默无闻的山村儿子的故事，同时也是一个英雄的故事。他憨厚的嘴角啊，稚嫩，深红色，像春天里的玫瑰花瓣，有着一层温暖的绒毛。它上面有太阳的气味，糕饼的气味。从来没有一个少女吻过它。他离开母亲的怀抱时，还多么稚小孱弱。只是在他一转身，猛地回头瞥一眼母亲的时候，她才看到一丝英武的气概从儿子眉宇间闪射出来。"我的儿子,我就要飞去的小鹰!"她这样感叹着,眼看他离开了小小的院落。

想不到,她从此就永远放飞了自己的小鹰。

感谢你诗人,是你写出了一首不绝于世的英雄挽歌*。我不知那一天是不是你亲手为我的儿子做下了这张面模,不知道你歌唱的"陆军少尉"是不是我的孩子。天哪,可怕的诗人,你说:整个世界就像一颗露珠在清晨,在山脚下闪烁。也就在这个神秘的时刻,太阳沉落的时刻,上帝开始叹息:我的孩子,你的阴影拉长了。

母亲哪,只有母亲才能感知你的声音,感知那可怕的声音。寒冬渗透到心里,某种不祥的意外行将发生。三月像匹马,像匹骏马。它的鬃毛竖起。我的天哪,这就是你—— 一位诗人对那个时刻的感知,对它的记录,对那个陆军少尉的不朽哀悼。

祈祷吧,永远地祈祷,祈祷那个比黑夜更加残酷的白天,那些把钢铁溶化、把土地嚼碎的时刻;同时还要诅咒,诅咒那些拥有另一个上帝的人。是的,他们的上帝"散发着硝烟和驴皮味儿"*。我的孩子啊,就交给了这样的上帝,于是理所当然地被撕裂,被钉在死亡的天空。太阳闭上了眼睛,它看不到我的儿子。幸亏你,我的诗人,永恒的诗人,目睹了那一刻,为他唱出了一首挽歌。

我从此知道了,那一天我的孩子怎样躺倒在烧焦的斗篷上;他周围是黑暗而凄冷的岁月,他的头盔滚落一旁,空着,血染污泥;他的身旁,

---

* 《英雄挽歌》,希腊诗人埃利蒂斯代表作之一。

* 语出《英雄挽歌》。

是他自己破碎的肢体；他那双眉中间，有一口苦味的"小井"，那是致命的印记。在那儿，记忆已经冻结。"在那黑红色的小井里……／不要细看啊，不要细看那地方／那儿生命已经沦丧。／不要细说啊，不要细说是怎么／梦的轻烟是怎么上升的／因为就这样，那一顷刻，一顷刻／就这样啊，一顷刻将另一顷刻抛弃／而永恒的太阳就这样从世界走开了。"

我知道在那个惨白的白天，正午，太阳的双眼第一次被泪水淹没。听这大声询问吧，诗人，你听吧。这不是你的声音，这是太阳照耀下的万千生灵的声音，是他们在呼叫。"哎呀，山鹰问，那个年轻人哪里去了？／于是所的小鹰都惊讶那个年轻人哪里去了。／哎呀，母亲悲叹着问，我的儿子哪里去了？／于是所有的母亲都惊讶她们的孩子哪里去了。／哎呀，朋友问，我的兄弟哪里去了？／于是所有的朋友都惊讶他们中的最小者哪里去了。／他们摸摸雪，雪热得发烫／他们摸摸一只手，手却冻起来／他们咬一口面包，面包滴血／他们深深地凝望天空，天空变得苍白／为什么？为什么为什么呀，死亡不给人温暖／为什么有这样可怕的面包／为什么是这样的天空，那里本来有太阳高照……"

母亲河上的树叶，颤抖的手什么也抓不牢。她的泪水啊，混同着太阳的泪水。这时候，她首先看到的是那个漂亮的小伙子，自己的小鹰，他长长的弯曲的睫毛。我的孩子啊，我的从来未被姑娘吻过的睫毛，你的鼻梁，嘴唇。我的手轻轻地往前触碰，就能抚摸到你脸上的绒毛。我的孩子，翘翘的臀部，冬夜里紧紧地蜷在我胸前的孩子，这个时候母亲给你说些什么？你的双耳在宇宙间游动、倾听。这嘈杂的白昼，太阳淬火般的嗞嗞响叫声中，你怎么能听得到母亲的呼叫？我们永远诅咒——

我和我结识的所有善良的生命，一起诅咒那只罪恶的手。

这只手在你的眉宇间挖出了一口苦井。这一口"小井"啊，盛满了这个世界上所有的不平、悲愤和冤仇。我更诅咒"散发着硝烟味和驴皮味"的那个上帝，他应该死亡；而我们自己的上帝才该永生。今天哪，谁曾嚼过滴血的面包？我不知道；谁曾仰脸凝视过那苍白的面无人色的天空？谁感知了轰然倒塌的世界——最后那一声巨响？

没人为我的孩子悲悼，没人为我们共同的孩子悲悼。

你在深夜攥紧自己的孩子那柔软的、灵巧的脚踝的时刻，你可想到另一个母亲和孩子？如今她每一次从广场上走过，只能看到那一张残缺的面模了。它在风中、雨中、露水中、寒霜中卧着。我孩子的面模！它被雨水洗涤着，一遍又一遍；他那无神的眼睛啊，像银杏果核一样的眼睛……你们想得到吗？这双眼睛曾经是多么地美丽，它有多么纯洁的神情。

就在我的孩子饱受风霜雨雪的广场背后，是那座有着一溜大理石廊柱的宫殿。我敢说它每一根柱石都承受了可怕的重量。就是它们的支撑，这座大厦才得以完美地耸立。这些廊柱啊，让我想起儿子的手指。是的，它们光洁、笔直；是我儿子的手指化成了大厦的柱子。

我的诗人啊，我继续倾听你的歌唱。我亲爱的诗人，我不朽的歌手，只有你知道那个小伙子的身体有多么强壮。只有你看到那个晚上，"他躺在橘林姑娘们的怀中，／不小心把星星们宽大的长袍弄脏。"是啊，他心中的爱情是那样深阔。那个时刻，他饮尽了大地的芬芳，然后就和白衣新娘一起跳舞。跳啊，跳啊，一直跳到黎明，跳得黎明听见了，将阳光洒在他的头上……

我的儿子理该拥有这样的温存，可是啊，我的诗人，你亲眼看到鲜血沾染了他的眉毛。这时候，整个故乡的群山都在发出咆哮。

他的身躯就像一只黎明时分触礁的小船，静悄悄地在水面上游荡。他的双手啊，是两片宽阔的草原；他的嘴巴啊，是一只不会唱歌的小鸟。

一只鸽子在空中划过，我再清晰不过地听到了呼唤母亲的声音。我迎着它划去的无形之踪往前追赶。风吹乱了我雪白的头发，披散在脸上，我像个疯老婆子一样，双手挥舞，抓动，往前追赶。

这是什么啊？这是儿子的声音，他在天空，在前方，在海的另一面……我不知道。

我只追赶儿子的声音……

公民激情

一位白发老太太，满脸都是绝望和悲愤；她后面是数不清的人，是像她一样的男人、女人、老人；是中年人，是孩子和年轻姑娘。他们都手持一个白纸剪成的鸽子。

这是又一次在市中心举行的和平集会，一场游行，一次抗议。他们在抗议前不久一些暴徒所制造的恐怖事件。

那天许多人目睹了这一暴行造成的可怕后果：鲜血在沥青路上流淌，一个无辜的老人和孩子倒下了。他们与眼前这一群人互不相识，非亲非故。可是钻心的痛楚却使所有市民哀不欲生。他们走向街头，暴徒隐匿——

隐在无形的角落,隐在夜幕之后,窗户的另一面,人群的深处。可是,他们将恐惧于这一张张愤怒的、绝望的脸。

那些丧失理性、丧失一切良知的暴徒或许不懂得恐惧,他们心中早已不存畏惧;可是,他们却会被这剧烈燃烧的心灵的火焰所焚毁。他们不会有更好的下场。

在另一个街头,另一座城市,我们还看到另一些愤怒的市民。他们举着写满了抗议之声的纸牌在街上走动。他们踏响了石板,一直向前。街道两旁出现的围观者,后来也加入了游行的队伍。

他们抗议什么?他们在抗议这座城市有人对少数外来移民所制造的各种各样的麻烦、那些人所共知的"排外情绪"——也就是这种普遍而卑微的心理,使少数外来移民在这里增加了生活上的重重困难,增添了许多不必要的辛苦。尽管这部分移民为数极少,在这座城市的夹缝里蠕动,少到了可以忽略不计的地步。但这座可爱的城市,可爱的市民,仍然没有把他们忘记。

就为了人人平等的基本权力,就为了作为这个城市市民的那一丝丝羞愧,他们走上了街头。

不知这抗议之中包不包括对自己的警示?

被理性之光照彻的心灵是多么美好。他们的胸襟将多么开阔,心地多么温柔和慈祥。心怀这种温柔和慈祥,这种公正和自信的城市,又怎么会贫困、她的未来又怎么会不是阳光灿烂?这样的城市一定会拥有自己最光明的前途。

一个人为自己、自己的城市、自己的土地所滋生的不义和丑恶能够感到羞愧和愤怒，能够拍案而起，能够走上街头，能够大声地质询和呼号，这本来是一种非常基本的能力；可惜，今天这种能力在许多地方早已丧失殆尽。人们已经变得没有怨声、没有恼恨、没有憎恶，一切都可以忍受，一切都可以迁就，变得特别能够随遇而安。无论是多么恶劣的、令人震惊的事件，只要不殃及自身、不伤及手足，尽可以闭上嘴巴，转过头去——他们视而不见。

可怕的私心将把一切全部葬送。这样的生命实际上已经先于肉体而死。他们只是一些行尸走肉，在时间和空间里挪动、繁衍。时光的变迁，不会在他们身上留下任何奇迹。由他们所组合的群体也不会创造什么奇迹。他们一心一意所营造和追逐的，只是那点可怜巴巴的粗鄙的幸福。而这所谓的幸福也往往是、也必定是稍纵即逝，它们并不耐久。没有用生命的激情去热烈拥抱这个世界的，这个世界也不会以同样的热情给予回报。

一个人是否有能力摆脱狭隘的个人利益和群体利益，进入理性和宽容，进入一种严整的思维，这往往是衡量他是否拥有人的自尊的重要指标。

在这个物质的世界上，有谁还能为那些似乎是远离了自己的不义而愤怒呢？通常，他们只知道为自己抗议；可是他们究竟分得清什么才是自己的，什么才是他人的？而他人的又在多大程度上关乎自身？卑微者的目光只会盯住方寸之地，久而久之，他将失去自己的立锥之地，更大的侵犯接踵而至。

在失去理性、从而也失去了力量的生命那儿，真正的恐惧开始围拢；因为冥冥中的什么会向其证明：他们已经丧失了在这个世界上获得幸福的最好机遇。

梦的故乡

你的记忆当中,那儿有硕大的树木,有茵茵草地,草地上有一两头花牛觅食;一旁是隆起的土丘,丘下有一些狗尾草,它们正在下午的阳光里发出灿灿金色。这片稀疏的树林中有许多空地;那些大树已经非常苍老,树枝一半干枯,另一半长着绿油油的叶子。一棵石榴没有结果。透过大树枝丫看去,更远处有绿色山脉的影子。

林子里没有一个人影,安静、温暖、爽气。在这里,无论多么美好的事情都可能发生;它真是人的向往之地,流连之地。

可是不知为什么、不知在何时,这一切全部遗失。它像从地图上一下抹掉了一样,了无痕迹。它没有名称,什么都没有。原来的大树呢?那两只花牛呢?

我们眼下所能看到的只是灰色一片:丑陋的房屋,从他方模仿而来的样式老旧的楼房,盖了一半的建筑,弯曲的凹凸不平的路面,灰尘,轰鸣的拖拉机,汽车,还有拥挤的人群。如果不是我们记错了,那么眼前这一切就落在过去那片丛林的原址,是它化成的;而那片丛林变戏法一样飞掉了——在今天这个喧嚣的世界上,它沦落何方?又该托放在哪?

我们找遍了大地,到处都没有它的影子。看来它只有托放在胸口这儿,在心中、在梦中。如果连这一点都做不到,那我们就真的连一小片歇息之地都没有了。

怎么也弄不明白的是,一片那么好的丛林,换取的竟然是如此丑陋的一派灰色。这未免太不合算,太令人懊丧。我们不知道是一些什么人,他们一旦获得权利做这种兑换,就做出了如此愚蠢的选择。你为此而痛恨,痛恨得牙齿发疼、两手颤抖。可是你既无法诉说,又找不到一个人倾吐。

这种恼怒和焦虑长久地占据你的心房,你为此耿耿于怀,甚至彻夜难眠。你站在午夜的窗前望着北方,惦念北斗下的故园。那里有一片温暖的秋天,有两个花牛,有稀疏的林子、大树;你曾经攀在粗大的枝丫上,两手抱着后脑去看树隙的天空……你明白,是时代的掠劫者将它们掳去了,而且不再交还。

他们仅仅是你的敌人吗?不,他们是许多许多人,特别是那些曾经拥有那片丛林记忆的人的敌人。谁拥有这些记忆,他们就会是谁的敌人。想到"记忆"这两个字,你不由变得更为沉重起来。因为你知道,目睹过那一切的才会存留这记忆的图片;而远远比你年轻的人,也就是说后一代,是不会拥有这个记忆的。而没有记忆,就没有了仇恨。天哪,你惊呼着,在屋里走来走去——你在想怎样把这记忆送给更多的人——因为你突然发现,交给别人一些记忆,提醒和增加这种记忆,是无上光荣的,是一种善举。

于是你就开始了。

因为你不停地在人群中,在认识的和不认识的人中间诉说你的梦境、你的记忆,这又使不少人产生了一些厌恶。他们像看一个精神病患者似的,看一个"口吐呓语"的人。他们有时甚至把你看成了一个愚不可及的怪人,看你絮絮叨叨,讲述一些陈旧的、让人漠视的故事。这些故事因为陈旧

而变得毫无新意，也构不成什么刺激。

你年纪已经很大了，可你的思维还处于童稚状态。就这样说着、走着，终于有一天遇到了一个白发老人——

老太太一把抱住你，泪流满面。她说："我的儿子，我听见了，你说得一点不错，一点不错！我们过去那个地方就是这样，就是这样！"

你揉揉眼睛，也流下了泪水。因为你认出了面前的这位老人：她是你的母亲。

你扑进了母亲怀中。

森林之冬

西北风把雪粉糊在槐树和杨树黢黑的枝干上。最严酷的季节来到了。脚下是雪，四周都是雪，天空已经许久没有露出阳光。

在这样的季节，树木的身躯被强劲的西北风所压迫，向东南方倒去。可它们总是尽可能挺起身躯。寒冷，北风，使它们裹紧了黑色衣衫，默默挺住，不吭一声。各种攀缘植物——那些往日里亲昵它们，向它们纠缠索取，不断讲述甜言蜜语的藤蔓，这时都像纸屑一样碎裂了，脱落了。它们坍在脚下，又被大雪盖住。

在风中剧烈摇摆如同芜发的茅草也没有了。森林变得如此干净、光洁，只剩下了乔木。为了抵挡这个可怕的季节，它们叶片脱尽，激情敛起，一切都收入内心。

这就是严冬：沉默的季节，收敛的季节，默默挨和挺的季节。

小动物回到洞穴，草獾和刺猬再无踪影。它们顽皮可爱的鼻头上，永远留着的是秋天里那最后一滴露珠。它们洞察一切的眼睛，只稍稍一瞥，就察觉了季节的危险。它们走开了。

只有猎人穿着坚固的皮靴，顶着厚厚的棉帽，还在树林缝隙里四下寻索，提枪在手。他的后边，是跑颠颠的猎犬。他们想找一两只草兔和不识时务的飞禽。他们留下了紊乱的脚印。森林里一直没有听到他们的枪声。这是一个庆幸。

在这安静的，连扑扑落雪都听得见的时刻里，最好谁也别来打扰。

这就是那个冬天，我在林子里跋涉……

快一整天了，没有吃的东西，没有见到任何人影。背囊里只有干结的一块锅饼，还有最后的一口水。身上热汗涔涔，可是不能停下。稍一驻足，北风就会把汗水变成冰凌。大约有两次，我确信自己是迷失了方向。灰蒙蒙的天空看不见太阳，辨不清方位。好几次想努力听到一声嚷叫，哪怕是一声狗吠也好，那样我就可以判断哪里有村庄，有人迹。没有，什么都没有。偶尔传来一两声寒鸦的呼叫，它们只能增加我的焦虑。

我不知这片林子有多深多远，只知穿过它才能看到清晰的路径。我简直像一叶扁舟落在茫海，看不到自己的岛，没有出路，没有希望。而且非常可怕的是，我不能停止，而只有向前。我判断的余地是那么小，选择的余地也是那么小。

这儿只有数不完的树木兄弟，它们像我一样，在无奈中忍受。它们企盼的是春天，而我企盼的是走出森林之冬。

我稍稍有些后悔的是，为什么要那么焦躁地离开滚烫的火炕，噜噜叫的炉火，还有炕角上蜷着的那个鳖花大猫？在我即将离开它远行的时刻，它还浑然不觉地伸出温暖的胖爪，在我脸颊那儿推动着。它伸着懒腰，打着瞌睡，闭着一只眼睁着一只眼，瞥我一下又睡去。它不知道我即要开始的远行。最后一刻我抱起它，亲了亲，在它迷惑的神色中提起背囊。

就这样，我开始了自己的远途，进入了这片冬林。

身后是一串脚印，白雪的完美被我踏破。这个时刻回返已经来不及了，因为走不上一两个时辰天就会彻底暗下来，那时我差不多会冻死在这片林子里。我看不到自己的脚印，缓缓落下的雪粉很快会把来路遮盖。

显而易见的是，我只有往前。

这时我不得不盘算怎样节省背囊里那块像铁一样坚硬的锅饼了。出发的时候我几乎没有更多的准备，好像只是匆匆上路；我对旅途的危险完全没有预计。因为我不止一次走过远路。我并没有把这一场跋涉想象得多么可怕。这当然是我错了。我幻想着在太阳落山、在接下去的漆黑一片中，能够从树隙里看到前面有一个温暖的灯光。那个时刻该是多么好啊。

太阳越来越低，天色越来越暗。我想这可能只是午后四五点钟的样子，厚厚的雪雾使黑夜提前到来了。多么艰难的未来的一截路啊，我只能像这冬天的树木一样，冷静、严肃、忍耐；我将走下去，义无反顾。

我把背囊往上耸了耸，在一棵粗大的树上倚了一会儿。

温柔的绿山

使我心动的,不是这几个围拢一起的牧者,甚至不是他们的骏马;因为马上有鞍子,有缰绳。我不太喜欢这些牧者,不喜欢他们遮在阴影里的脸庞;还有,我不喜欢他们臃肿的背影。在我眼里,他们不像是淳朴的劳动者。

放眼远望,看到的是那些轮廓极为柔和的、蒙了一层绿色绒毯的山脉;凸起的高地、丘陵,线条都同样柔和,它们全部遮盖了一层绿毯。天地之间少有的一种和谐与美,呈现在面前。

这片给人以许多想象的山地,除却眼前的一幕,几乎再没有什么疵点。可怜这两匹被戴上了缰绳、拴上了马镫的马。它们是银灰色或白色,正在那儿低头觅食;还是那么美丽的眼睛。它们本该属于远处的山脉、蓬蓬绿野。可惜它们身上有了铁环、绳索;这绳索从它们的头上一直延伸到那几个半躺半卧的骑手那儿。是的,我看清了,他们是骑手,而不是牧者。这是几个骑在它们身上来复奔走的人,而不是呵护它们、伺候它们饮食的人。我对于今天那些变质的骑手早已失去了尊敬。

我不止一次遇到类似的骑手,得出的都是同一个结论。这些人身上的烟火气太重,散发着刺鼻的气味,不得不让人小心地躲开。

我把目光转过去,望着远处的群山,享受和感知它的温柔。它们传递出的是一成不变的故事:大地的故事,山川的故事。

山脉的另一面，是引人遐想的灰蓝色——这大概是因为远处的雾气所致。在这个季节，站在山脉前，会被深深吸引。一个渺小的生命面对了它，面对了大山之后的大山，不由得要想到这亘古未变的风景背后，还隐藏着一些什么神秘。真正的英雄大概在山的另一边，在浪漫的想象中。

过去的记忆中，远山一派空灵，或是天蓝或是碧绿，有时甚至闪射五彩。它有丰富的宝藏，有仙女的故事，钻石的故事；如果深入其中，还将有各种奇遇。而一旦真的走近，你就会被粗糙的褐色，被再现实不过的砾石和砂土给弄得失望和懊丧。一切都跟平常看到的差不多。土岭，山丘，发着锈斑的石块。进而是寒冷的风，或者是湿气。没有可爱的动物，没有那么多鸟。在山风里抖动的茅草、灌木，一切都了无生气。这时候如果有人在岭后高高地唱上一句山谣也好。没有，什么都没有。

就怀着这种失望和希望继续往前。翻过了一座山又一座山，几乎没有个例外。山脉给人的是汗水、艰辛，是历尽辛苦一无所获的那种平庸无奈的笨拙感。

这就是我以前走过的山地。

而眼下却是完全不同的景观。从脚下到前方，到更远的地方，全是一个颜色：绿色。我相信眼前的山脉，只存在于高原和边陲；它的轮廓，在阳光里闪烁的一面，还有在阴影里的暗绿色，是任何巧妙的画笔都不能摹绘的。我甚至怀疑，这么完美的一片山色怎么能容纳眼前的一帮骑手？他们的背影看上去显得拙劣，远不够干练，远没有我想象中的那种风尘仆仆，那种苗条俊逸，更谈不上骠勇和英武。

当然，我太苛刻了；也许这不是我的缘故，而是因为在如此完美的背景衬托下，我变得过于挑剔了。

眼前的图片如同传说，如同歌谣。这令我很难把现实生活和它们拼接在一起。那会是一种蹩脚的拼接。它将破坏整个画面——我不忍在古老的山脉面前添上几个世纪末的骑手，这让人有点黯然神伤。

我无法遮掩自己扫兴的情绪。也许我眼前的这几个人解下马镫，解下骏马身上的绳索，回到拥挤的街市上才更合适一点。

美好的自然，山脉、骏马——你们给予我的太多了。是的，我和我的同类该变得何等洁净，才配与你们为伍，才配走到你们身边。

山川大地永远不会拒绝那些辛苦的劳动者，那些四海为家的旅人。因为旅途上的风雨，还有不间断的劳作的汗水，会洗去他们身上的臃肿和俗拙。他们每次都能化入自然风物之间，不是成为一个刺眼的点缀，而是与之完美结合，成为不可缺少的一部分。他们无论站立、躺卧、行走，无论是身负沉重的背囊还是徒手而行，无论是匍匐在地忙碌，还是坐在那儿歇息，悠闲地抽一个烟斗，大地山川都会以她过人的温柔包容接纳他们。她只认他们为同类，为自己的儿女。

关于大山和草原的故事，已经很多很多了。关于骑手的故事，也已经很多了。可惜这些故事往往不是现代的。

在世纪末的草地和大山之中，我们艰难地寻找着诗意的人生。

他 们

一个模样赖赖巴巴的小狗,一个长了一头金发的孩子,面对面地躺在草地上,满怀欣悦。男孩正讲故事,伸手比画着;小狗专注地倾听。可能是因为惬意和感动,它张大嘴巴大口呼吸;它看着自己的伙伴——那个男孩;男孩已经沉浸在喜悦之中,顾不得看它,只是垂着目光。

他们的对话一定有趣而奇异,可惜我们听不懂。我们已经失却了他们的语言。这两个伙伴之间是完全平等的——他们自己感觉是平等的。他们仿佛只有外形上的不同,而没有其他的不同。两个生命在最能够接近的时刻里融融相处,互相吸引,相依为命。

眼下这两个生命是非常相似的;可是用不了多久,他们的区别就会大起来。但主要问题却不是出在动物一方。

众所周知,一只狗从小到大,永远可以保持对人类的热情,保持全新的激动。这真是一种了不起的能力。它永远天真无邪,永远热爱着人,围拢着人,永远那么认真而专注,那么顽皮。

我们不止一次看到这样的场景:狗的朋友,或者说它的"主人",刚刚从它身边离去还没有半天,归来时,它竟会欢叫着跳起,全身颤抖,拧动不止。那种狂喜和兴奋,那种感激,充斥了每一根毛发。如果这时候它的主人能够弯下腰来拍拍它的头,或者伸手攥攥它那两只前爪,它会倍加激动。

在这样的场景面前,我总是感到了惊讶。我不明白这是一种怎样了不起的生命:它为什么会自始至终葆有那么强大的感动的能力?它为什么而感动?为友谊?为互通的心灵?为一个生命对另一个生命的喜爱?为看到人这种完美的生灵像巨大的奇迹一样出现在自己面前?还有,它与主人的友谊永远不会变得陈旧吗？这种互相吸引的奇怪魅力，永远也不会随着时间而递减吗？

有人可能说，一只狗在极大的程度上要依赖于自己的主人，饮水，吃食，一切的方面都不能自理。但我凭我的观察，我的领悟力，却要否定这种说法。因为我明确地感到事情完全不是如此。因为狗在更多的时候对这种依赖是没有察觉的，它觉得这些都是自然而然的；说到吃饭，就像人一样，它也喜欢美好的饮食，会为一餐好饭而欢欣鼓舞；它会一边吃一边感激地看着旁边的人。可是我相信，它的感动，它的喜悦，主要还在其他时刻——它最激动的那个时刻，绝不是因为一点口腹之欲，更不是因为世俗物利。它的喜悦和激动来自许多更为高尚的方面。

我不得不说，这种心灵有着伟大的性质。从这方面讲，这颗心灵的质地是无与伦比的。

人类有必要向其他生物学习，从一些方面寻找它们的优长。如果说现代仿生学从动物和植物身上学到了生存的本领，从而开拓了自己的技术领域，那么我觉得离开科技的层面，还有更多更珍贵的方面需要发掘。比如说心灵的性质。人类在征服异类的技能上，也许超过狗等其他动物许多倍；可这并不能有效地证明人类情感的卓越和高贵；比起某些动物，人类有时显得麻木和冷酷，也显得过于粗俗。他们更多的时候被世俗物利所纠缠，很少再为一份纯真的情感去激动不已。他们常常很快丢失了童年时期的那份纯粹。

正因为相同的心灵，时下的他们（孩子和狗）才变得两小无猜。他们彼此都不懂得欺骗，能够安然地、随意地、一丝不苟地在那儿讲述，静静地躺着，共享美好时光。

金色草地上有金色童年，他和它是两个儿童。

可是他们很快就将分处不同的世界，去做不同的事情。一个变成随时可以被遗弃的物品，而另一个却自然地变为这个世界的主宰者，化为他们当中的一员；即便他是一个失败者，也要比身边这个童年的伙伴优越许多倍。

他长大了，却从来不问自己：他真的变得比过去更为高贵了吗？他会忘记这种追询，忘记小时候所遭逢的友谊。那时候还是童年。那时候他与它简直是须臾不可分离——刚刚一转眼的工夫，它离开了他的视线，他就急得难以忍受，呼叫，跺脚，到处寻找，发疯一般。"我要看到你，我要牵上你的手，你哪里去了啊……"

他们一起走远了；大人们也在寻找，焦急中问一句："'他们'哪去了？"

是的，"他们"——哪去了？

"他们"已经走远了，破碎了，撕裂了——"他们"这个词儿已经用不成了，而要分成"他"和"它"。

这个词儿的撕裂和破碎多么可惜。"他们"实在隐含着让人流泪的特质和内容。

"他们"——到底哪去了呢？

后 记

我和朋友将这些图片保留了二十多年甚至更久。可见它们真有魅力。

它们在深层上感动着我们。或者有特异的美，或者能引发想象。我们像看诗一样看这些图片，像重温旧梦一样，进入它们的意境。

我想记录被感动的过程、它们牵引而出的想念。与之连在一起的所有情愫都是美好的，尽管这其中也有许多沉重。

面对它们，回忆涌流而出。这可能是图片才有的功能。很久以前的事情，经历过的，都从头滤过了。似曾相识的场景、风物……从面前倏然闪过。这是梦境吗？

遥远的他乡，从来不曾涉足的异地，而今看来为什么如此熟悉？他乡又是谁的故乡？这些我们都无法解释。我们只能说它在梦中出现过。

生命之中有多少奥秘。

抚摸这些图片，常常也就不经意地触碰了心弦：倾听振响，倾听那些难言的隐声……

除了极少数图片，大多是很久以前的"老照片"了。我曾面对它们写下过一些文字；后来又想补写一部分，并将其汇集一册，以固定个人有意义的回顾和联想。这个工作做得很慢，时断时续，整整拖了两年。

在愉快和不太愉快的时候，人们爱找音乐和图片。它们总给我们以援助。这绝不是文字作品所能取代的。当然，图片也取代不了文字。这二者可在心中结合。写下一些文字之后，隔一段时间再看，更能沉浸；

可是这时候又会对图片产生不尽相同的思悟。

所以说心情的阴晴流动,会极大地影响对一方风物、一个场景的理解。

原来那些文字只是在记录某一刻的心情,记录一种循环往复、一种生生不息的流动。

一九九六年十月至一九九七年九月

莱山之夜

上　篇

这是一场无始无终的奔波。莱山之夜，山雾笼罩，疲惫不堪，却常常无法入眠。林涛阵阵，不断听到小鸟的叫声一荡一荡远逝。再次打开笔记，注视这幽深的莱山夜色，这所见所闻所思……

莱山月主祠

天一亮就开始登山。直接从北坡登上了莱山主峰。这座山峰相对高度很高，因而显得非常挺拔，实际上它的海拔还不足一千米，东西绵亘二十华里。莱山峰巅上树木葱茏，山阴树木尤其茂密，最多的是松树，油松和赤松。我在离这里不远的鼍山那儿还曾看到很多黑松，它们大部分长在沙土地、河滩和海滩上。这里的赤松树皮发红，球果刚刚形成。松树下面是灌木，植被很好，几乎没有露出山石和土壤。这些树木不像是人工栽培的，因为树种很杂，有加拿大杨和钻天杨，还有不多的河柳。我甚至发现了一株野核桃，这棵落叶乔木的果实还没有成熟。

有一株树木的样子很怪，它很秀丽，因而在众多的灌木和小乔木当中显得十分出眼。原来是一棵坚桦，一种小桦木，只有两三米高，长在山的半坡。这是很少见的一种树，大概在北方树种中它的木质算是最硬的之一了，听人说过去的车轴都是用它做的——在古代，几千年前秦始皇东巡的时候，他们修造车辆一定会取材坚桦。我在树下看了一会儿，又掏出本子做了标记。旁边还有川榛，也属于桦木科。川榛上结的坚果可以吃，也可以榨油。与它差不多的就是鹅耳枥，也属于桦木科——一种可爱的小乔木，种子同样可以榨油。距它不远的是几种不同的柞木，有蒙枥和柞枥。这些橡树的种子都富含淀粉。五十年前异族人入侵时，山里人没有东西吃，就从这里采了大量橡子磨成橡子粉，做窝窝。

莱山也叫"芝莱山"，又叫"莱阴山"。它在当年与西岳华山和东岳泰山齐名，并列为海内"三大名山"。可是到过泰山的人就会知道，莱山比起它简直微不足道。可这会儿站在山巅看去，会有一种特殊的感觉。它的确在群峰之中显得最为挺拔、英俊、秀丽。众多丘陵葱郁一片，莽莽苍苍，在早晨的雾霭里时隐时现。朝阳升起来，脚下的峰廓变得光芒四射。从这里望去，各种各样的山堑、悬崖、沟壑都呈现眼底；那些弯曲闪亮的是溪流：在这个干旱季节，溪流仍旧流向北方，汇集起来就形成了河的源头。我辨认着那些河流：界河，栾河和降水河——对，在山岭面前拐成一个直角的就是芦青河了……

也许当年史记上记载的那个为秦王采药的徐福，真的就从这里乘船，往北，先到了一个村子——那村子就叫"登瀛"；然后再往前，在栾河营港口汇集了几百艘大船，从那里驶向"三神山"……

想象的情景让人神往。

当时的童男童女就在那条河里沐浴，施行沐浴礼，再到"登瀛"去集合。

这是一种仪式……

我开始寻找月主祠的原址。这个祠建得很怪,不是建在山的主峰,而在一侧那个矮小的山头上。究竟为什么建在这里还需要研究。可能是"月属阴"吧,它就建在了山阴。

找到破乱不堪的一处庙址。从基底可以看出,这个祠并不大。如今到处都是荒草残石,不过一眼就可以看出古建筑的周界。

记载中秦始皇东巡时就在这里祭祀了月主。后来的汉武帝,汉宣帝,还有唐太宗,都来这儿祭祀过月主,登过这座山。唐太宗东征凯旋,在这里重修了月主祠,而且还铸了两米多高的铜像,有一吨多重……

徐福很可能是在秦始皇第一次东巡的时候见过他。那一次秦始皇南行琅琊,在琅琊台那儿招见过一些方士,徐福应该是其中之一。秦始皇第二次东巡,从琅琊赶到莱山,再次召见了徐福。那已经是徐福第一次或第二次出海归来了。秦始皇为徐福迟迟没有采回长生不老药恼怒了,徐福这次见他可能要冒杀头的危险。就在莱山脚下,秦始皇与之有过长谈。还好,徐福保住了性命。接着他们又一起乘船顺栾河北游,入海射大鲛……之后去芝罘,登成山头。秦始皇就在那里写下了"天尽头"三个大字……

如上简单的梳理不完全是想象,而是依据典籍和诸多研究资料的求证。有趣的是:国内徐福研究机构共有二十一个,日本徐福研究机构同样是二十一个。

留下的是"倔种"

不知不觉二十多天过去了。我每天夜晚整理笔记直到深夜,白天就和农场那些老人待在一起。我开始把这里的故事一一记录。这片偏远的土地当年一滴滴渗入的隐秘,如今像种子一样开始萌发,一簇簇钻出了地表。它们在向我昭示和讲述,透露出越来越多的细节。而这些年来我正在自觉不自觉地寻觅,如此固执地追溯一些特殊家族的不幸故事。旅途上,我的心中常常闪烁出一个个问号,它们跟随我走遍这片平原,南南北北,让我不厌其详地追踪。我要一遍遍转述这个家族的不幸和遭遇,告诉在那个年代里,在不同的世纪里,曾经有过怎样的悲欢离合、生存和死亡……是的,如果把人类的生存看作一根绵绵不断的链条,那么这里,这片偏远的荒凉之地同样散落了一些锈蚀的环节。

从所有的迹象看,这里被最终遗弃的日子已经不远了。老的一代遥遥远去,新的一代正火速撤离。留下的只是一些"倔种",是不可救药的一类。这样的人说到底是时尚的死敌,是令一个消费时代所厌恶的、真正的不受欢迎者。他们韧忍而固执,盯住一点不再移动。

在不眠的夜晚,我倾听着树叶哗哗抖动,想着正在远方的朋友,以及正在经历的爱的悲伤。

巨大的李子花

　　港湾往东大约几华里远，是呈弧形环绕的丘陵末端，渐渐隐入浩渺之中。从这里望去，丘陵上一些矮小的灌木，就像稀稀落落的毛发。我需要绕过海湾到达丘陵那儿。

　　踏着沙岸往前，水浪拍得结实平缓的近水沙泥非常好走，就像踏在柏油路上一样。这里的海岸属于平原沙砾质海岸，由于地处海滩平原，沿岸风积地貌发育，形成了脚下这段开阔的沙积海岸。沙滩宽度在百米左右，全部由石英质中粗沙组成。滩外的水下坡岸分布有水下沙堤，海岸线看上去非常稳定，看来许多年都没有太大的变化。渐渐走近那些延伸到水边的丘陵了，这才发现它们面向大海的一边，在海洋动力作用下已成为海蚀崖，上面分布着一些海蚀穴和海蚀平台。岩礁平面上有一点残留的海蚀柱，从这个角度看上去很美。这段海岸现在仍在后退，只是后退速度极其缓慢罢了。

　　这一段向大海延伸的丘陵对于那个海湾的形成有着重要作用。站在这里往西望去，那片海湾就像一个巨大的月牙。古海湾东边的边界，最早可能就达到丘陵那儿，这样整个古港就很大了。可以设想：从丘陵到西段七百多米远的整个一片海岸布满了航船，那该是怎样壮观。

　　回头再看大海，不禁惊讶：海浪频频拍击沙岸，雪白的泡沫浓稠得像一簇簇巨大的李子花，一层层推进了绽放了。细看海水，已经不是蓝色和绿色了，而是酱油色……我马上明白了，这里肯定受到了严重污染，因为这一侧的海浪上方没有了一只海鸟，也没有了一只打鱼的船。

我知道不远处有一个造纸厂和两个化工厂，它们正往大海里日夜排污。浑浊的海水，白得让人生疑的泡沫，这都是两三年内造成的……真是可惜。这儿的近海现在除了有一点贝类之外，几乎什么活物都没有了。

身上一片灼热

从那个大厅里出来时身上一片灼热。强烈的节奏仍然在脑子里炸响。我和同行的人又要了一杯冷饮。我们一边走一边把这两杯冷饮处理掉——"三四十岁不狂，你就再也没有工夫狂了，"他把烟蒂吐到地上。在那个大厅里的时候、在路上，他都在劝我一块儿去那个聚会一次，为此他已经商量了我好几回。我有些犹豫。因为我越来越觉得没什么意思。跟他一起的全部时间，在这座城市的缠磨，还有类似的一些聚会，都毫无意思。不过他一遍遍劝我的时候，我又觉得没有什么大不了的——尽管心里大不以为然，甚至有些藐视。

朋友不知道我正处于彷徨和沮丧的时刻。

冷饮喝尽了，我们把杯子抛到垃圾桶里。

其实这不过是一次野餐宿营，事后想起来就像一场梦——最荒唐的梦里也不会有这么多乱七八糟的东西。天知道从哪儿纠集起这么一帮奇奇怪怪的人，这一伙儿当中至少有三分之一穿了千奇百怪的衣服，留着特异的发型。其余的说不上是什么特征，反正脸庞的颜色或者一个眼神都会让人记住。我对这一类人并不陌生，知道与他们在一起时最好的表情就是漠然，是进入某个家族内部的那种随意性，要有一种随遇而安的劲儿才成。不要露出惊嘘嘘的模样，不要举止夸张。沉默也可以，但不要过了头。但我很喜欢他们带来的那些五颜六色的简易帐篷，还有其他一些摩登器具。从这次聚会中，我还有机会见识了好几种牌子的猎枪，其中有一支并排双筒猎枪以前从未见过。这种枪现在大约要几千元才能买到。由于时下对枪支查得紧，拥有枪支是一种胆量或者特权的标志，是一些另类"玩酷"的一部分。一个持枪者长得精瘦，头上总要捆扎一根红布条。他说自己已经不止一次死里逃生了：他的腿上至今还带有一个灿亮的大疤。他挽起裤脚给大家看，说这是有一次到西部打猎跌伤的。不过那个伤疤有点像刀伤。有人说这小子不知做了什么缺德事，被人狠狠地砍了一刀罢了——人家当时也许是想砍掉他的一只脚……摩托车呜呜响，现代狩猎离了摩托车不行。枪声在水库边上的松树林里噼噼啪啪炸响了。这看上去有点像围剿什么。传说这个地方有狐狸，还有个把狼，最多的当然还是野兔。大家从四面八方向山上围，结果最后野兔逼急了蹿跳出来，就在我们帐篷边上一跃而过。没人打下一只野兔。

夜里，一伙人围在那儿听看一叠叠光盘，点上篝火。一个姑娘从挎包里取了老式旗袍换上。她的那件旗袍做得奇特，开衩很高，差不多开到了肝部。一个满脸胡须的家伙拍着胸脯要跟她跳一曲——这个家伙能喝酒能骂人，在这伙人当中被称为"假豪放"。"假豪放"和她跳了一会儿，拉着她坐下吹牛，说他曾经一口气搞掉了五个对手。他在好长时间里拍着胸脯，两眼直勾勾地盯视对方。

第二天起得很晚。头上捆红布的人喝醉了，站都站不稳，还非要提着猎枪再次上山不可。几个朋友拦他，结果被臭骂了一顿。他在山上什么也没有猎获，只不过开枪时把跟在身边的那条狗误伤了……

令人作呕的两天总算过去了，我的腮部有些肿胀。

野营狩猎回来要路经一个小城，按计划人分两路，其中的几个要参加一个聚会，在小城再耽搁一天。

很久没有参加这样的聚会了。我因为疲惫正想半路溜掉，可朋友说我绝不能这么"孤傲"。我最后总算答应下来，因为突然想起一个朋友的老家就是这个小城。

由于特殊的原因，我和那位朋友已经许久没有见面了。这个朋友是省会的一个电脑专家，我的一点点电脑知识都来自于他。他在一家开发公司管微机，后来又受雇于一家有名的网站，平时忙得不可开交，只有假期才回老家一趟。这一天正好是放假的日子，我希望在这里能遇上他。

小城那么淳朴，小城的人大半也都朴实无华。可惜朋友不在。没有办法，我只得跟上去那个聚会了。许多人钻到一个低矮的茅屋里去：茅屋在小城郊区，属于一个孤寡老太婆。天知道他们怎么跟她接上了关系。我们进门时老人一声不吭，只用眼角小心地瞥瞥我们。我相信她肯定是被这一伙人吓着了。来的这群人在我看来是再熟悉没有，他们当中照旧有一些五花八门的装束：女的大多留了小子头，而且常常在半边或正中染一撮金色或绿色；男的长发披肩，再不就扎了小辫子；其中的一个还学印第安人那样用红土在额上抹了一两道颜色。每个面孔都有些阴郁，目光低垂，双手莫名其妙地颤抖……老太太烧好茶，把吃饭用的一张通红的木桌摆在大炕上。一伙人跳上炕去。先是一一做了介绍，然后就是怪异而艰涩的谈话。我渐渐发现：这同样都是老一套。一开始总要这样：一个个语焉不详，吞吞吐吐，像干土未上的水流一样缓缓渗流……但我知道，这种情况不会拖上太久，因为冲决的时刻马上就会来到。

一个剃了秃头的男孩从肚脐那儿抽出一卷纸，大声读了起来。一些极为费解的话。他念了有十分钟，我相信在座的人谁也没有听懂。男孩好像愈来愈愤怒地咒骂着什么，脏字连篇。最后是一段有韵的文字，突兀地、令人瞠目地叙说着一个奇特的经历：他家的锅子裂了一道缝，他母亲要摊一张饼，浇上一勺油全部从裂缝里漏掉了——结果一下就使锅子下面的木炭烈焰腾腾……他的声音刚停，就迎来一阵热烈的掌声。

接上去发言的是一位画家。这位画家的头上捆了一根白布条，上面用浓墨写了几个大字："天山画侠"。他特别加以说明的是，他今天携来的一幅画是用脚画成的。一个小姑娘忍不住问：

"你的手怎么了？"

"这是'脚'的过程。"

他说今天本来要把另一个好朋友请来，可惜那个人太忙了——忙着举办自己的第十四次画展：在全国最大的城市、最好的美术馆，来宾有慕尼黑的，有圣彼得堡的什么洛夫和诺夫，有前女王的外甥。"主要是，他这个会上要散发在巴黎刚刚出版的一本艺术概论……"

这时坐在他旁边的人立刻问：你那个朋友的绝招是什么？

他说那可是个了不起的人——每一次作画都先来一顿狂饮，然后就在地上滚动，带着满身尘土和墨，从地上滚到纸上，那就是一幅了不起的作品……桌边的人都张着嘴巴。他说那人最了不起的一幅作品就是这样画成的：画了一座大山，上面有文物古籍，有碑帖，有亭子，画得那个鲜亮；然后再裱好挂起来——不过你们认为这部作品完成了吗？没有！他说着把手在耳朵那儿一挥："他把它挂在那儿，回头看看就解了裤子，走过去，照准自己这幅杰作就是一泡尿，然后又从衣兜里摸出一把飞快的剃胡刀，在画的正中割了一个三角形口子——至此为止，这幅作品才算是完成……"

大家都舒了一口长气。

"我们应该记住，艺术之所以是艺术，它不是去制造适当的模型和复制某些外在的实体，而只是简单地制造了更多的工作、产生新的科学理论或声明，使你有新的理念；这是因为旧式科学合法化的理论在我们这个时代已经土崩瓦解了，迫使我们不得不采取这一不得已而为之的方法，一种极其特殊的、最后一分钟的求援行动。现存的两大合法化神话或叙事原型是相当复杂的……把定义性论点引申出来，形成一种外延性、自动指涉性的螺旋体。"一个瓮声瓮气的胖子站起来插话，但没有多少人听到心里去，又被另一些喧哗给打断了。他于是顽强地挥动手掌说下去：

"科学知识只需保留一种语言游戏规则，那就是定义指称性的，其他都可以排除在外！但在需要以定义指称性说法为辨证论证当中，疑问句式或诊断式的手法，只是被用来作为转折点……如果有人能针对他所研究的指涉物提出一种确实的说法，如果一个人能以证明法或伪证明法来证实专家的结论正确与否，那么……"

一个头上戴了针织红条杠小帽的家伙咕哝一句："博士，"然后伸手向一旁做了一个猥亵的动作。胖子垂下头来。场上安静了许多。有人指指点点，另一个人开始朗读。这是一个少女与一头猪的有趣故事，是它们之间入迷的连绵不绝的对话……耳边老有一头蠢猪在哼哼呀呀。时间已经不早了，我看了看窗户，想马上离开这里。一旦涌起这个念头就再也坐不住。我简直想飞出这间小屋，身上渗出了汗珠儿。朋友见我不安的样子就问怎么啦？"没怎么，我想……立刻回去。"

"到哪儿去？回家吗？"

"回家。"

"对，要走就突然离开，出乎意料，这也是一个绝招——就像我这样。"

说这话的是旁边的一个家伙，他突兀地插话。这个人额头抹了红土道道、四十岁左右。他满脸横肉，整个聚会中一声不吭。这时他突然站起，然后把门狠狠一关，走了。

我愣住了。

剃秃头的小伙子说："这也是一种创作——一个'过程'……这就是意义……有人预言式地宣称，自我分裂并播散于一大片组织和关系网络之中，播散于相互矛盾的语码和互相纠缠的讯息网络之中，求取价值定位。当前的知识与科学所追求的已不再是共识，精确地说是追求'不稳定性'，然而我们……"

"然而我们……"一个额上青筋突暴的家伙夸张地瘪着嘴，站了起来。

我只想离开，只想走；可又怕他们把我的这一举动也看成了"追求不稳定性"、看成"作品"。我非常害怕……但我已经顾不了那么许多。我鼓了鼓勇气站起来。

我飞快逃离了这个倒霉之地。

改天再谈

　　好像有人故意捣蛋似的，我刚刚拿定主意要出门，朋友就来了。这个家伙一进门就左看右看，好像有什么诡秘似的。这时我才发现，他的身后还跟了一位中年人。

　　我正有些吃惊，那个人就喊了一声。这声音低沉厚实，一下就把我的记忆唤醒了：他！

　　我们握手。他比我少不了一两岁，可看上去比我年轻多了。他是一位真正英俊的男子，正在东部城市的一所大学里工作。我们有过一面之识，还在电话里做过一次相当重要的谈话。可是打那儿以后我们就再也没有见面。

　　朋友把我拉到一边，小声说："他在这座城市里已经待了好多天，一直要见你。我瞒了他，说你还在去莱山的路上呢。"

　　朋友搓着手。我还没有说什么，他又说：

　　"可是他去过那儿，他知道你早就回来了。你看，我瞒不过，只得把人领来了。"

　　那个人在很长的一段时间里没有说话。我知道这是一个沉静内向的人，是典型的学者坯子。这种性格就像他那对清澈明净的眼睛一样，是那个著名的母亲遗传给他的。

　　我很早以前就读过他母亲的著作，从扉页的一幅照片上见过她。一个至美的形象从此驻在心中。那是一个偶然的机会，我在翻找一些陈旧资料时得知了她的故事——令人震惊的不幸，三口之家的生生分离，血与泪的交织……她的男人，就是眼前这个人的父亲，最后竟消失在一片茫茫大山里。那也是一个著名学者。就是这样一对不幸的人，织成了一部悲惨的传奇。也许类似的故事太多了，可是当我作为一个后来者突然面对这一切的时候，还是感到了震惊。

朋友说："他这一次来找你，是要和你谈一些事情的。"

我发现对面的这个人不安地动了动身子，那对漂亮的眼睛里有什么飞快地一闪。他的眉头之间有了一道竖纹。他问：

"还记得几年前我们在电话里的争执吗？"

当然记得。那是很多年前了，而不是"几年前"。那时我与朋友为了别的事情，不停地翻找一些资料。我们无意中触及了他的父亲和母亲的一些冤案记录。我在这些纸片面前惊异、痛苦，不能自已。我在想自己的父母——整整一代人的苦难……经过了几个不眠之夜，我终于设法与这个正在大学埋头搞研究的人取得了联系。我想与他谈谈，同时也想进一步了解那段历史。可是后来一切都让我始料不及：他竟然拒绝与我谈论父母的往事。他以为一切都该过去了——当年以及现在的种种争执，在他看来只不过是令人厌烦的一段往事，它毫无意义。这激起了我的愤怒，也引起了阵阵惊讶。我简直不能相信这是带着屈辱死去的著名学者的后代。当时我在电话上说："好啊，你真了不起！一个不足四十的人就活得这么'明白'。你这辈子肯定能成仙。"说完我就把电话扣上了。那时我的激动和愤慨无以言表……可是时下，面对眼前的这个人，那种愤愤的情绪却一丝都没有了。时过境迁，多少年过去，我们彼此都经历了很多，一切都淡化了。

"我这次来找您,就是想与您说说上次电话上提到的事……"

我心里打了个冷战:老天,你可千万别提那个;你如果……多么奇怪呀,当我远离了它,而且实在是没有丝毫兴趣的时候,你竟然一路追来了。而且我一眼就看得出,你带着如此激愤的情绪,专门从遥远的东部城市追到了平原、去了莱山,最后又寻到了我城里的小窝。

我苦笑了一下。他看我一眼,皱皱眉头:

"真的。很久了,我一直在考虑您电话上说的,还有……"

他迟疑了一下,看了看朋友。我抬头望了望窗外,又看看手表。他说:

"也许我们来得不是时候,那就改天再谈好吗?我还会来找您的……"

他伸出了手。

他们走后,我立刻动身出门。离开屋子时我在想:这一对不速之客!但我心里明白,朋友是不会轻易把一个人领到这里来的。

不过我还是觉得懊丧。多少年过去了,你偏偏闯来了。好吧,这一切对你才刚刚开始……

没有权利忘记

回到屋里,立刻觉得气氛有点异样。朋友先一步迎上来,向一旁点点头。原来还是那家伙,他在这儿等待很久了。

我马上注意到他手里有一摞东西。朋友告别说:"你们谈吧,我走了。"

我没有挽留。

"让我们个别谈一下好吗？"他强调说。

我点点头。我发现这个十分英俊的小伙子有点憔悴，头发好像也黯淡无光了。不过他的那对眼睛仍然富有神采。这双眼睛盯着我，越来越焦灼，最后转向了一边。

我在想我们多年前电话里的争执。我说："几年前我有一位好朋友，他像你一样，也是一位年轻学者。就因为有人折腾他，我们在一起想了很多办法。那当然是设法保护自己……我扯远了。我要说的是，就在那段时间里，我们很偶然地接触到关于你母亲的一些材料。我们知道了她的遭遇。那时候我们突然发现，我们与你母亲面对着的可能是一个共同的恶棍。这真是太让人吃惊了！我当时差不多是恳求你站出来……哪怕你只讲一句公道话也好。可你没有。而且你还对我们产生了一些误解。当时我很气愤，我想再也不会理你了。你不知道，就在我们那次电话吵架不久，我的那位朋友死去了。他死得很惨……"

他一下子攥住我的手，抖得厉害。

"先生，求您不要说了。您要说的我都知道了……"

我有些后悔。他低下头，开始叙说。

原来他从那次争执之后，一直处在自责和不安之中。他开始打听父母生前的一些事情，后来又找到了他们生前的挚友。他终于在这许多年里弄明白了父亲告别人世前的详情，前不久又看到了父亲的一些遗物、一沓沓记在黑纸上的密密麻麻的日记。他再也无法安宁了。"我随身都带着它。我觉得自己对不起父亲。我明白，忘记了父亲，忘记了母亲，我这辈子将一钱不值。"

我同意他的话。但我没有表露什么。

"我想我该做点什么。做点什么？我想不明白。我只想请你看一下这些材料——如果我不能做点什么，那么今生就算完了。这是我人生道路上的一个'坎'，我一抬脚就碰到了这个坎上。我想起以前我们的争吵，心上发疼……你对我的父亲还了解不多，我想你会看看这些遗物的——眼下这个世界上已经没有多少人再关心这些了。好像那全是些令人讨厌的记忆。而我们都知道，我们没有权利忘记……我明白，我的意思你会理解。你愿意把这些材料留下来看一看吗？"

他紧紧地握住了我的手。

我没有说话。我只是把他带来的资料收下来。

烧焦的黎明

这个让人无语的冬天。这个噩梦一般的真实。它是在这片土地上、在这个冬天里发生的吗？

不幸的是，它记录得准确无误——时间、地点；还有，无数人共同目击……

这就像我们刚刚经历的亲人的死亡那么真实。它们几乎同时发生在我们眼前……

这真是个无语的冬天。我曾一遍遍地谴责遗忘，但我此时宁可遗忘。

我现在终于明白了人们为什么要遗忘。一个人既无法规避又无法逃离，只得求助于遗忘……

而我求助于长吟。

我只让自己的长吟接续下去。我想起了那个携琴走遍大地的歌手。这就是我的回应吗？

我不知道，因为我此刻只想着那个挥动手臂、鲜血四溅的歌手……

因为我记住了那冲天的红焰和／凝结中缓而不畅的流淌／那声戛然而止的呼号／我记住即不敢遗忘的／那个一生只会经历一次的黑夜／还有等待酷夏的烧焦的黎明／／此刻一切都潜伏在瓦砾之后／黑洞洞的枯目里有顽石／它会弹跳出灾殃和死亡／她已在传说中永生／美丽的黑发消失于腥咸的雾霭／跟随那个传说的是一个幸运者／一个更为纯稚的男孩／／这是多么恐怖的长路／让同行者忍受一生的耻辱／从此只有咽下污脏的残渣／在阴风积聚之地痛苦喘息／磷光漂流的旷野与谷地／没有一丝五彩霞光／／怎样回告那声炙烫的呼救／怎样忆想母亲的眼睛／我顽石一样的躯体啊／我等待破碎的双拳啊／电火飞蹿的弧光里有什么在爆响／有什么在尖利地泣鸣／一切消弭净尽的空地上／是不散的浊烟和狐臭／是洗而又洗的独子的泪滴／／静静地流淌　缓缓地走过／它在默想自己的平原／一路的渺渺无声和低徊／长长的蜿蜒寸进与决意／它汇集了多少不屈的无辜灵魂／／静静地流淌　缓缓地走过／……

我这会儿只渴望听到无声之声。这种倾听不曾让我失望，如同一个独立的时刻中，目测那平静的大洋……反复翻找这一叠报刊，只想找到一个声音。没有——我不得不正视的是，在整个的一次悲惨长旅中，几十个人，唯一曾经高声反抗过的，仅有一人……他们在令人惊栗的残暴面前，都出奇地相似：胆怯与冷漠。

我总觉得冥冥中有一种神秘的力量，它在对我们的全体实施一次抽样检查。它这样做的目的只是为了一个日久不获的结论：人类还配不配活下去？

这是一个久而不获的结论……

这次长旅……

"智识者"们——我不由得又想起那个城市，那个小窝，那一次又一次的争执、莫名的聚会……据那些一再倒霉、也的确是生不逢时的人说，他们直到今天才幡然醒悟："恶"才是推动历史的杠杆呢！于是要理所当然地对"恶"树立莫大的敬畏才对！

我恍惚中尚不知就里，但不知怎么首先想起的是我居所前的那个公园——所有的公共设施都遭到无端的破坏；那些美丽的、做成各种造型的园灯，刚刚安装一个星期就被全部砸毁了。那座城市的大街上一度再也找不到一部投币电话、磁卡电话，因为刚刚安装了三十多部，不到三个月就全部被拆掉、砸毁……今年春天，在植树节里刚栽上的珍贵树木，特别是街道旁的，一夜之间都被人——拧折……

我嗫嚅道："可是……"朋友说："你就别'可是'了，你先要适应……"

我在漆黑的夜色中惊惧地望着，口吃地说："不过……"

朋友们惊愕地互相对视，发出"他！他！"的惊叹。后来他们又笑了。我从笑声中听出了怜悯……

今天我突然觉得这次长旅中就有我、有我的朋友们；这次长旅似乎根本就没有终点……

可是我不想退出

朋友激动得双手颤抖。他不停地说下去——
我长时间为怎么评判这个时代而痛苦。因为我只要一刻不把这个问题想个明白，心里就不会安宁，也不会有正确的、合乎时宜的行动；我的生活将变得没有意义。已经许久了，我习惯于从全局而不是局部、从长远而不是眼前去看待问题了；我变得不那么以偏概全，也不会简单地意气用事；我有能力从全部的繁杂中综合出最重要的结论。如果我从根上否定眼前的一切，我是指我们正在做的、经过我们多年努力形成的生活状态，那么我就等于否定我自己。我不能这样，也不是为了自己对自己的安慰，而是其他：是实话实说，是为了能够对生活有一个科学和理性的评判。眼前的混乱无序、肮脏，都达到了一个极数。可是任何人同时也会发现这是个充满了活力的时代。惊人的创造力像一夜之间从地底冒出来似的，我们拥有了从未有过的速度，拥有了从未有过的模仿力和创造力。我有时真想为这些放声高唱起来。我真的无法不为这些而兴奋。这里面包含了许久以来梦寐以求的东西，这些都来之不易。我如果不懂得珍惜这些，那我就太简单也太褊狭了。要指责一个时代是非常容易的，但要做到准确和公允就不那么容易了。眼下我们的生活走到这一步，也许包含了许多必然性。我明白，我们既然走过来了，那就必须如此，必得如此，舍此我们就没有了出路。但这只是结论的一个方面。

我同时也看到，我们付出的太多太多了。我们一边向前，一边践踏，而且常常在毁掉至为宝贵的东西。请相信我说的都是自己看到的，经过深思熟虑的，我不是过忧，也不是随意乱说。我们也许在这么短的一段时间内，一下子释放出的恶魔太多太多了，多到了我们已经无力承受，快要毁掉自己的地步。我们在设法最大限度地遏制它们的事情做得实在太少。我们在犯罪。有些东西的失去是不可复得的，这些不必我来解释了，它的恶果已经非常明显了。也许我不适合做这样一个进程中的最激进的参与者，因为我还不够强大，特别是心理的强大。可是我不想退出。

我看着朋友。我想说的是，我也不想退出。

人所不知的交易

到了深夜，惊魂甫定，我才开始细细回忆小时候，回忆那场可怕的大水、那次死里逃生，不知什么时候才睡去……

睡梦中我却清晰地看到了水中精灵的模样——它们嘻嘻笑，要与我做一场可怕的交易。交易的细节地睡梦中那么清晰，以至于醒来许久我都当成了真的，吓得一动不动。我躺在那儿想：我将对家里人藏匿这场交易，所以谁也不知道我是经过了那样可怕的一场才得以生还的。

我从睡梦中得知：我那次大水中的生还，带回的只是一个躯壳，我的魂灵已经变卖了，从此我成了另一个人。

极力回忆全部的细节。

那一天，精灵们说需要我的"魂灵"，这对它们有用处：它们每造一个新人都需要索取一个"魂灵"。这一会它们又要造一个新人了——这个人以后我会看到的。精灵们要用一种奇怪的方法先使我丧失记忆。因为我如果记住这场交易，他们也就算失败了——我会把失去的魂灵重新辨认出来，寻找回来。精灵们让我丧失记忆的方法，就是在送我离开的时候，给我喝一碗迷魂汤——它们盛在粗瓷碗里，有点像稀泥浆，喝下去就把什么都忘记了。

值得庆幸的是我以前听外祖母讲过类似的故事，所以那时我悄悄地留下了一个心眼——我趁精灵们不注意时，只喝了很少的一口，而且没有下咽，它们一转脸，我就把汤吐了。就这样，我摆脱了它们的魔法。

它们认为我真的失去了"记忆"，开始让我进入做灵魂交易的场所。一个精灵把我领进去，厉声问："你进来不后悔吗？"我说："后悔，没有不后悔的——你们送我回去吧。"这样说时，我害怕地看着前面的一片沼泽。我知道从这儿走去就要经过那片沼泽；走进那片沼泽将会发生什么？这是再明白不过的了。一个精灵摆了摆手，一个和我差不多大的人出现了。那个精灵指着他对我说："看见了吧？他像你一样进来了，可又很倔犟，不愿交出自己的魂灵，那么我们只好放他走了。"说完挥一下手，那个人就往前走去。

我亲眼看见那个人在沼泽前犹豫了一下；但别无他途，只得举步向前。他刚刚走了不远，两腿就开始往下陷，接着陷到了胸口。他喊着："救救……"最后一个字还没有发出来,沼泽就漫过了他的头顶。那儿冒出几个气泡,什么都没有了。

一片死亡的沼泽。

这时我才明白,不知有多少好孩子都在这里消失了,他们谁也回不去。我如果能够生还,那就必须留下自己的魂灵。多么可怕啊!从此以后我将变成一个没有魂灵的孩子。我心里发怵,说我这样回去时家里人会认不出来……

精灵们笑了,它们说放心吧,你看上去哪里都不会变,只不过是把内心深处一个很小很小的闪闪发亮的东西交出来而已,其他地方一点儿没变……我觉得那个精灵说话时带着很重的土音,后来才知道它是河湾里千百年来的一个土著,这个土著尽管变成了魔鬼,却仍旧葆有很重的乡音。可这确实是死亡的声音。

它又说:"孩儿哩,交下那个发亮的东西就好哩。那时候你拍拍屁股走哩,你看,"它说着一挥手 —— 沼泽上马上出现了一道铁桥,在阳光下闪亮……我明白,当我把自己的灵魂交出来之后,就可以踏上那座桥,平安地到达彼岸,重新回到家里。

这是多么可怕的交易啊。

我在任何时候都不会同意,我知道这是欺骗,欺骗自己的亲人。可是没有办法 —— 我害怕那片死亡的沼泽。我哭着,望着天空。我不知哭了多久。我要回去,我不愿淹没在这片死亡的沼泽里 —— 就这样我伸出了乞求的手。我闭着眼睛。我觉得手里有了东西。我知道那是无形的钱币——出卖魂灵的报酬。接着它们说:

"好吧，你进到里面去吧，一会儿就成。不要怕，一点儿不痛。"

我全身颤抖，脸都发青了。我在地上滚动。"救救我，救救我，快呀，救救我……"

一些穿白衣服的人，他们戴着口罩，将我推到一个小黑屋里。

我知道这就是换掉魂灵的地方了。我慢慢昏迷过去。不知什么时候，突然有个闪电一样明亮的东西掠过我的双目——我知道就在这一瞬，我的最可宝贵的东西被取走了……不过真的一点儿也不疼。只是一瞬，什么都结束了。

我心里空空的，多少有点被抽空的感觉，但一会儿也就习惯了。

我眼前出现了一个亮闪闪的铁桥，它架在沼泽之上，我踏着它跨出了沼泽……

……

那一个夜晚我身上一直湿淋淋的。我大概是蹑手蹑脚溜进屋子的。所有人都睡着，午夜刚刚划过它的标界线。

那一天，我梦醒之后就哭起来。我是一个被摘走了灵魂的人，我完全变成了另一种人。可是我最大的不幸，恰是我依然记住了那一切——那场不光彩的交易。我要带着这种屈辱和所谓的再生的沮丧，过完我的一生了……怎么办呢？

这就是我仍然记得的一个梦中的故事，一个直到中年还仍然不能遗忘的清晰的梦境。

"救救我，救我——"我这时仿佛又听到了那长长的呼喊。这声音来自昨天还是今天？我不知道。

我站起来，觉得内脏一阵抽痛。

红　手

这是一个混血姑娘。月光照亮了她高高的鼻梁，深眼窝儿却在暗影里。她正向一个不太高的男人哀求："你快救救我吧，救救我吧，我不敢在家里睡觉，就和别的姑娘待在一块儿，这样村头儿才不敢来找……"

男的咬着牙："你爸呢？你爸不敢拦他吗？"

"我爸不敢，我爸要躲还来不及呢。有一天他磨好了一把斧头，准备那个人从墙上跳下来时砍断他一条腿。他蹲在墙下，那人跳进来，他就把斧子砍进了土里……"

"窝囊废。"

"别这样说，别这样说……你知道我妈妈是外国人，她死了；我爸前些年为这些受了多少罪，他是怕了。我真恨我的头发和眼睛，恨我这模样……我怎么不能长得像我爸一样啊。村头一天到晚嚷：'俺从来没吃过外国菜'。他说早晚要把我一口吞下。有一回他还领来乡里的一个头儿，一进门就对我挤眼，还伸手捏我，说：'你看看她身上的肉就是不一样'。那一天我哭着跑了。他在后边喊：'早晚囫囵不了'。这几天他老去砸我们的门。我爸把墙上栽了玻璃片儿，他就不爬墙了。说起来你不信，他把梯子竖在后屋檐上，从屋顶上揭了瓦，用脚跺了个洞，一下跳进我们屋子里……"

这一切是我在暗中看到的。我吸了一口冷气。

男人一声不吭。月色里看去,发现他有四十多岁的样子,长得有点丑。可是那一对眉毛很有力量,嘴巴棱角分明。他脸上的胡子被精心地修过,不过那样子还是很显苍老。这个又年轻又漂亮的姑娘怎能喜欢上他呢?这个男人一声不吭,最后把拳头握起来,又做成一个小喇叭,像害冷似的放在嘴边哈着气。哈了一会儿,他说:

"你回去睡吧。明天的这个时候,你在前面的那棵松树底下等我。"

"怎么?"

"不怎么。"

就这样他们分手了。

我的心扑扑跳。

这一天我是在河畔小村里度过的。出于好奇,还有其他,我要等天黑下来……夜深了,月亮再一次出来时,他们就该出现在松树下面了。

大约等了一刻钟的时间,我听到了那个姑娘像小猫似的走动声。她两手按在树上等待。

又待了一会儿,那个男人来了。

男人去搂抱她,她喊了一声。她把男人的手腕握住,举起来放在自己脸前看着——这时我也看清了,他的手是红的,通红通红。

"天哪,怎么啦?"

男人嗓子沉沉:

"我把村头杀了。我给你爸留了一些钱,写了一个条子,上面只说你没事……我们得快走,天亮时赶到那个码头,我们坐船。"

"到哪去？"姑娘浑身颤抖，快要站不住。

"下关东。"

她往树上缩着，树在晃动。男人扯上她的手，不由分说，拉着就跑。姑娘说："俺爹，俺爹……"

男的不容分说，拉着她继续跑。

"就这样吗？就这样吗？"她一直在喊。

黄土是年轻的土壤

大李子树啊，你此时一定还会记得几十年前的另一个孩子，因为他也是在你的注视下长大的……不知大李子树如今会不会记得起那个游子：他当年攀在你的肩上，在你银白的头发间捕捉蜜蜂，蜜蜂蜇了他的手，他哭着叫着，后来用力捶你的肩膀……你一次又一次原谅了他。你用手抚摸他的头发，让其安静……我带着红肿的手去找外祖母，外祖母找出一点盐水抹在伤口上。我哭着去找妈妈，妈妈刚从外边回来。我给妈妈看被蜂子蜇肿的手，妈妈把我的手含在嘴里吸吮。我在妈妈怀里急急地寻找——妈妈说会走路的孩子再也不能这样了。"妈妈，妈妈——"我这样叫着、乞求着。外祖母说这是生了个什么孩子呀，这么大了还一时也离不开妈妈！她跟妈妈商议了好久，下决心要给我"断奶"。怎么"断奶"呢？外祖母看看妈妈，笑了。

晚上妈妈抱着我睡，我每一次都要吸吮着睡去。可是这天晚上我的嘴沾了一下，就感到了巨大的辣味儿，它使人难以抗拒。我大哭起来，用力地推搡妈妈。妈妈安慰着我。我哭啊，哭啊，觉得受到了莫大的捉弄。我在炕上滚动，妈妈不得不把我重新抱起来，可我一挨上妈妈竟然把什么都忘了，不顾一切地再次伏上去……又是同样的辣。我哭得惊天动地。这样直到外祖母过来，把我赤身裸体抱走……

从此外祖母总想把我留在她的身边，而我只想回到妈妈那儿。外祖母开始给我讲故事，这些故事没头没尾，没完没了——用它代替妈妈的乳汁。她想用故事把我喂胖长大。后来，在寂寞的夜晚，当妈妈再次把我抱回她的床上时，半夜里她温暖的胸部使我觉得有一种额外的幸福。我不知不觉就哭起来。"你做噩梦了？""妈妈，"我把脸紧贴在她身上，泪水一次次把她打湿。

可是后来我终于不能待在妈妈身边了，我要一直躺在外祖母的身旁。就是说，从此我的幸福也就完结了。

我一天到晚跟在外祖母身后，到林子里去玩，采蘑菇、拣干柴。到后来我所有的事故都跟外祖母连在了一起。我们在李子树下的砖井旁种了一丛菊花儿，到来年它们就变成了更大的一片。我相信这辈子也看不到那么好的菊花了。它们的药香味儿老远就闻得到。

我曾经折了大捧的菊花，送给我喜欢的女老师……这菊花就是我童年的颜色，童年的故事……

后来，成年的我曾多次尝试着培植这种菊花，可惜它们都长得可怜巴巴，单调平庸瘦骨伶仃——我明白离开了那片土地，就无法培育出真正的好菊花；况且，在城市，再好的菊花也不必折下来 —— 折下的菊花送给谁呢？谁会接受这一大捧金黄色的菊花？

大李子树啊，你温煦的目光看着我，直到把我送向一个遥远。我这一生好像永远怀抱着一大束蓬勃怒放的菊花……

只要是手捧菊花的，就是当年的那个孩子。可是我仍然害怕将来的一天，老师会认不出昨天的那副面容。因为我长大了，我的目光太沉了。黑夜里，当一切都被夜幕遮住，我才可以更轻松地做自己的事情。在夜色里我常常想：快让我变成另一种人吧；也许我早就变了，变得猥琐丑陋，不值一提，脏到了极点——我早已不是原来的那个孩子了……难道在日复一日无休无止的岁月中，这一切都如此轻易地被改变、被销蚀、被夜幕遮罩吗？在极其悲伤和无聊的日子里，在漫长的消磨中，在无一例外的竞争和生存的绝望之中，我曾一遍遍地重复一个欧洲诗人的悲吟："胜利的钟声敲响了，嫉妒的钟声敲得比胜利的钟声还要响。"我胜利过吗？或者说我"险胜"过吗？不知道。我只听见两种不同的钟声在交替回响，震耳欲聋！即便在中年的午夜里，在这沉沉的人生长夜里，我也不能忘却自己童年所蒙受的屈辱和不幸。谁给我怜悯？我给谁怜悯？是我欺骗了别人，还是我们一块儿被欺骗？我们大家，所有的人，终将在某一天被丑恶所埋葬吗？我只是担心不能够再生，因为我从出生的那一刻就已经踏向了未知的道路。大约就因为这惶恐、这苍茫的张望，我才要不停地追赶……

天上有一只苍鹰，它一动不动悬在空中。它看到了一座小泥屋，还有孤零零倚在树干上的我吗？它在想什么？它还是当年的那只大鹰吗？

昨天的痕迹藏入泥土，但我似乎还可以准确地指认每一个故事的发生地。这些故事啊，离我是那么遥远又那么切近。我真想永远趴在这片泥土上。这片泥土是黄色的——我看到一本地质学著作曾经讲过：黄土是一种年轻的土壤。多么好的黄土啊。我的一切故事都化为粉末掺在了面前的黄土里。昨天就这样诱惑着我，它哺育了我又埋藏了我，让我既追逐又告别。我在这追逐和告别当中一会儿生气勃勃，一会儿又急速衰老——转眼年近四十，胡茬浓旺，两眼变得像顽石一样坚硬，却对一切不再那么轻信，有时甚至是无动于衷，冷漠得不可救药。就在上一个秋天之前，我还以为自己是一个与昨天渐渐割断了联系的人；可我的双脚刚刚沾上这里的黄土，又发现身上有一根脐带牢牢地系在了这儿，以至于每一活动都有挣扯般的撕痛……

他正是我的昨天

秋天，我又迫不及待地归来了。

这一年的分别对于我来说真是一种煎熬。我对自己说：必须回去了，回到我自己的地方。在秋天的熏风中，我几乎是被一只无形的手牵到了平原上。

我在暮色里登上沙岗，循着夕阳去寻找——还是那美丽的海滩，还是那片薄雾……可是我却觉得那里透着深深的寂寥和清冷。我几次想走近它，又几次退却。我也不明白在恐惧什么。

不知是错觉还是一种真实，我隐隐地听到：整个平原都在哭泣。

这声音一阵阵扬在秋风里，竟越来越清晰，让人揪心。

我的眼前闪电一般亮过一对目光，那是清澈而羞涩的、黑白分明的眼睛。

我在沙岗上久久伫立。这儿没有一个人。

我坐下来。此地真是太安静了。天空呈现紫蓝色，这样的天空多么适合百灵的歌唱——我记忆中这儿总是有着很多的百灵；可是这时的确一只也没有了。这儿多么适合安睡啊。这儿掩埋了可怕的安睡的幸福。

远处的灌木丛中，一个小小的人影在徘徊。他是谁？我抬起眼睛——真有一个小小的身影在徘徊。

我一直望着他。

这是一个少年。我的眼睛不再离开他，直到望得两眼发酸……你为什么在灌木丛中徘徊？你为什么要在这条小路上徘徊？你为什么一直在这儿走来走去？

这样过了许久，他终于顺着小路走过来，一直走到我的面前。我看着他，一时有点不知所措。眼里很快渗满了泪水。如果我猜不错的话，他正是我的昨天……

他在哭自己的手

让我们倾听一段往昔故事，它就发生在此地：

有一个从很远的地方来到这里的钢琴家——听说那人参加过外国比

赛，还得过什么奖——有人亲眼见过他在这里砌水渠，整天搬运石头，沿着渠底跑来跑去。他搬石头的时候总戴着手套，监工的就呵斥，让他摘下手套。他解释说这双手可要保护好，如果碰伤变形，他就再也没法弹琴了……管理人员一开始嘲笑他，再后来见他还是戴着手套，就威胁说要剁去这对"狗爪子"。他真是害怕了，可是死也不摘手套。一个家伙当着大伙的面扭住了这人，骂着粗话。钢琴家知道要摘他的手套，就叫啊跳啊用力撕挣啊。可他到底没那个人有力气。对方把他用膝盖顶在地上，脸都憋紫了，骂："日你妈你再较劲儿……"他们硬是给他摘去了手套：大家这才发现，原来他的两只手掌都磨出了水泡和血泡，有的地方开始溃烂……不忍去看。管理人把手套撕成了条条扔在地上，说："你这个臭东西还戴着手套做活，臭美！"钢琴家嘴巴那儿被一个石刃子刺破了，流了血，他擦也不擦，就用那双打了水泡的手端起了石头，一边端石头一边流泪。只一天的工夫，他的手就磨得血淋淋了。

他在哭自己的手……

这条大渠快要砌完的时候，这伙人又被命令去担水。就是这么穷折腾。大家要到西河那儿担，来回走五六里的路。那时候天旱，砌的渠又放不过水来，为救急也只有担水了。担水主要是磨肩膀，所以半个月过去，那个钢琴家的手也结疤了。那些大疤瘌累叠着长，骨节都变了形，一个个鼓鼓得有烟斗那么大。这手看一眼就让人害怕 —— 他过去拼命保全这双手，这会儿倒弄成了这样……钢琴家看着两只握不拢的手，呜呜地哭出声来。他哭啊哭啊，坐在渠边上拍打石头。你想想这是什么心情吧。结果只过了小半年，大伙儿都发现这个钢琴家神经不正常了。原来这是个富家子弟啊,人家打小就娇贵惯了,哪受得了这番折腾,结果真的疯了。他一犯病就沿着水渠不歇气地跑,两手大张着,有时候十根指头都插进头发里,笑一阵哭一阵,弯腰抓一些石块到处扔,大伙儿都得躲着他……他一跑开就不知道吃饭,也不知道回来睡觉。管理人员的呵斥他再也不怕了,那些人要去逮他,要把他绑送精神病院,可他变得像猴子一样机警哩,夜里还学狗那样,把耳朵贴在地上睡觉,这样老远响起脚步声他就能听见,只为了在那些捉他的人到来之前蹿跳奔逃。他常常一口气跑到林子深处,让抓他的人空着手,垂头丧气……不一定什么时候他又会轻手轻脚来到宿舍区,隔着窗户向里面的人尖叫。大伙跑出去时,他又逃了。谁也不知道他在外边吃什么 —— 后来人们看到庄稼棵里有不少地瓜被扒走了,花生棵下边刚长成水泡的果儿也被嚼了,还有那些刚刚生成的玉米也被毁过,这才知道他靠吃地里的生东西挨下去。夜晚,只要听见野地里有什么唰唰响,都说是那个钢琴家!我们唤他,让他回来,有时他真的听到了,就在野地里哈哈大笑,发出一些奇怪的动静,吓人……

眼巴巴地看着他

他从调来的那天起,就开始与知识分子打交道了。他当然永远也做不成这一类人。他先是很费力地识了一些字,然后又学着写短小的文章。自从他学会了读书写字,也就开始变成了一宝,变得越来越珍贵了。在后来一场连一场的运动中,他都是多种"领导小组"和"批判小组"的成员。后来提倡"学哲学用哲学",他又是哲学小组的骨干。大概就在那个时期,他竟然搞通了一整套"哲学",并且在两个写作班子里担任组长或副组长。而那两个写作班子一口气搞出了几本"哲学普及读物",著者的名字都简化成了他一个人。几年后他又从报社调进了文化管理部门,从此如虎添翼,君临一切。

也就在这个时期,所有的领导机构,只要牵涉到文化工作的,他都要挂名。大约与此同时,他又迷上了书法:写大字报,抄语录,写来写去,最后懂得选用最好的宣纸。所有接待上边一些领导的事情都要他从头陪下来,那些领导故地重游,到山区,到海边,回来时就要留下一些诗作,他如获至宝,总是把它们拿到报纸上发表。在这个过程中他也受到了感染,于是开始模仿起来,写出了一些怀旧的五言或七言。这些诗句第一次发表时令他何等欣喜!除了偶尔发表,积累几年之后,竟然还出了两本诗选:每一本都薄薄的,取名《诗抄》。这些"诗抄"一律请名人作了长序,后边又附了长长的后记,因为是大字印刷,所以看上去很像本书的样子:其中有少量做成了缎子封面、烫金特制精装的,由他签名送给一些领导和名流。从此都知道他是一个诗人了。

他担任文化部门领导的时候,几乎很少对工作人员笑过,也很少出现在他们中间。他几乎把大部分时间都用来接待和陪伴上级首长。他像一个影子一样跟在这些人身边,他们上车他开车门,他们题字他裁纸端墨。几乎历次运动中他都是一个积极参与者,直接向有关部门提供名单,搜罗运动所需要的各种言论,但绝少走到前台参与辩论。谁只要上了他拟出的名单,那也就等于有了结局。大多数人尽管不全了解这一切,但他们凭本能地惧怕他，谁也不敢招惹他。在大家眼里，他是一个真正不可动摇的人物，因为那些尝试过反抗的人，结果都败得很惨：不是被远远地赶离了文化中心，驱出这座城市，就是到更边远的地方做苦力去了。

奇怪的是，当年那些参与《诗抄》、参加过那几本哲学小册子的写作者，差不多都前后遭了殃。其中几个最卖力的人结局最惨，有的改行，有的最后就死在了农场。那些一辈子与笔和纸打交道的人，面对着莫名其妙的暴力，简直一点办法都没有，他们连惊讶都来不及，根本想不到从何反抗、怎样反抗。也就在这样的年代里，他却不断地花样翻新，把那两本诗抄又改成了《诗画》，还让全城最优秀的画家给他绘制成大幅画册——甚至进而改编成一部奇怪的"诗剧"，这部诗剧前后经过好几位戏剧家和诗人的订正补充，最后一演再演。那时候书籍很少，可演的剧更少，所以只要一提起这部诗剧，大多数人都非常熟悉。它成了他一生最好的通行证，无论走到哪里，只要一提起那几部东西，大家立刻就有些莫名的慌促，一腔敬重，眼巴巴地看着他。

随着时间的推移，他变得更加肃穆少言。时至今日，一些报刊只要发表一首他的小诗，都要放在显著位置，有时还要加几句编者按。他常常和城里城外的一些高级人物互致信函，以诗作答——报刊上偶尔也把他们十几年前或五六年前的这一类诗和信发表出来，接着就会有一篇篇评论。评论把它们说得高深莫测，是诗坛文坛了不起的收获；而且不要多久，这些小诗和信件之类，连同那些评论文章，又必要重新结集，出一些精装本，让他再次题签送人。

他的声望就像滚雪球一样越滚越大，越滚越重，终于变成了可望而不可即的怪物，只有令人敬仰的份儿了。

哭了，抹眼了

在他的出生地，即那个海边小村里，提起他的名字大多没人知道。只有老一点的人才知道那人原名叫"狗剩儿"，是他的乳名。提起"狗剩儿"，村里的老人能讲出一大段趣事。他们小声说："那可不是个好孩儿啊，打小不务正啊！小时候谁得罪了他，他就往谁家的井里解大小便。谁家的草垛子突然起了火，那么第一个想到的就是'狗剩儿'干的。如果不是族里合计要把他处死，他早晚也要害在外村人手里。哪个村能容下这样的人？想不到人家如今出息哩！"那些没有牙的老乡哈哈笑着，你看我一眼，我看你一眼。有一个人说："有一年上边呼啦啦来了一溜大汽车，扛着机器，俺还以为做么哩，原来是给'狗剩儿'拍电影来了，还要把他们家当年的那个小土屋拍上，俺也跟着'狗剩儿'沾了光。上边来的一个戴黑眼镜的人让俺坐在'狗剩儿'边上，'狗剩儿'给俺敬烟，俺就大模大样往后一仰抽起来。那个机器把俺也照进去了。如今的'狗剩儿'吃得好了，长那个白胖哩，戴着眼镜，还留起了背头，年纪不大拄上了文明棍儿，你说笑人不？"

这如果仅仅是一个滑稽故事该有多好，可惜一切都是真的，一切都在此地发生了……

"拍电影那天，所有人都呼啦啦涌到街头，'狗剩儿'就迎着他们边招手边往前走哩，拍电影的人就把这些人都给照进去。后来放片子了，里面说的是：'他们光荣的儿子归来啦！乡亲们流着眼泪涌出来欢迎他！'不知怎么，咱看的时候，真的也跟上哭了——咱哭了，抹眼了……"

日本刀歌

车子颠簸着，这样一直开到十几华里之外的又一个石碑前。

石碑上标明了"某某古城遗址"的字样。石碑的一侧有一道横着剖开的土丘。

我知道博物馆中的很多文物，就是从这里出土的。这就是历史上有名的"乾山"。

我曾经看过关于乾山的记载，知道它的名气大得了不得，可是这会儿实地看一下，真让人大失所望。原来就是一个矮矮的土堆子：在战国时期，一直到秦代，这个土堆子比现在要高不知多少倍。当时许多重大的祭祀活动都要在乾山顶上举行，那些有名的帝王都到这里来过。原来剖开的地方就是前几年一些考古人员的工作现场……

那片平原的东边一点，有个小小的村庄，据说有遗留的一部分人，他们是从不远的那座古城逃出的后裔……像书上描述过的，古城在当年是一座知识之城、学者之城。研究者推断它是秦王东进的结果——天下一大批最杰出的学者不得不一路规避，从齐国到东莱，最后汇聚在夷地边缘。后来，大约是汉代中期吧，这座古城才开始衰败——因为这里的头儿起兵攻打王莽,结果兵败城废,开始衰落,城里的人四散溃逃。考证者认为,现在遍及这个平原上的徐姓大致都是从古城流散出去的。后来世道稍微平定一点,才有一部分徐姓家族陆续迁回,他们来"寻根",在这里形成了一个小村……

我久久地站在这个遗址上。世事变迁,沧海桑田,一切都无从预料。

一些有名的大学者,比如说稷下学派的那些代表人物淳于髡、邹衍,应该都来过这座城吧。当时这儿也算得上海内舆论中心之一了。这里有各种各样的人物,各种各样的思想,他们都在这里。如果说徐福就是在这样一种复杂开放的学术气氛中成长起来的一个人物,那么他与当时的某一类学者还会有些不同,他远没有那么迂腐,也从来没对那个秦王寄托什么希望。很明显,寻找长生不老药不过是他长期酝酿的一个计谋。他心里不难预测,也完全会有这个料想:秦王统一中国之后,"百花齐放之城"很快就会坍塌,它必定会从这片泥土上消失殆尽。这儿既然是一座知识之城,自由思想之城,那么就绝对不会在一位暴君的阴影之下存活。怎么办?他当然知道,唯一的办法就是出逃,就是远远离开秦王统治的这片疆土。他以寻找"三仙山"和长生不老药为由,连续两次出海,最后一次带着五谷百工、三千童男童女和弓弩手同行——其实主要是一些重要的思想者、一些学士、珍藏的典籍——结果再也没有回来!这就是《史记》上说的"止王不来"。

徐福当是一位老谋深算、万无一失的人物,这与一般的知识人士大概差别很大。他竟可以指挥一个庞大的船队,沿山东半岛、庙岛群岛、辽东南海和朝鲜半岛西岸行驶,最后渡过对马海峡,到达济州,而后是——

日本九州。这是当时唯一的一条安全通道。因为当时还没有罗盘，只能靠星辰定位，而且他们的船也不可能贮备那么多淡水——从古航海的角度看，只有走这样的一条路线才能不断地补给……

我的背囊中有一张海图，我常常要面对那些密密麻麻的标记，直看得眼花。

我还保存有一首宋代的"日本刀歌"——它是这样写的："传闻其国居大岛，土壤肥沃风俗好，其先徐福诈臣民，采药淹留 童老；百工五谷与之居，至今器玩皆精巧……"

我们有许多不同

这之前，我曾通过一个朋友的关系，到一处废弃了的宗教旧址居住过一段时间。那里很久以前庙宇就拆掉了，已经改成了军事封锁区，真正是"闲人免进"。可那里只有简单的几个兵在看守，他们也很寂寞。果然，当我住到那儿的时候很受欢迎。我在离他们营房很远的地方找了一个小住所，一口气住了十几天。满山遍岭的野生果实，还有野兔和松鼠之类。松鼠在高高的树上从一个枝丫跃到另一个枝丫，让人欢喜得喊出声来。我常常出去采很多浆果，桑葚一会儿就可以采下一大包。整个的一片山林几乎没有一处露着泥土，只在山的顶部才有一些岩石裸露出。我那次真是一个人独处了，只带了很少的几本书，但几乎没怎么读。需要读的深奥东西实在不少了，但它们不全是停留在字面上。我一想起许久以前这里有一帮与尘世隔绝的人物,他们在过另一种生活,就有些激动。这种奇怪的选择充满了诱惑。那个秋天我望着那些坍塌的庙宇,心事怎么也收不住。我知道他们是为了免除烦恼,或者是为了追逐一种心境而来。可是烦恼在当年真的可以远离他们、真的进入了另一种心境吗?我看到的是满目青山,一片碧绿,是各种各样跃动的野物……在这片与悠远神思浑然一体的世界中,我试图在冥想中沟通那些远逝的古人,猜悟迭生……

旅途上,我还能想起在宗教旧址度过的日子。夜深了,几条鱼在黑漆漆的水里炫耀自己。它们发出扑通扑通的声音,一阵阵诱惑旅人。好了,天亮时我一定设法逮到你。火苗蹿跳着,夜的声息远远逝去。水已开过好久。我取一点茶。春夜的清冷被篝火驱掉,我离火很近,脸被烤得发痒。但那种温暖的感觉让人舒服极了。我的帐篷在火苗下闪动。多好的一个单人帐篷。这些年里我背着它走了多远。围绕它我曾经有过不少愉快的联想,它究竟给了我多少欢乐简直无法历数。它与奔走、旅途,与一切活鲜动人的经历连在一起,消融了痛苦,滋生了希望。

还是初到一个杂志社工作不久,有一次在一个俱乐部认识了一位女棋手。她刚刚从一场赛事上下来,战绩不错,非常得意,圆脸庞上那一对眼睛显得非常纯洁。她看上去比实际年龄要少得多。我们一块儿喝咖啡,谈了很多故事。不知我们的话题怎么拐到了帐篷上来了。她说:

"现在的男人哪,没劲。干吗不带一杆双筒猎枪,背着帐篷到大森林里过上一段?打裹腿,扎腰带,如果可能的话,再领上一条狗……"女棋手神往地看着我。那一刻她的小鼻子红红的。大概是刚刚做了一回胜者吧,整个人容光焕发,欲望高涨。

  那次相聚不久,她打听着找到我家。时值夏日,她穿了一双很别致的布料凉鞋,没穿袜子,一双脚白得刺眼,像一个不醒世事的少女。实际上她的年纪已经不少了。她要教我下棋,还再一次谈到了带帐篷和猎枪到森林里去的事情,热情洋溢。但后来我发现她对人对事、对书本,都缺乏一种执着认真的劲儿,不过是向往一种并不新鲜的概念而已——谈过也就忘了。

  这个夜晚我又在想那个女棋手。奇怪的是,我一直有一顶小帐篷,这是我的一个附属品,一个当年让我发烧的东西,纯粹是个人拥有;但我就是没有对她说起过这些……火苗蹿跳着。我在想,此地离我的东部还有多远?我知道从这儿一直往前就能走到芦青河的发源地——砧山和鼋山。我发觉自己在一种混混沌沌的感觉中,在苍苍茫茫的大山里,从来都会活得挺好。人和人的生活有多么不同啊,也许在这个时刻,我熟悉的那些人正在玩一些古老的把戏哩。还有那个女棋手,她只是说说而已,我们之间有许多不同……

喜欢一些"怪人"

  那一天他领来了一位全城最有名的"天才画家"。这个人出过非常气派的大画集,卖过很多画,不仅有名,而且有钱。这家伙身上有各种各样的风流韵事,有些简直算得上现代传奇。可我第一次见他就觉得失望:

尖下巴、黄胡子、高颧骨，不太像个有才华的人。我不明白怎么会有那么多的人对其佩服得五体投地。

他显摆，傲慢，令人讨厌。不过大概正由于他谈锋犀利，常常出语惊人吧，竟有人被他唬住了，很有些不错的姑娘喜欢他。是的，好像契诃夫就说过：姑娘总是喜欢一些"怪人"。那些"企业家"也喜欢他，常常为之慷慨解囊。他有了钱就没完没了地在我们这座城市举办个人画展、开研讨会，大概还嫌崇拜者太少。有一次朋友告诉：他在画展上认识了一个刚来的女布展员，一下入了迷，为她整整多半年放弃了工作，丢弃了一切嗜好，只专心致志地追求她。据说她是个走起路来拧成三截的圆脸小姑娘，一双眼睛空空洞洞，可是不巧惹了画家。画家流着泪水对别人说：

"我受不了，我不行了，我可能很快就要死了。"

这座乱哄哄的城市啊，汹涌如同河水的人流啊，很快就把一切都淹没了。画展仍在一场接一场地举办……

全都"紊乱"了

连我自己也弄不明白，对于人人渴求的一种安定日子，我这些年的奔波到底是为了寻找还是为了破坏？好像我与安逸的生活有仇似的。这些真说不清楚。据一些人的观察，我所有的一切都"紊乱"了，包括我的生活、工作，当然主要还是精神，全都"紊乱"了。它的根源，来自一种好高骛远和不求实际的浪漫气质。"从根上讲，"有人眨着一对眼睛，"你就是这样的人，不知干什么才好，四边不靠。"至于近年的痛苦，我自己以及给全家人造成的痛苦，全部责任都在那片平原上。

是的，诚如斯言，我发觉自己这会儿仍然急匆匆的，心里发躁。再到哪里去呢？走在街道上，我不知为什么要一个个端详着从身边走过的那些人。我觉得每一张脸都那么熟悉，每一个人的神气似乎都有一点共同的东西 —— 到底是什么我讲不清。好像我在别的城市也见过这样的一张张脸 —— 他们都同样地急切、匆忙和或多或少的倦怠。我觉得他们的脸，与平原上的脸是决然不同的。不知怎么我又想起了过去的朋友，于是幻想起来 —— 或许这些人当中会突然出现他们的身影……

我往前走着，不知不觉间拐进了一家书店。

原来我想看一下有没有新书？没法仔细浏览，满目迷离。所有的书都是一张花花哨哨的封皮，上边不是画了半裸的女人，就是那些凶巴巴的男人；最多的是武侠书和卡通漫画……在另一个柜台上，我看到了一排排政治家的著作。这些书的装帧越来越精美，可是冷清地待着，几乎没人在这里驻足。

从书店出来，我又踱进了旁边的一家咖啡厅。门口扬声器放出的迷人音乐把我吸引了。进去兜了一圈，里面黑漆漆的。大白天窗帘低垂，若隐若现的、嘀嘀咕咕的声音从一些阴暗的角落里传出来。这里有一些地下情人。

爱耍一根大棍

朋友约我去看一个现代派画展，说是这些年来这座城市里举行的最棒的一次画展。"那是真正的现代派，不是伪现代派。"

他送来了门票，可我不知为什么耽搁了几天，这张票也就废掉了。后来他又约我看一个故去的老画家纪念馆，我答应了。

纪念馆建在一所几十年前的庄园里。这座庄园是一个清代遗老留下来的，保存完好。深宅大院里每一个砖头、每一块怪石，都向我们诉说着主人的故事。那个人可能活得很来劲，具有超人一等的耐心，在当年竟然处心积虑地搞了这么一处居所。

朋友说，当时这所庄园所处的位置恰好是一座城市的边缘地带，靠近西郊。现在你当然很难感觉当时这里的气氛了。我说无非是有点荒凉吧？朋友说主要是有泉水，"那个老头很懂地理，他会看风水，修建时把一处不大的泉子圈在了里面。你看到这些小拱桥了吧？弯弯曲曲都有水，在整个庄园里循环，都是活水。现在的水都臭了，黑了，里面生不出鱼了。那个活泉干了。"

我想这世上大概没有不干的泉水。一个一个厅看下去。故去的老画家声名显赫，他的一生就是一幅丹青长卷。"有很大的天才吗？"我一边看一边自问。我在想这个大天才究竟对于我们的生活有多少意义？不错，它们一幅一幅罗列在墙壁上，被当成了珍品，在铝合金橱子里静静地待着，里面有柔和的灯光，有经过调节的温湿度。其实它们当初只是那个老人用一支毛笔在宣纸上涂成的罢了，老人喜欢这样玩——这会儿就该如此珍惜吗？

朋友在一边讲得口吐白沫。他说这个天才画家如何如何了不起，并且有一个怪癖：爱耍一根大棍。我笑了。"在院子里装神弄鬼，大声吆喝，嚷叫一些京剧唱词。还有个毛病，爱打老婆。"

这引起了我的注意。"他老婆是一个很贤惠的小脚女人，为他端茶送水，对他无比崇敬。在她眼里老画家是一个神。他高兴起来就打老婆。他可能是太烦了。"

"打老婆可以解烦吗？"

"大概可以吧。"

"那大家的老婆都活不久了。"

我想起了身材娇小的一个女子，她可爱的、像猫似的一张圆脸。如果将她痛打一顿，让她泪流满面，委屈得要死要活，那不仅残忍而且简直——幽默。

每个展厅都冷冷清清，好几个展厅里一个人都没有。一个二十岁左右的女孩背着书包，拿着一个写生本，一边看一边偶尔画上几笔。朋友小声告诉：她可能是艺术学院的学生。这个小女孩打扮得很洋气，不是特别漂亮，但很吸引人。我觉得她很帅。这么帅的小女孩也爱艺术，我真为艺术感到自豪。

他瞥着墙上的画，有时也瞥几眼那个小女孩。好的女孩谁都喜欢，指挥千军万马的那些将军也不例外。你本身就是一件艺术品，还这么热衷于艺术。太多的艺术堆积在一块儿就会发腻。女孩老在画画停停，心很细。我们终于没法和她步调一致，不得不遗憾地先一步离开了这个展厅。

另一个展厅里悬挂了据说是画家最杰出的一幅大画，差不多占据了整整一面北墙。不过我实在看不出这幅大画有什么好。它有些芜杂，线条紊乱。朋友说："你看他的用笔，大气啊！"

大气个屁。

"你看他的笔就那么一弯，嘿，就是一只小鸟啊。你眯着眼看一看。"

我什么也看不出。

寻找那些大心灵

我眯着眼看了许久，看不出这幅画妙在哪里……这个展厅里的人相对多一点。朋友也不知多少次来看过这幅画了，这一次还是那么专注。他越瞅越近，不动了，到后来不得不回头寻找我。他提高声音喊着，我躲在边上没有应答。他激动万分地用手朝那幅大画猛地一指，然后又返身奔到我的面前，说：

"不可思议！"

这时有一个尖头尖脑的四十多岁的男人，一直在不安地看我。我觉得他在慢慢地向这边挪动。我没有在意。后来由于他走得太近了，我才不得不认真起来。我发现走过来的这个男人长着一对三角眼，脸色蜡黄，有稀稀疏疏的红胡子。我真是厌恶极了。可就在我最厌恶的时候，他突然伸出手来说：

"你是……先生吗？"

我点点头,一只手很不情愿地往上抬了抬。他一下就把它捉住了:"哎呀,我终于看到您了。"

我一愣。

"我是您的崇拜者,我听过您……我听过您,哦,那是在一个夏天的,"他搓着手,"可惜我没有纸……这样吧,"他在衣兜里急急地翻找,后来又把手插到了裤兜里。他掏出了一个很小的纸头,把它托在掌心上说:"您能给我签个名吗?"

我像突然来到了外星球似的。不过我毫不犹豫地抓起笔来,在那个纸头上签了名字。

"谢谢,谢谢。我太激动了,谢了……"

他把纸头捧在眼前认真地看了一会儿,然后又小心翼翼地折叠一下,掖到了衣服最里层的一个内衣兜里。

这时候我招呼了朋友一声,向这个男人点个头,赶紧溜了。我有些慌。

走出展厅,朋友嘴里咕哝着:"伟大的艺术啊!"

我不知道他是说那幅画,还是在说其他。"伟大的艺术的力量啊……"他这样咕哝着,看着脚下的鹅卵石小径。我提议在小径旁的一个石桌那儿坐一下。刚坐下,朋友就到一边的一个小冷饮部里搞来了两瓶饮料和几袋鱼干。

我们撕吃着鱼干,喝着饮料。我发现朋友背了一个很时髦的挎包。他松松垮垮地背在肩头,就是不愿摘下来。我拉开挎包翻了一下,发现里边是一个速写本。我笑了。停了一会儿他说:

"怎么样?你生活在这些艺术品之间,偶尔还能遇上个把崇拜者,不是挺好吗？我们其实用不着惶惶不安，像丢了什么东西似的……"

我没有作声。他的话题可够沉重了。他又说："从来没有人让我签字，不过我的字可比你可棒多了。我的毛笔字写得尤其好。"这一点我倒承认。他说："妈的，有个人名气比我大多了，走到哪里都有人围着他。实际上他倒不是成就大到那样，不过是名声大，动不动就参加艺术讲座，上电视办展览，熟悉他的人多。这家伙办画展的次数特别多。他的性格很外向，这样的人看上去，我是说和实际才华比，显示出来的往往要多上一两倍！"

我想他估计得如此准确，很有意思。

"不过老签字也拣不了多少便宜。有一次他把一支几千元的金笔给弄丢了：在大学里老有一帮少男少女围住他，他累得满头大汗，最后走出大厅，一拍衣服说坏了，那支笔不知随手交给了哪个热爱艺术的毛小子……他赶紧返身，大厅里的人已经走散了。"

我笑了。

他咂着嘴："就这样，那支笔算给弄丢了。挺棒的一支笔，我们都没有那样的一支笔——你有吗？"

我说我没有，我顶多用过几百元一支的金笔。

"还金笔？几百块钱也算金笔？"他转而又说那个人："这小子极幽默，常常编一些奇怪的滑稽歌谣，写在笔记本上。他一口气能写很多，这会儿不知都丢哪去了——什么'长得虎背熊腰／其实是个流氓／积极要求进步／冬天穿条皮裤。'"

他说着合掌大笑，"孩子年方十八／从来不穿裤衩／长征去了延安

/吹牛一个顶俩。"

我们离开石桌时，又听他念了几首滑稽歌谣。

离开这所美术纪念馆的时候，他问："怎么样，玩得有意思吗？"

"我觉得这座深宅大院很棒。可惜现在给糟蹋了。"

"天哪，我第一次听人这么讲。不要忘了你是一个什么人，你应该沉浸到真正的诗意之中，去寻找那些大心灵……我相信你会好起来的。现在不行，看什么都无心无绪的。你的精神需要调整……"

我觉得在这整整一个下午的时间里，他总算说了几句有意思的话。尽管全是书上的话，但好像挺深刻。我将记住他刚才的劝导——后来当我一个人的时候，就常常琢磨这几句话。不错，也许这回真的让他给敲准了。我只是这个世界上微不足道的一个生物，也许我真的应该老老实实地待在这座城市里，做点得体的、体面的事情，不再东张西望，更不要想三想四——我要静下来，读读书，好好地做点事情了。

"肾"是生命之本

我在图书馆，一个安静的空间里。久久地伫立。一本一本的书，精装的，烫金的，更多的是一些朴素的简装本。一排排或熟悉或陌生的名字。抽取哪一本呢？我听人讲，现在已经没有了"像样的书"。那么我应该读很久以前的那些书了。只有真正的哲人和诗人才会让我入迷，让我流连忘返。不知怎么，我的脑子老要回到那个清代遗老留下的庄园里。

想想那石拱小桥,发黑的一湾湾死水里或许还藏下了一条鱼吧?卵石小径旁开满了木槿花。那真是一个好去处。安静,还多少有点神秘。那里本来游人就不多,仅有的几个人也给吸引到所谓的艺术跟前了,留下了那么幽静的一个环境。

我的目光这时瞄到了二十世纪上半叶一位叫黑塞的老人,接着翻开了他的诗集。他曾经被称为浪漫派的最后一位骑士。"骑士"两个字令人神往。老人曾经写了一首著名的短歌,叫作《流浪者致死神》。"你也会来找我,/你不会忘了我,/……你还显得遥远而陌生,/亲爱的弟兄,死神。/……你终究会来接近,/并满怀火样的热情。/来吧,亲爱的,我在此地……"

"我在此地,我在此地……"

"此地"是一座历史久远的城市。火热而混乱,变化无穷。无数坍塌的房屋,无数高耸云端的楼房,汽车像蜂群一样嗡嗡鸣叫,海关钟楼上的大钟日夜敲打破锣,市长喜欢跳舞,秘书腋下夹着皮包,土老帽进城之后的疯狂啊,瞪着一双"我说谁便是谁"的眼睛……美女们一个个描好了长眉,涂红了嘴唇,在大年三十的晚上急匆匆奔入舞厅。她们荒唐的丈夫竟然一次又一次地容忍。如果有人这样,我非用满是茧花的巴掌揍她不可。打老婆可是艺术家的怪癖。那个身后有了自己一座美术纪念馆的老头,不就有这个怪癖吗?天才的怪癖格外诱人。我发觉天马上就要黑了,应该回家了。哦,晚上,一个又一个喋喋不休的、重复不尽的夜晚。夜晚哪夜晚,那个欧洲老人的夜晚呢?瞧他这样写道:"晚上情侣们/缓步穿过田野,/女人们解开头发,/商人们数着金钱,/市民们担心地读着／晚报上的信息，／孩子们捏紧小拳头，／沉沉酣睡……"

我笑了。我想起应该缓步穿过那一片田野——在离我们茅屋很近的那个国营园艺场里，有一位迷人的端庄的女教师——是的，我们俩曾经"缓步穿过田野"，在芦青河堤上走了很久很久。可惜我们不是"情侣"。尽管我们曾经一块儿消磨过一个又一个黄昏……但是，真的，我们还不是"情侣"。

"……我于是走来走去，／内心里跳着舞蹈，／哼着市井小调，傻里傻气，／赞美上帝和我自己，／我喝酒，又幻想／……我胆心腰子出毛病。"

这位老人担心自己的肾脏。"肾"是生命之本。我想起一个朋友有一次"腰子"真的出了毛病，疼得不敢走路，慌了，脸色发紫。我想他大概完了。可谁知这只是一场虚惊。原来他脸色发紫全是因为神经紧张。到医院里查了一下，又查了一下。最后弄明白不过是下边有些发炎。用西方人的话说，他该悠着点儿。他说你不知道，有一天我画画，一滴水也没有喝，"毛病就出在这上面。"

"水是生命的源泉，你怎么可以一滴也不喝呢？"

他的小爱人在一边咕咕哝哝："他就是这样，他就是这样。"

他的小爱人嘴巴撅着，很尖。小小的年纪就像一个老太婆一样爱唠叨了，此非吉兆。不过周围的人都喜欢她，赞扬说："真单纯。"

我很想吃一点由这个小家伙焖出的一锅牛肉。几年前我吃过一次，印象深刻。我们当时还喝了一点葡萄酒，就是有名的葡萄酒城出产的那种"玛瑙红"——当时我不知道，后来才明白这是一位著名酿酒师的作品。

一本又一本的书让我抽来插去。这样倒弄着书籍玩，也不失为一件乐事。说起消磨时间嘛，我很想养一条狗，我想有一条乖巧的小狗，如同小儿绕膝，那该有多么好。那些资产阶级少男少女就会玩这一套。资产阶级是一个十分会享受的阶级，我们不妨取其优长。但是我们同时还要磨砺意志。

我们喝得更来劲儿

"现在已经没有了'大心灵'。"我牢牢地记住了这句告诫，不看现代人的诗章，不看那些胡涂乱抹的奇怪话语。我只想寻找更冷峻、更庄严的东西。我想听听屈原的歌，想听听"坎坎伐檀兮"，想听听"诗三百"。我记得很早以前，我曾经在打开的那些陈旧书页面前激动得热泪盈眶，打湿了诗行。可是啊，那毕竟是很早很早以前的事情了 —— 这种激动已经很久没有来临了，偶尔来到也不像过去那么强烈。我想这就像我观察童年走过的那些印象深刻的田野景物一样，今天已经再也没有往日那种奇怪的感受 —— 心灵深处猛地一颤 —— 没有了，消失了。想一想，最可怕的问题是作为一个生命的性质改变了，我已经没法感悟真正的美与崇高，丧失了这种能力。我变得更加成熟也更加冷漠了。这就是问题的症结所在。不过我要尽可能地使自己在这个黄昏里沉浸……

不断地翻找着伟大的诗章。我找到了那位大诗人屈原，他对有香味的植物真是入迷；还有艾略特，他有个奇怪的感觉，特别是对荒原景色

——他说在身后的冷风里,甚至听见了"白骨碰白骨的声音"……

伟大的天才思路怪异,敏锐而生癖,像一位老小孩一样。我见过艾的照片,额头鼓鼓像个大头娃娃……屋子里真的太冷清了,其他人都走开了,我面对的只有这些沉默的巨人,他们装订成一册一册的大书。我强迫自己走进他们的世界。可是我很容易就能从这些世界里走出来。我现在觉得这屋里除了沉默的巨人之外,在一天天漫长而又短促的时光里,还应该有一些会叫会走的小生灵,比如说一只猫,可爱的像少女一样美丽的猫。不过以前我们曾养过一只,后来是它自己的恶劣行为把不错的前程断送了。家人总是抱怨说:"好是好,就是胡乱解溲。"

我不知在一种没有灵感也没有激情的日子里,一个男人怎么活下去。灵感这个东西据说不可以寻找。既然如此,就得等待它自然而然地慢慢降临。要有耐性,要学会忍受。可是等待灵感,这对于一个诗人来说不是一桩真正的苦差吗?太苦了。我发现那些真正的天才都有一些了不起的机会,灵感简直就放在手边上。就像我在平原上看到的那些幸福的老头一样,他们手边总有一个痒痒挠。什么时候要用,抓起来就是一下。可是我们这些庸人到哪儿去找那样美妙的机会呢?我又想起了"职业"问题——家人都鼓励我找一个"职业",好像我真的没有"职业"似的。不错,我在很大程度上可以说是失业了,自己也有这样的感觉;可我既然是一个能够纵横涂抹的人,那事儿难道不可以称其为"职业"吗?有人不止一次告诉我:这个世界上可不需要这样的一门"职业"。如果真是这样,历史上一位又一位巨人难道都是纸扎的老虎吗?不,心灵之歌永远是属于心灵的,健康的人不会拒绝心灵之歌。那些拒绝者的一颗心已经被暗中抽掉了，他们是空心人。

无论是眼前的庸人和故去的圣杰，无论是侏儒还是巨人，那些前赴后继的寻找者绵绵不绝。有人显示了空前的才能，甚至建起了自己的纪念馆、一座高耸的丰碑——尽管来去匆匆，但还是把自己活的灵魂凝固在纸页和砖石之上——凝固了，死亡了。谁看到一个活鲜的生命是凝固的？你看到的只是黑白分明的眼睛，是热情四射的眸子。他们之所以动人，魅力无限，就因为他们是活着的。可是我却在不断地被告诫：要凝固，以某种方式凝固在这座城市里……

这座城市里有很多雕像，它们之所以令人崇敬，就是因为它们已经凝固了。它们显得庄严、伟岸、牢靠。

是的，一种稳固和牢靠感赢得了普遍的尊敬。人的一生总会听到一种隐隐的呼唤，呼唤你快快成为一座雕像。一个人只要活着，就开始自觉不自觉地雕琢自己，寻找心目中的蓝本，有的还真的"成功"了。可是有人不愿凝固，于是就不断地舞蹈，喝酒，幻想，我"担心腰子出毛病……"可是我们喝得更来劲儿。

激 动

一种激动，淡淡地、缓缓地深入和升起，就像走在山路上、在上坡地一点一点攀登的那种感觉。真的开始渐渐接近那些高大的身影了。尽管有些人的感叹没有错儿，可是毕竟该让我试着寻找一下，比如过去，比如古代，至少是十九世纪那些陌生而又熟悉的面孔。

我深入下去，不知疲倦。我开始变得兴趣盎然。但随着时间一天天过去，我发现在"巨人"身边的亢奋正在消失。忘掉一切的畅想和创造的欲望，神秘的领悟力，都在消减。我于久久的猜测和疑惑中，合上了书页。

我想好好剖析一下自己这个奇怪的存在：是我的心灵在变大、与巨人之间的比例发生了变化，还是我的情感磨糙了，因长久脱离书斋生活、奔波在东部山区和平原，而变得粗俗和愚钝？好像都不是。我觉得最大的可能是因为自己变得苍老了。虽然刚届中年，但一颗心的确老旧了。照一照镜子，很容易就可以发现两颊的皱纹、失去光泽的皮肤，更不要说那些雪样的白发正在悄悄渗出。作为一个感受器官，岁月对它的磨损已经足够多了。哪怕是铁制的物体，也经不住时光这么有耐性、这么锲而不舍地打磨啊。它如今终于锈迹斑斑，失去了光亮。接受这个事实真让人痛苦，因为这一切都是不可挽回的。我们也可以偶尔相信什么"第二届青春"之类的说法，可是谁都明白那只是一种幻想和安慰，至多是一种回光返照。青春是最不牢靠的玩意儿，失去也就永远地失去了。你没法使陈旧的爱情变得崭新，也没法使衰老的躯体焕发生机。你接下去只是那种古怪的沉着、耐性，和或多或少有点令人生疑的经验。

记得小时候在山里来去的日子 —— 那时我够狼狈的了，衣衫破烂，整天忙着找一口吃食。但我还是有机会读一点什么。有一天我得到了一本小书，这在今天也许是不值得大惊小怪的——它叙述的是一个动人的故事，让我一遍又一遍地热泪盈眶，一遍又一遍地重读。到后来竟然可以一字不差地把它复述出来。我一个人在河谷里，找一个背风的地方生起篝火，随身携带了一个大搪瓷缸，里面放了一点米，一点野菜和一点盐，然后就煮起来。我对着火光，一次又一次读着那本小书。有时实在忍不住，不得不站起来，在篝火旁边来来回回地走。我至今还记得那时怎样抑制着浑身的兴奋——每一个毛孔都充填着悲壮和激昂……我望着远处的夜色，望着天上闪亮的星星，想了许多许多。我想着怎样走过了一段不太遥远的人生之旅，想着我爱的人，我羡慕的人……就由于这本小书的引发，前前后后的一切都让我回想与沉浸，感动不已。我像欠了他们许多似的，想永远地亲近他们，爱护他们——我也想永远地得到他们的庇护和爱护。我甚至想亲吻一下脚下的石头，身边的树木……天哪，那一会儿我是一个心肠火热的少年，是一个了不起的泛爱主义者，慷慨无私，而且一点也不觉得所经历的那种苦难生活有什么不能容忍。我只是觉得，我属于这大自然当中的一个自由自在的生命，有过爱，有过不能忘却的亲情。我还将拥有没有来到的、各种各样的美妙生活哩，我将会拥有各种各样的遭遇——除了能够忍受之外，还会充满感激。

　　小书里讲的故事简单而又简单，可它在我心里引起的一切是那么丰富，真是难以言说。我莫名其妙地感激着什么，在河滩里面走啊走啊，走了很远。回头看那闪亮的一堆篝火，我差一点要呼喊起来——它多美啊！我大口呼吸着夜晚清新的空气，迎着亲手点燃的那一堆火往前奔跑。我的脚步惊动了一边灌木丛中的什么动物，它哗啦啦把树条弄响了，接着也飞跑起来。这时我倒驻足不前了，盯着它们悄声问道：山野里的小家伙啊，你是谁？你是什么？你怎么不向我走来？我真想抚摸你，挨近你，与你交谈和分享这个夜晚里不能遏止的激动……

那个夜晚我偎在篝火旁,兴奋得吃不下饭。我真想在这儿遇到和自己年龄相仿的一个好朋友,无论他是男是女:我们将共同翻阅这本美妙的小书,把这个故事从头再咀嚼一遍,然后就倾其所有,互相讲述自己的过去……我想得太多了,想象中愈加愉快和幸福,也很渴念 —— 渴念什么?不知道。我渴念美好的、令人神往的一切。它们像玫瑰花、像芍药,像野草丛中的一个突如其来的红色甘甜的浆果……反正只要是美妙的奇遇、是人间所能给予一个人的最好的恩赐,都在我的想象中拥有了。

我知道,这一切感觉和奇特的想法都源于这本不起眼的薄薄小书……

这就是那时候我面对书籍和一个好故事的情景。同样的一本书,在今天看起来也许效果完全不同了。原因是我与书这二者之间,起码有一方发生了巨大的改变,他(它)变得或多或少令人失望,走入了平淡和庸常。像那个夜晚,一个人所表现出来的那种热忱、冲动和感激、美好地拥抱外物的那种情怀,它到底来自何方?它为什么那么急切而真实地在胸间翻滚?这在今天看起来,真是一个巨大的谜团了。

我现在就想把这个谜团化解 —— 我隐约觉得它囊括了世界上所有的隐秘,这正是蕴含于天地之间的生命的隐秘。可惜我不能够。我也许倾尽全力也只能稍稍领悟其中的一丝一缕……闭上眼睛,盯视内心,了解这颗从昨天到今天不停激越跳动的心灵,将是多么有趣和有意义啊。给我这种力量、这种洞察的力量吧,我将用一生去接近这个秘密。生命的秘密才是真正的秘密。世界上的隐秘多极了,如果对那些没有多少意义的微小趣味表现出极大的兴致,就会对真正的秘密视而不见。

我此刻正因此而渴望,并首先从自己开始去探究。当我感到疲倦的时候,就在窗前伫立一会儿。但我一直没有走出屋子,我的想象令这个狭小的空间变得阔大,变得无边无际,浩浩茫茫,与大荒星汉呼吸相接。

……渐渐平静下来。刚才思索的全部恍惚间又退到了无形的幕布之后,一种感觉在回味中滞留——捕捉与消失,远逝与回返,我发现自己正处于极为特殊的瞬间。

一旦从这样的瞬间走出,一个人挂记的事情可真多。

厨房、嘀嗒的抽水马桶,还有搁在厨房小桌下边那个装了食油的塑料桶。听说食油长时间装在塑料容器里不好……厨房的一角有一个鼠洞,我正考虑用什么办法把它堵塞。还有养猫的问题,还有那个传来叹息声的电话……我强迫自己把心思收回来,眼睛一直盯着前边一点。芜杂与琐屑又开始谈远。我翻书,听着哗啦啦纸页合动的声音……担心离开这张书桌时,我会把那些瞬间感悟忘得一干二净。我将不知道用什么方法去重温和追究。这在许多人看来也许是自然而然的,可这会儿却令我有点害怕——我完全能够明白全部问题的症结、它的严重性。

人类最可怕的顽疾

人在二十几岁以前,要忘掉一个感动的场景是很难的。我甚至直到现在还能回忆起某一天在石榴树下看到的那个身上有着白色斑点、靠伸缩躯体而爬行的一只软体虫——我胆怯地伸出食指探摸时体味到的那种奇怪的、无以名状的触感……它怎么也不能够从记忆中驱除。而后来，我经历了多少足够大的事情，其中的许许多多差不多全忘掉了。我在生活中所进行的所谓的重要思索和推导，有时会在一转眼的工夫就忘个一干二净……

可怕的蜕化。我们将用什么办法与之抵抗？无数的遗忘会把我们引入某种背叛——一个人如果允许自己这么快地遗忘，人类也就太危险了。我自己知道，人在某个时刻对于事物的领悟和质询有多么重要。缺少这些，人就会处于难堪的幼稚和肤浅之中。一个人不能不去领受崇高的体验，不能不去思索关于意义、希望、爱和被爱，以及诸如此类的一些问题。可惜这种时刻在人的整个生命当中只占小小一瞬，稍纵即逝。一个人将很快把这一切重要的经历和感觉全部遗忘，就像电脑中被删掉的磁盘一样。这种损失是无可挽回的，甚至不能够复制、难以追忆。

随着时间和事件的不断推移和积累，激动、铭心刻骨的震撼，一切波澜，都会逐渐减弱，以至于了无痕迹。于是我们每一次寻找就不得不从零开始，并且没有了总结和比较的机缘。重犯一些原有的错误是必然的。我们不可能把某一个时刻所感知的全部加以发展和贯彻，灵感的闪电不再刺破茫然的夜色。

怎样战胜遗忘？这将是人类所面临的最大难题。就我个人而言，在我无所留意的那些日子里，或许已经永远地丧失了无数至关重要的感觉、事件和经验。

多少痛不欲生，令人不忍回想。

类似的事情还有很多，比如我们曾经遭遇过的巨大苦难和危机，仅仅相隔几年的时间差不多也就忘掉了。可怕的遗忘啊，是它使我们不断地流血流泪……我们的堕落、所有的耻辱，差不多都与遗忘有关。我多少次默默地下定决心，要与遗忘挑战，要记录昨天的一切、观察到的一切、感觉到的一切 —— 一切事件，一切激动、忧愤、慨叹，以及它们之间的联系；我特别要记下那片平原和山区，还有我的茅屋，连同潜于深处的情思、朋友、同胞，所有的故事……只要是感知的、目击的、可以交给明天的，都一一记录下来 —— 不仅记录在心中，还要记录在纸上，要无一遗漏地转叙给无数的朋友，让他们与我共同拒绝和提防一种人类最可怕的顽疾：遗忘……

这个想法曾使我陷入长长的激动。激动之后又是担心：如果战胜遗忘的决心也被遗忘呢？

天哪，遗忘，我们到底用什么来战胜你呢？难道你真的是一个不治之症，比癌症、比正在蔓延的艾滋病还要可怕十倍吗？

也许真是这样。我们真的要听任一次又一次的重复，让悲剧循环往复，以至于无穷……苦难和欢乐不断重现，血泪成河，欣悦似海。欲望和悲伤，无边的苦难，惆怅连接着绝望；找到的可以丢失，丢失的可以当成崭新的东西重新找到。也许没有这一切，没有这么多的抱怨和不可挽回的缺憾，没有黑色与残杀，也就没有了世界，没有了天空旋转的星体……

比如一个活生生的人死于非命，当时大家何等惊讶和恐惧……也仅仅是几年过去，现在很少再有人提到这个人了。我们甚至回忆不起他的双目和下巴……遗忘使人变得冷酷，使滚烫的心变凉。可是有时人们又乞求遗忘，让它援助，让它疗伤。

比如眼下，我多想忘掉那片平原，忘掉剩下一片残枝败叶的田园、那生出水草的荒凉沼泽、黑水浊流的芦青河……

平原上一段长长的时光，竟然是由一分一秒堆积而成，如今又被挤压成一个薄片。薄薄一片，上面叠印着一些乱七八糟的痕迹，像是由一只手不经意涂抹而成。我低头辨认昨天，想从中发现什么，想听到往日的声音，哪怕是一声微弱的呼唤——这呼唤真的出现了……漫漫时光啊，它耗去了我的青春，可是它仅留下这张薄片……我不知更迭不息的岁月最后还会留下什么……

我与那个茅屋附近的村庄，还有海滨小城形形色色的人物，积下了多少恩恩怨怨。欢乐和痛苦，无法解脱的纠缠、大大小小的故事，一时纷至沓来。我有时不愿回忆，只想把一切都忘掉，以重新开始自己的生活。命运也许真的让我忘掉奔走的欲望，只待在青灯黄卷的日子里。我将迷恋纸页，依恋城市，在此地而非他乡，培植起老酒一样醇厚的友谊。我将伴随着衰老，走进自己新的光阴。

痛苦地陶醉和消受

我在这个小小的空间里，不由得想象散落在这座城市中的各色朋友——如今你们身在何方？忧伤？欢愉？

久违了。我怎么会闭塞在自己的角落里，看地老天荒……将远途上的朋友一个个想过。蓦地，一股熟悉的悍拗之气扑面而来。渐渐沉浸到一个世界中，以至于流连忘返，忘记了时间，空荡荡的感觉一扫而光。这种撞击会让我打个愣怔。是的，生活总是在猝不及防的时刻，向我发出一声呼唤。一种更逼真更贴近的感觉再次攫住了我。

我凝望窗外。我不知道在这个时刻里，那位遥远的朋友怎样了？想象中他应该弹起自己的三弦琴，在大地上行走——不，他的那双满是老茧的大手正纂紧一把斧子，噼啪有声劈开一块疤节攀结的木头，准备一盆过冬的炉火。

我自惭形秽，爱着，想念着。我在一种巨大的温情面前谦恭而真实。我因为这种爱而安定下来，鼓励自己终将坚定踏实地走上大道。

很久很久没有这样的感动了。我的探问和遥望无休无止，最后等待感奋像退潮的海浪一样淡远，露出一片斑驳的滩涂……家人厮守的是一个不值一提的男人：有时满嘴疯话，一无是处，肮脏而慵懒。他卑微的灵魂，他的低劣和粗俗、无可挽回的沦落……可他有时也纯洁无私，宽容而狭促，却怀有无所不在的悲悯和感激。是的，天生的悲天悯人，不是一个懦夫；他富有同情心，他善良——非常善良。他这样自我鉴定和追究：他将因为不可饶恕的恶习而加倍地惩罚自己。他懂得自责也懂得犒赏。他会记下自己的忏悔……他在小屋中，就像牢笼里关辖的一头卷毛狮子，打着瞌睡吼叫，声声低沉。

是的，我怀念着荒原，那儿有各种各样的动物，那儿是我的故地、我真正的家！我睡梦中也将奔向那里，我低沉的咆哮里压抑了多少狂妄和欲望。这个可爱的牢笼就筑在一座城市的心脏，忍受着这座熊熊燃烧的、从四面八方汇集而来的人欲之火——那个神话中的一只金猴在炉中炼出了一副火眼金睛,而这座城市的高炉啊,毁掉的却是一个勇敢的骑士 —— 先毁掉他的骨骼和精神,让他变得像破棉絮一样肮脏,再随便扔在一个角落里任人践踏……

朋友,让我们尽快地聚到一起吧,喝酒,听刺激的音乐,以此求得一点疼痛的缓解,逃离这城市的恐怖……今天我们如此不安、焦躁、困倦,一双利爪伸而又蜷!此刻谁也不会理解我们,无论是神灵还是鬼怪,都听不到我们真正的声音!曾几何时,那两个胡须浓密而蓬松的老人互相对视,然后感叹:

"一个幽灵,在欧洲大地上徘徊……"

如今这幽灵啊……我和我的朋友为了追逐和捕捉这个无所不在的幽灵,曾秉烛夜读,通宵达旦。我们年纪轻轻就流出了昏花的眼泪。眼泪啊,不仅冲走了一切懊恼和悔恨,还带来了欢歌。我们把自己的歌唱给了少不更事的姑娘,唱给了一对对纯洁无邪的眸子,回报丰厚。有一个空洞的、常常豪情万丈的诗人,歌唱着炉中之煤 —— 我们于是就自诩为这种煤。可是我们燃烧成何等模样!二十一世纪说来就来,现在的年轻人、中年人,都不再是那样的煤了,都不再燃烧。大家都在忙着寻找一个现实的支点。因为没有支点就没法撬动这个星球。

待下去?这个城市所能搞出的所有奥妙和神秘,只不过在消磨好人的时光。去看画展,去听音乐,去咖啡厅,去那些隐蔽角落里沾一手奇怪的肮脏,去痛苦地陶醉和消受,直到死亡……

那颗必将衰老的心

在这个蜂巢似的城市里，我只需要一个很小的空间，借以回避北风。我忠诚于自己的心声，让它成为自我印证之声。关上窗户，让前前后后高大的楼房遮挡视线。我此刻也许需要摆脱那个辽阔的旷野，只是忘不掉那棵巨大的李子树、李子树下的茅屋、那一片杂树林子、那一条灌木中的小路、星星点点的野花和红色的浆果、我的金黄色的菊花、我面对的那一双大大的眼睛……心中的歌，亲爱的朋友，它是关于你和他的，是给我们的昨天和今天、给那些难以言喻的幸福和各种预感、幻想、企盼——给再生和沉默、等待和永恒，特别是给那颗必将衰老的心……

城里的流浪汉常在大街上以异样的眼神看着我——他们竟能将我从这人流中区分出来，咧着大嘴问一句："老哥你从哪里来？"我先是一怔，然后赶紧回一句："老哥俺从乡下来。"

好一个"乡下老哥"啊，你知道今天的"乡下"吗？一个咧着大嘴、一边挥动手臂一边纵论四方的家伙，一开口就像放起了连珠炮：那一片片沉沦的荒原啊，你为它洒过一滴眼泪吗？其实在这之前，各种兆头就出现了——农民种地大把使用化肥，生了虫子就狂洒农药；收获使用收割机，出门坐车提硬壳皮箱；二大爷家的三小子前几年还流着两淌鼻涕，现在出门也要坐软卧，为女人舍得大把甩票子，嘴里叼着外国香烟，手底下啪啪推着麻将，一个大字不识，却会说一两句外国话，午夜三点爬起来看黄色录像……听听乡下老哥的这些话吧，它刚一出口就蒙上了尘埃，形同梦呓，疯言和癔语，是读三国掉眼泪替古人担忧，是狗咬耗子，是不宽容，是变态，是偏执，是保守，是昏昏然不知所以然，是酸秀才的臭毛病，是吃饱了撑的——像你这样的人早该系上真丝领带，抽健牌香烟，穿花格衬衫，没事了到咖啡屋去溜一圈……瞧各方面比你差不知多少倍的，也有十个八个小姑娘在围着转了，她们流连忘返，川流不息。你注定了没有希望，是的，你一辈子都是这座城市里的"乡下老哥"……

想想你在这座城市里遭受的各种责难吧。你从来没有乞求别人给予宽容。你知道这个年头呼喊宽容的人越来越多，其实是睚眦必报。他们压根见不得异类，只需要一种声音、一种嘶叫的方式。他们嘲笑道德，嘲笑痛心疾首的人，嘲笑所有的关切和呼唤，绝不在乎有人饿死或撑死，不在乎姑娘遭到强暴，"干吗要管她们那些浪货？"药店里新来了卡孕栓，制药厂发了大财，经济发展，企业家恣了。有本事的人就满面红光，十年前的贫下中农别想卷土重来。他们还想"管理学校"吗？"我看大学还是要办的——我指的是理工科大学"……调侃之声蕴含了伟大的智慧、聪明的时尚——这些人一律头发卷曲，戴着锃亮的戒指，吹牛无师自通。他们一概敌视父母，说对孝道不值得大惊小怪——"打倒三从四德，打倒孔家店！"什么"不孝有三，无后为大"，什么"尊老爱幼""见了老师要鞠躬"，统统是误国误民。类似的还有许多，都是滋生民族之癌的根源。所有这些，既不能使人产生巨大的快感，又不能增添发财的诀窍，还不如灰不拉叽的胡椒面，嗅一下起码还能让你打个喷嚏——对付你们这些古怪的家伙，秦始皇有个老法儿啦，就是埋掉杀掉烧掉，一股脑儿，痛痛快快。流着泪唱歌、喝着酒撒娇、小姑娘臀部一撅一撅的，这样大叔才喜欢。你得罪谁也不要得罪大叔啊，大叔二十郎当岁就当了处长，大叔一发火你可什么都完啦。一百万在俺这儿不过是九牛一毛……

他们怎么搞来这么多钱，鬼才知道。这其中的一个是政府官员，在打击卖淫嫖娼的大会上讲话，一讲三个钟头。有人说这家伙还有一支手枪，弹无虚发……

咧起的大嘴巴好不容易闭上了。

你将逃往何方

这个城市看起来真是越来越热闹了，比十几年前热闹得多，简直是从头到尾都变了，变得面目全非，像一个淳朴村妇浑身挂满了珠宝。实际上我们都知道，它也许根本就不是那么回事，这些令人眼花缭乱的饰物大多都是一些仿真品……透过窗户看去：不远处的立交桥、街道，到处都在拥挤，到处都人满为患。可是我觉得那熙熙攘攘的人群中也许没有一个不寂寞，他们恰恰是因为寂寞才走到了一起。

那个若有若无的声音暂时被我甩在了身后——那是无时不在的催促之声——"走啊！走啊！"……是的，就是它在催促我，催促我上路，它已经在我的耳畔回响了几十年。还好，有一段我真的听不见那声音了，它不知何时渐渐变得淡远，以至于彻底消失了……都认为一个浪子早就应该迷途知返了。可我知道，如果真是一个浪子，他将再一次逃离。这是怎样的一座城市啊，地处交通枢纽，各处的人蜂拥而至，人流如织，你走到广场上、车站前，会时不时地在拥挤的人海面前感到震惊：这么多人，他们从哪儿来？到哪儿去？无论是白天、黑夜，雨天雪天或隆冬酷暑，总有一群群的人在这座乌烟瘴气的城郭里穿行、挣挤，发出无穷无尽的喧哗。这真是一个谜，一个无从破解的奇迹。一个人面对了这座城郭，有时会惊得目瞪口呆，手足无措，但最后也就许习以为常：人嘛，不能像一个围棋子那样，一经落下就得定在自己的点上，直到有一只大手把它剔掉为止——这种等待其实是一种煎熬和苦挨，你只要有灵魂，就会被烧灼。你忍不住了就得赶紧跑开，跳起来，一口气逃得很远很远……

下一步你又将踏向何方？在哪里停留？哪里才是你命中的驿站、最后的归宿？

我站在窗前，有时不知不觉间揪疼了自己的头发。一切都需要从头开始了。我像大街上这些匆匆赶路的人一样，走啊走啊，像被什么催逼着，一刻不停地走了几十年，就像骏马摘掉了缰绳，让秋风吹拂着蓬乱的鬃毛，迎风一跃跑下去，跑下去，直到今天的困顿踉跄……当我独自待在小窝里时，很快会坐立不安。我打开了音响，想闭上眼睛好好听一会儿音乐。多么好的、久违的享受。可是要享受这个可得有个能力有个心情啊。在这安静的时刻里，一个人倾听吧，好好听吧。倾诉之声，不，一个男人的激越之情；还有对我来说绝不陌生之物——寂寞！他，遥远而伟大的朋友，他也在用声音吐露一腔幽情，告诉自己的寂寞。正因为寂寞，他才开始了伟大的倾诉。他的倾诉化为庄严而又神秘的经典，永远萦绕在人世间……

大街上的人行色匆匆，各自奔向自己微不足道的猎物，或赶回自己的小窝——这当中的许多人都在不为他人所知的某个地方焦虑和欣喜，有的还疯狂着呢。有人想抓住自己的鹰，梦想之大比得上蒙古可汗。妈的，白日梦再好，让现实的浊水一冲什么都完了。而我呢，好日子都留在了昨天。昨天等于进取心和约束力，而今全是壮志未酬身先死之类的浩叹、感慨、烦死人，等等。如今我摇摇荡荡，倒也显得自由而真实。我觉得现在的世道上也真的难找一个坦然自如、无牵无挂的人了。要真能这样多了不起啊。我怀疑这个城市里有谁能做到这一点。

我踏上离家不远的立交桥，在人行道上溜达了一会儿，再拐到下面一层。桥下黑洞洞的。大桥上是隆隆而过的各种车辆，而下面却是另一个世界。在一个个粗壮的桥墩下面，永远有做不完的各种把戏。卖报的、摆书摊的、算命看手相的，还有卖工艺品的——我买了一个木雕，雕刻的是一个非洲女人，耳朵上还有仿金耳环，脖子上有粗笨的项链。那个女人的脖子很长。我一眼看出这不是出自东方人之手，它跟我在国外跳蚤市场上看到的木雕一模一样。当时我的一个同伴就买走了这样一个木雕，他很兴奋，说要把它摆在自己的客厅里。我这会儿竟然在家门口买到了一尊完全相同的木雕，而且价格便宜十倍。小摊旁边是一个看相算命的人，我正被他的目光所吸引：双目锐利，从一开始就尖利利地盯住我。我明白他们这种把戏，很早就领教过，可这时倒痒痒的想试一下。他们无论如何算的是"命"啊。我蹲下来。

夏日即将逝去。我的焦虑啊，像潮水一样把人淹没。潮水过后该裸露出欢乐的岛屿。那一双双眸子啊，将把我引向远途。我抚摸着胸部，那里正在不停地敲击，传递出一种清新有力的节奏……

月亮从山凹升起

我还是舍不得在半路停下。我想抓紧时间,最好在天黑之前翻过那道山岭。

很早以前我就明白,旅途上最好把那些山岭河流,或是其他突出标志作为某个界限。我总在心里默念:快点走吧,天黑以前到达那片树林;在中午以前翻过那个山凹、涉过那条河,等等。可是我有时却对更远一些的目标迷茫起来,比如这样急急匆匆究竟要赶到哪里去?翻过那座山之后呢?

许多时候真的没有更具体的目标。

从河岸的露头可以看出,这条大山主要由凝灰岩和玄武岩构成,它的倒影在潺潺水流中显得很美。我发现这是一个很不错的居留地:蓝天白云,山脉河谷,而我却要蜗居在一座乱哄哄的城市里,想一想真是太亏了。这样的地方经常可以遇到,它总是触发心底的不安。我好像总有一个模糊而遥远的诱惑、一个难以兑现的约定:走吧,到远处去吧——此行何为?哪儿才是最终的停泊地?一切却没有明确的答案。可又必须走。我发现一个人只有在路上,只有在路上,才不会睁着一双空洞洞的、傻乎乎的眼睛。

这是一个温煦的秋天。大地一片葱绿,水汽丝丝缕缕腾起,山峦浮动,到处像春天般喜气洋洋。一个人走入了真正的原野,会悄悄掩住心中的礼赞,缄口不语。这是什么地方啊?这是辽阔的东部,东部的山野,它通向故地,它包容一切,生长一切……

一条铁路差不多横穿半岛,沿着著名的鼋山山脉南麓蜿蜒向东;而我总是在它的中途下车,由此一直向北——跨越一百多华里的山地和丘陵踏上平原,徒步走进一片热土。如果下了火车直接转乘汽车,那么不久就可以踏上平原。像过去一样,火车大口喘息着停在东部终点,我开始依仗双腿穿越丘陵地区,一步步踏着坚实的泥土,走向那片灼热的平原。我仍然背着那个被风雨洗白了的背囊,远看像一只蜗牛那样在山道上蠕动。背囊里有我用了多年的大搪瓷缸、一个小钢锅,一些杂七杂八的东西,特别是一个轻巧的简易帐篷。当然,这一切都是在旅途上的宝贝。背囊看上去破破烂烂,如果扔在路边,除了聪明的流浪汉再没人会理睬它。可我知道它是一个多么重要的宝贝,相信它可不是一般人所能拥有的东西。它的两个背带坚韧结实,经得起小山一样的沉重。这些年来它随我走了多么远的路、装下了多少喜乐悲欢……

穿越山地,一直走向了丘陵的北部。看来这一天必得在山里过夜了。本来我完全可以找一个小村投宿,可是当我穿过一条干涸的河谷,看见小村上空飘起的炊烟时,就稳稳地坐在了一块大石头上。让我远远地注视着它吧,让我一个人找个地方过夜吧。恰好天气不冷,在这样的夜晚,露天宿营是再好不过的事了。背囊里有一切过夜的东西,我再也不会像过去那样忍饥受饿了。我想享受一下午夜里的寒露,倾听在深夜里传出的各种野物的声息。这样想着,寻到了一片干净的沙土——不远处闪动着一湾清水,这正是再好不过的宿营地。我揪一些干茅草铺在沙子上,又把一些树叶堆在上面,架起简易帐篷。在离开小草铺几米远的地方,我把小锅支起来。淘了米,然后再揪一点野菜放进去。火舔着小锅,白白的蒸汽冒了出来。弯弯的月儿从山凹升起,眼前的一切简直像梦境一样。人哪,怎么能舍弃奔波和行走?怎么能舍弃寻找和奇遇?像你这样一个野人,舍弃了这些怎么还能活得好?

一个黑色的世界

人是多么奇怪啊,人的情感完全被一段时间的视野所决定。离开了那座城市,我的眼前再也没有了蜂拥的人群和密密麻麻的车辆,以及我熟悉的街巷、楼房和往日那些朋友,竟然可以长时间地把那一切都遗忘掉。我的一切牵挂、烦恼,绝大部分都围绕着我的平原。那里的一些事情也让人恐惧,我在心中将平原与那座城市对比着,突然觉得原来那座城市变得可爱了……那里也有恐怖,有恶性事件,可是它们好像离我十分遥远……

那座城里的一切凶险故事,对于我来说大致还停留在传说的层面上。但有一次我正要到公园里去,有人阻止说:"不要去了,你没发现公园里冷冷清清吗?"好像有点儿,我问怎么回事?

朋友告诉我:前天有几个人在公园里被刺伤了,其中有两人当场就死去了。公园里不知为什么出现了两个穿黑衣服的人,这两个人不知是从哪来的,身上带着一把刀,动不动就要把无辜的游园人刺上一刀……我不相信,我说被刺伤的人一定与他有什么关系,比如说吵过架或者直接就是仇人。他们说可不是这样——据人讲那两个人伤的全是素不相识的人，他们是一种变态狂，他们只想残酷地报复，只想杀、杀……"

"报复那些无辜的陌生人吗？"

"要不怎么叫'变态'呢？你想一想他们刺伤了很多人，他们怎么谁都不认识啊！"

就在朋友讲过那个令人惊愕的事情第二天，又有人告诉：几个人正骑在自行车上——当时是一个夜晚——另有几个陌生的骑车人从他们身边走过，其中一个觉得后背上被重重地拍了一下——他没当回事，只是越往前蹬越觉得后背疼，再后来又有什么黏乎乎的东西流下来……他停了自行车到路灯下一看，原来流了那么多血！这时候他才明白，刚才那会儿是被重重地捅了一刀……

伤者与凶手萍水相逢，毫无宿怨。

再也没有比这个更可怕的了，可这是事实。杀人者完全没有固定的目标，他与受害者之间并不熟悉。受害者的遭遇只是一种猝不及防，一种极端残酷的偶然。我宁可相信那些丧心病狂的家伙完全是抱定了决绝的心情——他们已经告别了一个世界，走入了另一个世界——一个黑色的世界。那个世界里没有太阳，也没有月亮，没有绿色的草地，没有鲜花和浆果，没有透明的水和可爱的湖泊、海洋，没有一束阳光。那个世界无论对于我，对于大家，都是完全恐怖的黑颜色。

不过当我冷静下来就会发现：无论是我还是其他人，任何人的心灵深处都有可能延伸出一条曲折的小路，它们正通向那一片漆黑……

我蓦然想到了那些令人痛心疾首的人……我不知道你们在哪？在平原、山区，在城市与城市之间流浪吗？我不知道。我不清楚在这个充满了追逐、陷阱和危难的土地上，你们怎样得以保全，怎样才能安然无恙。我为你们祷告，祝福，为你们向上苍乞求了。你们可要小心啊，你们如果遭遇了任何不幸，对所人都是最严厉的一次惩罚！

我害怕想到这一切……关于旅人的消息给了我没有尽头的愧疚，让我一生不再安宁。我想这是你们的决绝，也是一个可怕的回报。你们用这种方式离开了，走进了一个不可理解的选择。你们消失在这个世界上的时候，不过才二十多岁。你们真的在流浪吗？

死亡之雾

那是死亡之雾啊。如果它降落在庄稼地里，青苗立刻全完。不远处那个化工厂已经不止一次出过这样的事：一团棕色烟雾冒出来，接着就是人群的号叫和奔跑……周围几个村子的人带着抓钩和铁锹包围了厂子，后来又到城里去告状；除了毒烟还有厂子里流出来的水——放进沟渠渗到庄稼地里，苗儿就全枯了。那些村子里出毛病的人越来越多，一年里就有六户人家生了怪胎，还有几十口人得莫名其妙的病，走起路来摇摇晃晃，口吃、发呆，见了人胡乱点头……

老乡问城里有没有这种事？我告诉他也有类似的事——那里最可怕的是酸雨，有一次下过雨之后路两旁的树木都死了——那天我正好上班，回来时洁白的衣服上全是黑点，就像下过一阵泥雨似的。可见空气中已经积满了污垢。遇上气压不好的时候，烟气升不起来，整个城市一连多少天都要罩在浓浓的烟雾里,所有的人走向街头都呛得连连咳嗽,有人一出门就要戴口罩。那样的日子人们多盼一场大风啊,盼着把这些脏东西全部吹离这座城市……

老乡叹着:"是啊,吹离你们的城市,吹到我们平原上来!还能吹到哪里去?南风往北吹,北风往南吹,反正是有人倒霉。"我长时间一声不吭。如今岂止是毒雾毒雨,还有扼人咽喉的水呢!过去再旱的天,平原上的人也不愁,因为井里总有用不完的水。过去人们用辘轳和水车浇地,再后来有了抽水机就更方便了。庄稼旱不着,再旱的天也能夺得一个丰收。可如今就不行了,几十丈深的机井都没有水。好不容易等来了一点水,开动抽水机,半个小时水就干了。没有办法,造纸厂、化工厂、电厂,还有那些开矿的人,都发了疯地抽取地下水。到了夏天,正好是庄稼用水的季节,可是眼巴巴要瞅着苗儿旱死。庄稼人急了就找到那些工厂埋在地里的抽水管子,把它砸了,给它截了流——结果所有砸管子的人都给抓起来了。可是啊,一片庄稼干死了渴死了,谁去抓起那些祸害这片土地的人?村里人恨恨地说:"工厂要挣钱,可不能因为几个钱吸干了地里的血。地血都干了,地上的人还能活吗?"

我的心怦怦地跳着……这片土地真的无法再承受,无法承受一场空前的疯狂了。

"这一段时间,到海边上来的奇奇怪怪的人更多了。他们都是来打海滩主意的,因为海滩这儿的沙地不值钱,地皮便宜。还有,这里离海近,排放污水容易。不过这一下可就毁了咱海边上的人啦,不知你信不信我的话,从今以后再也没有咱的好日子过了……"

村里人张大嘴巴，望着苍天。

忍住，一声不吭

这家伙一会儿伪装成天才诗人，一会儿又吹嘘是腰缠万贯的企业家，发了大财：上个月就一口气赚了二百多万。他说如今来往的人都不一样了，身边常有"旷世奇才"。

我只知道他前一段经营珠宝和文物，倒卖过一张宋画，买价是四千，竟卖了几十万——后来又连呼上当，说能卖得比这多好多呢，而且是外币！他挥动手掌："无论干什么，只要成功就需要天才，天才做什么都非同一般。"还语重心长地对我说：

"老伙计，一失足成千古恨哪，人生的选择多么重要！举个例子讲吧，你看到小城里那个拄着拐走路的老家伙吧？他是我们这一块儿最有学问的人，什么都懂，从甲骨文到沟边上那些带刺的小草，全能叫上名儿来。你看看多有学问！只可惜太穷了，到集市上买鱼都不舍得买大鱼。可是与他一块儿读书的那些同学呢？人家有的又无学问又'不务正业'，现在都住上了小洋楼，老婆也年轻，还抱着带斑点的小花狗……"

他这番话实际上是对自己欲望的最好概括。我不相信他如今会老老实实实点干什么，大概是奔着"带斑点的小花狗"去了。我以前曾跟他有过好多次彻夜长谈，因为心里明白，如其让其缠住，不如对他施展我的影响——我想运用自己的机智，把他改造成一个起码的"同路人"。谁知实践中这个想法一次又一次落空,可我偏又是不改初衷,极希望他安下心来做点什么,不的话似乎有点可惜。他有时也赞同我的话,有时又觉得我迂腐可笑。我记得最后一次交谈时,他喝多了酒,红着眼睛在炕上滚动着,不停地搔痒、拍膝盖,到后来坐起,擦着眼角嚷道:

"伙计,时代发展到今天,很多事物就得重新评价了。老皇历翻不得啦。从历史上看,人们也只承认成功者。道德是一个历史的概念——在今天,连同性恋也能登大雅之堂,连手淫也有人提倡。坏人好人全翻个儿了,谁有钱谁体面。我认识的一位老总就是一个最好的例子,过去谁有他的丑闻多?如今人家成了亿万富翁,市长争着跟他握手,最高级的宴会他才去哩。那家伙胖得屁股越来越大,一张大脸白刺刺的……"

我忍住,一声不吭。

古遗址调查

在这个平原上做任何事都难得超乎想象,关系网密密麻麻,有时不知怎么就会触动一个地雷,引发麻烦。我们那时小心翼翼地行动,用尽了各种办法才算是落定下来。最难缠的不是别人,而是那个小城"文化界"。本来是我们只是在当地搞一点古遗址调查,可换来的竟是一片嘲讽和诅咒。他们希望我们按照他们的"成说"来注明和标记,完全不顾起码的历史真实。他们骂我们是好大喜功的窝囊废,自己却连一篇通顺的文字都写不出;他们个个都想把自己的糟烂塞过来,当然也只能引起我们的奋力反抗——这就是与其矛盾的根源。小城"知识界"为此恨得咬牙切齿。他们很久以来就伪装学者，伪装文化权威，卡着腰，戴着眼镜，嘴角上斜插着透明的有机玻璃烟嘴，连说话时烟嘴也不拔下来。他们张口闭口就是半通不通的术语，再到后来竟然还掺杂进来几个文学人士，张口闭口大谈什么"先锋派"，什么"后现代主义""卡夫卡""印象派"，现学现卖，一天到晚在家撅着屁股扒拉从上海、北京订阅的一些新潮翻译刊物，回过头来再唬人。有的还模仿起"垮掉派"，写出了一些非驴非马的东西，用一个手提包拎着，一下子扔到了我们的桌子上。他们振振有词，说自己才是这里的真正主人，不仅要过问，还要和我们一起到考察地去看。"好事不能让外地人给搅了。"

因为实在没有办法拒绝他们，我们简直把最后的一点力气也使尽了，穷于应付一整天，到了深夜真想放声大骂一场。

就因为我们心中的一团火还没有熄掉……是的，我们对这个世界上的什么东西太爱了，太爱了。我们不能割舍，我们一生与之一起，紧紧相连……那时候无论夜里受怎样的煎熬，第二天一早，用清水洗一把脸，洗去一脸的沮丧和疲惫，再精神抖擞地投入了新的工作。我们忍受着莫大的委屈和痛苦，小城"文化界"还是往我们身上泼最脏的污水。他们的攻击越来越尖刻猛利，竟然骂我们是心怀叵测的狗崽子，是万恶之源，是几个有朝一日会颠覆社稷的叛徒特务、地下分子……所有时髦的词儿全让他们使上了，还不满足，最后竟至于整出了一份材料，复印了乱寄一些权力部门——弄到后来他们也许才明白，这些材料大多都是无的放矢——因为我们不过是做一点古遗址调查。那些材料对我们已经不起多少约束作用。不过它还是让我们清楚地知道：人心真正险恶。

我每次归来，首先要躲避着小城"文化界"。我曾经总结过：人世间最令人恶心的，一是丧下良心的官，二是那些卖了良心的"知识界"——他们或者是穷凶极恶的狗，或者是断了脊梁的狗，反正都是帮凶和无赖。

怕麻烦不行

昨天他以天才自诩，而今却有了新的崇拜者——三番五次要与一个"玩钱的天才"拉上关系，人家却对他不搭理。他讲了对方的很多秘密和故事，说这人是一个极其聪明又极其混账的家伙，最大的本事就是会耍泼皮。比如说在这一围遭人人都怕的一个厉害角色吧——不怕死，与人打赌时剁掉了自己的一截小拇指，跟人动刀子更是常事——可这人就是怕他！他随便说一句，那人就得乖乖的。

他暗中骂这个"玩钱的天才"，两人之间有解不开的疙瘩……不过在这些谩骂和诋毁之间，总流露出不可遏制的钦佩和崇拜。

他总认为自己的才华罕见之至，在这片平原上"几百年才会出现一个"，可如今却对一个混世魔王垂涎不已，愿绛纡屈尊一路尾随，说："这人发财的秘密就是到处插手，不过先是看紧自己的老窝……头头脑脑的与他都有说不清的关系。多么慷慨大方，下手忒狠，一把抓下去就是千万百万。他走私还不过瘾，干脆就直接挖煤炭卖。一些乱七八糟的企业都有他的股份。城里现在有了一个私人银行，那是他的。"钱这个东西啊，越滚越大。不过你不能怕麻烦，怕麻烦不行……"

他斜眼看着我，抿抿嘴："世上人花花色色，要分起来也简单，就是一种人嫌麻烦，一种人不嫌麻烦。不嫌麻烦的人才能成，他们个个精力充沛、不问道德、重视女人、喜欢酒瓶，同时又拿得起放得下——人活着就是这样。"他狠狠点一下头，有点一言以蔽之的味道。

骄娇二气务去

当地大老板的一位女秘书在屋子里来回踱步，手插在裤兜里边走边说："告诉你吧，我们初次见面，我不太好意思——实际上我也是个粗鲁的人。就是说，我说话随随便便，喜欢开过火的玩笑，有时还能在熟人面前骂人，说一两句粗话。有时我直接就敢骂老板。这个家伙对谁都发火，动不动就解聘，对我不敢。当然他是另有所图。不过他从来不敢对我动手动脚。有一次我们参加一个宴会，对方的一个经理喝醉了酒，伸着手说：'我想摸摸你'，我就把屁股挪近了说：'你摸呀，你如果敢动手，我就敢用斧子把这只手给你剁掉'，我当时满脸杀气，那个经理吓得一哆嗦，酒也醒了。"

我忍不住一笑。看起来这真是一个活宝，但是——我在心里告诫自己：别笑呢，实际上她正服务于这片平原上最黑暗的势力。

吃饭时她倒了一点瓜干烈酒，我立刻把酒杯移开，我想年轻姑娘不能喝这种酒的。我正想给她添一点葡萄酒，谁知她一把将杯子抢了过去：

"骄娇二气务必去掉，不值一提的规矩何必遵守！"

说得朗朗上口，流利干脆。真是个古怪的女子！她又说："我告诉你一个办法，你不必害怕饮酒，也不必担心身体不好。你没事，就像我这样……"

说着她把那个可爱的嘴巴张开，把舌头顶住上颚："你看，就这样，看见了吧——你在什么时候都要舌顶上颚。"

"为什么要这样？"

她把酒饮下才说："这样就能接通'任督'二脉呀。从中医的角度讲，这是人体最重要的两条脉络，你只要把它们接通了，气血也就可以顺顺当当周流了，你就永远不会得病、永远年轻了。"

她连连喝了两杯酒，然后又大口地吞食着粗糙的玉米饼和地瓜。这顿饭吃得很痛快。

最后她要告辞了，一摆手出了门，然后一头钻进了汽车。

月亮升起来了。月影下看着飞驰而去的车子，让人不禁陷入了深深的迷惑……

下 篇

相守之心

当我真的徘徊在平原上,却像一个孩子羞于见到大人似的,小心地绕开了那棵大李子树。但我知道,没有来到它的身边,就等于没有来到这片平原。关于它的无数回忆让我心中战栗,让我有一种时时难以解脱的感觉。我无论在何方何地,只要一想起自己的来路,总会记得是从它的身边走开的,并且还要回到它的身边去……

我从童年起就开始得到某种暗示似的,从心底认为:这棵大李子树长在了整个世界的中心,而不仅仅是这个平原的中心 —— 大地就是从它的四周往外延伸,以至于无穷……我从东到西或从西到东、去南方北方,心中的坐标是不会改变的。我走向最远的远方,可最终也还是要归来,这是无可怀疑的心念 —— 当我走近了它,离它越来越近时,就会感受它温煦的目光。这像抚摸一样的感觉。是的,它有无穷的魅力,有奇怪的磁力一般的吸引。

我静默下来就易于回答一个问题了:我为什么要在此寻找一片田园?为什么要匆匆地奔向这里?一切都是因为它,一切都源于一种不可更改的景仰和相守之心。

我在平原上忙碌，常常一个人到镇子上、小城里，到大海滩上。我似乎有忙不完的事情，因为离开得太久了。可是我料理得最多的还是自己的一颗心——那里面的荒芜与琐屑。我有时会默念、会想起它 —— 大李子树。是的，它的旁边就是我的出生之地，那儿曾经有一片小小的果园。去那儿是方便的，只要穿过那道起伏的沙冈、沙冈上茂密的杂树林，踏上一条弯弯曲曲的小路，就可以一直走到那里。我站在园边上就可以看到那棵巨大无比的李子树。

不知多少年了，它一直在这儿守候着。它比我来到这世界上的时间要长得多，而且比许多人的年纪都大……我们寻到了它，在它的身边筑起了一个小小的家园。我们在这里休养生息，躲灾避难，等待亲人……多少年过去了，大李子树旁边的人一个个先后离去了，只剩下了树旁的一座茅屋。

这儿到处都留下了过去的痕迹，一种难以言喻的气息让人沉迷。小小园林西边是一行茂密的槐树，槐树外又是一片紫穗槐灌木……一些乌黑旺盛的马尾松，一片在风中发出唰唰响声的杂树林，还有洁白的沙土—— 这儿联结着我的全部。我的心无论飞多么遥远，都有一线系在了这一端。

我在这片平原上留下了什么？有什么东西坠着我的心？到处漫游，走过了山岭平原，再往前走去，直走到长江和黄河的源头——可是仍要归来，然后久久地徘徊在这片海滨平原，步履沉重地踏上那条通往大李子树的弯曲小路，再次登上沙冈。

我只要望见了它的巨大身影，周围的一切好像都视而不见了，只直直地迎着它走过去。我再次感受着它无所不在的目光，让它的大手抚摸我的额头……我就在它的目光下长大，领受着它的体温、它的慈爱；从小到大，我一直攀伏在它的身上，我的生命与之难分难离。打我生下来的那天，我就看见它屹立在茅屋旁边。后来斗转星移，一切都凋零了，它还是那么屹立着，微笑如初。它俯视着大地，俯视着消失的岁月、人、一切的一切……

我走近它，靠在了它粗糙的皮肤上。我感到了它在轻轻地颤抖。我仰起头看它密密的枝叶和刚刚结出的果实，再看四周：一片树木还在，可是有的已经枯了半边；往年那修整得笔直的树下田埂、水道，如今都已残败坍塌。

就是这片与我的根脉紧紧相系的园林，在远方的那个城市里，在深夜，在我愉快和不愉快的时刻，是我总要想到的一片炽热之地……对于我而言，人生的每时每刻，只要想到童年的这片园林，就会感到一种难言的幸福，有时这幸福大得令人无法消受。是的，它完美无瑕。

记得小时候，这里的每一棵树木都被我取了名字，每一个枝丫都让我亲近过。包围这片园林的那些杂树、沙冈，灌木丛中开放的各种野花、长出的各种浆果，都让我牢记在心。它们蕴含着永远讲不完的故事和唱不完的歌……

看着我的昨天

这儿曾是一片多么肥沃的土地，一个多么诱人的地方。母亲和外祖母把它修葺得多么完美……

离大李子树十几米远就是我们的茅屋旧址。这里什么也没有留下，只有一片黑泥，上面长满了野草：马齿苋，一两棵地肤、几棵金星蕨科的沼泽蕨、禾秆蹄盖蕨——它们一律长得黑乌乌的，特别茂盛。我们茅屋的地基比周围略高一些，因为坍塌的泥土垫得更高了一些。真是不可思议，从眼下的痕迹和界墙看它是那么小，小得不像是住过一家人……一个苦难的故事，一个折磨人的童话。不过这是真的，这儿有旧址为证。它的倒塌与新的护园人有关，因为我把经管这座茅屋的权力交给了他们，有一次回来，干脆又把整座茅屋送给了他们。可是他们取走了屋内的杂七杂八，压根就没有想过料理它，结果任其倒塌。

我感到了难忍的疼痛。

这是先人留下的最后一个居所啊，它盛满了我的昨天，它是我的一切。可是没有了它，我还剩下什么？我还有可能真正找回昨天吗？我不敢肯定。

好像冥冥中有什么告诉我，要让我远远地离开这片平原，躲避着什么不祥和灾难……可这是我的故地啊，这儿有我的灵魂！我早就成了一个孤儿，早就举目无亲——让我再往哪里走？！

我知道，这并不是一个中年人的多愁善感，不是——我真想趴在这满是野草的地基上亲吻、紧紧地贴住它……找到了这里，就找到了我的开始。我出生在这里，依恋在这里，奥秘和奇迹也在这里。

我四处看着，看着我的昨天……每一株树每一棵草都不愿放过，直到看得两眼疼痛……不知多少次了，我在这里驻足，不愿离去。我在努力探究着属于我的一切。我觉得再也没有比这块脚踏之地更神秘的了：母亲就在这儿生下我，我生下来第一眼看到的，就是这个小小的世界——再后来我可以移动了，可以奔跑了，不知不觉还是以这儿为中心；我走向四方，寻找着崭新的朋友和崭新的故事……陌生的世界变得熟悉，熟悉的世界又变得陌生；只有回到这里，才感到一种真正的归来，真正的回避和真正的悄藏 —— 无论是恐惧还是喜悦。好像我的一生只要有了这样一座茅屋，再凶狠的力量也难以加害于我了。

在此地，我可以永远躲避寒霜和北风，可以一直蜷在外祖母身边，在被窝里、在深夜闪跳的油灯下，缠着外祖母讲一个又一个故事……

从茅屋旧址走开，我一个个抚摸和注视着童年的朋友：各种各样的果树，包括其他植物。我差不多能感到它们在手下的脉动。有些树木也像我一样苍老了。我想从它们的目光中感到一丝责备，可是没有。我是一个最应该接受谴责的人，因为我没有守在它们身边，没有为它们付出。我的一腔怀念和牵挂并无有助于它们。我是一个脆弱的人，我的善良只在一个很小的范围内、在一个特别容易的时刻里才能显现，才被接受和理解。站在这里，我会想到，我已经四十多岁了，应该具有本能的询问和质疑：你生活的支点到底在哪里？你将由此出发，迈向何方？

也许当年就是在这声声质询中归来了：不是做客，不是匆匆奔走，而是要在此驻足，与之长相厮守。当我的愿望几乎实现了的那一天，兴奋无可比拟。它一直藏在心底。我找到了自己的根性，显示了一个人的拗气，多少变得像一个男人。这就是我今天的理解和感悟。

我不止一次地使用"根性"这个词。因为舍去了它就不能表达。我的根扎在这片土壤里，是它决定了我的命性。我的来路决定了我的去路。还记得有个家伙曾经不止一次地揶揄，攻击说："你的本事也就那么一点点，什么爱啊恨啊……"我回答："你说对了。爱和恨可是了不起的事情；可惜你永远都不会懂。"他瞪大了眼睛："我不懂？老天，我不懂？"

他的"爱"只是那种男女的缠绵和伤感，是哼叫。而我有过伤感吗？我更多的体验是苦难和悲痛。它们包围着我，辖制着我，使我步履维艰。

在大李子树旁，面对无声的童年伙伴，我明白人不能没有心灵的叮嘱，不能没有幻想和渴念，特别是——不能哼叫呻吟；即便贫穷潦倒山穷水尽，也不能发出乞求。

我走开，向西，穿过那一行无精打采的槐树，走过了紫穗槐灌木。马尾松在风中摇动。我只在心中默祷：安息吧！我的故园，我将永远厮守着您，我将用身躯护卫着您。

这里有我们家族烦琐而神秘的历史，我将在安静的时刻里把这一切记录下来。我需要好好地观察自己，以及我所感到的一切。我还要不厌其烦地验证和演算。

歌 者

我不想完全否认这个人的才华，可是要弄明白到底是什么把他害苦了,还真得花一番功夫哩。这家伙也很可惜。不要说弄懂一个人,有时要搞清一段小小的人生插曲也需要很长时间——本来我们很早就熟得不能再熟,可是在某一天早晨偶然相遇,我喊了一声,他猛然回头的一瞬,我才看出对方是多么陌生。

那一刻相互都很吃惊,可是我们已经相识三十多年了。

三十年就这样一晃而过,人事皆非。他已经获得了起码有五十来个"大奖",俨然一个大诗人。仅他一个人也足以使我好好想一想了:是否真的该脱离这一帮一伙?我后来虽然没有走开,但最终跑开的却是对方。"他不可能成为一个歌者",我在心里说。"歌者"是一个极其含混的概念,正像如今多如牛毛的"企业家"一样——这其中既有奋斗者,也囊括了无数的混蛋流氓。"歌者"这个概念啊!世界发展到了今天,你已经无法区分一个处女和一个妓女,无法区分是与非、白与黑、荒谬与真理。你眼睁睁地看着一个流氓变成了歌者,甚至变成了一个当地歌者的大头领,只能无可奈何地一叹:认也得认,不认也得认。正像你在这片平原上只能眼巴巴地瞅着一个又一个恶棍成了百万富翁、一个又一个无辜的人靠着垃圾箱活命一样,它们全是一个道理。

这家伙也写出了一二首像样子的歌子。但他身上最了不起的一个本事,就是交往那些权势人物,还有不道德的小姑娘。他把我引为知己,同时又特别起劲地攻击我,恶毒的诽谤常常奏效。他那些所谓的"至交"——实际上只不过是些势利眼、酒肉朋友——攻击说:"你有什么了不起,你不过是从山旮旯里爬出来的毛孩儿而已!"这一点他们差不多搞错了一半——我其实是从海边上来的,只不过后来钻入了山旮旯;是的,我曾经是一个"毛孩儿",这名称挺棒。我记得这样攻击我的家伙,戴着一个很大的潜水手表,时不时要抬起手腕看看,旋转一下表壳。他当时正在低头咬一只蒸猪脚,咬到了一块脆骨,发出了咯吱咯吱的声音……

他们没有心

我在一对五十多岁的夫妇铺子里住下了。他们十分热情,但得知我是从海边来的时,就变得冷淡起来。原来那个男人直到如今还是一个村庄的头儿呢,他被迫出来打工,完全是因为在庄子里实在没有事情可做。他习惯了率领别人做点什么,所以这一溜山谷里很多人都听他的话,就连这里的矿主对他也要高看一眼。散布在这条谷地里的打工者,大部分是来自其他的村庄,与他一起来的只有十几个人。他告诉:在整个的平原上,受损害最大的,大概就是他们那一带的村庄了 —— 那里是煤矿最先动手开采的地方,所以土地下陷很严重,如今到处都高低不平,一眼望去满是水洼和荒草。刚开始他们还试着将停止下陷的土地重新整修出来,可后来又发现这是很难的一件事:苦苦干上一个冬春才整出很少一块地,可由于土层被打乱了,再加上地下水没了,所以根本就没法种,一连多少年也没有一个像样的收成。而且村庄由于土地下陷,接连搬迁过两次,如今已经是元气大伤,总之全都完了。我问他怎么会接连搬迁两次?他说人家说了算,想让你搬就得搬,只要有谁看中了这个地方,你就得让出来!结果好不容易从一个地方搬到另一个地方,才把土炕烧暖呢，又要搬。庄稼人怎么经得起这样的折腾啊，折腾来折腾去，人都快死了。"当然啦，他们要给些搬迁费，土地也要给些赔偿，不过这都是眼前的事儿，往后的事情多着哩，日子久了怎么办？还有，那笔钱听起来数目不少，可它也不能一下子全给你，那要像挤牙膏一样一点一点挤给你哩，钱又一天比一天不顶用，谁受得了？最要紧的还不是钱，咱还要干活儿呢，那些王八蛋也不想想，没了地，让我们这一大村子人做什么去？"

我望着他，不知该怎样回答。这个男人捏起红红的炭火按在了烟锅上，由于专心说话，手不小心给烫了一下。他往手上抿着唾沫，不停地甩打手指，愤愤地嚷叫：

"我就这样问了上级。他们说：矿区来招工，先招走你们庄子的人，等着吧，家家都要有人去做工。剩下来的可以用赔偿费开个工厂，搞搞副业什么的。他还鼓励我们到海边去打鱼。刚开始我这个村头儿满欢喜哩，心想天哩，东方不亮西方亮哩，兴许是个好主意。弄到后来才明白，几年下来我们村子里只招走了二十多个工人，剩下的一两千口子人呢？做什么？开工厂？庄稼人哪有那么大神通，这也是说干就干的事儿吗？搞副业，前些年就不想搞副业了？什么劲儿都使上了，什么门路都找过了，难道地一折腾光了，庄稼人就能多生出几个心眼吗？开不了工业，搞不了副业，就听上级的话，去海上打鱼吧。不知花了多少钱才置了船置了网，把赔偿费也花去了一多半——到了海上才知道，打鱼的人比鱼还多哩。再说海也快完了，打鱼的人都要躲开排污管那一围遭，往东越走越远——那儿别说鱼了，连人都不敢下海洗澡，水都快臭死了。打鱼的人挤成了一球。你想想,人家都是早就在海边上混的人了,还有咱这些新手的好处?咱什么也不会,只得花钱雇了当地人当船老大。一个春天夏天过去了,打的鱼啊,说来不怕你笑话,还不够俺庄里嘴馋的娃娃吃的哩。"

男人说话时,老婆子就在一边用一个木槌纺麻线。她纺一节就往木槌上缠几下,用手转动木槌。我觉得这个工作有趣,也巧妙极了,就长时间盯着旋动不停的木槌。老太太头也不抬地附和着男人:"什么全坏在开矿的人手里了,他们哪,只顾挖走地底的好东西,就不管地上的人啦。他们把好生生的一片地弄成了坑洼,从地底掘出的土也堆那儿,一岭一岭黑乎乎的,刮风下雨天里土堆子还要冒烟,大雨也浇不死。那股硫黄味啊,又臭又呛,老往村里刮,躲也躲不开。有一阵全村的人都流眼泪、咳嗽。庄稼人又不是那些细皮嫩肉的娇气人,你想想庄稼人都受不住了,这日子该怎么过?"

女人的话让我想起那一处处堆积起来的矸石山。那里面有一种硫化物会在空气中燃烧。

男人又说:"我在一开头的那工夫,跟矿上的一个头面人物争过,不争不行啊,我得替咱这一村老百姓讲话呢。我问他:'我们这么大一片地哩,说毁就毁了吗?'那个头儿摊摊手说:'地嘛,也不是你们的。你们不过是在这里耕种的人,细讲起来,土地都是国家的。'我那会儿也不太明白,只得随他点头;不过我还是要问:'土地是国家的,这大概不错;不过我要问的是,我们庄里的人哪个不是国家的?国家怎么一下就不要俺了哩?'那个人说:'怎么不要你们了?不是给你们一些钱,让你们另打谱过日子?'我说:'天哪,这是大孩儿糊弄小孩儿玩哩,那几个钱管什么用哩！'那个人吃吃笑：'也不能让国家一碰你，你就让国家养起来呀，你还要发挥你们的主观能动性儿。'我日他娘，那一回我什么也没记住，就记住个'主观能动性儿'，我日他娘！开大会我跟全庄人讲这个'主观能动性儿'，越讲大伙儿越糊涂。到后来，庄里的人都骂起来，说：'鬼，搂住上级老婆睡觉就是能动性儿。'你看看，难听的话都是给逼出来的呀。"

老太太在一边拨着木槌，看看男人，又看看我。

我想开采矿藏也是必需的，问题是怎样保护家园？如果毁掉了后者，那前者又有什么意义？我们只有一个家园哪，他们不光是在践踏家园，还在践踏人心。他们没有心。

隐秘的隧道

这个夜晚我怎么也睡不着。一天星星无比明亮。这山谷里的夜晚多么可爱。在星空下，那被掘得破破烂烂的山谷只能看出一个轮廓。在一片朦胧中，人会感受到一种特别的宁静和安逸。整个山谷都在沉睡。在这样的夜晚，我不禁想起了平原上的朋友，想着那些守候在刚刚获得、旋即又将失去的那片土地的好人。这个时代里的人各有不同的命运，但又有许许多多的人相去不远：正在失去立足之地。我想着城里朋友，想着这些年的奔波，以及由于这奔波，家人忍受的劳苦——我觉得实在有点对不起他们，我总是一次次地匆匆上路。这时候我想的是，作为一个男人，我究竟被什么致命的东西催逼，以至不得不如此？我将失去什么？人哪，花花黧黧，各种各样，你没法鉴别没法剖析，他们散布在不同的角落里，拥有着不同的世界——可是在这个安谧的山谷之夜，我只想到两种人和两种处境：一种远离了泥土，一种匍匐于泥土。从根本上讲，人世间真的只有这两种人。我实在搞不明白那些远离了泥土的人与一生都不曾离开泥土的人，他们到底是一种什么关系？他们各自的意义？他们彼此都有深深的遗憾和人生的残缺，哪一种才是最致命的？

这些问题也许穷尽一生都难以回答。

有的人因为一种不可忍受的疼痛和不安，不得不迎着彻骨的北风走向广漠。他们愈走愈远，渐渐没有了同路……面对着一个又一个不可诠释的谜语，面对着无法容忍的困苦和艰辛，一个人就这样走下去。人活得太难了。妥协、苟且、忍受、乞求，而后也能获得一点点食物，但那不是人的日子。

我的行囊里总是带有几本书籍。它们是逝者的影子。我通过这些符号构筑的隐秘的隧道，理解、观察、追逐，进入一个个世界……我倾听着各种各样的辩解之声、叹息之声。有人告诉我：伟大人物的坚韧和视死如归、他们在迫害面前所具有的那种男子气概，不见得要一律赞许，但你可以钦佩。在这里，钦佩和赞许竟然是完全不同的两回事。比如说大哲学家苏格拉底在死亡面前拒绝逃离的执拗故事；再比如离我们并不遥远的那些懵懵懂懂、却是坚韧惊人的死亡，他们临终的目光如在眼前；可同样是一个伟大的哲学家，比如那个被称为"全巴黎最丑陋的人"、拥有一颗大心灵的伏尔泰，却曾经因为躲离巴士底监狱，一头扎进了情人的怀抱……人身上流着各种各样的血，就因为血液的不同，抉择才不同——每人心中都有那么一点点东西，它神秘、珍贵，一经触碰，立刻会全身战栗——这或者是冒死一搏的前夕……

无法挽起臂膀

"你，当然更包括我自己，如果失去了自我反省和对话的能力，就将变得没有任何力量——无论我们怎样模仿英雄，都不会做出英雄的业绩……"这是他那次谈话的结尾。

我在想的是，我到底能否自省。说实话，我并没有乞求富贵和吉祥的降临，因为这永远不该属于我这样的人。我如果是一个处心积虑地追求安逸和富裕的人，就会自断来路，就是一种卑鄙和背叛。我将永远记住自己是一个出生在小茅屋中的人，自幼流浪，走过了一个又一个村庄，并因为逃亡而进入大山，在它的缝隙里蠕动求生。正因为在险峻之地摸爬了那么长时间，我应该确凿无疑地认定并告诉自己——你将走的道路、你将索求的明天，你的真正需求。

你是这样一个生命：吃着从土地上收获的喷香的糕饼，喝着清澈的流泉，即获得了最大的满足。你衣衫破旧，可并未赤身裸体。你在春风秋雨中来去不息，你奔波你攀越，你仰望你低寻，实践着一份自由流畅的人生。

有人一生的志向就是为了获得一份富贵，并孜孜以求。而我要告别的不仅是他们，还有那些虚伪的歌者——曾几何时还到处标榜自己是一个"天才""大师"者，一转眼却对昨天发起了最恶毒的攻击，而且其火力比任何人都猛烈十倍。他们身怀叵测，有时却能道出一点真实的内容。他们从角落里吸取了一切污浊，端起来泼到朋友身上。他们骂昔日的朋友可怜得像虫子又像乞丐，像一些没有着落、汪汪乱叫的瘦狗。是的，如果这个年头里连土狼都坐上了豪华轿车，连老鼠都标榜为"诗人"，那么另一些人被称为"瘦狗"也未尝不是光荣。事实也正是如此。他们眼巴巴地瞅着一个又一个恶棍变成了腰缠万贯的富翁，同时也眼巴巴地看着一个仁者躺在水沟里呻吟。他们只能恐惧地叹息：没有办法，命该如此。

一个人丧失了顽强坚持和贯彻下去的生命力，不能将意志和声音扬手播散到四周，他的存在即等于零。实际上整个人类的蜕败和不义，就是从这种萎缩和遗忘开始的。一个人不能够最终占守真正的尊严，不能在最后发出一声尖叫，宏大的众声即彻底丧失。

这只是最后的一声尖叫，这是英雄主义吗？也许，但尖叫同样需要一种底气……

歌中唱道："让我们挽起臂膀"——你挽起谁的臂膀？有时我面对苍茫，真想问一句：谁是"我们"？它到底包含了什么？又有多少人？看看吧，就连我们两人都无法挽起臂膀。

我不是一次次地让你失望吗？我不是一次次地离你而去，让你牵挂和烦恼吗？实际上你在选择自己这份生活的同时，已经不由自主地使用了自己的标准，规划着别人的生活——尽管你一再地表现了自己的宽容，让我这样那样，给我自由，给我时间，给我那么多的容忍，可是你仍然不知不觉地给了我那么多的束缚。也许你的"容忍"本身就是我不能够忍受的。我今天终于发现：我们生活在完全不同的两个世界里……

行走癖

我又想起了她对我的指责——她曾经这样概括我的一次次出行："你只要有一个借口，就可以走得无影无踪……"击中要害。是的，重要的是"借口"。这个"借口"往往会是一次奔走的开始。她指责我有"行走癖"——又说对了。我的先辈，他们都有"行走癖"。不管因为什么缘故，他们总是从乙地到甲地，或者从平原到山区，再从山区回到平原——在那两个有名的港城之间来往奔走……他们一生的故事就是奔走的故事，这一生里安定的时刻太少了。

这种"行走癖"真的会遗传。我可以将患有此癖的著名人物一一讲述：从南北征战的将军到发现进化论的达尔文，还有那些为了几个植物标本考察茫茫大山的学者、地质学家、野外操作者，这其中有勘察队员、旅行家、动植物保护学家、纪实作家和一些有名的记者。

在我的历数声中，她一声不吭。她那会儿只是抬起眼来轻轻地瞥我一下。她不以为然的目光告诉我：他人的"行走癖"成就了不朽的业绩，而你呢？

我一事无成。

可是如今的时世啊，谁又"一事有成"？看看身边，看看朋友……我简直不知成功的界限在哪里了。怎样才算"成功"？这是一个古典标准，它越来越难以被现代被人所掌握和认可了。那是个奇怪的界定与指标。我用脚丈量了至关重要的土地和山脉，大概这就够了。作为一个人，已经不能有更大的奢望了。重要的是我的眼睛看到了，我的心灵记住了；我走了又走，看了又看 —— 如果我能够在这一切面前激动起来，那么这就是至为重要的了，这就是一个像样的男人了 —— 你想一想，这个年头有多少人正把自己用团团俗气层层包裹 —— 他们这辈子什么也没有看到，什么也没有记住；他们在胡扯八道，洋洋得意；他们在安装了空调的小屋子里、在铺了地毯的小房间里来往奔走，煞有介事地翻动着手掌，吵来吵去 —— 或者是忙着用电话勾引别人的妻子。这就是他们正在做的，这就是那些像蜂巢一样拥挤的大城市的生活。那里，汹涌的人流在黎明两点才开始消散，可是他们告别了一种污浊，又回到了另一种污浊。搅弄了一天的城市尘土和汽车尾气、各种各样的人排出的废气，在街巷里流动，又从门缝里、从一些小孔中渗入内室，把人围笼 —— 你敢说这不是现代都市的生活吗？

一串瓷亮的野枣

从很小的时候我就习惯了山野户外一人独处的生活；再后来我出门时头戴一顶太阳帽，让所有的山里孩子都追踪着我，指点着我，直到消失在大山的背后……那种自由而奇妙的感觉，直到现在还能——回想起来。而今天我是在追踪另一些活灵灵的生命，再不仅仅是拷问山脉的秘密了。我急于看到的是一个个久别的朋友，而不只是这片贫瘠的山岭。我想尽量使自己的行走避开来路，这样就能避免重复探询——这一带太荒凉了，有的地方十分险峻，不记得以前有没有走过。我的好几次晚餐差不多都是靠了采集的浆果——它们的滋味是那些城里朋友怎么也想不到的，有的虽然很甜，但咀嚼到最后却有一股涩味儿，使人难以下咽。我有意无意地节省下很多食物，故意要迎接那种山野独处的考验。我尽可能地采集野菜，即便离村庄很近了也不愿走入乞讨——我并不认为乞讨有什么不好，因为一个长年在外的人无论如何不能拒绝别人的帮助，不可能完全回避讨要的生活。那在我看来是一种自然而然的、并非难为情的事情，类似于修行者的"化缘"。在这片山地，或者在我所去过的其他地区，无论走到哪里，人们都乐意打发一个四处游荡的人。他们把食物递给你，看着你饥不择食地捧在手里大口吞食，会感到极大的宽慰和满足。当你离去时，有的人还追上几步问一句："要不要喝汤？"那时候你就摆着手说："不要了，不要了。"

　　实际上人在野地里很容易就能搞到水喝，但不能那么娇气。游荡的人不要拒绝生水，也不要拒绝流浪汉黑乎乎的粗瓷缸。如果踏上旅途的头几天，你对那些肮脏的衣衫不整的旅伴还有一丝厌恶的话，那么在一起走上几天，就会把他们当成自己人了，共用一个脏腻腻的瓷钵不算什么；你与之伏在同一口锅上吃饭，会像那些老得没有牙的流浪汉一道，张开嘴巴吹气，赶开汤上面的一层草屑和浮土，然后几大口把汤喝尽。

这是一种自由自在的生活，是大地给你的一种犒赏，它会使你一次又一次地变得生气勃勃，心里充满了希望。那些经多见广的流浪人所讲出来的各种各样的神妙故事，是那些拒绝与他们为伍的人永远也听不到的。有些故事是相同的，但它们又经过了多次融合渗透，变得愈加完整动人。有些故事是完全闻所未闻的。

即便是一个人的时候，你也会得到一种酬劳：一支从绿丛中探出的通红的浆果，一串瓷亮的野枣，或是一只从未见过的彩色大鸟、一潭清水中慢慢游动的几条鱼……你将设法逮到一条，然后撒上盐，在野地里搞一顿真正的美餐。总之那种愉快是任何没有经历过这种生活的人所不能体味的。在山间走久了，一个人很容易就会知道哪里才是一个幸福的去处，哪里没有伤人的野物。即便是阴森森的山岭之间，如果嗅觉好，看得准，悟力强，也很容易就会弄明白这里是否有什么危险……实际上流浪汉很少遇到伤人的野物，也很少能遇到加害于他的什么人，因为活动在山岭间的所有人有一点差不多是共同的，那就是贫穷的、漫游的命运。他们一块儿走向田野又走向山岭，无论出身如何，都在游荡：或者是急匆匆地寻找，或者是以此来打发寂寞，背负着愧疚。只要漫游在山野之间，就会立刻懂得互相安慰、互相询问、互相借光。给一个陌生的流浪汉几把米，几支火柴，一口酒，都会让对方真正感激，相互之间立刻就是朋友了。如果分手之后有幸在路途上重新相见，那一刻会是非常感人的，那时候两人之间就没有什么秘密不可以交流了。

那匹三岁小马

我这时唯一觉得缺少的就是那匹三岁小马——不错,即那个穿着皮革短裙、无耻而又美丽的女秘书拥有过的美好生灵。可惜她身上的腌臜气硬是糟蹋了一匹好端端的小马。我该将它夺走。那是一匹多么好的小马,跑起来四蹄生风,发出嗒嗒的声音。这马呀,很久以前外祖父就曾经拥有过。它是红色的,像一团火在平原上滚动。这团火最终烧毁了一个陈旧的平原,最后他自己也在马背上烧成了灰烬。有人在传说中把外祖父的马描绘成会腾空而起、在午夜里奔波不息的神驹,一副铁骑。那只是幻觉。我知道它一旦消失了,也就永远不能再生。那是一匹过去的马,而今天的马骑在一个软绵绵的、谎话连篇的、涂了蓝色眼影的少女胯下……它本来是一匹骏马,可是却要忍受那样一副最骚的屁股。俊马背上曾经骑过那样的传奇英雄,如今又一颠一颠地坐着一个酸臭的美人儿。父母给了她一副秀美的面庞,却没有给她一颗像样的心灵。

这个在富翁身边服务的小家伙,宛若一朵鲜花在脓疮旁边开放,再浓的芬芳也盖不住恶臭。没有蜜蜂,只有苍蝇——我的渐渐恶劣起来的情绪也许来源于一种嫉妒——我嫉妒那个富翁吗?有那么一点儿。不过我不是嫉妒他的百万钱财。"男人身怀使命/少女热气腾腾/英雄无一例外/需要整顿作风……"这一段滑稽歌谣实际上是有感而发。我在漫长的阅读和观赏生活中,发现那些电影戏剧,还有小说,无论是古典或现代的,它们所赞赏的所有英雄在生活作风方面往往都不太过硬。

产生英雄的年代也许真的过去了,所以我们只能踏着英雄途经之路走来走去，结果最终没有任何一个成为英雄，却不由自主地染上了英雄们才有的那些酸臭毛病——他们的情感粗放而又纤细，既像豺狼一样凶狠，又像小猫一样温柔。他们从来不曾惧怕那些穿皮革短裙的姑娘——那些姑娘啊，浓妆艳抹，弱不禁风，却忘记了一个基本事实：她用以包裹屁股的东西，不久以前还是一些动物的肌肤，它们被生生地剥下来，然后再经熟皮匠整一下，缝一缝就围上了她们的屁股。的确，现代的爱美少女往往连接着残忍和鲜血。

粗鲁的歇后语

我走在山路上却觉得一点儿也不危险。无论在绝望中还是在希望中，只要是大地上的行走都不危险。最危险的地方总是那些从来没有接受过风和阳光的角落，那里正滋生真正的毒菌，一朝扩散就会危害一大片世界。一个经常奔走在阳光和土地上的人是感不到危险的。我当然要记起几千年前在山路上、在鲁西平原上不停奔波的孔子。这个东方数一数二的圣人，有人说他悲凉的晚年大约就来自一个错误，那就是他只忙着布道，而忘记了寻找——人们终于对一个不断教诲别人的人感到厌烦了，于是就蔑视他，驱逐他。弄到最后他只是一个正人君子，却算不上一位传奇人物。他起码在眼下这一片广大的地区里，名声远远比不上一位土生土长的武夫。我这时不由得在想：孔子怎样才能被后人更加珍惜和热爱呢？也许有一个重要途径，就是他该留下更多一点的风流韵事。如果这样他就会笑口常开，而且也会被当代年轻人喜欢。有人认为：一个被年轻人喜欢的英雄才是真正的英雄，只在老年人口中打旋的那些大人物，总是或多或少带有一股铁锈味儿。孔子是我们东方人的珍爱之物，是国宝。可是史书上记载的孔子有些丑陋，头顶凹陷，穿皮革短裙的姑娘见了一准会吓跑。于是我们就有了崭新的结论，会觉得一切皆事出有因。他喜欢美食，那是因为他有众多的弟子给他献上精肉。他喜欢赶路，那是有人给他驾车。他目光恍惚，那是因为他见过了美丽的南子。

我还想起了一个西人，即同样奔走不停的卢梭。他的做法正好与孔子相反，他不断地忏悔，喃喃有声；沉溺于温情，期待于后世，到后来他竟然赤身裸体在山岭和田野间奔波，让人叹为观止。"人人有体／穿上彩衣／剥下彩衣／认识自己……"我突然想起了不久前看到的一首滑稽歌谣。它堂而皇之地印在了一本精制的裸体艺术摄影集上。那是新出的一本时髦图书，这是序言里的词句，我一下就记住了。荒唐歌谣。他们当然是很有眼光的，写得不错。后来风声紧起来，所有的裸体绘画摄影书以及作者都遭了难，出版者受了重罚，发行者也难逃干系。那个写滑稽歌谣为序的人呢？因为四处奔跑，来去无踪，他们也就无从指责。后来我的一位朋友，即一位不错的姑娘对我说："那也不要太高兴。"我说："你怎么知道他高兴？无所谓的事儿。"她咕咕哝哝："那也不用太高兴。这是剃头刀子揩腚——好险！"

我笑得难以自制。不知怎么，时至今日，她当时还说了些什么、甚至是她这个人，我都有点模糊不清了，唯有那句粗鲁的歇后语让我记忆犹新……时间过得真快，转眼就是十几年了。往事像雾霭一样模糊。它们在阳光下闪动，一会儿聚拢，一会儿飘失。它们是缠绕在时光中的一层薄雾。它们并不能成为什么实实在在的东西装进我的背囊。

以为然否

早晨醒来，我觉得举手投足间都充满了愉快与和谐。山路与路边陡崖上出现的一个野物，一只鸟或是一只心慌不安的草兔，我都要与它们打个招呼。它们或者应答，或者不吭一声地躲开。

多么好的野地，多么好的游荡。

一位得过诺贝尔奖的北美人，他叫"福"什么吧，说过了一段机智而又风趣的话：人是不应该到处乱动的，如果他真的需要行走，那么上帝就不会把他造成高的，比如说像树木、烟囱；推而广之，电线杆、房屋之类，都是高的，所以它们就要待在一个地方不动——而那些需要行走也应该行走的东西，上帝就会把它们造成长的，像道路、火车、马车等等……我在路上看到一条蛇，就往往要想到如上的聪明话。是的，蛇很长很长，它本来就该到处游动。而上帝故意造成了高的东西，如烟囱，要经常移动就必然倒塌或死亡——死亡就是倒塌。

尽管我时时面临着"倒塌"的危险，还是要不停地移动。也许在我上了年纪时才会感到那种恐惧吧。比如说我认识的一位流浪汉朋友，准确点说是一个知识分子大玩家，他是在六十岁之后才在城里安居下来的，这之前甚至把原来的那座小屋也卖掉了，也就是说毁了自己的窝，断了后路。他回城后我们有过一次难忘的对话——那一次我们一起到泳场去，我一口气游了很久很久，上来后一身水滴闪亮，他就盯着我湿淋淋的身子说："你早晚还会到处去走一走，去找点什么；我差不多走了一辈子，老想到再远一点的地方去——后来才知道，前边什么也没有……我就这样回来了……"

他的话常引起我的深长思之。我原以为只有年轻人才有到处奔走的冲动或毛病，可后来很快就推翻了这个推断，因为我不止一次在旅途上遇到那些上了年纪的流浪汉——他们神色庄重，步履迟缓，不愿言语；而更多的年轻人却选择了迥然不同的生活方式，一直蜷在螺壳似的小窝里。我认为不停行走的欲望可能是血脉里的东西，如此而已。

那个朋友有一次来家里玩，说："行走只不过是一种游荡、一种周游、漫游，"他说到这儿，伸出了被香烟熏烤得焦黄的食指，往前用力地指了一下说："最重要的是心灵上的周游。这个你足不出户就可以做得到，"他到书架上抽出了几本书，弹去了上面的一点灰尘："你可以去结识这一个又一个心灵，你会发现这也是一种周游。"

我说："不，你这是在说读书。"

"就是读书。你要寻找什么吗？几千年的文明史了，书库里各种著作堆成了山，一代又一代人咕咕哝哝说个不停，他们的想法都印在了纸上。别人早已完成了一切，你只需要去寻找他们。就是这些。"他停了停又质询一般问道："你为什么不读罗素？"

"你怎么知道我不读罗素？"

他叹了一口气："唉，你应该读读这些人的东西……"他喋喋不休地把摩尔、詹姆士、刘易斯，把科林伍德、海德格尔和萨特都数叨了一遍，最后还特别谈到了艾耶尔："这个人本来要写一部罗素之后最重要的哲学史……"

我没有接他的茬儿，只问："庄子和孔子呢？"

他把手用力一挥："你还应该读一读墨子；还有，你如果读过了《六祖檀经》，你的头就得垂下来。"

我问他怎么垂下来？他不吭声。好长时间我都弄不明白他到底说了些什么。

接着我读《六祖檀经》，深奥晦涩。他说你该背下来。我做不到。

"你应该重视心灵的周游。你是一个伏案的人，该懂得这个；而且你的整个过程就是一次又一次周游……"

但是我心里很清楚：心灵的周游与肉体的周游毕竟不同。到底哪里不同我讲不明白。我只认为，任何人的周游，都取代不了你自己的实际经验；任何心灵的周游，都取代不了你肉体的周游。也就是说，你得脚踏实地，你得感觉到脚趾下边的泥土，它们的温度、湿度，它们怎么硌你的脚板；你应该去寻找与你同时活着的那些人、各种各样的人……这些想法只在我脑子里旋动，我没有把它们讲出来。我当时只是满怀钦敬地看着这个足智多谋的、这个响当当的朋友，不知如何是好。我搓着手，在他面前总有点自愧不如。可是我内心里的一股拗气使我老想把他推出这个小小的屋门。因为他的自我感觉太好了，而且已经在我面前过早地叼上了一支直杆胶木烟斗。我知道他在模仿某一位大人物，尽管这位大人物恶贯满盈。他在我和朋友面前总想装装样子，可惜总也不太像。他花费了好长时间追求一位混血姑娘,但总未得手。他长了一副扭动不止的水蛇腰,看上去像个乡间女人端着水盆在街巷上走动,这样就把好不容易装进脑瓜里的那些学问、把它们带来的全部威严都给抵消了。有一段时间他可以整段整段背诵西方哲人的话,只为了显示自己的确是学贯中西的,背诵的同时还一口一个"墨翟、墨翟"。他每说一个字就用力地捅一下我那张可怜巴巴的书桌。

"'社会过程的基本单位是个人,是个人的欲求和恐惧,个人的激情与理性,个人的乐善好施和心毒手辣……'以为然否?"

我赶紧点头,我承认这是一段妙语,妙得深不见底。

他接上说:"你也该好好读读弗罗姆,就是这个人找到了所谓的'死本能'。"

我说:"是弗洛伊德吧?"

他脸红脖子粗地从椅子上跳起来:"谁说的?谁说是他?"

我话语迟滞,不敢应答。我把两手合起来,像作揖似的一摆一摆,表示歉意和告饶。这样好久他才平息了自己的愤愤不平,接上说:"一切都来自'死本能',你从这里出发,可以弄明白好多事情。人的毁坏、歇斯底里、疯狂,都来自它了……"

我有点将信将疑。他又说:"比如说你的到处奔走,不愿停止的'行走欲',也是因为潜意识的作用——你自己明白来日无多……"

我打断他的话:"我刚刚人到中年……"

"我这是着眼于一个更大的范畴。总之,你认为、你潜意识地认为,你的活动空间和观察空间都是极其有限的,因为你的生命突不破一个大限，所以你就要尽可能地在这一段有限的时间里进行开拓——开拓原本有两个世界呀：一个是外部世界，客观世界，就是你所看到的这个世界；还有一个世界，就是你的内心世界，就是你心灵的周游，你的精神生活。人的外部空间的开拓靠什么？就靠你旅行，到处行走，人这一生不停地行走，他所看到听到的也就那么多，不可能再多了！可是人在这个世界上，他的好奇心永远也得不到满足，于是就要漫游，就要不停地奔走——哪怕是走马观花，也要看一看更大的世界。你看，这是与生死对决，是生生死死联在一块儿的道理。而向内开拓呢？它就不像向外开拓那么吃力、有限和令人沮丧了。因为心灵的周游是无限的。同样是两个人，一个人的内心世界可以像宇宙一样宽广，而另一个一生都不过是小肚鸡肠，所以我总是强调一种心灵的周游——以为然否？"

我点点头。可是我想说的是，如果肉体的周游不能取代心灵的周游的话，那么起码它可以有助于心灵的周游。我想任何周游最后都要回到心灵上来：对一种事物没有感觉，那就等于没有发生，什么都没发生。它们能否合而为一？或者说能否并行不悖？

那时候我皱着眉头，面对着这个深奥的朋友。

我不能沉默

是的，他们如今真的学会了"无言"，一声不吭。

为了医治这种集体患上的痼疾，也许只有跟我一块儿来到这条山路上，在这茫茫苍苍的山野间入住帐篷，或到山地和平原上去呆一呆——那时他们就不会满足于什么"无言"了。他们应该多听听很久以前那位中国老人的大声呼号："我不能沉默！"……

恐怕我一生也达不到那种"无言"的境界了——我长期钦佩的一位朋友仿佛一度达到了，可是后来又不幸爱上了一位比他大十多岁的歌手，竟然在一个月里写下了二十多封求爱信，并找到了她所有的剧照，每天喃喃自语，激动得两颊赤红。他已经完全脱离了"无言"的境界。而另一个"无言"者，如今一谈起生意口吐白沫，围绕金钱有永远说不尽的滔滔话语。

我在山地和平原上的经历、听到看到的一切、和那帮流浪汉在一块儿度过的时光，却让我无法忘记无法平静。我常常想起的是那群满脸污垢的朋友、他们那一双双清澈的眼睛……一切活生生地摆放在大地上。

有一位出门打工的少女，老板竟然要像对待马匹那样，用烙铁在她的臀部烙上编号；当我设法施以援手时，一伙人竟污我为"人贩子"——多么险恶的计谋啊！不过这一带真有不少人贩子，他们个个令人深恶痛绝。讲起来也许没人相信，各色各样人贩子都有，他们手中的"货物"既有贫穷的山区少女，有生下了好几个孩子的中年妇女；有外省人、西部人甚至异族人——异旅女人眼泪汪汪，说着谁也听不懂的话语……为了防止女人逃跑，他们竟然在她们的腿上、脖颈上扎上了铁环，用链子锁起来，即便与刚刚找下的男人同床共枕时也不许解下锁链。这些女人大多失身于人贩子手中。人贩子的本事越来越大，竟能从大学校园里设法诱出一些肌肤雪白、戴着眼镜的女大学生和研究生。一个名牌大学来的女研究生被一个目不识丁的老山民买下,又在伸手不见五指的黑屋里关了好几个月,脚腕上的皮肤都被锁链磨得长了老茧……

"我不能沉默!"……

"正义"的诱惑

这会儿我把目光移开,这大概才是比较聪明的一种办法——促使我做出这个选择的,是因为许久以来,总要为所谓的"公平"去奋力一搏。"公平"对于我们这种人是最大的一种诱惑,我得承认,在我很长的一段时间里,许多痛苦其实就来自于它。我可以藐视金钱,可以放弃常人难以舍弃的一些东西,却难以放弃"正义"的诱惑。当年,当我真的有了一大笔钱的时候,曾经毫不犹豫地拿出来花掉,办了所谓的"更有意义的事业";换一个角度也可以说,我用一部分金钱买取了自己最喜欢的东西,这里面仍然存在一个交换的原则 —— 我最终没有脱离这种"原则",无论我购买的东西看上去有多么高尚和纯洁,这种"原则"仍然在起作用。所以活该,也就有了后来的痛苦。我的踌躇、犹豫、愤愤不平,小心翼翼地维护的自尊,一切恐怕都与那个交换的"原则"有关,与金钱的诱惑有关。看来一个人要真正摆脱它的诱惑是困难的,从俗人到哲人,从流浪汉到温柔可人的少女……我渐渐明白,此刻,自己心底深处已经不是在珍惜和维护一片净土了,而是其他。

"正义"和"不义"只有一纸之隔。是的,人在最后的时刻里会抛弃什么，而他和它曾经在精神上是结为一体的。如今，一个特殊的季节中，一个最危难的时刻里，两者之间开始有了裂隙。

在一种巨大的诱惑面前，在不能摆脱的厌烦之中，我的头脑往往变得异常活络。我仍然在自我辩解，比如，我会说要利用一份收益来援助极其崇高的事业，并进而安放自己的灵魂——可是一个人即便变得一贫如洗，他在匮乏的生活中同样可以形成伟大的思想，从古至今都有过数不清的先例……我还将怎样辩解呢？我真的不知怎样回答自己。我知道，我如果陷入了这种尴尬的狡辩之中，也就真的没救了。是的，这会儿我身上已经很难寻找那种决绝的勇气：多少人可以忍受独自低徊的孤单，可就是没法忍受贫困。他们宁可孤独，却要拒绝贫困——但是没有贫困会有真正的孤独吗？不经历匮乏会产生真正的崇高吗？我还是不知道，还是没法回答。但我这会儿似乎可以说，一个人既然藐视悲壮决绝的行为，也就没有资格去谈论匮乏生活、没有资格谈论在这种生活中形成的伟大思想、没有资格去谈论人的勇气了。

眼下我的状况就是这样。

我这样想着，翻着书。我读得最多的当然是那些千百年来一直闪射华光的诗章。这些睿智的诗章，这些癫狂的诗章，一次次地让我沉浸和痴迷，让我得以缓缓地拉上一扇帘子，将眼前这个世界的污脏和荒诞隔开，使我暂时离开迷乱无绪又毫无意义的所谓的生活。正像有人所说的，诗章使我产生了一种美好的"距离感"。没有了距离便没有了一切。我在想那些参与管理我们生活的一群得意而无知的莽汉，就由于从来没有这种"距离感"，所以他们最终还是以自己的愚蠢而葬送了一切，包括他们自己参与和追逐的那部分生活。一个人只要冷静一下，公允一点，就会承认：再也没有比这些灿烂的诗章更能够使人忘却和幻想的了，它们是确定无疑的一份真实，是给予人生的真正的安静和完全生鲜的激动。只有它们的世界才有足够的魅力，把你从眼前的不幸中劝离。虽然这只是暂时的，也许只是片刻，但也就是这种短短的别离，或许将使人对当代生活有一份完全清醒和真切的看法。

简直是糟蹋自己

"一个漂亮的姑娘学着犯贱，那是不务正业，大材小用。"

我引用了他人的一句话。这样说过之后，她眨眨毛茸茸的眼睛站起来："先生说得很对，那可能叫作'灵与肉的分离'。先生，也许我最恐惧的就是这种分离——所以我才……才到你这里来，来寻找真正有意义的东西，来使我的'灵'变得充实。也许我身在老板的那个公司，灵魂却交给了真正喜欢的事物，我喜欢纯洁，喜欢精神生活，也慢慢变得有点喜欢歌了，更喜欢那些生活在韵律和节奏中的人。我懂得了怎样才是有意义的生活……"

也许这些陈词滥调吐露得太快太流畅了，它一下就让我厌烦了。我想的是，你把丰腴的"肉"留给了老板，却把虚无缥缈的"灵"送到这里，这对于我们这个一贫如洗的世界而言，是于事无补的。这里的"灵"已经很多很多了。这里有着游动的各种各样的"灵"。我忍不住对她说：

"我们是唯物主义者,所以,我们强调物质才是第一性的。"

她像瞌睡似地张大嘴巴,往后仰了仰头,鼻涕眼泪差一点都出来了。她咕咕哝哝像嚷叫又像自语:"多么荒唐啊,多么奇怪啊,如果不是我亲耳听到,我怎么也不会相信,你既然对我有这么大的误解!天哪,谁像你们一样……对于那几个钱我早不放在眼里了。你把我看成了多么可怜的人,你把我看成了一个身无分文的人——谢天谢地,几年以前我还是这样的人。我现在有钱了,我不会围绕几个钱打主意……你这样说话伤害了多么纯洁的友谊,多么宝贵的……那种东西。我真替你惋惜,我真想不到,也许我看错人了,也许是这样。不过好在来日方长……可是尽管如此,我想我不会过多地来找你了,我害怕了。你竟然对我有这么深的误解……"

我看着她。我可从来没有想过这是什么误解。我说:"眼看着一种误解把一个漂亮姑娘搞得这么狼狈,我真高兴哩。"

她真的渗出了眼泪,发出了哭泣声。可是她仍然在嚷叫:"狼狈的不是我,我一点也不狼狈!真正难看的是你!是你!五尺高的男子汉,竟然首先可怜巴巴地想到钱,去诬陷一个崇拜者,而且对方还是一个姑娘……"

"是啊,一个黄色的姑娘,祖国和人民的珍宝。"

我想我的这句话该激起她的一句粗话了。我想听听,那很好玩。可是她终于没有吐露,而是从衣兜里掏出一个绣着兰花的精致的小手巾,擦了擦脸,然后叹息一声。她叹气的时候,洁白的脖颈往上扬了扬,让我看到她的下巴丰满而细嫩。那是多么好的下巴,我想。

她失态了。因为我给了她猝不及防的一击。我很高兴。这个事件，简直成了一种奢侈的娱乐活动了。我想，凭我这个年龄，在智力上与这样一个小家伙兜圈子，太不公平了。可我实在是出于无奈，因为她虽然幼小单薄，初出茅庐，却是依靠在一个可怕的怪物身上。她等于是老板延长了的手臂。没有办法，忍痛割爱的时刻已经到来……这样待了一会儿，我渐渐觉得有点无聊，站了起来，望了望窗外。是的，应该结束这一场游戏了。

可她却不算完。好像她是一个难以发动的机器，一旦发动起来，又很难停止。它的惯性很大，必须等待它最后的旋转。她擦着脸，一阵哼哼声从鼻孔里发出，说："这个年头流行多么世俗的看法，它们总以为给那些暴发户做事情的统统都是一些坏人；如果是个姑娘，那么她就一定是个不正派的女人，是个见钱眼开的人，她会为一点钱可以把自己的贞洁也出卖。我不知道这种误解毁掉了多少企业家，也毁掉了多少姑娘！我从没想到像你这样的人，也会怀着跟他们类似的一些粗俗看法。我很失望，也许我看错了人，不过我并不后悔。我重视你，我也算知道你，知道你有一颗不平凡的心灵，就是它吸引了我。我只是想探索一颗心灵的秘密。也许我走出校门、踏上社会的时间太短了，也许你的误解是自然而然的。好啦，我只是想告诉你，你这次完全把我看错了。"

她大概想结束自己的一番表白了。而她在这种辩解中却仍然让我觉得可笑。这个小家伙的脑壳里仍然在旋动着一些邪恶的想法。她的表演就等于是一边卖淫，一边在间隙里忙着写一部"贞洁纪要"。我想起了她和依附者一起作恶的那些事实，在心里说："你这个可怜巴巴的、丧下了良心的小人儿!"这时候我真想直接说出来,可是我忍住了。

接下来她在屋里走来走去,把我扔在一边。她好像在仔仔细细地看我房间里的一切,最后在那幅色彩绚丽的织锦面前停住了。她久久地看着。那幅织锦上面有雪白的羊、草地,一座小木头房子。看来她同样喜欢它。原来任何人都喜欢这种美好的田园。可是他们最终的选择却是如此地不同。谁会想得到,一个喜欢草地和洁白小羊的女孩子,会使着心眼儿算计一个满脸胡茬的四十多岁的汉子?我仍然觉得这不可思议。你本来应该是一个好姑娘的。

我远远地端量着她秀挺的身影,仍然为她惋惜。那些心灵高尚的人也想把她据为己有,这是肯定的……我再也不想跟她讲什么了,可她这时候却转过脸来,淡淡地说了一句:

"你简直是在糟蹋自己。"

我也用淡淡的语气说:

"是啊,你简直是在糟蹋自己……"

就像睡刺猬

"是的,你从来没偷别人的东西,可是,"接下去我想说:你的确是个"小偷",因为你真的不配享有更高级的称号了。可是我没有这样讲,我不愿在这时候刺激他。

他眨着那对小豇豆眼:"也难怪,你尽听那些蠢驴的话,这些家伙,总是想方设法糟蹋贫农……"

他说到"贫农"两个字，变得语重深长。接下去他又一声连一声地骂起了我的另一位朋友，骂他是一个卷毛公羊，一个舔老婆屁股舔出了毛病的人，一个自大狂，假鬼子，会说外语的白痴；最后还莫名其妙地加上一句："我与这个狗娘养的呀，简直是又亲又恨，心连着心……"他伸手点点我的胸口，又点点自己的胸口。

我觉得这个人难以琢磨。因为在我的印象中，他最怕的人就是那位朋友了。那人身高体壮，面色红润，卷曲的头发都有些吓人，一双大眼盯着这个哆哆嗦嗦的人，有时一声厉喝，他正走着路就站住了。朋友的大手在他的脖子那儿使劲一拍，问："你来干什么？"他就嗫嚅起来："我，我，以文会友哩。"他如果留下来吃饭，朋友就命令他喝酒，他不喝，朋友就捏着他的鼻子从口里给他灌进去。他很快烂醉如泥。所以那位朋友在的时候，他很少敢来这里。因为后来他听说朋友经常出差，也就趁工夫溜过来一趟，背后说："那个家伙不过是个武夫，胸无点墨。只是长得壮，我打不过他。不过我会有办法羞辱他。下一步我准备认认真真地把对付他的事儿提到议事日程上来。"我问这是什么意思？他说简单点说，就是给那家伙戴上一顶绿帽子。"那帽子呀，在阳光下闪着鲜艳的颜色，做工精致……"

这人太无耻了。不过我当时还是向他指出：人家早已办了离婚手续。

"你懂什么？只要一个人抠心挖胆地爱一个人，那就成。做这事要有耐心，就像睡刺猬……"

他曾经炫耀着一个姑娘写给他的一封淫秽而邪恶的信。信中写道：

我爱你那一对小豇头眼，至死不渝！我可以为你死，可以为你发疯地唱歌，可以跟你到地狱里去过日子，可以为你一百天不穿衣服……多么邪门，但它的确出自一个姑娘之手。大约二十天之后，他竟然领着那个姑娘出现了。结果又大大出乎所料：那是一个极其安静的、文雅的姑娘，而且那么内向。她长得不太漂亮，可是绝不难看，四方脸，脸的中部稍微有点凹。她的那种柔和的语调一下就使人想到温厚和纯洁，是一个好女性。可也就是她的那双可怜巴巴的小手，写下了那样的一封信，一篇肮脏的纵欲的供词。后来，当他一个人来到这里时，我不得不对此表示了自己的震惊和难以理解。他马上说："这有什么，你经历的还太少。由此可见你并不成熟，虽然你写了那么多歌儿谣儿的。生活就是这样。很可能一个极其正派的女人走到哪里都招到性骚扰，走到哪里都有人想收拾她；也可能一个女色痨千方百计要接触男人，可是那种肃穆的眼神把大酒徒都能吓跑——这就叫'怀才不遇'呀。"

他哈哈大笑，为能有一个开导我的机会而兴奋不已。那天他搂着我的膀子在屋子里走、走，又出了门，用力掀也掀不开。他眯着眼望望西边说："多好的晚霞呀，胜似朝阳！"

一封信

朋友神经错乱了。夜里我一遍遍展读这些潦草的字迹：

……你打开这封信的时候，我已经在远处望着你笑了。因为你是我的好朋友,我才给你提个醒,道个别。我与别人就没有这么多的话。那个家伙也是个好人,这年头好人可太多了。就是一个又一个好人毁了我。我是指自己的内人。只有你一个人窥视了我们的美妙生活。我一开始说要向你提个醒,就是指与此有关的一些奇怪事情。我是指你有可能缠到一起桃色案件里去,或者受到一些难言的伤害。你有难言之隐,比如……算了,以往的故事不再复述。如果伤害了一些人,又将如何是好?我注意了你说的"睁着一双大眼/让我爱不释手"这句话。我将提醒你……我多少次告诉你新酒中只含有纯的二氧化碳,而老酒中含的二氧化碳则要少得多,它只含有大量的氮——你就说一句"氮,扯淡。"我曾经教给你怎样品酒,你在舌尖上感到的那股苦味和涩味,不知何故。那是一种"过氧化味儿"。酒在同期条件下可以产生氧化物质,它的大部分芳香物质与零点几毫升的氧气一结合,香味就会遭到破坏,那时你就会感到苦涩。不过这样一来,白葡萄酒还会带出马德拉酒味,这种变化过程在闷热的夏天几个小时就完成了。所以说酒不能从一个罐子倾入另一个罐子,那就给它通了气,产生了"过氧化味儿"。你必须用管子输送……好啦,辅导停止。有一段时间我专注于研究我与内人——湖南人称之为'堂客'——结合之后,我的身体内部所引起的一些变化。我是一个敏感的善于捕捉细枝末节的人,我发现我的眼睛有了变化,眼结膜有点水肿。当眼睛盯住镜子的一个方向轻轻转动时,就会看到眼角的结膜打皱。那皱越来越大,挤成一个小疙瘩,多么可怕。它与性爱的关系以及偏头痛、腹部隆起……我怀疑这是肾脏和心脏的利水功能遭到了破坏。那些穿白衣服的人,特别是那个秃顶的家伙,用一个器具罩在我身体的某个部位,注入一些黏稠的液体，它们暖乎乎地围着旋转。我仿佛闻到了内人的气味。这种气味使我得到了安慰。心比天高，命如纸薄。旋转的过程使我愉快，这是唯一让我盼望的一个治疗。地狱变成了天堂，朋友换成了仇敌，老婆化成了鬼影。若给你一个不可企及的目标，你又有各种各样的选择，其中最主要的有两个：一是将其杀死，二是远远地躲开。你最好把一切都忘掉。

我的遭遇等于一位少年雇工的遭遇。我看见一位大夫抚摸着我的下巴说："你们看哪，他的第二性征还没发育好。"什么叫"第二性征"，我不明白。在金钱的诱惑下他们就会反咬一口。你应该明白，如今人们在喝的水里渗入了几滴酸液，使人人发生了酸化反应，于是再睁眼看人就酸溜溜的了。你怎么会帮助人同情人？老兄，你看到我这封信的时候，你也该扪心自问：你同情我吗？你同情这位度日如年的朋友吗？你回答我，你回答我！

社会渣滓

我不动声色地抬起眼，看了一下面前的这位"老板"。他可算是这个平原上的一位著名人物，我还是第一次见呢。可能是受一种厌恶心理的左右，我第一眼看到那张大脸，马上想到了一个粗糙的屁股。眼前这人就是一个亿万富翁。谁也不知道这样的人该是一种什么形象。"老板"是这一带人对他的专称，好像比起他来，其他的老板就不成其为老板了。

这家伙结了领带,衬衣领子雪白雪白,西装也还讲究。他尽力装出一副不亢不卑的样子,把傲慢或是自卑收敛起来,微笑着向我伸出手:

"久闻大名,请坐,请坐。"

他那口浓重的平原土话还掺进了极其古怪的声调,一时让我觉得不可思议。后来,我坐下去一会儿才弄明白,那是掺杂了粤语的发音。老板旁边的一个长沙发上还坐了两个人,一个年纪稍大一些,一个年纪很轻。年纪稍大的人可能是秘书之类,这时在本子上不停地写着。年轻人五大三粗,一件花格衬衫扎在笔挺的裤子里,还束了金属腰带,可能是一个保镖。

接下去老板一直没有说话,好像有点无精打采的样子,两手合在一块儿,注视自己的一双皮鞋。一旁有便携电话响起来,年轻人"喂喂"了两声,老板就厌烦地摆手。那人赶紧到外面对话去了。

我觉得老板装出来的矜持和肃穆透着一种虚伪可笑。我想他在极力掩饰什么,他的内心并不像外表这么沉着。我心里明确地感觉到,他对我发生了某种兴趣。天,他早暗暗地伸出了那双贪婪之手。他已经是一位亿万富翁了,可惜聚敛财富业已成癖。

他喝着水,把玩着茶杯,偶尔干咳一声。

年轻人回到客厅,对在老板耳边咕哝了一会儿,老板不耐烦地挥了挥手:"你们去吧,两个都去吧。"

两人站起来。外面响起了引擎声,大概两个驾车走掉了。

客厅里只剩下了我们俩。他点上一支烟,慢悠悠地吸,迎着我笑了笑,站起来在客厅踱步,搓着凸起的肚子,哈哈笑了。笑过之后脸就一下子拉长，手里刚刚吸了几口的香烟也用力拧碎了，扔在地板上。后来他又回到座位上，端起茶杯喝了几口，又开始踱步。

我不想让他这副战地指挥官的架势老摆下去，就站起来，也踱起步来。因为茶几中央的空间已经很少了，这样两人煞有介事地踱来踱去，无论如何也是非常别扭的。老板发觉了这一点就站住了。可是他的手仍然倒剪，扭过脖子看着我："老伙计，听说你不想'出局'？有这事吗？"

这家伙在长达半年多的时间里纠缠我朋友的妻子，弄得对方痛苦不已——我严厉警告过这个混蛋。我说："是的。"

他对这个回答略为意外，咬了咬下唇，嗯了一声。这样待了一会儿，又说："老伙计，不用骗我，说明白一点吧：你那是'耍少爷脾气'。"

我不明白。我想眼前这个人大概不了解我的出身，或者是另有他意。

他重新点上一支烟："我和你一样，过去也爱耍耍'少爷脾气'，觉得这挺好玩嘛。一赌气，一逞强，让别人瞪眼去。后来吃一堑长一智，知道这并不怎么好玩，也没有多少意思。还是老老实实，该怎么就怎么。"

"是啊，该怎么就怎么。"

他"嗯"了一声，转过脸来吓了我一跳——刚才还是白刺刺的一张屁股似的大脸，现在变得红一块紫一块，额上的青筋都暴了起来。不知什么时候，他系得挺规矩的那条领带已经松下了一截。他把扣子解开，大口呼气，又咕咕喝水。他点烟，拿打火机的那只手老抖。这多有意思。

"日她妈的下贱坯子，骑上她死也不下来！"他小声咕哝，咬着牙。

我忍不住发出了笑声。

他火刺刺地问："你笑什么？"

我还是笑。

他一直看着我。我觉得这眼睛很怪,层次极多,很像蚂蚱的"复眼"。就这么看了一会儿,他突然也笑了,咯咯笑。他这一笑倒把我笑愣了。他问:"老伙计,你以为能把我玩住是不是?"

我摇摇头。

他的腰略微弓了弓,盯住了我。这就让我看到了他脸上细小的皱纹和粗胀的毛孔,一副嘴唇使劲咧着,拉出一副要吃人的样子。他发黄的牙齿使劲咬紧了,就为了让我听得更清,嘴巴挪到我的耳朵那儿,压低了声音,却是恶狠狠地说:

"你这一套把戏我见得多了,你知道我弄不明白你?我告诉你,在这一周遭我没有做不成的事儿!我让你光着身子走,你连条裤衩也穿不成。我只要高兴,花钱能买下一个市长来;我请公安局的头儿来吃饭,他就得按时按点到。市长亲手给我挂的奖章我都扔在了炕旮旯里,保不准明年我就当个什么代表,去年我还去了趟新加坡、欧洲。高鼻子的外国人跟我谈生意我都眯着眼。我现在不是过去了,你该把眼皮用火柴杆撑起来,好好望个清楚。那鬼日子让我打发掉了,谁也不能把我怎么样。我想收拾你倒是容易得多。我能从根上把你毁了,让你在监牢里一蹲就是七年八年。我能让你患上精神分裂症、青光眼,找人把你那玩意儿烙上一个疤。你不是文绉绉不笑不说话吗?我让人把你的左腮帮子上划一道口子,缝上七针八针,长好了望上去像爬了一条蜈蚣……明天我就可以对公安的人讲,你对女人动手了,强奸未遂——挺好的一副奶头都被你给抓伤了……用不了一个钟头,你就得给铮亮的铐子一铐押到拘留所里，让你和小偷、强奸犯、拍人家砖头的那一伙儿挤在一个小黑洞里。半夜里他们剥光了你的衣服，往你身上撒尿，再好好地收拾你一顿，等于是按摩……"

他咬着牙，说得又慢又狠，非常流利非常清晰。当然我都听懂了，使我更加不会怀疑：眼前这人的确是个下流坏子。由于他一口气说得太多，有点憋气，转身大口呼吸。这会儿我也学他的样子，使劲咧着嘴巴，咬紧了牙关对在他耳朵上，一个字一个字地说："你说得真不错，句句都是实话，我听明白了。我越来越明白你是这样的人——什么时候都是这样的人。"

他瞪了瞪眼："什么人？"

我故意四下看了看，然后用手拢住嘴巴，对在他的耳朵上小声说："一个社会渣滓。"

现场笔录

海滩平原的沿岸堤非常发育，高程在五米左右，宽度各处不一，从上百米到几十米，因岸段而异；有的岸段有数条沿岸堤平行分布，构成了所谓的滩脊平原，形成了有规则的数条东西向的巨大沙岗。这里还有从陆地连接西部海蚀崖的闻名全国的大型连岛沙坝——东西走向，长约九公里，最大宽处达三公里。沙坝北岸平直，南岸是弧形弯曲。由于北岸海洋动力较南岸更强，所以沙坝的北部比南部高出一米多。它的组成物质主要为中粗砂，西部含有砾石。沙坝以东的大片地区属于古代泻湖平原，属于混合成因的一种地貌类型：原属古代浅海湾，后来由于沙嘴围封，使海湾逐渐脱离海洋环境，并渐渐被沉积物淤塞，形成了眼前的平原。它的底部主要为冲洪积相黏土、亚黏土；中部为海相黏土，含有大量的牡蛎贝壳；上部为含蛤蜊的含沙亚黏土的泻湖相沉积，顶部为含田螺泥炭层的陆相亚黏土层。

海滩遍布风积沙丘，最高可达海拔二十米，大多为东西向、东北西南向排列、呈新月形的沙丘链。每座沙丘的北坡都比较平缓，南坡则显得陡峭，因为强烈的海风正推动它们逐渐南移。其组成物质主要为中细砂，具水平层理和斜层理。

芦青河和界河中下游已先后建起不同类型的化工厂，排放大量废气废水，其中危害最大的有盐酸吸收塔放空尾气，次氧酸钠吸收塔排放的含氯气体，以及滚滚不停的锅炉烟尘。氯气洗涤塔日夜排出含氯水、蒸发大气冷凝器排放的含碱水、氢气冷却塔排放的碱性废水，以及各种各样的冲洗设备排出的酸碱液体。这一切全部排入芦青河和界河等大小河流。仅在芦青河下游地区，每年的耗煤量可达千万吨，产生的烟气量九百多万标立方米，烟尘二十万吨，二氧化硫十一万吨，氮氧铝化物四千六百多吨。较小的栾河工业废水年排放量已达一千三百万吨，直接排入海湾的废水九百万吨，主要污染物为化学耗氧量、生化需氧量、挥发性酚、悬浮物和更为可怕的氰化物、六价铬等。芦青河每年排放的化学耗氧量为二十一万三千多吨，生化需氧量为一千八百多吨，悬浮物六千七百多吨，挥发性酚高达十一吨。

市声缓缓流过

深夜,听着家人均匀的呼吸,怎么也睡不着。孩子圆圆的小巴掌挥动了一下,碰到了我满是胡茬的面庞。我觉得一阵痒丝丝的舒服。我不失时机地攥住了他小小的、软绵绵的小手,在嘴里把他的手指一个一个含了一遍。他不知道父亲正遇到了怎样的尴尬。趁着无知,好好睡吧,长大以后就没有这样香甜的睡眠了。

无法入睡。天下没有一味良药能去除这种顽疾……长长的夜晚,我听着舒缓的、海潮一样的市声在缓缓流过。我被这潮水淹没,可又不能沉到底部,与之混为一体。在这漆黑的夜色里,我挂念最多的还是那片平原,总听见有一个声音,那是它发出的长吁……

这一切到底是怎么发生的?我从什么时候开始了这样的倾听? 我像一个孤儿,奔跑着、逃离着。只要有一点机会,总是一次次返回那片平原和山地。我觉得从童年和少年开始,就在寻找属于自己的那片山地和原野,这好像一首无穷无尽的长歌……现在,似乎正在接近一生中最为关键的一个时刻、一段光阴。

今夜特别想念那些在大地上流浪的朋友——此刻他们也许正在一片野地里睡去。漆黑的夜色漫来徐徐潮声,那是市声……如果在清澈的秋夜,如果站在大海边上,就可以看见一片星星怎样闪烁。那是无数不眠的眼睛,宇宙的眼睛。我在它的注视下,充满幻想。

北方平原啊,我又一次听到了你的长吁……

如果能够沉入梦中,我就会寻找那片孤独的园林、看到林中的茅屋

——童年无数次攀爬过的那棵大李子树矗立着,它就像一位白发苍苍的老人,看着一个归来的身材单薄的青年,目光慈祥。

我在心里说:我一定要归来、归来。

天亮了。

炎热的八月

没有办法,只用想象解暑。这可是逼人于死地的暑气啊。我想起了走出这座城市,在东部平原和山区打发掉的那些凉爽的日子。那是多么诱人的经历啊。那些夜晚睡野外帐篷,在河滩和山壑里迎接旷野露水,听野物们碰落的石子。那时利利索索,只有帐篷、随身携带的背囊。那真是了不起的一个假期。那时的夏天多么清凉,那才是人过的夏天呢。

可惜那样的好时光再也没有了,一辈子都不会有了。人一旦在城里扎了根,日常的烦琐就攫住了他。烦恼、埋怨、误解,难以忍受的乱七八糟,这些鬼东西一样都不会少。人活着真不容易,人生下来原本就是来倒霉的。

我时不时就冒出这样一个念头:用什么办法摆脱现在,回到昨天、回到最有意义的那样一些场景,并且不再回返?

从昨天到今天,时间不长也不短。只说眼下,只说这个夏天吧,将怎样迎接一个接一个的火辣辣的城市长夜?

在这座巨型蜂巢,最炎热的八月,人人都在苦熬。

汗水淋漓。可是这会儿家家用电，我们所在的这个城区往往是拉闸限电的首选目标。即便有电，电压低得也无法使用空调。如果换一个地方，比如在另一个区，那里根本就没有限电这回事，因为那里居住着全城的要人。再比如在那片平原上，我们会有更多的办法对付这样的夜晚：跳进河里和海里。

一股柏油味儿从窗缝挤进。那是旋转了一天的城市热流携来的。我们没法驱除这种气味，正像我们没法驱除这座城市可怕的嘈杂一样。这气味会把人唤回更真实的世界。

在没有尽头的酷夜，没法入睡，就只好伏到写字台上。在台灯一圈橘红色的光里，我看到自己裸露的胳膊上又有了一片灰污。这座城市到处都是灰尘。写字台、书架，刚刚擦过一会儿又会扑上满满的灰尘。

八月里谁都得忍受，忍受汗尘、脏腻，忍受掺和了柏油味的热辣辣的气流。烘烤了一整天的楼房、水泥地面烫得可以用来烙饼。我白天在街上不止一次看到干渴闷热致死的小鸟；摇摇晃晃的蚂蚁最后被烙得球成一个小小的逗号。这些小生命总是无声无息、不引人注意地完结。

而与此同时我却在想那样一个好地方：在出生地，那个海边平原上，正有一个个凉爽的夜晚。那儿水汽充盈，一阵微风就能摇下满树露滴；从树木空隙可以看到一片湿漉漉的星辰。树下是一片节节草，躺在上面可以听故事。小时候我就这样依偎在外祖母身边，她一边抚摸我的头发一边讲故事。今天看，我最后悔的事情就是没能在那儿度过一生。

只想逃开。人这一辈子大概总有一段时间是要逃的，问题是逃向哪里、最终在哪里落籽生根。

多么傻啊。到底是一只什么样的命运之手牵着我,让我在四十多岁、满脸胡茬的时候,孤苦伶仃地蠕动在这座巨型蜂巢里?

"孤苦伶仃"四个字一下蹦到脑际,吓了我一跳。

夜晚,左边的牙齿又开始疼痛,那是一颗受伤的牙。我迟早要把它除掉。这颗坏牙很折磨人,我知道非除掉不可。没有办法,人就是这样,今天从这儿搞掉一点,明天从那儿搞掉一点,还要修修补补,直到最后全完……

苦夏之夜是人的一关。夜晚,我不知要去水龙头跟前多少次。水管热得像烤红薯。每一次拧开都是空的。又停水了。在我的记忆中,在最需要水的炎夏和初秋,这个城市总是缺水。楼前的那一片青杨树每天中午都要打蔫,而在东部平原,夏日水汽恰恰是最充盈的时候……我凝望着那棵大李子树／还有它身旁矜持的小人儿／揪一揪红色的裙子和／又小又紧的长筒袜／它浓密的苍苍白发／给平原和孩子许下了保证……

非人的早晨

我越来越害怕夜晚。入睡成了最困难的一件事。可怕的闷热、嘈杂,屋里屋外没有一点风。如果打开窗户透气,那么车辆的轰鸣声和浓烈的城市浊汽就会一齐涌入,那就更难入睡。闷得要死,随时都想逃出去。好不容易熬到半夜,再也忍不住,就走上阳台;但也只是一会儿的工夫,又赶紧抽身回屋。我发现这个小屋比起外面还是要好得多,因为眼不见心不烦，待在这里多少还可以有一种掩耳盗铃般的快乐。

午夜的灯火仍然从四处围拢过来。隆隆的车声震得玻璃嗡响，使人想到驶向前方的是一个庞大无比的车队。一会儿又是警车的鸣叫……这午夜鸣叫不由得使我想起平原上猫头鹰的凄厉长号；不过它比猫头鹰的叫声更加令人毛骨悚然。这是一座永远不会安息的城，即便到了后半夜，立交桥人行道上还仍然涌着人流。各种声音交混成大海的潮声——与之不同的是，真正的潮声给人另一种感觉，那是大自然的一种力量。有时候我一个人待在黑影里想，人会有许多奇怪的创造物，而我们所置身的这座城市就是最奇怪最荒诞的东西了，它让我们每个人都屈服、沉湎、惊讶和不知所从。它放肆地煎熬我们却又让我们心怀感激。我们像对待一个无所不知的妖精一样小心翼翼地服侍它，就等着有一天它来了脾气把我们一口吞掉，连点骨头渣都不剩。所有能够在这儿发出歌赞的人都是行将死亡的人，我知道这是他们最终的呓语。

我坐到外间屋，然后又轻轻挪动。我的手一触到沙发扶手立刻沾了灰尘，拍打一下四散飞扬。空气中充满尘粒，煤油味、铅味、焦煳味，晒了一天的柏油味浓得化不开……

困倦之极可又不能安睡。我揉着眼睛，揉到快要出血。我害怕眼睛四周的肌肤正在变得没有一丝水分，说不定什么时候就会开裂。我走出去。

我想尽快穿过嘈杂的街巷，到街心公园去挨过这难眠之夜——那里毕竟有踏烂了的草坪，有松树，还有几条石凳。

可我忘记了大家同处炎热的八月之夜：让我大为惊讶的是，深夜里这个地方仍然拥挤了这么多人，石凳上、松树下，到处都坐得满满的。

他们咳着,热得呼呼喘。草坪早没了绿色,在这个干旱的季节,它们照例像患了斑秃的头皮。一株株松树就像是大街上行走的老人,在所剩无几的时光里蒙受尘埃。各种各样的喧嚣围拢过来,仍然在压迫着这个小小的公园。它像一盆洗浊了的水。我不得不再一次离开,一直往南走下去。

南边有个小山包,每天早上这座小山上吸引的人足足有好几千。山包顶部已经削成了一个俯瞰全城的平台。小山上的松树比公园要密得多。我迷恋那种浓郁的松脂味儿,起码在记忆中它是永远不会消散的。

这个夜晚小山包上同样挤了很多人,差不多像早晨的人一样多;他们蹲着,游动着;有的登上山顶观看一城灯火。灯火隐在浓浓的烟尘后面。有人在黑影里不停地咳嗽。我也咳起来。一连许多天,我颌下的淋巴结肿大,耳鸣,口腔发炎,整个腮部都胀,眼睛总是莫名其妙地干涩发痒。我知道这都是长久的失眠、闷热、浊劣的空气造成的。有人曾劝我坚持晨跑,可那样就要张大嘴巴喘气,更多的烟尘就会涌进肺部。我发现自己最心爱的东西,像书籍、案几、稿纸、笔、打开的一本书,任何时候都要蒙了一层灰尘。每一天,早晨刚刚来临就立刻变得陈旧了。四周没有崭新的东西,它们无一不是被灰尘覆盖。屋子里明显缺乏氧气,常常让人感到呼吸困难,胸部憋闷……就在这一夜连一夜的煎熬中,我觉得自己正在经受无力承受的磨损,而且再也不能复原;皱纹在眼角聚拢,嗓子沙哑,皮肤过早地失去了光泽,头发以令人惧怕的速度脱落……

从这个小山顶上看去,整座城市好像到处都在燃烧,热气腾腾地摆在我们面前。一个小窗洞就代表着一个小巢,不敢想象小巢里的人怎样喘息。我想贴近松树去寻找美妙的松脂味儿,可是刚一抬头就迷了眼睛。

树叶上的尘土被我碰落了。我揉着眼,忍着一阵刺疼。在这个夜晚、这座城市,更多的时候最好还是闭着眼睛。这会儿没有了声音,人们都在用力止咳。此刻不知有多少人像我一样,蜷在某一个角落里注视这座城市。我相信,此时此刻,无论是这个小山包还是街心公园,其他一些角落,都有人在寻觅。人人都在找一个能够下脚的地方停留和喘息,都在尽可能地振作自己,以迎接这个城市的黎明。

我在这座城市里的那些好朋友,他们此刻就分处于一些燃烧的小巢中,正用自己的办法度过这个夜晚。他们大多像我一样,已经在这儿生活了许多年,有了自己的家,好坏是一个个蝈蝈笼似的小窝。我与他们有什么不同?比较起来,好像我更难于在这里扎下生命的根须。我觉得这儿的泥土又干又硬,或者干脆就是石板和水泥……天一亮,人们都会急匆匆吃过早饭,然后赶紧回到自己那个地方去上班。我则要搓揉着困倦的、因为一夜未眠而弄得满是血丝的眼睛……我一定要挣脱这个囚笼,我发誓。

小山顶上没有一丝风,一阵阵的咳嗽又响起来。整个城市的人都在艰难吐纳,他们的喘息正和城市浊气混到一起。几乎每个早晨都是这样——往前看没有尽头,一个接一个的可怕的早晨……就是这样的早晨,往前看没有尽头的、非人的早晨。

野性藏在乌黑的头发下

　　一连几天我都待在屋子里,甚至不愿走出一步。这个窝太小了,书房也太小……没法读书。闷热再加上嘈杂,我只得把窗户关得紧紧。只一会儿身上就汗津津的了。这期间有人敲门,我没有开。脑际又闪过朋友不经意说出的那句话:这儿既是前方又是后方。懒散的生活、随波逐流、人云亦云和按部就班,都足以让人想起荒掷人生的"后方"。可是这儿的拼争和努力、这儿的搏斗,只有真正的"前方"才有。

　　一个人经过了遥远的跋涉,却踏上了一片沼泽。下陷的感觉来临了,恐怖,害怕窒息,害怕遭遇一场没顶之灾。一个人只能拼抵挣脱,大汗淋漓。这是城市沼泽啊,这没头没尾的人流、这钢筋水泥的丛林。你没法把这绝望推开,使用空调器、电视机,还有高级的组合音响。全都无济于事。它们只是缓解药,并渐渐使人上瘾。你只有机械的操作或毫无意义的忙碌,没有真正称得上劳动的那种健康生活。什么才是劳动?它必须面对大地、面对一个兴趣盎然的世界。它必须是人类心灵的渴望,是希望的汗水,是惊喜和欣悦。与劳动相挨为邻的,有村路上的少女,灌木中的甘果;有河边的歌,丛林的鸟,大海里的帆——它们才和劳动连在一起。还有,那些哲人在劳动,斯宾诺莎在劳动,孔子在劳动。如今鉴别劳动真是一件困难的事。

　　我总是梦见儿时攀爬的那棵大树!每人都有那样的一棵大树。我记得我的大树离我们的茅屋只有几米远,我一口气就能爬到它的最顶端。我伏在枝丫上一声不吭向南眺望,眺望那重重大山,那里面藏了永久的秘密。

而今，我的全部野性就藏在乌黑的头发下，藏在长久不见阳光而渐渐变得苍白的皮肤下，这野性说不定什么时候就会爆发。

……少年的野性掺进海滩的白沙／闪光的石英斑折射在眼中的光点／寻找汗臭的衣衫／伸长五指辨认这双乞讨的手／它折断过一只小鸟的脖颈／你听它在另一个世界的咒语／有人形容枯槁／鸢尾花翩翩开放／叶片上有一个人在侥幸逃亡／脚板上带着钉子／血色染遍丛丛花蕾的山冈……窗户关得严严的。

半语子

这座城市的一个商店旁，摆了两个垃圾箱——像所有垃圾箱一样，它也守候着一个固定的流浪汉。商店里每天都有顾客随手把一些商品包装剥下丢到垃圾箱里；还有每天商店打扫卫生时，一些乱七八糟的东西要倾在垃圾箱里。流浪汉之间有一个心照不宣的约定：只要有人守住了某一地段，那么另一个就不再光顾。他们只有在黑夜才凑到一块儿，挤在一起睡觉，冬天互相取暖，夏天则讲述白日见闻。守在商店门前这儿的，是一个说话含混的流浪汉，叫"半语子"。"半语子"一直待在这个垃圾箱旁，很少离开。过路人渐渐都很熟悉这个满面笑容的人了。他两手乌黑，脸也乌黑；双手因为满是老茧，所以在垃圾箱里哗啦哗啦翻拣碎玻璃都不会划破。他走路很快，像跑一样，有人把什么投在人行道上，一叠纸、一个废弃的塑料袋，他都要跑去捡回来。他把所有可以卖的东西都装在一个大尼龙袋里,每天去废品站一次,至少能换来五元钱。有时他还可以得到一张崭新的十元票子。他用这些钱到小吃店买一点简单的食物,极少向人讨要。

这样久了,店内一个瘦瘦的员工就把他盯上了。这个员工估算了一下,认为流浪汉腰包里至少已经积攒了二三百元钱。一天下班后他故意磨蹭了一会儿,心里打定主意:这个半语子讲不清一句完整的话,而且矮小瘦弱,搞走那几个钱是很容易的。天黑了,他瞅准了一个机会,三两步蹿到流浪汉跟前,先搭讪几句,然后就准备动手。流浪汉还以为他来逗趣呢,立刻笑了——几乎所有的流浪汉都喜欢陌生人、喜欢朋友,他们见到有人过来打招呼,从来都是满怀喜悦。眼前这个流浪汉笑吟吟地迎接这个陌生人。陌生人衣冠楚楚,大约有二十五六岁,不容分说就一下抱住了"半语子"。"半语子"大惑不解,仍然笑着。对方抱住他,抚摸他,"半语子"痒得咯咯笑。他不知道对方正在寻索脏衣服上的每一个衣兜,这时找到了,就用力一撕。到"半语子"明白过来已经晚了,瘦子已经把钱抓到手里,转身就跑。"半语子"号叫着去追,揪住了瘦子的衣襟。对方回身就是一脚,蹬在他的下身,让他疼得倒在地上。可是他顾不得呻吟,爬起来还是追。那个瘦子飞快拐到一个胡同里,正好一群人从小胡同里涌出,那个瘦子就没了影子。"半语子"脚下是包钱用的那个黑乎乎的破手绢,他拾起来,哇哇大哭。一些人照常往前走,没有一个注意到有一个流浪汉坐在地上大放悲声。

第二天,第三天,这个"半语子"都死守着商店大门。他认得那个瘦小子。只要那人从门旁走过,他就指着抢劫者,发出一连串的呼喊。

没人能听懂他的话,瘦小子骂一声"疯子",往外哄赶他。后来的日子,"半语子"一直坐在垃圾箱旁,瞅着倾倒在垃圾箱里的各种各样的东西,一动不动。这样不知过了多少天,他不见了。

从来没人注意一个流浪汉的走失,直到有一天大早:过路的人都发现了一个怪事,这个百货店的大门口突然坐了黑压压一片流浪汉。他们就坐在这儿,不吃不喝不说话,满脸乌黑,穿着各式各样的破衣服,手按膝盖,直盯着百货商店……

这一下惊动了好多人。所有上班的、买东西的,都驻足观望。商店的头儿慌起来。

那个抢钱的小瘦子藏匿不住,终于垂着头走出……

露着金牙的家伙

"老板"两个字让他不能容忍。他在极度愤怒中反而一滴眼泪都没有了。而这之前他哭过,好像是在大学里吧,那时他哭过。他是为爱而哭。他那时心里藏过爱,品尝过它的甘味。现在不行了,现在没有爱了,所以他再也哭不出。他在长达几个星期的时间里嘴唇发紫,乌紫乌紫。

他知道,这个人及身边的一伙,这些年不知干了多少坏事。这家伙如今已是人人皆知的"大专家"了,大得像一头驴,所以上边的人都对他睁一只眼闭一只眼。他可以在这座阴森森的大楼里随心所欲,和那些胸脯蓬松的少妇们闹,一个接一个地叫女秘书和女打字员,以及谁也弄不明白的什么人到他那儿谈话。大楼办起了无数产业，招聘了各种各样的女人，她们都可以堂而皇之地在这座据说是非常显赫的大楼里乱窜，大白天像老鼠一样发出吱吱的叫声。她们见了那些戴着深度近视镜片的人就张开血盆大口，做出一副恐吓的样子。

在这座大楼上，只有少数人心里明白，所谓"老板"就是一个彻头彻尾的骗子。他那些"著作"都是不义的窃取。在四十年前，那时候这一茬年轻人还没有生出来呢，正是"老板"发了疯干坏事的年头。这个胆大妄为的家伙把那么多人的劳动成果窃为已有，而且毫不脸红。几十年时间下来，他居然成了个大人物，大小会议都坐在主席台上，还学会了哼哼啊啊地讲一套屁话。人们早就注意到：会讲屁话的人都有好日子过。人哪，多可怜，弄到了非要听屁话不可的地步。

这些都是往事了。最让人恨到牙根里去的还是眼前发生的这件耸人听闻的事："老板"对一个乡下男孩的蹂躏。一般人对这种恶毒与邪怪无论如何不能理解，也不能相信 —— 一开始怎么也不能相信！可这是真的，连一丝都不会假。可怜的孩子告诉：那一天他被逼着，那个露着金牙的家伙非要和他玩一种肮脏的把戏不可。他跳起来就跑。对方把他拦住了。他几次试着跑，结果那个人就不再拦他，而是抓起桌上的电话哼了几声。结果他跑到第二道门那儿就有一个驼背黑汉把他抱住了。他又重新给放回到最里边的一间，给塞在沙发上。他哭，哭得久了就渴，就抓起杯子喝水。不知过了多久他就迷迷糊糊睡过去。他困死了。他后来是被疼醒的，那真是撕裂的疼痛。那个家伙死死地压住了他。他叫喊，那个镶了金牙的人就说：忍住。

他的嘴唇一天到晚都是紫的。他的拳头也是紫的。

谁也不能代他做

老人看着我说:"我发觉孩子越来越瘦,脸色也不好。他不缺营养,去医院查了几次也没病。是他的心累。在过去,我会给他讲父亲的事业、我们的一辈子、治学的刻苦,讲流血流泪获取的深刻教训——你们算是挨到了一个好时候,应该抓住机会,抓住人生最好的一段时光……可是我发现大家都在这样讲,再讲已经没人听。这样讲错了吗?它错在哪里?我不知道。可我知道就是这些话,给我儿子送去了没完没了的折磨!它把我的孩子折磨坏了!好多天我都在想,想这些话错在哪里。后来我差不多想明白了:我们不停地说这些话的人其实也怪可怜的,我们这一辈子也没有'打赢'过,却在糊里糊涂地教训后一代,还想拿这一套和他们讨价还价!"

我看着老人,压抑着心底的惊愕。

老人的眼睛里有什么在闪烁,"不是吗?我们这一代面对的难堪事儿够多了,大多数时候连还手的力气都没有。反过来呢,对后一代,又像个过来人一样摆谱,总是讲上一辈做出的牺牲,好像因为有了这些牺牲,我们也就有权力让他们服从我们似的;我们让他们放弃自己,什么都放弃,放弃各种各样的念头,只按照我们的愿望去活。你想一想,这不光没多少道理,而且也行不通!"

我没有作声。我只是想：这世上还有多少饱经沧桑的老一辈人会这样想呢？

老人摘下眼镜擦了擦："我从孩子身上弄明白一个简单的道理，那就是：我们上一代人并不全都是好样的，我们并没有打赢，也早就不足为训了；还有，我们无论付出了多大的牺牲，都没有理由去强迫下一代照葫芦画瓢学我们。谁也没有权力替别人选择，哪怕他是亲骨肉。我们不能把自己的经验强塞给他们。如果他们认可，那是他们自己的事；如果他们不相信，那要他们自己去弄明白。想想我们这一辈子吧，我们只是献身自己的专业吗？难道我们不也是苦寻苦找了一辈子吗？我们经历的事儿太多了……孩子对我们的一切、对它的价值发生了怀疑，他当然就要从头开始了。和我们一样，他不会总是顺利，谁也不会。他肯定会受苦——做父母的一想到这些就难过。不过儿子大了，他是他自己了，谁也不能代他做了……"

心会牵引着我

在我眼里，他是这个城市里少数几个"锦衣玉食"的家伙。可他还要牢骚满腹——

"我们常常议论生活的痛苦啊、艰难啊，像是倒了一辈子霉似的。先搁下这个不说，先说说别的吧，说说'没有生活'又会怎样——我就像什么'生活'也没有的人，心里空空的。我们议论的生活都是别人的，是他们的,而不是我们的生活……你知道这会多么难受!"

我懂得他的"没有生活"指了什么 —— 他一直晃来晃去,打不定主意该做点什么。这种充满矛盾、犹豫不决的可怕状态,准确点说也是"生活"之一种。只不过这种生活再也不能继续下去了。他正处在一种无法继续的生活之中。这对于一个奔向中年的人来说当然既危险又痛苦。我想了想说:

"还是待在大学里吧。我不是说你一定要继承父亲的事业,而是说你搞这个再合适也不过。对你来说也很方便,你几乎具备了一切条件……"

他那只瘦长的手在眼前一挥:"这你错了。我母亲做了一辈子贤妻良母,是父亲最好的助手,直到这会儿还在做父亲没有来得及做完的工作。我爱母亲,也理解她。我完全同意她赞同她。为什么?因为她已经来不及重新选择了。可是我就完全不同了,我的选择还来得及。只要来得及,我就要好好盘算一下了。我想尽最大的努力来放松自己,因为只有放松了才会看得更清,才会明白到底该干点什么。我如果轻车熟路地走下去,那会是危险的事情。没有谁规定我一定要做与父辈相同的工作,相反,父亲的道路只会成为一种无形的压力,它对我的选择足以构成威胁 —— 最后的选择很可能根本就不是我的。我在想,我要最大限度地寻找自己身上的真实 —— 我在什么时候、究竟为了什么激动不已,这只有我自己明白。我的心会在激动中牵引着我往前走,一直走向自己的选择。这才是真正的选择。说到底我只是在寻找自己的那一份,每个人都有一份,它才是属于我的。从这点上来说,我是个绝对自私的人,不过绝对自私的人也可以是个善良的人。我觉得绝对的自私再加上绝对的善良,只有这样的人才会真正有益于这个世界。可是你看，这个世界上真正自私和真正善良的人都同样地缺少。我晚上睡不着的时候就常常想：难道一个学者，就生不出另一种儿子了吗？难道我打降生的那天起，就注定了是一个伏在案头上的动物吗？好多人都在努力地让我相信这一点，包括妈妈、包括我的一些好朋友，比如你。可是我心里明白：我可以是那样的人，也可以不是。我戴了眼镜，举止拘谨，性格内向，喜欢激动，懂得艺术，身边有很多知识分子，四周都是书籍；还有，有一座老人留下来的四合院——可是谁能说这一切就不是强加给我的呢？它们吸附在我身上，就像水蛭，像游泳刚刚钻出水面的时候身上涂那一层绿色水藻……我现在要做的就是自己动手来冲洗一遍，先冲掉它们，露出一个赤裸裸的崭新的身体。多么痛快，多么真实。我为什么不能这样干呢？所以我总是牵挂着一件事，总想背上帐篷走远一点。我要待在干干净净的石头上，待在光秃秃的泥地上，借这个机会好好地从头想一想，想一想我们今后该向何处去——这辈子怎样开始、怎样完成、怎样结束……你知道，这样重大的决定和思想，在这个四合院里是没法做出来的。这儿堆积的东西太多。几十年陈旧的气味都聚积在这个小院里。我梦里听到院里的老槐树说：这儿每一块木头都是几十年以前的，几代人呼出的气息已经深深地渗透到木质里、器具里和这些书籍里去了，你们快走吧，走吧……当然我爱这里的一切，我的生命和这儿连得太紧、挨得太近。可就是因为这样，我才更要摆脱它们。它们对我来说太沉重了，太可怕了。我刚才说过，它们从一开始就规定了我，让我没法去做另一种人。我现在需要的是豁上去、是反抗。我羡慕你很早就开始在野地里、在大山里一个人生活了，你耳边上响彻的完全是土地和天空的声音……"

我长时间没有说话。后来我终于告诉他："还有，我从生下来就注定了是个没有父亲的人，这是另一种'规定'。我的挣扎，我四处的寻找，也是一种粗暴生硬的'被规定'。你知道吗？我一直小心地回避着这些，我在躲闪。好像一开始我就被告知：你的一生必须回避，必须做一个虚假的人……我不愿再提这些了。我因为回避自己的父亲而失去了最宝贵的东西，它再也找不回来，找不回来了。我的回避不仅是因为恐惧，也不是因为可怕的虚荣心——完全不是。它是什么？是什么使我抛弃了最宝贵的东西？我总在问、在想。所以我要重新回到那片大山里，从头寻找……"

他盯着窗外，半天不吱一声。他又一次去摸烟，不停地搓手。后来他长叹一声："好吧，那你去大山里吧。嗯，你真该去一趟大山……"

不忍回避的目光

"你应该读读这方面的书——现在有很多关于心理和精神调节方法的书——你天天不停地读书，多读读这方面的书吧……"

她在为我而痛苦，这使我深为感动。

我该对她说些什么？许多年了，我们已经讲了很多很多。她曾经因我而感动。不过这种感动和理解只限定在"单位时间"内。我觉得一个人对任何事物的理解都只能建立在"感同身受"的基础之上，除此之外也许什么都是空想。我不能、也没有权力让她一直沉浸在我的世界里，那样将造成一些额外的痛苦，而且会让我觉得更加亏欠于她。可我又不知道该怎样对她解释所有的一切——必须让她理解和认识的那一切。因为这是我们两人幸福的前提，是根源，是入口和门。

可惜我只能尽自己的力量。我已经意识到，我们之间谁也无法改变另一个人。

我不能忍受的只是那种回避的目光。这种沉默的观察也许应该属于别人……我相信任何人都会有一些莫名的悲伤，不同的是，一度我们相信自己有能力将其从这个小屋里驱除。在这个日夜燃烧和旋转的城市里，每当黄昏来临，喧闹的浪潮渐渐退远，我们轻轻合上屋门在桌前坐下时，一声询问就在我的心头响起：我们应该做些什么？读书，洗衣服，忙一些琐屑……只是很少说话。正是这种无言包含了许多许多。这里面有期待，有预感，有责备，有哀怨，有彼此都能明显感知的一种无可奈何……就在这样的黄昏里，我们一声不吭地各自忙碌着。

这一幕好像每天都要自然而然地降临。有时我甚至觉得这是我们两个合在一起的一份抗议——抗议又一天的消失，抗议夜色的必然围拢。挺好的一个白昼就这么轻易地划过去了，而且它再也无法重复。我们在这一天里所有的忙碌，我们生活的全部，都投进了奔流不息的时光之河。它再也不能打捞回来了。人就是被这流动的河水甩在岸边，给粗暴地扔在那里……

各种声音一会儿逼近一会儿退远。那个阔大无边的、无比丰富又无比复杂的世界里有多少类似的故事正在发生，可是它们与我们无关。一种心障、一种距离，把所有的一切都隔开了。这座城市就是这样既定地分好了无数个小小的空间，它们分别呈长条形、四方形，人们就在这样一些几何形态里存活和喘息……

一次郊游

从酒馆出来，我们一直往郊外走去。

我们当中有个从远方归来的朋友，他嗓子沉沉地唱起歌来。看得出，他喝多了。这歌声悠远而凄长，很像夜间原野上的歌唱。大家还是第一次听他唱歌。他一边唱，一边把一只手搭在我的肩上，另一只手揽起了别人……

我们走了许久，一直走到了郊区山下。大家开始爬山。

这是一座海拔三百多米的小山，处于中低山丘陵区的东部边缘。整个丘陵区呈东北西南走向，高起于中部，山脉最高点一千五百米，两侧山岭和阶梯状渐次低落，我们的城市在山地北麓；再往北就是黄河冲积平原了。小山包长满了黑松和华东山柳，山阴土层很厚，所以一蓬蓬茅草和灌木长得很旺。腺齿越橘、珍珠枫和牡荆交错生长，有时密得不得不绕开它们。山雀的叫声稀稀落落，偶尔有一只布谷在远处孤独地呼号。杠柳和鹅绒藤在地上攀缘，不止一次把我们当中的一个绊倒，引起一阵笑声。

这次攀登没让人感到疲劳，我们只用了一个多小时就到达了山顶：一上山就发现了不远处有一个绿汪汪的小水库。大家都欢呼起来。

"季节不行，不然的话我们跳进去游泳多好！"他望着四周，兴奋地叹息。

太阳已经斜到山的西面。那片绿水在阳光下抖动，强烈地吸引着我们。大家几乎是欢叫着向山脚走去，小心翼翼地跨过或绕开那些凸起的石块、葛藤。我感到奇怪的是这座山离城里并非远得难以企及，为什么如此清静？而城里大街上一天到晚那么拥挤，有时简直挤成了一个疙瘩。一个人真的值得在那儿挤、天天挤吗？

下山比上山快多了。只用了不到三十分钟，我们就在小水库前面的沙地上坐下来。沙子上有一些扔下的塑料包装纸、烟蒂什么的，看来假期仍然有人光顾过这里。我们背包里有为这次郊游特意准备的东西，这时就掏出来：小锅子、方便面、火腿、啤酒、茶……一边掏一边兴奋地叫起来，说这个夜晚大概是太棒了，我们该好好享受一下了。

晚餐愉快极了，都喝了一点酒。每张脸庞都红红的。我们燃起了一堆火，身上暖融融的。大家都希望我们中间有谁能唱一支歌，有人推脱着，最后还是唱了起来。暗影里，那个朋友一声不吭。好长时间人们忽略了他的存在，后来我叫他，他没有应。当他的脸转向光亮处时，我看到上面是没有来得及揩净的泪痕……

夜露真重。四周的草、砂子，都湿漉漉的。大家在离篝火近一些的热沙子上躺下来，仰脸看满天星斗。老野鸡又在山上叫了；有一种动物嗓子很尖，都听不出是什么，他听了听，说可能是一种鹗鸟……大家让他讲一个故事——一个亲身经历的故事。他说他要想一想,想一想……大概他的故事太多了。

过了一会儿,他声音低低地讲开了,大家一声不吭地听着。

四周一片死寂。后来他把脸转向出月亮的方向。不一会儿身后响起了大鱼嗵嗵跳水的声音……有人喊了一声:月亮从山右侧的斜缘上升起来了——它一会儿就离开了大山,挂在了空中。

四周立刻被月光照得一片银亮……

中年的悲怆远行

那位老教授,还有和他一起放下镢头、走出农场的几个人,已经在长达几年的时间里没有摸过专业书籍了;有时监工的甚至拒绝让其触碰带字的纸片……他们终于忍受不了这场空前的"饥饿"。他们没有像乡下老婆婆们那样对付过饥饿,没有关于它的最残酷的经验。他们既没有提前备下干菜,又没有土缸。所以当饥饿来临的时候他们简直是毫无准备,两手空空……

我知道作为一个后来人,绝对没有权力去嘲笑他们在"饥饿"面前的可怜样子——他们都是一些好人,一些勤劳而善良的人。他们什么都能够忍受,唯独忍受不了"饥饿"。他们失去了一种热情,可是他们却保留了另一种热情,那就是劳动的热情。他们也许是一些更为成熟的人,所以他们有时候难免就要丢掉一点自尊——为了一种热情可以丢掉自尊,这实在有点令我费解……我至今弄不明白的是：原则、事业、信仰、嗜好，还有自尊——它们之间到底是一种什么关系？

当一个人丢掉了自尊的时候，剩下的那一切意义又在哪里？而丢掉了自尊，换取的果真只是苟活吗？我不知道。我难以回答。

那个老教授最后既丢掉了自尊，又丢掉了生命——最后的一刻，信仰与他同在吗？

这些问号太多了，太复杂了，也许那一切、那些最艰难的问题在我的小窝里是永远也搞不明白的，它需要我们走出"盆景"，走上漫长的探求之路，花上一辈子去寻找、去觉悟。只有如此，才有可能获得一份答案。

我们已经过了自以为是的年龄，也过了盛气凌人的年龄。如果在很早以前，我们完全可以简洁明快地回答这一切。但是随着岁月的推移，随着皱纹爬上了我们的脸颊，这种回答将是越来越困难了。它需要我们去仔细辨认，需要用肉体去触摸土地，需要在这种触摸当中换取一点点醒悟——除此之外还有别的什么办法吗？没有了，也许真的没有了……

当我和朋友讨论是否该去另一个地方、过另一种生活的问题时，他叹道："也许我们把出发看得太简单了……"

我一声不吭地听着；我想说：不能把它看成一次出发——因为我们都明白它不仅仅是一次出发，而是蓄谋已久的一次逃离；如果归来也将是暂时的——也许这座城市迎来的会是一个面目全非的儿子……你真的明白离开到底意味着什么吗？你可能说还会返回，还会回来——你真的能够大声重复这一句话，让其像誓言一样铿锵有力掷地有声？如果能，那么你就快些说出来吧。不能，你自己知道不能——你一旦走开，也就无法做到完整无损地回到这里了，因为你再也不是从前的那个人了。是的，真实的情况是你心里比谁都明白，这只脚一旦迈出，再收回来就难了。因为这实在不是一次小儿嬉戏，不是青年的浪漫，而是一场中年的悲怆远行……你从此也就开始了一场自我放逐。一经踏上了流浪之旅，你就再也不能成为这个城市里的一个好儿子了。安分守己的时代已经过去，流浪的血液开始沸腾——这一点上我们都一样，我们的一生将不再安宁。

我们都将不能回返，也不会停止。如果出身于一个流浪的家族，那么你迟早会感受到一种巨大的惯性——一种奇怪的、自己也无法察觉的力量在隐隐地推拥。那是一种怎样的力量啊！我从自己身上、从他人身上无不看到：一个真正的流浪者，一生都将自己的灵魂许给了山川大地……

一根弦绷得太久

沉默中，他那双大手垂下了，后来又插进缺少梳理的头发中……

我真想问问他：你在这么长的徘徊犹豫之中，难道就没有更具体地想过，你走了之后怎样安置母亲吗？你可能想过，母亲正忙自己的事情，而且十分健康——起码眼前几年里还没有什么让人牵挂的事情……你错了，她很快就会衰老，一个失去了儿子的母亲就尤其如此……你也许打算过让妻子暂时留下来照看她，可是以后呢？还有，对于一位母亲而言，真的有人能够取代她的儿子?

他搔着头发:"你知道我一直在想办法,当然这很难……重要的是我必须走,因为我知道有一根弦绷得太久了,再这样绷下去会断掉的;我不能半途而废……"

我看着他,几次欲言又止。我知道他没有说出也不忍说出的一句话是:"我不能等到母亲百年之后再……"

作为你的一个挚友,我劝阻你吗?鼓励你吗?关于远行我们一起谈了那么多,可是当它真要来临、当一切变得如此具体的时候,我们又不由得一起踌躇了。也许暂时留下妻子是最好的办法,可是你在旅途上也将因此变得更加孤单。你在这样的时刻越发离不开心爱的伴侣,因为你离开了她,有时会觉得什么都失去了,自己一无所有:你这时候才是一个真正可怜的流浪汉,寒夜里没人给你温暖,你全靠自己找柴火在野外点火。天快亮时也没有人安慰你,你不得不混进那些比你更邋遢、简直是不值一提的各色人物之间,去瞎扯一些针头线脑的闲话来消磨宝贵的时光……

当一个男人离家出走的时候,不是离开了母亲,就是离开了妻子……他与她们的分别说到底是迫不得已、是一种力量催逼的苦果。其实这也是一种伤害,是世道和时光对人的伤害。到最后她们不能够、也没有勇气和一个深深刺伤自己的人在一起了。你尽管流出了悔恨的眼泪,可还是不知道那种伤害有多么深重 —— 你花上一辈子的时间去解释它,也没法让他人明白,更没法让他人相信。一个老师可以把最深奥晦涩的一道数学题传授给自己的学生,可他就是没法让妻子弄清心中的那个"解"……

这样一来，你究竟在多大程度上伤害了另一个人？又把自己置于了怎样的一种境地？总之从今以后是你一个人独行了，要走很远很远——她会跟上来吗？当她跟上来的时候，你们的头发也许都白了。在这之前，你能够忍受那种长久的孤单，可当她顶着满头白发追上来的时候，那种巨大的辛酸和悲凉你也能够忍受吗？

在这个世界上，一个人一旦离开了就只有往前，只有义无反顾……

我无法叙说自己。是的，我的状态是不停地出发，一次又一次——越来越频繁地离开、离开。因为我心里有个声音在叮嘱：你不能停止，你不能停下磨得灼热的脚板……这可能是那段流浪生活给予我的一副秉性、一个继续、一种命运。裸露在风中的山石有一种性格，它多多少少也感染了我。我在无数个绝望的冬夜里一遍又一遍重温丁香花的气味——那是她芬芳柔软的头发的气味……但这一切换来的最终并不是那种俗里俗气的伤感，而是一种男性的悲怆。我已经不是一个小孩子了，我懂得爱与被爱、懂得分离的故事……我知道她最后还是不会谅解我，也不会最终跟上我的步伐。事实上我在远方频频回首，极想看到那个熟悉的身影。但最后迎来的只有失望……我渐渐在旅途上变得不能忍受，恨不得把一腔热血喷溅出来。那些不眠的夜晚哪，那些奔波的夜晚哪，我跌跌撞撞的身体不知碰出了多少伤口。烫烫的血在浑身流淌，我只有让劳顿、困苦，让任何人都不能忍受的东西来抵消这周身的灼热……

我那时强烈地意识到自己是一个荒原的弃儿：自从逃离茅屋的那一天起，我对那片热土就只有遥望的份儿了。而如今二十多年过去了，那个茅屋已经坍塌、消逝，于是我在这个世界上也就最后地失去了心的居所……这之后我是怎样尝试着再次寻找一个心的居所啊,我用力使自己像她一样喜欢和依恋自己的小窝 —— 结果总是失败的,所有的努力都白费了。

当你走上旅途的那一天才会明白:谁也取代不了真正的母亲,因为是她给了你生命。

这个夜晚

这个夜晚,我伏在那儿工作了很久。朋友从窗户上看到我伏案的身影,就蹑手蹑脚地走开了。我伏在那儿,用很小的字迹在一个笔记本上记着。我写下的东西只有自己能看得懂。我在记下白天的感受、一些奇妙的、稍纵即逝的东西。我在那一刻的心弦曾经快乐地颤动过,于是就把震颤的波纹描摹下来。那一刻有什么东西在慢慢走近,它像一个消逝了的春天……粉色的苹果花纷纷坠落,覆盖了我的写字台,我的头发和肩膀。我把它们小心翼翼地收集起来,堆放一角,让浓烈的香气充溢房间。粉色花瓣像雪花一样沾满两手,而且像雪花一样一丝丝融化,变为一滴晶莹水珠。在它芬芳的源头,我看到无数株桃枝像火一样燃烧,还有杏树,樱桃树。那棵李子树正把一团团的雾气笼向伸长的枝丫——那些巨大的摇篮床……一个同样是额头鼓鼓的姑娘穿着蓝色背带裙,跳跃着往前走去。她的齐耳短发散发出李子花的气味。她走去了,对一连声的呼喊置若罔闻 —— 当她这样走了很远的时候,突然转过脸来——这个夜晚,我一眼就看到了她那迷人的微笑……绒绒冬雪和粉色花瓣交错坠落，我们几乎是一起披挂着满身的雨雪走向了高原。我看见了茂盛的草原，草原上的湖泊，听到了此起彼伏的山歌。马群像流淌的油脂，雄鹰像一朵花。她先我一步站在高原上。我突然在这一瞬间明白了：我为什么有一双永不停歇的脚。可她是谁？她从哪里来？她又为什么在高原上久久伫立？

一个流浪汉

前边的马车消失了，一个流浪汉迎面走过来。他离近了的时候我才看出，这是一个四十多岁的男人，头发乱得不能再乱，满脸灰土，像刚刚从锅灶底下挣扎出来一样。天并不太冷，他却穿了件破了很多大洞的棉衣。看得出来，这件棉衣是从夏天穿过来的。他的脚上是两只颜色不同的鞋子，一只是棉鞋，一只是胶靴；由于两只鞋的底子不一样厚，所以走起路来多少有点拐。他背上有一卷自己的"宝贝"，那是一张塑料纸包着的几块破布、一截绳头、一点棉花，以及其他的杂七杂八。所有的东西都沾了土，还油渍渍地闪亮……这人满脸快活，好像随时准备跟所有人开始一场亲亲热热的谈话。他的牙齿洁白。不过他离我更近一点的时候，我才从他的目光里看出一丝肃穆。

他走近了我，朝我点点头，很礼貌地微笑一下，又往前走去。

我盯着他的背影，突然觉得这个人似曾相识。他是谁呢？我马上想起了我的一个朋友——一个沦落在民间的人。这会是他吗？我吃了一惊，大声一喊,他真的站住了!

他缓缓地转过身来。

我跑了过去,一边跑一边问:

"是你吗?"

他摇头。

"那你怎么站住了?"

"因为俺认识那人。"

"你怎么认识他?"

"俺们都是流浪好友,俺这些人是一家子:见车就上,见饭就吃……"

我明白了,有些失望。可是既然站下来,就想扯点什么。我问:

"你吃得饱吗?"

"吃得饱。"

"都吃些什么东西?"

"秋天吃物好多。野地上有红薯啦,花生啦——果子!什么都吃哩。"

"你吃生东西不闹肚子吗?"

"大官人说哪儿去了,咱从来不会闹肚子。那是城里人的毛病。"

"那也要注意卫生啊。"

他哈哈大笑:"咱不闹肚子。有一次俺看见一只鸡,有点邪味儿,还是烧一烧把它吃了——香喷喷的,有什么毛病?"

我呆呆地望着他。

"还有一回俺饿极了,也想找点口福,就把人家的一头猪偷出来,吃了好几天哩。"

我有些害怕了。

他又说:"一个人出门在外,没有那么多方便,遇什么吃什么哩。你说对吧伙计?"

他肮脏的黏糊糊的大手在我的肩膀上亲热地拍了一下。我想早些离开,只是他谈兴很浓。看得出他一个人赶路十分孤单。他说下去:

"俺到了秋后天冷时候,就要结伴往前了。那时俺睡野泊沟底,搂抱取暖,一堆火烘烤三个五个人。"

"你没有女伴吗?"

他笑得露出了一口洁白的牙齿:

"那东西还少得了吗?你知道,野地上女人有的是;她们像俺一样背着一卷东西到处窜哩——俺的熟人又多,不一定走到哪儿遇上,一见面泪眼汪汪,忍不住就得亲嘴,那才是一顿好亲哩。"

我笑了。

"笑什么?地当炕,天当被,搂住老婆一顿睡,结个好婚哩!"

他像唱歌一样摇着头说出一连串的话。我被他迷住了。他四周看看没人,凑在我的耳朵上小声说:"告诉你吧,俺这遭走这么急,就是往南四十里,去找俺那相好的哩!"

"她在那儿等你吗?"

"等哩,每年秋里,她都在那边给俺备下吃物。她在土坡上搭一个茅草棚,等着跟俺会哩。俺俩在那儿朝出夜归,一块儿过上一个秋天,像一对大老鼠,咯吱咯吱吃秋粮,好哩!"

我"噢噢"应答。我不得不承认,那是他们的一整套生活。这种生活与我相去何等遥远，可是它们却存在着，并且生气勃勃……我不知怎么伸出手来，紧紧地握了握他的手。他握过了手又放到眼前看着，正面反面看了一遍，说：

"嘿，握手哩，这是好买卖！"

说完他向我奇怪地打了个敬礼，腰一躬走去了。

他走远了，我却站在那儿久久没有挪步。

这时我才觉得握过的这只手有点异样，低头一看，见手指上沾了些黑乎乎的东西，像是一些煮熟的地瓜瓤。

山区之夜

我知道，在山区之夜任何出其不意的事情都会发生。有一年夏天——那时的夏天可绝不像现在这样干旱——我带着帐篷进山，夜晚在河谷拐弯处的白沙上搭起帐篷，支起小锅熬粥，让蹿跳的火苗吓走野物。可是有一天醒来，竟发现帐篷里睡了一位陌生的山里少女：肮脏而美丽，鼻子又高又尖像个异族人。交谈中才知道，她是被爸爸赶进山里的，她在山里已经尾随了我很久。还有一次，我刚刚睡下，一只刺猬就赶来做伴……流浪汉、迷路的狗、迎着火光而来的彩色大鸟，那一次在大山里几乎有过各种各样的奇遇。

那时我比现在强健得多，一个人背负上百斤的东西可以不歇气爬上山脊。

中年的田园

那个难忘的夜晚,外面的嘈杂的确离我们很远很远。我们点着一支小蜡烛,故意熄灭了电灯,好像这更能够给我们安静。蜡烛闪跳着,我们几个人的影子也在跳跃。这样的夜晚绝不陌生,我们一起度过了无数个这样的夜晚。在这些夜晚里,我们常常激动得彻夜不眠……我们在争论,同时也在进行着美好的咀嚼和回忆。好像只有在这样的夜晚里我们才突然发现:我们失掉的东西太多了。我们失掉的不仅仅是时间——还有我们作为一个人的血性与冲动。好像这一切至为宝贵的东西被我们随便抛洒一空,甚至出卖给了魔鬼。我们眼看着有了皱纹、胡茬变硬,有了自己的后代……时间啊,它从不为软弱者停息,也不为任何人的痛心疾首而稍稍放缓自己的脚步。

我们在想象中经营的是一片中年的田园。这片田园如果放弃了,那一辈子再也没有立足之地了。我们的一生只为了一片田园。

生活啊,可怕的叹息啊。这一声声叹息既无法回避,又无法终止。

我们活得太累,满面皱纹但不值得。我们要没法像一个健康的人那样享有一丝宁静,我们要有尊严地活着。

我们在梦中都想到了逃离——美丽的自然、各种动物,它们一齐向我们发出呼唤……

我甚至在这个夜晚还想到了我们未来的那条狗的模样:它不一定是多么严厉的狼狗,也不一定身高体壮。它只要朴实和真诚,有一双诚实的眼睛。我们将与它相依为命。

夜晚，我们会点起一堆篝火，选一本最好的书，让我们当中最稚气的嗓子朗读 —— 有人要求停下来，他就会停下来。我们在夜色里默默倾听心灵的回音，捕捉智者的遥思。

我们闭上眼睛，在篝火的暗影里去追索那个永不消失的、上一个世纪的身影……

田园到了深秋叶子就会脱落，那时候不但没有了果实，也没有了绿色。我们会在小屋四周遍植冬青和松树。

我们必须种一些常绿植物。我们讨厌从海边吹来的飓风，讨厌它扬起风沙。我们想到了在屋子北边种上密密的防风林带。我们的茅屋不一定十分宽敞，它要和我们整个行动的精神相一致，那就是自然和简朴。我们的小房子洁净、结实。为了不让暴雨冲进门窗，我们会用木板做上厚厚的雨帘。我们不会跟一些信不过的人来往，尤其是不跟当地的"知识界"来往——因为我们都知道，世上再也没有比他们更令人难以忍受、再无聊的了……我们只是不停地劳作。

……

我们讨论了几乎整整一个夜晚，结论趋于一致。我们都认为，勤奋的体力劳动会使我们每个人的心灵更正常、更敏感。那时我们的心底也许会滋生出一些真正的诗篇；我们的青春一定会派上更好的用场。

大家讨论得越来越细，最后连园子周围安怎样的栅栏也想到了。

那个夜晚，那个近在眼前的夜晚，多么好。

旅途上

翻过山脉，迈过分水线时，我不禁迟疑了一下。

一种极为复杂奇特的感觉让我在这一瞬间记住了。这是全部焦渴饥困、无法忍受的疲惫换取的一刻……与以往不同的是，这次长途跋涉曾让我几次陷入绝望。我甚至想过，这一次如果征服不了山脉，一生都将被阻隔在山的这一边了——这个念头让我怦然心动，我拼着力气，抬起被汗汁浸伤的眼睛遥望山巅……终于踏在山顶的一片岩屑上了，听着它在脚下吱吱地发出响动，像进入了一场梦境。

从这儿往东望去，可以看到一座座低山的轮廓。我就是从它们的躯体上一寸寸挪蹭过来的，不知有多少次差点儿昏厥，全靠咬紧了牙关才挺过来。山脉由灰色花岗岩、角石和绿色碧石构成。到处布满了岩屑堆，这是岩石受大气压力破坏的结果。有的地方岩石凸立，随时都可能崩裂；靠近它们的，总是一处处的岩屑堆。山脊上真的没有一棵树，甚至看不到草。干碎的植物屑末嵌在石隙里，那是狂风从山半腰旋上来的。我望着大山西部——现在可以更切近更真实地感受即将踏入的这片神秘的疆域了……它在模糊的希冀中顽强地固守着自己。那是雾幛掩映下的混混沌沌的一片，在那儿，平川和高地都隐去了。

关于它——大山西部的惊险传奇不知听了多少，它可能早就在心田上悄悄落籽，而今却终于开始了萌发。

我顺着山脉西坡走下去。它过于陡峭短促，我不得不小心翼翼。四周的山岭围拢过来，像在狂奔中戛然而止的象群。这里，若有若无的山风的回响、天边上的彤云,都给人奇异的感觉。山外就是平畴,浑然无边——那里会隐含着我此次远行的全部奥义吗?

我在心里悄悄探问。

沉默的荒原任人诠释,人的心灵跟随了它,当会得到一点报偿——我放弃了一片田园来寻找你,磨损着肉体,就是为了倾听你的召唤。

背囊如同石块一样压在身上,但我无法将它掀掉。我挣扎着往前摸索了一阵,两手一直抓住了石块……天快黑下来,看来我只得在陡陡的山坡上、在乱石之中宿下。可是这里没法搭帐篷,也找不到一点引火的东西。我闭上眼睛坐了一会儿,听到了风吹树叶的唰唰声。仍是微弱的风,没有一棵树。焦干焦干的山石,焦干焦干的暮色。我重新闭上眼睛。奇怪的是我脑海里总要出现一条宽宽的、无声流去的大河……它流过去,流过去,一直向着海洋。我明白这是很久以前见过的一个场景,是我小时候看到的芦青河,如今那条河也萎颓了,河流变细、变了颜色。我大概此刻在心中寻求那样一条救命之川,一道生命的巨流。干得发辣的喉咙令我难受极了,我咽了几下,整个口腔都疼得厉害。

这个夜晚怎样挨过去是个难题,我总得振作一下。我把背囊解下,利用它做个依靠,又取了水壶抿了一口润润喉咙。我放缓了呼吸,积蓄力气。后来我取了瓜干碎块,一粒粒填到嘴里,慢慢咀嚼。它甜丝丝的味道好极了。我一直闭着眼睛,奇怪的是我仍然要听到风吹树叶的声音——这声音何等熟悉,这是秋风在林中穿行的脚步声啊。我嚼着东西,嘴巴活动得越来越慢。我不想睡过去,只想稍事休息,进一点食物,然后再好好打发这个高山之夜。

可是我指挥不动自己的躯体，它死死地赖在这儿不愿活动。我又挣了一下，腿软软的……不知什么时候，我竟昏昏沉沉地睡去，还恍恍惚惚来到了一片绿洲……各种各样的吆喝声在四周响起，鼻孔里满是青草的香味。我甚至听到了熟人的呼叫。我想喊他们一声，一张嘴又感到了喉咙的涩痛。"这是在做梦"，我咕哝着告诫自己。可是我睁不开眼睛。我极力想走出这片绿洲，回到自己的旅途上 —— 我记得很早就起步了，已经翻过了那道最高的山脉。可是我迈不动腿。我的身体大概被大地的藤蔓缠住了……

走啊走啊

下面的一段路我仍坚持用自己的脚走下去。我还是往西、往西……我准备了很多干硬的锅饼装在背囊里，又灌足了水。我想沿着铁路两侧的村镇继续往前……一路上我仿佛一直被一双慈善的目光所注视。我不停地回头……

走啊走啊，现在的方位极为明确。我在一直向西 —— 向着高地的方向。

每天夜晚来临，我就在帐篷宿下；早晨，随着朝阳的升起，总是听到一片田野之声。这是整个村庄醒来的前奏，是羊和牛的叫声，是公鸡的啼鸣 —— 我每天都不会错过这个生气勃勃的时刻，总是在太阳还没有冒红的时候踏上旅途……

我的梦中有个高原。在这条通向高原之路，粉色的苹果花纷纷落下来，它遮住了我奔波的身影，送我进入一个又一个香甜的长夜。高原……高原……我总能感到穿过遥遥旅途射来的那道目光 —— 那是她的永恒的高原……

当车辆密集起来时，我就知道接近了一个城镇。当燥热烤得我不能安歇、周身疲惫，我就知道将进入一个闹市。我大多都会绕开它，但有时为了节省时间，也会迎着它走去。

我一路上看过了各种各样的田野。我发现到处都是干裂的土地。这使我一次次想起途经的一片绿洲，想起它的蓬蓬浓绿。我承认自己是一个幸运的人，只有在这漫漫的、艰辛的旅途中，我才知道自己选择的到底是什么。我开始了压抑不住的思念。这一场没有尽头的长旅使我周身感奋，又使我矛盾重重 —— 下一站，再下一站……有一次我找到了路边的一个水洼，就好好地擦过了身体，又把衣服洗了一遍。我把它们搭在旁边的小树上让风吹干，然后再穿上重新赶路。我用柳条编了一个帽圈戴在头上，那样子就像一个游击队员。

扎下帐篷点起篝火

我总是找一个最喜欢的地方安放帐篷，因为这是我的一个临时小窝。哪怕只在这儿停留十几个小时，也仍然希望这个地方"完美无缺"。在我看来眼前的这道河谷就是极难寻觅的一个佳处了：即使在干旱季节，河水转弯处也仍然有一汪绿油油的水，水边形成了月牙形的洁白沙滩，一侧长了许多刚刚萌芽的柳科灌木，大多是绦柳和腺柳。娇嫩的叶芽诱惑着我，让我忍不住采了一把投入粥锅。

夜色暗下来。啄木鸟在山后的杨树干上敲出了笃笃声，野鸡沙哑的嗓子一声连一声呼喊。远处山坡上的苍榆、小叶山毛榉、野核桃和偶尔一现的川榛，这会儿都化进一片朦胧中。

篝火燃得很旺。它驱赶了春夜的寒意。随着夜的深入，各种野物在山谷露出了响动，细碎清晰，似乎是触手可及了。我希望它们当中的某一个迎着火光走来，而不仅仅是在远处的灌木下瞪着一双晶亮的眼睛。我想象它们的样子，心里高兴。我曾经有过这样的经历：刚刚扎下帐篷点起篝火，就有一只彩色的大鸟一蹦一蹦凑过来，或者有一只小草獾吧嗒吧嗒走来，一边走一边嗅着地上的什么。可惜它们在那儿徘徊一会儿，悄悄盯视我几眼，又慌慌地离开。

由于一个人赶路的经历多了，所以在这样的夜晚一点儿也谈不上恐惧。不错，我们常常能听到有人在野外遇到了什么凶险的传闻，都说现在一个人走路越来越不安全了，不能随便出门等等。可是我心里明白，一个人只要活在世上，就无法找到一个绝对安全之地。就在我居住的那座城市里，前不久一个旅客在旅馆的洗漱间里被活活勒死了，不过是为了争夺几十块钱而已。在火车上，那些专门劫车的匪徒可以从长长列车的最末一节车厢直到车头，把整整一列火车上的旅客腰包全部掏空……实在是耸人听闻，可惜都是真实发生过的。

对于这些不测，一个命定了要在大地上奔走的人又该怎样？他除了依赖无可逃避的命运，可能就是背囊里那把寒光闪闪的长刀了。我这儿，从很早以前起，一个人远途跋涉的必备之物已是应有尽有：指南针、简易帐篷、地图、米袋，各种各样的零碎物品。半夜里帐篷如果被风吹掀一角，要找一节尼龙绳去固定，那么背囊里就一定可以找到。我带了至少三种饮料，咖啡，绿茶，还有一块硬邦邦的、从蒙古地界搞来的茶砖。

整整爬了一天山。这是一座又熟悉又陌生的高岭主峰，以前好像登过。记得山峦好像是东北西南走向，可眼前这个山脉却是东西向的。山脉西端向着北方渐渐弯下去，远看像画了一道弧线。为了省些力气，我开始沿着山脉河谷往前，一直走在左侧，因为它仅存的一线水流就贴紧了左侧。从踏脚处往四下瞭望，不断可以看到河谷两侧的那些汊子，看到汇集的山落水怎样集中到一条大河里。这儿每到了大雨季节，比如说夏秋，干河汊子就会溅起湍急的水流。河的左岸比右岸高，成阶梯形，黄黄的黏土酥石中夹杂着零星发红的铁矿砂……脚下踏的一片干草中，星星绿芽刚刚萌生：羊茅草、多叶隐子草、荩草，还有华北臭草，可以想见下一个季节里它们会长得何等旺盛。河谷每到了拐弯处，水流就要漩出一个深深的半圆形。但这是水旺季节的情形，而今那里只储着一汪静静的水，水边是密密的茅草胡子，当心非常清澈，走近了可以看到水中的卵石、在草胡子间窜来窜去的鱼，有的鱼竟长达半尺。有好几次我真想停下来垂钓……逮一条鱼的念头老要缠着我，后来还是舍不得在半路上停下来。我想抓紧时间，最好在天黑之前翻过那道山岭。

很早以前我就明白，旅途上最好把那些山岭河流，或是其他突出标志作为某个界限。我总在心里默念：快点走吧，天黑以前到达那片树林；在中午以前翻过那个山凹、涉过那条河，等等。可是我有时却对更远一些的目标迷茫起来，比如这样急急匆匆究竟要赶到哪里去？翻过那座山之后呢？

许多时候真的没有更具体的目标。

从河岸的露头可以看出，这条大山主要由凝灰岩和玄武岩构成，它的倒影在潺潺水流中显得很美。我发现这是一个很不错的居留地：蓝天白云，山脉河谷，而我却要蜗居在一座乱哄哄的城市里，想一想真是太亏了。这样的地方经常可以遇到，它总是触发心底的不安。我好像总有一个模糊而遥远的诱惑、一个难以兑现的约定：走吧，到远处去吧——此行何为？哪儿才是最终的停泊地？一切却没有明确的答案。可又必须走。我发现一个人只有在路上，只有在路上，才不会睁着一双空洞洞的、傻乎乎的眼睛。

这条路是这么黑

而这一次，是否算得上是慌促的逃亡呢？如果有熟人看到我在一片夜色里匆匆出城，还戴了一顶长檐帽、一副墨镜，就一定会这样想。似乎必须如此，因为这是一个非常时刻。

一路上我都在感谢一个人——没有他，我也许至今还关在一个黑屋里，在那里被活活折磨死，家人、所有的朋友，都不会得到一点讯息。这样说并不夸张，在平原小城或其他地方，每年都会有一些失踪者，他们永远从这个世界上消失了。

我在黑屋中苦苦忍受之时，真的认为自己正在走向一条地狱之路，这条路是这么黑、这么黑，除了恶鬼魑魅之声，再无其他生迹。一个人只要被推进这里之后，就要忍下千方百计的蹂躏，做好伤残以至于死亡的准备，不能存有任何奢望和幻想。"不说不要紧，来吧，"一个人指挥着，挤一下眼，有人就一个箭步冲上来，把我的腰带唰一下抽掉，扭着我的胳膊推到了一盏大功率灯泡下边。那个小小的空间只有一平米多一点，我在锃明瓦亮的大灯下汗流如注。渴，头疼欲裂，想站一站都不行，腰快要断掉。这样一天一夜，人都半跨了。审问的人还是那几句："你是怎么回事？手下有几个人？""跟你一块儿的还有谁？他们全跑不了——有人已经交代出来了！你说吧！别想蒙过去。""这个案子太大了，最后会吓你一跳，谁也救不了你，除非你自己争取宽大！"我一声不吭。是的，我没有幻想。我唯独不能忍受的是强烈的思念：想家里人，想所有的朋友。我知道恶魔封锁了消息，我现在到底在哪儿谁也不知道，他们真的救不了我。

　　大约是第三天的时候，转机来了：有人让我赶紧收拾东西。原来又有几个穿制服的来了，他们说话的口音不是当地人，瞥瞥我，把我推到一辆警车上。"去哪儿？"我问。几个人黑着脸，直到车子上路了才说一句："回去。你的案子移交给我们了。"然后再不吱声。

　　结果大喜过望：回城的当天就被放回家来了。临出来要填一个表格，并被命令：不准出城，就是离开城区一步都要报告，还需随时接受审问和笔录。天哪，后来才知道这叫"监视居住"或"取保候审"。但不管怎么说，我终于还是从最黑的地狱挣扎出来了，一出门天蓝地绿，一睁眼就想哭。这种心绪他人无法体味，我也不会道人。我仅仅在小黑屋中待了三天，可这三天一生难忘。

我的心在那儿

我要在这个春天赶往东部。是的，我什么都不管不顾了。

我的一切都在那里。但不知怎么，这一次上路时却似乎有些偏离，记得一开始向南的——当翻过一座山岭，这才发现自己仍然向着东部……显然，是一块巨大磁石的作用。

我读过一本书，上面讲：一个人在招致了无法消除的烦恼和痛苦时，有一剂最好的良药，就是出去旅行。我不知道别人是否读过这本书。

小锅里的水响着。它回应着河湾里的水溅，"咕嘟、咕嘟"，令人愉快。我知道水湾里有鱼或青蛙在那儿跃动，它们不甘寂寞。这些水族可能很想引起我的注意。我想，如果是一个更嘴馋的家伙，天一亮就会设法逮住你们。这个年头什么生灵都忍不住寂寞，都要炫耀自己，发出声音，拿着麦克风嗷嗷大叫，当一个明星——有钱的流氓千方百计要搞上咧着大嘴登台的妇女。多么危险。我在这个夜晚却是实实在在一个人。我始终想做一个耐得住心性的人。我喜欢独处，喜欢在旷野上一个人晃来荡去，却不知是不是我的朋友所嘲弄的：你其实是被一种概念化的生活方式所引导，自己却得意陶醉呢。这句话曾经刺得我心上发疼，现在不愿去想。我甚至常常向往那些真正的荒凉之地，并一次又一次默念着那行有名的诗句:"我的心哟,在高原!"

它,心,真的在那儿?真的,我敢说肯定在那儿……

血肉相连的小城

天还不亮车就出发了。驾驶室里有点儿冷,而且肮脏不堪,有浓重逼人的汽油味儿。司机穿着青黑色的油滋滋的破大衣,戴了一顶同样油腻的烂帽子,叼着烟,两手按在方向盘上,眯着眼,好像一上车就准备在路上打盹。他不愿跟我说话,我也只好坐在旁边学他打盹。根本睡不着,天太冷了。这样一直跑到太阳出来,驾驶室才变得暖融融的。我问:"到哪里去?要跑多远的路啊?"

"跟上走吧,你。"他很不耐烦。

车子一开始跑在颠簸的土路上,人坐在里边头老要往上一冲一冲的,挺吓人。司机好像对这一切都习惯了。可是我有好几次头都给撞到了驾驶室顶棚上,有一次撞得很痛,忍不住哎哟了一声。他却根本不打谱减低车速,仍然把油门开得很大。这样跑了大约有一个时辰,我一直伸手抓住扶手,一点不敢松懈。总算驶上了一条窄窄的柏油路,车辆开始多起来,我们的车子才慢下来,有时还要走走停停。我们好像一开始向北,接着又偏向东北方向驶去了。

窗外到处都是下陷的土地,看来我们的车子还一直没有驶出产煤区。公路在下陷的土地上一会儿下一个慢坡,一会儿还要爬一个丘陵。这一带在记忆中是平展展的大平原，可这时候看不到一个在田里做活的人，也很少能看到一片耕种得整整齐齐的田垄。偶尔见到一块绿油油的麦田，心里的高兴简直没法言说。那个司机不止一次用眼角瞟我。我知道在他眼里，我这个搭车的是个一钱不值的"臭苦力"。

由于路途太长了，车上只我们两个，互相之间不交流一点儿什么真有点难受。我几次试着搭讪，他都不愿应声。车子走到半下午时分，我看到路边有一片疏疏落落的马尾松，心里一阵惊喜；后来又看到了一些起伏的沙岗、灌木丛：老天，这地方好熟悉啊！车子再往前开，我终于从树林的空隙里看到了一片海面，不由得喊出了声音。司机盯过来一眼。

车子继续往东，往东，一点不错，它在驶向那个地方——东部平原！我的心揪得紧紧的，我想这个车子有可能就是往那个海边小城运煤的，因为那儿有个大发电厂。不过我还是要问问，要证实一下才好——这次他勉强地点了点头。

这座海边小城啊，旅途上许多次我总是绕开它，绕开它，因为我不愿走近它。可这一次运煤车却把我送到了它的身边。如果顺着海边小城往东北方再走下去，也就是那个地方了，那儿就是我的伤心地，那里有一幢小小的茅屋。

随着越来越接近东部平原，往昔那些生活场景一幕幕从眼前闪过。这座小城给我们一家留下了多么大的欢愉和痛苦！这座小城曾经留下了父亲的传奇，他在这里走过了一段辉煌的生命里程。就在这里，他遇到了我的母亲。外祖父一家是这座小城里的望族，可是在动荡的岁月中，他们的一切都将不复存在。那个古老府邸的院子里有那么多白玉兰，它们，一切，全部，都将面目全非。岁月的凄风苦雨把它彻底改变了颜色，至今已几易其主……当年的革命胜利了，而作为革命者、我们一家，却失败了。作为失败者，我们永远从这座小城走开了。

有很长一段时间我像一个幽灵般的，默然无声地在这个小城里徘徊。我走进它又熟悉又陌生的街巷，无望地寻找什么。我那时竟然不知道自己是它的过客还是主人……

后来不得不和这个小城的各色人物发生联系，忍受许多屈辱。我这才发现这是一个陌生的、早就归属了另一类人的城市。这种感受与我安家的那座大城市竟是一模一样！我像当年的外祖父、父亲一样，仍然没有得到一座城市最终的接纳，甚至没有得到它起码的理解，更谈不上礼遇。当然，当年它不可能理解那两个杰出的人物——父亲和外祖父。我们的城市和我们的历史一样，给人的感觉好像总是在把自己最优秀的部分从中剔掉，以便容纳更多的糟粕。这真是让我永生不解的一个命题。当然我明白，这肯定是我们的土地连连遭受厄运的主要原因。

如果没有小城里的几个权贵和混账，我们的事业起码还会存在很久；即便其中的一部分毁掉了，另一部分也可能保留下去，并寻到崭新的出路。各种可能性都有，但事实是——没有一点出路，没有存在的可能。就像当年一样，一定要剔掉、剔掉。只有魔鬼掌管的事业才能进行下去……我们不过是在维护起码的一点点洁净；而他们则是轻车熟路地捣鬼、讹诈、欺辱……这样直到最后，那些家伙给了我们致命的一击。

汽车进入城区。这座熟悉的城市让我简直不敢抬头去看。这是谁的城？记得许久之前，那时母亲还多么健康——有一次她曾偷偷领上我，远远地看了一眼小城里的老宅。我记得当年看到的灰色砖墙、墙头上方露出的玉兰花树。母亲指点着，又扯着我的手绕到大墙后面。深灰色的大木门那儿有人正忙忙碌碌，门敞开了，一些人正从里往外搬弄一些东西……这就是小时候看到的一幕，留做我永远的想象。

这些年小城的鱼市特别发达，整个的一条南北斜巷都是吆吆喝喝的贩卖海产的人。整个城市都充斥着一股腥味儿。车子往前，路边上出现了一片整齐的房屋，于是我明白来到了这座城市的西郊。

这座血肉相连的小城啊，它的任何一点愁楚都能勾起我的痛感；这么久了，正是它、它周边的土地，让我常常有一种撕心裂肺的感觉……满眼都是梦的场景：灰色的楼房，青砖铺起的街道，还有一个个岗亭，古旧柏油路上的斑马线，粗俗不堪的雕塑；砖灰色的老房子都爬满了枯藤。一些更老的红木楼。正在施工的十字路口旁的十二层建筑。

每套公寓楼的一层都有一个小院，楼与楼之间的甬道有小乔木剪成的绿色树墙。一层层凉台上晒着五颜六色的衣服，有的还摆上了花盆……

一九九五年三月至二〇〇五年二月

描花的日子
——少年故事

上 篇

这里记下的是四十多年前的小事,它们到现在还历历在目。虽然是"小事",但现在回头去看,有时还会吓出一身冷汗。

爱小虫

那时候我们不觉得小虫子之类是坏东西,它们当中的一多半都是有趣和可爱的。如果长了吓人的模样,那么和它玩一会儿就不再害怕了。大人往往讨厌它们,一见就驱赶拍打,有时还要喷洒农药。大人想的是自己的事。

我们这些人长大了也会像他们一样吗?或许是的,因为到后来我们果然不太喜欢它们了。不过等我们长得更大了时,又有些喜欢它们了,却一直没有像小时候那样喜欢。

谁比我们当年见过的昆虫更多?这大概只有昆虫学家了。我现在不能一口气把它们全说一遍,因为那实在是太多太烦琐了,如果只说说其中的几十分之一,也要记下整整一大本。

在海边林子和野地里活动,谁也无法避开它们。它们在灌木和草叶间忙碌，筑窝，吃东西，嬉戏，过得很快活。有的会唱歌，比如蝈蝈和蛐蛐；有的漂亮得令人惊叹，比如蝴蝶。还有无比危险的家伙，那是毒蜂和蜘蛛之类，人人都要小心地避开——不过就连它们也给人特别的乐趣，使大家历险之后还能绘声绘色地对人描述一番。

有一种后背上闪着金属光亮的、长得极其精致的硬壳虫，可能就是书上说的"金龟子"的一种，有一段时间真是把我们迷住了。背上有亮光的昆虫倒是很多，它们有大有小，各种各样，有金色、绿色、红色，还有黑色和蓝色的，简直数不过来。但这里说的是一种"极品"，因为太稀罕而格外宝贵——相信其他地方一定没有。

它们大多数时间闪着钢蓝色，如果被阳光从特别的角度里照射，却又能变幻出无数的颜色，就像彩虹一样。它们一般比黄豆大一点、比花生米小一点，我们叫它"钢虫"——不仅初一看颜色像钢铁，而且整个就像金属铸成的。

"钢虫"是我们采蘑菇时发现的。那时它们伏在草梗上一动不动，伸手推触一下，才会慢吞吞地移动几毫米。它在阳光下闪烁出七彩荧光，就像随时都要燃烧起来，让我们连连惊叹。

这世间凡是最好的东西总是少而又少的。我们即便专门在林间草地上找多半天，也只会收获一两只"钢虫"。这愈发使我们感到它的宝贵了。我们捉到它们就小心地收在小玻璃瓶里，不时地迎着阳光看一会儿，大呼小叫一番，然后装在贴身口袋里。

我们当中有个叫"黑汉腿"的同学特别能捉"钢虫"，最多的时候曾经拥有过十一只。他用两只"钢虫"换来同学的一把卷笔刀、一块带香味的橡皮，想一想真是一桩不错的买卖。

"黑汉腿"个子最高，胆子最大，几乎没有不敢干的事情。海边林子里的古怪东西多了，他这人什么都不怕。平时家里大人总是叮嘱自己的孩子：别跟那个"黑汉腿"混。一些耸人听闻的坏事经常与他的恶名连在一起，其实大半都来自道听途说，只要和他在一起的时间长了，都会多少喜欢这家伙的。

有一次我们在海里游泳，一个人被海里的毒鱼蜇了，痛得呼天号地，紧急关头"黑汉腿"驮上他就跑。园艺场诊所的医生说再晚一点那人就没命了。这家伙的两条腿又粗又黑，皮厚，跑起来荆棘扎都不怕。他力气大、义气，一年里也干不了多少坏事，像偷园艺场的苹果、欺负小同学之类，不过是偶尔才做几次。

他敢逮一些稀奇古怪的昆虫，连有名的大毒蜘蛛都敢去碰。像有一种叫"老牛背"的黑黄花纹相间的大毒蜂，传说是最毒的东西了，他竟然一伸就把它捏住了。还有一次他捉到了一只很大的甲虫：长若十五公分，神气无比，两只长角扬着，就像戏台上武生的两根雉鸡翎子；额头上长了月牙刀，黑色硬翅满是白点。"黑汉腿"夸张地给它的脖子上拴了一根织网用的尼龙丝，像牵狗一样牵着它走上街头，引得许多人都围上看。

村里人告诉，这种大甲虫的名字叫"水雾牛"，只有罕见的大雾天里才会从阴暗角落爬出来，能发出"哞哞"的叫声，像老牛的声音。"半夜里我听到叫声了，赶紧披上衣服出门，这才逮住了它。当时它一脚把我踢翻了，我揪住它的翎子才爬起来，又骑上它的背……"都知道"黑汉腿"

在骗人，不过却没有谁反驳他，因为这种夸张的说法听起来真带劲。

"黑汉腿"擅长对付任何东西。比如逮蚂蚱——这听上去是极平常的事，可实际做起来却远没有那么简单，因为这里不是说逮一般的蚂蚱，而是要找其中的"宝贝"。真正的宝贝是"大王蓝"，它的个头是一般蚂蚱的三四倍，强壮有力，两条腿上长了锐利的尖刺。它一纵就是十米，一展翅就是二十米，要逮住它可不容易。传说有个村里汉子脾气倔犟，发誓要逮住一只，结果从村西头开始跟定，一直追到十里外的西河岸，累得一口气没上来，差点死在了河堤上。这种蚂蚱是从几千里外的关东山迁移过来的，据说胸脯上写了一个"王"字。

我们都想拥有一只"大王蓝"，不知白费了多少力气：不是半路被它甩掉了，就是逮时被它的两条刺腿扎得双手流血，谁也没有成功。最后还是"黑汉腿"拥有了一只，他见了我们，就让它驯顺地仰躺在掌心里，露出肚腹让大家看个仔细。我们都想从它胸部复杂的纹路上找出一个"王"字，可惜怎么找不到。

这儿有世界上最大的蝴蝶，一到春天，说不定什么时候就有一只浅绿色的、像碗口那么大的蝴蝶飞过来。大家一见它就不顾一切，欢呼着往前追——它总是不急不慢地飞着，渐渐飘到树梢那么高，让人干着急没有一点办法。

"黑汉腿"做了一个高竿捕网，总算捕到了一只。这么好的大蝴蝶，一下近在眼前了，属于我们了，却不知用什么喂它——不知道它吃什么，养了一两天只得放走。

大蝴蝶最爱往苹果园里飞，所以我们叫它"苹果蝶"。

还有一种比"苹果蝶"小一些、长了黑色花纹的蝴蝶。我们逮到了一只，端量一番之后大吃了一惊：它的花纹就像狸猫脸上的纹路一模一样，简直没有一点差错。我们就叫它"猫脸蝶"。

"苹果蝶"和"猫脸蝶"是整个海边上最大最漂亮的蝴蝶了，谁看到它们都会兴奋得又跳又叫。

这么漂亮动人的好东西是哪儿来的？说出来没人信：它们有一段时间是藏在沙子里的，原来就是一种蛹，紫红色，傻乎乎，很老实，第一眼看去还以为是一枚大枣呢。可就是它，转眼一变就会高高地飞在天上，这有多么奇怪、多么了不起啊！

螳螂是一种武士，长了两把长刀，一看就知道要随时擒拿敌人。可我们从来没见它们格斗。螳螂有大有小，有不同的颜色，有的碧绿，有的紫红，有的灰白，有的深棕。最大的螳螂有绿色的肥肚、紫色的翅膀。家里人说："捉个大紫螳螂吧，放进蚊帐里，它会整晚为你逮蚊子。"我们真的捉了放在蚊帐里，可谁也没见它逮过一只蚊子。

沙地上有些漏斗状的小坑，蹑手蹑脚走到跟前，然后蹲下，用小拇指甲一点一点挑出沙子……挑啊挑啊，渐渐就出现了一只长了小钳子的白色肉虫——它一露面就扬着小小的武器，可是谁也伤害不了，肥肥的憨憨的，很好玩。

我们查过书，这才知道它叫"蚁狮"，就是逮蚂蚁的"狮子"——身体比蚕豆还小的"狮子"。原来它旋出的一个个沙漏斗，就专等着蚂蚁掉进去，那时它就会紧紧地钳住猎物。

关于它们，更惊人的故事还在后边，说出来谁都不会相信："蚁狮"

待在沙子里吃蚂蚁，一直吃到肥肥胖胖，等长大了的一天，瞅准一个春天摇身一变，就变成一只绿色的蜻蜓，飞到天上去。

这真是太神奇了。原来它藏在沙子里，默默地为将来的某一天起飞做准备。这真是一种志大无比的小虫啊，它的耐性大得可怕。不过对于蚂蚁来说，它也太阴险了。

初中二年级的时候，我们班来了一个转校生，是个小姑娘，叫"肖聪"。因为她长得非常好看，大多数男同学都不太和她说话。有一天课间操，"黑汉腿"瞥她一眼，然后慢慢走近了，把装了"钢虫"的玻璃瓶掏出来，迎着阳光看了一会儿，突然大声嚷道：

"我爱小虫（肖聪）！"

看样子不是坏人

上初中前，我的手总是莫名其妙地发痒。两只手因为痒得闲不住，总想干点什么。我在擦得干干净净的玻璃窗前看了一会儿，就拿起一支小擀面杆，轻轻一挥就砸碎了窗子。

母亲回家看了感到很惊讶，问我这是怎么回事？我说是自己砸的。"为什么要砸？"我也说不上来，因为我真的不知道。我只是用力搓着两手，不知该不该说出它总是发痒的事情。

母亲实在没有办法，也无法理解，只好训斥了一顿。

有了那一次的经验，我后来就不想那么坦诚了。比如有一天我看着父亲种的葱绿的蒜苗，就忍不住走进了整齐的田垄。我先是低头看了一会儿，然后两手忍不住就想干点什么——我随手拔掉了几棵蒜苗扔在垄上。

父亲种植了这些宝贝让全家都很高兴。他闲下来就为菜畦松土除草，脸上是极满足的样子。这天他回到家，一眼看到被拔掉的蒜苗，先是一愣，接着就叫起来。

我被喊过去。"这是不是你干的？"我咬着嘴唇，没有承认也没有否认。可是父亲让我脱下了鞋子，然后将它们一丝不差地放在了田垄的脚印上面。

"你为什么要这样干？为什么？"父亲愤怒之极。我回答不出，因为我那会儿真的不知道为什么。

父亲问不出，就教训了我一顿。他的手很重。我哭了，有泪无声。我心里十分委屈，因为我真的不想干任何坏事。

我的泪水干了。父亲抱歉地搓着手，这手刚刚揍过我。他把手背到身后，大概他不好意思了。

不过事情并没有这样算完。接下的一段时间里，父亲一会儿看看田垄里被拔掉的宝贝，一会儿又看看我。

父亲端详着我，在一边踱了几步，认真地打量，皱皱眉头，又绕着我转了半圈。最后他盯着我的脸站住了，吮着嘴，咕哝说："怪了，看你长的模样，也不像个坏人哪！"

从头演练

当年最激动人心的事就是看电影了。放电影的人带了一整套家伙，在野外场院上挂起雪白的幕布，架起一台放映机，好事就该开始了。

那是真正的节日。"演电影的要来了！"这样一句传言最能令人不安了，我们只要听到这样的话，就再也无心上学，无心干任何事，只眼巴巴瞅着场院，盼着那里挂起白色的幕布。

我们旁边的林场和园艺场、五七干校，都有一个很大的场院，是演电影最多的地方。我们有时被一个谣言骗得东跑西颠，浑身是汗，结果白白忙活了大半夜，什么也看不到。

看得次数最多的是电影《地道战》，并认为这是世界上最迷人的故事。一群人头扎白毛巾，钻在地洞里，神出鬼没地跟敌人战斗，直到最后的胜利。那些场面太熟悉了，太棒了。

放映队从五七干校转到园艺场，再去附近的村子，我们一直紧跟不舍。不记得看过了多少场，最后连电影上的每一个情节、每一句对白都背得上来，而且绝没有一丝差错。

后来大家想出了一个办法：从头把《地道战》演一遍。这个主意真好，所有人无不赞成，全都喊着要参加。

我们一伙跑到林子深处，在大白杨树间找了一块空地，然后就开始了演练。"黑汉腿"主动扮演了鬼子大队长，他的好朋友当了汉奸司令，竖着大拇指夸他，重复电影里的那句话："高，高，实在是高！"

大家捆上白毛巾，背上木头枪，就成了民兵。有短枪的是武工队长，腰上扎了树根、走路弓腰的是老村长。最激烈的就是老村长与鬼子大队长的那场斗争了,我们的排演也是最认真最投入的。

演老村长的是我们当中最胖的一个家伙,外号叫"山抬炮"。他的大圆脸配上白毛巾,怎么看都像电影中的那个人。

鬼子进村了。老村长夜间出来巡查,躲在大树后面,发现了敌人,立刻飞跑起来。他要跑去村里的那棵大槐树下敲钟,通知全村的人。

电影中本来是伴有音乐的,老村长要在急促的音乐中奔跑。可是这对我们来说一点都不难:有一个嗓门尖亮的家伙可以从头到尾给电影配乐,而且调门一丝都不会差。

老村长在音乐声中跑啊跑啊,"黑汉腿"一伙就在后边紧追。这个场面太精彩也太紧张了,无论是"黑汉腿"还是"山抬炮",都不愿轻易停下来,结果跑的时间比电影上要多出一两倍。事实上这段表演也是最成功的。

音乐总算停下了,老村长跑到了大槐树下。他快速解下钟绳,一下一下敲钟。"黑汉腿"扬起手电照着敲钟人,说出了那句经典台词:"嗖嘎——"

"山抬炮"突然扔掉钟绳,猛地从怀中掏出一支手榴弹。这是一个高举手榴弹的英雄形象,"山抬炮"演得毫不含糊。"黑汉腿"一伙有的趴下,有的抱头鼠窜。

一旁配乐的人发出了震耳欲聋的爆炸声,然后又急急地凑响动人的音乐。

战斗进入了最艰难的阶段。女民兵队长领人学习毛主席的《论持久战》,这之后才开始胜利——电影上立刻响起了女声独唱:"主席的话儿记呀心上……"这歌唱得太好了,当然同样来自那个配乐人。他的嗓子又甜又软,比女人还要女人,谁能想到刚刚这嗓子还发出过"当当"的敲钟声、隆隆的爆炸声。

我们从头演了几遍《地道战》,一直藏在林子深处。后来都觉得这样的演出很值得炫耀一下,就来到了林场和村子里。

人们围着我们看。这种感觉令人难忘。

最初人们免不了要发出几声嬉笑,但后来就严肃了。每一次"山抬炮"在音乐声里奔跑时,都会换来一阵阵喝彩声。

我在演出中背了一把木头驳壳枪,是武工队长。

痛打花地主

当年的两件大事是最能吸引人、最让人不能忘记的,一是追着串乡的放映队看电影,二是去听忆苦会。前一件事让人高兴,后一件事让人难过。

忆苦会在村子里、林场园艺场、五七干校和我们学校召开,每年要开几次,轮换进行。一听说要开忆苦会,大家都奔走相告,传递着不同的消息:这次来忆苦的是个老太太,两眼看不见,那是被地主害瞎的;她已经在全县做过一百场了,是顶有名的人。另有人说:将要来的是一个年纪不大的姑娘,她是代表父母、舅舅和舅母来忆苦的,她的所有亲人全被万恶的旧社会欺负死了,她这会儿要亲口讲给大家听听。还有人说要来忆苦的是个独身男人,他被地主打断了三根肋骨,这回要从头详细讲一遍……

各种传说让我们激动不安,吃饭都不想坐在桌前,惹得家里人大声呵斥:"好生吃饭,听会有劲儿。"

听忆苦会和看电影不同,那真的是很累的。因为听一会儿就要站起来呼口号,一个人喊大家随上,或轮番喊,直到把另一拨人的喊声压下去。

除了喊口号,还要不停地哭。泪水哗哗流下来,不知从哪儿来那么多泪水。台上忆苦的人说啊说啊,我们就哭啊哭啊,最后哭得连口号都不能呼了。我们嗓子哑了,呼不出了。

一场忆苦会下来,大家总是红着眼睛哑着嗓子往家走。家里人疼惜孩子,就抱怨忆苦的人,说:也忒能讲了,这样非把孩子哭病了不可。

其实家里人最该埋怨的应该是学校的老师。因为每一次忆苦之后,老师都要在班上表扬那些最能呼口号和最能哭的学生:"喊得多响啊……直到嗓子喊不出声了,还举着拳头!""看看哭得吧,胸脯都湿了,成了小泪人儿!"

台上忆苦的人大半都是我们熟悉的,因为他们已经在四周做过许多次了,凡是最激动人心的地方我们都知道。比如他(她)讲着讲着把头低下,有两三分钟一声不吭,我们就等着下边了 —— 他(她)猛一抬头就要喊:"好孩儿啊,快拿刀给我啊!快拿儿绳儿给我啊!我不活了……"

有时候他(她)低头时间太长,满场静得让人难受,我们就替他(她)呼喊起来:"快拿刀给我啊!快拿绳儿给我啊……"结果事后遭到老师一顿痛斥。

就像看电影一样，我们也会追着忆苦人转上几场。没有经历那样的场面，就永远也不明白"眼泪都哭干了"是什么意思。眼泪有时真的能哭干，喝多少水都不行。

我们因为有经验，每次去忆苦会前都要喝上两大碗凉水。外祖母心疼我，总是让我多喝水。所以在忆苦会上，我到快散场时还能哭出来。

但在一般的忆苦会上可以，如果遇到"二九"他爹就全完了！"二九"他爹是很晚才出现的一个人，因为平时沉默寡言，所以当地人都把他轻视了。明明知道他在旧社会受苦最多，但就是没人找他。

谁知道有一天他拍拍膝盖说："俺也能忆！"就这样试着忆了一场，差点把场上的几个老太太哭昏过去。这一下他就出了名，结果周围的村子和单位全来请他了。

"二九"他爹忆苦与所有人都不一样，不是一上来就哭丧着脸，而是笑嘻嘻的。他坐在桌前东看西看，还从兜里掏出炒豆子嚼几口，喝一碗开水，然后像拉家常一样不紧不慢说起来。

他细声慢语地讲，谁也想不到后面会有那么多苦。他不喊也不叫，实在忍不住了就站起来，在台上溜达，伸手点画空中说："你个挨千刀的啊！你个天杀的啊！"

从整个忆苦会的前三分之一处开始，全场里就只是哭了，哭得忘了呼口号。大家事后说："谁这辈子想比'二九'他爹受的苦多，门都没有！"

我们听了一场又一场忆苦会，也想过从头模仿，到林子里办一场，并且渴望着像演练电影那样成功。

任何事情不经过实践是不行的,所以越来越佩服老师上哲学课讲的话:"真知来自实践!什么都得实践,没有实践全都得糟!"我们轮番上去试了试,尽可能学得像:怎么低头抽泣,怎么喊叫,还像"二九"爹那样用手点画天空……全都没用,下边的人不光不哭,还叽叽笑。这事算是彻底失败了。

不过我们都不甘心。后来大家想出一个办法,就是一定要把心里积下的这些苦和恨发泄出来。听了那么多忆苦会,没有仇恨是不可能的。我们大家都觉得自己仇恨很大。

我们真想把地主痛打一顿。但是地主很少,而且在四周村子里,他们统归民兵看管。实在没有办法,我们就公推最胖的"山抬炮"装一下地主。

"山抬炮"给推到了台上,让我们揪耳朵捏鼻子,最后真的气愤起来,就开始狠狠地揍他。他哭了。

为了让"山抬炮"能当个听话的地主,有人从家里偷出一件棉大衣,翻过来给他穿上。大衣里子是花布的,"山抬炮"立刻变成了一个"花地主"。

他哭丧着脸,穿着厚厚的花布大衣,让人越看越恨。有人忍不住,折一根树条就狠狠抽打起来。由于有厚厚的棉衣包裹着,"山抬炮"一点都不疼。

我们轮番抽打,骂,他装出很疼的模样,跳着求饶。

"坚决不饶!就是不饶!""你这个挨千刀的!你这个天杀的!"

正打得起劲,突然有人上前护住了"山抬炮",伸长两只胳膊拦住大家喊:"俺的大衣破了!"

宝 书

我暗暗做过一件事，从没跟人讲起，却永远难忘。这件事对我来说是非常重要的。

事情的来龙去脉是这样的：学校传来一个消息，说不久以后要发生一件大事：全校师生拉着队伍去公社开大会，然后接回一尊"伟人像"。

谁也无法想象那是怎样的场面、怎样的情形。只是激动，相互见了面紧紧盯一眼，好像在问：知道了吗？就快了，就快了！可不是一般的高兴和焦急，而是睡梦里都盼着。

一个星期之后，全校师生终于敲锣打鼓出发了。队伍前边有人打旗，还有踩高跷的——这是从外村雇来的老人，我们附近可没有这样的人。他们这些老人是从旧社会学来的本事，能踩在高高的木棍上走路、扭动和唱歌，这得多大的本事啊。

公社的大会场上布置得隆重极了，到处红旗招展，歌声震天。最主要的是会场四周：墙头、屋顶，到处都有架枪的民兵；最让人吃惊的是，有一种带大圆盘的"转盘机枪"，这会儿也架起来了。

都知道民兵在保卫大会。想想看，这个大会该有多么重要。

台上有一溜长桌，摆了一个又一个用红布蒙起的东西。大喇叭震得人耳朵嗡嗡响。会议开始了，有人讲话，然后是呼口号，一支又一支队伍正步走到台前。每支队伍领头的都穿了黄军装，他走向红布，立定，打一个敬礼，然后再向领导打一个敬礼。

每一支队伍都领到了蒙红布的东西，他们小心到不能再小心、一丝丝地将其移到一架地排车上。拉地排车的牲口头上戴了一朵大红花，有人紧紧揪住缰绳。

从那一刻起，大家的一颗心提到了嗓子眼。谁都明白红布下面盖住的就是"伟人像"。我们这一次行动，所有的幸福和激动，还有墙头屋顶上伏着的民兵，都是为了能够顺利地接回这个塑像。

队伍跟在地排车后边载歌载舞，一边呼口号一边往回走。一开始只有我们班主任哭了，后来女同学也哭了。我们几个男同学哭不出来，心里十分不安。

"伟人像"拉回学校，由校长揭了红布：啊，白的，真白啊。

就在迎回塑像不久，又发生了一件大事：发放宝书。宝书不是每人一本，而是每家一本，由村子或某个部门发放。

所有人家都有了一本宝书，而我们家没有。母亲不说什么，外祖母也不说。父亲阴着脸。后来我才知道：父亲以前犯过大错，所以我们家得不到宝书。

我永远也忘不了那种屈辱感。我害怕了。我们全家都害怕了。

但是在同学们中间，我拒不承认家里没有领到宝书，而是装出一副得到宝书的高兴样子：我高兴得合不上嘴！

但是得到宝书的人可不光是高兴。我渐渐发现了这一点 —— 所有获得宝书的人都变了。他们更多地待在家里，再也不像过去那样乱跑了，也不会动不动就咧嘴大笑。过去他们一有时间就到林子里采蘑菇，到大街上吵吵嚷嚷。现在大家十分兴奋，只是将兴奋压在了心底。

发下宝书的第二个星期，老师在班上布置作业：背诵宝书。

我听了头上一蒙。因为这样一来我很快就得露馅，大家很快就会知道我们家没有宝书。

这一夜我失眠了。我没有跟家里人说出这天大的苦恼。黎明时分，我总算想出了一个计策。

天一亮我就找到了一个最要好的同学，提出和他一起背诵宝书。对方很惊讶，问为什么？我回答："我们家里人也要用宝书啊，还轮不到我呢！"

朋友将宝书塞到篮子里，又在上面盖了一层纸、一层白杨叶。我们一起往林子深处走去。

一路上我最想做的一件事，就是赶快看看宝书的模样。但我装出不急的样子。

我们找个空地坐下来。朋友搓搓手，又在裤子上擦一擦，然后将手插进篮子的白杨叶里，说了声"唉"，就把宝书掏出来，又一下抱在怀里。

那一刻我看到了飞快一闪的金光。我搓搓眼，发现原来是薄薄的一本小书：白色封面，上面有长条形的一块红颜色，上面是书名，书名旁边又是小花一样的、更小的几个字……朋友抚摸着它说："'老三篇'啊……我快背上第一篇了。"

我把宝书取到手里，费了好大劲儿才没有让它掉到地上。四周一点声音都没有，连最能吵闹的小鸟都一声不吭了。

我和朋友一起背诵宝书了。我们开口的那一刻，林子里的动物才叽喳起来。它们在用自己的语言背诵，一定是这样。

离开林子时，朋友把宝书收走了。可是那些词句却永远不会从我的脑海里走开,我一遍又一遍默诵,然后就是小声咕哝。我吃饭背,睡觉也背。父亲母亲,还有外祖母,他们都慌了,以为我害了什么大病。这种事跟他们无法解释。

整整花了一个星期,我将宝书全文背诵出来了。这个星期只要有一点闲空,我都要和朋友坐到林中空地上。

全班背诵宝书比赛,我背得流畅极了,一个字都没有错。老师在班上说:"我们就该背得好!你们知道吗?南边一个村子有个老太婆八十岁了,没有牙了,还背得一个字都不差哩!"

大家嘴里发出"啧啧"声。

也就在比赛后不久,有人说公社代销店里摆放了宝书!我被这消息激动得满脸通红,长时间听不清任何人说话,心突突跳。

第二天我就到公社代销店里去了,提了一只篮子,篮子里装了白杨叶子。我一头扎进去,一眼就看到架子上摆了一溜宝书。我大喊一声:"买……"售货员是个长了络腮胡子的人,他的手正往架子上伸,一听我喊立刻缩了回去,沉着脸说:"要说'请一本'!"

"我,'请一本'……"

回到家里天都黑了。我一点都不饿。蚊子嗡嗡叫,我放下有了破洞的蚊帐,点起小油灯。我抚摸了一会儿宝书,又用一块手绢盖上。吹熄了小油灯之后,只要一闭眼,手绢里就会闪出一道金光。我闭紧眼睛,金光还是刺得人睡不着。

这样到了下半夜,总也无法入睡。最后我蹑手蹑脚下了炕,找到了一个陶盆,将陶盆扣在了手绢上。

捉狐狸

狐狸在哪儿？大家会说一定是在林子里。这是不会错的，它们主要是在那里，因为喜欢树。动物比人更热爱大自然，这是我们都知道的，所以我有一次曾经在作文中写道："我们要像动物那样热爱大自然"，结果让语文老师狠狠批评了一顿。我至今都不明白自己错在哪里。

但是狐狸也愿意在村子里溜达，到老乡家里串串门什么的。它们原来也是喜欢热闹的。不过村里人、林场和园艺场的人，全都讨厌狐狸，说这些东西品质很坏，只要来了就干坏事。

它们能干什么坏事？我和同学们都很好奇。按照林场老人的说法，狐狸这种动物实在是太招人恨了，它们其实应该算是人类最危险的敌人。我们听了就问：狐狸和地主，究竟哪个危害更大？老人们被我们问住了，想了很长时间才恨恨地说："一样坏！"

据他们说狐狸最可怕的是伪装自己：变成美丽的姑娘去迷惑年轻人，或者变成别的什么东西，反正只要是能祸害人的方法，它们都愿试一试。这样讲得多了，大家也就真的害怕起来。我们平时走在街上、林子里，只要见了不认识的、特别好看的姑娘，总要在心头闪过两个字："狐狸"。

我们班主任就是个漂亮姑娘，她是从师范学校毕业的，接替了前一个年纪大些的女老师。她站在讲台上，让人觉得很像狐狸。当然这是一种错觉。

我的同学"黑汉腿"近期总是上课迟到，被老师一连批评过几次。他每次进教室都很疲倦，好像一夜没睡似的。有一天他又来晚了，打着哈欠进门,被老师罚站了。

课间休息时,"黑汉腿"小声对我抱怨说:一个狐狸缠上了婶妈,叔叔要和狐狸斗,自己一直在帮叔叔,所以夜里睡觉很少。我听了大吃一惊:"还有这事?说说看!"

原来他婶妈被狐狸附身了,总是胡说八道,要治好她的病,就得把狐狸捉住或赶跑。具体办法就是从婶妈身上找到一个跳动的"气泡",那是狐狸附身的表现——只要冷不防用针扎住了气泡,那狐狸也就求饶了。

"我夜里给叔叔擎灯,他拿着针找……"

我惊得合不拢嘴。头一回听说这事,但又不得不信。我知道"黑汉腿"有欺负同学的毛病,却不会撒谎。我想了一下,建议找几个人一起帮忙,这样就能早些逮到狐狸了。

"黑汉腿"同意了,不过只让我找两三个最好的朋友。

就这样,我们几个人一到天黑就去捉狐狸了。过去总以为那种事要带上围网和枪去林子里,哪知道也可以从一个女人身上捉。这事说起来没人信,但真的实实在在地发生了。

"黑汉腿"他叔四十多岁,说话时总是骂人,呵斥我们的灯举得不高、不正。他拿了一根绣花针,手又大又笨,低着头喘气,仔细看着脱了上衣的老婆。她一会儿笑一会儿哭,两手端起乳房吓唬我们。

我们几个看看"黑汉腿",有些不好意思。她的皮肤不太白,粉红色,比较胖。"别东张西望,好好瞅,往腋下、脖子上瞅,它就往不起眼的地方钻,狡猾着呢!""黑汉腿"他叔说。

这样捉了多半夜，什么也没发现。大家都累出了一身汗。女人哈哈笑，好像她胜了。男人卷了一支烟抽，盯着她说："狗东西，真想一顿巴掌揍死你！"话是这样说，他一下都没有打，还给她披上衣服。

"黑汉腿"想起了什么，突然对叔叔大声嚷道："要不要脱下她的裤子？那气泡说不定就在下边哩！"

这话太有道理了。谁知他叔一听扔了卷烟，骂着说："胡诌八扯！气泡轻，都是在腰带以上转悠的……你给我看好了！"

捉到凌晨两点，什么收获也没有。大家散开，约定明天继续。

就这样捉了两天。第三天发生了奇迹：正在举灯的"黑汉腿"突然噘起了嘴，盯着叔叔，向一个方向示意——他的目光盯在婶妈左腋窝下边。他叔反应慢，我们却看见了，那儿真的有一个蚕豆大的气泡，一下一下跳动着游走，走得很慢很慢。我紧张得呼吸都停止了，好不容易才转过神来，悄悄用手指了一下。

"嗯！我叫你……嗯！""黑汉腿"他叔终于看准了，一针扎上去。

几滴血珠渗出，气泡不动了。女人立刻尖声大叫，一头歪在炕上，翻着白眼。

"我今个就是问你，还敢不敢进这个家门了？还敢不敢？"

女人哀求不止："我再也不敢了！我不敢了！快放了我吧！我不敢了……"

"你到底躲在什么地方？说出来我就放了你！""黑汉腿"叔叔声音严厉得吓人，我们所有人都害怕了。

"我，我说了你们也找不到，我还是不说了！"

"不说？不说那就扎着，疼死你！"

"行行好吧，放了我吧……哎呀疼死我喽，我，我说了吧！我就在林子西头大橡树底下，一大堆乱柴火里面，大草团软软和和是我家……"

"黑汉腿"他叔大骂，搓着手看我们："狗东西狡猾不？这让咱去哪儿找？狗东西，我看还是扎住你更好，扎上一天一夜，看你疼不疼死！就扎住你！"

"行行好吧，行行好吧！""黑汉腿"的婶妈哀求着，奄奄一息了。

我们难过极了。后来我们一齐替她哀求，说反正它发过誓不再来了，干脆就放它一马，放了它吧。

"黑汉腿"也哀求起来。他叔又抽起了烟，看看歪在一边、脸色发白的老婆，说："你再发一遍誓我听听！"

"我就是死了也不再来了！谁要说谎天打五雷轰……"

男人叹一口气，把女人扶起，看了看窗外，将针一下拔了下来。

女人像个稻草人一样，轻轻地倒在了炕上，一点声音都没有。"黑汉腿"他叔抓起一床被子给她盖上，搓搓手说："行了。"

第二天上学时，"黑汉腿"告诉我们：婶妈的病好了，再也没有胡说一句话，一直睡着，睡得可香呢。

大清的人

林场旁边有个小村，村里有我最好的朋友"二九"，就是那个忆苦能手的孩子。"二九"爹年纪很大,因为他和老伴生"二九"时已经很晚了。有一天我和"二九"正在林子里采蘑菇,突然"二九"坐在地上想哭。

"'二九'你怎么了?"我摇晃他问。

"我爹大概快死了。""二九"擦着没有泪水的眼睛说。

我不相信,因为前几天还见他爹去园艺场买了半篮子苹果,走路满结实的。我说他是胡诌,不吉利的。

"二九"说:"这是真的,村里上年纪的人都这么说。别看我爹瞅上去没有毛病,其实活不久了,这得好好端详一下才知道,不信就等着看吧,大约就是这一年里的事。老人们都说,'二九爹吃不上明年的麦子了!'"

我又惊又气,连忙问这是怎么回事?这样说的根据又是什么?

"二九"长叹一声:"老人们说他'改了性'了,也就是说行为太反常了,这全不是好兆头……"

"怎么'改了性'了?又怎么反常了?"

"我爹这些年走路不稳,动不动就摔个跤什么的;要紧的是他不喝酒了,也不愿说笑了,还把头发编成了一根小辫,说自己是'大清的人'……"

我愣住了,问什么是"大清的人"?

"我爹说他是'大清朝'过来的人,是这个意思。村里人一听吓坏了,说你长在新社会、活在红旗下,怎么会是'大清的人'?你真反动啊!让人出一身冷汗啊!他们这样吓唬他,他一点都不害怕,还掐着手指头算,说自己是哪一年出生的,算来算去是真的,他就是清朝最后那几年出生的!"

我很长时间没有说话,因为我从来没有想过还有这种怪事。一个人是清朝年间出生的,就是"大清的人"?我有点不信,可也拿不出什么理由反驳。

"二九"说:"我爹这样说行,换了别人早抓起来了,好在他是苦出身,这个都知道;再就是他太老了,突然'改了性'了,也就没人追究了。"

这件事对我的触动太大了。我从此遇到了一个全新的问题,就是人的出生带来的奥秘——到底属于什么人从此也就决定了,并且一辈子都改不了;再就是人到了老年突然行为反常,这叫"改性",是一种最不好的兆头。

为了亲眼看一看这种怪事,我跟"二九"去了他家。他老爹以前见过我多次,不过没有好好说话罢了。但我相信他一定认得我。

谁知老人一点都不认人,笑嘻嘻看着我问:"孩儿是哪搭的人?"我介绍了自己,同时认真端量老人,想看出他有什么异常。我首先觉得他笑得不自然:太甜了。因为在我不太多的人生经验中,只有小姑娘才这样笑。瞧老人嘴上眼上腮上,到处都是笑。

"二九"反复对他说:我是最好的朋友,以前多次来过村里、家里,你怎么就不认得了?老人"哦哦"点头,笑,口水都出来了。

我觉得小孩子才笑得流口水。这又是不正常的证据了。我转到老人身后,立刻大吃一惊:他脑后果然有一根细细的小辫子。我差一点叫出来。太怪了,这小辫要多难看有多难看,像小拇指那么细,又干又涩像一绺枯草。我实在忍不住，就盯着他的眼问：

"大伯，你为什么扎起了一条小辫啊？你又不是小姑娘。"

老人的眼一瞪，不笑了。他的食指翘起来对我解释："你小孩儿家不懂，村里上年纪的人也不懂！我是'大清的人'哪，我们那一茬儿都是扎辫子的啊——人啊，从哪里来就到哪里去，我又得回'大清'那里去了……"

我心上一沉，突然想到了"死"这个字。我听明白了，老人说的是他要死了，这不过是个转弯抹角的说法。同时我也注意到了老人的眼睛：眼珠硬得像石头，而且泛着灰蓝色，就像小狗的眼睛。完了，我心里想，村里人的判断一点都没错，也许他真的要永远离开我们了。

与"二九"爹分别时，老人一边用衣袖擦鼻涕一边送行，一直把我送到村口。我走了老远，老人还在那儿望着我。一会儿"二九"追上来，一凑近了就小声问我：

"怎么样？我说得不错吧？俺爹要死了。"

我心里难过，但不想说出真实的判断。我点头又摇头，再次回头去望。

"二九"说："你注意到了没有？俺爹走路就像漂在水上一样。"

说实话，这我倒没看出来。

就在我去看过"二九"爹不久，大约是一个多月之后，老人真的死了。

嘴子客

在我们海边那儿，跟最能说、嘴巴最巧、不太务实的人叫"嘴子客"。

这既是个贬义词,又多少包含了称赞的意思。凡事有利有弊,一个人能说会道是个大本领,不过又往往令人提防。

据说我们海边这儿盛产"嘴子客"——这里天生出巧嘴,也天生出华而不实的人。不过我们并没有发现自己多么会说,反而常常因为不会表达而苦恼。在班里上作文课时,老师总嫌大家语言不丰富。

在当地,最有名的"嘴子客"叫"本林",这个人名气太大了,是人人佩服的一张嘴。他不光会说巧话,而且高兴了一张嘴就是合辙押韵的一大套,几乎连想都不想就吐成一长串,让人惊奇得不得了。

我们这一伙平时最爱干的几样事情,一是掏鸟窝,二是去海边上看光腚拉网的人,三是看电影听忆苦会,再就是听"嘴子客"说竹板了。他和一般说竹板的不一样,从来不带竹板,而是直接拍打光溜溜的肚皮,发出"劈劈啪啪"的声音给自己伴奏。

"本林"个子不高,长得结实,三十多岁,额上有几道深深的横纹,像老人一样。但是他腮上有两个酒窝,又像姑娘。谁都知道这是一个好人,心眼好,忠厚,干活肯吃苦,又能给大家送上欢乐。

当年电影不是经常能看到,看大戏更难,最方便的就是听"本林"说上一段竹板。林场和园艺场的工人、村里人,只要想起他来就会嚷:"本林哪去了?让他给咱们说一段呀!"

"本林"和大家一样出工干活,不同的是空闲时间还要为别人说竹板。无论是在田边街头,只要看到围了一大堆人,那中间肯定是说得满头大汗的"本林"。

我有一次好费劲才挤进人群,就近听了一遍"嘴子客"。当时他正说到了最热闹最激动的时候,头往前伸着,瞪着大眼,嘴角全是白沫;为了更用力更方便地拍打肚皮,屁股使劲撅着,一条腿在前,一条腿在后;拍打声一会儿快一会儿慢,一会儿闷一会儿脆,这完全为了配合说出的内容。

他在说海边上抓特务的故事:特务从哪里来、怎样在海里划水、上了海岸怎样伪装、长了什么模样,都说得一清二楚。大家兴奋得跺脚。我那会儿对他崇拜到了极点,心想这辈子最想学的就是这个本领了。

在"本林"嘴里,那个特务长得像一只老鼠,贼眼,尖嘴,不时地用两只前爪搔着胡子,伸了两个门牙磕打。抓特务的民兵快如闪电,指挥员浑身闪亮,手握驳壳枪,最后像老鹰抓小鸡一样把特务擒住了。

人群吐出一口长气,大呼小叫,拍手跺脚喊着:"'本林'哪,你他妈真是没治了!你是什么怪物托生的啊,你活活让俺急死、笑死!"

我和同学前后听过三五次"嘴子客"的表演,最弄不明白的一个问题是:他是临时编出来的,还是提前编好了背下来的?我们为此争执不下,有人作证说:"他是一边说一边编的!因为有好几次村里人为了考验他,就指着旁边随便一个东西,比如镢头,比如南瓜,让他马上说出一段——他真的就说了,而且说得一样好!"

我们无话可说了。这真是一个奇迹!不过说心里话,我们几个最想做的事,就是能够亲眼见证一下,这样才能打消怀疑。

机会真的来了。有一天刚刚下过一场小雨,我们几个出门逮知了猴,想不到正遇上班主任老师,她也出来逮了。她撩一下大辫子蹲在地上找小洞,不太搭理我们。知了猴在油里炸了吃最香了,想不到老师也爱吃。

我们很高兴。正忙着,"本林"走过来了,他肯定也是来找知了猴的。

我们立刻围上他。一会儿我们把他引得离老师远一点,央求他为我们说上一段,说我们早就想拜他为师了。他一个劲儿推脱,我们就不依不饶。没有办法,他就咕哝说:"说吧,说吧——说个什么?"

我们灵机一动,指指远处的老师说:"就说她吧,怎么样?"

"本林"敞开了衣怀拍打起来,一边拍一边发出"哎、哎"的声音,只有两三分钟就全编好了,接连不断地说出了一大段:

"哎、哎,大辫子,长又长,一看活像孩他娘;知了猴,找得多,回家扔进小油锅;炸一炸,喷喷香,然后再加葱和姜;吃得小嘴直冒油,革命路上挣上油……"

我们听傻了。"本林"越说越急,越说越快,额头上滴下了豆大的汗珠。更奇怪的是他一边说一边往我们班主任跟前凑,我们不得不赶紧揪住了他。

好不容易说完了一大段。我们趁他揩汗时问:"你怎么往前凑啊?你不怕她听见?"

"本林"抱歉地笑笑,说:"对不起,我说着说着就忘了。我只想离她近一些,看得越清说得越准啊……"

有了家口

不记得是十五岁还是十六岁,我有了"家口"。什么是"家口"?

简单点说就是"媳妇",海边人都是这样说的。这是多么让人害羞和暗自高兴的事啊,可惜我有点受不了。我后来甚至害怕了。

这事不是在学校发生的,因为那个地方不可能发生这么大的事——老师和同学都正正规规上课下课,最好的事和最坏的事都不太可能发生。

这是学校放伏假的事。我们一帮同学一到这时候,就可以在林场园艺场、在海边尽情撒欢了。夏天放假叫"伏假",外祖母说三伏天里放假,所以就叫"伏假"。可是我脑子里总是想着"伏"在沙子上享受假期。这是真的,我们一到海边林子里就伏在了地上,要不说这是"伏假"嘛。

林场有个叫"小碗"的女同学做过我的同桌,后来调整座位才分开。我们同桌时相处得好极了,她给我橡皮和彩色铅笔,我给了她一只带紫花的贝壳。我们分开后,我很不高兴。

"小碗"也不高兴,有一次课间操时对我说:"我的新同桌喘气像牛一样。"我很满意,接着问:"我喘气像什么?"她认真想了想,说:"大概像羊吧。"我非常满意,因为我喜欢羊。

放假时大家到海边玩,看拉大网的。因为那儿常常有人脱到光屁股,所以我建议"小碗"不要去。大家都跑走了,只有我和"小碗"躺在沙地上看天。天上不时有云雀在叫,"小碗"说:"真好听啊!它怎么就不累?"我说:"它高兴,就不累。凡是高兴的事,干起来都不累。""小碗"想了一会儿,说:"你说话真有'哲理'啊!"

"哲理"这个词是老师上个学期刚教给我们的,这会儿被"小碗"用在了我身上。我的脸红了。她凑近一点看我,我的脸更红了。

如果能够及时阻止自己脸红就好了,可惜这很难。我越不想脸红,脸就越红。我把脸转到一边。可是我的脸像火烧一样。万万不巧的是大家这会儿正好从海边回来了，他们说说笑笑，谈的是拉网人刚逮到的大鱼。他们正说着，突然就不吱声了。他们在看我和"小碗"。大约有三五分钟，那个叫"黑汉腿"的家伙做了个鬼脸，喊道："真像小两口啊，说悄悄话了！"

这一下引起了所有人的哄笑，他们拍手、跺脚、吹口哨。

整个一天我都不自在，还有一点后悔和害羞。大约到了傍晚的时候，我才有些高兴。我不敢表现出这种高兴。我觉得"小碗"也是高兴的，反正她没有大声反对什么。

天黑时我一个人在家里待不下，就去林边走了一会儿。天上的星星真大，月亮还没出来。我蹲在一棵大野椿树下想了一会儿"小碗"，想她的眼睛、眉毛和嘴。我对她翘翘的小嘴十分喜欢。我想人的一生会有一些大事，它原来说发生就发生。

林场园艺场，还有附近的村子，很快就有人知道了我和"小碗"好。有一天我去村里找"二九"玩，刚刚进村就遇到了两个纳鞋底的老太太，她们用针锥指点我，小声议论着，我隐约听到了"小碗"两个字。我加快脚步离开了。可是刚走了不远，一个抽烟的老头笑眯眯地拦住了我，刮我的鼻子，端量说："听说你有了'家口'？这么早？也好。"

我没有勇气再往村子深处走，就折回了家。一路上我想：事情闹大了。我最担心家里人发火，最怕父亲揪我的耳朵。我的耳朵比一般同学大，可能就是被父亲揪的。

还好，家里人暂时还没有什么反应。这让我多少放心一些了。

剩下的事，就是了解一下"小碗"的态度。我突然觉得目前最重要的就是这件事了，老天，她的态度多重要啊。

我想去"小碗"家，可是不敢进门。我在离她家很近的地方转悠，一直转悠了三天。第四天她出来了，是跳着出来的，看来十分愉快。我赶紧迎上去。可是她一见我立刻不高兴了，脸板了起来。不过她并没有躲开，而是慢慢往前走去。

我们在一棵苦楝树下站住了。我一片片揪着树叶玩，不吭声。这样一会儿，"小碗"抬头看我了。我的脸一下红了。她叽叽笑。我咬咬牙，终于鼓起勇气说："他们，都说我有了'家口'……挺麻烦的啊。"

"小碗"好不容易才止住了笑，说："就算是'家口'，又怎么样？你害怕？"

我一愣，马上说："不害怕！我最愿意了！我早就……不害怕了！"

"你喜欢我哪儿？"

"你的小嘴。"

"小碗"不高兴了："就嘴巴这一样？"

我赶紧否认："不，全都好的。'小碗'，你爹妈知道了会怎样？会打你吗？"

"小碗"大笑："他们不知道。就不告诉他们，明年再告诉——他们知道到了咱也不承认——咱们明年再告诉他们，说好了，就明年！"

她的胆子真大。我从心里佩服她。好样的，我的"家口"真是好样的。我一下有了勇气和信心。不过我也知道，今后作为一个男子汉大概得承担点什么——有"家口"和没有"家口"当然是不一样的。

一种沉沉的、乐于承担的责任，从那天起压上了我的肩头。

炕和猫

"狗在地上，猫在炕上"，这是外祖母常说的一句话。她的意思是，猫和狗是两种不同的动物，对待它们要有原则，不能乱来。比如说狗上了炕，她会马上严厉地斥责，让它快些到地上来，不然就打它了。猫蜷在炕上，她从来没有不满意过，有时还主动地把它抱到炕上。

有一段时间，我从学校或林子里回家，第一件事就是看看炕上有没有猫。因为它蜷在炕上的模样早已让人习惯了，觉得那样才是正常的。其实猫也有自己的事情，它常常不在家里更不在炕上，而是去林子里、去其他地方做点什么。它主要是贪玩，其次是要了解外面的世界。

我发现猫喜欢的地方与我们一帮朋友大致相似，比如林子、园艺场和村子等。它如果不按时到这些地方去转一转，就会寂寞。它还会与另一些猫在一起打打架什么的，这与我们也差不多。

不过猫一定会按时回家，待在炕上。那时候它很正经，好像从来没有胡闹过似的，表情十分严肃。我有时与它一块儿待在炕上，长时间看着它严肃甚至还有些忧愁的小脸，用力忍住才不会笑出来。它在思考什么大事？它沉重的表情让我不好意思将其抱起来嬉耍。

当它低头思索的时候，我们所有人都得承认：它的心事太多了，也许正思索着全世界的大问题呢。它真的像一个智慧老人，长了两撇胡须，永远皱着眉头。我伏在炕上,与它面对面看。这时它一点都不理我,只偶尔半睁眼睛看看我,然后重新闭目思考。

可是我不会容忍它一直这样严肃下去。我要和它玩,无论它愿意与否。我捏捏它的鼻子,亲亲它的额头,握住它又软又小的一对巴掌。在这个世界上,谁的鼻子长得比猫更好看?圆圆的直直的,还有一层粉细的绒毛,摸一摸有一种美妙的手感。如果把嘴巴贴在这个小鼻子上,会有一种痒丝丝的感觉。

它偶尔也会停止思考,让我玩一会儿。但是它如果正想着某种大事,就一定会千方百计挣脱我,去另一个地方待着。它从炕的这头挪到另一头,有时干脆冲出屋子,跑到灌木丛中,或者爬上高高的树杈,趴在那儿思考。

猫是所有动物——包括人——当中最善于思考、花费思考时间最长的一种。当然它不会告诉自己思考了什么,这一点也跟我们差不多:平时谁也不会将自己思考的内容公布出来,除非是写作文。

我在炕上写作文,然后就读给猫听。它听得很认真,一字不漏。读完了,我抚着它的头,想知道它的意见。它先要安静一会儿,接着就舔起了巴掌,一下一下洗脸。我明白,它的这种动作是对我表示最高的赞美。

随着冬天的挨近,猫在炕上待的时间越来越长了。炕洞里有热气,炕上热乎乎的,它伏在炕角打着呼噜。因为家里人都忙,父亲母亲不在家,外祖母也多半时间在院里,这时也就只有猫在屋里了。它守住了一个家,使这里不至于空空荡荡的。我背着书包回家,首先向猫报到:我回来了。

狗有时也要钻进屋里,在炕下徘徊。它急得团团转,却不敢上炕。它嫉妒炕上的猫,时不时地将前爪搭到炕沿上看,但最终还是没有跳到炕上。猫对急躁的狗睬都不睬,根本不正眼瞧一下,因为它心里再明白不过:狗是没有资格上炕的。

冬天终于来了。这里的冬天多冷,北风呼呼刮,雪花零零碎碎飘下来,滴水成冰。这个时候无论是园艺场还是林场、周围村子的人,全都躲在家里了。而全家的中心就是炕,炕洞里燃起了木柴,烧得噜噜响。

一家人都坐在炕上抽烟,吃地瓜糖,讲故事。如果有串门的人,也一定请他脱了鞋子上炕,和全家围坐一起。这时炕上的猫不再独自思考,而是用心听着每一个人讲话。它大概听得懂所有话,一会儿看看这个,一会儿看看那个。

它最爱去的地方是外祖母的怀抱。她抱着它,一会儿抚摸一会儿拍打,有时还要往胸口那儿拢一下。

母亲说:"猫跟你姥姥最好,他们关系最近。"

我问:"它和我怎样?"

母亲说:"差多了。它不喜欢你。"

我心里有些委屈。因为全家人谁也没有我花在它身上的时间多,我总是和它玩啊玩啊。"为什么啊?"我问。

母亲说:"你不让它清闲。"

专教干坏事的老头

林场有个看林子的老头,六十岁左右,总是笑嘻嘻的。他一个人在林子里窜，没什么事，平时只和不会说话的树木、野猫之类打交道，肯定十分孤独。所以他见了我们一点都不烦，还请大家到他的铺子里玩一会儿。

他住的这个地方真不错：半卧在土里一截，有锅灶有炕，各种瓶瓶罐罐摆了不少，里面全是好吃的东西。他高兴了就问我们："想吃什么？"还没等我们开口，他就拧开大瓶子盖，取出酸的甜的给我们吃。

野果被糖水泡着，海蛤也腌了一小坛，还有咸鱼和肉，有蜜枣。这些东西简直连做梦都想不到。我们吃了，他就挤着眼说："吃了也就吃了，不准到外面说。"我们问为什么？他说现在的人嫉妒心太大，如果知道这里有这么多好东西，那他还用活啊？"他们会怎么对你？"我们问。他用烟袋杆在脖子上比画一下："杀了我。"

他这话当时吓人一跳，后来想了想，觉得也太夸张了。不过这个老头真不错，对人和蔼，又舍得东西，更主要的是会讲故事。

我们这一辈子可能再也遇不到比这个老头更会讲故事的人了。这些故事据说十有八九是他亲身经历的。不过说真话，我们也没有全信。比如他说亲眼看见云彩上下来一个红毛老头，是雷公，听说他有好酒好肉，就在打雷的间隙里下来讨一口吃。还说半夜有个娘们儿从海里爬上来和他结婚——"她脸上的胭脂味儿太大了，顶得我心口疼。"他这句话就露了馅，谁都知道海水会洗去胭脂的。

老头还吹牛，说自己为什么看了一辈子林场？就因为会功夫。"想想看，上级把这么大一片林子交给咱，也真是放心。为什么？就仗着咱有功夫。"

"功夫"两个字是最吸引人的。因为长期以来听了不少飞檐走壁的传说，就是没能亲眼见到一个有功夫的人。这样的人近在眼前，这是多么大的事！我们都想看一看，想跟他学上一招。

老头在我们的一再央求下，在炕上打了一会儿挺，最后还是爬起来，往两手吐了几口唾沫，攥紧了拳，蹲成马步，往左右狠狠挥了几下。

"就这样了？"我们大失所望。

老头说："教多了你们也记不住。有的功法太深，小孩子是看不明白的。"

我们一齐说试试吧，千万别小看我们，多练几招吧。老头叹气，很厌烦我们。他咕哝了几句，再次蹲成马步，伸出食指和中指，往一个方向举着，说："告诉你们吧，这叫'剑指'。"我们问："'剑指'怎么了？"他说："这样一指，另一只手里的宝剑就砍过去了，那意思就是说，取你的'首级'！"我们又问："'首级'是什么？"老头又一次悲伤地叹气："哎，'首级'就是敌人的脑袋啊！"

我们吸了一口凉气。

老头不再练下去，只说"以后"吧，这功夫的事也就放下了。剩下的时间主要还是讲一些乱七八糟的故事，说一些林场和园艺场、村子一些人的事情，这些人早就死了，个别人还活着。他把这些人说得或者吓人，或者笑人，再不就是让人听了脸红。这个人知道得可真多。

我们回家时还一直想着看林子的老头，觉得他太古怪太有意思了。他的小铺子真是天下最好玩的地方。我们决心保密：这么好玩的去处，谁也不能告诉。

可是有些好事不讲出来心里就会发痒。也因为不小心，我回家说出了那个看林子的老人。父亲看了母亲和外祖母一眼，严肃地说："以后不要去了，那个人不正经。"母亲和外祖母也沉着脸说："别去找那个人，那不是好人。"

我后悔说出了他。不过我也多少相信家里人的话。后来见了几个伙伴，他们当中也有像我一样回家说过那个人的，家里人也阻止了他们，理由都差不多，说那个老头不是什么好东西：专教人干坏事。

我们几个害怕了一阵，但几天之后就忘记了，反倒更加想念那个地方。大家不约而同要去看他，都说：这怕什么？他又不吃人。再说了，一个老头再有心眼，还有咱们一伙加起来聪明？咱们什么都不怕。

我们又去了老头的铺子。老头很高兴，说："我知道你们还得转回来。"他除了照旧慷慨大方地拿出好吃的东西，还给我们变戏法——用一个手绢盖住三颗橡子，不知怎么就变没了；还将一粒橡子塞进我的衣领里，说一声"走"，就再也找不到了——正纳闷，他伸手到我的短裤那儿一捏，那颗橡子就抓到了手里。不过他顺便在我下边按了一下，说这是"橡子"，让我脸上烧起来。

说实话，与老头相处的这些天里，最让我们信服的还是变戏法这件事，这是真本事。

因为玩得高兴，常常是天黑了还不想走。肚子饿倒也不怕，老头这里吃的东西很多。天色一晚，老头就更有意思了。他一点都不困，两眼比白天还亮，笑得很响。他说自己是和猫头鹰差不多的脾性：特别喜欢黑夜。我们问为什么？他就说：

"咱有一双夜眼。别人黑影里看不见的东西,咱能。咱这辈子在黑影里见过的秘密多了。就因为咱知道的事情多,所以名声就坏——想想看,人这一辈子德行再好,谁还不干一点坏事?咱知道了他的坏事,他能不恨、不防着咱?"

我们对望了一下,突然恍然大悟了!我们这一下明白了:村里、林场和园艺场,所有说老头坏话的,都是因为害怕这个老头啊。

从那时起,我们与老头的情感加深了,也不再提防他了,甚至还喜欢起来。就这样,我们一有时间就来找他玩,每次都待到很晚。老头从来没让我们失望过,因为他的故事多到了令人没法想象的地步,讲上一天一夜都不会重复。他还对我们说:"人老了记性不好,我如果把讲过的又讲了一遍,你们就拧拧我的耳朵,我就会从头讲新的了。"

我们答应了他,不过一次也没有拧他的耳朵。

随着时间的推移,大家和老头越来越好,也越来越随便。比如憋尿时,过去要跑到大树后面,现在被老头看到了也不在乎。不仅我们这样,老头也是一样,他小便时也不背着我们。有一次他甚至提议让大家站成一排,由他喊一二,一齐开始,看谁尿得更远更高,胜者奖励一把核桃。他在地上画了一条线,我们当中只有一个人尿到了那么远。他有些失望地蹲下看了,说:

"我和你们这么大时,尿得比你们远多了。"

他的话没有一个人怀疑。因为这是一个不同寻常的、了不起的老人。

就因为佩服他,他的话也就格外有理和可信。他有时说腰不舒服,就躺在炕上,让我们轮流踩他的背,他就享受地哼呀着。还有时他会一丝不挂地躺在外面阳光下,让我们用热乎乎的沙子把他埋起来,只露出一个头。他说:这是治病。

有一次他笑嘻嘻地问我们:"有没有欺负你们、又拿他没一点办法的人?"我们几乎异口同声说:"怎么没有?当然有!"

我们首先说到了指挥拉大网的那个海上老大,那家伙经常把我们从鱼锅旁赶开,还骂一些难听的话。我们对他又怕又恨。老头听了撇撇嘴,说:"这个好办。"

接着他慢条斯理讲了几个治服海上老大的办法,让人大开眼界。一是等那家伙睡着了时,往他身侧放一块大鹅卵石,这样他一翻身就会硌得跳起来;另一个办法更好,不过得几个人相互配合:海上老大平时在海边只穿一条大裤衩子,这时你们就围上他说话,他一定烦得赶人,而你们这会儿就趁机下手了。具体步骤说得详细:

"你们先去林子里找一只大刺猬,这东西很多,不难找。找到了戴上皮手套拿着,藏在身后。海上老大轰赶你们时,你们就挠他逗他,趁他没有防备,赶紧下手:一手飞快揪开大裤衩子的松紧带,另一只手把那只大刺猬放进去,然后抬腿就跑……"

大家笑得肚子疼。都说这方法最好不过,只是有点狠。我们都想到刺猬扎人会多疼。

还有一天,老头说到了喝酒的问题,说他如果钱再多一些,这铺子里会有多少好酒啊。"当然我是不缺钱的,我有工资。我是说你们这些小孩子,恐怕家里大人不会给你们多少钱吧?"

我们点头。他算说到了点子上。

老头咂咂嘴:"有本事就不会缺钱,这事得自己想办法。我和你们这么大时,有的是钱。我进海钻河捉大鱼,采药材,怎么都是钱。最省心省事的是卖大辫子……"

他说到最关键的地方反而停住了。我们担心听错了,问了问,没错,是"大辫子"。这真是古怪到极点。再问,他就从头说起来。

"你们不知道,最值钱的东西就是'大辫子'了,越粗越黑越长也就越值钱。女人才有这东西,她们不舍得剪呀,为什么?就因为辫子长了才招眼,喜欢她们的人就多。还有,费了许多年才长这么粗这么长,每天里梳啊理啊,时间长了也就有了感情,所以谁也不舍得剪下它来……"

"为什么'大辫子'值钱?卖给谁?"我们问。

"哪个村的代销点、采购站都收购它。这东西可能上级有大用,反正一条'大辫子'能卖这个数,"他伸出大拇指和小拇指。

"六块钱?"

"咔,六十块钱!不信吧?就这么贵!看起来价钱不低,仔细想一想这样的一条大辫子得长多少年啊!所以说嘛,一点都不贵。那时我知道这个,见了有大辫子的姑娘就讨她高兴,夸她,给她仨瓜俩枣的,说反正辫子早晚也得剪,不如行行好剪下给我——她要不剪,我就会偷,等她干活特累特困躺下睡着时,用一把快剪刀,咔嚓一声剪了就跑,头也不回……"

我们听得瞪大了眼睛。这事有点玄,也有点惊险。

大家沉默了。这样一会儿,老头笑嘻嘻盯住我们看,说:"咱这一围遭儿我看了,谁也没有你们老师的大辫子好!"

他说得一点不错。刚才他说的时候，我就想到了我们班主任。她的辫子又粗又长，搭到了腰上，而且在阳光下闪着亮。

谁能得到我们老师的大辫子？这事连想一下都害怕。

老头使劲撇着嘴说："她留那条大辫子干什么？不顶吃不顶穿，用来支援国家不好吗？她是不会想得开的……要是我当她的学生，早就给她卸下来了。"

"卸"这个字有点吓人，不过也不过分。想想看，那么粗大的辫子，就像身上驮的一件重物差不多，也许真的需要"卸"才行。

我们都说："那可不行。那怎么行。谁也没法让老师割下自己的辫子啊！"

老头摇摇脑袋："那就看想不想办了。真要想办，还有办不到的事？我这里就有两个方法。"

我们一齐喊："不信不信！"

"那我说说看。比如有两个方法，都能试一试啊。一是看电影的时候，人挤起来是个机会，你们几个说老师啊，俺提前占了座位了，去看电影吧，她就会和你们挨着坐了。提前准备两样东西：一把剪子，一根细绳……"

我忍不住了："还要捆她？天哪！"

老头一挥手打断我的话："听着。坐她后边的人拿着剪子，等电影演到最热闹的时候就动手。先将那根细绳拴到辫梢上，然后让远一点的人牵住。这边一剪子剪下，那边飞快一牵就抽走了。她觉得后边缺了什么，回手一摸没了，你往哪儿藏剪下的大辫子？剪刀扔地上就是，大辫子呢？被远处的人抽走了，拿跑了，她也就找不着，怪不得你们旁边的人了！"

我们"啊"了一声，一下明白过来。

老头喝一口水，接着说下去："另一个办法简单，就是想法溜到她屋里，钻到床底下。等她睡得沉实了，一剪子剪下，打开门就跑，她什么办法都没有……"

看林子的老头教给我们的办法当然还有许多，都是对付别人的，比如摔跤时怎么捏对手的胯部、怎么将桃子毛吹进女同学的衣领……这些方法听听有趣，真要实施起来就不那么容易了。

至于说塞大刺猬、剪老师大辫子的事，我们大概一辈子都不会去尝试。

洋大婶

我们最愿意赶集了。集市总是离村子比较远，而且规模越大离得越远。比如公社驻地那个大村镇的集市最大，其次是离林场稍近一些的四个小集市。

集市是人间天堂，那儿要什么有什么。如果有人说世上还有比赶集更好的事，那一定是骗人。这么多人全涌来了，卖东西的、来玩的，还有其他——这得一点点从头说起。一条大街堵满了人，稍大一点的巷子也全是人。谁要在这样的地方不迷路，就得知道许多窍门。

首先要弄清集市的"头"和"尾"。再大的集市也有开始有结尾，如果没头没尾瞎窜，就会走丢。不过只要熟悉了也就好办，这时从哪里穿插进去都能转出来。赶集走丢了的孩子很多，所以家里人总是一遍遍叮嘱。我们几个早成了赶集的老手，什么都不怕。

集市的"头"是卖葱的，一捆捆大葱立在那儿，旁边有香菜白菜和萝卜。集市的"尾"是卖老鼠药的，那儿有一张白布铺在地上，上面摆了制成的老鼠标本，最大的有猫那么大。老鼠药一包包不起眼，它的作用怎样，看看死老鼠就知道了。旁边是老鼠夹子，这是跟了老鼠药走的。

从"头"看下去热闹不断，开烧锅的、打铁的、租书摊，这是集市上的三大"戏眼"。哪儿最香哪儿就是烧锅，一口多大的锅啊，比海边上熬鱼汤的铁锅还大，里面是沸滚的油。什么东西都往锅里扔，一个光膀子的大汉不断地问围上的客人："吃什么？"吃什么就往锅里扔什么，一会儿用铁笊篱把炸好的东西捞出来，用黑纸一包递给顾客。

打铁的最好看，有人拉风箱，有人烧铁块，有人打小锤，有人抡大锤——我们一开始以为抡大锤那家伙膀大腰圆最了不起，后来才知道拿一把小锤的瘦老头最厉害：小锤落在哪儿，大锤就要砸到哪儿。镰刀成了，斧头成了，镢头成了，都是瘦老头指挥干的。

租书摊上全是花花绿绿的小人书，花几分钱就可以取一本坐在马扎上看。这些书码成一摞一摞，真馋人。一个人如果能拥有这么多书，那就连学也不用上了，关着门一口气看完才好。每一次走过书摊，我们都挪不动腿，但咂咂嘴还得走，因为要转遍整个集市。

集市上应有尽有。就连做梦也想不到的东西都有。我们从来没听说有人买不到他想要的东西。如果买不到，那也是他不会找。从"头"转到"尾"还不够，还要转到更弯曲的小巷子里，那里的怪事就更多了。比如割鸡眼的，治秃子的，卖挖耳勺的，卖膏药的……这些说也说不完。

除了买卖东西，集市上还常常发生更惊人的大事，能不能遇上就要看运气了。比如"游大街"，从"头"游到"尾"，让大伙儿一直跟上看，眼都不眨一下。几个背枪的人在前边开路，另一些背枪的人押着几个五花大绑、脖子上挂了牌子的坏人。这些坏家伙年纪有大有小，大的八十岁不止，小的只有七八岁，全都长得难看。

只要铜锣一响，大喇叭嚷起来，我们就知道来了游大街的。集市上所有人都精神起来，脖子伸着往一个方向跑，除了留下看摊的，卖东西的人也跑开了。我们尽可能挨得近一些，因为首先要看清坏人脖子上挂的纸牌，弄清这坏人叫什么、年龄多大、所犯罪行。他们的胆子可真大啊，偷盗、放火、强奸、反革命、地主……杀人犯倒不多，看十次游街的，大约只能遇上一两个。杀人犯要戴手铐脚镣，后衣领上还要插一个木板，上面打一个大大的红叉。

这些坏家伙游过大街以后，就要押回牢里，然后等下一个集市再拉出来。

最让人难忘的是一个八十多岁的老头，还有一个三十多岁的女人。他们纸牌上都写了"强奸犯"三个字。有人指点他们说："瞧瞧，多歹毒啊！"另有人摇摇头说："怎么会呢？莫不是搞错了？"有个戴眼镜的中年人马上反驳道："对这种事要'辩证'地看。"

从那时我们明白了：对古怪的事要用古怪的眼光看，这就是"辩证地看"。

集市上有这么多热闹，其实更有趣的还是去看"洋大婶"。她们是外国人，年纪在四十左右，也有更年轻或更年长的。这些人进了集市，无论多么拥挤都能让人认出来，因为头发不一样，眼神不一样。她们最愿意赶集，远远近近的集市都会去，不是买东西就是看热闹。

"洋大婶"不开口说话时，会让人觉得很疏远，可是一开口就近了：和当地人分毫不差，而且满口土语。原来她们从老一辈就来到了当地，都是本地出生的，有的还嫁了当地男人。

一个"洋大婶"坐在地上卖花线，花花绿绿的丝线摆了一排，真是漂亮极了！我们蹲在那儿看，摸摸这个动动那个，并不想买。"洋大婶"叼着烟卷看着我们，只不说话。"黑汉腿"模仿着电影中的日本人，竖起拇指对她说："你的，大大地好！""洋大婶"马上板起脸："你这孩儿，好生跟大婶说话！"

"黑汉腿"的脸立刻红了。

回到家里议论起这些"洋大婶"，母亲说："她们都是几十年前漂洋过海来的，老家远了，先到海参崴，再到东北，坐船过了海湾，下了船就是咱们这儿。她们是逃难来的，原先家境富裕。不过那边富裕人家不好过，她们就跑到这边了，一代代过下来……不容易啊！"

我心里一下同情起她们来了。我小心地问道："她们，就是'洋大婶'，出身成分怎么定？"这才是我担心的事情。

外祖母说："她们早就没有财产了，穷得叮当响，现在都是'贫农'。"

我悬着的一颗心落了地。还好。"洋大婶"如果是"地主"那该多麻烦，"外国地主"，想都不敢想。

小矮人

附近村子里有一个名声很大的怪人，提起他没人不知。这个人叫常敬，个子只有一般人的一半左右。不过他事事要求进步，已经成为管事的人。听说他除了管自己的村子，还多少要管别的村子。

村里人说到不能以貌取人的道理，总是以常敬为例："才多大一点的人，就这么有本事，连那些身高马大的人都得归他管。"这倒是真的。不过在暗地里，说到人的坏，他们也要以常敬为例："这个人太狠了，早晚不得好死。"

常敬是掌管武装的人。当年海边这儿也算边防，所以武装很重要。上级每年都布置抓特务的事，连我们班主任也要谈到这个，那是学校的统一规定。她在讲课之前使劲撩开那条大辫子，擦擦鼻尖上的汗说："同学们，你们到海边玩一定要提高警惕，遇到可疑的人就要回来报告；他如果向你们打听秘密，千万不要告诉他。"

我们听在了心里，却有许多疑惑。一是特务年年防，从未发现一个。再就是谁也不知道该向特务瞒住什么秘密。说心里话，任何事情光说不练是烦人的，我们还真的盼望有少量特务能来，只是没有说出来。

我们曾经问过村里人："特务什么样子？怎样识别？"这是大家最关心的，因为平时在海边林子里遇到的生人太多了，怎么知道他是不是特务呢？

一般人是无法回答的，只有参加过训练的民兵才说得出一二。他们讲：第一，特务是外地人，所以口音很怪；第二，背了大包，因为远道来执行任务，要带不少零碎东西，什么刀子雷管无线电之类；第三，又黑又瘦，海腥气很大，因为他们都是从海里爬上来的，和一般人不一样。

这几条记住不难，应用起来却不那么简单。比如我们去林子里玩，遇到不止一个符合那几条的，于是就跟上去，最后发现不过是林场园艺场的新工人，他们是外地人，背个大包，口音与当地人也不同。

常敬多年来都是专注于抓特务的人，在海边林子里神出鬼没，有好几次差一点就成了。他个子矮，便于隐蔽；但身子宽，肌肉发达，力量是一般人的两三倍，所以一旦遇到突发事件，他会从树隙里一纵扑上去，谁也不是对手。

他逮过好几个可疑的人，审不出结果，就押到公社武装部了。据说其中的一个差一点就算特务了：虽然不是从大海对面泅上来的，却是附近一个岛上的二流子，长期脱离生产，好逸恶劳。逮住这样一个家伙，揍一顿，遣返原籍，多少也算功劳。

常敬最大的收获是有一年逮到了一个"女特务"。这姑娘身个很高，比我们班主任还俊，所差的只是没有大辫子。她与家里人赌气，跑到外面不回家，不知怎么游荡到了这片林子里，就被常敬逮住了。当时他是背了枪的，子弹上了膛，枪栓一扳，"女特务"立刻瘫了。

常敬自己审了两天，没审出什么，也没押往公社武装部。结果这个姑娘就在他家住下去，成了他现在的老婆。

说到常敬，村里人最佩服的还是他找老婆这件事，都说："不服不行，有志不在身高，看看人家，真是人小能为大啊！"

我们都想亲眼见一见这个神奇的小矮人。想想看，那么小又那么有本事，还掌管武装，该多么有趣啊。同时我们又听说这人脾气越来越不好，打人骂人是常事，都有些害怕。不过越是害怕，就越是想见。

常敬后来被任命为"基干民兵营长"，可以统管几个村子的民兵。每个村子的民兵算一个"连"或"排"，几个村的民兵合到一起才算一个"营"，整个"营"也就归了常敬。

每到了农闲时节，民兵营就要集中受训，各村民兵也就背上枪找常敬去了。他们被带往某个村子的大场院里，日夜操练。常敬这段时间是最忙的。结束操练后民兵各自回村，就像变了一个人，走路挺胸，两眼发尖，说话干脆——可惜这只能保持一个星期左右，也就变回原来那样说说笑笑了。

民兵介绍了不少训练场的事。他们说常敬这个人真了不得！想想看，上级就是有眼光，满街多少高个子啊，人家偏是不用，专用这个小矮人，为什么？答案不说自明，就是凭了过人的本领。听听常敬喊口令吧，那不是人声，那是金属声，钢脆发亮，即便心里没有鬼的人听了也要一哆嗦！常敬打枪、摔跤，摸爬滚打样样超人一等。单讲摔跤这一项，全营都没有他的对手。

关于摔跤，村里人有不同的看法。他们说："这么多大人摔不过一个小人儿？我看是给他留脸面吧！"民兵马上摇头："可不是这样！常敬'下体'沉哪……"

"这是什么话？"大家都不明白了。

民兵说："是这样，人人都分'上体'和'下体'。"他伸手在腰那儿划了一下："腰以下是'下体'。咱一般人都是'上体'沉，而人家常敬是'下体'沉，沉得就像石头。你们知道不倒翁吧？为什么扳倒了又站起来？就是因为'下体'沉。常敬就是这样，别人再有劲儿，哪怕将他举过头顶，只要扔到地上就站得好好的。可是人的力气总有使尽的时候吧？到那时再瞧人家常敬，两眼虎生生的，想怎么折腾你就怎么折腾你！"

民兵的话让人服气，都说："老天爷，原来是这样。"

我们一心要见常敬。为了这个，我们甚至在星期天结伴去过他的村子，结果还是扑了空。村里人说他去公社开会了，一边警惕地盯着我们。我们赶紧走开了。

在春夏交接的季节，林子里是最好玩的。这时鸟儿多，花儿多，各种动物都胡跑乱窜，它们高兴得直撒欢儿。地上蘑菇长出来，药材也不少。到了星期天，谁如果在家里待着就傻了。我们通常要在林子里玩一天，去海边看打鱼的，去河口看挖螃蟹的，去林场找看林人胡扯。

这天下午，我们几个追一只拳头大的小兔，刚进了一片橡树林就听到了古怪的声音。"扑哧""呼呼"，是这样的大喘和屏气声。我们猫下腰往前凑，借着一丛丛灌木的遮挡靠近目标，最后终于看清了。

原来有两个人在空地上厮打，他们不说话或累得说不出话了，只加紧打斗。两人长得相差悬殊：一个又黑又高膀大腰圆，像个铁汉；另一个矮矮的，顶多达到黑汉肚脐上边一点。黑汉一只手举起了小矮人，又抡又摔，可小矮人一落地总是站住了。

"矮的一准是常敬！"我们交头接耳，眼睛不离这两个人。

黑汉气坏了，越来越狠地折腾起这个小矮人，把他摔了几十次、踢了几十次,最后又想骑住搓揉:他把小矮人按紧了,骑上去捶头、打屁股、打腰;往上撩起来,再骑上去。这样重复了十来次,黑汉坐在小矮人背上,汗珠哗哗淌,仰脸大口喘着。再瞧小矮人,在胯下一声不响,像绝了气。我们都知道小矮人这次完了,不行了,心里可怜起他来,琢磨是不是上前求个情……

就在这时,正在大喘的黑汉突然"嗷"的一声从小矮人身上滑下来,脸上痛苦极了。他歪在地上,正要爬起,只见那个小矮人用光光的头顶狠力撞过去,又左右开弓往他脸上打拳,那拳头真是雨点一般。黑汉跟跟跄跄站起,还没等还击,小矮人又一次把他撞倒。这一回小矮人不是打他的脸,而是双拳飞舞打他的腰、小腹。黑汉连连后退,伸手遮护。小矮人并不停手,继续打了一番,然后一只膝盖压住对手,身子往一旁歪去——原来那儿放了一根绳子。

就在我们惊惧的目光下,小矮人将黑汉捆了个结结实实,这才站起来。他嫌脏似的拍拍手,绕着黑汉转了一圈,猛地大喝一声:

"立正!站好!"

黑汉在震耳欲聋的口令中浑身一抖,双脚并拢起来。

小矮人卡着腰盯着黑汉,喊道:"我就想问问你,你想干点什么?"

黑汉的声音颤颤悠悠:"我,我想去买鱼,顺路拣点蘑菇……"

小矮人哼一声,重复问:"我就想问问你,你想干点什么?"

黑汉的回答与上次一样。

小矮人的声音更猛烈了,不过问的仍然与原来相同,一字不差。那个黑汉全身颤抖,缩得不成样子,连连求饶。小矮人极为不屑地瞥瞥他,咕哝说:"这我不管——我就想问问你,你想干点什么?"

小矮人一边咕哝一边拽起绳子末端,牵住黑汉,往村子的方向慢慢走去了。

坠 琴

园艺场南边的村子里有个拉坠琴的人。这人住在村边小土屋中,屋子四周有几棵大树,有土墙小院。他说拉就拉,早晨晚上凌晨,或者是大白天,说不定什么时候就拉起来。他的琴很响,如果顺着风,能传到很远的地方。听琴的人三三两两坐在大树下,一般不会进他的小院。

这个人叫"斜眼老二",四十多岁,脾气不好。但是他的琴拉得太好了,这在方圆几十里都是有名的。村里人都说:"'斜眼老二'的事真叫怪啊,谁也没听说他跟什么人拜过师,怎么就学会了拉琴呢?"

我们一听到琴响,就往小屋那儿跑。早有人坐在了大树下。大家听了一会儿,心里痒,就踩着人梯往里望。原来他坐在院里拉琴,这让我们看得清清楚楚:可能因为眼斜,他拉琴时一只眼盯着琴弦,一只眼看着我们;多大的一把琴啊,琴筒是铜的,上面蒙了蟒皮,有金色花纹;琴杆是紫色的,高过他的头顶,上面有两个大旋钮。

他的嘴绷成了一条线,全身颤抖,整个人激动得不成样子。这时琴声像唱又像哭,是女人的声音,谁听了都不能不动心。他后来大概透不过气来,终于放下了琴弓,大口喘气,喝水……一会儿又拿起琴弓,轻

轻动了几下,那琴竟然像人一样说话了,不过嗓子比人尖亮:

"小家伙从院墙下来——我要打人了——"

一句话说得分分明明,这是真的!可我们亲眼看见了,这话可不是"斜眼老二"说的,而是琴说出来的!大家赶紧从高处跳下来。

大树旁的老人抽烟,笑眯眯地说:"'老二'的琴像人一样,什么话都会说。有时还骂人哩。"

如果不是亲身经历,这事谁也不会信。我回家把这事告诉了外祖母,她说:"他有这本事。他老婆就是这么来的。"外祖母把事情从头说了一遍,让人更吃惊了。

原来"斜眼老二"三十多岁还没有老婆,连提亲的也没有。因为他的眼睛有毛病,又不会说巧话,大概只能一个人过日子了。那时他就开始拉琴了,在小院里拉,有时还到大树下拉。围着听的人不少,他谁也不理。

他一开始拉琴总是慢慢地,渐渐加快,最后快得让人头皮发紧。这样快一会儿,又特别特别慢下来——使劲低头,琴弦上的手指不停地揉动、颤抖,那琴也就唱一会儿哭一会儿。这声音谁也受不了。有一个老人一边听一边端着茶碗喝水,最后实在忍不住了,就把手里的茶碗摔碎了!

这全是真的,不是传说。

"斜眼老二"如果在院内拉琴,拉得时间久了,不仅村里人会到大树下来,连林场园艺场的人也来。最让人吃惊的是不少猫也来了,它们蹲在院墙上,蹲了一溜。猫是喜爱音乐的动物。

有一天"斜眼老二"提着琴来到大树下。来听琴的人不多,其中有个老太太领着女儿。拉了一会儿,那琴声里好像时不时插进一句话,几个人都听清了,说的是:"'小水'真好。"

"小水"就是姑娘的名字。她害羞了,往老太太身上倚。

后来的日子里,小院里时常传出"小水"两个字,像是不停地喊她,但的确是琴声。这样几个月了,有一天小水气冲冲擂开了"斜眼老二"的门,指着他说:"我真想把你的琴砸了!"

她后来并没有砸琴,而是嫁给了拉琴的人。

老贫管

我们学校要有大喜事了。班主任、校长,所有人都兴冲冲地,他们忙前忙后写标语,指挥人打扫环境卫生,还让同学们穿得整齐一些、打起精神。原来"老贫管"要来了。

每个学校都要有一个老贫农或老工人来,代表村子或林场园艺场管理学校,他们统称为"老贫管"。

同学们私下议论即将发生的这件事,都认为能做"老贫管"的肯定是非同一般的人,他必须祖上三代都穷,而且到现在还穷;不光要穷,还不能识一个字,也不能说书上的话;要打赤脚,脚上要有牛屎。

听说南边一个学校去了一个"老贫管",他就常常不穿鞋子,脚上踩了鸡粪牛粪从不在意。

我们正在猜测将要到来的"老贫管",想不到这人说来就来——原来他不是别人,就是"黑汉腿"他爹,是喂牲口的饲养员。所有人都失望了,就连"黑汉腿"也不高兴,咕哝说:"他来干什么。"

学校开大会,放鞭炮,班主任领人呼口号:"向'老贫管'学习!向'老贫管'致敬!"校长讲话了,他说我们学校从今以后就大不一样了,我们有了"老贫管"。"黑汉腿"他爹笑嘻嘻看着老师和同学,就像看饲养棚里的牲口。

散会后大家讨论:究竟是"老贫管"官大,还是校长官大?一时都说不准,意见很难统一。

"老贫管"究竟要干些什么?他平时也给大家上课吗?正这样想着,"黑汉腿"他爹真的一个班一个班走访了。他来到我们班时穿了一件翻毛羊皮大衣,这使人大失所望:这分明像地主,哪里还是贫农?

班主任让大家起立欢迎,说今后"老贫管"会常来班里,他要看看同学们学得好不好、遵守不遵守课堂纪律?"请'老贫管'给我们讲话!"班主任甩甩大辫子,提高了声音。

"黑汉腿"他爹从衣兜里掏出烟袋,想抽又觉得不妥,就插到了衣领那儿,大家笑了。他挨个瞥了一遍,说:"都是前村后村孩子、林场园艺场孩子,不是外人。这么着,好好学,学好了接下咱革命的班儿。说实话,我扔下牲口棚来咱学校也不放心哪,有头花犍子眼看就要生小犊了……"

所有人都笑了。

他继续说:"这头花犍子力气怪大,脾气倔,谁的话也不听,队长的话也不听,只听我的。半夜里我给它添草料,你猜怎么?用头蹭我胸脯这儿,还舔衣襟哩!要不说牲口畜类啊,个个都通人性……我三五天没回牲口棚,昨个回去,嗬,花犍子一见我就哭了,这是真的,它流泪了……"

教室里一点声音都没有。所有人都被吸引住了。

我们真希望他再讲下去,讲多一点,可是他很快就煞住了话头。班主任带头鼓掌。

后来的日子"老贫管"又来过班里几次,在大家的要求下再次给我们"上课"。这一回讲了农田知识,具体说的是"西瓜的种植"。我们都爱吃西瓜,可真的不知道种西瓜还有这么多讲究。比如说,无论一片土地多么肥沃,都不能连续栽种,而必须轮换着种,不然就不会结瓜了。他说到管理,特别是怎样看管成熟的西瓜:

"西瓜瓤儿一红麻烦就来了。咱这儿嘴馋的人真多!那些偷瓜贼趁着黑摸上来,躺在瓜垄里东瞅西瞅,冷不防抱起一个大西瓜就跑,谁能追得上?我制了一杆土枪,装满了火药,发现偷瓜的就开枪……"

大家发出"啊啊"的声音。

"老贫管"抽出烟袋点上,慢悠悠吸几口,说:"放心吧,咱是往天上放的。咱不能为一个西瓜杀一个人哪,是不是?"

班主任一直揪着自己的大辫子在听,这会儿松开辫子,热烈地鼓起掌来。

下 篇

独眼歌手

常奇是我嫉妒的好朋友,因为他是最能唱歌的人,谁也比不上。我是最早学会了简谱的人,所以非常骄傲。可是后来才发现,常奇唱歌从来不需要简谱。

他随便听人唱一遍就学会了。更可怕的是他有时连听也不要听,随口就唱,见了什么唱什么,唱什么都好听。村里人、林场和园艺场的人都迷上了他,都说:"天底下还有这样的物件,真行!"因为常奇太瘦了,大家说:"能叫唤的鸟儿不长肉!"

常奇瘦得像竹竿,脖子细得像胳膊。我有时琢磨,他之所以唱起来又响又亮,主要就是因为这细细的脖子了。这种特别的模样是天生的,所以到头来谁都拿他没办法。

平时常奇没人羡慕,因为太瘦,身上没劲,体育课、劳动课等全是最差的,学习成绩也是最后几名。可是一旦唱起歌来他就显出了本事,全班全校的人都得宠着他,连校长都张大嘴巴盯着他看。

学校常搞歌咏比赛,那时每个班都拉到操场上,站成几排。这种比赛是我们班出大风头的时候,谁也别想赢我们。常奇站在头一排的中间,两眼湿漉漉的——这家伙真怪,一唱歌就这样,不过从来不掉泪,就是唱忆苦歌也不掉泪。老师为此很焦急,因为唱忆苦歌是需要哭的,常奇如果边唱边哭,那效果该有多好,可他就是哭不出来。班主任说:"你努努力,加把劲,泪珠眼看就出来了!"

常奇就是不掉泪,老师拿他一点办法都没有。我们班的另外两个绝招就是打拍子的班主任、粗嗓子的"黑汉腿"。班主任当学生时据说就是文艺骨干,来到我们学校正愁没有用武之地呢。她指挥全班唱歌那才来劲,两手一撒调动千军万马。那不是一般的打拍子,而是变着法儿来:独唱群唱、男女声对唱、轮唱……花样多了。再看她打拍子的功夫,那本身就让人傻眼。

一开始她只用一只手打拍子,另一只手背在身后,一只手就把事办得利利索索。等到唱到激动处,另一只手才使上;到了最高潮时,那就不是两只手的问题了,而是连大辫子也甩起来了,这时候谁能抵挡我们?

"黑汉腿"这家伙平时干什么都不认真,唯独在集体荣誉面前寸土不让。他使足了全身力气从头吼到尾,声音粗得像牛。老师说:"我们班幸亏有了他,不然这声音就不厚,就太尖亮了。"

常奇的嗓子不男不女,如果不见本人只听歌,谁也判断不出性别。他有时要独唱一段,只等老师一挥手,全班再接上。独唱是最关键的时刻,这时就全靠常奇了。可他好像全不费力似的,一双大眼湿漉漉的,不过唱出来的每个字都震得大家耳朵疼。

忆苦歌是常奇的弱项,因为他不掉泪。老师让最能哭的几个女同学站在他的两侧,这才多少弥补了缺陷。一场比赛唱下来,女同学的眼睛哭肿了，一多半的同学嗓子哑了，只有常奇像没有唱过一样，嗓音还像原来。

学校放假时，我们一帮人总在海边林子里转悠，采药采蘑菇，逮几只小鸟，碰巧还能逮到别的什么大家伙。这年夏天由"黑汉腿"提议，每次出门都要叫上常奇。"黑汉腿"迷上了唱歌，所以也就喜欢常奇。其实"黑汉腿"除了嗓子粗能吼，哪有唱歌的本事。

我们在林子里的意外收获很多。有一次草丛里落下了一只大鸟，比大鹅还大，走路慢吞吞的，好像全不怕人。于是大家就想逮到它。"黑汉腿"用一根细细的尼龙网线做了扣子，结果就勒住了大鸟。大家抱住大鸟，叫它"大宝"。"大宝"一开始啊啊大叫，但不长时间就安稳下来。

常奇为"大宝"唱了好几支歌。它真的在听，一动不动地昂着头。

"大宝"的腿很粗，是黄色的，有脚蹼，可能会游泳。我们用一根粗绳小心地拴了它，牵它到河里，它果然有些高兴。我们还牵它到园艺场广场上玩，引来了一大群人，都惊喜得不得了。

"大宝"的事很快传遍了四周，于是麻烦就来了。我们知道嫉妒的人肯定会有，但不知道那些人会下狠手。林场和村子里的几个坏孩子暗中联合起来，正计划抢走"大宝"，可惜我们一点消息都没得到，还像过去一样炫耀着，牵着它走来走去。它跟我们熟了，一点都不怕人，常奇唱歌时，它就拍打翅膀。

有一天我们牵着"大宝"去河边，躺在河沙上晒了一会儿太阳。常奇不停地唱，与天上的云雀比赛，让"大宝"兴奋得嘎嘎叫，除了拍打翅膀，还低头啄常奇的头发，常奇不得不使劲搂住它，但嘴里的歌一直没有停下来。

肯定是常奇的歌声暴露了我们的行踪。那些想抢走"大宝"的人就在半路上等我们,他们趴在沙冈上、大树后面,手里拿了棍子。可我们像没事人一样边唱边走,"黑汉腿"和我轮换牵着"大宝"。

在沙冈前,一个流着口水的小子抷着腰拦住大家,说:"喂,领头的听着,你们偷了俺家的大鹅,快把它还给我吧!"

"黑汉腿"看看大家,笑了。他回头问"大宝":"你是鹅吗?"问过后又抬头喊:"它说了,它不是鹅,它是从关东山飞来的……"

沙冈前呼一下站起十来个人,一点点往前凑,说:"偷鹅可不行!留下鹅,要不咱打人了!"

"黑汉腿"把"大宝"交给一个人,让他抱上快跑,然后拣起一根棍子,大骂着冲上去。所有人都鼓起了勇气,抓起什么跟上去。我这时什么都不想,只想保护"大宝",只想跟他们拼。

"黑汉腿"太凶猛了,一个人抵得上好几个,挥舞着棍子,两只眼瞪得像牛。对方开始还想拼一下,后来见我们不要命了,吓得转身就跑。我们喊着往前追,常奇疯了一样挥舞着手里的棍子,一边追一边大声嚎唱。

那群坏家伙翻过沙冈,在离我们几十米远的地方站住了。他们每个人扳弯了一棵刺槐树,站成了一排。我们知道这种把戏:只要一靠近他们就会一齐松手,这时刺槐树就借着弹力猛地扫向我们。"黑汉腿"看得清楚,他一摆手喊道:"停,别往前,快停!"

只有常奇一个人往前冲,边冲边用胳膊挡着脸,大声唱着。我们喊常奇,他根本听不见,只顾往前。

常冲到跟前，那些人猛地松开了刺槐树。不止一棵刺槐猛地拍到了常奇身上，他摇晃了一下，倒在地上。他紧紧捂着脸。

那群人呼啦啦跑开了。我们赶紧去救常奇。

常奇手指缝里流出了血。我们把他的手小心地挪开，这才发现血是从左眼流出的……我们抬起他往园艺场诊所跑去。

就这样，常奇的左眼毁掉了。他从那时起再也不唱歌了。

老师鼓励常奇继续唱，常奇总也不吭声。又到了每年一度的歌咏比赛了，老师劝他、哄他，领头唱着。老师唱了好一会儿，常奇才轻轻地随上。就这样，他重新唱歌了。

常奇的名声后来越来越大了，全公社，不，整个海边都知道，我们这儿有个独眼歌手，他的歌天下无敌。

描花的日子

这里一年四季都有让人高兴的事儿。春天花多鸟多，大蝴蝶多，特别是满海滩的洋槐花，密得像小山。夏天去海里游泳，进河逮鱼。秋天各种果子都熟了，园艺场里看果子的人和我们结了仇，是最有意思的日子。冬天冷死了，滴水成冰，大雪一下三天三夜，所有的路都封了。

出不了门，一家人要围在一起。

妈妈和外祖母要描花了。她们每年都在这个季节里做这个，肯定是她们最高兴的时候。我发现父亲也很高兴，他让她们安心做，余下的事情全包揽下来。平时这些事他是不做的,比如喂鸡等。他招呼我带上镐头和铁锹去屋后,费力地刨开冻土,挖出一些黑乎乎的木炭——这是春夏准备好的,只为了这个冬天。

父亲点好炭盆,又将一张白木桌搬到暖烘烘的炕上。猫在角落里睡了香甜的一觉,开始了没完没了的思考。外面天寒地冻,屋里这么暖和。这本身就是让人高兴的事、幸福的事。

妈妈和外祖母准备做她们最愿做的事:描花。她们从柜子里找出几张雪白的宣纸,又将五颜六色的墨搬出来。我和父亲站在一边,插不上手。过了一会儿,妈妈让我研墨。这墨散发出一种奇怪的香气。

外祖母把纸铺在木桌上,纸下还垫了一块旧毯子。她先在上面描出一截弯曲的、粗糙的树枝,然后就笑吟吟地看着妈妈。妈妈蘸了红颜色,在枯枝上画出一朵朵梅花。父亲说:"好。"

妈妈鼓励父亲画画看,父亲就画出了黑色的、长长的叶子,像韭菜或马兰草的叶片。外祖母过来端量了一会儿,说:"不像。不过起手这样也算不错了。"她接过父亲的笔,只几下就画出了一蓬叶子,又在中间用淡墨添上几簇花苞——我也看出来了,是兰草。我真佩服外祖母。

我也想画,不过不画草和花,那太难了。我画猫。猫脸并不难画,圆脸,两只耳朵,两撇胡子。可是我和父亲一样笨,也画得不像。父亲说:"这可能是女人干的活儿。"

整整一天妈妈和外祖母都在画。她们除了画梅花和兰草,还画了竹子。父亲在一边看、评论,把他认为最好的挑出来。他说:"这是你外祖父在世时教她们的,他不喜欢她俩出门,就说'在屋里画画吧'。可惜如今太忙了……我每年都备下最好的柳木炭。"

猫一直没有挪窝，它思考了一会儿，站起来研究这些画了。它在每一张画前都看了看，打个哈欠。可惜它趁我们不注意的时候踩到了红颜色上，然后又踩到了纸上。父亲赶紧把它抱开，但已经晚了，纸上还是留下了一个个红色的蹄印。父亲心疼那张纸，不停地叹气。

外祖母看了一会儿红色蹄印，突然拿起笔，在一旁画起了树枝。母亲把蹄印稍稍描了描，又添上几朵，一大幅梅花竟然成了！我高兴极了，我和父亲都想不到这一点：有着五瓣的红色猫蹄本来就像梅花嘛！

就这样，猫和妈妈、外祖母一起，画了一幅最好的梅花。

游泳日

到了夏天，游泳是再平常不过的事了，我们总是背着家里人去河里海里玩个痛快。家长不准孩子到水里去，他们害怕出事。但我们游过了不告诉他们，只说在林子里玩。可是有心计的家长会伸出指甲在孩子皮肤上挠一下，如果出现了一道白印，那就是下海了。

然后就是噼噼啪啪打孩子。

有了这样的经验，以后我们从海里上岸后，就到河里游一会儿。从河里出来后，指甲就挠不出白印了。

但是夏天的某一天是一定要游泳的，到了这一天，校长和老师带队，全校都要去海里游泳。因为这一天是为了纪念伟大领袖畅游长江，是全国的游泳日，谁都得游。那些不会游泳的人一定来自离海较远的村子，或者是女同学——她们平时学习好，骄傲，到了这一天全泄气了。

我们一直想不明白的是，为什么不会游泳的同学往往学习都好？

但是他们在游泳日是神气不起来的。我们这些水性好的人耀武扬威地在海边走，对做示范动作的老师睬都不睬。我们班主任刚学会游泳，她穿了漂亮的游泳衣，坐在沙滩上认真听讲，像个好学生。她那根大辫子静静地垂在后背，让我想到了猫的大尾巴。

我的同桌叫桂庆，因为不会游泳而焦急万分，还没等下水就比画起来，大伙都笑。他穿了长裤，怎么也不脱，估计里边没有穿短裤。我十分同情桂庆，想把短裤脱给他，与他轮换下海。可桂庆不同意。

校长在下海前讲了话，让所有同学听从指挥，一个盯一个，千万不要走失，不要出事。水性好的老师游在最前边，在那里阻拦所有的冒险者。校长最后说了这次游泳的伟大意义，说我们这些人，就是要到大风大浪里锻炼自己。

我和"黑汉腿"长时间跟在班主任后边，想找机会帮她。她一年到头教导我们，这一天倒过来，让我们教她吧。"黑汉腿"为了教得快一些，竟然两手扯住了老师的腿，一下一下分分合合，教她蹬水，结果差点把老师呛死。班主任吐了不少水，"黑汉腿"吓坏了。老师上岸休息了一会儿，再次下海时我们就小心多了。"黑汉腿"为老师保驾护航，离得稍远一点，只一手牵住了长长的辫子。这办法真好，又安全又不碍事。结果我们老师一会儿就游得好多了。

游泳这种事怪极了：总是饿肚子。我们不停地上岸喝水吃东西，吃饱了再下水。校长只穿一条短裤,和大家一样,一点架子都没有。他有一次上岸吃东西,刚吃了几口就喊:"看见桂庆没有?"

我们立刻转脸找人。找不到,人太多。我们喊起来,没有回答。大家慌了。校长伸出一根手指,边跑边喊:"桂庆!桂庆!你听到了吗?"

所有人都不吭声,只有校长一个人跑着喊着。

桂庆不见了。班主任第一个哭出来。校长沉着脸,命令大家手拉手在海里走,像拉网一样……走啊走啊,突然有人惊呼一声,弯腰扑到水里……真的找到了桂庆,他已经没有呼吸了,湿淋淋地被捞上来,身上穿了那条长长的黑裤。

我在游泳日里失去了同桌。

粉 房

园艺场里有一个神秘的地方,那就是粉房。这是做粉丝的大作坊,里面一天到晚雾气腾腾,人来人往。有人不断从里面推出一车车刚做好的粉丝,一直推到远处的沙滩上,那儿有一群女工支起架子晒粉丝。粉房门口有块大牌子,上面写了"闲人免进"。我们这些"闲人"心里非常焦急。人们说粉房是天底下最大的,只要钻进去就出不来了。

看门的是一个麻脸老头,愿意喝酒,我们就从家里偷了半瓶酒给他,他放我们进去了。

粉房里最大的权威是"师傅",这个人是从山里请来的,姓丁,一天到晚不说话。园艺场和村子都知道这个人,说这家伙做粉丝的本事天下第一,这里的所有人都要归他指挥。粉丝是绿豆做成的,但是从绿豆变成粉丝,不知要经过多少关口。磨绿豆,发酵,最后做成粉丝,任何一个关口出了问题,都是粉房的大灾难。

老丁不说话,一天到晚像猫一样思考问题。粉房需要思考的问题太多了。

我们进去后先找老丁。问了不知多少人,才知道他在一个小屋里。推门一看,原来是个五六十岁的老头,盘腿坐在炕上,闭着眼。果然在思考。我们在炕下站了一会儿,又轻轻爬上炕,想就近看清楚一些。

老丁眉毛很长,脸上有一些斑。他手里抓紧了一杆烟锅,没有吸。他的两只大脚上穿了白布袜子,而不是一般的针织袜子。这让人想起了一个老和尚。真的像啊,剃了光头。

他听到了声音,睁眼看看我们,又闭上了。我们挨近看了一会儿,没有看出什么,就蹑手蹑脚离开了。

不远处隆隆响,原来那儿有一排大磨,大极了。拉磨的全是老黄牛,它们一声不吭走着,偶尔用那双大眼瞥瞥我们。大磨前坐了一个人,他手持木勺,按时往磨眼上倒一勺绿豆。

磨坊连接的屋子有一串水池,还有一串埋进地里的大缸。这些水池分别是浅绿色、深绿色和蓝色。在池边巡逻的人穿了高筒胶靴,十分神气。他们做个手势,让我们离水池远一点。

无数大大小小的屋子连在一起,使人不辨东南西北,百分之百要迷路。到处都漫着水汽,许多屋子大白天还要点上煤油汽灯。哗哗的流水声、哐当哐当的击打声,还有不知从什么地方传来的说笑声,让人一时不知往哪里走。后来我们干脆钻进汽雾中胡窜起来。

在一个黑洞洞的小屋中,有个头上缠了黑布的中年人正在吭哧吭哧劈木头,一摞摞劈好的木头就码在一边。旁边一扇铁门哐一声被打开,原来是一个熊熊燃烧的大炉膛,他抱起木头就往炉膛里扔。这儿烤得人无法站立,我们赶紧跑开了。

从小屋刚出来,迎面遇到一个手腕上捆了皮条的人,他抱胸叉腿站在前边,见到我们就像猫见到了耗子,胡子一 就要扑上来。我们赶紧往另一个方向跑,跑啊跑啊,好不容易才甩开了那个可怕的家,却不知怎么钻到了一间有落地窗的大房子里。这儿通明瓦亮,一大群人正弓着腰转圈,男男女女说说笑笑。

我们小心翼翼地往前,走到近前才发现:这些人全都斜穿衣服,将一条胳膊露在外边,大半截手臂插进了大缸中——那是雪白的面糊,散发出又酸又甜的气味。这些人合着一种节奏,不紧不慢地搅动大缸里的东西,缓缓地围着大缸转圈。这真是有趣,我们看得出神了。男男女女回头看我们,笑,议论,并不停止干活。

正看得起劲,不远处传来了粗声粗气的呵斥,好像是冲我们来的。只得再次跑开。到处都是水泥地,都是水,所以只要一跑就踢得水花四溅。跑着跑着,前边传来"哐当哐当"的击打声,还伴着"唉、唉"的呼叫。我们站了一会儿,然后小心地走过去。

老天,原来这里才是最重要的地方啊,瞧长长的粉丝就是从这儿变出来的。长长的大屋子里一溜排开三组人马:一口大铁锅,里面是沸滚的水;锅的上方立了高高的木架,上面坐了一个挥拳的大汉,他不停地呼叫，一边叫一边狠狠击打一个有无数洞眼的铁桶，里面就流出细细的粉丝，它们缓缓落进热腾腾的锅里——一个人伸出长长的大竹筷子，不停地将粉丝拨到一旁的冷水缸里——几个姑娘飞快地用竹竿串起缸里的粉丝，唰唰地挂到木架上……这都是一环扣一环的，他们干得欢快、紧张，根本顾不上理我们。

我们站在这儿看了许久。

天很晚了，可大家还是不想离开。我们在相连的过道和房间中窜着，只要是看过的地方就忽略过去，只在新地方停留。旮旮旯旯太多了，大概花上一整天都看不完。在一个屋子里，有人将一个大面团似的东西用粗布兜起来，然后吊到了高处。我们问为什么要吊起面团？那人哼一声："比面团宝贵多了，淀粉！"

"淀粉"又是一种什么粉？它可以吃吗？看看那人凶巴巴的样子，谁也不敢再问。

我们饿着肚子拐来拐去，不知怎么走到了一间烟味很大的屋子，进去一看，原来是一个老太太在烧火。灶里的火把她的脸映成了铜色，她大半时间低头看火，看了一会儿突然慌张起来，伸出火棍急急地从灶里扒着、扒出几个黄黄的东西。

一股浓浓的香气弥漫开来。我们往前凑，还以为她在烤红薯呢，仔细看了才知道是大馒头：做成了长条形，烤得半糊，中间开花了。"哎呀，好香！"我们喊起来。老太太害怕地往门外看了看，将大馒头推进了一旁的茅草中藏了。

我们一时不想走。老太太咕哝："馋猫啊"，一边从茅草中扒出一个，掰开，递给我们。掰去焦煳的部分，咬咬白瓤，这才觉得不像馒头：艮艮的，越嚼越香。"真好吃啊大婶，这是什么？"

"'淀粉'！"

原来这就是淀粉啊！原来它可以烧了吃！"啊啊，'淀粉'真好吃，大婶……"我们嚷着。

老太太虎着脸说："悄声吃吧，吃了就走，别张扬！"

我们捂着嘴离开了。

去粉房玩真是难忘。我们以后肯定还会去。那个地方太复杂了，迷路，还有手腕上扎皮条的警卫……就在我们犹豫什么时候再去时，粉房里发生了一件天大的事。

起因是那一串大水池子出了麻烦，原来那就是发酵池，它们飘出了怪味儿。师傅老丁通宵不睡，一连几天指挥抢救，结果全都失败了。

老丁关在小屋里思考了一天一夜，第二天早晨停止思考，起身去了茅厕。

因为他在茅厕里待得时间太长，看门的麻脸觉得不对，进去一看，老丁上吊了。

粉房停工了，所有人都急着抢救老丁。老丁好不容易才活过来。

说给星星

这儿的夏天最热，所以这儿的冬天最冷，反过来也是一样。这是海边老人说的。老人什么都知道，地下的事天上的事，他们都一清二楚。

到了夏天，我们全家每天都要在屋外度过上半夜，除非下雨，从不改变。晚饭后我们扛着麦秸做成的大凉席，一起往屋子西边走去，那儿有几棵大杨树，树下有一片洁白的沙子，我们就在沙子上铺开凉席。

为了防蚊虫，要在旁边点起一根艾草火绳，这样一直闻着艾草的香气。我们仰躺看天，瞅星星：它们大大小小，疏疏密密，摆成了各种形状。关于星星的故事，父亲知道得不多，母亲知道一些；外祖母知道得最多。

外祖母指指点点，说哪些星星是牛，哪些星星是熊，还有蛇和龙；除了动物，还有武器，比如扔出的飞梭、手持的刀戟和盾牌。还有猎人、男人和女人。天上有一条大河，许多故事都发生在大河两岸。

外祖母知道的故事真多，不过一直讲下去也会讲完的。剩下的时间由父亲讲地上的事情，母亲在一旁补充。这些也有说完的时候。当他们都无话可说的那会儿，我就盯着满天的星星说了起来。我信口胡编一些故事，流利地、滔滔不绝地说下去。

他们听了一会儿，见我一直不间断地说着，都坐起来看我。我只看星星，脑子里全是关于它们的一些句子、一些故事。奇怪的是所有句子都排成了长队，等着从口中飞出来，我连想都来不及想。我可以一口气说上一个钟头、两个钟头，嘴里从不打一个磕绊。

父亲终于忍不住了，"咦"了一声，拍拍我说："停！"我停下来。

父亲问："你这些话是从哪里来的？"

我如实说："它们就在嘴里，我一张嘴它们就出来了。"

"不是你编出来的？"

"不是。它们原来就有，我不过是说出来 —— 刚说一句，下一句就出来了。这是真的。"

父亲看看母亲。母亲拍着我问："孩子，你是什么到时候有了这样的本事？"我想了想，想不出。我并不觉得这是什么本事，也不知道从什么时候开始 —— 只是一张嘴，就不停不歇地讲起来。

他们问不出，就躺下了。外祖母不知是鼓励我还是批评他们，说："孩子讲吧，讲累了就停下歇着。"

一点都不累。我盯着明亮的星星，心里愉快极了。我又讲了起来。一串串故事相连一起，又各自独立，所有的这些都需要说给星星。这样讲啊讲啊，一直讲到半夜。

第二个夜晚还是照旧，全家人都听着 —— 我原来有这么多话要说给满天的星星。这种事儿令我上瘾。我做得毫不费劲，连一些从来不用的词儿也吐出来了，事后想一想连自己都觉得奇怪。

父亲和母亲有一天小声商量着什么。他们对我说："你不要对别人说你有这个本领。"我说："这不是什么本领啊！"父亲板起脸说："这是本领。不过自己知道就可以了，不要告诉别人。"

我一直没有理解父亲的话。我真的不觉得这是什么"本领"。不过我从来没有对他人提起这些夜晚的事。

一个个夏天过去了，我仍旧时不时地面对星星说个不停。大约是十六岁的这一年吧，也许是十七岁，反正是这一年夏天的某个夜晚，当我再次面对星星诉说时，突然打起了磕绊。我不得不停下来 —— 每一个句子都要好好想一番才能说得出。我紧张地坐起来，不再吭声。

父亲问："你怎么了？"

我摇摇头："我……不能说了。我说不出了……"

父亲拍拍我，让我放松："不要焦急，先躺一会儿，歇一下，也许是累了。待一会儿再试，也许……"

我躺下看着星星。这样过了许久，还是说不出。我脑海里空空荡荡。

从那个夜晚之后，我再也没有了绵绵不断、一直诉说下去的能力。它就这样失去了。这是真的，这十分奇怪啊。

岛上人家

海里有一个小岛，只要天晴它就清清楚楚，一座座小屋、一棵棵树都看得见。站在海边长时间望着，想着岛上的事情，心都飞过去了。可是我们谁也没有到岛上去过。我总是幻想：如果将来有机会登上那座小岛该多好啊。我不知道是一些什么人住在那儿，他们和我们一样吗？

家里人也没有去过小岛，他们也讲不明白岛上的情形。外祖母说以前有个岛上人来过这边，是来买苹果的："岛上除了鱼多，别的东西就不多了，所以他们常过来背回一些苹果。那边的孩子见了苹果就高兴，一人只分一个。"

我心里越发好奇了。我想如果有一天能到岛上去，一定会带上许多苹果。

就因为海边没有通往海岛的客轮，所以两边来往的人很少。岛上人要来这边，只好驾打鱼的船过来，而且要等风平浪静才行。据说从海边到小岛的这片大水中藏了一条"海沟"——就是海中的大河，它流得太急了，没有最好的驾船技术，谁也过不了这条大河。

父亲听我不止一次说起小岛，就咕哝道："我非去不可。这辈子不登一次小岛可不行。"他的话让我高兴极了，我知道他不会一个人去的。

谁也想不到机会说来就来。这个夏天放假的第一个星期，父亲说林场里让他跟一条大船往岛上送木头——同去的还有几个人。我高兴坏了，马上嚷着要去。父亲很作难，说这事还得商量领头的。妈妈看看我，问谁是领头的？父亲说："红胡子。"我们都认识这个长了棕红色络腮胡子的人，觉得这事大概不难。

"红胡子"真的同意带上我。临行前我想起了外祖母的话，到园艺场买了一篮苹果。

装满了木头的船离了岸，直朝着那个小岛驶去。想不到大海深处这么蓝、这么好看。海鸥一路跟随我们嬉闹，看样子要一直护送到目的地。"红胡子"站在船头喝酒，一会儿又向海里撒尿。他高声大喊："老天，瞧这家伙！"我们几个人听到喊声赶忙跑到船头，看到有几只燕子似的鸟儿从水中钻出，箭一样射到远方。"红胡子"指点着喊："看到了吧，这是'飞鱼'！"

我生来第一次看到"飞鱼"，有些激动。"红胡子"要灌我一口酒，父亲阻止了他。这条水路比看上去更长，那个小岛总也走不到。大船一直平稳地向前，海里没有一朵浪花。

大约花了一个多小时，船靠岸了。啊，全是一色的海草小屋，屋墙是黑色石头垒成的。一些人早就等在岸边，他们与"红胡子"打着招呼，要登船卸货。一条宽宽的木板搭到船舷，有人上来，有人下去。父亲把我小心地领下船，又返身回船干活。

因为卸船比较慢，到了半下午才把一切收拾好。岛上人把一些杂七杂八的东西装到船上，天已经有些晚。岛上人要我们过一夜再走，"红胡子"一点头，把我高兴坏了。

岛上人让我们分开住进几户人家。我和父亲住在一位大婶家里，她男人出门打鱼去了，只和女儿在家。小姑娘比我小一岁，叫"香香"。我把一篮苹果给了她们，她们高兴得合不上嘴。大婶抓起一个苹果嗅一嗅，递给女儿说："咱岛上一棵苹果树也没有。香香快谢大哥哥。"

晚饭吃了煎鱼和玉米饼。父亲吃得很多，我也一样。太好吃了。饭后又端上一大碗凉粉，原来是一种海草做成的。一会儿"红胡子"就过来串门了，喷着酒气说："这么好的鱼，没有酒多可惜！"大婶看着我，说："这孩子第一回来岛上，看那个高兴。反正放假了，就让他在家住几天吧，孩子他爹三两天回来，去对岸时捎上就是！"

我激动得一颗心噗噗跳，只等着父亲开口。"红胡子"拍着父亲的肩膀说："这还不是小菜一碟？"

我留在了岛上。这是做梦也想不到的美事。父亲临行前一遍遍叮嘱，又对主人家说了一堆感谢的话。

我远远看着运木头的大船开走了，就兴奋地跳了一下。香香拍着手说："想不想去礁上？"我听不明白，但马上就点头了。

原来"礁上"就是海岛东部的一片石头，伸在海里，上面有一座高高的灯塔。香香说:"天一黑它就亮了,一闪一闪,告诉海里的船,这里是俺的岛。"我仰望白色的灯塔,无比神往。香香告诉:看灯塔的是一位老人,七十岁了,就住在下边的小屋中,他时不时登上十几层高的灯塔,为它擦玻璃、换电池。

我和香香绕着海岛转了一圈,花了大约一个小时。在海边的一片石头那儿,香香顺手捉了两只大螃蟹。我也像她那样翻动石块,却看到了一个浑身是刺的黑东西,它慢慢地活动着。香香喊:"哟,海参呢,这东西可有营养了,我们这儿都说'小孩吃了鼻子流血,大人吃了身上长蹄'……"

她的话让我糊涂:"'长蹄'?像牲口那样长出一只蹄子?"香香哈哈大笑:"不是,肯定不是。大概是说吃了有劲,像牲口一样能干活吧!"

我们将螃蟹和海参带回家。晚餐时我和香香每人吃了一只螃蟹。大婶吃了那只海参,说:"我不怕'长蹄',我吃。"

我在岛上住了三天。这三天比三十天还有意义。大婶每天夜里给我讲岛上海上的故事,这和对岸的故事全不一样。香香白天领我到海边,一起采海螺和牡蛎。我们三天来采的所有海螺和牡蛎都养在缸里。

第四天打鱼的男人回来了。正好这一天他要去对岸,就将我捎上了。临走时大婶把我装苹果的篮子塞满了海螺和牡蛎。香香不说话,眼睛湿了。我也想哭,但哭不出。我对香香说:"明年夏天我一定送苹果来。"她说:"嗯哪。"

从海岛回来以后,我就是见过世面的人了。同学们争先恐后向我打听岛上的事情,我很骄傲。

大 水

下大雨的时候多好啊，不停地下，屋檐的水像瓢泼一样。除了大雨的声音，什么响动都没有了。林场园艺场、村子，所有人都躲在家里，站在窗前看大雨：远远近近都在水雾中，都在老天爷的大喷壶底下。这比喻是外祖母说出来的，真好。

可是当大雨一连下了三天的时候，全家人都害怕了。这三天雨水急一阵缓一阵，最后是更猛的浇泼："哗哗——哇哇——"像某种大动物的嚎叫声。"这雨什么时候才能停啊，老天爷，老天爷发脾气了。"外祖母盯着窗外的雨，小声咕哝着。从早晨开始，我们全家人一直站在窗前。

第四天雨停了，天还阴着。偶尔还有小雨落下。第五天第六天都是这样，雨并没有走远。

因为我们家住在林场旁边，是地势较高的沙岭，所以开始并不知道大雨的后果。当我在雨停后踏过院子的积水，一直走出去时，立刻吓了一跳。

原来无边的原野成了一片大海，庄稼地不见了，大树泡在水里，远处的村庄像一条条船紧挨在一起。狗在遥远的地方叫着，有气无力。看不到鸟，看不到任何动物。它们肯定是逃走了。

我们一家被大水困了好几天。妈妈说我们家幸亏积存了一点玉米面和芋头、红薯，不然非饿肚子不可。就像和这场大雨较劲一样，外祖母在锅里堆满了好吃的东西：芋头红薯和蔓菁，空隙里放了泥碗，里面有咸鱼；在杂七杂八的吃食上方，还做了一个个玉米饼。灶里的火点旺了。

今天烧的是大块的木柴，因为这一大锅东西需要好好蒸煮。

父亲一直在院外忙着。他将屋子南部筑起了一道草泥矮墙，并且在墙外掘了一条小渠，将逼近的水引到远处。原来就在我们暗暗庆幸大雨停息的这几天里，原野上的大水不仅没有一丝消退，反而变得更加盛大了，它们竟然涨了许多，父亲在一棵树上做的标记已经被覆盖了。

妈妈和父亲一起干活，我也加入进来。妈妈说："我们的小屋没有石头根脚，大水泡上三天非垮不可。"她的声音里透着害怕。父亲一声不吭，眉头紧缩。他用力挥动铁锨的样子告诉我们：绝不允许大水泡垮小屋。

我们干了半天，院子南部的水不再紧逼了。父亲拄着锨遥望远处说："大概是上游的水库决堤了，河道满了，要不才不会这样。"妈妈也同意父亲的估计。

果然不出所料。几天后一些背枪的人、穿了蓑衣的人从村子和林场转过来，手打眼罩四处看了一会儿，又进了我们家。他们对父亲说："快出工去吧，正加紧排水。南边水库决堤了……"我们这一带离海不远，照理说是不会被淹的。可是因为水来得太多太猛，原有的河道和水渠都不够用；更要命的是，一连许多年没有这样的大水了，河口和渠头都被沙子淤塞了。这些道理都是妈妈和外祖母讲的。

她们不让我出门，说大水漫成这样，什么危险都会发生，在家里吧，在家吃大蔓菁。

大蔓菁平时吃不到，它像馒头那么大，圆圆的白白的，谁也想不到就长在地里。它蒸熟了就像大馒头一样，一边还有微微烤煳的痕迹。咬一口大蔓菁，又香又甜。

吃过半个大蔓菁人就饱了，最后还想出门。已经好几天不见同学了，他们一定像我一样困在屋里。不过我想"黑汉腿"这家伙不会那么老实，他的水性好，人也皮实，说不定早就跑出去了。

又过了几天，大水消退了一半，庄稼露出了秸秆。父亲说：这些作物泡过这些天，全都不中用了。

太阳又变得热辣辣的了，各种鸟、各种走兽都出动了。野地里有了奇怪的鸟叫，外祖母侧耳听了听说："这是大水鸟，只有发大水它们才出来。"有的叫声连她也没听过，就说："那大约是新生出的什么，水一大，没见过的动物就会爬出来，就是这么怪。"

父亲每天和排水队干一整天，回家时会捎来几条大鱼。这是干活的收获，那些大鱼突然多起来，人们顺手就能逮住它们。家里有了鲜鱼的味道，这真是好极了。妈妈说："吃上这样的大鱼容易吗？这是用满泊的好庄稼换来的啊！"是啊，不过大鱼真好吃。

水进一步消退，同学们纷纷出动了。他们来约我，妈妈没有办法只得放行，但反复强调不要下水。我保证不下水，可是大鱼的红翅在水里闪烁，像金子一样耀眼，不下水怎么忍得住？

我们在河汊里、水渠里捉鱼，大鱼小鱼全要，弄得浑身污泥。我们逮的鱼可真多，除了拿回家之外，还送给校长和老师。

校长和老师一个劲批评我们不该冒险下水，但始终笑得合不上嘴。他们欢天喜地地埋怨，让大家觉得受到了表扬，所以第二天干得更起劲了。我们照旧送给校长和老师大鱼。

那场大雨让整个海边换了一个世界，直到两年以后还能见到一处处水湾。村里老人说：这是因为天上的水和地底的水接起来了，两种水握了手，"水力"就大了。这使我们明白：万物都有"力"，这"力"有增有减、有强有弱。

在突然变得强大起来的"水力"中，只要是水生植物就高兴，比如那些水蓼长得旺盛极了，一眼望去全是粉红色的水蓼花。水鸟真多，连从未见过的金翅鸟也出现了。捉鱼的人多，田边地头小路，随处可见手提渔网的人。

一群群孩子趴在水湾里，他们从小戏水，已经和鱼差不多。村里人这样称呼他们：一群小水孩儿。

月 光

最不能忘的是月光。只要是海边的人就忘不了它，别的地方咱不敢说。因为海边地场开阔，一望无际，什么也掩不住挡不住，它可以随意铺开，照得浑天浑地一片黄灿灿亮堂堂。大月亮天里，谁还会待在家里。

一年四季都有好月光，什么月光派什么用场。比如冬天滴水成冰，大月亮天里我们会去南边村子里打架，在巷子里跑得浑身冒汗。那样的夜晚真棒，孩子们会组成不同的队伍，各有领头的，一个命令发出，战斗人员纷纷埋伏，有的钻进马车底下，有的趴在矮墙头上，有的钻进草垛里，还有的贴紧了牲口伏紧。对方做梦也想不到这边的兵力会这样部署，不等着挨揍才怪。

　　大雪一连半月不化，雪球就成为最好的武器。敌人一旦出现，雪球箭一样射去。大股敌人逃得没了影，只逮住几个散兵游勇，教训他们的办法就是把雪球硬塞进衣领。他们像烫着了一样，单腿蹦着跑开，一边跑一边骂人。

　　夏天的月亮天要去海边找看渔铺的老人，这些老人在月亮刚出来的时候就开始喝酒，撂下酒瓶就胡说。月亮地里听一些鬼怪故事最吓人，实在吓得受不了就钻到海里。我们在等海妖，她们常常趁着月光出海。

　　海边上所有的老人都是我们的朋友。他们讲故事给我们听，我们就偷西瓜给他们吃。他们越吃越馋，怂恿我们去园艺场偷樱桃和杏子、去田里偷青玉米和花生红薯。东西偷来了，老人和我们分吃果实，然后动手煮东西，抓一大把盐撒进锅里。

　　我们每人喝一点酒，坐在铺前看海滩的热闹：像水一样的月光在远处草叶上浸了一层，许多小动物都出来了。那个像拳头大的东西是沙鼠、一挪一挪半滚半爬的是大刺猬；有什么扑啦啦从高处下来，那是猫头鹰；有个黄黄的家伙悄没声地、一颠一颠地跑过来，越跑越快，那是狐狸……

　　秋天最爱去的地方当然是园艺场。各种果子都熟了，香味顶人的鼻子。看园人装模作样背了枪，其实里面没有子弹——这是老场长下的命令，因为看园人个个脾气坏，见了偷果子的人真的会开枪，所以只让他们背空枪。这些人狡猾无比，白天睡觉晚上守夜，披一件破大衣趴在树杈上，等鱼上钩。

　　我们对付看园人有很多办法。先伏在地上看清楚，明晃晃的月光下如果不见黑影,那么他们就是藏在树上了。这是最让人头疼的事。我们会分成两帮,有人故意在园子一边弄出些动静,把看园人从树上引下来,这边再动手。摘了一大包桃子和苹果,撒腿就往林场跑。我们总是在大橡树那儿汇合,痛痛快快享受一番。

春天满海滩的洋槐花都开了,它们白天让太阳晒了一天,夜晚就在月光下使劲播散香气。这香气把所有村庄都灌满,让全村的人不再安分。平时天一黑就要睡觉的老头子们失眠了,提着裤子出门,一边系着腰带一边盯着月亮咕哝。一群群孩子在街道上嗵嗵跑,老头子们吆喝起来,认为就是这群孩子惹得他们无法入睡。

槐花的香味大约要笼罩二十多天,其中有半个多月是最浓的。这样的日子当然是以玩为主,一到夜晚,村里人东一簇西一簇,迟迟不愿回家。我们在街上蹲了一会儿觉得没意思,就会一口气蹿出村子,跑进海滩,到一大团一大团的槐花跟前。

花开到了最盛的时候,一球球坠下来,树枝都快压折了。一些小飞虫也舍不得这么好的花期、这么好的月光,它们正忙碌不停。

有一天晚上我们一群正在海滩上玩,因为玩得太久,肚子咕咕响,就揪着槐花吃起来。吃饱了肚子躺在热乎乎的草地上,看着大飞蛾从眼前飘来飘去……这时都听到了脚步声和说话声,循着树隙找人,看到一男一女两个人——男的背着手,女的不停地甩辫子。

原来是校长和我们班主任。

我们都有些害怕,虽然什么坏事也没做。心嗵嗵跳,没有办法,在这种地方见到他们,好像犯了错误似的。我第一个从草地上跳起来,立正站好。

校长和班主任吓了一跳。他们跟跄了一步,看清是我,就说:"哦。"

我嗓子有些不对劲,吭吭哧哧:"我们,并不是总这样的……我们主要是在家里写作业……"

几个同学也站起来,不好意思地挠着头,不敢看校长和班主任。

校长背着手踱了两步,说:"适当地休息还是必要的。我们备课累了,这不也出来散步了吗?这月亮多好,槐花多好……"

他们扯了几句,让我们注意安全等等,就往回走了。

我们一直注视着他们的背影,直到再也看不见。大家重新欢快起来,胡乱揪几把槐花填到嘴里,在树隙里奔跑,大声喊着:

"这月亮多好,槐花多好……"

名 医

有一段时间我立志要做医生,而且很快觉得自己是一个医生了。这事起因比较复杂,虽然能找到具体的缘由,但说实话,我觉得自己天生就该是个医生。

一个人要做什么,一般都因为接受了别人的影响。我生病的时候妈妈就带去看病,最常去的当然是园艺场门诊部。可是有时候怎么也治不好,比如咳个不停、皮肤上生了发痒的红疙瘩等等,妈妈就会领我过河,去河西一个大村子里找一位名医。

名医的名字很怪，不像人名，叫"由由夺"。大家都这样叫，也就没人觉得不对。后来我独自揣摩他的名字，觉得奇怪。也许名医才配有这样的怪名吧。反正"由由夺"是海边最有名的医生，他绝不像园艺场门诊部那样量体温、打针，给一包包的药片，而是用另一种方法。妈妈说："这就是'中医'。"

"由由夺"总是先让我伸出舌头，看一会儿，又让我伸出胳膊，用三根手指按住手腕。我趁这工夫看清了他的手：指甲圆鼓鼓的，比一般人长，但是很干净。我相信自己的全部秘密都被这只手给探去了，什么也别想瞒过他。

我们从这儿取走一小袋粉末、一瓶黑乎乎的药水，还有三包草药。看看妈妈欢天喜地的样子，我知道自己的病好了。

回家后按"由由夺"的叮嘱吃药擦药，第一天好了一半，第二天全好了，第三天好上加好。这不是名医又是什么？这个神奇的人就在河西，是谁也不能怀疑的事实。

我大约被"由由夺"治好了十几次病。

外祖母由河西名医说到了另一个人，他就是过世的外祖父。外祖母不太说他，因为害怕自己想得厉害，就使劲压到心底。可是这次她实在忍不住了，说："要是你外祖父在多好，他是远近闻名的名医啊，这点小病对他不算什么，唉！你外祖父……"

妈妈也叹息，说："咱家没人接下他的手艺，真是……"

妈妈抹起了眼睛，外祖母没有。外祖母很少掉泪——妈妈说外祖母"眼硬"。

就在那些日子里，我认为自己应该是一个医生。我暗暗思考这个问题，并没有告诉家里人。奇怪的是我最先想到的不是找人拜师，不是学习医书，而是觉得自己差不多已经是个医生了。

我思考了大约五六天，然后就决定当一个医生。从此以后我就以医生的眼光看待周围的一切，也以一个医生的身份要求自己了。我对所有生病的人都特别关心，不止一次陪感冒的同学去门诊部。我对他们说："得病了最好找名医，实在不行了就去河西。"

"由由夺"这个名字不少人知道。我发现园艺场和村子的人也去河西。我对同学们说："我其实就是一个医生，不过不想告诉别人，也希望你们为我保密。"他们瞪大了眼睛。我们一起到林子深处，在一块隐蔽的空地上谈论秘密。他们最急于知道事情的来龙去脉，因为从我严肃的表情上看，这绝对不是玩笑。

我直率地告诉他们：我的外祖父就是一位名医。

"啊，原来是这样！那后来又怎么？""二九"恍然大悟地问。

"后来，"我抿抿嘴，"后来我也做了医生。"

"可是没见你给人看过病呀！"旁边的同学像是焦急，又像是埋怨。

我眯上眼睛看看远处，点点头说："会的。"我接着给他们一一号了脉，又看了舌苔。"我有什么病啊？"他们胆虚虚地问。我说："还没有很重的病，不过以后也许会有的，发烧、咳嗽，这些总会有的。"他们张大了嘴巴看着我，问："那怎么办？你会治吗？"我摇头又点头："当然会。不过在我上学这一段，他们是不会让我开药的。我给你们看了，你们还得去门诊部拿药。"

同学们很是惋惜。

我再次嘱咐他们为我保密，大家就分手了。

我自制了一个小药箱，把家里所有的药片、碘酒和紫药水之类的都装进去。我上次得病没有喝完的一小包草药也收在了里面。"由由夺"用来抹皮肤的黑药水很像某种草木烧成的，这就是草药。我把自己最喜欢的几种野花研成了粉末，又把一些根茎烧成了灰，分别装在了小瓶中。

有一天我的食指被蜂子蜇了一下，又痛又痒，就用自制的药水抹了。两天之后手指好多了。这使我信心倍增。还有一天我的脚被碰痛了，照例也抹上药水，结果当天就不痛了。我觉得自己的医生生涯就这样开始了，于是去林子里总是不忘背上药箱。

大家被荆棘扎了、不小心碰了哪儿，过去都不会在乎，现在就不同了，有了医生，自然个个都变得娇气了。"黑汉腿"也许是故意的，刚玩了一会儿就被槐刺扎破了手，一边大叫一边跑过来上药包扎。另有一个女同学被百刺毛虫蜇过，差不多要哭了。我安慰她，号过脉看过舌苔，用野花根烧成的炭水给她细细地搽了三遍。她马上笑了，说："这药真管用。"

世上的事情就是这样，越是需要保密的事情越是容易走漏。就在一切顺利的时候，麻烦事就来了。先是外祖母把我的药箱没收了，接着又是父亲不无严厉的训斥。他说："胡闹。这是乱来的吗？"我心里的委屈太大了，但又觉得一时说不清。我只想对父亲大声说明：我已经是个医生了。

最让人难堪的是后来班主任找我谈话了。她说："咱们谈谈你当医生的事吧……有这种志向是好的，但这要毕业以后、经过专门的培养。

你先把功课学好吧。"

就这样，一位名医被扼杀在了摇篮之中。

战蜂巢

在海边上生活，勇敢是最重要的。这里祖祖辈辈都崇尚勇敢，有讲不完的故事。最勇敢的人都生活在很久以前，听村里老人说，这一带出过徒手杀狼的人；还有人去河里游泳，被一条恶龙缠住了，他火气上来，一顿拳脚打死了恶龙。勇士们有名有姓，想不信都不行。

现在的人是胆小鬼，天黑了都不敢出门。好在海滩林子里没有了凶猛的野兽，也不再需要那么多勇士。我们现在时常想念那些大个头的凶猛野物，可惜它们全被老一辈的勇士杀光了。就凭这一点也可以断定，过去的那个时代里勇敢的人实在太多了。在学校，在许多场合，更不要说书上了，总是号召大家"勤劳勇敢"——"勤劳"好说，"勇敢"可就难办了。

我们一伙人在海边林子里游荡，总想"勇敢"起来。爬到很高的树上往下跳、赤着脚穿过荆棘丛生的灌木林，这些都干过。在伸手不见五指的黑夜，只要腰上别一把木头手枪，我们就敢到最密的林子里。海上拉鱼的头儿人人都怕，追打我们是常事，大家就鼓起劲儿对付他。我们设法把他的烟斗偷走并扔进海里，往他的酒瓶里放了两只辣椒；最后还狠狠心，把一只排球那么大的刺猬拴在了他的被窝里……

林子里最可怕的是遇到大个的蜂巢，它悬在枝头，上面爬满了大马蜂，看一眼都让人心跳。我们只要遇到蜂巢，一定会轻手轻脚地绕开走。可是近来一段时间我见了蜂巢手就发痒。有一天又见到这样的蜂巢了，大家吸一口气赶快躲开——我却偏偏凑近了看，看了一会儿对他们说：

"我要把它打下来。"

都说我吹牛。有的说："那得穿上厚厚的棉衣，再把脸和手罩起来。"有的说："你要用火烧？林子里是不准点火的。"我说："我只用一根棍子就行。"

那时我什么都不想，只想两个字："勇敢"。我找了一根又粗又长的棍子，在手里掂了掂，让大家到远一些的地方藏起来。大家吓得大气不喘，赶紧跑开了。刚跑开一会儿，又有人追在我身后喊："喂，算了吧，马蜂会把人蜇死的——以前真有人被它们蜇死……"

我这时不由得站下来，头皮有些发紧。我想起了以前林场发生的事情：一位老工人不小心碰到了一个马蜂窝，结果活活被蜇昏了，送到医院都没有救活！可我怎么办？这会儿就扔了棍子？那可不成。我咬紧牙关，继续往前走。我说自己不光不怕，还要为那个老工人报仇呢。

追我的人逃开了，钻到了远处的灌木丛中。

我站在蜂巢下看了看，觉得那是一颗随时都会爆炸的大地雷。它黑黑的模样也像地雷。我又回头看看他们，发现所有人都在远处隐蔽了，其中的几个正好奇地伸出头往这边看呢。我不再迟疑，一只胳膊蒙住头脸，另一只胳膊狠狠挥棍，只几下就打掉了蜂巢。

遮天蔽日的马蜂扑向我。我夺路而逃，迅速倒在一片沙地上滚动，两手扑打，并寻机钻入一丛灌木下边……我不知被蜇了多少次，已经来不及疼痛，只是搏斗。我两耳灌满了马蜂的嗡嗡声。

不知过了多久我才敢睁眼去看：灌木上方只有零星的马蜂在飞。我钻出了灌木，喊着："快出来吧，胆小鬼们！"

大家都从角落里爬出。他们迅速围上我。"哎呀，瞧这里、这里！""脑瓜和脸都蜇了……痛吗？"我这才感到阵阵难忍的痒痛。可我没哼一声。我对他们说："没什么！我要为那个老工人报仇！"

"哎呀，那会儿马蜂滚成球，你跑哪儿它们都紧紧跟上，我还以为这一下完了……""你跑得真快，幸亏在沙子上滚，要不……"他们还在惊虚虚地议论。

我痛得难忍，只想快些回家。有人提议到门诊部看一下，我拒绝了。我说自己一点都不在乎。

回家后外祖母吓坏了。她没来得及问什么，就从一个旮旯里找出了药水给我涂抹。共有六处蜇伤，三处在脸上，两处在头发中，脖子和胳膊各一处。这药水凉凉的，但仍然无法抵挡火一样的伤痛。我说："我最恨马蜂了。它有一年蜇死了一个林场老工人。可我不怕，我把它打下来了。"

外祖母叹气，一边抹药一边说："马蜂过自己的日子，只要不招惹就不伤人。蜂巢是它的房子，要花多少辛苦才建起来。你毁了它们的家……"

我低头忍住，一声不吭。

尽管我的脸肿得像南瓜，但疼痛已经减轻了许多。第二天上学校，老师和同学们一片惊讶，都问这是怎么回事？我只说不小心被马蜂蜇了。

我的脸一直肿了好几天。不过疼痛越来越轻了。这几天里只有一件事是让人高兴的，就是上体育课——打篮球时我变得空前厉害了，原因是当我运球时，那些过来阻拦的人一看我肿得变形的脸就忍不住笑，大概还有点害怕——反正他们全都走神了，谁也拦不住我。

事后有的同学告诉我：你自己都不知道，你一边拍球一边盯着我，那模样要多吓人有多吓人啊。

笼中鸟

林场老人养了鸟，一只只大鸟笼挂在树上。他们坐在一旁，一边听鸟唱歌一边下棋，还要提防我们——只要我们挨近了鸟笼，他们就吹胡子瞪眼。可是那些鸟总是把我们吸引过去。

它们有的叫画眉，有的叫黄雀，都能唱，看样子在竹笼里呆得不错，有吃有喝，在架子上蹲一会儿，又到笼底的细沙上打个滚。这些会唱歌的鸟都是从集市上买来的，鸟笼也是。

我们到集市上找过，发现鸟市上鸟儿多极了，最多的是画眉和黄雀，还有黑八哥，这家伙会说"你好"之类。有一只黑八哥还会说"真烦人"。小鹦鹉、百灵，另有一些叫不上名字的鸟。鸟笼大大小小，比鸟还贵。我们转了一圈才明白：除了林场老头们，大概没有谁会买得起。

从鸟市回来有些沮丧。大家商量动手做鸟笼，只要有了鸟笼，找一只鸟大概是不难的。我们弄来一些竹片和柳条，不知费了多少工夫才做成一个，最后却发现没有留门：无法将小鸟放进或拿出。

总算有了一个大鸟笼，却不像正规的鸟笼那样是穿插镶制的，而是用细铁丝和麻线扎成的。好在它足够结实。

去哪儿弄鸟？最方便的是逮几只麻雀。夜间用手电照到屋檐下的麻雀，它傻傻地转头，就是不飞，被我们乖乖地捉住，塞进鸟笼里。可惜它们不会唱歌，还特别爱生气，水米不进，眼看活不了几天。没有办法，只好放开它们。

后来又逮来燕子、蝙蝠，都不吃东西。有个同学不知从哪儿搞来一只大鸟，真够大，灰翅膀，大圆脸，头顶上还有两只耳朵——"老天，这不是猫头鹰吗？这家伙能养吗？"我端量着，特别喜欢它的眼睛，这眼睛真亮啊。同学说："试试看，它不生气也不怕人，大概能行。"

我们商量着轮流饲养，每人一星期，食物大家提供：猫头鹰吃肉，最爱吃老鼠。我们积极捕鼠，猫捕到了老鼠也一定夺下来。

最先将鸟笼提回家的是"黑汉腿"。他多么高兴啊，可是刚过了一天就哭丧着脸提回了鸟笼，说："俺爸要揍死我。""为什么？""俺爸说它叫得太难听了，半夜叫起来，村里会死人的。"

我听了有些害怕。看看笼里的猫头鹰，发现它安安静静，一双大眼亮闪闪的。这么好的鸟谁也没招惹，怎么会让村里人那么讨厌和害怕？我们家离村子远，那就一直养在我们家好了。

大鸟笼挂在小院的杏树上。猫很快盯上了它，盯了一会儿就爬上树，不时将爪子伸进笼中。猫头鹰急急蹿跳。我呵斥猫："你老实！你太不懂事了！你长了翅膀不就是它吗？你嫉妒人家会飞！"猫抿着嘴，瞥瞥鸟笼，显然不想罢休。

为了防猫，我将杏树上系了一根铁丝，将另一端拴在一个木柱上，在铁丝中间悬挂了鸟笼。这一下猫没了主意，只有张望的份儿了。

全家人在鸟笼跟前看着，都是欣喜的模样。外祖母甚至喂了它一小片肉。晚上，吃饱喝足的猫头鹰不再安分，在笼里扑动，让我一夜都没睡好。第二天晚上仍旧如此，不同的是它终于叫起来了——那声音古怪极了，让人听了头皮发紧。我听见父亲和母亲都醒来了。又待了一会儿，外祖母点亮了屋里的灯。

天亮了。父亲把我叫到一边，小声商量说："孩子，咱怎么办？这鸟倒是不错，不过它一叫，你外祖母就点上灯坐着，再也不睡了。"

我不吭声。我心里明白，这里遇到的问题和"黑汉腿"那儿是一样的。事情明摆着，好像别无选择。

这一天我和同学们商量了一下，把笼中的大鸟放掉了。

打铁的人

比起林场和园艺场，更不要说旁边的五七干校了，论好玩和有趣都比村子里差得多。比如经常在村里蹿的焊洋铁壶的、修钟表的、磨剪子戗菜刀的、打铁的……这些人从不到别的地方去。

他们是干什么营生的，一进村子都知道了：如果一阵嘶哑低沉的号角响起,那就是焊洋铁壶的来了;修钟表的人敲铜板,叮叮当当;磨刀剪的一进村就扯开嗓子大喊;只有打铁的没声没响住下,忙着垒灶生火。他们一来就不是一两天的事,所以也就不急着宣布了。

所有的营生都好看,有时甚至不差于看电影。这真是神秘的手艺,而且谁家都离不开。比如钟表坏了,不修能行吗?铁壶漏了,不让人焊能行吗?

钟表家家有,如果没有,除了老人谁也没法知道时间。老人看看日头就明白处于一天中的什么时候,晚上看星星也行;最神奇的是有时看一眼树,也大致能知道一点时间。外祖母在锅里做玉米饼,点上火后就看看门口的树,过一会儿再出门看几眼,说一声"熟了",掀开锅盖总是香喷喷的。我对妈妈说过这种怪事,她说外祖母看的是树的影子。

钟表坏了就等于时间坏了,就得赶紧修理。每家都有一架钟表摆在柜子上,可是它坏了时,钟表匠就得把它打开。老天爷,那么多大大小小的齿轮,谁看了都得眼花!我们一伙最爱看的就是修钟表了,从头盯住每一个细节。我觉得全世界最大的科学都在钟表中,弄懂了它的运转,其他的再也难不倒人了。

钟表师傅将这里戳戳,那里拧拧,点一滴油,伸手拨弄几下 —— 所有齿轮突然转动起来,一把小而又小的锤子就"咚咚"地敲起来 —— 这是世上最动听的声音了,让人听了心醉。

焊洋铁壶和磨刀剪也是了不起的手艺。焊匠手持一把小小的烙铁,烧得通红,然后在什么油膏上沾一下,又在一块发青的铁块上摩擦一小会儿,一个珍珠似的东西颤颤悠悠挂上烙铁,又飞快在铁片上一抹,铁片就被焊住了。至于戗刀,那得有多好的家伙啊,同样是铁做的,一块铁就能把另一块铁一层层削下来!"为什么菜刀是铁,就怕另一块铁呀?"这是我们总要发问的问题。戗刀师傅回答:"因为这是'戗子'。"这等于什么都没说。可见凡是秘密,要打听出一点真难。

不过说来说去还是打铁最耐看。因为这是一伙人,住上几天不走,我们还能钻进他们的铺子里玩。究竟住上多少天,那要看村子里的活儿多不多。记得有一次这伙打铁的一口气住了二十多天,那是因为秋收快到了,每家每户都要锻一两把镢头和镰刀。

打铁的装束和常人不同,他们一色黑衣蓝衣,干活热了脱下来,里面还有一件套头的衫子。平头、黑脸、红眼——这是火眼金睛,这种眼与别人不同,能看清煤火里的铁。这和烧红薯差不多,烧不熟就不软,就没法咬。咬铁的不是嘴巴,是锤子。

他们干活时扎一块黄布油裙,有时脚上也扎一块。通红的铁块夹到砧子上,一锤下去火花四溅,一团团落到脚上,冒着白烟。这些人最少需要三人合伙才成:拉风箱的、抡大锤的、掌小锤的。谁的锤子小谁就是老大,人人都得听从老大。那个风箱是最大号的,我们试着拉过,拉不动。拉风箱那个人胳膊粗粗的,膀子上有棱子肉。他们个个力气忒大,不说话,只干活。

看他们吃饭最有意思:烧铁的灶也用来煮饭,上面放个小锅就成了。他们永远只吃同一种饭,就是"玉米鳖"。这种食物好像只有打铁人才吃。

"玉米鳖"的做法简单极了:和好一盆玉米面,等锅里的水开了,就往里投杏子大的面团,一边用勺子搅着,一会儿就熟了。他们蹲在地上吃饭，吃得可香了。

我们一直站在旁边看，看到吃"玉米鳖"就馋起来。那香味总往心里钻。后来我们终于能够尝一碗了——吃过这种食物之后，觉得全身都是力气，什么都不怕了。这使我们明白打铁的人为什么那么厉害，原来靠吃"玉米鳖"啊。

铁砧旁有一间草棚，是玉米秸搭的。地上铺了厚厚的麦草，又软又暖和。这让人一下想到了海边的渔铺，那也是好玩的地方。这两种地方的最大不同，是一个发腥，一个有着浓浓的煤火气。

草铺不大，躺下很挤。我们紧挨着他们，他们就咕哝："小孩子身上三把火，烤得人不行哩。"我们逗他们讲故事，知道这些人走南闯北，故事一定多得不得了。可惜他们话不多，说不出什么。打铁人最大的毛病就是没有故事。

但他们会做"玉米鳖"，还能将最难对付的铁块变成器具。有人提来一根铁棍、一把生锈的门闩，让他们做成锄头或镰刀。他们拿在手里掂一掂说："成"。有人提来一串废铁轮子，他们接过去一看说："这个不成，这是'生铁'。"原来铁也有"生"有"熟"，像苹果一样。我们问："烧一烧不就成了熟的？"他们不屑于回答，嘴里发出："嗤。"

将一根铁棍变成镰刀，整个过程真不简单。光做成镰刀的模样还不行，还要"加钢"——"钢"是更硬的一种铁，就放在一旁，烧红了截下一点，加到镰刀刃子那儿。这样镰刀才会锋利。

我们一连看了几天，有了一个大主意，各自从家里找了一些废铁提过去。等四周的人散去时，我们就对打铁的人说："给做一支枪吧。"

拉风箱的看看老大:"这活儿不能接吧?"老大停下手里的小锤,瞥瞥说:"有什么不能接的!不过得先找来一截枪筒,没它可做不成。"

我们很想象民兵那样背一支枪,可惜这希望总也没有实现。

打人夜

如果演电影的许久不来,大家就盼啊盼啊,却盼来了忆苦会。听忆苦会也不错,不过还是没有看电影好。如果遇到忆苦能手就好了,可惜最好的忆苦人都被外地请走了,剩下的不过是从周围的村子请来的,这些人受苦本来就不多,嘴又笨,从头听下来也没什么意思。

比忆苦会好些的是"辩论会",这样的会一年里顶多一两次。说不定哪个村子有了需要辩论的事,就把全村人召到场院上,挂上大煤油汽灯。上次听的辩论会比看电影还有趣——村里有人娶了一个媳妇,她不听话,一不高兴就跑回娘家,村里头儿就说:"辩论辩论"。

小媳妇长得不高,有点胖。她站在台上,几个人轮番上台与她辩论。刚开始小媳妇嘴头利索,把上台的人辩得张口结舌。村领导一拍桌子说:"让她男人上来,我就不信辩不过她!"男人年纪比她大多了,头上还有块秃斑,站在台上抓耳挠腮,红着脸。村领导在台下大声鼓励:"不用怕,全村老少爷们给你做主!"

男人开口说话时不敢看媳妇,气哼哼地说:"她!她!哼,有白面不吃黑面,有黑面不吃窝头……让我说她什么好?"

我们几个同学站在一块儿，这时都同情那个男的了。原来小媳妇太馋了。

小媳妇打断男人的话："你怎么不说说自己？一到半夜就胳肢人，睡过囫囵觉吗？这谁受得了？"她的话一出口，台下的老婆婆们大声议论起来："这就是做男人的不对了！""该怎么说怎么说，睡不好心里烦，白天干活净打盹儿！"

我们正听着，有人喘着挤过来了，原来是我们的班主任。她也出门听会了，我们十分高兴。

可惜这么好的辩论会太少了。所有的会中，要数"打人会"最可怕了，这样的会虽然不多，但参加一次害怕一次。家里人不让我们去看这样的会，只是我们忍不住。

有人提前好多天就得知了消息，小声传递说："南边那个村要打人了！"问打什么人？他们说不知道。被打的人一般都是地主富农或他们的亲戚，再不就是另有毛病的人。

"打人会"不常开，因为最见效力，只要一个人被打了，许多年都是老实的。我们班有个同学原来多么活泼，什么事都逞能，后来突然不愿说话了，原来他爸前不久被打了。

"打人会"既让人害怕又让人兴奋。女同学去会场的不多，只有班干部去。班主任鼓励她们："不经风雨见世面怎么能行？勇敢点，挺起胸膛！"班主任的胸膛总是挺着，校长就夸奖她："说得好！就该这样！"

又是一个打人夜。我们吃过晚饭早早上路，穿过两个村庄，来到那个开会的村子。村子不大，但场院不小，还有一个垒起的高台。台子很讲究，有立柱，有挂煤油汽灯的横杆。我们赶到时人已经很多了，估计外村也来了不少人。最引人注目的是民兵，他们全副武装，背枪站在台子两边。还有民兵在场上巡逻，警惕地盯着所有人。大家都不敢大声讲话。

一个身披黄大衣的老太太出现了，她在台前站了片刻，有民兵跑来，弯腰请示什么。原来这就是村领导。那件黄大衣使她看上去十分威风。她看着场上的人，好像挨个看了一遍。"把人押上来！"她大声命令。

有人领头呼起了口号。我们也跟上喊，这是必须的。在震人的口号声中，有两个民兵架着一个中年人，飞一样从一侧冲上了台子，一上台就将那人狠狠地按住了。他个人低了一会儿头，又硬硬地抬起，好像要看清下边的人。我们旁边有人说："这个人不老实啊，欠凑！"

这样的会刚开始总让人糊涂，弄不清被打的人到底有哪些罪行，但只要开到一半就清楚了，觉得这人实在该打。今天被打的是一个"好吃懒做"的家伙，不老老实实下地干活，竟然背上一个帆布包串乡耍艺，挨家挨户修理石磨——每家都有一个磨粮食的石磨，每隔一段时间就要用钎子凿一遍，这需要专门的手艺人干。可是这个人是冒充的，只为了逃避劳动，为了吃人家的好饭。

他串村走户，到处喊"修理钝磨哎"，有人把他请回家，好酒好菜伺候着，再让他糟蹋好生生的石磨。那时买这样一个石磨价钱可不贱。他根本没学过这个手艺，只用一把锤子叮叮当当敲个不停——坏就坏在偏偏巧了，他一锤子下去，那石磨"咚"一声碎成了两半。他吓得脸色煞白，收起东西就逃了。

这家伙胆子多大。世上竟有这样的事。同时我们又一次明白：有些人就该按时打一打，不然这世界肯定乱套了。

在开打之前总要控诉一番。人们轮番上台列举新罪行，批判旧罪行，越说越气，最后往那人跟前凑一凑，狠狠一跺脚说："我恨不得打你个半死！"那人吓得身上一哆嗦。

控诉揭发得差不多了，正事才算开始。披黄大衣的老太太卡着腰喊道："大伙说说，这个人怎么办？"台下一片混乱。有个高高的嗓门说："绑起来呀！绑起来呀！"老太太的声音压过了所有人："给我把他绑起来！"

两个民兵手提绳子上台。这种事我们见多了，所以并不害怕。绑人也是一种手艺：把绳子往脖子上一搭，做个活扣，轻轻一揪，被绑的人就张大嘴巴喊："太紧了太紧了，我得喘气啊！"

绑起来后，民兵就手持皮带分立两旁，骂一句，啪一声抽在屁股上。被打的人呼天号地，说："我再也不敢了，不敢了。"民兵等他喊完，再抽一皮带。

打屁股这种事大家都挨过，这会儿肯定都在回忆。我也被父亲揍过，那的确是我的错。屁股多倒霉啊，无论谁有了错、也无论是什么错，都得凑它。

"你到底错在哪？从头交代！"民兵大喊。台下的人也喊："你是净拣不痛不痒的说，揍得轻了！""你以为就这么过关了？想好事去吧！"

被打的人求饶声越来越低。今夜差不多也就这样了。正这样想，突然那个老太太又到了台前，气呼呼说了一会儿，猛地把黄大衣扔在地上，喊道："给我吊起来呀！"

几个民兵呼呼跑上台去，从横杆上甩下一根绳子，麻利地拴到那个人身上，一边大叫一边往上拉。那个人缩成了圆球……民兵跳着去抽他的屁股："我叫你坏！我叫你坏！"

我们吓坏了。

吊人的时间很短，只有十几分钟。会很快结束了。我们这才明白：这个打人夜故意结在高潮处。这样的会真不多见。

杀

我们成了一支小小的队伍，一共有十多人，由林场、园艺场及附近村子的孩子组成。"黑汉腿"是领头的，后来又加上我。只从我打掉了一个马蜂窝之后，许多人都佩服我了。

大家一块儿到海滩、去河口，常常会遇到很多事情，没有一个领头的不行。比如天黑了，马上回去还是继续留下？总得有人决断。去园艺场偷苹果、到鱼铺里吃鱼、找看林子的老头玩，都要由我和"黑汉腿"决定。那一天我们和邻村的一群孩子在海滩上遭遇，结果有了一场恶斗，重伤一位。从那天起每人都准备了一件武器，它们分别是弹弓、矛枪、鞭子和长棍。有人不知从哪儿找来一把生锈的宝剑，我就挂在了腰上。宝剑磨得亮闪闪的，锋利无比。我很得意，心里盼着有什么事情发生。

一只狐狸追赶一只小兔，我伸出宝剑指一下说："杀！"大家呼叫着追去，狐狸立刻改变方向，逃得无影无踪。

一只眼睛发红的大癞蛤蟆盯着飞舞的蝴蝶，伸出舌头就把它卷进了嘴里。我大喊一声:"杀!"立刻有人举起铁铲,把癞蛤蟆铲除了。

一只不大的鹰追赶小鸟,我举起宝剑怒喝:"杀!"身背弹弓的人接连射击。

一条蛇游出来,我说:"杀!"一只蜥蜴从沙坡上下来,我说:"杀!"一个花蜘蛛蹲在网子中央,我说:"杀!"

这一天大约遇到了几十种狡猾的、丑陋的坏动物,它们都在"杀"字中浑身发抖,或立刻毙命,或落荒而逃。

回到家里,外祖母惊讶地看着我挎在腰上的宝剑,问是哪来的?我没有直接回答,只告诉:"这是一把真正的宝剑!它杀死了许多坏家伙——我一见到就喊:'杀!'"

外祖母的脸色阴沉下来。她盯着我。我把脸转向一边。外祖母把宝剑取下,放到了一边,叹口气说:"孩子,再不要碰它!不要伤害任何动物,也不要说一个'杀'字……"

"可是,它们都……很坏!"

"它们有它们的日子。孩子,你想过没有?它们像人一样,只有一次生命——它们只活一次……"

外祖母难过得说不下去。

桃仁和酒

有一天我和外祖母在家,有个五十多岁的男人拍拍门进来,笑嘻嘻问:

"有桃仁吗?"我听明白了,就从屋子旮旯里找出一小捧干桃核,它们是吃桃子时随手扔下的。那个人赶紧接过去,高高兴兴蹲在地上,一刻不停地砸开,急急地嚼一嚼咽下肚。他抹抹嘴说:"真好。"

我们都觉得这个人很怪。后来我又在园艺场和南边的小村里遇到了这个人,见他仍旧到处找桃仁吃,脸色红红的,好像喝了酒。他们说这个人叫"启祥",是附近村里的,这几年得了一种怪病,不喝酒吃桃仁就不行,家里已经被他喝空了。

外祖母说:"苦桃仁有毒,吃多了要死人的。"

无论是林场园艺场还是周围的村子,都知道"启祥"离了桃仁和酒不行,给他桃仁和酒就是救他,不给就会早早死掉。

为了挽救他,可怜他,村里人见了桃仁就收起来放好,专等他上门取。我从桃林里找到了一些新旧桃核,把没有发黑的拣出来,等那个人来取。

"启祥"一天到晚什么都不干,只在各处转悠,见了人就问:有桃仁吗?后来人们见了他,不等开口就递过一把桃仁。

父亲的腿冬天受了风寒,河西的医生给他开了一罐药酒。有一天他正喝酒治病,想不到"启祥"来了,老远就吸着鼻子说:"有酒,有酒。"父亲倒了一杯给他,他一仰脖子喝光了,又转脸向我要桃仁。

"这个人哪,把四周的桃仁吃光了,酒也接不上的时候,大概也就完了。多可怜,老天爷为什么让人得这种怪病?"外祖母望着那人的背影说。

据说"启祥"被河西的名医看过,号了脉看了舌苔,就是看不出一点毛病。

结果"启祥"只得四处找桃仁和酒,一天到晚为这个奔忙。

为了让他活得更久一些,村里人把所能找到的桃仁全收拢起来,都留给了他。

可是这么多桃仁还没有吃完,就发生了一件怪事。有一天"启祥"照旧在街上摇摇晃晃,带着酒气找桃仁,突然脚底一绊就栽倒了。他趴在地上吐起来,吐出了那么多酒和桃仁。这样"哇哇"吐着,路过的人就围上来。"启祥"吐啊吐啊,最后吐出了一条手指长的小扁鱼,浑身杏红色。它像蜥蜴一样活动,两只眼睛凶凶的。大家就把它砸死了。

"启祥"从地上爬起来,擦擦嘴,像刚刚睡醒。他返身往回走去,步子很稳。有人捧出一把桃仁递给他,他连忙摆手说:"不吃了。"

就从那天开始,"启祥"闻到酒味就厌恶,听到"桃仁"两字就不舒服。

大家终于明白了:原来这些年来不是"启祥"在喝酒吃桃仁,而是那只红色的怪物,是它在肚子里逼人讨要:有酒吗?有桃仁吗?这样的怪事如果不是亲眼所见,谁说我也不会相信的。

二〇一三年十二月十九日

图书在版编目（CIP）数据

去看阿尔卑斯山 / 张炜著. —济南：山东教育出版社，2016
（张炜文存）
ISBN 978-7-5328-9255-6

Ⅰ.①去… Ⅱ.①张… Ⅲ.①散文集—中国—当代 Ⅳ.①I267

中国版本图书馆 CIP 数据核字（2015）第 315565 号

总 策 划： 刘东杰
出版统筹： 祝　丽
特邀编辑： 马　兵
责任编辑： 赵燕瑚　顾思嘉
装帧设计： 王承利　宋晓军
手稿摄影： 曹清雅

张炜文存
去看阿尔卑斯山

张炜著

主　管： 山东出版传媒股份有限公司
出版者： 山东教育出版社
　　　　（济南市纬一路 321 号　邮编：250001）
电　话： （0531）82092664　传真：（0531）82092625
网　址： sjs.com.cn
发行者： 山东教育出版社
印　刷： 济南大邦印务有限公司
版　次： 2016 年 3 月第 1 版　2016 年 3 月第 1 次印刷
规　格： 720mm×1092mm　16 开本
印　张： 43.75 印张
字　数： 505 千字
书　号： ISBN 978-7-5328-9255-6
定　价： 88.00 元

（如印装质量有问题，请与印刷厂联系调换）印厂电话：0531—88038616